BASTEI
LÜBBE

Von Catherine Sutcliffe erschien außerdem bei BASTEI-LÜBBE:
11 672 Insel der Leidenschaft

Katherine Sutcliffe

Wie Feuer im Blut

Aus dem Amerikanischen von
Bodo Baumann

BASTEI
LÜBBE

BASTEI-LÜBBE-TASCHENBUCH
Band 11 647

Deutsche Erstveröffentlichung
Titel der Originalausgabe: A Fire in teh Heart

Printed in France März 1991
Einbandgestaltung: Franz Wöllzenmüller
Titelfoto: Pino Daeni/Schlück
Satz: MPM Wasserburg
Druck und Bindung: Brodard & Taupin
ISBN 3-404-11647-x

Dieses Buch ist gewidmet:
Neil, meinem eigenen »adeligen Herzensbrecher«, dem »Dritten Grafen von Bradford«. Meinem Mann. Meinem Helden. Meinem Herzblatt.

Einen besonderen Dank all jenen, die mir geholfen haben: Harry Helm von ›Waldenbooks‹; Ron Hickmann von FEC News in West Palm Beach, Florida; Cessalee Hensley von Bookstop Bookstores, Austin, Texas; Ric Williams von ET Distributing, Houston, Texas; Jenny Jones von The Book Shelf, Grand Prairie, Texas.

Und wie stets meinen Dank an: Rebecca George, Jill Hunter, Amanda Jay und Phoebe Stell, die immer für mich da waren.

Und dann Shelley Darmon, die niemals ihren Glauben an Damiens und Bonnies Geschichte verlor, obwohl ich zuweilen verzagte.

Teil Eins

Reputation, Reputation, Reputation! Mein guter Ruf ist dahin! Ich habe den unsterblichen Teil meines Wesens verloren, und was übrigbleibt, ist bestialisch.

William Shakespeare

1

Middleham, Yorkshire
Frühling, 1861

Das Bellen der Hunde zwang Bonnie Eden, den Kopf zu heben, und obwohl ihr Verstand von den Schmerzen benebelt zu sein schien, begriff sie doch, daß die Tiere sie bald aufgespürt hatten, wenn sie nicht weiterlief. Sie erhob sich schwankend auf die Knie und spürte, wie der kalte Regen auf ihren Rücken trommelte und der Sumpf an ihren Händen saugte. Dann ertönte wieder der Lärm der Hunde — ein dumpfes Heulen, das der Nachtwind mit sich trug wie die Klage ruheloser Geister.

Nein, sagte sie sich. Birdie Smythe würde den Hunden nicht erlauben, sie zu töten. Er wollte das sicherlich selbst besorgen und sie vorher noch bestrafen. Er würde sie in diesen kalten dunklen Raum sperren und ...

Sie kam ächzend auf die Füße. Ihre Angst vor dieser grausamen Strafe war weitaus größer als die Furcht, von den Hunden zerrissen zu werden. Weiterlaufen — das war der einzige Ausweg. Sie mußte das Caldbergh-Arbeitshaus hinter sich lassen, wie sie das schon vor fünf Jahren hätte tun sollen. Aber dieser Schmerz! Ihre Haut brannte wie Feuer. Und bei jedem Atemzug hatte sie das Gefühl, daß ihre Lungen barsten.

Ein Blitz, dem fast im gleichen Moment der Donner

folgte, erhellte den Himmel. Als Bonnie über die Anhöhe stolperte, wurde der Himmel abermals taghell und tauchte die Ruinen von Middleham Castle in der Ferne in ein bläuliches Licht. Bonnie blinzelte die Regentropfen aus ihren Wimpern und starrte auf die ehemaligen Bastionen, die zerfallenen Mauern ohne Dach und den schwarzen Wassergraben, der das alles umgab. In diesem grauen Gemäuer gab es keine sichere Zuflucht für sie. Also drehte sie um und taumelte den Hügel hinunter zum Fluß Cover, während sie im Geist betete, daß die Frühlingsgewitter den Fluß noch nicht zu einem für sie zu unpassierbaren Strom hatten anschwellen lassen.

Sie schlitterte über nasses Farnkraut, fiel flach auf den Rücken, und spürte, daß Dornenzweige ihr Gesicht und ihren Hals zerkratzten. Wie lange sie dort gelegen hatte, konnte sie nur raten. Dieser nadelscharfe, trommelnde Regen brachte sie wieder zur Besinnung, und mit letzter Willensanstrengung zwang sie sich, wieder aufzustehen und durch das kniehohe, eiskalte Wasser zum anderen Ufer des Cover zu waten.

Sie dachte an jenen Abend, an dem ihr Vater ermordet worden war. Auch damals war sie gerannt — endlos, wie es schien, in diesen kalten, dunklen Alptraum hinein, der sie seither jede Nacht quälte. In diesen Alpträumen war sie stets auf der Flucht. Sie weinte so leise wie möglich, weil sie jeden Moment befürchten mußte, daß sie vom Mörder ihres Vaters entdeckt wurde. Nun war sie abermals auf der Flucht — diesmal wirklich —, und diese stetig näherrückende Gefahr war nicht nur eine heulende, geifernde Hundemeute, sondern ein Teufel auf zwei Beinen mit Klumpfüßen. Das Blut ihres Vaters klebte noch an seinen Händen.

O Gott, ihr Vater ...

Ein Feuer raste durch ihre Lungen, als sie den nächsten Hügel erklomm. Ihr fiebriger Geist wollte sich nicht geschlagen geben. Als sie den Gipfel erreichte, richtete sie sich mühsam auf und spürte, daß sie unter dem Anprall des Windes wankte wie ein entwurzelter Baum. Plötzlich überkam sie eine unendliche Ruhe, als sie das schöne Antlitz ihrer Mutter noch einmal vor ihrem inneren Auge auftauchen sah. Wie heiter Mary Eden ausgesehen hatte, als sie ihr Leben ausgehaucht hatte! Sie hatte den Kampf gegen die Schwindsucht aufgegeben und war friedlich hinüber geglitten über die Klippe des Lebens. Bonnie und ihr Vater waren im gemeinsamen Schmerz über ihren Tod zurückgeblieben.

Mit dem gleichen inneren Frieden, den ihre Mutter in den letzten Sekunden ihres Lebens erfahren haben mußte, betrachtete Bonnie den vom Regen aufgeweichten Boden bis zum entfernten Rand des Moores. Obwohl die Nacht düster war, vermochte sie das Sumpfgras von den Viehweiden zu unterscheiden — das Moor war schwärzer als die Nacht, die Koppeln schimmerten grau, wo Heidekraut den trockengelegten Boden überwucherte. Dann ein Licht ...

Ihr Blick schweifte zurück. Das Licht kam wieder in Sicht. Dann ein zweites und ein drittes, bis sie einen stetigen gelben Strom in der Dunkelheit bildeten. Bonnie stolperte erschöpft und benommen weiter. Sie stürzte, stand auf und fiel abermals hin. Sie hörte die Hunde und biß die Zähne zusammen um sich noch einmal aufzuraffen. Vor ihren Augen waberte roter Nebel, und diese gelben Lichter tanzten ...

Damien Warwick, Graf von Warwick und Baron von Middleham, drückte sein Zigarre aus und erhob sich aus seinem Sessel.

Er begehrte die Frau auf dem Bett leidenschaftlich. Schon bei seiner Ankunft in Braithwaite Hall war er bereit für sie gewesen. Doch diese Wirkung hatte sie schon immer auf ihn ausgeübt — seit jenem Abend, als sie sich beim Empfang in Thamesburg kennengelernt hatten. Er hatte damals fast sein

Herz an sie verloren. Fast? Teufel, er hatte sich heftig in sie verliebt — zumindest so heftig, wie ein achtzehnjähriger Junge, der noch nie eine Frau gehabt hatte, sich verliebt hätte.

Lady Marianne Lyttleton streckte ihre herrlichen weißen Beine auf dem Bett aus und lächelte. »Du hast mich vermißt, Damien«, neckte sie ihn mit ihrer etwas rauhen, sinnlichen Stimme. »Versuche ja nicht, es vor mir zu verbergen.«

»Selbst wenn ich wollte, läßt es sich nicht verbergen«, erwiderte er und ließ sich behutsam auf dem Bett nieder.

»Ich war sicher, daß du mich vergessen würdest.«

»Dich vergessen? Unmöglich, Schatz.«

Er streifte ihre Schläfe mit den Lippen und fuhr dann mit der Zungenspitze sacht über ihr Ohrläppchen. Sie reagierte darauf mit einem Schnurren und strich mit ihren langen, juwelengeschmückten Fingern über sein Schenkel. Verdammt, er hatte vergessen, wie schön sie war. Schön und gefährlich. Er war froh, daß er nicht der gehörnte Ehemann war. Ihr wäre die Untreue einer Frau nicht so gleichgültig gewesen wie Harry. Andrerseits war er auch nicht so veranlagt wie Harry, der sich lieber mit Männern vergnügte.

»Als keine Briefe mehr von dir eintrafen, dachte ich, daß du vielleicht inzwischen geheiratet hättest«, sagte sie.

Er schüttelte den Kopf, konzentrierte sich auf das Nest weicher Haare, das er unter dem durchsichtigen Stoffdreieck zwischen ihren Schenkeln erkennen konnte. Sie war vor kurzem in Paris gewesen. Er konnte es riechen, diesen Duft, den das dampfende parfümierte Badewasser auf ihrer Haut hinterlassen hatte — eine von diesen süßen Blumenessenzen, die ihn verrückt machten vor Verlangen. Das spitzenbesetzte Kamisol reichte ihr gerade bis zu den Hüften. Ihre vollen Brüste darunter waren nackt, die Brustwarzen steif und dunkel. Ihr rotes Haar breitete sich wie ein dunkler Fächer um ihre Schultern aus und schien auf dem weißen Kissenbezug unter ihrem Kopf zu glimmen wie ein Schwelbrand im Moor.

Marianne warf den Kopf zurück und lachte, als sein Mund dem Weg seiner Finger folgten. »Das hat mir schon immer an dir gefallen, Damien. Du hast nie lange gezögert.«

Er zog ihren Schlüpfer nach unten. »Bist du hierhergekommen, um mit mir zu plaudern?« entgegnete er, als er das seidene Höschen auf den Boden warf. »Oder bist du vielmehr gekommen, um ...« Ein Donner erschütterte die Wände und ein Regenschwall trommelte gegen das Fenster. Verdammtes Wetter, dachte er. Seit seiner Rückkehr nach Yorkshire hatte es täglich wie aus Kübeln gegossen. Er küßte die Innenseite von Mariannes Schenkel und bewegte sich langsam nach oben. Er liebkoste ihre Haut, bis er spürte, daß sie immer heißer und feuchter wurde unter seinem Mund.

»Hast du mich ein bißchen vermißt?« flüsterte sie atemlos.

»Jede Nacht, Liebes.«

Sie wölbte sich ihm entgegen.

Der Nachtwind heulte über das Moor und strich klagend durch das Gebälk des alten Herrenhauses. Marianne krallte die Finger in das Laken. Ihr Stöhnen wurde vom Tosen des Windes und dem Peitschen des Regens übertönt. Sie umklammerte Damiens Schulter, als er über sie glitt und mit Gewalt in sie eindrang.

Er schloß die Augen und bewegte sich auf und nieder. Da gab es nie irgendwelche Umstände bei Marianne — sie genoß den Sex so sehr wie ein Mann und machte daraus kein Hehl. Sie wollte immer gleich alles haben — schnell und stürmisch. Es würde viel zu rasch gehen, dachte er und versuchte den Höhepunkt hinauszuzögern, indem er sich auf das Geräusch des trommelnden Regens konzentrierte. Marianne schien das sofort zu merken und machte sich einen Spaß daraus, ihn herauszufordern, bis er nicht mehr an sich halten konnte. Das Blut pochte heftig in seinen Schläfen. Er biß die Zähne zusammen, um den Orgasmus zurückzudrängen. Aber er verlor die Kontrolle. Verdammt, er verlor ...

»Mylord!«

Die Worte hallten in seinem Kopf wider, aber er ignorierte sie.

»Mylord! Kommen Sie rasch, Mylord!«

Das tue ich doch, dachte er. Ich tue mein Bestes.

»Mylord!« Der Schrei ertönte wieder, diesmal direkt vor der Tür. Jetzt drang er bis zu seinem Bewußtsein durch und holte ihn in die Wirklichkeit zurück, während Marianne unter ihm alle Muskeln anspannte. Er hörte die hastigen Schritte draußen im Flur, und die Magd, Jewel, rief ihn noch einmal, ehe sie die Tür aufstieß. Ihr schrilles »Mylooorrr . . .« brach abrupt ab, als Damien sich von einer hysterisch lachenden Marianne herunterrollte und die Decke über sich warf. Er brüllte die puterrote Haushälterin, die ihn versteinert anstarrte, an: »Sie müssen einen verdammt guten Grund haben, hier einfach so hereinzuplatzen!«

Jewel, deren Häubchen leicht verrutscht war, wickelte nervös den Stoff ihres schwarzen Rocks um die kurzen dicken Finger, knickste und wies mit dem Kopf zur Seite. »Pardon, Mylord; aber da ist ein Kind —« Damien zog die Decke über seinem Bauch straffer —, »ein schmächtiges, armes Bürschlein, Mylord. Kam einfach durch die Vordertür, ohne anzuklopfen, und fiel naß und zitternd auf die Dielen wie ein neugeborenes Lamm. Er hat hohes Fieber, darauf könnte ich wetten.«

Als Damien sich anschickte, das Bett zu verlassen, knickste Jewel wieder und eilte aus dem Zimmer. Wütend fuhr Damien in seine Hose, riß sein weißes Hemd von der Stuhllehne und zog es an. Als Marianne sich auch erheben wollte, wirbelte er zu ihr herum, deutete mit dem Finger auf ihr Gesicht und befahl: »Du bleibst, wo du bist.« Dann machte er auf dem Absatz kehrt und stürmte aus dem Zimmer.

Als er die Treppe herunterkam und die mit Marmor geflieste Vorhalle betrat, hatten sich dort bereits alle Dienstboten des Hauses eingefunden. Sie standen im Halbkreis um das Kind herum. Damien drängte die Neugierigen beiseite, bis sein Blick auf den ausgemergelten, triefendnassen Jungen fiel. Das Gesicht des Jungen war hochrot und glühend, und sein Körper wurde von Krämpfen geschüttelt.

Damien vergaß sogleich seine Wut, ließ sich auf ein Knie nieder und legte seine starke Hand behutsam auf die glatte, heiße Stirn des Jungen. Dann schlug der Knabe die Augen auf, und Damien wurde von einem Blick aus so intensiven blauen Augen getroffen, daß er den Atem anhielt.

»Helfen Sie mir«, flehte die leise, helle Stimme. »Sie dürfen mich nicht ergreifen.«

»Wer?« wollte Damien wissen. »Wer ist hinter dir her, Junge?«

»Die Wärter. Lassen Sie es nicht zu, daß sie es machen. Nicht *das.*«

Damien tastete den dünnen Körper des Jungen ab. Auf dem Rücken entdeckte er dicke rote Striemen.

Er blickte über die Schulter und rief Jewel zu. »Hol mir ein paar Decken herbei, und wärm die Lammbrühe auf, die wir zum Dinner hatten.«

»Ja, Mylord.«

Damien hob das Kind sacht auf seine Arme und wandte sich der Treppe zu.

Marianne stand am Fuß der Treppe, mit einem scharlachroten Morgenrock bekleidet. Ihre Augen waren groß vor Sorge, als sie den dünnen Jungen sah. Die mageren Schultern des Jungen zuckten, als er mühsam nach Atem rang.

»Gütiger Himmel«, flüsterte Marianne. »Damien, wir sollten den Arzt rufen.«

»Gewiß. Kümmerst du dich darum?«

»Ich werde sofort jemanden nach Middleham schicken.«

Der Junge wog kaum mehr als eine Feder. Damien war gerührt, als er seinen kleinen, mit einer Kappe bedeckten Kopf an seine Schulter legte und sich mit seinen schmutzigen, bebenden Finger an seinem offenen Hemd festhielt.

»Du bist jetzt in Sicherheit. Niemand wird dir hier etwas zuleide tun«, tröstete Damien das Kind, das als Antwort zitterte.

Damien trug ihn durch ein üppig ausgestattetes Boudoir in das Schlafzimmer, das einmal seiner Schwester gehört hatte. Dann befahl er dem Diener, der ihm nachgelaufen war, ein Feuer im Kamin zu machen; denn obwohl der Frühling schon seit etlicher Zeit auf dem Kalender stand, war das Haus doch feucht und kalt von den vielen Wolkenbrüchen und nebligen Tagen.

Marianne kam ins Zimmer und half ihm, das Kind auszuziehen. Sie entfernte die Schuhe, während Damien das Hemd aufknöpfte. Als seine Finger die Nesseltuchbinde um die Brust des Kindes mit den Fingerspitzen berührte, hielt er inne und zog das Hemd nur ein bißchen auseinander, ehe er verwundert zurücktrat und sich fragte, warum der Junge so einen breiten Verband trug. Hatte er etwa eine gebrochene Rippe?

Ein erschrockenes »Ah!« von Marianne brachte ihn dazu, den Kopf zu drehen. Marianne war gerade dabei, dem Kind die Hose auszuziehen. Plötzlich ergriff sie das Laken und zog es über die Lenden des Kindes. »Mein Gott«, flüsterte sie.

Damien betrachtete das Gesicht des Schlafenden, die feinen Nasenflügel, die hochgezogenen Wangenknochen, den Schwung der kohlschwarzen Wimpern, die auf der heilen Haut lagen. Die Unterlippe war voll und rot und die Oberlippe geformt wie ein Cupido-Bogen. Da kam Damien die Erleuchtung, und er zog dem vermeintlichen Jungen schnell die Kappe vom Kopf.

Bonnie zwang sich, die Augen zu öffnen, und schaute in ein blasses männliches Gesicht, das von rabenschwarzem Haar umrahmt wurde. Daneben bemerkte sie noch etwas —

ein Frauengesicht — und eine üppige rote Haarflut, die an zündelndes Feuer erinnerten. Vielleicht waren das die Flammen, die ihren Kopf und ihre Lungen verbrannten.

Die Frau sagte: »Aber, Damien, er — er . . .«

». . . ist eine Frau«, ergänzte er. Der tiefe, sonore Klang seiner Stimme war wie ein Messer, das Bonnies Gehirn durchschnitt. Sie stöhnte und schloß wieder die Augen.

»Wer bist du?« ertönte die tiefe Stimme wieder, und der Schmerz in ihrem Kopf tobte. »Junge Frau, Sie werden mir antworten müssen . . .«

In diesem Moment kam noch eine ziemlich schrille und sehr erregte Stimme hinzu: »Mylord, da befinden sich Männer mit einer Meute Hunde vor unserer Tür! Sie sollten lieber rasch nach unten kommen, oder sie werden das Haus stürmen, bei Gott!«

Bonnie saß plötzlich aufrecht im Bett und tastete nach Damiens Arm. Sie verfehlte ihn, und ihre Finger zerkratzten ihm die Brust, ehe er ihre Hand so heftig beiseite zog, daß sie einen Moment ihre Angst vor Birdie Smythe vergaß — ja, sogar ihre Schmerzen und diesen roten Nebel in ihrem Gehirn. Sie spürte nur den enormen Druck seiner Finger um ihr Handgelenk und hörte, wie er zuerst einen leisen Wehlaut vor sich gab und dann wütend fluchte, ehe er sie in die Kissen stieß. Sie stöhnte.

»Mylord!« kam wieder die beschwörende Stimme der Dienerin.

»Ja, ich komme!« brüllte er dröhnend. Dann sagte er zu der rothaarigen Frau: »Sorge dafür, daß sich diese schmutzige kleine Bestie ruhig verhält, bis ich zurückkomme.«

»Ich werde mein Möglichstes tun.«

Damien warf einen herausfordernden Blick auf das verschreckte, fiebernde Mädchen, ehe er sich zur Tür wandte, sein Hemd zuknöpfte und es unter den Hosenbund schob. Dann folgte er Jewel in den Korridor.

»Bitte«, flüsterte sie, »lassen Sie mich in Ruhe.« Die Mühe, die es sie kostete, diese Worte zu artikulieren, löste einen Hustenanfall aus, der ihr die Luft zum Atmen nahm. Gott, wenn sie sterben mußte, dann hoffte sie, daß es bald geschehen möge, damit diese Qual ein Ende hatte. Sie war zu erschöpft, um sich länger gegen die Ohnmacht wehren zu können. »Gehen Sie weg«, brachte sie noch mühsam über die Lippen, »und lassen Sie mich sterben.«

»Mein liebes Kind«, sagte die Frau, »wir haben nicht die Absicht, dich sterben zu lassen. Nicht wahr, Damien?«

Damien. Ein seltsamer Name, dachte Bonnie. Ein seltsamer Mann mit seltsam grünen Augen. Sie stellte sich vor, daß Schlangen grüne Augen hatten. Sie öffnete die Lider ein wenig, um einen Blick auf den Mann werfen zu können, und flüsterte: »Verdammte Schlange.«

Seine Lippen verzogen sich zu einem unfreundlichen Grinsen, und als er nun auf die Frau an seiner Seite hinuntersah, fiel ihm eine Haarsträhne über die Stirn, die das Auge fast bedeckte. Er schob sie mit der Hand zur Seite und sagte: »Sie phantasiert.«

»Armes Kind. Sie hat hohes Fieber. Ich werde Jewel sagen, daß sie noch mehr Decken bringen soll.«

Bonnie verdrehte die Augen. Rühren Sie mich nicht an. Bitte, rühren Sie mich nicht an, flehte sie stumm. Noch eine Decke, und sie würde an ihren Schmerzen ersticken.

Jewel, die vor ihm herlief, jammerte kopfschüttelnd: »Wie weit ist es mit unserer Welt gekommen, wenn so ein schmächtiges krankes Mädchen gezwungen ist, bei so einem Wetter im Freien herumzulaufen? Dazu noch in Hosen!«

Die Haustür stand offen. Damiens Butler verharrte wie eine Schildwache auf der Schwelle und verweigerte einer Gruppe von Männern und den Hunden den Zutritt, die sich im Regen gesammelt hatte.

»Was, zum Henker, geht hier vor?« wollte Damien wissen.

Der Butler Stanley schob, wie das seine Gewohnheit war bei peinlichen Angelegenheiten, eine Braue in die Höhe und räusperte sich: »Mylord, diese... Gentleman hätten gern ein Wort mit Ihnen gesprochen. Es geht um ein Individuum, das aus Caldbergh entlaufen sein soll.«

Caldbergh! Stirnrunzelnd trat Damien unter die Haustür und richtete sein Augenmerk auf einen Mann mit schiefen Schultern, der sich verzweifelt bemühte, einen rotgefleckten Hund im Zaum zu halten. Damien war dieser Mann auf Anhieb unsympathisch.

»Warwick?« fragte der Mann und blinzelte mit seinen kleinen Augen in das Licht, das aus der Halle kam.

»Der bin ich.«

»Wir verfolgen jemanden, der uns entwischt ist, Mylord.«

»Was hat das mit mir zu tun?«

»Wir haben ihre Spur bis hierher verfolgt.«

»Ihre?«

Der Regen rauschte nun noch heftiger hernieder, und das Wasser tropfte von der Hutkrempe des kleinen Mannes während er verlegen von einem Bein aufs andre trat und über die Schulter hinweg auf seine Begleiter schielte. Dann drehte er sich wieder Damien Warwick zu und sagte: »Wenn wir vielleicht eintreten dürften, wir sind ohnehin schon ziemlich durchnäßt...«

»Dazu besteht kein Grund«, schnitt ihm Damien das Wort ab. »In Braithwaite befindet sich niemand, der aus Caldbergh entlaufen ist.«

»Aber meine Hunde...«

»Sind ebenfalls nicht in meinem Hause willkommen.«

Der Mann ignorierte Damiens Sarkasmus, trat unter die Haustür und fuhr mit gesenkter Stimme fort: »Der Name des Mädchens ist Bonnie. Wenn Sie sie zu sich ins Haus genommen haben, Mylord, werden Sie's bereuen. Sie ist ein Teufelsbraten.«

»*Wenn* ich sie ins Haus genommen hätte, wüßte ich, was mich erwartet. Caldbergh hat nicht gerade den besten Ruf, wie Sie wissen, Mr...«

»Smythe, Mylord. Birdie Smythe.«

»Schön, Mr. Smythe. Sollte Ihr kleiner Teufelsbraten — diese Bonnie — hier auftauchen, werde ich sie so rasch wie möglich wieder in Ihr Haus zurückbefördern.«

»Sie ist eine Verbrecherin«, beeilte sich Smythe hinzuzufügen, ehe Damien die Tür schließen konnte. »Sie hat vor noch nicht langer Zeit einen meiner Mitarbeiter mit dem Messer angegriffen. Überzeugen Sie sich selbst.«

Ein Mann, dessen Gesicht an ein Wiesel erinnerte, trat ins Licht und drehte den Kopf zur Seite, damit Damien die noch nicht ganz verheilte, gezackte Wunde erkennen konnte. Den Blick wieder auf Smythe gerichtet, sagte Damien mit einer hochgeschobenen Braue: »Ich weiß nicht, womit ein Mann sich so etwas verdient haben könnte. Sie vielleicht?«

»Sie ist eine Diebin«, ereiferte sich Smythe. »Bevor Sie wissen, wie Ihnen geschieht, hat sie Ihnen das Haus ausgeplündert.«

»Gute Nacht, Mr. Smythe.«

Damien warf dem Mann die Tür vor der Nase zu und starrte auf die Wasserpfütze auf der Türschwelle. Dann schenkte er Stanley einen Blick.

»Caldbergh, Mylord?« fragte Stanley dumpf.

Damien wandte sich ab, ehe er nickte.

Der Butler musterte angelegentlich die polierten silbernen Kerzenhalter, die auf einem Tisch an der Wand standen. »Soll ich — einige Sachen im Haus umstellen, Mylord?«

»Ich denke, es besteht noch kein Anlaß zur Panik.«

»Sehr wohl, Mylord«, erwiderte der grauhaarige Butler; aber Damien bemerkte, daß Stanley noch einen letzten besorgten Blick auf die Silbersachen warf, bevor er die Halle verließ. Natürlich beunruhigte Damien die Tatsache, daß seine unerwartete Besucherin ein Flüchtling aus Caldbergh war. Aber sie war doch noch ein Kind, was konnte so eine kleine, schmächtige Person schon anrichten?

Damiens Mund wurde bei diesem Gedanken zu einem dünnen, bitteren Strich, als er sich an die Ereignisse vor sechs Jahren erinnerte. Ah, er hatte schon einmal geglaubt, daß eine Frau mit einem Engelsgesicht nichts Böses im Schilde führen könnte. Wie sehr hatte er als junger Mann von siebenundzwanzig Jahren Louisa Thackeray verehrt — Louisa mit ihrem goldenen Haar und einem Körper, der das Herz und die Lenden eines Mannes in ein loderndes Feuer verwandeln konnte. Die Warwicks und die Thackerays waren schon seit langem Freunde gewesen. Damien war zehn Jahre älter als Louisa und hatte zugesehen, wie ein Kind zur hübschesten Lady erblühte, die er jemals gekannt hatte. Er, der größte Schürzenjäger von England, war von ihrer verwöhnten und wohlbehüteten Unschuld so hingerissen, daß er sie ihres unverdorbenen Wesens und ihres freisinnigen Charmes wegen verehrt hatte. Sie waren Freunde, Vertraute und Verschwörer in ihren Träumen von der Zukunft geworden. Sie hatten sich im glücklichen Einvernehmen die Ehe versprochen, und die beiden Familien waren mit dieser Verbindung mehr als zufrieden. Alle, Damien inbegriffen, hatten Louisa ermuntert, die Saison in London zu verbringen.

Er war ein Narr gewesen. Er hätte wissen sollen, daß London sie verändern mußte und daß viele Männer um ihre Aufmerksamkeit buhlen würden. Er war ein arroganter Esel gewesen, weil er sicher gewesen war, daß kein anderer Mann — sei er auch noch so reich und verführerisch — ihr den Kopf verdrehen könnte. In einer Saison hatte er zusehen müssen, wie aus einem schüchternen Kind von schlichtem Gemüt eine Lebedame wurde, die nur an ihr eigenes Vergnügen dachte. Dennoch — trotz all dieser Veränderungen — hatte er sie geliebt, ihr vertraut, sich geweigert, zu glauben, was ihm seine Vernunft zuflüsterte, bis er sich mit eigenen Augen von der niederschmetternden Wahrheit hatte überzeugen können ... und dann war es zu spät gewesen.

Er brauchte etwas zu trinken und trat in die Bibliothek, einen mit massivem Walnußholz getäfelten Raum, wo er von dem angenehmen Geruch eingewachster Möbel empfangen wurde. Einen Moment lang überkamen ihn nun die Erinnerungen an die vielen Stunden, die er hier auf dem Perserteppich vor dem Marmorkamin verbracht hatte, während ihm seine Mutter etwas aus den unzähligen Büchern, die in den Wandregalen standen, vorlas. Zuweilen hatte ihm auch sein älterer Bruder Geschichten erzählt. Schließlich war es Randolf seiner Position im Leben schuldig gewesen, daß er die bessere Bildung haben und ein besseres Benehmen an den Tag legen mußte, wenn er in Joseph Warwicks Fußstapfen treten wollte. Randolf achtete sogar auf einen korrekt gezogenen Scheitel und hatte sich angewöhnt, leicht mit dem linken Augenlid zu zucken, wenn er aufgebracht war: das einzige äußerliche Zeichen einer Gemütsbewegung. Damiens älterer Bruder war »aus dem richtigen Stoff geschnitten«, wie sein Vater zu sagen pflegte. Und Damien ... habe eher das Temperament seiner Mutter Pandora geerbt. Er war jähzornig, heißblütig, aufbrausend und ungeduldig. Er wartete nie, bis eine Katastrophe passierte — er suchte sie förmlich.

Trotz seiner Aufsässigkeit meinte Damien, einen gewissen Stolz und eine leise Zustimmung bei seinem Vater zu entdecken. Als Damien älter wurde, glaubte er sogar — obwohl er sich da nie ganz sicher war —, einen Funken von Eifersucht in den Augen seines Vaters wahrzunehmen, wenn er von einem anstrengenden Tag oder einer durchzechten Nacht mit »den Jungs«, wie er sie nannte, nach Hause kam.

Sie waren eine wilde Horde: ein halbes Dutzend junger Männer, die alle erst an zweiter oder dritter Stelle in der Anwartschaft auf den Titel ihres Vaters standen. Jedesmal, wenn sie sich trafen, sanken sie auf die Knie, faßten sich bei den Händen und beteten, daß ihre Väter und älteren Brüder tausend Jahre alt werden würden.

Doch Jerome Abernyth war schon mit siebzehn vom Schicksal in das Joch der Verantwortung gezwungen worden, als sein Vater und sein älterer Bruder mit der Kutsche tödlich verunglückten. Plötzlich war der schmächtige, sommersprossige Jerome Lord Ravensworth, Earl of Burnsall. Sie nannten ihn fortan Ravi, und bald fand er sich nicht mehr in ihren wöchentlichen Streifzügen durch die Pubs und anderen Vergnügungsstätten ein. Da veranstalteten sie ein »Begräbnis« für ihn auf dem Middleham Green; denn ihr Freund Jerry war für ihre Verbindung gestorben und von einem steiflippigen Doppelgänger ersetzt worden, der zwar aussah wie Jerry, sich aber Burnsall nannte.

Damien goß sich Sherry ein, wobei er etwas über seine Hand verschüttete. Es schien, als hätte er eine ähnliche Verwandlung wie Jerry durchgemacht. Sein Vater war vor fünf Jahren gestorben und hatte Braithwaite Randolf hinterlassen. Randolf war im vergangenen Herbst bei einem Jagdunfall ums Leben gekommen. Offensichtlich hatte er sich aus Versehen mit seinem eigenen Gewehr erschossen, als sein Pferd ihn abwarf. Es war ihm irgendwie gelungen, sich nicht bis zum Fluß zu schleppen, wo man ihn später mit dem Gesicht nach unten tot im Wasser liegend fand.

Damien starrte in sein Glas und fragte sich zum wiederholten Male, was seinen Bruder tatsächlich umgebracht hatte. Die Kugel? Oder war er ertrunken?

»Damien?«

Er trank den Sherry in einem Zug, bevor er sich der Tür zuwandte. Marianne, die reizender aussah, als es einer Frau eigentlich erlaubt sein dürfte, blickte ihn besorgt an. »Ist mit dir alles in Ordnung?« fragte sie. »Du siehst aus, als wärst du einem Geist begegnet.«

Er nickte und stellte das Glas auf einen Tisch. »Wie geht es dem Mädchen?« fragte er.

»Sie schläft, obwohl sie glüht vor Fieber. Ich befürchte, daß sie eine schlimme Zeit vor sich hat.«

Er füllte sein Glas zum zweitenmal.

Marianne kam zu ihm und legte ihm ihre kühlen Finger auf den Arm. »Etwas stimmt nicht mit dir«, stellte sie fest. Ehe er das Glas an die Lippen heben konnte, nahm sie es ihm behutsam aus der Hand und stellte es beiseite. »Erzähl mir alles«, forderte sie ihn auf, »wie einem Freund.«

Er berührte ihre Wange. Sie *war* ein Freund. Ein sehr guter Freund. Einer der besten, die er je hatte. Sie war an seiner Seite gewesen und hatte alles mit ihm durchgestanden: Die Demütigung, den Schmerz. Er hatte sogar an ihrer Schulter geweint. Ihr Haar und ihre Haut hatte nach Wildblumen geduftet, und sie hatte ihn in ihr Bett eingeladen, ihn getröstet und ihm erlaubt, seine Wut an ihr auszutoben. Sie hatte verstanden, daß er nicht sie haßte, sondern Frauen im allgemeinen, und sie war am nächsten Morgen mit ein paar blauen Flecken und ziemlich wund aufgestanden, dennoch war sie an diesem Tag an seiner Seite geblieben, zusammen mit seinem Vater und seinem Bruder. Sie hatte jeden Gast, der vor der Kirche eintraf, begrüßt und erklärt, daß die Trauung auf ein späteres Datum verschoben sei. Bis zum Abend kannte ganz London die volle Wahrheit. Der zweitgeborene Sohn des Grafen Warwick hatte seine Verlobte — am Vorabend ihrer Hochzeit — mit einem anderen Mann im Bett angetroffen.

»Fang an, und erzähl mir von deinen Sorgen«, sagte Marianne.

Damien log: »Ich habe mich gefragt, ob Palmerston das Parlament dazu überreden wird, mich anzuhören.«

Sie sah ihn ungläubig an. Es war verblüffend — aber sie wußte immer genau, wann er die Unwahrheit sagte.

Sie fuhr mit einem Finger über seine Unterlippe und schaute ihm dabei lächelnd in die Augen. »Ich hoffe, sie lassen dich bis in alle Ewigkeit warten, Mylord. Das könnte dich vor einem Unglück bewahren und dich hier in der Zivilisation festhalten, wo du hingehörst.« Sie berührte leicht seine Fingerspitzen, als er das Glas wieder vom Tisch nehmen wollte. »Ich kann mir nicht vorstellen, was so schön daran sein könnte, dreitausend Meilen von deiner Geburtsstätte entfernt im Schlamm des Mississippi zu wühlen.«

»In diesem Schlamm steckt eine Menge Profit«, sagte er. »Baumwolle — sie hat mich sehr, *sehr* reich gemacht.«

»Du warst schon vorher reich.«

»Nicht so sehr. Mein Vater war reich. Mein Bruder war reich.«

»Und nun gehört das alles dir. Vergiß Mississippi, Damien. Vergiß den Krieg. Wenn Präsident Davis eine Entscheidung zugunsten des Südens erreichen möchte, indem er das Unterhaus durch Beauftragte in seinem Sinne beeinflussen läßt, soll er das doch arrangieren. Braithwaite braucht dich. *Ich* brauche dich — als Freund, als Liebhaber . . . Teufel, selbst dieses Kind dort oben braucht dich in diesem Moment. Du bist für uns zu kostbar, als daß du dein Leben für einen Krieg opfern dürftest, an den du nicht glaubst.« Als er überrascht mit einer Braue zuckte, hob sie ihr feines, zart gemeißeltes Kinn an und sagte: »Nun, du hast mir selbst gesagt, daß du nicht an die Sache der Sklaverei glaubst.«

»Ob ich die Sklaverei für falsch oder richtig halte, ist hier nicht entscheidend. Tatsache ist, daß der Süden, wie wir ihn kennen, nicht überleben kann, wenn die Sklaverei abgeschafft wird.«

»Und du auch nicht, wenn du dorthin zurückkehrst.«

Er dachte über ihre Worte nach. Sie irrte sich — oh, sie irrte sich sehr. Hier gab es nichts für ihn zu tun, während in Vicksburg alles, was ihm teuer war, zusammenzubrechen drohte. Er hatte in den letzten Jahren sehr hart gearbeitet, um sich ein Leben aufzubauen, ein neues Imperium — etwas, das er *selbst* geschaffen hatte mit seinem eigenen Schweiß und Blut. Seine Vorfahren hatten hier zwar in dankenswerter Weise jahrhundertelang den Besitz gepflegt und das Geld gut angelegt hatten, aber abgesehen von einigen Geschäften nebenbei, die sein Onkel wahrnahm, konnte er hier nichts anderes tun, als den Leuten bei der Arbeit zuzusehen und fett und senil vor Langeweile zu werden.

Marianne schien seine Gedanken zu lesen. Sie kannte ihn gut, preßte ihre Hüften gegen die seinen und neckte ihn: »Setz dich zur Ruhe, Damien. Heirate, zeuge Kinder. Du wirst dich wundern, wie sehr eine Frau und Kinder deine Zeit ausfüllen könnten.«

Damien lachte. »Schön. Dann laß dich von deiner Krücke von Mann scheiden und heirate mich.«

»Und ich soll Kinder bekommen? Das ist doch nicht dein Ernst. Um Gottes willen, ich bin fünfunddreißig. Außerdem ist das Leben mit Harry zu . . . bequem. Ich wußte, worauf ich mich einließ, als ich ihn heiratete. Ich war mir seiner Vorliebe für Pariser Gentlemen durchaus bewußt. Es war eine Vernunftsehe, die ihm die Ehrbarkeit verschaffte, nach der er sich so sehnte, und mir die Freiheit, die ich für notwendig hielt, um meinen eigenen . . . Interessen nachzugehen.«

»Aber wenn ich eine andere heirate«, erwiderte er leise, »können wir uns nicht mehr sehen, mein Liebes.«

»Erzähl mir nur nicht, daß du einer von den Ehemännern sein könntest, die ihre Frauen nie betrügen. Ich habe zwar gehört, daß es so etwas gibt, bin aber noch nie einem solchen Exemplar begegnet.«

Er hob das Glas an den Mund und nippte daran. Marianne starrte auf seinen Mund. Mit einer etwas rauheren Stimme fuhr sie fort: »Du könntest nicht treu sein.« Ein Schatten huschte über ihr Gesicht, und sie wurde mit einemmal blaß. Mit einem leisen Stocken in der Stimme fuhr sie fort: »Ich wäre eifersüchtig wie der Teufel, Damien. Wenn ich daran denke, wie es gewesen ist, bevor du mit Louisa verlobt warst ... Ich wünschte, ich wäre jünger und hätte nie meine Jugend und meine Liebe einem Kompromiß geopfert und einen Mann nur seines Titels wegen geheiratet. Ich wäre eifersüchtig auf deine Frau, nicht weil du mit ihr schläfst, sondern um der Liebe wegen, die du ihr schenkst. Wie du siehst — ich kenne dich sehr gut, Damien. Ich weiß, daß du, wenn du dich in eine Frau verliebst, sie mit Leib und Seele lieben wirst. Und du gibst in der Liebe nicht so leicht auf. Das hast du bei Louisa auch nicht getan. Deswegen hat dich ihr Verrat ja so tief getroffen. Und das nächste Mal wäre es noch schlimmer für dich — weitaus schlimmer. Bei einer weiteren Enttäuschung würdest du hart und tief fallen.«

Damien spürte, wie Mariannes Körper an seiner Brust bebte und bemerkte die Tränen in ihren Augen. Er stellte sein Glas weg, nahm ihr Gesicht in seine Hände und küßte sie sacht auf den Mund. Ihre Lippen zitterten unter den seinen, und sie öffneten sich nur zögernd unter dem Drang seiner Zunge. Er spürte, wie der Hunger, das verzweifelte Verlangen nach ihr ihn überkam.

Es würde eine lange Nacht werden ...

2

»Mylord, Mylord, kommen Sie rasch, Mylord!«

»Um Himmels willen.« Damien drehte den Kopf und betrachtete Marianne. Sie schlief auf dem Bauch. Ein Träger ihres Nachthemds war ihr von der Schulter gerutscht. Sie rührte sich nicht, als Jewel gegen die Tür hämmerte. »Was, zum Teufel .. « rief Damien.

»Es ist wegen des Mädchens, Mylord. Der Doktor sagt, sie sollen so rasch wie möglich zu ihm kommen.«

Damien schloß die Augen und versuchte seine Gedanken zu sammeln. Eine Stunde nachdem diese kleine schmutzige Göre — wie hatte Smythe sie gleich wieder genannt? Ach, ja... Bonnie — durch die Tür ins Haus gefallen war und sein Liebesleben empfindlich gestört hatte, hatte er seinen Leuten erklärt, daß es nicht nötig war, gleich die königliche Garde zu rufen, nur weil das Mädchen aus dem Caldbergh-Arbeitshaus ausgerissen war. Und die nächsten zwei Stunden hatte er und Marianne dann hilflos dabeigestanden, als der Arzt alle möglichen Mittel anwandte, um das Fieber zu senken. Sie waren erst zu Bett gegangen, nachdem das Mädchen in einen unruhigen Schlummer verfallen war.

»Mylord!« drängte Jewel.

»Ich komm' ja schon«, gab er gereizt zurück.

Er warf die Bettdecke zurück und schlüpfte in seinen rotseidenen, mit grünen und goldenen chinesischen Drachen bestickten Hausmantel, bevor er Jewel den Korridor hinunter zu dem Schlafzimmer seiner Schwester folgte.

Damien hörte das Mädchen schon keuchen, als er durch die Tür kam. Sie holte rasselnd Atem, und es klang so, als ob jemand Würfel in einem Lederbecher schüttelte. Sie wird sterben, dachte er. Vermutlich noch in dieser Nacht.

Dr. Whitman, der sich mit angespanntem Gesicht über seine Patientin beugte, blickte kurz auf, als Damien ans Bett trat. »Ihr Zustand ist äußerst kritisch. Ich fürchte, Sie müssen sofort alle Personen benachrichtigen, die für die Patientin verantwortlich sind.«

Da fiel Damien sofort Mr. Smythe ein, und er schüttelte den Kopf. »Ich fürchte, es gibt niemanden, der für sie verantwortlich wäre.«

Er starrte das Mädchen an und nahm mit Genugtuung zur

Kenntnis, daß Jewel sie, so gut es ging, gewaschen und ihr dann ein Nachthemd angezogen hatte. Die Hände des Mädchens mit den langen, schlanken Fingern waren weiß, und dünne blaue Adern schimmerten unter der durchsichtigen Haut. Ihr Gesicht war genauso blaß wie ihre Hände, und ihr Haar ...

Er setzte sich auf einen Stuhl ans Bett, nahm eine schwarze Haarsträhne und rieb sie zwischen den Fingern. Er erinnerte sich an den herausfordernden Blick aus den blauen Augen. Das war zweifellos das Erziehungsergebnis von Caldbergh: dort hatte man sie zornig und ängstlich zugleich gemacht. Er dachte daran, daß seine Mutter früher nur im Flüsterton vom Arbeitshaus gesprochen hatte, um die noch zarten Nerven ihrer Kinder nicht allzu sehr zu strapazieren. »Ich fürchte, sie lassen die armen Dinger in diesem Haus hungern«, hatte seine Mutter seinem Vater zugeflüstert. Sein Vater hatte nur die Schnupftabakdose hervorgeholt und gesagt: »Lade dir nicht noch die Sorge um diese armen Geschöpfe auf, meine Liebe. Danke Gott, daß unsere Söhne und unsere Tochter zur privilegierten Schicht gehören.«

Damien dachte bei sich, daß dieses Mädchen tatsächlich verhungert aussah. Und der Himmel wußte, was sie den Menschen dort außer Prügel noch alles antaten!

Bonnie wimmerte leise, drehte dann Damien ihr Gesicht zu, und einen Moment lang schien sie zu lächeln. Er ertappte sich dabei, wie er zurückgrinste, bis sich ihre Lippen im Schmerz verzerrten. Sie keuchte und holte rasselnd Luft.

»Diese Krankheit hat sich nicht erst in den letzten Tagen entwickelt«, hörte er den Arzt sagen. »Weiß der Himmel, wie lange dieses Kind schon leidet.«

»Können Sie denn nichts für sie tun?« fragte Damien, der noch immer das Gesicht des Mädchens musterte.

»Ich habe alles getan, was ich kann.«

Ihre Lider waren von einem blassen Purpur, ihre Wimpern

wie Rabenschwingen — kohlschwarz und dicht. Ihre Brauen waren ebenfalls schwarz. Und ihr Haar ...

Es bedeckte das Kissen wie gesponnene Seide und sammelte sich auf seinem Schoß wie nasse schwarze Tinte.

»Wie ich hörte, ist sie aus Caldbergh durchgebrannt,« sagte der Arzt.

Damien blinzelte, nickte dann, lehnte sich ein wenig zurück und streckte die Beine aus.

»Es könnte Scherereien geben, wenn sie überlebt, Mylord.«

»Kann sein.«

Der Arzt, der sich die Hände am Kaminfeuer wärmte, starrte die Dresdner Porzellanfiguren auf dem Kaminsims an. »Ihre Mutter war sich der Zustände in Caldbergh nur zu sehr bewußt. Sie versuchte ständig, bei ihren Freunden Mitstreiter zu gewinnen, um die Mißhandlung der Kinder dort zu unterbinden.«

»Vermutlich hat sie ihr Möglichstes getan.« Damiens Blick wanderte kurz zu dem Mädchen, dann zurück zum Arzt am Kamin.

»Ich muß gestehen, daß ihr Zustand sehr ernst ist. Im Augenblick grassiert die Lungenentzündung im Arbeitshaus, aber wenn ich dorthin gerufen werde, sind die Kinder meistens schon in so kritischem Zustand, daß ich kaum noch etwas auszurichten vermag. Kein Wunder, daß die Kinder, die noch die Chance haben, erwachsen zu werden, ein gestörtes Verhältnis zur Gesellschaft haben.«

»Kein Wunder«, bestätigte Damien.

»Man müßte etwas unternehmen«, fügte der Arzt mehr zu sich selbst, als an Damien gewandt, hinzu. Aber Damien wußte, daß der Doktor eine ganze Nacht Geschichten über die schlimmen Zustände im Arbeitshaus von Caldbergh erzählen konnte und wieder einmal an die Beauftragten Ihrer Majestät schreiben und sich den Hausverwalter persönlich vorknöpfen würde. Aber bei den Protesten würde er es dann bewenden lassen. Dr. Whitman wurde mindestens einmal in der Woche ins Arbeitshaus gerufen, und Damien hatte den starken Verdacht, daß der gute Doktor eine hohe Summe für seine Bemühungen, seine Toleranz... und vielleicht auch für sein Schweigen kassierte.

Als sich Bonnie unruhig bewegte, stellte sich Damien ans Bett. Bonnies Wangen waren nun so rot wie brennende Fackeln und mit einem Schweißfilm bedeckt. Ihre Lippen öffneten sich, und sich flüsterte: »Papa.«

Ihre Lider hoben sich ein wenig, doch dann öffneten sie sich weit, als Bonnie Damien erkannte. Er lächelte, und sie lächelte zurück.

»Oh«, stammelte sie. »Du bist hier. Endlich bist du nach Hause gekommen.«

Damien ergriff ihre Hand. Sie war weich und schmal und schrecklich heiß.

Ihre Augen schlossen sich wieder. So langsam, als wäre die Bewegung so mühsam wie das Luftholen, und zugleich umklammerten ihre Finger wie die eines Babys seinen Zeigefinger. Er starrte auf die schmale Hand, auf das gezackte Muster ihrer abgeknabberten Fingernägel und beobachtete nun wie gebannt ihre Brust, die sich unregelmäßig hob und senkte. Er wußte nicht, wie lange er so dagestanden und ihre Atemzüge gezählt hatte. Er merkte nur, daß seine Schultern und sein Hals steif waren, als er sich schließlich Dr. Whitman zuwandte und sagte: »Falls sie überlebt — wann könnten wir sie von hier wegbringen?«

Der Arzt sah ihn überrascht an. »In Anbetracht ihrer schlechten Ernährung kann ihre Genesung lange dauern.«

»Wie lange?«

»Vielleicht einen Monat. Vielleicht zwei.«

Ohne noch einmal einen Blick auf ihr Gesicht zu werfen, löste Damien ihre Finger von dem seinen und verließ das Zimmer. Dort hatte er nichts mehr zu suchen. Er würde Bonnie das Zimmer und alles, was sie zum Leben brauchte, zur Verfügung stellen; aber es war die Aufgabe des Doktors, das Mädchen zu retten, und Damien hoffte, daß er etwas von seinem Beruf verstand.

Damien ging in die Bibliothek und verdrängte das Bild von dem eingefallenen Gesicht des Mädchens aus seinem Bewußtsein. In seinem Leben war einfach kein Platz mehr für eine zusätzliche Sorge. Er hatte schon genug eigene Probleme.

Draußen hatte der Sturm noch zugenommen. Ein brutaler, eiskalter Wind blies von Schottland herunter und ließ seine Wut mit der Gewalt eines Hurrikans an dem Herrensitz von Braithwaite aus. Damien hatte in den Jahren, die er in Amerika verbracht hatte, ganz vergessen, wie bitterkalt der Frühling in Yorkshire sein konnte. Zu dieser Jahreszeit saßen in Mississippi die Familien der Plantagenbesitzer auf den Veranden ihrer Häuser, tranken einen Minz-Julep und betrachteten die Eichen und Magnolienbäume, deren weitausladenden Äste Bärte aus spanischem Moos trugen.

Damien starrte auf die glühende Spitze seiner Zigarre, die er soeben angezündet hatte, und nahm dann den Brief zur Hand, der am Nachmittag aus Vicksburg gekommen war.

Der Krieg zwischen den Staaten eskalierte, wie er das von Anfang an befürchtet hatte. Jefferson Davis hatte ganz richtig vermutet — die Marine der Union beeilte sich, die Häfen der Südstaaten zu blockieren und damit den Export von Baumwolle für die englischen Textilfabriken zu unterbinden. Vermutlich sollte sich Damien geehrt fühlen, daß Präsident Davis ihn gebeten hatte, sich im Parlament für die Sache des Südens zu verwenden. Aber er fühlte sich nicht geehrt — er fühlte sich scheußlich. Wie sollte er die Peers dazu bewegen, sich mit den Geschäftsträgern Madison und Slidell zu treffen? Das würde zweifellos das noble Haus in seinen Grundfesten erschüttern. England war in letzter Zeit schon in zu viele kriegerische Auseinandersetzungen verwickelt gewesen, als daß es sich nun leichtfertig in ein neues Abenteuer stürzen könnte, und schon gar nicht in ein solches mit derart weitreichenden Konsequenzen.

Aber etwas mußte geschehen. Und zwar bald.

Dem Süden mangelte es an Geld und Waffen. Wenn die südlichen Häfen von ihren Handelspartnern abgeschnitten wurden — was die Marine der Union jetzt offenbar tat —, dann war es nicht mehr wichtig, ob es vierzig Tage und Nächte ununterbrochen regnete, bis die zarten Pflanzen im Schlamm ertranken. Wenn es keine Möglichkeit mehr zur Ausfuhr der Baumwolle gab, blieb sie auf den Kais liegen und verrottete dort. Oder schlimmer noch: wenn sie den Unionssoldaten in die Hände fiel, würde sie in Flammen aufgehen.

Und was wurde jetzt aus seiner Plantage, der ›Bent Tree‹? Er hatte einem Aufseher die Leitung seines Besitzes in Vicksburg übertragen, da er geglaubt hatte, seine Mission in England würde nur ein paar Wochen dauern.

Er holte das Kontobuch aus der rechten oberen Schublade und öffnete es. Himmel, was für ein heilloses Durcheinander! Was hatte sich Randolf eigentlich dabei gedacht, als er Braithwaite in eine so prekäre finanzielle Situation gebracht hatte? Die Hälfte der Bergwerke war geschlossen, und die Fabriken in Yorkshire und London hatten in den letzten drei Jahren kaum Gewinn abgeworfen. Selbst wenn er gezwungen wurde, während des Krieges hierzubleiben, um auf die Entscheidung des Parlaments zu warten, würde er mindestens sechs zusätzliche Monate darauf verwenden müssen, das finanzielle Dilemma von Braithwaite zu beseitigen. Wenn er alles so beließ wie bisher, konnten die Folgen verheerend sein. Braithwaite und das Warwick-Imperium würden Konkurs anmelden müssen.

Ein Laut riß Damien aus seinen Gedanken. Zuerst hörte

sich dieses gespenstische Geräusch eher wie das Heulen des Windes und nicht wie ein Schmerzensschrei an. Doch als dieser Klageruf von den Wänden der stillen Bibliothek widerhallte, erkannte Damien ihn als das, was er war.

Er sprang auf, rannte aus der Bibliothek, stürmte, immer zwei Stufen auf einmal nehmend, die Treppe hinauf und traf auf der Galerie eine schlaftrunkene Marianne an. Sie eilten zusammen in Bonnies Zimmer, wo Dr. Whitman Damien hilfesuchend anblickte.

»Pa!« rief Bonnie. »Verlaß mich nicht. Bitte, verlaß mich nicht!«

Sie ruderte mit beiden Armen, als suchte sie vergeblich etwas zu erhaschen, während ihr Kopf von einer Seite auf die andere rollte. Tränen schossen ihr aus den Augen. Damien bemühte sich nach Kräften, Bonnies Arme einzufangen, während der Arzt ihre Beine festhielt.

»Bonnie«, sagte Damien in beschwörendem Ton. »Du bist hier in Sicherheit. Dir kann hier nichts passieren.«

Sie warf den Kopf zurück und schrie abermals — ein langgezogener, unheimlicher Klagelaut, der Damien einen Schauer über den Rücken jagte.

»Pa! O Pa, komm zurück! Es wird gleich regnen, und du hast keinen Mantel an. *Bitte*, laß mich hier nicht allein!«

»Bonnie, Bonnie, so höre doch . . .«

»Nein!!!« schrie sie. »Er hat ihn umgebracht. Pa, bitte verlaß mich nicht!« Ihre Lider flatterten und öffneten sich. Ihr Blick heftete sich auf Damiens Gesicht. Mit fast übermenschlicher Kraft entriß sie ihm ihre Handgelenke und warf sich ihm, ehe er sie daran hindern konnte, an die Brust und schlang die dünnen Arme um seinen Hals. Sie vergrub ihr Gesicht in seinen Seidenmantel und weinte so heftig, daß das Bett bebte.

»Du bist heimgekommen«, schluchzte sie. »Verlaß mich nicht. Bitte, verlaß mich nicht.«

Damien sank mit ihr aufs Bett, legte zögernd die Arme um sie und hielt sie umschlungen, während ihr Körper von Angst und Fieber geschüttelt wurde. Bald war sein Hausmantel feucht und er spürte ihren fieberheißen Körper. Aber seine Gegenwart schien sie irgendwie zu beruhigen. Und so hielt er sie fest, bis es draußen hell wurde, während Marianne und der Arzt auf ihren Stühlen in der Nähe des Bettes eingenickt waren. Ihr Körper wurde kühler, und der Alptraum schien sie aus seinen Fängen entlassen zu haben. Als Damien glaubte, daß sie endlich friedlich schlief, versuchte er seine Schulter unter ihrem Kopf wegzuziehen; aber er hielt wieder still, als ihre Lider zuckten und er sich dann von ihren blauen Augen argwöhnisch beobachtet sah.

»Hallo, Bonnie«, sagte er leise.

»Hallo.« Es klang wie ein Hauch, der über ihre Lippen kam. »Wer bist du?«

»Ein Freund.«

Sie starrte ihn unverwandt mit großen Augen an, bis sich ihre kirschroten Lippen zu einem seltsamen Lächeln verzogen. Schließlich wisperte sie: »Ich wußte gar nicht, daß ich überhaupt Freunde habe . . . schon gar keine Freunde, die so aussehen wie du.«

»Ist das gut oder schlecht?«

Sie starrte ihn noch eine Weile an, und ihr Blick schien sich auf sein Haar, seine Nase und seinen Mund zu konzentrieren, bevor er langsam wieder zu seinen Augen zurückkehrte. Ihre Hand hob sich und berührte leicht seine Lippen. »Das ist gut«, wisperte sie und dämmerte dann rasch in einen tiefen Schlaf hinüber.

Bonnie spürte das kühle Tuch an ihrer Stirn und öffnete langsam die Augen. Das letzte Mal war da eine junge Frau gewesen — nicht viel älter als sie selbst, vermutete Bonnie —, deren runde Augen sich vor Freude weiteten, als sie erwachte. »Ich heiße Jewel. Kleines, und ...« Dann war die Stimme verebbt.

Beim nächsten Mal hatte sie eine rothaarige Frau gesehen. Bonnie hatte sie ein paar Sekunden betrachtet, bevor die Frau von einem Buch aufsah und lächelte. »Hallo, Bonnie«, hatte sie mit einer wohltönenden Stimme gesagt. »Es geht dir schon besser. Viel besser. Damien wird sich sehr freuen ...«

Wer war Damien? Wer waren diese Leute? Bisher waren es alle Fremde für sie, und sie hatte gehofft — oh, wie sehr hatte sie das gehofft! —, daß es ihr gelungen war, Birdie Smythe und dem Caldbergh-Arbeitshaus für immer zu entrinnen. Aber diese Hoffnung war nur ein törichter Traum gewesen, wie sie jetzt sah. Ein vom Fieber erzeugtes Hirngespinst. Denn sie erkannte nun das Gesicht dieses Mannes wieder. Das war der Arzt Dr. Whitman. Irgendwie hatte man sie nach Caldbergh zurückgebracht, und weil sie krank war, hatte Smythe diesen alten Quacksalber gerufen, damit er ihr den Garaus machen konnte.

Wie sie es fertigbrachte, ihre Fäuste mit solcher Gewalt zu schwingen, nachdem sie doch die letzte Woche noch am Rand des Todes geschwebt hatte, wußte sie nicht. Aber ihr Schlag gegen Whitmans Jochbein war wuchtig genug, daß er das Gleichgewicht verlor und gegen einen Tisch mit Nippes prallte. Das Klirren des zerschellenden Porzellans war so laut, daß Jewel herbeieilte und kreischte wie eine Weihnachtsgans, der man den Hals umdrehen wollte.

Auf ihren noch kraftlosen Beinen schwankend, starrte Bonnie die Dienerin an und sagte: »Er ist gestolpert.«

»Mylord!« kreischte die Jewel, als sie wieder aus der Tür rannte.

Bonnie schaute den Doktor an. Er lag auf dem Boden und rührte sich nicht. Nun ich fühle mich auch nicht besonders, dachte Bonnie höhnisch zufrieden, daß sie noch immer vor

Birdie Smythe in Sicherheit war, kroch sie wieder unter die Decke, legte den Kopf auf den Damastbezug des Kopfkissens und war in der nächsten Sekunde eingeschlafen.

Sie glaubte, hätte es aber nicht mit Gewißheit sagen können, daß sie wieder drei oder vier Tage durchgeschlafen hatte, bevor sie nun ihre ganze Kraft zusammennahm und sich im Bett aufsetzte. Verschwommen erinnerte sie sich daran, daß sie auf ein Herrenhaus zugewankt, durch eine riesige Doppeltür gestolpert und dann auf einen harten Marmorboden aus weißen und schwarzen Platten gefallen war. Sie war naß gewesen bis auf die Haut. Sie hatte gefroren. Sie war furchtbar krank gewesen. Aber sie fühle sich jetzt besser und kräftiger. Zum erstenmal seit Tagen knurrte ihr der Magen vor Hunger.

Vorsichtig glitt sie aus dem Bett und lehnte sich dagegen, bis das Zimmer sich nicht mehr um sie herum drehte. Ihre Knie waren schwach. Sie machte einen Schritt, dann zwei und hielt sich immer noch am Bett fest, bis sie sicher sein konnte, daß sie stark genug war, ohne Stütze zu gehen. So weit, so gut. Wenn sie es bis zur Tür schaffte, würde sie sicherlich jemanden finden, der ihr half. Da waren genug Leute in den letzten Tagen um sie herum gewesen.

Sie hatte den halben Weg zur Tür zurückgelegt, als sie sich im Drehspiegel sah. Ihr erster Gedanke, als sie dieses elende, zerzauste Geschöpf erblickte, war: Was ist das für eine bedauernswerte Jammergestalt! Erst dann begriff sie, daß sie ihr eigenes Spiegelbild bemitleidete. Ein Schamgefühl ergriff sie — so heiß wie eine Flamme. Sie hatte sich zum letztenmal an dem Nachmittag, an dem ihr Vater ermordet worden war — vor vier . . . nein, fünf Jahren — in einem Spiegel betrachtet.

Ihr Vater . . .

Der Alptraum, der sie seit Jahren verfolgte, drang wieder

in ihr Bewußtsein. Ihr wurde bewußt, daß die Erinnerung an die Ermordung ihres Vaters ihren Geist im Fieber beherrscht hatte. Sie erinnerte sich auch vage daran, daß sie im Delirium geschrien und nach ihrem Vater gerufen hatte. Diese Erkenntnis traf sie wie ein Keulenschlag. Verdammt, was hatte sie diesen Leuten verraten? Fünf schreckliche Jahre hatte sie mit dem Geheimnis gelebt, wie ihr Vater umgekommen war. Nachdem sie Zeugin seiner Ermordung geworden war, war sie vor dem Mörder geflohen und hatte sich tagelang im kalten Moor versteckt, überzeugt davon, daß dieses Ungeheuer ebenfalls einen Weg finden würde, sie zu ermorden, wenn sie sich mit ihrer Geschichte bei den Behörden meldete. Aus diesem Grund hatte sie in all den grausamen Jahren in Caldbergh nie ihren wahren Namen offenbart.

Sie blickte wieder in den Spiegel, schloß die Augen und wandte sich um, während der Zorn, der Schmerz und die Scham in ihr brannten wie bittere Galle. Birdie Smythe und seine Helfershelfer hatten ihr das angetan. Sie hatten sich alle Mühe gegeben, die Menschen in Caldbergh in Tiere zu verwandeln, in hilflose dumpfe Tiere, so daß die Alternativen, die sie schließlich anboten, zu verlockend war, um ihr widerstehen zu können. O ja, sie verstand das nun alles. Mit einemmal wußte sie, warum einige Mädchen nie so schlecht behandelt wurden wie andere; warum sie keine Mißhandlungen erfuhren von diesen schmutzigen Wärtern und stets getrennt gehalten wurden von den Knaben.

Der Geruch von Essen holte sie in die Gegenwart zurück. Sie stand in der Tür, klammerte sich an den Pfosten, schloß die Augen und genoß diesen Duft von gebratenem Fleisch. Himmel, wie lange war es her, seit sie zum letztenmal etwas gekaut hatte, was nicht halb roh, halb verwest, halb verschimmelt oder zu lange gekocht worden war?

Ihr Magen zog sich so heftig zusammen, daß ihr der Atem stockte und sie sich vor Schmerzen krümmte. Hätte sie noch etwas in sich gehabt, was sie hätte erbrechen können, sie hätte es jetzt auf den Boden gespuckt. Aber so wurde sie nur von einem trockenen Würgen erschüttert, bis sie meinte, ihre Därme wären nur noch zerfetzte Schläuche.

Als die Krämpfe endlich nachließen, holte Bonnie tief Luft, richtete sich langsam wieder auf und schob sich auf den Korridor hinaus. Zum erstenmal wurde sie sich der Pracht bewußt, von der sie umgeben war. Verdammt, dachte sie bei sich, wo bin ich hier eigentlich? Vielleicht bin ich gestorben. Vielleicht sieht so der Himmel aus.

Da schimmerte hier und dort goldener Zierrat, der ihre Augen blendete. Die Decke war mit reichem Stuck verziert. Dann bei näherem Hinsehen — ihre Augen weiteten sich — erkannte sie an der Decke ein halbes Dutzend nackter und pausbäckiger Engel, die nur Trompeten bliesen und sich auf Zehenspitzen über eine lange Reihe bauschiger Wolken bewegten.

Ein lautes Gelächter drang nun von unten herauf. Bonnie lauschte diesen männlichen Tönen. Irgendwie war sie davon überzeugt gewesen, daß Gott sich nie so menschlich äußern würde. Das war nicht Gott, entschied sie schließlich.

Sie setzte ihren Weg fort, hielt sich dicht an der Wand, um sich abstützen zu können. Als sie endlich die Treppe erreichte, sank sie schwankend gegen das Geländer, hielt sich mit beiden Händen an dem glatten und polierten Mahagoniholz fest und blickte auf eine Gruppe von Männern hinunter.

»Und ein andermal schlichen wir, Damien und ich, uns in Professur Corocans Salon und *liehen* uns sein Vorlesungsmanuskript aus. Wir schrieben es komplett um und streuten ein paar sehr persönliche Daten ein, Corocans — wie soll ich es nennen? — Beziehung zur Frau eines Kollegen betreffend. Der verdammte Bastard verschluckte fast seine Zunge, als er am nächsten Morgen über diese Zeilen stolperte und sie auch noch vorlas.«

Wieder dieses Gelächter. Bonnie zuckte zusammen, weil es so laut war, und konzentrierte sich dann auf den blondhaarigen Geschichtenerzähler. Er fuhr in seinem Vortrag fort und löste abermals bei seinen Zuhörern Heiterkeitsstürme aus. Sie hielten alle ein Glas in den Händen.

Ihr Blick wanderte von einem Gesicht zum anderen auf der Suche nach jenem Mann, den sie Damien nannten. Sie fragte sich, ob sie ihn erkennen würde, wenn sie ihm begegnete. Sie hatte sein Gesicht in ihren Fieberträumen gesehen, obwohl sie nicht wußte, ob er vielleicht nicht bloß ein Produkt ihrer Phantasie gewesen war. Sie hatte sich eingebildet, daß er sie umarmt und festgehalten hatte. Manchmal hatte sie ihn auch mit dem Rücken zu ihr vor dem Kamin stehen sehen oder neben dem Bett, die Hände in den Hosentaschen, während er sie gütig, aber besorgt, zu betrachten schien. Und seine Stimme war tief und wohlklingend gewesen ... wie die ihres Vaters ...

Seufzend konzentrierte sie sich wieder auf die Gruppe von Männern unter ihr. Dieser Damien war nicht darunter, stellte sie nach einer Weile fest.

»Gentlemen«, drang eine drollige, wenn auch etwas gelangweilte Stimme aus einer anderen Ecke zu ihr herauf. »Das Dinner ist serviert.«

»Nach euch«, rief der goldhaarige Mann seinen Zuhörern zu.

»Aber, aber!« gab einer seiner Freunde zurück. »Selbstverständlich nach Ihnen, guter Sir!«

Bonnie verdrehte die Augen. Sie war halbtot vor Hunger, und die Leute dort unten stritten sich, wer sich zuerst an diesen verdammten Tisch zum Essen hinsetzen sollte.

Dann ertönte wieder Gelächter, und jemand rief: »Sollte nicht jemand auch Damien zum Dinner rufen?«

»Seine Lordschaft muß eben essen, was übrigbleibt.«

Wieder eine Lachsalve, während sich auf der linken Seite

eine Tür öffnete. Als sich ein Schatten über dem Boden bewegte, schlich Bonnie um den Geländerpfosten herum, um besser sehen zu können, und verharrte mitten im Schritt, als ein großer, dunkelhaariger Mann mit elastischen Schritten ins Foyer kam. Sie konnte zunächst sein Gesicht nicht deutlich erkennen, aber als er dann plötzlich stehenblieb, weil er sie bemerkt hatte, wurde sie von einer seltsamen, fast schmerzlichen Befangenheit ergriffen, als sie in sein hartes Gesicht starrte.

Es war ein äußerst männliches Gesicht mit einer geraden, kräftigen Nase. Ein Schauer der Angst, in die sich noch etwas mischte, rieselte durch ihren Körper, als sie bemerkte, wie groß und breitschultrig er selbst aus dieser Entfernung wirkte. Da war eine Art nachlässiger Eleganz in seiner Kleidung — eine schwarze Samtjacke, die seine Schultern eng umschloß, und ein schneeweißes Tuch, das zu einem komplizierten Gebilde unter dem Kinn geschlungen und festgesteckt war. Er strahlte etwas Verwegenes aus und war von einer Aura gebändigter männlicher Leidenschaft umgeben, die sie bei den anderen Männern nicht hatte entdecken können. Und diese Augen — gütiger Gott, diese Augen! Grün wie Flaschenglas — und ebenso kalt. Seine Blicke schnitten durch sie hindurch wie ein kalter Nordwind und raubten ihr den Atem.

Erstarrt wie ein kleines, verschrecktes und entkräftetes Tier umfaßte sie mit beiden Händen das Geländer, unfähig, den Blick von ihm abzuwenden, während seine Augen sie zu taxieren schienen. Und im gleichen Moment fiel ihr blitzartig wieder das Spiegelbild von vorhin ein — das Jammerbild eines ausgemergelten, gedemütigten, schmutzigen Waisenkindes aus dem Arbeitshaus, mit hohlen Wangen und verfilztem schwarzen Haar, das bis zu den Hüften fiel. Sie spürte wieder diesen gallenbitteren Geschmack auf der Zunge, würgte ihn aber tapfer hinunter und ließ langsam den angehaltenen Atem entweichen. Sie spürte, wie ihre glühende Scham sich mit einemmal in eine ihr unerklärliche Wut verwandelte.

Wie konnte er es wagen, sie so dreist zu mustern?

»Damien!« ertönte ein Chor von Stimmen. »Die Suppe steht auf dem Tisch, alter Knabe!«

Damien reagierte mit einem knappen: »Jewel!«

Wie ein Kobold tauchte die Dienerin aus dem Schatten auf und wischte ihre nassen Hände an ihrer Schürze ab. Hinter ihr erschien ein großer, steifer Butler, der Bonnie irgendwie an einen Leichnam erinnerte. Sie traten nun beide hinter Damien und schauten zu der Galerie hinauf.

»Gütiger Himmel!« rief Jewel. »Sie ist aufgestanden.«

»Soll ich jetzt das Silber verstecken?« fragte der Diener.

»Das wird nicht nötig sein... vorläufig«, erwiderte der Hausherr knapp. »Aber bringt sie sofort wieder ins Bett.«

»Ja, Mylord, sofort«, antworteten die beiden Dienstboten wie aus einem Mund.

Doch sie bewegten sich nicht von der Stelle — zunächst nicht, wie Bonnie feststellte. Sie dachte mit einer gewissen Genugtuung: Sie haben Angst vor mir. Diese Einsicht tat ihr aber auch ein bißchen weh — so wie dieser kurze, scharfe Stich, wenn man sich die Haut am Dorn einer Rose ritzt. Sie hob das Kinn an und drückte die Schultern durch. Sie versuchte es wenigstens; denn ihre Knie waren plötzlich wieder schrecklich schwach geworden, so daß sie sich nur mit Mühe auf den Beinen halten konnte. Sie bemühte sich, den Blick aus diesen grünen Augen mit so viel Stolz und Verachtung zu erwidern, wie es ihr möglich war.

Du verdammter Aristokrat, dachte sie; du verdammter blaublütiger aufgeblasener arroganter Krautjunker...

Plötzlich lief Jewel die Treppe herauf, der leichenblasse Diener dicht hinter ihr. Als ob Damien ihre Gedanken lesen könnte, zog er eine schwarze Braue in die Höhe und fuhr mit einem belustigten Zwinkern die feine Linie seiner Oberlippe nach. Dann verließ er die Halle.

Bonnie sah Jewel an.

»Du wirst uns doch jetzt keinen Kummer machen«, sagte die Frau. »Du mußt wieder in dein Bett gehen, wie es Seine Lordschaft befohlen hat.«

»Ich habe Hunger«, erwiderte Bonnie lakonisch.

»Dein Essen wird dir gleich gebracht, sobald Seine Lordschaft versorgt . . .«

»Ich habe aber jetzt Hunger.«

»Aber erst gehen wir ins Bett. Seine Lord . . .«

»Zum Henker mit Seiner Lordschaft. Ich wette, er ist noch nie in seinem Leben hungrig gewesen.«

Jewels Gesicht nahm die Farbe einer reifen Pflaume an. »Solche Ausdrücke gehören sich nicht für eine junge Dame.«

»Ich bin keine junge Dame.«

»Seine Lordschaft war überaus entgegenkommend und . . .«

Die herrlichen Düfte, die nun vom Eßzimmer zu Bonnie heraufdrangen, ließen ihr das Wasser im Mund zusammenlaufen. Und sie riefen ihr Bilder von Birdie Smythe ins Gedächtnis, wie er an einem sich unter Platten mit gebratenem Fleisch, Pasteten und Schüsseln voller Gemüse biegenden Tisch saß, während sie und ein Dutzend anderer Waisenkinder mit schimmligem Brot und einem Teller Haferschleim abgespeist wurden.

»Verdammter Bastard«, sagte sie laut. Jewel holte erschrocken Atem, aber Bonnie blitzte die entsetzte Magd noch einmal aus ihren blauen Augen an und entfernte sich dann in Richtung ihres Zimmers.

3

Bonnie starrte zehn Minuten die Brühe an, ehe sie die Schüssel durch das Zimmer schleuderte. Es war kein Wutausbruch, sondern eher eine ohnmächtige Verzweiflungstat. Sie wußte sehr genau, daß Seine erhabene Lordschaft sich dort unten mit seinen Freunden an Roastbeef labte und daß er angeordnet hatte, ihr diese fade Lammbrühe vorzusetzen. Wahrscheinlich verfütterte er sie sonst an seine verdammten Schweine.

Bonnie schickte Jewel, die mit angehobenen Röcken und verrutschtem Häubchen an die Tür geflüchtet war, einen wütenden Blick nach und rief: »Essen! Ich hungere mich hier zu Tode, und Sie setzen mir Schafpisse vor!«

»Aber Seine Lordschaft . . .«

»Seine Lordschaft soll sich meinetwegen in Buttermilch ersäufen! Entweder bekomme ich etwas Ordentliches zu essen, oder Seine Lordschaft kann mich mal . . .« Sie gab sich nicht die Mühe, den Satz zu beenden, sondern legte sich in die Kissen zurück. »Angekommen«, murmelte sie und lächelte ein bißchen über ihre Dreistigkeit, als Jewel aus dem Zimmer hastete. Wenn man sich erfolgreich mit der Aristokratie auseinandersetzen wollte, mußte man schon laut werden, um sich Gehör zu verschaffen.

Nach zehn Minuten kam Jewel mit einem Tablett wieder. Bonnie starrte ungläubig auf die Schüssel mit Lammsuppe. Aber als sie danach griff, um sie wieder zu Boden zu schleudern, sagte Jewel: »Das würde ich nicht tun, wenn ich du wäre.« Ihre schwarzen Knopfaugen weiteten sich, als Bonnie zu ihr aufsah. Sie wich einen Schritt zurück und räusperte sich. »Seine Lordschaft meinte, daß du dir die Brühe schmecken lassen sollst — Schafpisse oder nicht Schafpisse.

Und wenn du sie noch einmal an die Wand wirfst, mußt du entweder hungern oder Seine Lordschaft wird persönlich dafür sorgen, daß dir jeder Tropfen — äh — Schafpisse, den er in Yorkshire auftreiben kann, mit dem Löffel eingeflößt wird.«

»Das hat er gesagt?«

»Ja.«

»Glauben Sie, daß er auch meinte, was er sagte?«

Jewels Kopf hüpfte auf und nieder. »Sei ein gutes Kind und iß das auf. Es kann doch nicht schlimmer sein als das, was ihr in Caldbergh bekommen habt, wenn du mir diese Bemerkung gestattest.«

»Aber ich bin hier nicht in Caldbergh«, erwiderte Bonnie. »Und ich wette, daß sich diese verdammten Bastarde dort unten in diesem Augenblick die Bäuche mit Roastbeef und Yorkshire-Pudding vollschlagen.«

Jewel stellte das Tablett beiseite und rang verlegen die Hände. »Mit Verlaub — Seine Lordschaft ist in letzter Zeit nicht in bester Laune. Also sei ein braves Mädchen und trink deine Brühe. Ich werde mein Möglichstes tun, dir morgen früh etwas Herzhafteres zu bringen. Seine Lordschaft ist der Meinung, daß du besser dran wärst, wenn du etwas weniger . . .«

»Herzhaftes?«

»Ja«, Jewel nickte, »nicht eine so schwere Kost bekämst. So ungefähr.«

Bonnie starrte wieder die Suppe an. Sie roch nicht einmal unappetitlich und vielleicht genügte sie, bis Bonnie einen Weg fand, sich eine etwas »herzhaftere« Nahrung zu besorgen. Sie betrachtete eine Sekunde lang nachdenklich den Löffel auf dem Tablett, hob dann die Schüssel an den Mund, trank sie in einem Zug aus und wischte sich dann den Mund mit dem Ärmel ihres Nachthemds ab. Dann starrte sie die staunende Dienstmagd durchbohrend an und sagte: »Sie können Ihrem verdammten Lord ausrichten, daß ich mich für seine fürsorglichen Worte bedanke.«

Ohne ihr Antwort zu geben, nahm Jewel das Tablett und verließ das Zimmer.

Bonnie legte sich in die Kissen zurück. Die Suppe hatte sogar gut geschmeckt, aber sie hatte ihren Appetit noch mehr angeregt, statt ihn zu stillen.

Sie starrte an die Decke und hoffte, daß der Schlaf sie erlösen würde. Gelegentlich drang Gelächter aus dem Eßzimmer zu ihr herauf und zuweilen der Duft von Roastbeef und Yorkshire-Pudding, von gerösteten Kartoffel und grünen Erbsen.

Endlich döste sie ein. Eine Stunde später wachte sie auf, in kalten Schweiß gebadet und mit dem Gefühl, spätestens in fünf Minuten sterben zu müssen, wenn sie nicht noch etwas zu essen bekam. Sie überlegte, ob sie Jewel rufen sollte; beschloß dann aber, es nicht zu tun, weil die Magd zu sehr die Allmacht Seiner Lordschaft zu fürchten schien.

Nun, dachte Bonnie, es wäre ja nicht das erste Mal, daß ich gezwungen bin, etwas zu stehlen, um Überleben zu können.

Sie verließ also zum zweitenmal ihr Bett. Da sie nun wußte, daß ihre Beine schon kräftig genug waren für einen kurzen Ausflug, schlich sie aus dem Zimmer und den Korridor entlang. Auf der Treppe hatte sie dann doch einige Bedenken. Es war eine sehr lange und ziemlich steile Treppe, und sie fragte sich, was sie tun sollte, wenn sie am Fluß der Treppe plötzlich grüne blitzende Augen auf sich gerichtet sah. Die Vorstellung, daß ihr Gastgeber dort unten am Pfosten der Treppe lehnte, das Gesicht im Schatten, und es dann ins Licht hob, so daß sie . . . was darauf lesen konnte? Eine Drohung? Empörung? Verwirrung? Den Schock, sie noch einmal hier zu sehen! Dieser Gedanke machte sie schwindelig und zwang sie, das Geländer noch fester zu umklammern.

Der Zorn dieses Mannes wäre bestimmt schrecklich, dachte sie bei sich. Er war bestimmt so kaltherzig wie eine verdammte Forelle — jeder Mann, der eine hungrige Waise zwang, Lammbrühe zu trinken, mußte ein Herz aus Stein haben — und wahrscheinlich ließ er sie in Gefängnis werfen, weil sie ihm einen Krümel von seinem stinkenden Pudding stehlen wollte. Oh, sie kannte diese Aristokraten. Sie betrachteten sich als Auserwählte und behandelten die kleinen Leute wie Vieh.

Sie bewegte sich unsicher von einer Stufe zur anderen und erwartete jeden Moment, von Jewel oder einem anderen Dienstboten entdeckt zu werden. Aber sie hatte Glück. Niemand kam in die Vorhalle, als sie unsicher am Fuß der Treppe ankam.

Vom Hunger vorangetrieben, ging sie auf Zehenspitzen zur nächsten Tür. Sie schielte um den Türpfosten herum und sah vor sich einen zweiten langen Flur, spähte kurz um sich und folgte dann den verlockenden Speisedüften, die ihr das Wasser im Mund zusammenlaufen ließen.

Endlich! Bonnie stand unter der mächtigen Doppeltür des Speisezimmers, starrte auf den Tisch, an dem zwanzig Personen bequem Platz fanden, dann zu der Anrichte, auf der silberne Schüsseln und Platten mit noch leise dampfenden Speisen standen. Sie stand eine volle Minute dort, bevor sie merkte, daß ihr die Tränen über die Wangen rannen. Jede Strafe, die sie jemals für einen Diebstahl bekommen hatte, zog wie der Blitz an ihrem inneren Auge vorüber, und sie überlegte — überlegte ernsthaft —, ob sie nicht dieser köstlich duftenden Versuchung widerstehen sollte. Aber dann stürzte sie sich auf die Schüssel mit den grünen Erbsen wie ein Jagdhund auf einen Hasen.

Sie hatte gerade eine Handvoll grüner Erbsen hinuntergeschlungen, als sie hinter sich eine leicht trunkene Stimme sagen hörte: »Hallo, was ist denn das?«

Bonnie fuhr zusammen und wirbelte mit einer Schnelligkeit herum, die sie selbst überraschte. Dabei riß sie ein schweres silbernes Messer vom Tisch. Sie funkelte den grinsenden goldhaarigen Eindringling böse an und erklärte: »Wenn Sie noch einen Schritt näher kommen, Sie hinterlistiger Bastard, schlitze ich Sie vom Hals bis zum Bauch auf.«

»Tatsächlich?« erwiderte er. »Mit einem Buttermesser?«

Sie sah auf das Messer mit der abgerundeten stumpfen Klinge hinunter.

»Ich würde dafür das Fleischmesser empfehlen«, fuhr der Mann mit einem Zwinkern seiner blauen Augen fort. »Das würde mich zweifellos davon abschrecken, auch nur meinen Zeh über die Schwelle zu schieben. Soll ich so lange warten, bis du dir das Messer geholt hast?«

Bonnie bewegte sich nun vorsichtig auf das gefährlich aussehende Tranchiermesser zu, das neben der größten Silberplatte auf einem Brett lag. Doch dann fiel ihr Blick auf das saftige Roastbeef, und ihr Magen krampfte sich in diesem Moment so heftig zusammen, daß sie fast in Ohnmacht fiel.

Der Fremde, der sie im Speisezimmer überrascht hatte, räusperte sich. Bonnie drehte sich um. Er lehnte mit der Schulter am Türrahmen und lächelte sie freundlich an.

»Ich wage zu behaupten, daß wir uns bisher noch nicht begegnet sind«, sagte er. »Mein Name ist Philipp Fitzpatrick. Und du mußt ... sag es mir nicht, laß mich raten.« Er tippte sich mit dem Zeigefinger nachdenklich an die Unterlippe. »Ah, beim Zeus, ich habe es! Du bist dieses kleine Persönchen — oder sagte er, diese kleine Göre ...? Ja, ich bin sicher, es war eine drastische Bezeichnung. Wie geht es dir, Miss Göre?«

Bonnies Augen wurden schmal. Ihre Unterlippe begann zu zittern.

Philippe hörte auf zu lächeln. »Himmel, ich vermute, das war nicht gerade eine nette Begrüßung, wenn ich es mir genauer überlege. Ich wollte mich nur über den alten Damien lustig machen. Er hat uns von dir erzählt ... wie heißt du nun *wirklich?*«

Sie antwortete nicht, drehte Philippe Fitzpatrick wieder den Rücken zu und starrte auf das Roastbeef, während Tränen ihre Augen füllten. Sie wischte sich die Nase mit dem Handrücken ab.

»Was suchst du hier eigentlich?« kam die Stimme wieder von der Tür her, aber diesmal freundlicher, ohne sarkastische Untertöne.

»Was, zum Kuckuck, sucht man wohl in einem Speisezimmer? Was denken Sie?«

»Ich fürchte, daß du kurz davor bist, in Ohnmacht zu fallen. Du könntest vermutlich Hilfe gebrauchen, wie? Natürlich könntest du das. Wo sollen wir anfangen? Der Yorkshire-Pudding ist sehr leicht und schmeckt wunderbar. Wie wär's damit?«

Bonnie legte den Kopf auf die Seite und beobachtete den Mann mißtrauisch.

Er nahm einen Porzellanteller und eine Kuchenzange von der Anrichte und legte ein Stück von dem knusprig braunen Eierteig in die Mitte des Tellers. Dann goß er Soße darüber, umgab den Yorkshire-Pudding mit Fleisch, Röstkartoffeln und Erbsen und drückte Bonnie den vollen Teller in die Hände.

»Darf ich dir noch einen Vorschlag machen?« fragte er.

Sie nickte immer noch mißtrauisch.

»Nimm die Hintertreppe. Die Wahrscheinlichkeit, daß dich dort jemand entdeckt, ist viel geringer.« Mit einem unbekümmerten Lächeln faßte er sie bei den Schultern und dirigierte sie aus dem Zimmer und durch einen Flur. Dann sagte er: »Laß es dir schmecken, Mädchen.«

Bonnie ging weiter, hielt dann kurz an und blickte zurück. Philippe Fitzpatrick lächelte. Diesmal war es ein schlaues Lächeln, als hätte er etwas entdeckt, das den Lauf der Geschichte völlig verändern konnte. Schließlich erreichte sie das Ende der Halle, fand dort die Hintertreppe und begann den langen Aufstieg zu ihrem Zimmer. Sie schaffte den Weg nur bis zur Hälfte, ließ sich auf einer Stufe nieder, balancierte den Teller auf den Knien und begann zu essen.

»Weißt du, welche Erinnerung sich für mich an dieses Zimmer knüpft? Damien, hörst du mir überhaupt zu?«

Damien blickte über seine Karten hinweg auf Frederick Millhouse. »Du eröffnest«, sagte er.

»Es war in dem Sommer, in dem wir beide neunzehn wurden. Erinnerst du dich?«

Damien starrte auf seine Karten. Er hatte einen Royal Flush. Er griff nach seiner Zigarre, lehnte sich zurück und wiederholte: »Du eröffnest«.

»Deine Mutter hat zur Feier deines neunzehnten Geburtstages hier einen Ball veranstaltet.«

»Genauer gesagt, einen Maskenball«, rief Clarence Newton, der neben dem Kamin saß. »Ich erinnere mich noch ganz genau daran, weil ich mich als Straßenräuber verkleidet hatte. Ich wurde zweimal auf dem Weg hierher angehalten, und das Kostüm hätte mich fast das Leben gekostet. Das war mir eine Lehre. Es war verrückt, so ein Kostüm auszuwählen.«

Damien sah sich kurz um, als Philippe hereinkam und sagte: »Ich kann mich noch sehr genau an diesen Abend erinnern. Ich bin sicher, Damien kann das auch, wenn sein Verstand noch einigermaßen intakt ist.«

Damien zog eine Braue in die Höhe und beobachtete, wie sein Freund über den Teppich zu einem Sofa schlenderte, sich ins Polster fallen ließ und den Kopf grinsend auf die Rückenlehne legte: »Wir haben damals dieses Mädchen eingeschmuggelt, was eigentlich nicht sonderlich schwierig war. Wir waren schließlich alle kostümiert.«

Clarence fügte hinzu: »Wenn ich mich recht besinne, gewann sie den ersten Preis für ihren Maskerade.«

»Es war nicht mal eine Maske«, sagte Freddy und kicherte dann wie ein Junge, der sich noch in der Pubertät befindet. »Wenn deine Eltern gewußt hätten, daß sie eine echte Hure war, hätte es ganz bestimmt einen Aufstand gegeben.«

Philippe bewegte den Kopf auf der Rückenlehne hin und her, zwinkerte Damien zu und sagte: »Das war ein denkwürdiger Abend, nicht wahr, Dame?«

Grinsend nickte Damien und klopfte dann mit den Karten leicht gegen die Tischplatte. Derlei Dinge fielen ihm sofort wieder ein. Sein Blick wanderte wieder zu Philippe, als sein Freund lachend fortfuhr: »Wir standen alle vor der Tür Wache, um sicherzugehen, daß niemand ins Zimmer platzt.«

Freddy kicherte abermals, während sein Gesicht so rot wurde wie sein Haar.

»Ich wette, es war die erste und letzte Frau, die Freddy gehabt hat«, rief Claurence.

Die Tür schwang auf, und Marianne trat ein. Alle Köpfe drehten sich zu ihr um.

Lächelnd, die Hände auf den Hüften, blickte sie der Reihe nach die schmunzelnden Gesichter an und sagte: »Jeder von euch zählt inzwischen zweiunddreißig Lenze, und dennoch hört ihr euch an wie eine Horde junger Welpen, die zum erstenmal die Witterung einer läufigen Hündin aufnehmen. Wann werdet ihr jemals erwachsen?«

Philippe verließ seinen Platz auf dem Sofa, legte einen Arm um ihre Taille und sagte: »Niemals, solange eine so schöne Frau wie du uns in Versuchung führt.«

Marianne quietschte vor Vergnügen, als Philippe seine Lippen auf ihren Hals legte. Und als seine Hand ihre Brust suchte und sie drückte, rief sie: »Wirst du noch nicht eifersüchtig, Damien?«

»Er überlegt es sich gerade«, antwortete Freddy.

»Gebt mir Bescheid, wenn sich sein Gesicht grün färbt«, rief Marianne, schlang die Arme um Philippes Hals und erwiderte seinen Kuß mit solcher Hingabe, daß Damien sich jetzt doch aufgerufen fühlte, ein wenig Eifersucht zu zeigen. Schließlich hatte er sie seit drei Tagen nicht gesehen und davor eine ganze Woche lang jede Nacht mit ihr geschlafen. Er versuchte die Krallen des grünäugigen Monsters zu zeigen, das angeblich in ihm schlummerte; aber das war ihm noch nie gelungen. Er konnte nicht einmal so tun, als ob. Bedauern war das einzige Gefühl, das ihn zur Zeit beherrschte — ein Bedauern, daß er in den letzten fünf Jahren seinem Vater immer ähnlicher geworden war, während sich seine Freunde treu blieben und die gleiche sorglose Bande wie früher waren.

Damien ließ die Karten auf den Tisch fallen. Das Spiel war vergessen. Vom Wein und Essen hatte er Kopfschmerzen bekommen. Er brauchte frische Luft. Mariannes Lachen und Freddys Kichern ging ihm auf die Nerven. Werdet erwachsen, hätte er ihnen am liebsten zugerufen. Statt dessen entschuldigte er sich und ging aus dem Zimmer.

Draußen lehnte er sich gegen eine Mauer und schloß die Augen. Ja, er wurde seinem Vater wirklich immer ähnlicher. Zum Henker mit Randolf! Warum mußte er sterben und ihm das antun! Die Verpflichtung, den Besitz von Braithwaite der Familiendynastie zu erhalten, lauerte wie ein Geier in jeder dunklen Ecke des alten Hauses, hinter jeder Skulptur, jedem Gemälde, jeder antiken Kostbarkeit in den fünfundsiebzig Räumen des Herrenhauses. Am liebsten wäre er nun in den Park gegangen, hätte seine Grabrede gehalten und sich durch sein »symbolisches« Begräbnis von der Bande verabschiedet. Aber er wehrte sich gegen die Beschränkungen, die ihm sein Titel auferlegen würde. Er sehnte sich nach seiner Plantage in Vicksburg, nach der kühlen, feuchten Erde, die ihm bei der Arbeit an den Fingern klebte, nach der Sonne, zu der er jetzt das Gesicht hätte emporheben können, damit sie ihn wärmte. Er sehnte sich nach der Freiheit, *sein* eigener Herr sein zu können und sich nicht so benehmen zu müssen, wie es die englischen Peers von ihresgleichen erwarteten...

»Entschuldigung, Mylord«, ertönte Jewels furchtsame Stimme aus dem Schatten.

Ohne die Augen zu öffnen, sagte Damien: »Ja, was ist?«

»Es ist das Mädchen, Sir. Ich bin auf ihr Zimmer gegangen, um nach dem Rechten zu sehen, und da...«

»Mädchen?«

»Die junge Dame aus Caldbergh, Mylord.«

»Ah.« Er öffnete die Augen. »Was ist mit ihr?«

»Sie war nicht in ihrem Bett, Mylord, und...«

»Nicht in ihrem Bett?«

»Nein, Mylord.«

Er wartete. »Nun...? Wo *ist* sie, Jewel?«

»Auf der Hintertreppe, Mylord. Ich denke, Sie sollten dorthin kommen.«

Er folgte Jewel zur Hintertreppe. Als erstes bemerkte er ein Paar schlanker weißer Beine. Sein Blick wanderte von den Zehen über die Waden und Knie hinauf zu den Schenkeln, wo das Nachthemd zusammengeknüllt zwischen ihren Beinen klemmte. Von den Hüften aufwärts war sie in Dunkelheit getaucht. Er versuchte zu erkennen, ob sie tot oder bewußtlos war oder nur fest schlief. Neben ihr stand ein Teller mit Soße und Fleischresten.

»Soll ich jemanden holen, Mylord?« fragte Jewel.

»Ich bin doch hier, oder nicht?« erwiderte er.

»Ja, Mylord. Ich meinte doch nur...«

»Ich weiß, was Sie meinten, Jewel.« Er sah sie streng an und sagte: »Sie können gehen, Jewel. Ich werde die junge Dame selbst auf ihr Zimmer bringen.«

»Ja, Mylord.« Mit einem Knicks hüpfte Jewel die Treppe hinunter und verschwand. Damien starrte noch eine lange

Sekunde auf Bonnie, bevor er sich auf ein Knie niederließ und sie auf seine Arme hob.

Ihr Kopf lag an seiner Schulter, und er spürte ihre Wärme durch sein dünnes Batisthemd, das plötzlich Soßenflecken aufwies. Damien bemühte sich sehr, eine zornige Miene aufzusetzen, obwohl ein Lächeln um seine Mundwinkel spielte. »Das war sehr dumm«, sagte er leise. »Du hast dir zwar den Bauch vollgeschlagen, wie ich sehe; aber dafür wirst du morgen bezahlen müssen. Das geschieht dir recht, Bonnie.«

Er trug sie in ihr Zimmer und legte sie ins Bett. Er steckte die Decke um sie herum fest und zog sie bis zu ihrem Kinn hinauf. Er fragte sich, wie alt sie sein mochte. Vierzehn? Höchstens fünfzehn, vermutete er. Er strich eine schwarze Haarsträhne von ihrer Wange und fuhr mit dem Fingerknöchel die Konturen ihrer hohen Wangenknochen nach. Bis ihm bewußt wurde, was er da tat, und erschrocken die Hand zurückzog, als hätte er sich an ihrem Gesicht verbrannt. Die Gereiztheit, die er diesem Mädchen gegenüber empfunden hatte, war inzwischen einem anderen Gefühl gewichen ... aber welchem? Empfand er Bedauern, daß er gezwungen gewesen war, nach England zurückzukehren? Daß er sich hier plötzlich als Erbe eines riesigen Besitzes wiederfand, obwohl er lieber die schwarze Erde Mississippis umgepflügt hätte? Neben ihm schlief ein Mädchen, das nichts besaß, aber es hatte oben auf der Galerie gestanden und ihn mit dem wilden Stolz eines jungen Kriegers angesehen.

Seine Hand wanderte wieder zu ihrer Wange. Im Schlaf waren ihre Züge weich, und der Hauch eines Lächelns lag auf ihrem Mund. Die Gewißheit ihrer Unschuld und ihrer Einsamkeit erfüllte ihn mit einem beunruhigenden Verlangen, sie mit jedem erdenklichen materiellen Besitz zu belohnen, den sie ihr Leben lang hatte entbehren müssen. Er hatte Lust, ihr die besten Mahlzeiten vorzusetzen, bis alle Spuren des Hungers aus ihren hohlen Wangen getilgt waren. Er wollte sie in die feinsten Stoffe kleiden, die Pariser und Londoner Modehäuser zu bieten hatten.

Warum?

Weil er sich in der absurden Vorstellung gefiel, daß er das Vermögen, das sein Vater und Bruder ihm vererbt hatten, nicht verdiente? Weil er genausowenig wie dieses Mädchen dazu getan hatte, dieses Schicksal zu verdienen?

Er berührte Bonnies Hand mit der Fingerspitze. Ein seit langem schon in ihm schlummerndes Gefühl regte sich plötzlich wie ein Drachen, den man schon lange totgesagt, unerwartet zum Leben erwacht. Abrupt drehte er sich dem Kamin zu, zerstreute geschäftig die Glut und schüttete frische Kohlen auf den Rost. Er kasteite sich dabei selbst, denn es war so warm im Zimmer, daß er zu schwitzen begonnen hatte. Er ging im Raum auf und ab, blieb stehen, bedeckte das Gesicht mit den Händen und dachte, gütiger Gott, was geschieht mit mir?

Er fing sich wieder und starrte Bonnie an. Der Schweiß sammelte sich auf seiner Stirn und tropfte auf sein Hemd. Er sagte sich, daß er sich gleich morgen mit Birdie Smythe in Verbindung setzen und ihm mitteilen mußte, daß sich der Flüchtling in seinem Haus befand. Schließlich hatte sich Bonnies Gesundheitszustand wesentlich gebessert, aber er mußte Smythe dennoch darauf aufmerksam machen, daß sie natürlich noch so lange in Braithwaite bleiben müsse, bis sie kräftig genug war, in Caldbergh überleben zu können.

Aber ihr Platz war im Waisenhaus.

Er hatte schließlich schon genug Verantwortung zu tragen und mußte sich nicht auch noch mit einem Caldbergh-Problemkind belasten.

»Damien?«

Er drehte sich um und sah, daß Marianne in der Tür stand und ihn beobachtete.

»Hier bist du also«, sagte sie und lächelte. »Ist mit Bonnie alles in Ordnung?«

»Ich denke schon«, brummte er. »Überzeuge dich selbst. Nachdem sie sich die halbe Vorratskammer von Braithwaite einverleibt hat, wird sie wohl bis morgen Abend schlafen.«

»Wie ermutigend.«

Er murmelte wieder etwas, bevor er sich erneut dem Kamin zudrehte. Er hörte Mariannes Kleid hinter sich rascheln. Dann berührte ihre Hand sacht seinen Rücken.

»Sie ist eine sehr frühreife junge Dame.«

»Als das würde ich sie kaum bezeichnen.«

»Nicht als frühreif?«

»Nicht als Dame.«

»Oh, das könnte sie aber sein. Mit ein wenig Anleitung natürlich.«

Er starrte ins Feuer.

»Du hast doch nicht ernsthaft vor, sie zurückzuschicken oder?«

»Aber natürlich. Hast du vergessen, Marianne, daß mein Aufenthalt in diesem Land nur von begrenzter Dauer ist?«

Sie legte die Arme um seine Taille und flüsterte: »Ich dachte, ich hätte dich überzeugt, daß du hierbleiben mußt.«

»Keine Chance.«

»Damien?« Sie preßte ihr Gesicht an seinen Rücken und fuhr sacht mit den Händen über seine Brust. »Hast du mich in den letzten paar Tagen vermißt?«

»Ich war beschäftigt ... und die Jungs ...«

»Ist es so schwierig für dich?«

Er runzelte die Stirn, weil er wußte, was sie meinte, es aber nicht wahrhaben wollte.

»Louisa hat dir sehr weh getan, deshalb kannst du einer Frau niemals gestehen, daß sie dir etwas bedeutet, nicht wahr, Dame?«

»Ich möchte darüber nicht reden.«

»Du solltest heiraten.«

»Ich sagte doch ...«

»Kinder haben.«

»Ich — will — keine Kinder«, bemerkte er und drehte sich langsam zu ihr um. »Und wozu brauche ich eine Frau, wenn ich doch eine hier habe?«

Marianne wich vor ihm zurück, während ihr Gesicht jede Farbe verlor bis auf die beiden roten Flecken Rouge auf ihren Wangen.

Er fuhr fort: »Zugegeben, du bist die Frau eines anderen, aber bestimmt kein Musterbeispiel ehelicher Treue. Du bist nicht nur dieser Attrappe von einem Ehemann untreu, sondern auch mir. Glaubst du, ich wüßte nicht, mit wem du dich getroffen hast in den letzten drei Tagen, als du deine ›kranke Freundin‹ in York besucht hast?«

Sie schüttelte den Kopf.

Damien lachte bitter. »Du hast mit Gene Spears geschlafen. Das wissen wir beide. Ich habe den Verdacht, daß ich noch seinen Samen auf deinen hübschen weißen Schenkeln entdecken könnte, wenn ich deine Röcke hochheben würde.«

Sie sah ihn überrascht an und schwankte wie ein Schilfrohr im Wind. Schließlich schüttelte sie langsam den Kopf. »Das sieht dir so gar nicht ähnlich«, brachte sie stockend über die Lippen. Dann, mit einem kläglichen Versuch, zu lächeln: »Vielleicht bist du doch — ein bißchen eifersüchtig?«

»Du leugnest es nicht«, sagte er schroff.

»Es geht dich wirklich nichts an.« Sie wich zurück. »Was, um Himmels willen, ist über dich gekommen?« flüsterte sie und senkte dann den Blick. Plötzlich lachte sie verführerisch. »Oh, ich hätte es wissen müssen. Warum hast du mir nicht gleich gesagt, was für ein Problem du hast, Liebling?«

Er hätte ihr gestehen sollen, daß seine Erektion nichts mit ihr zu tun hatte und daß dieser Druck in seinen Lenden schon entstanden war, als er Bonnies weiße Beine im Kerzenlicht auf der Hintertreppe gesehen hatte? Und daß sich seine Begierde verstärkt hatte, als er ihr Gesicht mit den Fingerspitzen berührte?

Marianne trat auf ihn zu, fuhr mit den Händen über seine Schultern und legte sie um seinen Nacken. »Warum hast du das nicht gleich gesagt?« wiederholte sie. Als sie sein Gesicht zu sich zog, fühlte er sich gedrängt, noch einmal einen Blick auf das Gesicht im Bett zu werfen. Stöhnend schloß er die Augen, vergrub seine Hände in Mariannes Haar und küßte sie.

4

Seine Lordschaft hatte recht behalten. Bonnie wußte das inzwischen. Jedesmal, wenn sie sich über dem Nachtgeschirr erbrach, sah sie Damiens grinsendes Gesicht vor sich und hörte seine Stimme: ›Ich habe es dir doch gesagt, du Göre, daß dein eingeschrumpfter Magen nicht mehr vertragen kann als Schafpisse.‹

Er hatte das natürlich nicht wirklich gesagt. Er und diese rothaarige Schlampe hatten sich fast mit Küssen erstickt, bevor sie schließlich engumschlungen das Zimmer verlassen hatten.

Bonnie würgte wieder. Diesmal muß ich ganz bestimmt sterben, dachte sie bei sich. *Hier ruht Bonnie Eden, Vollwaise, die man tot in ihrem Bett fand, erstickt an grünem Erbsenbrei.*

Bonnie sank in die Kissen zurück, wischte sich die Nase und den Mund mit dem Ärmel ab und wartete, bis der Krampf sich löste. Als sie sicher war, daß nichts mehr in ihrem Magen war, stieg sie aus dem Bett, nahm das mit Rosengirlanden verzierte Porzellannachtgeschirr und ging damit zum Fenster.

Sie hob das Gefäß in die Höhe, bewunderte seine edle Form und dachte noch, daß die Rosen auf eine etwas verspielte Weise hübsch waren. Ihrer Mutter hätten sie gefallen. Sie hatte eine Schwäche für Rosen gehabt. Zu Hause waren am Zaun Rosen gewachsen. Aber ihre Mutter hatte nie so etwas Prächtiges wie dieses Gefäß besessen, und sie hätte es bestimmt nicht als Nachttopf benützt, sondern Sonntags als Schüssel für Suppe oder als Zierstück auf der Anrichte. Der Nachttopf, den sie im Haus gehabt hatten, war ein Zinneimer gewesen, der so groß war, daß man hätte hineinfallen können, wenn man nicht aufgepaßt hätte.

Bonnie schob das Fenster auf, drehte das Gesicht in den kalten, feuchten Wind, holte tief Luft und spürte, daß der Wind in ihre schwachen Lungen schnitt wie eine Rasierklinge. Dann warf sie das Nachtgeschirr aus dem Fenster und lauschte, bis er unten auf der Veranda scheppernd zerbarst. Sie kehrte ins Bett zurück.

Als sie am nächsten Morgen aufwachte, stand Jewel an ihrem Bettende und starrte sie aus ihren schwarzen Knopfaugen an. Ihr Gesicht war so grau wie Sauerteig. Bonnie grinste, als ihr Magen knurrte. Du kannst mir deine Schafpisse bringen, Schätzchen, dachte sie. Ein ganzes Faß voll, wenn du möchtest. Ich habe verdammt großen Hunger.

Aber Jewel sagte nur: »Du hast es geschafft. Seine Lordschaft ist außer sich vor Wut und . . .«

»Was habe ich geschafft?« fragte Bonnie. Sie war noch zu benommen, um zu begreifen, wovon dieser Hausdrachen redete.

»Du hast ein Erbstück zertrümmert. Eine Kostbarkeit.«

Bonnie rieb ihre Augen, sah sich im Zimmer um und kratzte sich dann am Bauch. »Was?« fragte sie.

»Das Nachtgeschirr.«

»Das...«

»Nachtgeschirr. Es war seit mehr als hundert Jahren im Besitz der Familie.«

Bonnie schleuderte die Decke zurück. »Nun, dann wurde es Zeit, daß es kaputtging, würde ich meinen.«

»Er droht damit, dich sofort wieder ins Arbeitshaus zu schicken, Mädchen. Ich denke, das solltest du wissen.«

Das machte Bonnie nun allerdings hellhörig.

»Wenn Lady Marianne nicht gewesen wäre, hätte er dich schon längst aus dem Haus geworfen. Lady Marianne ist...«

»Ich weiß verdammt genau, was sie ist«, fiel Bonnie Jewel ins Wort. Um das nicht zu merken, hätte man sie schon in einer Höhle oder einem Kloster aufwachsen lassen müssen. »Woher hätte ich wissen sollen, daß dieser Pißpott eine verdammte...«

»...Kostbarkeit war«, beendete Jewel den Satz für Bonnie. »Du hättest ja fragen können.«

»Ich war nicht dazu aufgelegt, zu fragen. Ich war die ganze Zeit über mit Kotzen beschäftigt.«

»Seine Lordschaft hat dich gewarnt...«

»Hören Sie auf«, schnappte Bonnie. »Ich habe es satt, mir immer wieder anzuhören, was Seine Lordschaft tut oder denkt.«

Die Farbe war nun wieder in Jewels Gesicht zurückgekehrt, und ihre Wangen glühten. Ihre Hände kneteten nervös den Stoff ihrer Schürze, als sie sagte: »Deine Einstellung gegenüber Seiner Lordschaft läßt viel zu wünschen übrig, meine ich. Schließlich könntest du jetzt tot sein, wenn Seine Lordschaft nicht gewesen wäre.«

Bonnie konnte darauf nichts erwidern. Die Dienstmagd hatte recht.

Jewel deutete auf den Eimer in der Ecke. »Von jetzt an benützt du das, bis man dir etwas Besseres anvertrauen kann.«

Bonnie verdrehte die Augen und schlüpfte aus dem Bett.

Sie sah Jewel ins Gesicht und sagte: »Ich brauche Ihre Hilfe dabei nicht, danke.« Und dann, als sich die Magd schon der Tür zuwandte: »Und Sie können Seiner großmächtigen Lordschaft ausrichten, daß es eher in der Hölle schneien wird, als daß ich mich ihm gegenüber unterwürfig zeige. Und außerdem soll er mir von jetzt an seine Predigten selbst halten, falls er sich nicht zu fein dazu ist, sich in meiner niedrigen Gesellschaft aufzuhalten. Und wenn ihm das nicht paßt, kann er meinetwegen seine kostbaren Pißpott-Erbstücke nehmen und sein Dinner daraus essen.«

Jewel warf die Tür hinter sich zu.

Bonnie starrte auf die Tür, und das Lächeln auf ihrem Gesicht erlosch, als sich die Schritte der Dienstmagd entfernten. Sie spielte mit dem Gedanken, ihr nachzugehen und sie, in einem freundlicherem Ton, zu bitten, Seiner allmächtigen Lordschaft nicht solche Dinge zu sagen. Sie hatte es bestimmt nicht eilig, in das Caldbergh-Arbeitshaus zurückzukehren. Tatsächlich hatte sie die Absicht, überhaupt nicht mehr in jenes Haus zurückzukehren; aber was Seine allmächtige Lordschaft nicht wußte, konnte ihn auch nicht verdrießen.

Sie war überrascht, daß sie doch ein wenig das schlechte Gewissen plagte wegen dieses Nachtgeschirrs. Schuldgefühle konnten sich eigentlich nur behütete brave Kinder mit Schuhen leisten. Sie war selbst einmal ein solches Kind gewesen, bevor sie nach Caldbergh gekommen war. Dort hatte sie rasch gelernt, daß man kein Gewissen in dieser Welt, in der nur der Robusteste, Schnellste und Grausamste überleben konnte, haben durfte. Man mußte genauso austeilen wie einstecken können, oder man verhungerte oder erfror.

Bonnie erinnerte sich noch gut an den Morgen, zwei Tage nach Ihrer Einweisung in das Arbeitshaus, als sie beim Aufwachen entdecken mußte, daß ihr jemand in der Nacht die Schuhe von den Füßen gestohlen hatte. Sie hatte die nächsten zwei kalten Monate ohne Schuhe verbracht. Und als sie eines Nachmittags auf ihrem Strohsack auf dem Boden zu schlafen versuchte, war Birdie Smythe mit seiner Birkenholzrute hereingekommen und hatte dem zitternden, halbverhungerten Mädchen erklärt, daß jedem Schuhe zur Verfügung standen, wenn er sie sich nahm.

Bonnie war die erste gewesen, die auf den Beinen war. Sie lachte und schwang die Arme wie eine Verrückte. Sie wunderte sich, warum sie die einzige war, die sich so freute, obwohl ein halbes Dutzend andere Mädchen keine Schuhe hatten. Zweiundzwanzig Gesichter mit großen hungrigen Augen hatten sich ihr zugedreht. Doch keines der Mädchen hatte etwas gesagt. Nicht ein Wort, weil sie bereits wußten, was Bonnie bald genug herausfinden sollte.

Die Schuhe gehörten Helen Brown.

Und Helen Brown war tot.

Es wäre vielleicht nicht so schlimm gewesen, wenn Smythe Bonnie die Schuhe einfach in die Hand gedrückt und gesagt hätte: »Freu dich daran, du kleines Biest.« Aber das war nicht Smythes Art. Er hatte sie dazu gezwungen, zu Helens Leiche zu gehen und ihr die Schuhe auszuziehen. Sie hatte fast eine halbe Stunde gebraucht, um den Mut dafür aufzubringen, und das war, wie sich Bonnie erinnerte, ihr letzter Kampf mit ihrem Gewissen gewesen. Als sie dann die Schuhe über ihre eigenen Füße streifte, hatte sie mit Entsetzen bemerkt, daß sie noch warm waren. Sie hatte sich, wie vom Teufel gehetzt, auf den Hof geflüchtet und sich dort übergeben — aber nicht Yorkshire-Pudding und Roastbeef; sondern Galle und den Ekel vor sich selbst. Aber sie hatte die Schuhe behalten, zuweilen auch um sie gekämpft — das war sie Helen Brown schuldig gewesen. Von da an legten sich die Kinder im Arbeitshaus nur noch selten mit Bonnie an. Sie hatten Angst vor ihr — zu Recht, nach Bonnies Ansicht.

Sie fühlte sich jetzt entschieden kräftiger. Ihr Fieber war

gesunken, ihre Haut fühlte sich kühl an, obwohl ihre Lungen beim Atmen noch immer schmerzten. Sie langweilte sich, was ein eindeutiger Beweis dafür war, daß es ihr besser ging. Vielleicht sollte sie sich im Haus umsehen und die Möglichkeiten für zukünftige gewinnbringende Streifzüge erkunden. Sie konnte sich die Sachen aussuchen, die sie stehlen konnte, bevor sie Seiner allmächtigen Lordschaft ein freundliches Lebewohl sagte.

Bonnie suchte ihre Kleider, aber sie waren nicht da.

Sie verließ das Zimmer und schlich vorsichtig den Korridor entlang bis zur Galerie. In der Halle herrschte eine ungewöhnliche Betriebsamkeit — Diener huschten hin und her; einige putzten Silber, andere wieder lagen auf den Knien und schrubbten den Marmorboden. Es war ermüdend, ihnen dabei zuzuschauen; also machte Bonnie kehrt und erkundete den Flur in der entgegengesetzten Richtung.

Sie war schon ein gutes Stück gegangen, als sie ein Lachen hörte. Seines und ihres. Sie erstarrte. Das Bild der beiden — wie sie sich umarmt hatten — stand ihr noch deutlich vor Augen. Sie hatte Damien eine Weile beobachtet, als er noch allein in ihrem Zimmer hin und her gelaufen war wie eine eingesperrte Katze. Sie hatte nur einen Blick auf sein Gesicht erhaschen wollen. Er hatte etwas von einem Teufel an sich, das sie erschreckte und zugleich verblüffte. Er paßte so gar nicht zu dem Bild, das sie sich von Aristokraten gemacht hatte — er war weder blaß noch steif. Obwohl da jedesmal ein Funken in seinen Augen war, wenn er sie ansah, der zu besagen schien: ›Hier bin ich — und ich finde mich großartig‹.

Bonnie runzelte die Stirn, als sie daran dachte, wie er an ihrem Bett gestanden und ihr das Haar aus dem Gesicht gestrichen hatte. Und kurz darauf war diese Marianne hereingekommen und hatte alles verdorben. Bonnie hatte zusehen müssen, wie sie ihn streichelte und küßte. Doch dann, als sein Mund sich auf den ihren gesenkt hatte, hatte er zu ihr, Bonnie, herübergeschaut.

»Die ersten Gäste werden schon heute nachmittag eintreffen«, hörte sie die Frau, die Marianne genannt wurde, sagen. »Es wird fast wieder so sein wie in alten Zeiten. Alle unter einem Dach vereint. Wie herrlich.«

Keine Antwort. Dann: »Was ist das?«

»Ich wollte dir dein Geburtstagsgeschenk schon vorher geben.«

»Ich dachte, die Party wäre dein Geschenk.« Dann folgte das Rascheln von Papier, darauf ein längeres Schweigen.

»Gefällt es dir?« fragte die Frau.

»Ja.« Das Wort klang fröhlich. Bonnie lächelte, als sie es hörte. »Es ist sehr hübsch, Mari.«

»Ich liebe dich, weißt du das?«

»Ich weiß.«

Als Bonnie die Worte »ich liebe dich« hörte, machte sie jählings kehrt und begab sich in ihr Zimmer zurück. Sie fragte sich, ob das Fieber zurückkam, weil ihr Gesicht brannte wie Feuer und ihr Herz so rasch schlug, daß sie befürchtete, ohnmächtig zu werden, bevor sie ihr Bett erreichte.

Ich liebe dich.

Sie hörte diese Worte immer wieder in ihrem Kopf, bis ein ihr unbegreiflicher Zorn ihren Schwächeanfall verdrängte . . . Zorn auf Seine Lordschaft, seine Geliebte, und Wut auf sich selbst, weil sie darunter litt, daß die beiden etwas miteinander hatten. Wie kam sie überhaupt dazu, sich einzubilden, daß seine Sorge um ihr Wohlergehen mehr gewesen wäre als bloße Fürsorge für eine Kranke? Zweifellos hatte ihr ihre Phantasie einen Streich gespielt. Aber er hatte doch an ihrem Bett gestanden, sie in seinen Armen gehalten und an sich gedrückt, als sie mit ihrem Alptraum kämpfte, oder nicht? War das alles nur eine Wahnvorstellung ihres kranken Gehirns gewesen?

Mariannes Lachen hallte wieder durch den Korridor. Bonnie wischte sich die Tränen mit dem Handrücken ab, stieg aus dem Bett und spähte durch die Tür auf den Korridor. Marianne, prächtig gekleidet in smaragdgrünem Satin, stand vor Damien, der einen schwarzen Abendanzug trug, und heftete eine weiße Rosenknospe an seinen Jackenaufschlag.

Bonnie zog sich wieder zurück, wie geblendet von Mariannes Erscheinung, stellte sie sich vor die Kommode und starrte ihr eigenes Spiegelbild an. Dann nahm sie den Schildpattkamm, der neben der Waschschüssel lag. Konnte sie nicht aussehen wie die Königin von England? Nur war sie eben ein Waisenkind, ein Nichtsnutz, eine Göre. Ein Gossenkind aus Caldbergh. Und Seine großmächtige Lordschaft sorgte schon dafür, daß sie das keine Sekunde lang vergaß.

Ein Klopfen an der Tür unterbrach Bonnies Gedankengang. Sie drehte sich um, und Philippe Fitzpatrick öffnete die Tür.

»Hallo«, sagte er lächelnd.

Bonnie lief zum Bett, sprang hinein und zog sich die Decke bis zum Kinn hinauf.

»Erinnerst du dich an mich?« fragte er.

»Ja«, erwiderte sie. »Sie sind derjenige, der mich fast umgebracht hätte mit dem verdammten Fleisch und Pudding.«

»Was du nicht sagst. Nun, dann entschuldige ich mich dafür. Darf ich hereinkommen?«

»Warum?«

»Um guten Tag zu sagen, natürlich.«

»Das haben Sie bereits gesagt.«

»Oh. Du willst also, daß ich wieder gehe?«

Bonnie knabberte an ihrer Unterlippe.

Philippe schlüpfte lächelnd ins Zimmer. Auf einer Hand balancierte er ein Tablett mit Speisen. »Ich bin über Jewel gestolpert, als sie gerade mit dem Tee heraufkommen wollte.

Ich beschloß, ihr den Gang abzunehmen, da ich sowieso in dieser Richtung unterwegs war.«

»Sie wollen mich besuchen?«

»Aber gewiß.«

Bonnie starrte ihn mißtrauisch an. »Blödsinn«, sagte sie schließlich. »Warum sollten Sie das tun?«

»Weil ich dich mag.«

Bonnie runzelte die Stirn.

Makellos bekleidet mit taubengrauem Jackett, gestreiften Hosen, einem weißen Batisthemd und einer weißen Seidenkrawatte, näherte sich Philippe vorsichtig Bonnies Bett, ehe er sagte: »Versprichst du mir, daß du dich nicht noch einmal mit dem Buttermesser auf mich stürzt?«

Grinsend kniff Bonnie die Lider zusammen und erwiderte: »Versprochen.«

»Und du wirfst mir auch keinen Nachttopf an den Kopf?«

»Nein.«

»Großartig!« rief er. »Heißt das, daß wir Freunde sind?«

Bonnie betrachtete die Speisen auf dem Tablett und schaute dann wieder Philippe an. »Ich kann mir nicht vorstellen, was wir beide wohl miteinander gemein haben könnten.«

»Damien natürlich.«

»Oh«, erwiderte Bonnie. »Nun dann ... setzen Sie sich dorthin.«

Damien warf einen Blick über die Köpfe seiner Freunde hinweg und unterdrückte ein Gähnen. Er hatte sich stundenlang lächelnd in der Menge bewegt, und das reichte ihm nun. Er wollte jetzt nicht mehr an seinen Geburtstag erinnert werden, und diese Grüppchen aufgeregt schwatzender Leute gemahnte ihn ständig daran, daß er dreiunddreißig Jahre alt geworden und auf dem besten Wege war, ein Greis zu werden. Dies war nicht mehr sein Leben, dieses Taumeln von einer Saison in die andere, dieses Geplauder bei Sekt und Kaviar, während in diesem Augenblick in Vicksburg möglicherweise alles, was ihm lieb und teuer war, zerstört wurde.

Er stieß die Terrassentür auf und trat aus dem überfüllten Ballsaal hinaus in die Nacht. Gegen Mittag hatte es aufgehört zu regnen, und auch der Wind hatte sich gelegt. Während er zum dunklen Himmel hinaufblickte, die Wolken über den Viertelmond hinweghuschen sah und das Hundegebell in der Ferne hörte, fiel ihm ein, daß er seinen Gästen schon bei Anbruch der Dämmerung als Veranstalter eines blutrünstigen Spektakels, einer Fuchsjagd über das Moor, wieder zur Verfügung stehen mußte.

»Er ist nicht so schlecht, Mädchen. Ein bißchen träge, nehme ich an, nachdem er so viele Jahre unter Barbaren gelebt hatte. Aber er ist ein liebenswerter Bursche, wenn man ihm die Chance dazu gibt.«

Fitzpatrick? Damien runzelte die Stirn und blickte sich auf der Terrasse um. Er fragte sich, welche Lady sein alter Freund dazu hatte überreden können, sich mit ihm in den dunkeln Park hinauszuwagen.

»Er ist ein verdammter Menschenfresser«, lautete die Antwort.

Philippe Fitzpatrick lachte leise. »Aufbrausend wäre wohl eine zutreffendere Beschreibung von Warwick. Er ist ein Hitzkopf, da stimme ich dir zu, Bonnie. Vielleicht auch ein wenig sauertöpfisch; aber er war nicht immer so. Es gab eine Zeit, in der er herzhaft lachen ...«

»Blödsinn«, wurde Philippe unterbrochen. »Er weiß gar nicht, was das ist.«

»Er weiß es. Bei der Unschuld unserer Königin — Damien war ein außerordentlich umgänglicher Bursche.«

»Er wollte mich nach Caldbergh zurückschicken, nur weil ich seinen verdammten Nachttopf zertrümmert habe.«

»Leere Drohungen. Typisch für Damien.«

»Ich traue ihm diese Gemeinheit zu — und noch schlimmere Sachen.«

Damien spähte angestrengt in den dunklen Park hinaus und sah dann zu dem Balkon mit dem schmiedeeisernen Geländer im ersten Stock hinauf. Zwei Paar Beine pendelten dort zwischen kunstvoll geschmiedetem Zierrat, das eine in gestreiften Hosen, das andere nackt von den Knien abwärts. Er betrachtete die winzigen weißen Füße, die über seinem Kopf hin und her schwangen.

»Was ist das?« fragte Bonnie.

»Gäse-Pâté auf Toast«, erwiderte Philippe.

»Gänse-was?«

»Gänseleberpastete.«

Damien sah, daß ein Stück Gänseleberpastete auf die Veranda fiel und seine Schuhkappe nur um Millimeter verfehlte.

»Was für eine Verschwendung!« kicherte Bonnie.

»Mylord«, kam Stanleys Stimme von der Terrassentür her. »Ihr Onkel ist eingetroffen ... Sir?«

Damien drehte sich stirnrunzelnd zu seinem Butler um. »Wie bitte?« fragte er. Sein Verstand war noch mit der Tatsache beschäftigt, daß sein Freund mit dieser Göre aus Caldbergh Süßholz raspelte.

»Sir Richard Sitwell ist soeben eingetroffen«, wiederholte Stanley.

Damien kehrte in den Ballsaal zurück und zog die Türen hinter sich zu. Er folgte Stanley ins Vestibül, blieb stehen und betrachtete den Neuankömmling. Er stellte fest, daß sein Onkel an der Taille ein paar Zoll zugelegt und sein Gesicht die blühende Farbe angenommen hatte, die eine extreme Vorliebe für Portwein verriet. Der alte Schwerenöter hatte ein Temperament, das ihn schon oft mit Vertretern maßgeblicher englischer Gesellschaftskreise entzweit hatte, ganz zu schweigen von Damiens Vater. Aber Richards Herz war so groß wie das britische Empire und so weich wie Eiderdaunen. Endlich sah Richard, der in der Halle auf und ab ging, auf, und Damien lächelte.

Beide breiteten die Arme aus und umarmten sich. Richard drückte Damien so fest an sich, daß dieser kaum Luft bekam. Endlich lösten sie sich wieder voneinander und musterten sich mit kritischen Blicken. »Bei Gott«, sagte dann Richard mit einem Beben in der Stimme und einer Träne im Auge. »Damien, einen Moment lang hätte ich dich fast nicht wiedererkannt.«

»Habe ich mich so sehr verändert, Onkel?«

»Ja, Junge, das hast du. Das hast du!« Damiens Gesicht in beide Hände nehmend, sagte Richard mit einem Seufzer: »Du bist als Jüngling nach Amerika gegangen und als Mann zurückgekehrt.«

»Danke. Ich denke, das ist ein Kompliment.«

»Komme ich zu spät zur Feier?«

»Kaum. Ich bin froh, wenn ich die Bande bis zum Wochenende wieder los bin.«

»Wie in den guten alten Tagen, wie, Junge?«

Richtig, dachte Damien, genauso war es.

Damien nahm den Arm seines Onkels und führte ihn weg von der Musik durch den langen Korridor zur Rückseite des Hauses. Dann rief er Stanley zu, daß sie nicht gestört werden wollten und er ihnen eine Karaffe mit Brandy und eine zweite mit Port bringen sollte. Dann schloß Damien die Tür hinter sich, lehnte sich dagegen. Er dankte Gott, daß es noch einen Winkel in Braithwaite gab, in dem sich keine ausgelassenen Gäste tummelten.

Nachdem Richard seinen Mantel über die Rückenlehne eines Sessels geworfen hatte, spreizte er die Finger vor dem Feuer und sagte: »Verdammt kalter Frühling, Damien. Der schlimmste seit Jahren. Wie war es in den Kolonien?«

»Warm.«

Als Damien ein diskretes Klopfen hörte, gab er die Tür

wieder frei, und Stanley kam mit einem silbernen Tablett und zwei Karaffen ins Zimmer. Nachdem er ein Glas Port und einen Schwenker mit Brandy eingegossen hatte, zog sich der Butler leise zurück.

»Da geht ein guter Mann«, sagte Richard Sitwell, mit dem Kopf zur Tür deutend. »Ich wette, so eine Loyalität wirst du in Mississippi schwerlich finden.«

»Nein«, erwiderte Damien leise, »wohl nicht.«

Sie blickten in ihre Gläser und lauschten der fernen Musik. Endlich ließ sich Richard in einen Queen-Anne-Sessel fallen, nippte an seinem Port und blickte Damien offen ins Gesicht.

»Wenn ich sage, daß ich erstaunt war, als ich deinen Brief erhielt, wäre das die Untertreibung des Jahres.«

»Das kann ich mir vorstellen.«

»Ehe ich London verließ, hatte ich noch eine lange Unterredung mit Palmerston. Er wird alles tun, was in seiner Macht steht, um das Parlament dazu zu bewegen, dich anzuhören. Aber er ist nur einer unter vielen. In England ist dieser Krieg, wie du weißt, sehr unpopulär, Damien. Die Engländer wollen nichts damit zu tun haben.«

»Ich vermute aber, daß sie es sich zweimal überlegen, wenn ihre Baumwollieferungen in der Sonne verderben.« Damien ging zum Kamin und starrte in die Flammen. »Du weißt, daß England fünf Sechstel der Südstaaten-Baumwollernte braucht. Ohne diese Baumwolle werden sich rund vierhunderttausend englische Textilarbeiter auf der Straße wiederfinden.«

Richard schüttelte den Kopf. »Der Theorie nach scheint das ein guter Grund für eine Beteiligung an diesem Krieg zu sein. Aber während du in Amerika warst, haben sich die Verhältnisse hier grundlegend verändert. Der Londoner *Economist* entrüstet sich nun schon seit über zwei Jahren über die Überproduktion von Baumwollgarnen und Stoffen in England. Im letzten Jahr mußte die Hälfte der britischen Textilfabriken schließen, weil der Markt an Baumwollerzeugnissen erstickte, und dazu gehörten auch eine Reihe unserer Fabriken. Selbst viele französische Fabriken sind stillgelegt worden. Erst im vergangenen Monat rechnete der *Economist* der Regierung vor, daß das Land einen Vorrat an Baumwolle hat, der für drei Jahre reichen könnte. Tatsächlich sind die Fabrikbesitzer in Lancashire gerade dabei, ihre Lagerhäuser zu räumen und die Baumwolle nach Neuengland zurückzuverschiffen.«

Damien schloß die Augen. »Was dem Süden nicht bei dem Versuch hilft, den Norden von allen Baumwollieferungen abzuschneiden.« Noch wütender fügte er hinzu: »Und es wird mir ganz bestimmt nicht helfen, wenn die Zeit für den Verkauf meiner Baumwollernte kommt.«

»Nein«, sagte Richard. »Das wird es nicht.« Sitwell musterte Damien ein paar Minuten schweigend. Endlich sagte er: »Warum bist du so Hals über Kopf aus London abgereist? Du hättest vielleicht mehr Erfolg haben können, wenn du selbst mit Palmerston gesprochen hättest.«

»Ich habe Verpflichtungen, Onkel. Braithwaite...«

»Humbug! Seit dem Tod deines Bruders hat sich niemand mehr um Braithwaite gekümmert. Meinst du etwa, es hätte sich in den vierzehn Tagen, die du auf einen Vortrag vor dem Parlament hättest warten müssen, in eine Ruine verwandelt?«

Als Damien nichts darauf erwiderte, kräuselte Richard die Lippen und murmelte: »Ich verstehe. Das hätte ich von dir nicht gedacht, Dame. Bisher war Feigheit noch nie eine Eigenschaft der Warwicks gewesen.«

Damien warf seinem Onkel einen wütenden Blick zu.

»Verzeih mir, wenn ich alte Wunden aufgerissen habe. Ich wußte nicht, daß sie noch schmerzen.«

»Das tun sie nicht.«

»Nein?«

»Nein.«

»Dann hatte also die Tatsache, daß Louisa in der Stadt war, als du in London ankamst, nichts mit deiner überstürzten Abreise nach Braithwaite zu tun?«

»Absolut nichts.« Damien goß sich einen zweiten Brandy ein, ehe er sich dem fragenden Blick seines Onkels stellte. »Ich habe zwar mit einem bitter verletzten Stolz England verlassen, aber mein Erfolg in Vicksburg hat mir zur Heilung verholfen. Ich gebe wirklich nichts darauf, was die Peers von mir halten.«

Richard studierte ihn noch einmal eindringlich, ehe er sagte: »Dann hast du die Sache mit Louisa völlig überwunden?«

Damien nahm einen Schluck aus seinem Schwenker. »Völlig.«

»Ist auch nicht ein Hauch von Liebe zurückgeblieben?«

Damien wandte sich ab.

»Vergiß diese Schlampe und das, was sie dir angetan hat. Vergiß sie. Heirate und setze dich zur . . .«

»Um Himmels willen, warum ist jeder so darauf erpicht, mich zu verheiraten? Man könnte meinen, ich wäre der einzige Mann auf dieser Welt, der an seinem dreiunddreißigsten Geburtstag nicht mit einem Weib und einem halben Dutzend Kinder gesegnet wäre.«

»Ich weiß, daß es dir damals sehr wichtig war mit dem Heiraten.«

»Damals. Aber jetzt bin ich mit meiner Vicksburg-Plantage verheiratet. Sie nimmt mich Tag und Nacht in Beschlag. Da bleibt keine Zeit für Brautwerbungen und all dieses Zeug.«

Wieder klopfte es diskret an die Tür. Stanley betrat mit umwölkter Stirn und schmalen Lippen das Zimmer. Er blickte, alle Förmlichkeiten fallenlassend, Sitwell direkt an und sagte: »Miles Kemball ist soeben angekommen.«

Ein Schatten fiel über Stanleys Schultern. Miles Kemball Warwick schob die Tür noch ein Stück weiter auf. Lächelnd sagte er: »Hallo, Dame. Alles Gute zum Geburtstag.«

Damien starrte seinem Halbbruder ins Gesicht, spürte, daß der Zorn in ihm hochschoß wie eine Flamme. Dieses Zusammentreffen war unvermeidlich gewesen — Miles hatte schließlich hier in Braithwaite sein zu Hause. Solange er nicht mit seiner von einem Bett ins andere hüpfenden Mutter ganz Europa unsicher machte. Miles Kemball Warwick war das wahre schwarze Schaf der Familie, das peinliche Familiengeheimnis: Joseph Randolf Asquith Warwick, Graf von Warwick hatte einen illegitimen Sohn mit einer Opernsängerin aus Paris. Er war der Beweis dafür, daß Männer aus der Hocharistokratie Momente menschlicher Schwäche haben konnten. Sie beteten nur zu dem Allmächtigen, daß man sie nie dabei erwischen möge. Joseph Randolf Asquith Warwick war dabei ertappt worden.

Damien drehte sich langsam zum Kaminsims um und stellte sein Glas ab.

»Warum jubelt hier nicht alles vor Freude?« fuhr Miles fort. »Ihr schaut mich an, als wäre ich ein Gespenst.«

»Wäre froh, wenn es so wäre«, murmelte Damien leise, das Gesicht noch immer dem Kamin zugewandt. Er war sich nicht sicher, ob er Miles' Gegenwart überhaupt ertragen konnte.

»Na, ist das vielleicht eine Art, seinen Bruder zu begrüßen?« fragte Miles. Dann entdeckte er Sitwell im Schatten neben dem Kamin und sagte: »Das scheint ja das reinste Familientreffen zu sein, wie? Ist ja ein glücklicher Zufall, daß ich es so gut erwischt habe; oder ist meine Einladung etwa auf dem Postweg verlorengegangen?«

Damien warf einen schrägen Blick zu seinem Onkel hinüber. Hatte Richard etwa gewußt, daß Miles aus Paris kommen würde? Richard erwiderte seinen Blick mit einem leisen Seufzer, der Damien bestätigte, daß er es gewußt hatte.

Miles blickte zwischen Richard und Damien hin und her. »Keiner sagt ein Wort. Bin ich in eine Geheimkonferenz hineingestolpert, oder habt ihr die Sprache verloren?«

Richard erhob sich aus seinem Sessel. »Du mußt nicht bei Trost sein, Miles. Wie konntest du erwarten, hier willkommen zu sein?«

»Das ist genauso mein zu Hause wie Damiens.«

Stanley räusperte sich kurz und verließ den Raum.

Ein Lächeln kräuselte Miles' dünne Lippen, während sich sein Blick auf Damiens Rücken heftete. »In London pfeifen es die Spatzen von den Dächern, daß du wieder zurück bist, Dame. Man munkelt, du hättest die Stadt nicht ohne Grund so rasch wieder verlassen. Ich frage mich, was für ein Grund das wohl sein könnte. Darf ich raten?«

Damien sah seinen Onkel an. »Schaff ihn aus dem Zimmer, Onkel«, zischte er durch die zusammengebissenen Zähne. Dann mit mehr Nachdruck: »Sofort.«

Richard ging zu Miles und legte ihm die Hand auf den Arm. »Ich begleite dich hinaus.«

»Unsinn.«

»Damien will dich hier nicht haben.«

»Na, und?«

»Bitte, mach keinen Ärger, Junge.«

»Mein Name ist Ärger, Onkel. Das hast du mir doch immer als kleiner Junge gesagt, oder etwa nicht?«

»Und das zu Recht.«

»Nimm deine Hände von mir weg.«

»Sobald du vor der Tür von Braithwaite stehst.«

»Ich warne dich.«

»Willst du mich herausfordern?«

»Ein verdammt verlockender Gedanke«, sagte Miles zu Damien gewandt, der sich vom Feuer weggedreht hatte.

»Mir ist so, als hätten wir uns bei unserem letzten Zusammentreffen über das Visier eines Gewehrs hinweg betrachtet. Ich wundere mich, daß du nicht abgedrückt hast. Scheint wohl ein bißchen Feigheit im Spiel gewesen zu sein, wie?«

»Nur eine Verschwendung von Blei«, erwiderte Damien.

»Als Graf brauchst du dir ja solcher Trivialitäten wegen keine Gedanken mehr zu machen. Vielleicht wünscht du dir eine zweite Runde? Es könnte sein, daß mein Abzug diesmal nicht klemmt.«

»Ich bin sicher, daß er nicht geklemmt hat, als du dein Gewehr auf Randolf gerichtet hast.«

Einen Moment blickte ihn Miles wie betäubt an. »Sei kein Idiot. Ich habe ihn nicht getötet. Ich war damals mit Mama in Paris. Frag sie doch, wenn du willst.«

»Sie würde mich belügen, wie sie meinen Vater belogen hat, als sie behauptete, du wärst von ihm gezeugt worden.«

»Da du vermutlich überzeugt bist, daß ich Randolf umgebracht habe, würde nichts, was ich dagegen vorbringen könnte, deine Meinung ändern. Aber solltest du mit dieser Meinung in der Öffentlichkeit hausieren gehen, könnte ich gezwungen sein, dir Sekundanten zu schicken. Mein Ruf stünde auf dem Spiel.«

»Meinst du deinen Ruf als illegitimen Sohn einer hurenden Opernsängerin oder nur den eines lasterhaften Mannes?«

Richard tat sein Bestes, die beiden Männer auseinanderzuhalten. Aber es gelang ihm lediglich, Damien auf die Zehen zu treten. Er beschwor seinen grünäugigen Neffen mit Blicken und sagte: »Entschuldige bitte.«

Damien schob Richard sacht, aber entschieden zur Seite. Seine Blicke waren noch immer auf Miles' verzerrtes Gesicht geheftet, und er hörte kaum, daß die Tür geöffnet wurde und Richard sich schnell auf den Korridor entfernte.

»Nun?« fragte Damien.

Miles' graue Augen wurden schmal. »Paß auf, was du sagst, Bruder. Du könntest es sonst bald bereuen.«

»Das bezweifle ich.«

»Mir scheint, du hast dich zu einem Raufbold entwickelt.«

»Könnte sein.«

»Ein Boxkampf mit Zuschauern ist wohl kaum ein angemessenes Betragen für einen Grafen. Hast du so deine Zeit in den Kolonien verbracht? Oh, dort drüben sollen ja recht barbarische Sitten herrschen. Aber du hattest ja schon immer etwas von einem Wilden an dir, solange es nicht darauf ankam, aber hättest du das auch in einem Duell bewiesen? *Unser* Vater hat sich regelmäßig darüber beschwert, wenn ich mich recht entsinne. Er sagte, du wärest zu weichherzig — oder war feige das Wort, das er gebrauchte?«

Damien bemühte sich nach Kräften, seine Wut hinunterzuschlucken. Er war immer stolz darauf gewesen, daß er sich von Miles' hämischen Versuchen, seinen Jähzorn herauszufordern, nie zu einer unbedachten Handlung hatte hinreißen lassen. Aber er war nicht mehr der Mann — oder der Junge — von damals.

Er befeuchtete seine Lippen und sagte: »Wie wäre es, wenn wir nach draußen gingen und dort die Sache weiterbesprechen?«

Das Grinsen auf Miles' Gesicht kam ins Wanken. Ein Schatten, der eine zaghafte Unentschlossenheit verriet, wanderte über seine grauen Augen. »Aber, Damien — wir sind doch beide Gentlemen . . .«

»*Ich* bin ein Gentleman. *Du* bist eine Schlange. Wirst du nun die Güte haben, mit nach draußen zu kommen? Oder soll ich dich am Kragen nehmen und dich durch den Ballsaal auf die Terrasse schleifen?«

Miles zeigte ihm nun wieder sein gewohntes höhnisches Grinsen. »Du bist ein Esel. Aber das warst du ja schon immer. Ein hochtrabender Esel, und es wird mir ein Vergnügen sein, dir dein großes Maul mit Braithwaite-Erde zu stopfen.«

Damien trat zurück und machte eine einladende Bewegung zu der Terrassentür hin. Seine Augen zogen sich zu eiskalten Schlitzen zusammen: »Wollen doch mal sehen, wer von uns beiden feige ist. Nach dir.«

Bonnie starrte eine lange Sekunde auf die Tür und wunderte sich, was denn so wichtig sein konnte, daß Philippe Fitzpatrick plötzlich mit einem »Holla!« in die Höhe sprang, als hätte man ihm eine glühende Kohle in den Schoß geworfen.

Sie steckte sich ein Stück Toast in den Mund und verließ kauend das Zimmer, um sich in den Schatten des Treppengeländers zu schleichen. Sie beobachtete, wie die Gäste aus dem Ballsaal stürmten, das Vestibül durchquerten und durch eine andere Tür wieder verschwanden.

Sie war neugierig, was das zu bedeuten hatte, und wandte sich in die gleiche Richtung. Sie kam am anderen Ende des Korridors zu einem Zimmer, dessen Tür offenstand. Sie überlegte keine Sekunde, ob dieses Zimmer vielleicht von einem Gast Seiner allmächtigen Lordschaft bewohnt sein könnte, sondern ging weiter zu den offenen Balkontüren, trat hindurch und blickte in den Garten.

Ein Kreis von Zuschauern war da um zwei Männer versammelt, die so aussahen, als würden sie gleich mit den Fäusten aufeinander losgehen. Bonnie beugte sich über das Geländer und erkannte, daß ihre Hemden bereits mit Lehm beschmutzt waren. Es mußte also schon ein paar Hiebe gesetzt haben. Und dann blieb ihr fast ein Bissen Toast im Hals stecken, als sie bemerkte, daß der Mann, der die Zähne fletschte wie ein tollwütiger Fuchs, ihr Gastgeber war.

»Heiliger Strohsack«, sagte sie laut, »das muß man gesehen haben.«

Die Menge johlte, als Miles wieder zu einem Schwinger ausholte. Seine Faust glitt an Damiens Kinn ab, und als Damien rückwärts taumelte, stolperte Miles und fiel auf die Knie. Damien revanchierte sich mit einem raschen Tritt in Miles' Magengrube, aber Miles packte seinen Fuß, drehte daran und schickte Damien zu Boden.

»Bei Gott«, übertönte die ihr vertraute Stimme von Fitzpatrick die Menge. »Millhouse, ich ziehe meine Wette zurück. Einhundert Pfund auf Kemball.«

»Noch fünfzig dazu!« rief ein anderer.

Als Bonnie sich mit beiden Armen auf die Brüstung stützte, um den Kampf besser verfolgen zu können, drängte sich ein Mann von kräftiger Statur und empörter Miene durch die Zuschauer, baute sich vor Philippe auf und sagte erregt: »Statt diese Tollheit zu verhindern, wetten Sie auch noch auf deren Ausgang!«

Die Menge grölte. Damien, der blinzelnd den Lehm aus seinen Augen zu entfernen versuchte, holte mit aller Kraft zu einem Schwinger gegen Miles' Kiefer aus. Er verfehlte ihn. Im Gegenzug brachte Miles sein Knie nach oben und rammte es Damien wuchtig in den Magen.

»Zwanzig auf Kemball!« rief da wieder eine Stimme.

Die Männer prallten nun zusammen wie zwei Widder, die sich um das Vorrecht stritten, eine Herde von Schafen bespringen zu dürfen. Bonnie zuckte zusammen, als sie die beiden mit den Köpfen zusammenstießen. Sie schloß die Augen, wenn auch nur kurz. Zu ihrer großen Verwunderung hörte sie sich nun Damien anfeuern. Von der Aufregung, die unten herrschte, angesteckt, rannte sie auf dem Balkon hin und her, schwang ihre kleinen Fäuste bei jedem Schlag, den Damien führte, jauchzte, wenn er traf, und stöhnte, wenn er sein Ziel verfehlte.

»Ja!« schrie sie laut. Mit einem letzten Schwinger, der sie halb über das schmiedeeiserne Geländer hinwegtrug, starrte sie hinunter auf verblüffte Gesichter, die sich nun alle ihr zugewandt waren.

Großer Gott! dachte sie.

Philippe sprang über den auf der Erde liegenden Damien hinweg, der Bonnie ebenso zornig fixierte wie Sekunden zuvor seinen Gegner. Philipp schwang die Hand über dem Kopf und rief: »Beweg dich nicht von der Stelle, Bonnie! Ich bin sofort bei dir! Halt dich fest, Mädchen! Ich komme!«

Bonnie versuchte zu lächeln, aber die Eisenstäbe, die sich gegen ihren Bauch preßten, ließen das nicht zu. Sie verstand nicht, weshalb Philippe so heftig darauf bestand, daß sie sich nicht rühren sollte. Ihre Beine ragten in die Luft und ihr Haar ergoß sich wie ein schwarzer Wasserfall über das Geländer — das war gewiß keine bequeme Lage, die man beibehalten wollte, noch dazu war es peinlich. Wenn sie den Blick, den Seine allmächtige Lordschaft zu ihr hinaufschickte, richtig deutete, fand sie sich morgen vor Birdie Smythes Hausschwelle wieder.

Plötzlich lagen zwei Hände an ihrer Taille und zogen sie auf den Balkon zurück. Philippe stellte sie auf die Füße, bevor er sie herumdrehte.

»Bist du verletzt?« fragte er.

Bonnie bemerkte, daß seine Brust wog vor Anstrengung, und da wurde ihr plötzlich klar, daß Philippe der irrigen Meinung erlegen war, sie hätte sich in einer tödlichen Gefahr befunden, aus der er sie retten mußte. Mit einem strahlenden Lächeln sagte sie: »Sie haben mir mein wertloses Leben gerettet, scheint mir. Dafür werde ich Ihnen immer zu Dank verpflichtet sein, Sir.« Sie ließ ihre Wimpern flattern, weil sie gehört hatte, daß Damen so etwas machten, wenn man sie mit Riechsalzen wieder zu sich brachte.

Er zog eine Braue in die Höhe und sah sie dabei eindringlich an. »War nicht der Rede wert, Mädchen ... Hast du etwas im Auge?«

Bonnie runzelte die Stirn und drehte sich von ihm weg. Sie blickte über das Geländer und sah, daß die Zuschauer sich inzwischen zerstreut hatten. Auch von den beiden Kämpfern war nichts mehr zu sehen. »Worum ging es eigentlich bei dieser Prügelei?«

»Damien hat nur seinen Bruder willkommen geheißen.«

»Eine komische Art von Gastfreundschaft.«

»Da geb ich dir recht.« Er bot ihr mit einem strahlenden Lächeln seinen Arm. »Was meinst du dazu, wenn wir jetzt dieses Hemd gegen ein richtiges Kleid vertauschen? Meine teure junge Dame, du wirst heute deinen ersten Ball besuchen.«

Bonnie blieb stehen und zerrte an seinem Arm. »Nein, das werde ich nicht.«

»Doch, das wirst du.«

»Nein, ich . . .«

»Denk doch nur an die vielen guten Sachen, die du dort essen kannst.«

»Aber er wird auch da sein. Oder nicht?«

»Natürlich. Sie gratulieren ihm alle zum Geburtstag. Kannst du dir vorstellen, was für eine Überraschung es für ihn sein könnte, dein lächelndes Gesicht unter den Gratulanten zu entdecken?«

»Geschähe ihm recht. Er führt sich doch auf wie ein Wilder, nur weil ich seinen Nachttopf zerschlagen habe.«

»Du sagst es.«

5

Miles Kemball preßte ein Tuch an seine blutende Lippe, ehe er sich seinem Onkel zudrehte. »Wenn du zu mir gekommen bist, um mir zu sagen, daß ich Braithwaite verlassen soll, kannst du dir die Worte sparen. Wie du weißt, hat mein Vater in seinem Testament angeordnet, daß ich das Wohnrecht in diesem Haus habe.«

»Er hat dir auch eine jährliche Apanage ausgesetzt, die hoch genug ist, daß du dir jede andere Wohnung leisten kannst.«

Middleham blickte in den Spiegel und sah, daß sich sein rechtes Auge blau verfärbte. »Ich habe Paris satt.«

»Das bezweifle ich. Du hast nur erfahren, daß Damien wieder zu Hause ist, und beschlossen, ihm Ärger zu machen. Wie immer. Bei Gott, du bist kein Mensch von der liebenswerten Sorte, Miles.«

»Wie der Vater, so der Sohn.« Miles band sich grinsend eine frische Krawatte um. »Ich muß gestehen, daß ich überrascht bin, wie sehr sich Damien verändert hat. Ich nehme an, mein Aufenthalt in Braithwaite verspricht aufregender zu werden, als ich erwartet habe.«

»Was heißen soll, daß du vorhast, Unruhe zu stiften!«

»Ich bin keine fünf Minuten zu Hause, und Damien bestreitet mein Geburtsrecht und wirft mir vor, ich hätte Randolf ermordet. Er versucht, mir mein Gesicht zu Brei zu schlagen — und du wirfst mir vor, ich wäre der Unruhestifter?«

»Ihr könnt nicht unter einem Dach wohnen, nicht einmal in derselben Stadt, ohne daß es Streit gibt. Du weißt das; aber du bist trotzdem hergekommen.«

Miles knöpfte seine Jacke über der Brokatweste zu und betrachtete sich im Spiegel. »Vielleicht habe ich beschlossen, einen neuen Anfang zu machen. Vielleicht bin ich nach Hause gekommen, um Frieden mit Damien zu schließen.«

»Das halte ich für unwahrscheinlich.«

Miles lachte und drehte sich Richard zu. »Warst du es nicht, der den Warwick-Besitz fast ruiniert hat? Und wie ich in London hörte, hast du dort in jedem zweiten Klub Hausverbot wegen deiner Trunkenheit, Spielleidenschaft und wüsten Manieren.« Er beobachtete, wie Richards Gesicht dunkelrot anlief, und grinste. »Ich frage mich, wie Damien wohl reagieren wird, wenn er auf die Ursache von Warwicks geschäftlichen Mißerfolgen stößt. Zugegeben, ich habe auch ein paar Schnitzer gemacht, als ich zeitweilig der Geschäftsführer war; aber ich habe ganz bestimmt nicht das verdammte Warwick-Vermögen fast in den Konkurs getrieben wie du.«

Miles ging zu dem Sessel, in dem Richard saß und ihn mit rotunterlaufenen Augen und halb offenem Mund anstarrte. Miles beugte sich zu ihm, brachte sein Gesicht dicht an das des alten Mannes heran und zischte: »Das alles hätte mir gehören sollen, wie du weißt. Ich bin Josephs Erstgeborener, legitim oder nicht. Damien scheint das zu vergessen, und ich bin hier, um ihn daran zu erinnern. Und noch etwas. Solltest du dich dazu entschließen, die blödsinnige Theorie von Damien zu unterstützen, daß ich für Randolfs Tod verantwortlich bin, dann werde ich ihn daran erinnern, daß *du* damals in Braithwaite gewohnt hast und daß *du* nur wenige Stunden vor seinem Tod einen heftigen Streit mit Randolf hattest.«

Richards Gesicht war nun leichenblaß geworden. Er öffnete und schloß den Mund ein paarmal, ohne etwas zu sagen.

Miles lächelte. »Meinen Informanten zufolge hat Randolf dir gedroht, dich von deinen Ämtern zu entbinden...«

»Das ist eine Lüge!«

Richard wollte aufspringen; aber Miles schob ihn brutal in seinen Sessel zurück und sagte: »Wir wissen doch alle, daß mein Vater dich trotz deiner Unfähigkeit und Trunksucht beschäftigt hat, nur weil er mit deiner Schwester verheiratet war. Wir wissen auch, daß es lediglich seinem Einfluß zu verdanken war, daß man dich nicht völlig aus den maßgeblichen gesellschaftlichen Kreisen verbannt hat. Sitwell, ich war oft genug Zeuge, als sich Joseph darüber beklagte, daß du ein Geschäft vermasselt hast. Gib es zu. Du bist ein Versager, ein Wrack. Ohne die Warwick-Verbindungen wärst du ein Winkeladvokat in East End, mit dem betrunkenen Abschaum von London als Kundschaft, zu dem du selbst gehörst.«

Richard drehte den Kopf zur Seite und schloß die Augen. Mit bebender Stimme sagte er: »Du kaltschnäuziger Bastard! Hast du gar kein Herz oder Mitleid?«

Miles faßte mit harten Fingern unter Richards fleischiges Kinn und drehte das Gesicht des alten Mannes herum, so daß dieser ihn ansehen mußte.

»Hast du dich schon mal gefragt, warum das aristokratische Blut blau ist? Jetzt weißt du es. Weil es so gottverdammt kalt ist, Richard. Wie ich schon anfangs sagte — wie der Vater, so der Sohn. Ich habe gelernt auszuteilen und immer zuerst zuzuschlagen — unter die Gürtellinie, wo der Gegner es am wenigsten erwartet, wie Joseph zu sagen pflegte. Niemals Schwäche zeigen, sagte er. Wir beide wissen, wie sehr Joseph schwache Menschen verachtete, nicht wahr, Richard?«

Miles ging zur Tür, hielt dort noch einmal kurz an, zog sein Jackett stramm und blickte auf Richard zurück. »Wie ich sehe, könntest du jetzt etwas zu trinken gebrauchen. Der Port steht da drüben.« Er deutete auf einen Tisch an der Wand. »Und nun wirst du meine Gesellschaft wohl entbehren müssen. Es wäre unentschuldbar, wenn ich mich nicht rechtzeitig zu den Gästen geselle, die dem frischgebackenen Grafen alles Gute zum Geburtstag wünschen — meinst du nicht auch?«

Lachend verließ Miles das Zimmer. Aber sein Schritt wurde langsamer, als die Schatten im Korridor ihn verschluckten. Er lauschte der Musik und hörte das fröhliche Lachen der Gäste im Erdgeschoß. Er schaute sich auf dem Flur um und betrachte die vielen Kostbarkeiten an den Wänden. Das alles hätte ihm gehören sollen. Alles. Wie oft hatte er Joseph Warwick die Stiefel geküßt. Ihm wurde jetzt noch schlecht, wenn er daran dachte. Aber als der alte Herr starb, hinterließ er ihm nur ein Taschengeld. Solange Randolf noch gelebt hatte, war ihm sein mageres jährliches Einkommen nicht so sehr auf den Magen geschlagen, weil er wußte, daß er notfalls von Randolf bekam, was er brauchte. Wie Joseph konnte auch Randolf leicht manipuliert werden, so daß er ihm hin und wieder ein paar Hunderter zuschob. Schließlich war er mit Randolf hier aufgewachsen und ganz gut mit ihm zurechtgekommen. Gleich und gleich gesellt sich gern, wie man so schön sagt.

Doch nun gehörte alles Damien. Damien hatte stets Miles' Motive durchschaut und trotz — oder gerade wegen — Josephs Einfluß aus seiner Verachtung für Besitz und Familientradition keinen Hehl gemacht. Er hatte gegen alles rebelliert, was den Stolz der Warwicks ausmachte, besaß aber jetzt sechs Landsitze in England, einen in Wales, ein halbes Dutzend Textilfabriken und vier der ergiebigsten Bleiminen in Yorkshire.

Typisch für Damien — fällt in einen Sumpf und duftet nach Rosen. Aber so war es schon immer mit ihm gewesen. Obwohl sich Damien von Josephs Knute nicht zu einem »echten Warwick« hatte zurechtbiegen lassen, wie Joseph das bei Randolf und Miles gelungen war, hatte er, Miles, stets den Verdacht gehabt, daß Damien insgeheim der Liebling seines Vaters gewesen war. Miles hatte jedesmal, wenn Damien ins Zimmer kam, ein warmes Licht in den Augen des alten Herrn entdecken können und sogar — ein unglaubliches Vorkommnis — eine Träne in den kalten grünen Augen des Alten blitzen sehen, als dieser mit dem Streichriemen Damiens nackte Kehrseite versohlte, weil Damien sich geweigert hatte, den Namen eines Wilderers preiszugeben.

Miles konnte sich heute noch an das Gesicht von Damien erinnern, als das harte Leder auf sein Fleisch klatschte. Damien hatte die Hände nach hinten werfen wollen, um sein Gesäß vor den Hieben zu schützen; aber er hatte sich beherrscht. Er hatte nur die Hände an den Seiten zu Fäusten geballt, während ihm die Tränen über das Gesicht liefen. Als Joseph ihn dann zum letztenmal nach dem Namen des Wilderers fragte, war Damiens Antwort gewesen: »Er braucht das gottverdammte Fleisch nötiger als du.« Am nächsten Tag war Miles dann Damien heimlich in den Wald gefolgt und hatte entdeckt, daß der Wilddieb ein lehenspflichtiger Kleinbauer von einem Gut in ihrer Nähe war. Doch als er nach Hause geeilt war, um seinem Vater den Namen des Wilderers preiszugeben, hatte Joseph ihn nur verächtlich angeschaut.

Ein heftiger Applaus im Erdgeschoß holte Miles in die Gegenwart zurück. Damien besaß nun alles, nicht mehr nur den Respekt seines Vaters, sondern auch dessen Geld. Aber wenn man den Gerüchten glauben durfte, wollte er es gar nicht haben. Nun, es mußte doch etwas geben, was Damien genauso gern haben wollte wie Miles Braithwaite. Er mußte herausfinden, was das war. Er hatte bisher immer nach dieser Methode gearbeitet und jedesmal Erfolg damit gehabt.

Bonnie weigerte sich, die Leihgabe einer Kammerzofe anzunehmen, und bestand darauf, ihre eigenen Hosen anzuziehen. Schließlich brachte man sie ihr — wenn auch widerwillig — frisch gebügelt und geflickt. Sie ließ aber zu, daß man ihr Haar ausbürstete, es zu einem Zopf flocht und zu einem Haarkranz aufsteckte. Und als sie dann einen Blick in den Spiegel warf, fand sie sich — den Umständen entsprechend — doch ziemlich präsentabel.

Fitzpatrick schien sehr mit ihrem Aussehen zufrieden zu sein. Tatsächlich hatte Bonnie den Eindruck, daß er geradezu entzückt war. Er machte ein Gesicht, was zu sagen schien: *Ich weiß etwas, was du nicht weißt; aber ich werde es dir nicht verraten*. Und dann lachte er leise in sich hinein.

»Ich bin mir noch gar nicht sicher, ob ich hinuntergehe«, erklärte sie spitz.

»Essen«, erwiderte er, »denk an das viele Essen. Roastbeef, Lammbraten, Schweinebraten . . .«

»Kein Erbsenbrei?«

»Kein Erbsenbrei. Nur Kartoffeln, Karotten, Pudding, Petit Fours.«

»Bitte was?«

»Kleine Kuchen mit Marzipanüberzug. Bei Gott, sie zerschmelzen auf der Zunge.« Er nahm ihren Arm und führte sie ins Erdgeschoß. »Und denk daran — nur nicht einschüchtern lassen.«

»Sind Sie sicher, daß er mich deswegen nicht nach Caldbergh zurückschicken wird?«

»Ich gebe dir mein Wort. Ich nehme alles auf meine Kappe, wenn der Ball vorbei ist.«

Sie hatten noch nicht das Vestibül erreicht, als sie bereits von einigen Gentlemen umringt wurden. Sie alle blickten sehr arrogant mit hochgezogenen Brauen und gekräuselten Lippen auf sie herab.

»Hallo«, grüßten sie.

Bonnie funkelte sie an.

»Sie ist ein bißchen dünn«, stellte ein rundlicher, rothaariger Gentleman fest.

»Sie nicht«, erwiderte Bonnie und starrte anzüglich auf seine Taille.

»Sie redet wohl nicht viel, wie?« wollte der große Schlanke wissen, der neben dem Rundlichen stand.

»Zumindest bewege ich meine verdammten Lippen, wenn ich rede«, gab Bonnie zurück.

»Touché«, erklärte Philippe.

Im lavendelfarbenen Salon saß Damien in seinem Ohrensessel vor dem Kamin, hielt ein rohes Stück Fleisch ans Auge und brütete vor sich hin.

»Bitte«, beschwor Marianne ihn. »Die Köchin weigert sich, die Geburtstagstorte bringen zu lassen, wenn du nicht im Saal erscheinst.«

Richard, dem der Schrecken noch ins Gesicht geschrieben stand, nippte an seinem Port und sagte dann: »Ich warne dich, Neffe, dieser Miles führt nichts Gutes im Schilde. Du hättest dich nicht von ihm provozieren lassen dürfen. Ich muß mich schon wundern, Damien. Du hast es doch bis jetzt immer mit Bravour geschafft, diesen Schuft zu ignorieren. Es ist ein Glück, möchte ich jetzt sagen, daß du dich nicht in deinem gegenwärtigen Gemütszustand dem Parlament präsentiert hast. Vielleicht hättest du um dich geschlagen und dem guten Namen der Warwicks Schaden zugefügt.«

»Mein Herz blutet, Onkel. Wahrhaftig.« Damien warf das rohe Fleisch ins Feuer, wo es auf den glühenden Scheiten zischend verkohlte. »Du hättest mir ja sagen können, daß dieser Hundesohn im Lande ist.«

»Dazu hatte ich wohl kaum Gelegenheit. Ich wußte ja nicht, daß mir dieser Nichtsnutz so dicht auf den Fersen war.« Er belohnte Marianne mit einem leicht verkniffenen Lächeln, als sie ihm einen neuen Port brachte. »Außerdem«, fuhr er fort, »schienst du von deiner Sorge um dein Heim in Vicksburg und diesen Krieg in Beschlag genommen zu sein, daß . . .«

»O bitte«, unterbrach Marianne. »Müssen wir heute abend über diesen schrecklichen Krieg reden? Schließlich hat Damien heute Geburtstag.«

»Ah, ja«, nickte Richard. »Ich werde den Konföderierten einen Kurier schicken und sie bitten, zur Feier des Tages jede Erwähnung dieses Krieges zu unterlassen.« Als Marianne ihm einen strengen Blick zuwarf, räusperte er sich. »Also schön, wechseln wir das Thema. Ich bringe das nicht gern zur Sprache, Damien — aber hast du nicht vergessen, mir etwas zu erzählen?«

Damien zog eine schwarze Braue in die Höhe und sah seinen Onkel an. »Was meinst du damit?«

»Das Kind, das im Begriff stand sich vom Balkon im ersten Stock herunterzustürzen.«

»Ah.«

»Das ist Bonnie«, antwortete Marianne.

»Gut.« Richard kostete den neuen Port. »Das erklärt alles.«

Damien, der den Sarkasmus in der Stimme seines Onkels nicht überhört hatte, erklärte: »Sie ist eine Vollwaise aus Caldbergh.«

»Caldbergh! Beim Geist des großen Cäsar — was macht sie hier?«

»Offensichtlich nur Schwierigkeiten, wie wir vorhin gesehen haben.«

Marianne nahm Damien bei der Hand und zog ihn aus dem Lehnstuhl. »Du mußt jetzt zu deinen Gästen. Ich werde deinem Onkel alles über Bonnie erzählen, und dann kommen wir auch hinüber.«

Damien verließ den Salon und blieb im Korridor stehen. In seinem Auge tobte der Schmerz, und die linke Seite tat bei jedem Atemzug weh. Er erinnerte sich an seinen letzten Geburtstag am Ufer des Mississippi. Dort hatte Charlotte Ruth Montgomery eine Überraschungsparty für ihn veranstaltet. Charlotte war achtzehn, ein schönes Kind, das einem Mann, der sie ansah, im Nu den Kopf verdrehen konnte, was sie sehr genau wußte. Nun, sie war ein bißchen in ihn verliebt gewesen, und nachdem er drei Monate mit ihr getanzt und ihr den Hof gemacht hatte — immer in Begleitung ihrer Mutter, ihres Vaters, ihrer Großmutter, zweier Brüder und dreier Schwestern —, war er nur zu bereit für ein bißchen Zweisamkeit mit der schönen Charlotte gewesen. Und am Abend seines Geburtstages hatte sie ihn dann mit rätselhaften Andeutungen und einem verheißungsvollen Blitzen ihrer blauen Augen von der Tanzfläche weggelockt zu diesem einsamen Platz am Ufer des Mississippi. Und als er sie dort in den Arm nehmen und küssen wollte, sprangen plötzlich hundert Leute von den Bäumen herunter und hinter Büschen hervor und schrien: »Überraschung, Überraschung!« Als er dann später mit Charlottes Vater und ihren zwei Brüdern alleingelassen wurde, wurde die Atmosphäre ein bißchen gespannt. Sie hatten erwartet, daß er sie um Charlottes Hand bitten würde. Er tat es aber nicht, und der Geburtstag endete mit Kopfschmerzen, die fast zwei Monate anhielten, bis er sich dann regelmäßig mit Melinda Bodeen aus Natchez traf.

Kein Wunder, daß er Geburtstage haßte.

Er brachte es einfach nicht über sich, schon jetzt in den

Ballsaal zu gehen. Er wanderte über die Galerie zu dem kleinen Salon. Er wollte schon wieder umkehren, als das leise Miauen kleiner Kätzchen seine Aufmerksamkeit erregte. Er blickte zu den Terrassentüren hin und durchquerte das Zimmer.

Fackeln verbreiteten ein sanftes gelbes Licht auf der Veranda. Er blickte hinunter auf den im Halbdunkel liegenden Rosengarten, fand dort nichts und wollte kehrtmachen, als er ein Flüstern hörte.

»Hier, Kitty. Kitty, Kitty.«

Damien verließ die Veranda und suchte unter den Rosenbüschen, die den Gartenpfad säumten. Er entdeckte Bonnie, die im Schneidersitz zwischen zwei Büschen saß und einen Korb mit drei Kätzchen auf ihrem Schoß hielt.

Sie blickte auf und erkannte Damien. Mit geweiteten Augen versuchte sie rasch eine braungesprenkelte Katze einzufangen und in den Korb zu stopfen.

»Was haben wir den da?« fragte Damien.

»Kätzchen«, sagte sie.

»Wem gehören sie?«

Sie zuckte mit den Achseln und blickte ihn herausfordernd an.

Er ging bis zum Rand der Rosenbüsche und starrte Bonnie an, während sie seinem Blick standhielt. Keiner von beiden lächelte.

»Wie heißen sie?« fragte er.

Sie schien nachzudenken und sagte dann: »Winin, Blinkin und Nod.«

Bonnie drückte den Korb mit den Kätzchen an ihre Brust. »Mögen sie Katzen?« fragte sie leise.

Damien war über ihre wohlklingende Stimme ehrlich überrascht. Sie hörte sich nun ganz gewiß nicht wie eine Göre aus Caldbergh an.

Er bückte sich und streichelte ein weißes Kätzchen, das

einen schwarzen Ring um ein Auge hatte. »Ich habe Katzen nie sehr getraut«, antwortete er. »Sie sind Frauen sehr ähnlich. Man weiß nie, wann sie einen mit ausgefahrenen Krallen anfallen.«

»Oh«, sagte sie. »Sie mögen wohl Frauen auch nicht besonders.«

»Das hängt von den Frauen ab.«

»Ich schätze, Sie mögen die Rothaarige sehr.«

Damien lachte. »Ja, das nehme ich wohl an.«

Bonnie hob ein Kätzchen hoch und vergrub ihr Gesicht in dem weichen Fell. Dann legte sie den Kopf zurück und grinste Damien an.

»Sie sind kein übermäßig guter Kämpfer«, stellte sie fest.

Damien berührte sein geschwollenes Auge und verzog dabei das Gesicht. »Ich habe mich bemüht, mitzuhalten.«

»Mein Vater sagte einmal zu mir, daß es nur zwei Dinge gibt, um die ein Mann wirklich kämpfen würde. Ein Pferd und eine Frau ... Sie sehen nicht aus wie ein Mann, der sich wegen eines Pferdes prügeln würde.«

»Dein Vater muß ein sehr kluger Mann gewesen sein.«

»Das war er«, bestätigte sie mit entschiedener Stimme. »Der schlaueste Mann der Welt, fand ich. Und der schönste. Nun ...« Sie warf Damien einen kurzen Blick zu. »Vielleicht der zweitschönste«, verbesserte sie sich leise.

Damien betrachtete Bonnie einige Sekunden schweigend. Erst jetzt fiel ihm auf, wie sehr die aus dem Gesicht gekämmten und geflochtenen Haare sie verändert hatten.

Bonnie holte tief Luft, blickte um sich und sagte: »Sie haben hübsche Rosen.«

»Danke.«

Ein wenig verträumt, nahm sie eine Knospe in die Hand und brach sie ab. Sie drehte sie zwischen den Fingern und sagte: »Muß man sich nicht wundern, daß so ein unansehnliches Ding aufblühen und eine wunderschöne Blüte werden kann?« Ihr Blick wanderte zu ihm zurück. Sie lächelte und gab ihm die Knospe. »Alles Gute zum Geburtstag.«

Damien nahm die Knospe entgegen, und dabei berührten seine Finger die ihren. Er richtete sich auf und schaute in Bonnies Gesicht. »Die Kätzchen gehören dir, wenn du sie haben möchtest.«

Sie antwortete nicht, sondern nahm die zappelnden, mit ihren kleinen Stimmchen miauenden Kätzchen aus dem Korb, hielt sie an ihre Brust und lachte, als sie ihr mit ihren winzigen Krallen den Arm zerkratzten.

Damien kam der Gedanke, daß er den Rest des Abends ebensogut hier zwischen den Rosenbüschen verbringen könnte, um Bonnie zuzuhören. Ihr helles, munteres Lachen erinnerte ihn an Musik, an Kindheit und an Unschuld. Es war wie ein Sonnenstrahl, das die Dunkelheit ringsum erhellte und auch ihn selbst mit etwas erfüllte, das wärmend und erregend zugleich war — tröstlich und dennoch beunruhigend. Aber als sie ihre so bemerkenswert großen blauen Augen zu ihm aufschlug, spürte er, daß sich ein Gefühl in ihm regte, das ebenso unerwartet wie unwillkommen war.

Er lächelte, und sie lächelte zurück. »Glaubst du, daß du deine kleinen Freunde ein Weilchen alleinlassen kannst, um ein Stück Geburtstagstorte zu essen?« Er streckte ihr eine Hand entgegen. Sie betrachtete sie, zögerte und ergriff sie dann vorsichtig. Er half ihr aufzustehen. Ihr Scheitel reichte ihm gerade bis zum Kinn, und das Verlangen, sie in die Arme zu nehmen und an sich zu drücken, loderte plötzlich wie eine Feuersbrunst in ihm auf.

Es war der größte Kuchen, den Bonnie je gesehen hatte — größer sogar als alle Kuchen, von denen sie bisher geträumt hatte. Die Köche rollten ihn auf einem Tisch mit Rädern in den Ballsaal. Obenauf thronte, von einem goldfarbenen Zuckerguß überzogen, ein Bär, der auf seinen Hinterbeinen stand und in einer Pfote einen Stab hielt. Um diese Figur herum waren mehrere Reihen brennender Kerzen angeordnet. Und unten war die Torte von einer Inschrift umgeben. »Königsmacher« stand in goldenen Buchstaben dort zu lesen.

Ein ehrfürchtiges Seufzen ging durch die Menge beim Anblick dieses kunstvollen Backwerks. Bonnie, die sich ganz hinten im Saal versteckt hielt, bemühte sich nach Kräften, über die Menge zu spähen, und bemerkte, daß Damiens Gesicht vor Freude aufleuchtete. Er blickte Marianne in die Augen und küßte sie vor aller Augen fest auf den lächelnden Mund.

Bonnie nutzte die Gelegenheit, um aus dem Saal zu schlüpfen. Sie hatte sich von Anfang an nicht darum gerissen, an der Geburtstagsfeier teilzunehmen, und lieber wollte sie verhungern, als noch einmal zuzusehen, wie Damien seine Geliebte küßte.

Sie war gerade im Begriff, die Treppe hinaufzuhuschen, als eine Stimme hinter ihr sagte: »Wer, zum Teufel, bist du?«

Bonnie blickte überraschend über die Schulter zurück. Ein Mann mit gewelltem rotbraunen Haar trat aus dem Schatten der Halle und kam auf sie zu. Plötzlich wurde sie von einer jähen, unerklärlichen Angst ergriffen, so daß sie den Halt auf der Treppe verlor. Sie stolperte und wäre gestürzt, wenn dieser Mann sie nicht festgehalten hätte.

»Wer, zum Henker, bist du?« wiederholte er.

Bonnie sah auf die Finger, die sich um ihr Handgelenk gelegt hatten wie eine Zange, und bemühte sich nach Kräften, sich von ihm loszureißen. Sie fand ihre

Sprache wieder und sagte so ruhig wie möglich: »Sie tun mir weh.«

»Ich werde dir noch mehr weh tun, wenn du meine Frage nicht beantwortest.«

»Ich wohne hier.«

»Sag das noch mal.«

»Ich wohne hier. Wirklich.«

»Miles!«

Der Mann, der Bonnie festhielt, drehte sich von ihr weg und ließ ihren Arm fallen. Ein stattlicher, ihr fremder Mann näherte sich ihnen, seine buschigen grauen Brauen waren über den Augen zusammengezogen. Er blieb am Fuß der Treppe stehen, betrachtete Bonnie mit einem abschätzenden Blick und sagte dann: »Bitte, vergeben Sie meinem Neffen, junge Dame. Miles neigt dazu, sich zuweilen zu vergessen.« Dann fuhr der ältere Gentleman an den Mann gewandt, den er Miles genannt hatte, fort: »Marianne hat mir erzählt, daß Bonnie vorübergehend Gast in Braithwaite ist. Versuche dich nicht gleich von deiner unangenehmsten Seite zu zeigen, wenn du ihr im Haus begegnest.« Zu Bonnie sagte er: »Ich bin Damiens Onkel, Richard Sitwell. Das ist Damiens Halbbruder, Miles Kemball.«

»Warwick«, ergänzte Miles.

»Ich hoffe, daß er Sie nicht verletzt hat?« sagte Richard.

Bonnie rieb sich den Arm und antwortete nicht. Sie war zu sehr damit beschäftigt, die alten Ängste zu verdrängen, die in ihr aufgestiegen waren, als sie die Stimme des Mannes hinter sich gehört hatte. Der Drang, davonzurennen und sich zu verstecken, brachte ihre noch schwachen Beine zum Zittern.

Sie bot ihre ganze Kraft auf, drehte sich um und stieg die Treppe hinauf, ohne sich noch einmal zu den beiden Männern umzudrehen. Dann ging sie mit erhobenem

Kopf und hochgereckten Schultern so gelassen wie möglich in ihr Zimmer und machte die Tür hinter sich zu.

Sie schloß die Augen und wartete darauf, daß dieses Zittern aufhörte — vergeblich. Sie legte die Arme um sich und spürte, daß sie von Panik ergriffen wurde. Bald würde es Nacht werden und diese Alptraum würde zurückkommen, all diese Erinnerungen an . . .

»Nein, nein«, stöhnte sie.

Sie preßte die Handflächen gegen die Schläfen, als könne sie so die Bilder in die Verliese ihres Unterbewußtseins zurückdrängen, wo sie hingehörten. Aber das half alles nichts. Dieses Brüllen war wieder da, und auch dieses schwarze Ding, das in ihr pulsierte wie ein atmendes Wesen — das gleiche schwarze Ding, das sie durch den Regen und die Nacht gejagt und Blut an seinen Händen hatte.

Stöhnend sank Bonnie gegen die Wand und glitt dann zu Boden, zog die Knie fest gegen die Brust und vergrub ihren Kopf in den Armen. »Bitte, Gott, mache, daß sie weggehen«, wimmerte sie. »Bitte . . .«

Damien starrte an die Decke. Die Vorstellung, daß er bei Anbruch der Morgendämmerung über das Moor galoppieren sollte, um einen Fuchs zu jagen, machte seine Kopfschmerzen nur noch schlimmer. Neben ihm lag Marianne im tiefen Schlaf, und die weiche rote Locke, die ihr ins Gesicht gefallen waren, bewegte sich sacht bei jedem Atemzug. Sie war erfrischend und bezaubernd, und ihr Anblick ließ ihn einen Moment vergessen, daß Miles Kemball im gleichen Stockwerk schlief.

Damien schlüpfte aus dem Bett, zuckte vor Schmerz zusammen und berührte sein Auge und dann seine Rippen. Leise ging er zu den Stühlen und dem Tisch vor dem Kamin. Er wollte sich dort eine Weile hinsetzen und nachdenken, nach Wegen suchen, wie sich die Probleme lösen ließen, die ihn in letzter Zeit bedrückten.

Als er die blaßgelbe Rose auf dem Tisch liegen sah, nahm er sie in die Hand. Die Wärme des Kaminfeuers hatte die Knospe, die Bonnie ihm geschenkt hatte, zu voller Blüte kommen lassen. Er hielt sie an die Nase, sog ihren Duft ein und erinnerte sich dabei an das Gesicht des Mädchens — wie es geleuchtet hatte, als sie ihm die Rosenknospe überreicht hatte. Er schüttelte den Kopf, um sich von diesem Bild zu befreien, schlüpfte in seine Kleider und verließ das Zimmer.

Er fühlte sich wieder in die Enge getrieben, und das hatte nichts mit seinem zerschlagenen Körper und seinem verwundeten Stolz zu tun. Es war nicht das erste Mal, daß er in einem Faustkampf den kürzeren gezogen hatte, und es würde wohl auch nicht das letzte Mal sein. Aber lieber wäre er tot und begraben, als sich von Miles unterkriegen zu lassen. Wenn er durch die testamentarische Verfügung seines Vaters gezwungen war, Miles hier wohnen zu lassen, mußte er eben so viel Selbstdisziplin aufbringen, diesen Burschen einfach zu ignorieren. Das würde nicht leicht sein, wenn er bedachte, was sich alles zwischen ihnen ereignet hatte; aber um seines eigenen geistigen und seelischen Gleichgewichts willen, mußte er es versuchen. Er hatte jetzt Wichtigeres zu tun, als es auf eine Kraftprobe mit Miles ankommen zu lassen. Er mußte sich auf seinen Auftritt vor dem Parlament vorbereiten. Und er mußte körperlich auf der Höhe sein, falls er gezwungen wurde, seine Plantage mit Waffengewalt zu verteidigen.

Damien hielt vor der Treppe an und blickte in die dunkle Halle. Wie viele Warwicks hatten wohl schon an dieser Stelle gestanden und über ihre Vergangenheit und Zukunft nachgedacht?

Damiens Großvater, Robert Fitz Randolph, hatte im

Jahre 1170 den Grundstein zu Middleham Castle, dem Windsor des Nordens, gelegt. Die Burg war im Besitz der mächtigen Neville-Familie gewesen, zu deren Mitgliedern der große Graf von Warwick, der ein Held im Rosenkrieg gewesen war, gehörte. In jenen Tagen hatte die Burg eine fürstliche Prachtentfaltung erlebt, Staatsaktionen, wilde Gelage und feierliche Aufzüge mit herrlich gewandetem Gefolge. Warwick, der »Königsmacher«, hatte in der großartigen Festung Middleham wie ein wahrhaftiger König Hof gehalten. König Richard hatte Warwicks Tochter, Lady Anne Neville, geheiratet und eine Zeitlang in dieser Burg gewohnt. Edward, der Prince of Wales, war im runden Turm der Feste geboren worden. Aber als Richard III. bei Bosworth fiel, endete mit ihm die Regierungszeit der Plantagenets und mit ihm die glorreiche Epoche von Middleham. König Richards Nachfolger, Heinrich Tudor, ließ die großartige Burg verfallen, und im Jahre 1546 befahl sein Sohn, Heinrich der Achte, die Burg zu schleifen. Danach war, nur wenige Meilen von den Ruinen entfernt, Braithwaite entstanden. Monumental. Ehrfurchtgebietend. Ein Eckpfeiler des Warwick-Stolzes und ihres Imperiums, das noch immer die Penninischen Hügel und Täler in West-Yorkshire beherrschte. Damien konnte sich noch an das Seufzen seines Großvaters erinnern, als er mit verträumter Stimme sagte: »Ah, mein kleiner Damien, wenn nur der Rosenkrieg einen anderen Ausgang genommen hätte . . .«

Damien schloß die Augen. Was würde sein Großvater wohl jetzt zu ihm sagen, wenn er hier wäre? Sein altes Herz wäre wohl gebrochen wie einst die Wehrtürme von Middleham, hätte er gewußt, daß sein Enkel eines Tages dem Sitz seiner ruhmvollen Vorfahren und den Titeln einer uralten und hochangesehenen Adelsfamilie den Rücken zudrehen wollte, daß er vorhatte, nach Amerika zu emigrieren, sich dort der Sache der Rebellen anzuschließen und die Königin um Hilfe zu bitten, fremde Erde zu beschützen.

In diesem Moment tauchte nicht zum erstenmal ungebeten und unerwartet die Frage in ihm auf: *Was, zum Teufel, mache ich in Mississippi?* Er zog nun seine Loyalität gegenüber Bent Tree ebenso gründlich in Zweifel wie früher seine Treuepflicht gegenüber Braithwaite. Er kam immer mehr zu der Einsicht, daß er ein Gefangener zwischen zwei Ländern war. Was hatte ihm jedes der beiden zu bieten? Braithwaite war natürlich sein Erbe und stellte ein so großes Vermögen dar, daß ihn nur wenige Peers an Reichtum übertrafen. Ben Tree hingegen war eine Herausforderung, eine Aufgabe. In Vicksburg war er nicht nur der Sohn und Titelerbe eines Grafen, sondern sein eigener Herr und Meister.

Er kam sich ein bißchen wie ein Bigamist vor. Er hatte eine hochwohlgeborene, aber langweilige Lady einem verbotenen Nervenkitzel und einer vulgären Mätresse zuliebe im Stich gelassen. Er war mit beiden verheiratet; hatte aber zu keiner von beiden ein ungetrübtes Liebesverhältnis. Ihm fehlte etwas in beiden Beziehungen; er wußte nur nicht, was. Es fiel ihm zunehmend schwerer, sich zu entscheiden, wenn er zwischen Braithwaite oder seiner Plantage wählen mußte — schwerer, als er sich das je vorgestellt hätte.

Er wollte wieder in sein Bett gehen, aber als er den Korridor durchquerte, hörte er ein Schluchzen. Er blieb stehen und lauschte angestrengt, und da hörte er es wieder. Zielstrebig ging er auf Bonnies Zimmer zu, blieb aber dann vor ihrer Tür stehen. Er hatte nichts in ihrem Zimmer zu suchen. Außerdem gehörte das Mädchen zu den Dingen, die ihn beunruhigten und von seinen großen Problemen ablenkten. Dennoch . . .

Dennoch war sie mit der Zeit gleichsam zu einem Licht geworden, das in einem düsteren Kosmos aufleuchtete. Seine Lethargie war in ihrer Gegenwart wie weggeblasen. Er sehnte sich öfter, als er zugeben wollte, nach ihrer Nähe, ihrer warmen Ausstrahlung, die das Eis in ihm zum Schmelzen brachte. Sie war, so seltsam es klingen mochte, sogar zu einer Stütze für ihn geworden.

Er öffnete die Tür einen Spalt weit.

Ein dünner Strahl Mondlicht fiel durch das Fenster über den Boden und das leere Bett. Damien suchte den Raum mit den Augen ab, spähte in jeden dunklen Winkel. Und dann sah er sie, ein zusammengesunkenes Bündel neben dem Schrank an der Wand, die Knie an die Brust gezogen, das schmale Gesicht in den Händen vergraben. Ihre Schultern zuckten heftig, als sie nun ein neuer Weinkrampf schüttelte.

Er ging vorsichtig auf sie zu und kniete sich neben ihr nieder. Sie mußte seine Gegenwart gespürt haben, denn plötzlich hob sie ihr Gesicht, eine winzige blasse Fläche inmitten der Fülle ihres schwarzen Haars. Silberne Tränenspuren glitzerten auf ihren Wangen.

»Um Gottes willen«, flüsterte er, »was hast du, Mädchen?«

Plötzlich schlang sie ihre Arme um seinen Hals und preßte ihr Gesicht an seine Brust. Ihr schmächtiger Körper zitterte. Er rührte sich nicht und starrte aus dem Fenster auf die vom Mond versilberten Nebelschwaden über dem Moor. Sein erster Impuls war, die Arme um sie zu legen und sie zu trösten. Früher — vor Louisa — hätte er das wohl getan. Aber jetzt wehrte er sich mit aller Kraft gegen den Drang, sie an sich zu ziehen.

Er schluckte. Ihr Atem war warm, ihre Tränen heiß auf seiner Brust. Ihre schmalen Hände gruben sich in seinen Nacken.

Sie weinte noch heftiger. Sie klammerte sich so sehr an ihn, daß jede Kurve ihres Körpers mit seinem zu verschmelzen schien und ihr Herz gegen seines klopfte wie das eines verängstigten Kaninchens. »Erlauben Sie nicht, daß er mir etwas antut«, flehte sie.

Seine Hand hob sich, als besäße sie einen eigenen Willen, verharrte kurz über ihrem Kopf, ehe sie sich auf ihr Haar legte. »Ist schon gut, Bonnie. Niemand wird dir hier etwas zuleide tun. Du bist in Sicherheit, Kleines.«

Seine Worte schienen sie sofort zu beruhigen. Damien lehnte sich gegen den Kleiderschrank und wiegte Bonnie an seiner Brust. Ihr Haar ergoß sich in einer weichen Flut über seine Arme, Hände und Beine. Immer noch klammerte sie sich wie ein erschrecktes Kind an ihn. Er konnte ihre Wimpern an seinem Hals spüren wie die Flügel eines Schmetterlings.

»Bist du ganz wach?« fragte er.

Ihr Kopf ging auf und nieder.

»Schlimme Träume?«

Sie schluchzte noch einmal leise und nickte.

»Du hast zuviel Geburtstagstorte gegessen, möchte ich wetten. Hat sie dir geschmeckt?«

Bonnie zuckte mit den Achseln.

»Ein bißchen zu nahrhaft«, meinte Damien. »Der Marzipanguß war ziemlich üppig, denke ich, obwohl ich das der Köchin nie sagen würde. Sie ist in solchen Sachen sehr eigen.«

Als sie sich ein wenig auf seinem Schoß bewegte, reagierte sein Körper so heftig, daß es fast weh tat. Er schämte sich deswegen und bemühte sich nach Kräften, Mariannes Bild vor seinem inneren Auge heraufzubeschwören: ihr schönes schimmerndes rotes Haar, ihr schelmischer Blick; ihre seidene Unterwäsche, die einen Mann den Verstand verlieren ließ . . . wie er in diesem Augenblick den Verstand verlor, aber Marianne hatte absolut nichts damit zu tun.

Endlich hob Bonnie den Kopf und starrte Damien an. Ihre Augen glichen zwei dunklen schimmernden Untertassen, von den längsten Wimpern umgeben, die er je gesehen hatte. Dann zuckte die Spitze ihrer kleinen rosafarbenen Zunge hervor und leckte eine zitternde Träne von der Oberlippe. Eine zweite Träne löste sich aus dem Winkel ihres linken Auges, und ehe er sich eines besseren besinnen konnte, hatte er schon die Hand gehoben, den schimmernden Tropfen mit dem Daumen aufgefangen und weggewischt.

»Möchtest du mir nicht verraten, wovor du dich so sehr fürchtest?« fragte er leise.

Sie schien über seine Frage nachzudenken und schüttelte dann den Kopf.

»Du rufst im Traum nach deinem Vater. Ist er tot?«

»Ja.« Bonnie schniefte und bewegte sich wieder auf seinem Schoß.

»Und deine Mutter ist ebenfalls tot.«

»Sie starb an Schwindsucht.«

»Wie lange bist du in Caldbergh gewesen?«

Stirnrunzelnd erwiderte Bonnie: »Sie stellen mir zu viele gottverdammte Fragen, wissen Sie das?«

»Ich bin neugierig. Du bist nun schon eine ganze Weile hier, und ich kenne weder deinen Nachnamen, noch weiß ich, woher du stammst.«

»Was kümmert Sie das?«

Die Direktheit ihrer Frage war ernüchternd. Sie hatte recht. Was ging es ihn an? Was würde es schon für sein Leben bedeuten, wenn er sich mit ihren familiären Umständen vertraut machte? Er hatte sich in den letzten drei Wochen immer wieder ermahnen müssen, sich nicht zu übernehmen. Er hatte sich schon zu viele Probleme aufgehalst. Warum also die Last seiner Sorgen noch vermehren? Und dennoch saß er hier, hielt eine kleine Göre aus dem Arbeitshaus auf dem Schoß und meinte, daß ihr Lächeln, ja ihre bloße Gegenwart, ihn irgendwie davor bewahren könnte, die Nerven zu verlieren.

»Nun?« drängte sie.

Damien zuckte mit den Achseln. »Wenn wir schon unter einem Dach wohnen, sollten wir doch wissen, mit wem wir es zu tun haben, meine ich.«

»Ich weiß, wer *Sie* sind«, sagte Bonnie. »Ich weiß eine Menge über Sie.«

»So?«

»Ich höre doch, was die Dienstboten reden.«

»Ah, du bist eine Lauscherin. Gut, daß du mir das sagst. Ich werde in Zukunft nur noch flüstern, wenn es wichtige Dinge zu besprechen gibt.«

Sie kicherte. »Ich weiß, daß Sie heute dreiunddreißig Jahre alt geworden sind. Sie lesen gern Shakespeare . . .«

»Woher weißt du das?«

»Weil ich das Buch gesehen habe, das Lady Miles Ihnen geschenkt hat.«

Überrascht fragte Damien: »Du kannst lesen?«

»Natürlich kann ich lesen!« Sie verdrehte die Augen. »Halten Sie mich etwa für einen kompletten Schafskopf?«

»Dann bist du also zur Schule gegangen.«

»Manchmal. Wenn meine Ma und mein Pa meine Hilfe nicht brauchten. Meine Ma hat mich unterrichtet, wenn ich nicht zur Schule gehen konnte.«

»Ich wette, du hast auf einem Bauernhof gelebt.«

»So ungefähr. Wir hatten ein paar Kühe und Hühner. Und eine Sau — sie hieß Sue. Mein Pa hat sie so getauft, weil sie ihn an ein Mädchen erinnerte, das er beinahe geheiratet hätte.«

Sie lachten beide.

Damien schob eine Haarsträhne hinter ihr Ohr. »Dein Pa muß viel Sinn für Humor gehabt haben.«

»Ja. Er hatte auch viele Träume.«

»Zum Beispiel?«

»Er wollte Schafe züchten.«

»Schafe! Gütiger Gott!«

»Was ist verkehrt an Schafen?« forschte Bonnie.

»Erstens — sie riechen.«

»Ich mag Schafe. Ich habe mir immer vorgestellt, daß ich eines Tages einen Schafzüchter heiraten werde.«

»So was höre ich zum erstenmal. Die meisten jungen Damen träumen doch davon, daß sie einen Prinzen heiraten werden.«

»Hören Sie auf«, meinte Bonnie lachend. »Was soll denn ein verdammter Prinz mit mir anfangen?«

»Es sind schon seltsamere Dinge passiert, meine Kleine. Hast du denn nicht das Märchen von Aschenputtel gelesen? Nein? Ein hübscher Prinz lernt ein armes, aber schönes Mädchen in seinem Königreich kennen. Sie verlieben sich ineinander und heiraten.«

Das Schweigen schien sie nun beide zu verschlucken. Bonnie blickte zur Seite, und Damien ließ die Hände sinken.

Eine volle Minute verstrich, bevor sich Bonnie von Damien löste und ans Fenster ging. »Blödsinn«, sagte sie schließlich. »Es ist ein Unterschied, ob ich ein Märchen lese oder glaube, daß so etwas wirklich passieren könnte. Außerdem denke ich, daß es langweilig wäre, wenn man mit einem reichen Mann verheiratet wäre. Das sollte keine Beleidigung sein«, fügte sie rasch hinzu und warf Damien einen Blick zu. Sein Gesicht wirkte blaß im Mondlicht, seine Augen waren schwarz. Eine dicke schwarze Haarsträhne war ihm in die Stirn gefallen. Sie holte tief Luft.

»Warum?« fragte er ruhig.

»Zum einen gäbe es nichts, was ich mit ihm gemeinsam hätte. Nehmen wir einmal an . . .« Sie stockte. »Nehmen wir einmal an, Sie und ich würden heiraten . . .« Sie blickte aus dem Fenster und lachte. Oder sie versuchte es wenigstens. Sie lauschte, ob eine ähnliche Reaktion von Damien kam; aber hinter ihr herrschte Schweigen. »Sie mögen ja nicht einmal Schafe. Ich würde gern mit Ihnen über die Aufzucht von Lämmern reden wollen, und Sie möchten mir erzählen, was irgendein Lord im Parlament gesagt hat. Ich würde gern ein Picknick im Moor machen; aber Sie sehnen sich nach einem Tee in einem muffigen alten Salon mit einem muffigen alten . . .«

»Ich mag keinen Tee.«

Bonnie klappte den Mund zu.

»Ich picknicke gern im Freien.«

»Mit Gänseleberpastete und Petits Fours, schätze ich.«

»Mit einem Laib Schwarzbrot, Käse, einer guten Flasche Wein oder einem Liter Bier.«

»Hören Sie auf.« Sie ergriff mit beiden Händen das Fensterbrett. »Das ist der Lunch eines Bauern auf dem Feld. Warum sollte ein reicher Mann so etwas essen wollen?«

Sie spürte, daß er sie anstarrte. Ein Herzschlag verging, ehe er antwortete. »Du magst mich nicht, nicht wahr?«

»Sie haben keine Ahnung von der wirklichen Welt. Sie wissen nicht, wie es ist, wenn man sein ganzes Leben lang arbeiten muß. Daß man Schwielen an den Händen bekommt. Und daß man nach der langen Arbeit noch immer nichts vorweisen kann. Haben Sie sich je Sorgen machen müssen, daß Sie Ihr Haus verlieren könnten, weil Sie Schulden haben? Ein Heim, das Sie mit ihren eigenen Händen im Schweiße Ihres Angesichts erbaut haben?«

»Ich glaube, dein Urteil über mich ist zu streng, Bonnie. Warum wartest du nicht damit, bis du mich ein bißchen besser kennengelernt ...«

Sie fiel ihm zornig ins Wort: »Ich will Sie gar nicht kennenlernen. Tatsächlich kam mir gerade der Gedanke, daß ich von hier weggehen sollte. Ich fühle mich schon viel besser, und es gibt wirklich keinen Grund für mich, in Ihrem Haus zu bleiben.«

Bonnie wich einen Schritt zurück, als sich Damien erhob. Selbst aus dieser Distanz betrachtet, wirkte er gewaltig und furchterregend. Sie starrte sein Gesicht an und fühlte sich vor ihm hilfloser als Birdie Smythe gegenüber. Plötzlich ging etwas Seltsames in ihr vor, das sie die Kontrolle über ihre Gefühle verlieren ließ — ein gefährlicher Zustand, zumindest in ihrer Welt. Dennoch war es nicht einfach für sie, sich nicht daran zu erinnern, wie sich seine Arme auf ihrem Körper angefühlt hatten. Himmel, wie lange war es schon her, seit sie zum letztenmal so etwas wie Zärtlichkeit erlebt hatte! Wenn sie ehrlich war, mußte sie sich sogar eingestehen, daß sie in den letzten Tagen viele Stunden wachgelegen und davon geträumt hatte, daß Damien die Arme um sie legte.

Diese Erkenntnis traf sie wie ein Schlag. Der Gedanke, daß sie die letzten Minuten vor diesem Mann gestanden und sich danach gesehnt hatte, daß dieser verdammte Aristokrat mehr in ihr sehen sollte als nur eine Göre aus dem Arbeitshaus, war für sie unglaublich demütigend.

»Warum verschwinden Sie nicht aus meinem Zimmer?«

Er bewegte sich nicht.

»Sind Sie taub? Ich sagte, Sie sollen aus meinem Zimmer gehen! Ihnen mag dieses verdammte Yorkshire gehören, aber ich gehöre Ihnen nicht. Ich will Sie nicht näher kennenlernen. Verstehen Sie, Warwick? Ich mag Sie und das, was Sie sind nicht. Je eher ich dieses verdammte Mausoleum verlasse, um so besser.«

Damiens Augen wurden hart, und sein Mund verzog sich zu einem Strich. Seine Hände ballten sich zu Fäusten. »Da du mich als eine Art Popanz zu betrachten scheinst, möchte ich dich daran erinnern, daß das *mein* Zimmer ist. Mein Haus. Und ja, auch das verdammte Dorf ist mein Eigentum. Selbst die Luft, die du atmest, solange du in diesem Haus wohnst, gehört mir. Desgleichen das Essen, das du hier verzehrst, und das Wasser, das du trinkst.«

Bonnie hob das Kinn und schaute Damien trotzig ins Gesicht. Das war nicht einfach. Sie kam sich vor wie ein kleiner Hase, der von einem Hund in die Enge getrieben worden war. Sie hatte nun Zweifel, ob es klug gewesen war, ihn herauszufordern. Aber sie konnte nicht anders. Sie durfte nicht dem Wahn erliegen, daß das, was eben noch zwischen ihr und Warwick vorgegangen war, etwas zu bedeuten hatte.

So leidenschaftslos wie möglich fragte sie: »Da dieses Haus ihnen gehört, das Dorf und sogar die Luft, die wir atmen — was bin ich dann für Sie?«

»Gesindel.«

Das Wort tat weh. Bonnie erstarrte. Sie wußte sich nicht mehr zu helfen und fauchte deshalb: »Bastard.«

Sein Gesicht blieb unbewegt. Nur der Hauch eines Lächelns spielte um seine Mundwinkel, als er sagte: »Hat deine Mama, als sie dir das Lesen beibrachte, nicht gesagt, daß junge Damen niemals fluchen?«

»Was ich sage, und wie ich es sage, bestimme ich allein!«

Da verlor sich dieses Lächeln, und sein Gesicht nahm die ihr vertrauteren harten Züge an: »Irrtum, Mädchen. Da du die Güte hattest, mich an meine privilegierte Stellung im Leben zu erinnern, erinnere ich dich jetzt daran, daß ich als Herr von Braithwaite die Regeln bestimme.

Wir haben dich nicht in dieses Haus eingeladen. Entweder befolgst du meine Anweisungen, oder du gehst.«

»Das habe ich ja vor!« rief Bonnie. »Lieber lasse ich mich von diesem elenden Birdie Smythe schikanieren, als Ihre blödsinnige Vornehmtuerei auch nur eine Sekunde länger zu ertragen.«

»Was hält dich dann noch?« erwiderte er trocken.

»Dann gehe ich jetzt!«

Er zog eine Braue in die Höhe.

Ohne die Tragweite ihrer Handlung zu bedenken, stürmte sie zur Tür, riß sie auf und ging den Flur hinunter. Sie hatte bereits die Galerie erreicht, ehe sie begriff, was sie eigentlich tat. Es war lange nach Mitternacht. Wo sollte sie hingehen? Sie hatte keinesfalls die Absicht, nach Caldbergh zurückzukehren und sich den teuflischen Plänen von Smythe zu unterwerfen.

Sie zögerte und schaute über die Schulter zurück. Warwick war nicht zu sehen. Was hatte sie erwartet? Daß er ihr nachrennen und sie bitten würde, zu bleiben? Was war sie denn für ihn? Gesindel, hatte er gesagt. Eine Göre, die nur die Kleider besaß, die sie auf dem Leib trug und ein loses Mundwerk und einen unglaublichen großen Appetit hatte. Ein Waisenkind, das sich in seiner Verzweiflung und seinem Fieberwahn hierher verirrt hatte. Sie bedeutete ihm nichts und brachte ihm nur Ärger, und wenn es etwas gab, was die Aristokratie mehr haßte als einen Skandal, dann war das Ärger.

Dennoch würde sie nicht vor ihm kuschen. Ihr gekränkter Stolz hinderte sie daran. Hatte ihr Stolz ihr nicht die Kraft gegeben, fünf Jahre lang Birdie, Caldbergh und die Gleichgültigkeit der unwissenden Bevölkerung lebend zu überstehen? Er würde ihr auch helfen, ihre Verbannung aus Warwicks Haus zu verkraften.

Mit erhobenem Kopf und gestrafften Schultern marschierte sie die Treppe hinunter. Sie hatte gerade die Haustür erreicht, als sie Warwicks tiefe Stimme im Dunklen rufen hörte: »Bonnie!«

Sie erstarrte und drehte sich dann langsam zur Treppe um. Er stand oben auf dem Treppenabsatz — eine schweigende Silhouette. Dann kam er die Treppe so weit herunter, bis das Mondlicht, das durch ein Fenster in der Nähe der Tür sickerte, sein Gesicht schwach beleuchtete.

»Es ist spät«, sagte er. Seine Augen, die eben noch so kalt wie Eis ausgesehen hatten, wirkten nun verstört. »Es ist schon zu spät«, wiederholte er mit mehr Nachdruck. »Ich schlage vor, daß du mit deinem Abschied von Braithwaite wartest, bis es hell geworden ist«, fuhr er fort. »Es könnte für lange Zeit die letzte Gelegenheit für dich sein, in einem anständigen Bett zu schlafen.«

Sie machte wieder einen Schritt auf die Treppe zu und fragte: »Bitten Sie mich, hierzubleiben, Warwick?« Sie hielt den Atem an.

Die Antwort ließ einen Moment auf sich warten. »Das nicht«, gab er dann knapp zurück. »Ich *erlaube* dir, hierzubleiben. Zumindest bis morgen früh. Dann werden wir noch einmal darüber reden.«

Bonnie stand zitternd in der kalten Vorhalle. Vielleicht war es eher die Erleichterung als die Kälte, die dieses Zittern auslöste. Aber irgendwie spürte sie, daß es mehr war als nur Erleichterung. Sie ließ ihn nicht aus den Augen, als sie zurückging und die Treppe hinaufstieg.

Als sie sich nur noch eine Stufe unter ihm befand, gab er ihren Blick mit einer so grimmigen Intensität zurück, daß ihr der Atem stockte. Es war ein Duell zwischen ihnen, in dem sie darum kämpfte, sich kühl und gleichgültig zu geben, während er sie mit seiner Unnahbarkeit zu beeindrucken suchte. Bonnie holte tief Luft und sagte: »Ich werde schon in aller Frühe Ihr Haus verlassen. Ich falle Ihnen keinen Tag länger zur Last. Da können Sie ganz beruhigt sein.«

Er wollte etwas erwidern, besann sich aber anders, schob die Hände in die Taschen und wandte sich ab.

Sie lief mit laut pochendem Herzen an ihm vorbei, blieb oben noch einmal stehen und sagte in einem spöttischen, fast hämischen Ton: »Gute Nacht, *Mylord.*«

Es dauerte eine Weile, bevor seine leisen Worte aus dem Dunklen drangen: »Gute Nacht, Bonnie.«

6

Damien verließ die Jagdgesellschaft, bevor der Fuchs erlegt war. Er lenkte sein Pferd nach Braithwaite zurück und trieb es zur höchsten Eile an. Als er das Haus erreichte, waren die Flanken des Tiers mit Schaum bedeckt.

Auf dem makellos kurz geschorenen Rasen standen bereits Tische und Stühle für die Rückkehr der Jäger bereit. Diener eilten hin und her, um Gedecke aus kostbarem Porzellan aufzulegen.

Als sich Damien aus dem Sattel schwang und sein Pferd einem Stallburschen überließ, eilte Jewel mit einer Tasse heißem Kaffee auf ihn zu. »Ihr Kaffee, Mylord. Werden die anderen auch gleich kommen?« fragte sie.

»Bald«, erwiderte er knapp. Er nahm ihr die Tasse ab. Seine Hände zitterten.

»Ist etwas nicht in Ordnung, Mylord?« fragte Jewel mit besorgter Stimme.

»Nein. Wieso?« Er nahm einen Schluck aus seiner Tasse. Sie hatte ihn mit Brandy versetzt. Er bedankte sich mit einem anerkennenden Lächeln bei seiner Dienerin, die vor Freude errötete. »Ist Miles in der Nähe?« fragte er dann.

»Ich habe ihn heute morgen noch nicht gesehen«, erwiderte sie mit einem mißbilligenden Schniefen.

Er trank seinen Kaffee und schaute zu den Hügeln. Die noch träge Sonne zog den Nebel zu langen, strudelnden Streifen auseinander. Ihm wurde plötzlich bewußt, wie sehr er dieses eigentümliche Licht eines englischen Morgens entbehrt hatte.

Unwillkürlich kehrte sein Blick zum Haus zurück und suchte das Fenster von Bonnies Zimmer. Er leerte seine Tasse, reichte sie Jewel und sagte: »Dieses Mädchen ...«

»Bonnie«, erinnerte sie ihn.

»Richtig. Bonnie. Ist sie schon fort?«

»Fort, Mylord? Sollte sie denn gehen?«

»Sie ist noch im Haus?«

»Das kann ich Ihnen leider nicht sagen, Mylord.«

»Und wie steht es mit meinem Onkel? Ist er schon aufgestanden?«

»Nein, Mylord. Wir sollen ihn um neun wecken, Mylord, keine Minute früher oder später.«

Damien runzelte die Stirn. Es schien, daß Sitwell mit zunehmendem Alter immer exzentrischer wurde. »Gib mir Bescheid, sobald er herunter kommt. Ich bin in der Bibliothek, falls ihr mich braucht.«

Jewel machte einen Knicks und eilte davon, während Damien auf das Haus zuging und dabei mit der Gerte gegen die kniehohen Schäfte seiner Reitstiefel schlug. Als er vor der Tür der Bibliothek anlangte, blieb er abrupt stehen. Miles, angetan mit Reithose, Stiefel und rotem Jackett, saß hinter dem Schreibtisch und schaute Damien grinsend an.

»Was, zum Teufel, machst du hier?«

»Ich hatte die Absicht, mich der Jagdgesellschaft anzuschließen. Ehrlich. Aber ich bin ein bißchen zu spät aus dem Bett gekommen — man hat wohl versäumt, mich rechtzeitig zu wecken — und als ich mich zum Stall begeben wollte, begegnete ich einem Kurier vor der Haustür.« Lächelnd hielt er mit zwei Fingern einen Brief in die Höhe. »Das ist vor wenigen Minuten für dich gekommen.«

Damien trat an den Schreibtisch und riß Miles den Umschlag aus der Hand. Er erkannte die Schrift auf den ersten Blick. Sein Verwalter hatte ihm geschrieben.

»Schlechte Nachrichten«, verkündete Miles und lehnte sich zurück.

Das Siegel war erbrochen. Miles hatte den Brief offensichtlich gelesen. Doch die Empörung, die Damien darüber empfand, wurde ein wenig von der Angst gedämpft, daß der Brief tatsächlich schlechte Nachrichten enthielt. Er zog ihn langsam aus dem Kuvert und faltete ihn auseinander.

»Es scheint, daß die Truppen aufsässig werden, Dame. Wenn ein Dutzend Schwarze ihre Hacken und Schaufeln niederlegen, um sich den Soldaten der Union anzuschließen, verspricht das wenig Gutes für die kommende Baumwollernte, nicht wahr? Wie dein Verwalter schreibt: ›Ein Dutzend heute, morgen vielleicht schon zwei Dutzend.‹ Wer, zum Henker, soll dort also Heim und Herd verteidigen, wenn Lincolns Armeen in Vicksburg einmarschieren?«

Damien zerknüllte den Brief in der Faust.

Miles verließ den Sessel, kam um den Schreibtisch herum und baute sich vor Damien auf. »Wie fühlt man sich, wenn einem das, was man liebt, einfach so weggenommen wird, Mylord? Wenn man ohnmächtig dabeistehen muß und nichts dagegen unternehmen kann? Es ist so, als bekäme man einen Schlag in den Magen, nicht wahr? Da würde man gern seine Wut an jemand anderem auslassen. Stimmt's Dame?«

»Geh zur Hölle.«

Miles warf den Kopf in den Nacken und lachte. »Deinem Gesicht nach zu schließen, wirst du noch früher dort eintreffen als ich.« Er sah sich in der Bibliothek um. »Genieße dein Fegefeuer, Mylord. Du hast es verdient.«

Miles verließ den Raum. Damien horchte auf die Schritte seines Halbbruders, die durch den Korridor hallten, warf den zerknüllten Brief auf den Boden und stürmte aus der Bibliothek. Als er die Halle erreichte, war Miles nicht mehr zu sehen. Damien stand am Fuß der Treppe und schlug mit der Gerte gegen seine Reitstiefel. Wenn er sich jetzt an Miles vergriff, würde er es später bereuen. Miles hatte recht. Seine Hilflosigkeit machte ihn rasend. Krank. Er hatte sich nach Kräften bemüht, sich seelisch auf das Unvermeidliche vorzubereiten. Jeder hatte ihn gewarnt, daß sich seine Idee, freigelassene Negersklaven auf seiner Plantage zu beschäftigen, nicht auszahlen würde. Er verstand die Gefühle dieser Männer. Er konnte nicht erwarten, daß sie sich auf die Seite der Leute stellten, die für die Beibehaltung der Sklaverei kämpften.

Aber er hatte seine Reaktion auf die neue Lage nicht vorausgesehen. Himmel, was sollte er jetzt tun? Er konnte sich nicht einmal mehr als Engländer bezeichnen. Er fand die Ideale der Peers abgeschmackt, ihren Zeitvertreib frivol. Und doch wartete er darauf, sie im Parlament um die Unterstützung von Leuten zu bitten, deren Ideale er auch nur mit Einschränkungen gutheißen konnte. Und Braithwaite. Was, zum Teufel, sollte er mit diesem Besitz anfangen? Er konnte doch nicht einfach einem Erbe den Rücken kehren, um das seine Vorfahren jahrhundertelang gekämpft und für das sie ihr Leben hingeben hatten, damit es der Familie erhalten blieb.

Er schloß die Augen. Als er sie wieder öffnete, starrte er auf die Treppe. Die Erinnerung an die Konfrontation in der vergangenen Nacht beherrschte ihn. Was war nur mit ihm los? Trotz seiner vielen Probleme tauchte Bonnies Bild in den ungeeignetsten Momenten in seinem Geist auf. Er konnte nicht einmal mit Marianne schlafen, ohne daß sich ihm die wahnwitzige Vorstellung aufdrängte, er hielte Bonnie in seinen Armen.

Er schüttelte den Kopf und lachte über sich selbst. Er wußte nicht einmal, warum er von diesem Mädchen besessen war. Zugegeben — Bonnie war auf eine schlichte Art hübsch. Vielleicht war es das — oder ihre Unkompliziertheit. Sie konnte sich an einer Rosenknospe und ein paar Kätzchen erfreuen. Marianne und Damen ihres Schlages maßen ihr Glück mit der Elle des Reichtums und der Titel, während Bonnie davon träumte, einen Schafzüchter zu heiraten.

Einen Schafzüchter!

Er fragte sich, ob sie sich auch mit einem ruinierten Baumwollpflanzer begnügen würde.

Dieser Gedanke traf ihn wie ein Blitz. Er mußte verrückt sein. Seine Schwierigkeiten raubten ihm den Verstand! Dieses Gossenmädchen heiraten? Ha...! Zudem mochte sie ihn gar nicht. Das hatte sie ihm erst heute nacht gesagt. Nachdem er ihr das Leben gerettet hatte, konnte sie ihn gar nicht schnell genug verlassen. Also ging sie am besten sofort. Aus den Augen, aus dem Sinn, wie der Volksmund so schön sagt.

Er stürmte die Treppe hinauf, immer zwei Stufen auf einmal nehmend, und hielt dann vor Bonnies Schlafzimmertür an. Sie stand so weit offen, daß er ihr Bett sehen konnte. Es war leer. Er holte tief Luft, als ihm bewußt wurde, daß sie bereits fortgegangen sein könnte. Er wollte die Tür gänzlich öffnen, als er sie singen hörte.

Sein Auge wanderte zum Spiegel. Bonnie stand nackt mit dem Rücken zu ihm und versuchte sich so gut wie möglich mit dem Wasser aus einer blau-weißen Schüssel zu waschen. Ihr langes schwarzes Haar reichte bis zu ihren Schenkeln, ringelte sich an den Enden und verdeckte nur unvollkommen ihr appetitliches, schneeweißes Hinterteil. Damien betrachtete sie mit einem halb bewundernden, halb feindseligen Blick, spürte wieder diese Ruhelosigkeit, diesen schmerzlichen Drang in seinen Lenden. Einen Moment lang befürchtete er, daß er ins Zimmer stürzen, sie auf das ungemachte

Bett werfen und mit seinem Körper zudecken würde. Er stellte sich ihre Reaktion vor. Sie würde sich zweifellos mit Zähnen und Krallen wehren wie eine Katze.

Dann kam er wieder zur Besinnung. Er schob mit der Reitgerte die Tür noch weiter auf. Sie hörte es, und plötzlich war da ein wildbewegtes Spiegelbild, ein Wirbel von Armen und Beinen, und als es wieder zum Stillstand kam, starrte ihn das Mädchen, ihr Nachthemd wie ein Schild vor ihre Brust haltend, aus geweiteten Augen an. Ihr Körper bebte hinter dem dünnen Stoff, offenbar aus Wut über sein unverschämtes Verhalten.

Er blieb am Fußende des Bettes stehen. »So«, schnaubte er leise, während er sie mit den Augen verschlang. »Wie ich sehe, hast du in aller Frühe das Haus verlassen.«

»Wie können Sie es wagen«, fauchte sie. »Wie können Sie hier . . .«

»Das ist mein Haus. Hast du das vergessen? Mein Zimmer.«

Bonnie hob trotzig das Kinn. »Das können Sie gern wiederhaben. Und wenn Sie nur hierhergekommen sind, um mir zu sagen, daß ich verschwinden soll . . .«

»Im Gegenteil, Mädchen . . .« Er warf einen Blick zum Bett und strich mit der Spitze seiner Reitgerte über die Kappen seiner Reitstiefel, ehe er seine Augen wieder auf sie richtete. Zwei rote Flecken brannten auf ihren Wangen. Ihr weicher Mund war so rot wie reife Kirschen und leicht geöffnet in Erwartung seines nächsten Schachzugs.

Er hob die Gerte an, fuhr damit sacht an einer Seite ihres Gesichts entlang, dann an ihrem Hals hinunter, über eine nackte Schulter und hielt kurz über der Faust, mit der sie das Nachthemd gegen ihre Brust drückte. »Du kannst hierbleiben . . . solange du dich so beträgst, wie es sich für die Leute gehört, die in Braithwaite wohnen. Du wirst jedoch so lange auf deinem Zimmer bleiben, bis die Gäste abgereist sind.

Das sollte spätestens — oh ...« Er starrte in eine Ecke des Zimmers »... morgen um diese Zeit passiert sein. Dann kannst du meinetwegen aus deinem Zimmer herauskommen, und wir werden uns überlegen, was aus dir werden soll. Ich möchte herausfinden, wer du bist, und warum du überhaupt vor unserem Freund Smythe weggelaufen bist ...«

Bevor Bonnie etwas erwidern konnte, hatte Damien schon kehrt gemacht und war zur Tür gegangen. Dort blieb er stehen und schaute noch einmal zurück. Ihr Gesicht war wachsbleich geworden, ihre Augen glichen zwei riesigen dunkelvioletten Edelsteinen. Ihr Mund war zornig geöffnet und ihr Busen hob und senkte sich heftig. Er heftete seinen Blick darauf und sagte im spöttischen Ton: »Bedanke dich noch nicht für meine Menschenfreundlichkeit, Mädchen. Morgen werde ich dir sagen, was sie dich kosten wird. Ich wünsche dir noch einen angenehmen Tag.«

Damit verließ er das Zimmer. Als er die Treppe erreichte, stieß sein Onkel zu ihm.

Richard betrachtete Damien voller Sorge: »Du siehst schrecklich aus«, stellte er fest.

Damien zog eine Braue in die Höhe und erwiderte: »Du machst auch nicht gerade einen erholten Eindruck. Was ist der Grund?«

»Ich schlafe nicht mehr sonderlich gut. Das muß an meinem Alter liegen.«

»Oder an der Flasche Port, die du vor dem Schlafengehen leerst.«

»Du liebe Güte — das ist nicht nett von dir.«

»Ich bin nicht zu Artigkeiten aufgelegt.«

Richard blieb stehen. »Vielleicht sollte ich lieber wieder auf mein Zimmer gehen und später herunterkommen.«

»Nein.«

Damien ging in die Bibliothek und wartete, bis sein Onkel vor dem Schreibtisch aus massivem Nußbaumholz Platz genommen hatte, ehe er ihm eine Zigarre anbot. Richard schüttelte den Kopf. »Dem Rauchen habe ich abgeschworen«, sagte er, »aber gegen ein Glas Port hätte ich nichts einzuwenden.«

»Ein bißchen früh dafür, meinst du nicht auch?«

»Gütiger Himmel, du redest wie dein Vater. Heißt das, daß ich meinen Lieblingsneffen jedesmal um Erlaubnis fragen muß, wenn ich das Bedürfnis nach einem Glas Wein habe?«

Damien war nicht in der Stimmung, über Richards Trinkgewohnheiten zu diskutieren. Ihm war der nervöse Blick nicht entgangen, mit dem sein Onkel die Kontobücher auf dem Schreibtisch streifte. Nun sollte er Richard eigentlich eine Strafpredigt wegen seiner verheerenden Buchführung halten. Obwohl er sich darauf vorbereitet hatte, brachte er das jetzt nicht fertig. Vielleicht war er nicht darauf gefaßt gewesen, daß sich der Bruder seiner Mutter in wenigen Jahren so verändert hatte. Er war ziemlich gealtert, sah als Dreiundfünfzigjähriger aus wie dreiundsiebzig. Offensichtlich war seine Gesundheit stark angegriffen. Der Streß und der Portwein hatten ihren Tribut gefordert.

Damien schenkte ihm schweigend ein Glas voll. Richard schürzte die Lippen und strich mit den Fingern über die Bücher. »Eine einzige Pleite, wie?«

Damien nickte.

»Nun, ich sagte deinem Vater, daß er Miles niemals die Leitung dieser Bergwerke hätte übertragen dürfen. Damit fing der Schlamassel an. Joseph war ein Narr, als er dich von diesem Posten entband. Aber du weißt ja, wie dein Vater in diesen Dingen dachte. Er meinte, Miles etwas schuldig zu sein; aber ich finde, es hätte genügt, daß er Miles erlaubte, hier in Braithwaite aufzuwachsen.«

Damien blickte zur Seite. »Ich möchte heute morgen dieses Thema wirklich nicht erörtern.«

»Ah, schön. Ich kann dich gut verstehen, mein Junge. Ich war nur neugierig, wie weit du in den Büchern vorgedrungen bist.«

Als Damien ein leichtes Zittern an Richards Händen bemerkte, hob er — Desinteresse vortäuschend — die Schultern. »Ich hatte wichtigere Dinge im Kopf.«

»Damien, du bist dir doch im klaren, daß dem Warwick-Besitz die Insolvenz droht.«

»Es gehört zwar eine große Anstrengung dazu; aber ich glaube, daß sie abgewendet werden kann.«

»Die Gunnerside-Mine ist bereits geschlossen. Ich habe wirklich mein Bestes getan, um die Fehler auszubügeln, die Miles dort gemacht hat; aber seine Inkompetenz als Geschäftsführer hat uns sehr geschadet. Nun flüchten die Arbeiter alle nach Durham, um in diesen verdammten Kohlebergwerken zu arbeiten. Du solltest dir überlegen, ob du nicht deine Anteile abstoßen willst, Damien, ehe es zu spät ist.«

Damien studierte das Gesicht seines Onkels. Er hatte Schweißperlen auf der Stirn.

»Solltest du dich dazu entschließen, den Erlös neu zu investieren, habe ich einen Vorschlag für dich. Ich hatte mich bereits mit dem Gedanken getragen, mich in die Eisenhütten außerhalb von Cleveland einzukaufen. Sie müßten zwar gründlich modernisiert werden; aber auf lange Sicht sind sie profitabel . . .«

»Das glaube ich nicht.«

»Aber ich habe erst kürzlich mit Henry Bessemer geredet, als er in London war. Wir sprachen über den Ankauf von einer seiner Bessemerbirnen . . .«

»Die Eisenhütten wären eine Fehlinvestition, Onkel. Meiner Meinung nach sollten wir sie lieber ganz schließen und den wenigen Arbeitern, die noch bleiben, eine faire Abfindung zahlen.«

Richard lachte verunsichert. »Das hört sich aber so an, als hättest du die Bücher doch gründlicher studiert, als du zugeben willst, Damien.«

»Gründlich genug, um zu wissen, daß wir es uns nicht leisten können, Bessemerbirnen zu kaufen.«

Richard, der das ihm peinliche Thema wechseln wollte, sagte: »Verrate mir doch mal, ob Marianne sich endlich dazu entschlossen hat, sich von Sir Harry Lyttleton und seiner Schar junger Männer scheiden zu lassen und mit dir auf deine Plantage nach Vicksburg zu fahren.«

Damien lehnte sich lässig gegen den Kaminsims, die Arme locker vor der Brust gekreuzt. »Du mußt senil geworden sein Onkel, wenn du auch nur eine Sekunde annimmst, daß Marianne auf die Freiheiten verzichtet, die sie dank ihrer Ehe mit Lyttelton genießt, oder daß ich sie heiraten würde, wenn sie frei wäre.«

»Pardon. Ich habe dieses Glitzern in deinen Augen als Liebe gedeutet. Nun sehe ich, es war lediglich die Lust. Habe ich mich wirklich so getäuscht?«

»Das Alter und der viele Port.«

Sitwell schnaubte. »Ich dachte, daß du vielleicht dieses Mädchen heiraten würdest — warte mal, wie hieß sie doch gleich? Du erwähntest sie in dem Brief, den du mir letztes Jahr geschrieben hast...«

»Charlotte. Nein, ich habe auch nicht vor, diese Dame zu heiraten.«

»Mit welcher Dame willst du dich dann häuslich niederlassen und eine Familie gründen?«

»Mit keiner.«

»Pah! Natürlich wirst du das tun. Suche dir ein süßes, unschuldiges Ding und heirate es.«

Ein träges Lächeln spielte um Damiens Lippen, als er sich dem Schreibtisch näherte. »Und dieser Vorschlag kommt von einem dreiundfünfzigjährigen Mann, der nie verheiratet war?«

»Das bedaure ich jetzt, wenn ich sehe, wie meine Freunde von Enkelkindern umringt sind. Du bist meine letzte Chance, Damien. Ich wäre dir überaus dankbar, wenn du mich mit einer Schar von Großnichten und Großneffen beglücken würdest, bevor ich zu alt werde, mich an ihnen zu erfreuen. Du hast Kinder immer gerngehabt.«

»So? Daran kann ich mich nicht erinnern.«

»Natürlich hattest du sie gern. Und das gilt auch noch heute. Bedenke, was du für dieses Caldbergh-Mädchen im ersten Stock getan hast. Verleugne nicht deine Schwäche für diese jungen Dinger.«

Damiens Gesicht verdüsterte sich plötzlich, und Richards Neugierde war geweckt. »Stimmt vielleicht etwas nicht?« fragte er. »Jedesmal, wenn ich diese Göre erwähne, umwölkt sich deine Stirn. Marianne hat mir erzählt, daß das Mädchen reizend ist.«

»Reizend?« Damien lachte unfroh. »Sie ist eine Plage, eine Pest, und ich würde sie lieber heute als morgen wieder mit ihren unterernährten Hintern auf einer Bank in Caldbergh sitzen sehen.«

»Und warum bringst du sie nicht dorthin zurück?«

»Das werde ich tun«, wich Damien aus, »sobald sich eine Gelegenheit dazu bietet.«

»Und weshalb nicht gleich? Ich werde dich begleiten, wenn es dir nichts ausmacht. Ich hätte nichts gegen ein paar Stunden in frischer Luft einzuwenden.« Richard leerte sein Glas, stellte es auf den Schreibtisch und erhob sich.

Doch Damien blieb mit leicht gegrätschten Beinen stehen, und sein Gesicht zeigte diesen verschlossenen Ausdruck, den sein Onkel nur zu gut an ihm kannte. So hatte er immer als Junge ausgesehen, wenn ihm etwas nicht paßte.

»Was ist?« fragte Richard. »Hast du dir für die nächsten paar Stunden vielleicht etwas anderes vorgenommen?«

»Ja«, erwiderte Damien trocken.

»Dann vielleicht gleich nach dem Lunch?«

»Vielleicht. Ich werde dir Bescheid geben.«

»Ich habe das Mädchen gestern abend flüchtig kennengelernt. Ich könnte mir vorstellen, daß man sich gut mit ihr unterhalten kann. Wenn sie noch eine Weile hierbliebe, würde ich das mal ausprobieren.«

Damien Lippen kräuselten sich amüsiert. Er nahm einen kristallenen Briefbeschwerer vom Tisch, drehte ihn hierhin und dorthin und sah zu, wie sich das Licht darin brach. »Und ich kann mir nicht vorstellen, daß jemand auch nur eine Sekunde seiner kostbaren Zeit an diese Göre verschwenden möchte. Sie ist entwaffnend.«

»Wie meinst du das, Damien?«

»Im unguten Sinne.«

»Ah.«

»Sie ist aufbrausend.«

»So wie du.«

»Streitsüchtig, stur ...«

»... und sehr hübsch.«

»Hübsch! Ha!«

»Wie ein roher Diamant, der darauf wartet, geschliffen und poliert zu werden, meinte Marianne.«

»Dann scheint Mari ebenfalls senil zu werden. Diese fauchende, spuckende kleine Katze dort oben hat nichts, was man auch nur im entferntesten als hübsch bezeichnen könnte. Lieber würde ich mich mit einem bengalischen Tiger auseinandersetzen als mit mir.«

»Oho!« rief Richard. »Das klingt ja faszinierend! Also genau die Art von Frau, die einen Mann auf Trab halten könnte, würde ich meinen.«

Damien legte den Briefbeschwerer auf den Schreibtisch zurück und grinste.

Bonnie lief im Zimmer auf und ab, wütend über sich selbst, weil sie vor Seiner allmächtigen Lordschaft gestanden und nicht ein Wort zu ihrer Verteidigung vorgebracht hatte. Zwischendurch trat sie ans Fenster und starrte in den Park von Braithwaite.

Die Jäger waren schon vor einigen Stunden zurückgekommen und hatten ihr Frühstück im Freien genossen. Bonnie hatte beobachtet, wie Philippe in der Menge umher stolziert war und mit dem Fuchsschwanz seinen Freunden vor der Nase herumgefuchtelt hatte. Alle hatten gelacht und waren dann mit ihm gemeinsam ins Haus gegangen, um sich für den großen Ball vorzubereiten, der heute abend in Braithwaite stattfinden sollte.

Den ganzen Tag über beobachtete Bonnie durch die offene Tür, wie die Diener mit Wäschebündeln, Wasser, Getränken oder Speisen von einem Zimmer zum anderen eilten. Auch die Dienerschaft der Gäste, die sie mitgebracht hatten, flitzten durch den Korridor und trugen dem Gesinde von Braithwaite auf, was ihre Herrin oder ihr Herr für seine oder ihre Toilette wünschte. Als Bonnie diese Tollhausatmosphäre nicht mehr ertragen konnte, stahl sie sich über die Hintertreppe aus dem Gebäude. Sie lief rasch, bis sie die Ställe erreicht hatte.

Hier wurde sie von einer nicht minder emsigen Geschäftigkeit empfangen. Lakaien wachsten und polierten Kaleschen und Kutschen; Reitburschen striegelten Pferde; junge Stallburschen rannten in dem langen, mit einem Boden aus roten Ziegeln versehenen Gebäude mit dampfendem Mischfutter, Wassereimern, Bergen von Decken, Pferdekämmen und Striegeln hin und her. Ein paar Burschen lagen auf den Knien und schrubbten den Boden mit steifborstigen Bürsten, bis die Backsteine glänzten.

Bonnie trat auch aus dem Stall den Rückzug an und betrachtete die Silhouette der am Rande des Parks befindlichen Ortschaft Braithwaite — die steilen Dächer der schiefergedeckten Häuser; die hohen Schornsteine, aus denen grauer Rauch quoll, die Torwege und überdachten Passagen. In der Ferne konnte sie einen großen grasbewachsenen Innenhof mit Leinen und Wäschestücken ausmachen, die sich sacht im Winde blähten wie Segel. Sie wurde sich mit Schrecken bewußt, daß sie das alles mit einem gewissen Stolz betrachtete. So etwas durfte nicht sein. Sie hatte schon als Kind die Erfahrung machen müssen, daß im Leben nichts von Dauer war. Die Menschen kamen und gingen. Materielle Güter hatten nur so lange Bestand, bis sie zerbrachen, verbrannten oder abgenützt waren. Was nicht mehr taugte, wurde weggeworfen, ohne daß an sich viel Gedanken machte, was das einmal gekostet hatte. Und Braithwaite war nur eine Zwischenstation für sie. Sie durfte das keinen Moment vergessen. Und sie würde sich unter keinen Umständen Warwicks Diktaten unterwerfen, um sich damit eine kurzlebige Sicherheit zu erkaufen.

»Hier treffen wir uns also wieder«, sagte eine Stimme hinter ihr.

Bonnie blickte über die Schulter und erkannte in dem Sprecher den Mann, der sie am Abend zuvor am Fuß der Treppe abgefangen hatte.

»Ich möchte mich für mein gestriges Betragen entschuldigen«, sagte Miles. »Ich muß Ihnen ja wie ein Raubtier erschienen sein, als ich Sie im Dunklen so einfach am Arm gepackt habe. Kein Wunder, daß Sie Angst vor mir hatten.« Er streckte ihr seine Hand entgegen. Es kostete sie einige Überwindung, die Hand zu ergreifen. Sie fühlte sich diesmal sanft an.

»Wie ich hörte, waren Sie sehr krank. Ich darf doch annehmen, daß Sie inzwischen so weit genesen sind, daß Sie sich im Freien bewegen können?«

Sie nickte.

»Wunderbar. Ich wollte gerade einen Spaziergang machen. Würden Sie mich begleiten?«

Bonnie wollte sich nicht ohne weiteres dazu überreden lassen, während Miles ihre Befürchtungen mit einem liebenswürdigen Lächeln und schmeichelnden Worten zu zerstreuen suchte. Er hatte eine angenehme Gestalt, das mußte sie zugeben, obwohl gewisse Fältchen in seinem Gesicht auf einen ausschweifenden Lebenswandel und die tiefen Kerben an den Mundwinkeln auf einen zynischen Humor hinzudeuten schienen. Er war knapp über einsachtzig groß — eine Winzigkeit kleiner als Damien, wie sie bei der Auseinandersetzung zwischen den beiden Brüdern gestern abend bemerkt hatte, aber genauso muskulös und sehnig wie der jüngere Warwick. Nur seine Haut war nicht so dunkel getönt wie die seines Halbbruders. Damiens Teint war bronzefarben wie der eines Zigeuners, und Miles' Augen waren nicht grün, sondern haselnußbraun. Doch *dieser* Mund lächelte wenigstens und zeigte ihr kein höhnisches Grinsen. Bonnie nahm das mit einer gewissen Erleichterung wahr und entspannte sich sichtlich. Und so nickte sie schließlich zum Zeichen, daß sie ihn auf seinen Spaziergang begleiten würde.

Sie gingen einen gepflasterten Pfad hinunter, bis sie zu einem Platz kamen, auf dem ein Reitknecht das schönste Pferd striegelte, das Bonnie je gesehen hatte. Sie blieb stehen und betrachtete ehrfürchtig das Tier.

»Herrlich, nicht wahr?« fragte Miles. »Das ist Gdansk, ein Vollblut-Araber. Das Züchten von Pferden gehörte zu den Passionen meines Vaters. Nach seinem Tod hat Randolf die Pferde jedoch verkauft — bis auf Gdansk natürlich.«

»Ist es ein so gutes Reitpferd?« fragte Bonnie.

»Er ist ein eigensinniger Bursche und läßt nicht jeden an sich heran. Wir verwenden ihn hauptsächlich zur Zucht. Viele seiner Nachkommen haben bei den wichtigsten Rennen in England schon bedeutende Preise gewonnen.«

Sie setzten ihren Weg auf dem gewundenen Pfad fort, kamen an gepflegten Blumenrabatten vorbei, bis sie eine Marmorbank vor einigen Rosenbüschen erreichten. Miles lud sie dort zum Sitzen ein, setzte sich neben sie, schlug die Beine übereinander und sah sie wieder lächelnd an.

»Haben Sie etwas dagegen, wenn ich rauche?« fragte er.

Überrascht, daß er sie überhaupt fragte, schüttelte Bonnie den Kopf.

Nachdem Miles sich eine Zigarre angezündet hatte, sagte er: »Sie reden nicht viel, obwohl man mir das Gegenteil von Ihnen berichtet hat. Haben Sie Angst vor mir?«

»Sollte ich das?«

»Sie sollten zwar auf der Hut sein; aber nicht ängstlich. Ich laufe in der Regel nicht in der Gegend umher und mache Jagd auf kleine Mädchen.« Dann, mit einem hintergründigen Zwinkern seiner haselnußbraunen Augen, setzte er hinzu: »Natürlich bin ich bisher auch nicht vielen Mädchen begegnet, die so hübsch sind wie Sie.« Sie mußte ihn verblüfft angesehen haben, denn er lachte. »Sie sind bezaubernd, Bonnie, auch wenn Sie Ihre Schönheit unter diesen schrecklichen Hosen zu verstecken versuchen. Ich wette, wenn Sie ein Kleid anziehen würden, würde sich jeder junge Mann in Yorkshire einen Pfad bis zu Ihrer Haustür anlegen.«

»Ich bin nicht daran interessiert«, erwiderte Bonnie spitz.

»Nein? Noch zu jung dafür, eh?«

»Ich bin nicht *so* jung«, gab Bonnie zurück. »Ich bin älter, als ich aussehe.«

»Oh?« Seine Neugierde war sichtlich geweckt. Miles schaute ihr ins Gesicht. Ein kühles Lächeln auf den Lippen fragte er: »Wie alt sind Sie wirklich?«

Bonnie öffnete den Mund und schloß ihn wieder. Unter Miles' forschendem Blick konnte sie ein leichtes Erröten nicht unterdrücken, fand jedoch, daß es besser für sie war, wenn er so wenig wie möglich über sie wußte. Mit einem etwas befangenen Lächeln begegnete sie seinem Blick und erwiderte: »Alt genug, um zu wissen, wann ich meinen Mund halten muß.«

Miles lachte, und Bonnie entspannte sich wieder. Sie fand, daß er kein unangenehmer Gesellschafter war, obwohl sie dieses Glitzern in seinen Augen richtig zu deuten wußte. Er gehörte zu der Sorte von Männern, vor denen Frauen auf der Hut sein mußten.

In diesem Moment erschien Stanley und kam mit energischen Schritten auf die beiden zu. Er zog seine buschigen Augenbrauen in die Höhe, als er Bonnie nur eine Handbreit von Miles entfernt auf der Bank sitzen sah.

»Gütiger Himmel!« rief er. »Da sind Sie ja! Ist Ihnen bewußt, daß der Graf seine gesamte Dienerschaft wie die Ameisen herumlaufen läßt, um nach Ihnen zu suchen?«

»Der Graf kann mich mal...«

»Meine teure junge Dame — ich bin mir durchaus im klaren, daß zwischen Ihnen und Seiner Lordschaft ein gespanntes Verhältnis besteht. Solange Ihnen jedoch der Graf seine mildtätige Gastfreundschaft gewährt...«

»Mildtätige Gastfreundschaft!« Bonnie fuhr von der Bank hoch und funkelte den erstaunten Butler zornig an, die Hände in die Hüften gestemmt. »Wenn Sie das als mildtätige Gastfreundschaft bezeichnen, daß ich gedemütigt, mit einer Reitgerte eingeschüchtert und einen ganzen Tag lang in ein Zimmer eingesperrt werde, dann möchte ich nicht wissen, was Seine Lordschaft unter *Grausamkeit* versteht! Zweifellos würde er mich am liebsten auf ein Rad flechten oder in einem Verlies unter seiner Burg verstecken!«

Stanley baute sich vor ihr auf, zog wieder eine Braue in die Höhe und erwiderte: »Ich bezweifle, daß er eine solche Absicht hegt.«

Miles, der inzwischen ebenfalls aufgestanden war, schob sich zwischen Stanley und Bonnie und sagte: »Ich muß die junge Dame entschuldigen, Stanley. Das alles war nur meine Schuld. Ich habe sie zu einem Spaziergang eingeladen und dabei nicht auf die Zeit geachtet. Ich werde Damien alles erklären, wenn Sie es wollen. Allerdings . . .« er lächelte Bonnie an ». . . wäre es ratsam, wenn Sie jetzt doch wieder in Ihr Zimmer zurückgingen. Zuviel frische Luft nach einer erst kürzlich überstandenen Krankheit könnte Ihrer Genesung schaden. Wir wollen doch einen Rückfall vermeiden, oder?«

Als Bonnie nicht darauf antwortete, legte er ihr sacht eine Hand auf die Schulter. »Ab und zurück ins Haus. Vielleicht werden wir später den Tee miteinander trinken. Würde Ihnen das gefallen?«

Nach kurzem Zögern nickte Bonnie.

»Großartig! Darf ich Sie so gegen fünf Uhr abholen?«

Als Bonnie ihm in die zwinkernden Augen sah, bemühte sie sich nach Kräften, seine wahren Absichten hinter seiner zweifellos geheuchelten Artigkeit ihr gegenüber zu ergründen. Aber sie konnte nichts entdecken, was seine freundlichen Worte widerlegte. Einen Augenblick wäre sie fast der törichten Versuchung erlegen, sich an seiner Schulter auszuweinen. Aber sie hatte nicht die letzten fünf Jahre durch Härte gegen sich selbst und andere überlebt, um nun schwach zu werden.

Miles beobachtete, wie Bonnie mit Stanley den Pfad hinunterging, setzte sich dann wieder auf die Bank und rauchte seine Zigarre. Also hatten ihn seine Augen gestern abend nicht getrogen. Diese junge Dame aus Caldbergh war ein sehr einnehmendes junges Ding, trotz ihrer Verkleidung als Bettler. Er hatte nicht gelogen, als er behauptete, jeder junge Mann in Yorkshire würde sich um sie bemühen, wenn sie Kleider trüge. Da er seinen Bruder sehr genau kannte, argwöhnte er, daß Damien sie eben aus diesem Grunde noch nicht nach Caldbergh zurückgeschickt hatte. Dieses Mädchen gehörte zu der Sorte, die ihm den Kopf verdrehen konnte. Damien hatte sich schon immer zu diesem unkomplizierten, unpolierten Typ von Frauen hingezogen gefühlt. Dafür war wohl die rebellische Ader in ihm verantwortlich, wie Miles vermutete.

Miles hatte gerade seinen Zigarrenstummel weggeworfen, als Damien auf der Bildfläche erschien.

»Halte dich von Bonnie fern!« schnauzte Damien ihn an. »Wenn du auch nur in ihre Richtung schaust, wirst du es bitter bereuen.«

Zu verblüfft, um etwas sagen zu können, starrte Miles Damien ins Gesicht und wartete darauf, daß dieser ihm seine Drohung näher erläuterte. Aber Damien machte auf dem Absatz kehrt und stürmte zum Haus zurück.

Miles legte den Kopf in den Nacken und brach in Gelächter aus.

Die nächsten Stunden verbrachte Bonnie am Fenster ihres Zimmers und blickte zu den bewaldeten Hügeln. Zuweilen glaubte sie die Reflexe der Sonne auf dem Fluß Cover erkennen zu können, der sich durch das Grün schlängelte.

Sie dachte daran, wie Damien sie in der letzten Nacht in seinen Armen gehalten hatte, und daran, wie gut sich das angefühlt hatte. Danach hatte sie friedliche, schöne Träume gehabt, die voller Zärtlichkeit waren. Seine Sorge um sie war echt gewesen. Aber einem so reichen Mann wie Warwick mußte es doch gleichgültig sein, ob sie lebte oder tot war. Die meisten Leute — selbst jene, die zu ihrem Stand gehörten — hätten sie bei ihrem ersten Wutausbruch auf die Straße gesetzt.

Vorsicht, dachte sie, du darfst nicht einen Moment glauben, daß Warwick anders wäre als der Rest der Menschheit, nur weil er dir einen Korb mit jungen Kätzchen geschenkt und dir eine Träne von der Wange gewischt hat. Das bedeutet nicht, daß er dich nicht ebenso rasch an die Luft setzen würde wie jeder andere Mensch, zu dem du kratzbürstig bist. Er wollte dich ja schon gestern abend aus dem Haus werfen — vergiß das nicht. Er hätte es auch getan, wenn es nicht schon nach Mitternacht gewesen wäre. Und obwohl er dir heute gnädig erlaubt hat, noch ein paar Tage in seinem haus zu bleiben, hat er dir Zimmerarrest verordnet, um dich von den Gästen fernzuhalten — als hättest du die Lepra oder die Pest.

Als es fünf Uhr schlug, brachte Jewel den Tee mit einem Gedeck. Bonnie starrte auf die Platte mit dem Gebäck, dann zur Tür, bevor sie sagte: »Aber Mr. Miles ...«

»... kommt nicht.«

»Warum nicht?«

»Weil seine Lordschaft das so angeordnet hat — darum. Seine Lordschaft hat Miles in unmißverständlichen Worten klargemacht, daß er sich von dir fernzuhalten hat. Und ich kann das nur zu gut verstehen«, fügte Jewel hinzu, die Hände auf ihre breiten Hüften gestemmt. »Miles Kemball ist ein Tunichtgut, wenn du mich fragst. Du wirst wohl kaum jemanden finden, der eine gute Meinung von ihm hat. Und noch etwas, junge Dame — Seine Lordschaft hat es nicht gern, wenn man seine Anweisungen nicht befolgt. Und wir haben es auszubaden, wenn du Seine Lordschaft ärgerst.«

Sprachlos starrte Bonnie noch lange die Tür an, als die Magd gegangen war. Dann marschierte sie wütend im Zimmer auf und ab, ihre Hände zu Fäusten geballt. Wie konnte er sich erdreisten, sie zu behandeln wie ein Tier in einem Käfig? Wie konnte er es wagen, ihr die Gesellschaft eines anderen menschlichen Wesens zu verweigern?

Sie wirbelte herum, nahm die Teekanne und warf sie aus dem Fenster. Dann schleuderte sie die Platte mit dem Gebäck hinterher. »Wollen doch mal sehen«, flüsterte sie. »Das wollen wir doch mal sehen!«

7

Damien betrat den Saal, in dem der Tanz bereits begonnen hatte. Im Gegensatz zum Ball am Abend zuvor, der eher eine familiäre Angelegenheit gewesen war, war dies ein Gala-Abend, zu dem die Gäste festlich gekleidet erschienen. Der Saal selbst erstrahlte im Licht der Kronleuchter und war mit Pflanzen und Blumen reich geschmückt. Die Tische waren mit königsblauem Damast bedeckt — mit der Wappenfarbe der Warwicks.

Selbst Damien konnte nicht umhin, das alles mit einem Lächeln zu betrachten. Marianne hatte wie üblich jedes Detail beachtet. Es gab keine Gastgeberin zwischen Yorkshire und London, die nicht Lady Lyttleton um Rat und Unterstützung bat, wenn ein festliches Ereignis zu organisieren war. Ganz England mochte Marianne auf die eine oder andere Weise.

Sie war auch jetzt umlagert von dem üblichen Kreis ihrer Bewunderer — Philippe, Claurence und Freddy. Sie trug ein Abendkleid aus königsblauer Seide, die eine Idee heller war als die Damastdecken auf den Tischen. In ihrer Frisur glitzerten kleine Diamanten, und ihr Dekolleté war wie immer so gewagt, daß selbst die untadeligsten Ehemänner einen zweiten Blick darauf riskierten.

Die Musiker, die hinter Palmen und Farnen versteckt waren, begannen eine Mazurka von Chopin zu spielen. Der darauffolgende Walzer würde dann sein Tanz mit Marianne sein. Im Augenblick forderte Freddy sie auf, der grinsend an ihm vorbeiwirbelte.

Damien wollte sich gerade zu Philippe und Claurence gesellen, als er eine Hand auf seinem Arm spürte. Er drehte sich um und Miles sagte mit einem freundlichen Lächeln:

»Damien, ich hätte gern ein Wort mit dir gesprochen, wenn du nichts dagegen hast.«

Damien schaute die Hand auf seinem Arm an, dann Miles. »Ich habe etwas dagegen«, erwiderte er so ruhig, wie es ihm möglich war. »Und nimm sofort die Hand von meinem Arm weg.«

»Dame . . .« Miles rückte näher an ihn heran. »Wir sind doch keine Kinder mehr. Ich habe mich den ganzen Tag mit dem Gedanken getragen, dir vorzuschlagen, daß wir unsere Feindschaft begraben sollten. Es ist mein aufrichtiger Wunsch, einen Neuanfang zu machen.«

Lange Zeit musterte Damien seinen Halbbruder schweigend. Dann schob er ungerührt dessen Hand von seinem Ärmel. »Fahr zur Hölle«, zischte er leise, »und komm nie mehr von dort zurück.«

»Du bist unvernünftig.«

»Das bezweifle ich. Die einzige Entscheidung, die ich bereue, ist die, daß ich dir erlaubt habe, in Braithwaite zu bleiben.«

»Es ist genauso mein zu Hause wie deines.«

»Unsinn.«

Das Lächeln um Miles' Lippen wirkte jetzt ein wenig gequält. »Ich kann doch zumindest von dir verlangen, daß du mich anhörst.«

»Du kannst mir erzählen was du willst — es interessiert mich nicht!«

Bis zu diesem Augenblick hatte Damien nicht bemerkt, wie still es plötzlich im Raum geworden war. Das Orchester hatte aufgehört zu spielen, und als Damien zur Tanzfläche schaute, sah er die Augen aller Tanzpaare erschrocken auf sich gerichtet.

Plötzlich stand Richard neben ihm und flüsterte: »Vielleicht möchtest du einen Port mit mir in der Bibliothek trinken, Damien. Dort können wir in Ruhe reden. Du solltest dich erst ein wenig abkühlen, bevor du etwas tust oder sagst, was du später vielleicht bereust.«

Damien holte tief Luft.

Richard sah seinem Neffen direkt in die Augen. »Wir haben hier zu viele neugierige Zuhörer.«

»Scheint so«, gab Damien zurück, und drehte den Gästen den Rücken zu.

Als er jedoch den Raum verließ, ließ sich Miles mit lauter Stimme vernehmen, die wie Glockenschläge durch die Stille hallte: »Ich bin sehr traurig über dein Verhalten, Damien. Ich hatte so sehr gehofft, daß wir unsere Differenzen ausräumen und einen neuen Anfang machen können.«

Damien ging einfach weiter und hielt erst an, als er die Galerie erreicht hatte. Dort lehnte er sich gegen die Wand, atmete ein paarmal tief durch und folgte Richard in die Bibliothek. Richard saß bereits hinter dem Schreibtisch, eine Karaffe mit Portwein und zwei Gläser vor sich.

»Nimm erst einen Drink«, ordnete er an. »Du siehst aus, als könntest du einen gebrauchen.«

»Ich mag keinen Port.«

»Trink ihn trotzdem.«

Damien leerte das Glas mit einem Zug und schüttelte sich dann.

»Du hast ihm direkt in die Hände gespielt«, sagte Richard.

»Ich weiß es.«

»Du hast dich wie ein Esel benommen.«

Damien hob eine Augenbraue und griff nach der Flasche. »Vielen Dank für deine Unterstützung.«

»Er könnte es ernst meinen.«

»Und Schweinen wachsen Flügel. Du weißt, daß Miles nie etwas ohne Hintergedanken tut.«

»Wenn dir das bewußt ist, solltest du vermeiden, dich mit ihm anzulegen.«

Damien goß sein Glas noch einmal voll. »Eines Tages wird dich dein Ärger über Miles noch auffressen.«

»Meine Abneigung gegen Miles ist mein kleinstes Problem.«

»Das verstehe ich. Aber wenn du zuläßt, daß sie wächst, wirst du dir damit nur selbst weh tun und dich am Ende selbst zerstören. Das darfst du nicht zulassen, sonst könntest du eines Tages enden wie ich — als Wrack. Ich kann mich nicht auf einen ruhigen Lebensabend freuen, weil ich meine Jugend vergeudet habe.«

»Reue, Onkel?«

Richard starrte in sein Glas. Dann fuhr er mit ruhigerer Stimme fort: »Reue? Gütiger Himmel, ja. Ich habe so viel zu bereuen, daß ich gar nicht weiß, wo ich anfangen soll, mein Junge.«

»Du kannst immer noch einiges ändern.«

Richard schüttelte den Kopf. »Den Schaden, den ich angerichtet habe, kann ich nicht einfach auffegen wie Glasscherben. Für mich ist es zu spät, Damien, aber nicht für dich. Ich fürchte, du bist mit meinem Temperament gestraft, und ich möchte dich warnen. Du solltest dich beherrschen, oder du wirst dich eines Tages mit Selbstvorwürfen überhäufen. Befreie dich von dem brennenden Haß auf Miles und dem Verlangen nach Rache. Konzentriere dich auf positive Dinge.«

»Es scheint im Augenblick nicht viel Positives in meinem Leben zu geben.«

»Du bist jung, reich, mit Titeln gesegnet, gutaussehend ...«

»... und im Begriff, alles, was mir lieb ist — Vicksburg — zu verlieren.«

»Dann fängst du eben neu an.«

Damien lachte und trank sein Glas leer.

»Es ist dir schon einmal gelungen und ...«

In diesem Moment flog die Tür auf. Damien fuhr herum und sah Freddy im Türrahmen stehen, der ihn mit stieren Augen ansah. Er schien nach Luft zu schnappen wie ein Fisch auf dem Trockenen, bevor er endlich herausbrachte: »Es ... es ist diese Göre aus Caldbergh. Du solltest besser kommen.«

Damien setzte die Flasche heftig auf den Schreibtisch ab und folgte Freddy über die Galerie zum Ballsaal. Er blieb abrupt stehen, als er Bonnie, mit ihrer geflickten Hose bekleidet, breitbeinig auf der Tanzfläche stehen sah.

»Was, zum Henker, geht hier vor?«

»Ich sage Ihnen was, zum Henker, hier los ist, Eure allergroßmächtige Lordschaft. Ich weigere mich, auch nur eine Sekunde länger in Ihrer lausigen Folterkammer eingesperrt zu bleiben!«

Ein überraschtes Murmeln kam auf.

Damiens Augen wurden zu Schlitzen. Er hob die Hand und winkte Bonnie zu sich heran. »Komm mit, und wir reden darüber.«

Sie schüttelte den Kopf.

»Komm her, Göre.«

»Mein Name ist Bonnie.«

»Dies ist weder die richtige Zeit noch der richtige Ort für eine Diskussion. Wenn du mich in die Bibliothek begleiten willst ...?«

Sie schüttelte so heftig den Kopf, daß die schwarzen Haare flogen, reckte ihr Kinn und sagte: »Nein.«

Die Hände an den Seiten zu Fäusten geballt, ging Damien jetzt auf das Mädchen zu. Je näher er an sie herankam, um so größer wurden ihre Augen. Aber sie wich nicht von der Stelle, obwohl ihr Gesicht so weiß geworden war wie der Marmorfußboden und sie am ganzen Körper zitterte, als er vor ihr stehenblieb.

Aber aus einem ihm unerklärlichen Grund fehlten ihm

nun die Worte. Plötzlich sah er nur noch Bonnie, die ihn mit riesigen, überraschend blauen Augen ansah. Das schwarze Haar, das ihr blasses, schmales Gesicht einrahmte, floß über ihre Schultern bis zu den Hüften hinunter. Sie preßte ihre sonst so vollen Lippen wie ein zu allem entschlossener Rebell, was ihn nun zum Lächeln, ja zum Lachen reizte. Zum Glück fing er sich noch rechtzeitig und zwang sich, das Problem, das sie geschaffen hatte, mit kühlem Kopf zu überdenken.

Ironisch forderte er sie auf: »Wenn du die Güte hättest, mich zu begleiten, damit wir die Gäste nicht länger von ihrem Vergnügen abhalten, können wir die Angelegenheit unter vier Augen besprechen.«

»Und wenn ich mich weigere?«

»Werde ich dich gewaltsam hinausführen lassen.«

»Sie glauben, das könnten Sie?«

Jetzt lächelte er. »Nein, Mädchen, ich *weiß* es.«

Sie funkelte ihn lange an, bevor die Vernunft die Oberhand gewann. Mit erhobenem Kopf, die Hände zu Fäusten geballt, stolzierte sie aus dem Saal, ohne auch nur mit einem Blick die festlich gekleidete Versammlung zu würdigen. Damien sah ihr nach und wandte sich dann wieder seinen Gästen zu. Seine Freunde lächelten, als hätten sie soeben die Krönung einer neuen Königin miterlebt. Doch am meisten schienen sich Marianne und Philippe zu amüsieren. Obwohl Mariannes Gesicht größtenteils verdeckt war, erkannte er an ihren nach oben gedrehten Augen, daß sie hinter dem vorgehaltenen Fächer lachte. Philippes Schultern zuckten heftig, weil er ein lautes Gelächter unterdrückte.

Damien belohnte sie mit einer spöttischen Verbeugung und sagte: »Bitte, laßt euch nicht länger beim Tanzen stören.« Dann marschierte er aus dem Saal.

In der Halle erwartete ihn Bonnie in der gleichen trotzigen Haltung, die sie vor den Gästen eingenommen hatte. Damien machte diesmal nicht viel Umstände mit ihr. Er ergriff ihren Arm und schob sie auf die Treppe zu.

»Au!« schrie sie. »Sie tun mir weh!«

»Ich werde dir noch viel mehr weh tun, wenn du so was noch einmal machst.«

»Nehmen Sie Ihre Hand weg! Sie haben kein Recht, mich so ...«

»Oh, doch, das habe ich. Das habe ich ganz gewiß.«

»Nehmen Sie Ihre Hand weg, oder ich schreie!«

»Unsinn. Du wolltest meine ungeteilte Aufmerksamkeit, und die hast du nun bekommen.«

Etwas in seiner Stimme warnte Bonnie, sich mit ihm hier nicht auseinanderzusetzen, wenn die Gäste sie noch hören konnten. Also gab sie, wenn auch widerwillig, nach.

Warwick schob sie nun vor sich her die Treppe hinauf, durch den Korridor und stieß dann mit dem Fuß ihre Schlafzimmertür auf. Dort ließ er ihren Arm los und lief im Zimmer auf und ab, während sie ihn beobachtete. So sehr sie sich auch dagegen wehrte — sie konnte den Blick nicht von ihm wenden. Er war bei weitem der bestaussehende Mann, den sie bisher gesehen hatte. Er sah sogar besser aus als ihr Vater, und sie hatte ihm geglaubt, er wäre der hübscheste Schuft von ganz England. Warum war ihr das jetzt plötzlich bewußt geworden?

Bonnie war so sehr in ihre Betrachtung versunken, daß sie gar nicht merkte, daß Warwick inzwischen mitten im Zimmer stand und sie ansah. Sein Blick war bei weitem nicht mehr so mörderisch wie kurz zuvor.

»Sag mir, was du sagen wolltest, und halte mich nicht länger auf. Ich habe schließlich Gäste.«

Der Gedanke, daß sie Damien Lebewohl sagen mußte, schmerzte sie plötzlich.

»Nun?«

»Müssen Sie mich dauernd anbrüllen?«

»Ich habe nicht gebrüllt.«

»Doch, Sie haben! Sie schreien mich immer an — mich und Ihren Bruder und Ihr Personal. Die arme Jewel bekommt schon das Zittern, wenn sie Sie nur sieht. Und dieses hämische Grinsen, wenn sie mit Philippe oder mit dieser rothaarigen Frau reden . . .«

»Sie heißt Marianne. Und ich grinse nicht hämisch.«

»O doch. Ich bin so frei und sage Ihnen offen ins Gesicht, daß ich Ihren schroffen Ton satt habe. Ich verstehe nicht, warum Sie immer so schlecht gelaunt sind. Sie haben ein schönes Haus, Familie und Freunde, die Sie mögen. Ein Mann in Ihrem Alter sollte verheiratet sein und Kinder haben, aber Sie laufen in der Weltgeschichte herum und meinen, Sie müßten jeden zurechtweisen, der es wagt, seinen Mund aufzumachen.«

Bonnie bereitete sich auf Warwicks Wutanfall vor. Es war ohnehin besser, Damiens Flüche im Ohr zu haben, wenn sie Braithwaite verließ.

Aber Damien fluchte oder brüllte nicht — im Gegenteil, sein Gesichtsausdruck wurde freundlicher und seine Haltung war gelöst.

Bonnies Herz machte einen Satz, als sie ihm in die Augen sah. Plötzlich wurde ihr klar, daß sein Anblick immer die gleiche Reaktion bei ihr auslöste, und das gefiel ihr ganz und gar nicht. Noch weniger gefiel ihr seine unerschütterliche Kraft und Stärke, als er sie spöttisch anfunkelte. O ja, Warwick brachte sie aus dem Gleichgewicht, und zum erstenmal, seit sie im Alter von zwölf Jahren in Caldbergh eingewiesen worden war, war sie sich ihrer Weiblichkeit völlig bewußt, die sie so sorgsam vor Smythe zu verbergen versucht hatte, obwohl sie sich oft danach gesehnt hatte, das Mädchen zu bleiben, das sie einst gewesen war.

»Nun?« fragte sie mißtrauisch, »worauf warten Sie noch? Halten Sie mir endlich eine Predigt, weil ich Sie vor Ihren hochmögenden Freunden blamiert habe. Machen Sie schon, und hören Sie auf, mich so anzustarren.«

Damiens Lippen verzogen sich zu einem Lächeln, während er Bonnies Versuch, ihn herauszufordern, mit einem Achselzucken abtat. »Ich soll mich selbst wieder als Menschenfresser hinstellen? Das kommt nicht in Frage, Mädchen.«

Zunächst war Bonnie verblüfft über seine plötzliche Friedfertigkeit. Aber da glitzerte ein seltsames Licht in seinen grünen Augen, das sie irritierte. Sein abschätzender Blick verstärkte nur noch ihre Unruhe, und sie wich einen Schritt zurück. Sie hatte plötzlich das Gefühl, als würde sie ausgezogen und stünde ohne die Bandage aus Nesselstoff vor ihm, die ihre Brüste so flach machten wie die eines noch pubertären Mädchens.

»Tatsächlich«, fuhr Warwick fort, »hatte ich die Absicht, mein früheres Angebot zu wiederholen, daß du in Braithwaite bleiben kannst, vorausgesetzt natürlich, daß du dich hier ordentlich benimmst, soweit dir das überhaupt möglich ist. Solltest du dich zu einem vernünftigen Verhalten durchringen können, wirst du sicherlich bald feststellen, daß ich nicht annähernd so schroff bin, wie du mich hinstellst. Vermutlich muß man bis zu einem gewissen Grade Rücksicht nehmen auf das Milieu, in dem du aufgewachsen bist, aber Erziehungsmängel sind nicht unheilbar.«

Dieser verdammte Kerl! Er tat so, als hätte sie irgendeine peinliche Krankheit, die man mit Arznei behandeln mußte!

Bonnies Augen weiteten sich, als er näher kam. Auf einmal wurde sie von merkwürdigen Gefühlen ergriffen. Zum erstenmal in ihrem jungen Leben war sie versucht, sich auf die Zehenspitzen zu stellen und einem Mann einen Kuß zu geben.

Warwick schob die Hände in die Hosentaschen und blickte sich im Zimmer um. Er verblüffte sie abermals mit den Worten: »Ich mag dieses Haus nicht. Es ist kalt, zugig und düster. Als kleiner Junge hat es mir Angst eingejagt. Damals standen hier noch Möbel mit geschnitzten Fratzen. Ich habe mir immer eingebildet, es wären Teufel, die nur darauf warteten, bis es dunkel wird, um sich auf mich zu stürzen. Als ich schließlich meiner Mutter einzugestehen wagte, daß ich Angst hätte, abends ins Bett zu gehen, ordnete sie an, daß diese verdammten Möbel aus meinem Zimmer entfernt werden sollten. Mein Vater ließ sie jedoch wieder hineinstellen. Er sagte, daß jeder Warwick, der diesen Namen auch verdiente, furchtlos dem Satan ins Auge sehen könnte.« Damien schüttelte den Kopf. »Ich war damals sechs oder sieben Jahre alt. Ich konnte nicht verstehen, warum so ein Knirps wie ich dem Satan ins Gesicht starren mußte, bis er klein beigab.« Er sah Bonnie an. »Begreifst du das, Mädchen?«

Als sie ihm keine Antwort gab, fuhr er fort: »Natürlich hat er mich nie wie ein Kind behandelt. Meine Brüder und ich waren immer nur ›adelige junge Herren‹, die sich stets an ihre herausragende Stellung im Leben zu erinnern hatten. Dieses Leben war sehr traurig. Ich mußte zusehen, wie die Kinder unserer Pächter miteinander spielten, und verfluchte meine noble Geburt. Manchmal schlich ich mich aus dem Haus und schloß mich ihren Spielen an. Einmal ertappte mein Vater mich dabei und peitschte mich vor den Augen meiner Freunde mit einer Reitgerte aus. Er sagte, ich würde immer ein Taugenichts bleiben und es wäre gut, daß ich nur der Zweitgeborene sei, denn ich würde dem Namen der Warwicks nur Schande machen, wenn mir das Familienerbe und der Titel zufiele. Ich entgegnete, daß mir Titel und Erbe nichts bedeuteten. Darauf redete er ein halbes Jahr lang kein Wort mehr mit mir und sah mich nicht einmal an. Ich hätte für ihn ebensogut tot sein können.

Vor sechs Jahren verließ ich England und fuhr nach Amerika. Ich sagte mir damals, daß ich damit einer Verkettung unglücklicher Umstände ausweichen könnte. In Wahrheit hatte ich mich nie um die Meinung meiner hochwohlgeborenen Standesgenossen gekümmert. Ich erkannte, daß ich damit ganz andere Absichten verfolgte. Ich wollte meinem alten Herrn und mir etwas beweisen. Aber er starb, noch ehe ich etwas erreicht hatte.

Nun herrscht in Amerika Krieg. Der könnte alles vernichten, was ich dort mit harter Arbeit aufgebaut habe. Meine Plantage ›Bent Tree‹ ist der Beweis, daß ich nicht nur der Erbe eines Adelstitels bin und etwas aus eigener Kraft erreichen kann, Bonnie. Doch das scheint hier niemand zu verstehen.« Er holte tief Luft. Und als würde er sich erst jetzt bewußt, daß er ihr etwas sehr Persönliches anvertraut hatte, straffte er nun seine breiten Schultern und kam unvermittelt wieder auf die Gegenwart zu sprechen.

»Hast du mir noch etwas zu sagen, bevor ich mich wieder um meine Gäste kümmere?« fragte er.

Mit wild pochendem Herzen sah sie zu ihm auf und schüttelte den Kopf.

»Nicht einmal eine Entschuldigung für dein unmögliches Betragen vorhin?«

Wieder schüttelte sie den Kopf — etwas heftiger diesmal.

Damien hob die Hand, schob eine Haarsträhne von ihrer Wange, strich dabei mit dem Finger über ihren hohen Wangenknochen und hinunter bis zu ihrem weichen Mund. Ihr Körper spannte sich jählings an, und als er das bemerkte, zog er seine Hand weg und trat einen Schritt zurück. Der Ausdruck in seinen Augen wurde eine Idee härter, seine Lippen wieder schmaler, und ohne etwas zu sagen, wandte er sich der Tür zu.

Aber als er sie hinter sich schließen wollte, drehte er sich noch einmal um und warf Bonnie einen letzten Blick zu.

Am Kopfende der Treppe umklammerte er mit beiden

Händen das Geländer und lauschte einen Moment den Klängen des Orchesters unten. Es spielte gerade einen Walzer.

Was, zum Henker, hast du dir dabei gedacht? fragte er sich im stillen. Hattest du es nötig, dich vor einer Göre aus dem Arbeitshaus zu rechtfertigen? Ist es etwa von Bedeutung, was *sie* über dich denkt?

Ja, es hatte Bedeutung für ihn.

Gott mochte ihm beistehen — es war wirklich wichtig für ihn.

8

Es war kurz vor Mitternacht, als Bonnie zu einer Entscheidung kam.

Sie würde Braithwaite verlassen. Sie hatte keine andere Wahl. Sie wollte keine Almosen entgegennehmen — von keinem Mann, und von einem Warwick schon gar nicht. Schließlich war es ein Vertreter seines Standes gewesen, der ihr Leben ruiniert hatte. Wie hatte sie das in den letzten Tagen nur vergessen können?

Sie durfte ihr Vorhaben keine Sekunde aufschieben, sonst kam sie vielleicht nie mehr von hier weg ... und was dann? Es wurde von Minute zu Minute härter für sie, stumm dazustehen und Warwick anzuschauen, während dieses seltsame Sehnen in ihrer Brust immer größer wurde. Eines Tages würde er heiraten — wenn nicht diese Frau Marianne, dann eben eine andere. Und dann würde sie dastehen wie ein Kind, das sehnsüchtig nach etwas Unerreichbarem verlangt.

Sie wartete, bis die Musik unten aufgehört hatte zu spielen und das Geplauder der Gäste verstummte. Sie lag im Bett und stellte sich schlafend, als ihre Tür geöffnet wurde. Jemand stand auf der Schwelle und betrachtete sie. Sie konnte nicht sicher sein, daß es Warwick war; aber trotzdem raste ihr Herz. Jeder Nerv in ihrem Körper kribbelte vor Erwartung. Sie mußte sich zwingen, nicht den Kopf zu heben und sich sein Bild einzuprägen, damit sie es ihr Leben lang in ihren Träumen verfolgte. Aber sie blieb ganz ruhig liegen, selbst als ihr das angenehme Aroma von Kognak in die Nase stieg. Dann schloß sich die Tür leise, und sie war allein.

Irgendwo in der Tiefe des Hauses schlug eine Standuhr zwei Uhr, als Bonnie so leise wie möglich die Treppe hinunterstieg. Die zinnernen Kerzenhalter, die sie in ihren Kissenbezug gestopft hatte, schepperten nur hin und wieder leise. Sie hatte nichts mitgenommen, was einen wirklichen Wert darstellte. Nur schlichte Gebrauchsgegenstände, die jedoch gut genug waren, daß sie dafür ein paar Pfund bekam, sobald sie in York war. Sie wollte noch einen kurzen Abstecher in die Speisekammer machen, um sich dort mit Proviant zu versorgen.

Nachdem Bonnie ein paarmal in einen falschen Korridor abgebogen war, entdeckte sie schließlich die Vorratskammer rechts neben dem Waffenraum. Sie durchsuchte so rasch wie möglich die Schränke und Wandregale, nahm Cheddar-Käse, einen Laib Brot, eine Büchse Tee und etliche Stücke Rinder- und Schweinefilet und Schinken, die vom Dinner übriggeblieben waren. Dann schnitt sie noch ein tüchtiges Stück von Warwicks Geburtstagstorte ab, von der sie nicht einen Bissen genossen hatte. Dann drehte sie sich wieder der Tür zu und rannte dort direkt in Stanley hinein.

»Verflucht!« rief sie mehr überrascht als ängstlich. Dann hörte sie ein Trappeln auf dem Korridor, und mehrere weibliche Bedienstete betraten mit Laternen den Raum.

»Wußte ich's doch!« erklärte eines der Mädchen. »Ich habe gleich gesagt, daß es keine Ratten sind.«

»Oh, aber es ist eine«, erwiderte Stanley in seinem nasalen

Tonfall. »Eine recht große Ratte, möchte ich meinen. Würde jemand die Freundlichkeit haben, seine Lordschaft hierher zu holen?«

Die Frauen sahen sich aus geweiteten Augen an.

»Wenn ich bitten darf!« forderte Stanley streng.

Bonnie runzelte die Stirn, als sich eine junge Magd aus der Gruppe löste und im dunklen Korridor verschwand. Sie spürte, daß sie Panik ergriff, stellte den gefüllten Kopfkissenbezug auf den Boden und schob ihn mit einem Fuß unter ein Regal. Dann sah sie dem Butler ins Gesicht.

»Da. Sie können es wiederhaben. Ich werde jetzt gehen und Seine Lordschaft nicht länger belästigen. Ich bin sicher, daß er nach so einer langen Ballnacht müde ist.«

»Wie liebenswürdig von dir.«

»Hören Sie«, sagte Bonnie, »hier wollte mich niemand haben. Von Anfang an nicht. Sie sollten die Gelegenheit nutzen. Lassen Sie mich doch einfach gehen, Stanley, und ich werde dieses Haus nie mehr betreten. Das schwöre ich.«

Stanley schürzte die Lippen, als wollte er ihren Vorschlag überdenken.

Bonnie starrte in den dunklen Raum hinter ihm, und bevor Stanley reagieren konnte, war sie schon an ihm vorbei und rannte in Richtung Haustür.

Plötzlich hielt sie ein Arm auf, der sich um ihre Taille legte und sie vom Boden hochhob, so daß sie nur noch hilflos zappeln konnte. Es dauerte einen Moment, bis sie begriff, daß Warwick sie an der Flucht hinderte.

»Lassen Sie mich gehen!« rief sie. »Sie können ihr verdammtes Zinngeschirr und ihre Lebensmittel wiederhaben. Ich will es nicht! Ich brauche es nicht! Ich brauche auch Sie nicht; lassen Sie mich los!«

Sie wand sich in seinem Griff, bis sie mit beiden Fäusten gegen seine nackte Brust trommeln konnte. Aber damit erreichte sie nur, daß sein Griff noch fester wurde.

»Du tückisches, verräterisches kleines Biest!« zischte er ihr ins Ort. »Nachdem ich dir private Geheimnisse anvertraut habe. Nach allem, was ich für dich getan habe, schleichst du dich in der Nacht davon wie ein Dieb. Ich hätte wissen müssen, daß man dir nicht trauen kann. — Stanley!« rief er.

»Ja, Sir.«

»Wie groß ist der Schaden?«

»Gering, Sir. Ein paar Kerzenhalter aus Zinn und einige Nahrungsmittel. Das ist alles.«

Warwick setzte sie mit einem Ruck ab und schüttelte sie so heftig, daß ihre Zähne aufeinander schlugen. »Warum, verdammt noch mal! Warum, du kleine Diebin. Ich habe doch alles getan, um dir hier ein Heim zu schaffen?«

»Es ist nicht *mein* verdammtes Heim!« gab sie zurück.

»In der Tat. Wie dumm von mir, daß ich das vergessen konnte. Vielleicht würdest du dich in Caldbergh wohler fühlen, Göre!«

Bonnie erstarrte. Die Angst raubte ihr nun die Sprache, als sie Damien ins Gesicht starrte. Im flackernden Licht der Kerzen sah er in seiner mühsam gebändigten Wut wahrhaft zum Fürchten aus.

»Was ist los? Hat die Katze plötzlich deine Zunge aufgefressen? Du bist doch sonst so schlagfertig. Nur nicht so schüchtern, Mädchen. Vielleicht erklärst du uns jetzt, warum du dich entschlossen hast, die Hand zu beißen, die dich gefüttert hat. Los. Wir warten alle auf deine Antwort!«

Warwick ließ sie los, stemmte die Hände in die Hüften und wartete.

Bonnie starrte auf eine Masse weicher, geringelter Haare auf seiner Brust und schwieg hartnäckig. Wie konnte sie ihm erklären, daß die Feindseligkeit, die sie anfangs gegen ihn empfunden hatte, sich nun in etwas verwandelt hatte, daß einer Zuneigung beängstigend ähnlich war? Daß sie verloren war, wenn sie jetzt nicht aus seinem Haus floh?

»Also gut«, sagte er. »Du läßt mir keine andere Wahl. Sobald es hell wird, kehrst du nach Caldbergh zurück.«

Einige Bediensteten stöhnten laut.

Bonnie schloß die Augen. Sie bemühte sich nach Kräften, die Nerven zu behalten, und zwang sich, Warwick ins Gesicht zu sehen.

»Hast du gar nichts zu deiner Verteidigung vorzubringen?« höhnte er. »Nein, vermutlich nicht. Schön. — Stanley!«

»Ja, Sir?«

»Hast du den Schlüssel zum Kohlenkeller?«

»Die Köchin müßte ihn haben, Sir.«

»Hol ihn«.

Es herrschte einen Moment Schweigen, bevor Stanley sagte: »Ich verstehe nicht ganz, Mylord.«

»Da diese Göre beschlossen hat, sich wie eine Kriminelle zu benehmen, wird sie auch so behandelt. Bonnie wird im Kohlenkeller eingesperrt, bis es hell wird. Ich möchte, daß sie Braithwaite verläßt, bevor die Gäste aufstehen.«

»Jawohl, Sir. Ich werde sie persönlich nach Caldbergh bringen.«

Bonnie wurde nun den Korridor hinunterbefördert, bis sie vor dem Kohlenkeller ankamen. Sie starrte auf das pechschwarze Gewölbe und fragte zaghaft: »Kann ich wenigstens ein Licht haben, bitte?«

Jemand trat vor und gab ihr eine Laterne. Sie nahm sie in beide Hände und trat über die Schwelle des Gewölbes. Sie hörte Stanley im mitfühlenden Ton sagen: »Es sind nur noch drei Stunden bis zum Sonnenaufgang.«

Bonnie drehte sich noch einmal um und sah Warwick vor dem Keller im Schatten stehen. Einen Moment lang glaubte sie ... nein, es konnte nicht Kummer sein, der seine hübschen Züge verdüsterte.

Damien ging im Zimmer auf und ab und versuchte verzweifelt, seine Handlungsweise vor sich selbst zu rechtfertigen.

»Wir haben ihr alles gegeben, Mari.«

»Nicht alles«, erwiderte Marianne.

»Kost, eine bequeme Unterkunft . . .«

»Mitgefühl?«

Damien ging zum Fenster.

»Nun?« fragte sie. »Hast du Bonnie auch nur einmal gezeigt, daß du ihre Nöte verstehst?« Marianne verließ das Bett und ging zum Feuer. »Kannst du dir vorstellen, wie ihr Leben in Caldbergh ausgesehen hat? Mein Gott, Damien, ich habe gehört, daß die Kinder dort viele Stunden damit verbringen müssen, Steine zu Sand zu zermahlen.«

Marianne drehte ihm ihr blasses Gesicht zu. »Sie haben Bonnie mit Hunden gehetzt«, fuhr sie heiser fort. »Sie war fast tot, als sie sich in dieses Haus flüchtete. Kannst du sie guten Gewissens in diese Anstalt zurückschicken?«

»Sie hat versucht, uns auszurauben, Mari.«

»Was bedeuten schon ein paar Kerzenhalter für dich?«

»Es geht ums Prinzip . . .«

»Du und deine großartigen Prinzipien! Das Mädchen schreit nach Liebe und Zuwendung, und du sperrst sie wie ein Tier in ihr Zimmer und meinst, wenn du sie hin und wieder fütterst, müßte sie zufrieden sein.« Marianne ging auf ihn zu, ihr Haar wie einen Mantel aus Feuer um ihre weißen Schultern gebreitet. »Was ist nur los mit dir? Der Damien, den ich einst kannte, hatte ein Herz, das so groß war wie ganz Yorkshire. Wie seine sanfte, gütige Mutter hätte er zumindest ein paar Tränen um eine Waise namens Bonnie vergossen.« Sie schüttelte den Kopf. »Ich möchte es mir selbst nicht eingestehen, aber dieser Mann existiert nicht mehr.«

»Das genügt!«

Marianne lachte schrill. »Wirst du mich jetzt auch aus dem Haus werfen? Sind Sie so rasch mit mir fertig, Mylord?

Keine Antwort? Dann möchte ich dich davon in Kenntnis setzen, daß ich nach London abreisen werde, sobald die Gäste aus dem Haus sind, wenn du das Kind bei Sonnenaufgang nach Caldbergh zurückschickst.«

Damien sah Marianne schweigend an, während er ihr Ultimatum bedachte. Dann sagte er trocken: »Ich bin überzeugt, daß sich dein Gatte freuen wird, dich wiederzusehen. Vorausgesetzt, er ist von Paris zurück, um sich von seinen Affären mit seinen jungen Männern zu erholen.«

»Im Augenblick wäre mir selbst Harry lieber als du. Harry mag seine Eigenheiten haben; aber er hat wenigstens ein Herz.«

Damien drehte sich um und verließ das Zimmer. Warum hatte er ihr nicht seine wahren Gründe dargelegt, die in zwangen, Bonnie nach Caldbergh zurückzuschicken?

Er wollte nicht — konnte nicht — die Verantwortung für sie übernehmen. Sie stiftete Unruhe im Haus, und Schwierigkeiten hatte er im Augenblick schon reichlich genug. Zudem würde er England bald verlassen und mußte jede Verpflichtung vermeiden, die ihn hier festzuhalten drohte.

Er schob die Hände in die Hosentaschen und ging durch den langen Korridor, der zum Kohlenlager führte. Ein schwaches Licht schimmerte unter der Tür hindurch, und es reichte, daß er den Schlüssel erkennen konnte, der auf einem Tischchen an der Wand lag. Er öffnete die Tür.

Bonnie lag zusammengerollt in einer Ecke an der entferntesten Wand. Ihre Haare waren so schwarz wie die Kohle, von der sie umgeben war. Und als sie nun zu ihm aufsah, waren ihre Augen nicht minder dunkel.

»Warum?« fragte er schlicht.

Sie gab ihm keine Antwort, und schaute ihn nur aus glasigen Augen an.

»Wenn du dich entschuldigst, könnte ich es mir vielleicht noch anders überlegen.«

Bonnie drehte ihr bleiches Gesicht wieder der Wand zu. Dann erhob sie sich langsam. In diesem Moment sah sie nicht wie ein Kind aus — nicht wie das zitternde, verängstigte Kind, das weinend bei ihm Zuflucht suchte, weil ein Alptraum es verfolgte. Plötzlich zeigte sich eine Reife in ihren Augen, daß er sich eine Sekunde lang fragen mußte, ob sie denn wirklich so jung war, wie sie zu sein schien.

Bonnie stieg vorsichtig über Kohlen hinweg, die hier und dort den Boden bedeckten, ging dann direkt auf Damien zu und baute sich vor ihm auf. Als er in ihre Augen schaute, in denen jetzt der Zorn loderte, spürte er wieder seinen verletzten Stolz und noch etwas: eine widerwillige Bewunderung für ihre Courage — eine Courage, die ihm selbst offenbar in den letzten zwei Jahren abhanden gekommen war. Er fragte sich flüchtig, ob das Mädchen ihn deshalb so heftig bekämpfte, und war dann ehrlich genug, sich einzugestehen, daß dies nur *einer* von vielen Gründen war.

Er hob eine Hand und legte sie sacht auf Bonnies Wange, lächelte und fragte: »Entschuldigst du dich? Schwörst du mir, daß du nie mehr so etwas wie heute nacht tust, Bonnie?«

Ein Herzschlag verging, ehe sie sagte: »Gehen Sie zum Teufel . . . Mylord.« Dann spuckte sie ihm ins Gesicht.

Damien stand unter der Eingangstür und sah zu, wie Bonnie zu Stanley in die Kutsche stieg. Marianne stand an der Steintreppe, und ihr Morgenmantel flatterte in der kühlen Brise. Sie ging mit einem erbitterten Gesicht zum Haus zurück, und als sie die Tür erreichte, blieb sie einen Moment stehen, um zu sagen: »Du bist der herzloseste Schuft, den ich je kennengelernt habe.«

Er ergriff ihren Arm, als sie an ihm vorbeidrängen wollte. »Muß ich mir wirklich gefallen lassen, daß sie uns bestehlen wollte? Um Himmels willen, Mari, wir haben nur Gutes für sie getan, und das war nun der Dank dafür. Sie ist in Caldbergh wirklich besser aufgehoben als hier. Dort sind sie für die Behandlung schwieriger Kinder gut gerüstet.«

»Kinder? Gütiger Gott!« Sie lachte. »Du bist nicht nur herzlos, sondern auch blind. Hast du dich nie gefragt, warum Bonnie aus Caldbergh geflüchtet ist?«

»Was sollte ich deiner Ansicht nach tun? Sie den Behörden übergeben, die sie zweifellos sofort nach Caldbergh zurückgebracht oder sogar ins Gefängnis gesteckt hätten? Oder meinst du, ich hätte sie laufen lassen sollen, damit sie auf der Straße bettelt? Wie lange hätte sie das wohl heil überstanden, Mari?«

»Du hättest sie hier wohnen lassen können, Damien.«

Er starrte auf die Straße, wo die Kutsche soeben hinter einer Kurve verschwand. »Ich habe es ihr angeboten. Sie hat mein Angebot ausgeschlagen.« Er lehnte sich gegen den Türrahmen und kreuzte die Arme vor der Brust. »Und darf ich dich daran erinnern, daß ich Braithwaite bald verlassen werde? Was wäre dann aus Bonnie geworden? Sollten die Dienstboten sie etwa großziehen?«

»Es gibt ja auch Schulen.«

»Gütiger Himmel.« Damien lachte. »Vielleicht schlägst du mir als nächstes vor, daß ich sie adoptieren soll oder dergleichen Unsinn. Zudem gibt es keine Schule in England, die sie so, wie sie ist, aufnehmen würde.«

Marianne, die ihre Erbitterung über sein Verhalten ein wenig überwunden zu haben schien, musterte ihn aufmerksam. »Du scheinst dir wenigstens Gedanken über sie gemacht zu haben«, sagte sie.

»Natürlich.«

»Wie beurteilst du dann deine Entscheidung?«

»Bonnie hat diese Entscheidung getroffen, wenn ich dich daran erinnern darf. Sie hat es vorgezogen, Braithwaite zu verlassen«.

»Vielleicht wollte sie gehen. Aber warum *hast* du sie dann

weggeschickt? Doch nicht etwa weil sie dir ans Herz gewachsen ist, oder?«

»Das widerspricht jeder Logik. Wenn ich sie mögen würde — warum sollte ich sie dann wegschicken?«

»Um dein Leben nicht noch komplizierter zu machen, natürlich. Ich habe dir schon einmal gesagt, daß du es nur ungern zugibst, wenn du etwas für eine Frau empfindest. Du schickst Bonnie weg, damit du dich nicht mit der Tatsache auseinandersetzen mußt, daß sie dir etwas bedeutet.«

Er schwieg. Ihre Annahme war so lächerlich, daß sie keine Antwort verdiente.

»Ich habe so ein Gefühl, als hätten wir diese junge Dame nicht zum letztenmal gesehen. Damien. Würde es dir gefallen, wenn sie noch einmal hier vor der Tür stehen würde und sich dazu entschließen würde, sich anzupassen?«

Damien fuhr sich mit der Hand durch sein dichtes schwarzes Haar, während er sich eine Antwort überlegte. Schließlich sagte er wahrheitsgetreu: »Ich weiß es nicht.«

Marianne betrachtete ihn noch einen Moment und lächelte. Ohne ein weiteres Wort zu sagen, ging sie auf ihr Zimmer.

Damien sagte sich immer wieder, daß seine Entscheidung, Bonnie nach Caldbergh zurückzuschicken, richtig gewesen war. Er dachte nur an ihr Wohlergehen. Sein Entschluß hatte nichts mit der Wirkung zu tun, die dieses Mädchen vom ersten Moment an auf ihn ausgeübt hatte, und auch nichts damit, daß er sich nicht auf seine Probleme konzentrieren konnte, weil ihn der Blick aus ihren großen, bangen Augen Tag und Nacht verfolgte.

Widerwillig gestand er sich ein, daß irgendwann in den zwei Wochen das Gefühl in ihm erwacht war, für sie verantwortlich zu sein. Nur verantwortlich? Es war mehr als das, und er wußte das, auch wenn es ihm schwerfiel, es zuzugeben. Er hatte sich zu dem Mädchen hingezogen gefühlt, seit sie nach Braithwaite gekommen war. Diese Einsicht lenkte seine Gedanken in Bahnen, die er in den letzten fünf Jahren sorgsam gemieden hatte.

Bonnie wußte, daß Caldbergh und Birdie Smythe sie schon hinter der nächsten Hügelkuppe erwarteten. Ihr blieben nur noch wenige Minuten, Stanley zu überreden, sie laufen zu lassen.

»Stanley«, begann sie ein wenig atemlos, »wenn sie mich hier absetzen, kann ich den Rest des Weges allein zurücklegen.«

Er zog eine Braue in die Höhe und musterte sie skeptisch.

»Sie werden mich auspeitschen«, murmelte sie. »Mit einem Streichriemen. Dann werden sie mich tagelang in ein dunkles Loch sperren.«

»Unsinn.«

Es wurde Zeit, ihm die ganze Wahrheit zu sagen. »Sie verkaufen die Mädchen und zwingen sie zur Prostitution, Stanley. Deswegen bin ich ja aus Caldbergh weggelaufen. Meine Zeit dafür war gekommen. Ich habe gelauscht, als Birdie mit einem Mann verhandelte, der mich nach London mitnehmen wollte. Birdie sollte einen ziemlich hohen Preis für mich bekommen, weil ich . . .« Sie nagte an ihrer Unterlippe, als sie den überraschten Ausdruck auf dem Gesicht des Butlers bemerkte. ». . . weil ich noch Jungfrau bin.«

Stanley rutschte unbehaglich auf seinem Sitz hin und her, sagte aber nichts.

»Sie werden mich auspeitschen«, wiederholte sie. »Dann schicken sie mich nach London und machen eine Hure aus mir.«

Stanley, der nun schrecklich verunsichert aussah, sank gegen das Rückenpolster zurück.

»Warwick wird es nie erfahren«, drang sie weiter in ihn. »Lassen sie mich einfach hier aussteigen, und ich werde für immer verschwinden. Das schwöre ich, Stanley.«

Plötzlich hielt die Kutsche.

Erschrocken sprang Bonnie an die Tür der Kalesche und spähte durch das Wagenfenster. Caldbergh lag kalt und grau vor ihr auf dem Grund des Tales wie ein totes, verwesendes Tier.

»Es tut mir leid, Mädchen«, hörte sie Stanley sagen. »Hättest du mich früher von den Verhältnissen dort informiert ... hättest du diese Angelegenheit Seiner Lordschaft offen und vertrauensvoll vorgetragen ...«

»... hätte das nicht den geringsten Unterschied gemacht«, erwiderte sie leise. Dann warf sie einen traurigen Blick auf Stanley, stieß den Wagenschlag auf und sprang aus der fahrenden Kutsche. Sie prallte auf den harten Boden auf, hatte aber erst ein halbes Dutzend Schritte gemacht, als sich ein Paar kräftige Arme um sie legten und sie zu Boden warfen. Sie wehrte sich nach Kräften und biß in die Hand, die ihren Kopf in die feuchte Erde drückte.

»Moment mal!« rief Stanley. »So behandelt man doch kein Kind!«

»Kind?« kam Smythes höhnische Stimme, die Bonnie mit kalter Furcht erfüllte. »Die hat kaum noch etwas kindliches an sich, mein guter Mann. Ich habe mich schon gefragt, wie lange sich seine Lordschaft ihre Ungezogenheit und Wutausbrüche gefallen läßt. Ich habe ihn gewarnt, daß sie eine Unruhestifterin ist, stimmt's, Timothy?«

Der Lümmel, der Bonnie zu Boden gerissen hatte, drückte ihren Kopf noch fester in den Lehm und antwortete: »Aye. Die Wunde, die sie mir mit dem Küchenmesser beigebracht hat, tut noch immer weh.«

Bonnie wurde hochgerissen und auf die Beine gestellt. Die Welt schien sich wie ein hüpfender Kreisel um sie herum zu drehen, als sie in Smythes Quartier geschleift wurde. Das Blut rauschte in ihrem Kopf, und die hitzige Auseinandersetzung zwischen Stanley und Birdie war wie eine ferne Geräuschkulisse. Bonnie wußte, daß Stanleys Proteste nichts bewirken würden. Eine Tür öffnete sich vor ihr, und sie wurde mit solcher Wucht in einen Raum gestoßen, daß sie der Länge nach hinschlug.

Das Schlimmste stand ihr aber noch bevor.

Sie kamen eine Stunde später.

Bonnie, die Hände zu Fäusten geballt, stand mit dem Rücken an der Wand und starrte trotzig in Birdies glitzernde kleine Augen, als er Timothy befahl, sich dieses unglückselige kleine Luder vorzunehmen.

Sie sollte ein warnendes Beispiel für die anderen werden. Sie wußte das. Schließlich war es nicht das erste Mal, daß sie von Smythe bestraft wurde. Doch noch nie hatte sie so ernsthaft gegen die Hausdisziplin verstoßen wie diesmal. Aber wenn schon ein Exempel an ihr statuiert werden sollte, wollte sie dabei wenigstens ein Vorbild an Stolz, Courage und Würde für ihre Leidensgenossinnen sein.

Sie wehrte sich nicht, als Tim sie durch die Tür auf den Hof zerrte, wo die anderen unglücklichen Zöglinge von Caldbergh sie erwarteten. Im Morgendunst wirkten ihre unbewegten Gesichter gespenstisch und ihre Augen leblos. Ihr Geist war schon vor langer Zeit gebrochen worden, und Bonnie wußte, daß sie schließlich ebenso werden würde wie diese Frauen und Mädchen. Sie würde von sechs Uhr morgens bis sechs Uhr abends Steine zermahlen, bis ihr Verstand aufhörte, zu funktionieren, und sie nur noch dahinvegetierte. Oder sie würde sich Smythes Forderungen fügen, nach London gehen, eine Hure werden und sich Demütigungen unterwerfen, die noch schlimmer waren als die schmähliche Behandlung von Caldbergh. Sie hatte an jenem Abend, als der Gewitterregen auf Caldbergh heruntergeprasselt war, beschlossen, daß sie lieber tot sein wollte, als diese Schmach zu ertragen. Dank Seiner allmächtigen Lordschaft war sie in jener Nacht nicht gestorben.

Der Gedanke an Warwick durchzuckte sie so schmerzhaft wie Timothys grober Griff. Es war zu spät für Reue. Viel zu spät, dachte sie.

Smythe stand etwas abseits von den Zuschauern und ließ den Riemen hin- und herpendeln. Er zeigte seine gelben Zähne, als Tim sie in die Mitte des Kreises führte, den die Insassen des Arbeitshauses hatten bilden müssen.

»Zieh dich aus«, befahl Birdie.

Sie entledigte sich langsam ihres Hemdes und ließ dann die Hose zu Boden fallen. Smythes Augen wurden schmal, und er befeuchtete mit der Zungenspitze seine Lippen. Dann deutete er mit dem Finger auf sie und befahl: »Nimm gefälligst diese Bandage ab. Nur keine falsche Scham. Du verbirgst nichts, was ich nicht schon längst vor meinem inneren Auge gesehen hätte.« Wieder glitt der Blick aus seinen schwarzen Augen über ihre schmale Taille, ihre sanft gerundeten Hüften und die dunklen Schamhaare. »Los«, brüllte er. »Oder soll dir Timothy vielleicht die Binde abnehmen ...?«

Bonnie löste langsam die Bandage vor ihrer Brust. Wie viele Jahre hatte sie ihre Weiblichkeit hinter dieser ellenlangen Nesselbinde versteckt? Und was hatte ihr das genützt? Sie hatte nichts, hinter dem sie ihre feinen Züge, ihren schwanengleichen Hals, ihre unglaublichen langen Wimpern verstecken konnte, die ihre blauen Augen noch größer erscheinen ließen.

Der Nesselstoff fiel zu Boden.

Einen Moment war es still, als Smythe sie prüfend musterte. Als er schließlich wieder das Wort ergriff, war seine Stimme heiser: »Es ist eine Schande, einen so perfekten Körper auspeitschen zu müssen. Ich könnte vielleicht von so einer Bestrafung absehen, wenn du mich demütig um Verzeihung bitten würdest.«

»Nicht in tausend Jahren«, erwiderte sie, »würde ich vor

so einem niederträchtigen Abschaum, wie du einer bist, auf die Knie fallen.«

»Dann wirst du mir wenigstens deinen Rücken anbieten.«

Sie gehorchte und machte sich auf den ersten Schlag gefaßt, als das Leder durch die Luft sauste.

Bonnie entdeckte, daß die Schmerzen im Rücken, in den Schenkeln und dem Gesäß nicht so qualvoll waren, wenn sie kniete und den Oberkörper kerzengerade hielt. Aber sie konnte diese Haltung nicht lange bewahren. Die Haut auf ihren Knien war schon aufgerieben. Bald würde sie wieder auf die Hände fallen und über den Boden kriechen müssen. Sie haßte das. Es gab ihr das Gefühl, ein hilfloses Tier zu sein, das um Erbarmen winselte.

Sie hatte nicht ein einzigesmal geschrien. Sie hatte nur mit den Zähnen geknirscht, die Augen zugemacht und sich irgend etwas Angenehmes vorgestellt. Ihre Mutter, die ihren Finger küßte, als sie sich an einem Rosendorn ritzte. Ihren Vater, der sie nach einem harten Arbeitstag hochgehoben und dann herumgewirbelt hatte, wenn sie ihm entgegenlief, um ihn zu begrüßen. Hier endeten auch schon ihre guten Erinnerungen, und sie hatte verzweifelt nach etwas anderem gesucht, was sie von diesem gräßlichen Schmerz ablenken konnte. Sie sah *sein* Gesicht — Warwicks grüne Augen, die sie verspotteten; sein Mund, der sich verächtlich verzog. Wie sehr hatte sie sich bemüht, ihn zu hassen. Er hatte sie schließlich nach Caldbergh zurückgeschickt. Dann hatte sie sich eingestehen müssen, daß sie ihre eigene Sturheit nach Caldbergh zurückbefördert hatte. Wenn sie ihm doch nur erklärt hätte . . .

Die Sonne ging schon unter, als Smythe mit Timothy zurückkam. Sie packten sie, stellten sie auf die Beine und zogen ihr, wenn auch mit einiger Mühe, ihre Kleider an. Sie brachten sie zur Kellertür. Alles begann sich wieder um sie herum zu drehen, als sie in das dunkle Loch starrte. Die alten Ängste kamen zurück, die Furcht vor blutbesudelten Händen, diese wahnsinnige Angst vor dunklen, geschlossenen Räumen. Ihre Knie gaben nach, und als sie in das Loch gestoßen wurde, umfing sie die Vergangenheit wie ein kalter, feuchter Nebel. Sie zog die Knie an die Brust und vergaß die schrecklichen Schmerzen und sank in einen tiefen Schlaf.

Sonnenlicht ergoß sich über ihr Gesicht, als die Tür zu dieser Hölle wieder geöffnet wurde. Sie blinzelte. Smythe beugte sich über sie, und sie zuckte zusammen. Wie lange hatte sie hier gelegen? Einen Tag? Zwei? Der Hunger hatte sich in ein pelziges Gefühl verwandelt, das nach und nach ihren ganzen Körper ergriffen hatte. Es tat weh, sich zu bewegen.

Sie hatte aber keine andere Wahl. Smythe ergriff ihren Arm und zerrte sie unsanft aus ihrem winzigen, pechschwarzen Gefängnis und schleifte sie dann zu seinem Büro. Sie hatte das Gefühl, als würden ihre Fersen und Beine von tausend Nadeln zerstochen.

Mit der Hilfe Gottes schaffte sie es bis zum Büro, ehe sie zusammenbrach. Smythe stieg über sie hinweg und ging zu seinem Schreibtisch, auf dem sich Berge von Papieren häuften. Die Tür öffnete und schloß sich wieder, als Timothy zu ihnen stieß.

»Die Luder sind heute ziemlich aufsässig«, hörte sie Timothys Stimme.

»Aye, das haben wir der da zu verdanken, wette ich.« Smythe deutete auf Bonnie.

»Wir sollten sie so rasch wie möglich loswerden, oder es gibt Ärger.«

»Genau das gleiche habe ich auch gedacht.« Birdie kramte in seinen Papieren. »Ich sehe keinen Grund, warum wir unseren ursprünglichen Plan mit dieser jungen Dame nicht weiterverfolgen sollten. Der Gentleman in London war sehr begierig darauf, sie zu bekommen. Begierig bis zur Summe von einhundert Pfund, wenn ich mich recht entsinne.«

»... ist ’ne Menge Geld, Sir.«

»Scheint, daß Jungfräulichkeit eine seltene, hochgeschätzte Ware in London geworden ist. Wie ich gehört habe, gibt es Gentlemen aus besten Kreisen, die fünfmal so viel bezahlen würden für die Gelegenheit, ein Mädchen zur Frau machen zu können. Und je jünger sie sind, um so besser.«

Bonnie schloß die Augen, während seine Worte in ihrem Kopf widerhallten. Irgendwo in diesem Nebel, der sich in ihrem Bewußtsein auszubreiten schien, nahm plötzlich ein Plan Gestalt an. Sie öffnete die Augen und starrte an die Decke.

»Da kommt ihr beide zu spät«, sagte sie ruhig.

Beide Männer drehten sich um und starrten sie an. Smythe kauerte sich neben sie auf den Boden. Bonnie sah ihn an und grinste.

»Seine Lordschaft hat das bei mir bereits erledigt. Er ist zu mir ins Zimmer gekommen und hat mich vergewaltigt. Als ich gedroht habe, ihn bloßzustellen, hat er mich aus dem Haus geworfen.«

Smythes Gesicht wurde schneeweiß.

Bonnie schloß die Augen und fing an zu lachen.

9

Damien starrte sein Spiegelbild an. Er hatte blaue Ringe unter den Augen, stank nach Ale und hatte sich seit zwei Tagen nicht mehr rasiert. Letzte Nacht hatte ihm Marianne wieder damit gedroht, nach London zurückzukehren. Das hatte ihn ein wenig ernüchtert. Der Gedanke, allein mit Miles in diesem Haus zu wohnen, war zu schrecklich. Natürlich befand sich noch sein Onkel in Braithwaite, aber der war fast den ganzen Tag unterwegs, um sich mit Pächtern zu unterhalten und sich nach dem Zustand einiger Fabriken und Bergwerke zu erkundigen. Oder er ließ sich so mit Port vollaufen, daß er auf seinem Zimmer blieb und schlief. Zweimal hatte Damien Richard nachts in seinem Morgenmantel in der Galerie herumgeistern sehen. Er hatte vor sich hingemurmelt, daß er ein heilloses Durcheinander aus seinem Leben gemacht hatte. Richard hatte zweifellos seine eigenen Probleme.

Seit seine Gäste abgereist waren, hatte Damien ungeduldig auf eine Nachricht aus Vicksburg oder dem Parlament gewartet. Die Untätigkeit und die Isolation in Braithwaite machte ihn wahnsinnig. Arbeit war in den letzten Jahren die Triebfeder seines Lebens gewesen. Und in den wenigen Musestunden, die ihm geblieben waren, hatte er mit seinen Nachbarn oder Angestellten Feste gefeiert oder geangelt und gejagt. Hier war er den ganzen Tag mit sich allein und er hatte zuviel Zeit, über alles nachzudenken — und genau das wollte er unter allen Umständen vermeiden.

Stanley stand unter der Tür und schaute Damien strafend an. Noch nie zuvor hatte ein Dienstbote ihn so mißbilligend gemustert. Natürlich hätte er normalerweise ein solches Verhalten nicht geduldet, aber nach fünfunddreißig Dienstjahren gehörte der Butler gewissermaßen zur Familie. Stanley war der letzte gewesen, der ihn mit erschütterter Miene umarmt hatte, als er damals Braithwaite verließ, um nach Amerika zu übersiedeln.

»Ja«, sagte er zu Stanley. »Was gibt's?«

Stanley trat ins Zimmer und überreichte Damien ein Kuvert. »Das ist eben aus Amerika gekommen.«

Damien erkannte die Handschrift sofort: Sie stammte von Charlotte Ruth Montgomery. Ohne Zweifel versuchte sie noch ein letztes Mal, ihm einen Heiratsantrag abzuringen.

Warum nicht, zum Teufel? dachte er. Heirate das Mädchen und schaff dir eine Menge Probleme damit vom Hals. Schenke Richard den Großneffen, den er sich so sehr wünscht, damit er sich selig in seinem Port ersäufen kann. Und mache Marianne zu deiner Mätresse für die Zeit, die du dich in England aufhalten mußt.

Er riß den Umschlag auf und las:

Liebster Damien,

schweren Herzens teile ich Dir mit, daß ich inzwischen Tom Dickenson von der Long Willow Farm geheiratet habe. Er ist mir in der Zeit Deiner Abwesenheit sehr ans Herz gewachsen, und ich hoffe, Du wirst mich verstehen und mir verzeihen.

Herzlichst
Deine Charlotte Ruth

Damien fing an zu lachen.

»Ist etwas komisch, Sir?« fragte Stanley.

»Ja. Absolut komisch. Meine sogenannte Zukünftige hat einen anderen geheiratet.« Damien warf den Brief auf den Boden. »Das muß gefeiert werden. Hol Brandy. Hol gleich eine verdammte Flasche.«

»Aber, Sir ...«

»Sag nicht ständig ›aber, Sir‹. Hol den Brandy und zwei Gläser. Ich befehle dir, mit mir zu trinken, und das ist mein letztes Wort in dieser Sache.«

»Es ist höchst unschicklich, Mylord.«

»Richtig. Hol den Brandy.«

Stanley gehorchte. Und dann saß er steif auf dem Rand seines Stuhls und wirkte sehr unglücklich.

Damien lachte, als er ihm das Glas zum Nachfüllen reichte. »Entspanne dich, Stanley. Du machst ein Gesicht, als könnte mein Vater oder Randolf jede Sekunde dort durch die Tür kommen. Ich bin jetzt der Herr in diesem Haus, ob es dir gefällt oder nicht, Stanley. Ich habe es gern, wenn du mir Gesellschaft leistest. Mein Verwalter in Vicksburg hat jeden Abend an meinem Tisch gesessen und mit mir ein Glas getrunken.«

»Höchst ungewöhnlich«, erwiderte Stanley.

Damien betrachtete seinen Butler prüfend, ehe er fortfuhr: »Sage mir die Wahrheit, Stanley. Was habe ich an mir, das die Frauen abstoßend finden.«

»Es steht mir nicht zu, Ihnen das zu sagen, Sir.«

»Unsinn.«

»Also gut. Sie neigen dazu, sich zuweilen wie ein Esel zu benehmen.«

»Ah. Und kannst du mir das etwas genauer erklären?«

»Holen Sie sofort dieses Mädchen aus Caldbergh zurück.«

»Aha! Da kommen wir endlich auf den Grund deiner Übellaunigkeit in den letzten beiden Tagen. Du und praktisch jeder in diesem Mausoleum hat einen Groll gegen mich, weil ich diese Göre zurückgeschickt habe, richtig?«

Stanley nahm nun zum erstenmal einen kräftigen Schluck aus seinem Brandyglas. »Es ist ein schauderhafter Ort, Mylord. Davon konnte ich mich selbst überzeugen.«

»Zweifellos. Aber dort sind sie besser gerüstet, ein ...«

»Unsinn, Sir, wenn Sie mir diesen Ausdruck gestatten. Das Mädchen hat mir die schändlichsten Dinge von diesem Arbeitshaus berichtet ...«

»Ich will sie nicht hören.« Damien warf den Kopf zurück und trank seinen Brandy aus. »Es waren sicherlich nur erlogene Geschichten.«

»Aber wenn Sie doch nur hören würden ...«

»Nein.« Damien stand auf, lehnte sich an den Marmorsims des Kamins und goß sich den dritten Brandy ein. »Sie wollte mich — uns — sowieso verlassen. Sie mochte uns nicht. Sie haßt uns, und sie hat nur Unruhe gestiftet. Du weißt das. Ich weiß das. Es war in ihrem schön ... ihrem Gesicht zu lesen. Und es sprach aus diesen verdammten blauen ... Augen.« Himmel, diese blauen Augen. Sie verfolgten ihn ständig.

»Egal. Sie ist jetzt fort; wieder dort, wo sie hergekommen ist. Unser Leben kann zur Normalität zurückkehren.«

Es wurde eine Weile still im Zimmer. Als Damien aufsah, bemerkte er, daß Stanley ihn mit trauriger, aber auch verständnisvoller Miene beobachtete. »Ich glaube, sie ist uns allen mit der Zeit ans Herz gewachsen«, sagte der Butler. Und dann setzte er hinzu: »Selbst ihnen, Mylord ... nicht wahr?«

»Ja«, erwiderte Damien, ohne zu zögern. Es war sogar ein gutes Gefühl, das zuzugeben.

Stanley beugte sich vor und sagte mit ernstem Gesicht: »Wir könnten sie zurückholen.«

Damien trank seinen Brandy.

»Dieses alte Haus könnte ein bißchen Leben gut gebrauchen«, sagte Stanley.

»Das leugne ich nicht.«

»Denken Sie daran, daß sie dann jemanden hätten, mit dem sie sich unterhalten können, wenn Lady Lyttleton abreist.«

In diesem Moment ging die Tür auf. Jewel blieb der Mund offen stehen, als sie sah, daß Stanley Brandy trank. Sie brauchte eine Weile, bis sie stotterte: »Mylord, ich denke ... Sie sollten besser in die Halle kommen.«

Damien betrachtete die nervöse Magd mit schläfrigem Blick und fragte: »Was ist los, Jewel?«

Sie trat zwei Schritte vor und sagte mit gesenkter Stimme: »Es ist diese Göre, Sir. Bonnie. Sie ist wieder hier.«

»Sie ist wieder hier?« wiederholte Damien.

»Jawohl. Und sie ist nicht allein. Zwei Männer haben sie hergebracht, und die beiden wollten mit Ihnen sprechen, Mylord.«

Damien und Stanley wechselten einen Blick, und der Butler stellte sein Glas auf einen Tisch und nahm Damien die Flasche und das Glas aus der Hand.

»Sie ist zurückgekommen, Sir«, sagte Stanley mit leicht erhobener Stimme.

Damien nickte, überrascht von diesem wundervollen Gefühl, das sich schneller in seinem Körper ausbreitete als der Brandy. Er ging so elastisch und aufrecht, wie es ihm in seinem beschwipsten Zustand möglich war, zur Halle.

Bonnie stand zwischen Smythe und dem Hünen mit der Narbe auf der Wange. Als Damien sie sah, wurde sein Schritt unsicherer. Wie winzig sie zwischen diesen beiden Männern wirkte — kleiner noch, als er sie in Erinnerung hatte. Ihr Haar war wieder unter ihrer gestrickten Kappe versteckt. Ihre Wangen waren hohl, und ihre Augen glichen zwei violetten Tümpeln, die mit Leid gefüllt zu sein schienen. Als sich ihre Blicke trafen, sah er Tränen auf ihren Wangen. Dennoch hob sich ihr kleines Kinn noch um eine Kleinigkeit an.

In diesem Moment kam Marianne in die Halle, und ihre Überraschung und Freude, Bonnie zu sehen, war deutlich zu erkennen. Während Damien wie angewurzelt dastand, eilte Mari an ihm vorbei, streckte beide Arme aus und drückte das Mädchen an ihre Brust.

»O Bonnie, wie wunderbar, dich wiederzusehen. Nicht wahr, Mylord?«

Damien schob die Hände in die Hosentaschen und gönnte Bonnie ein kurzes Kopfnicken.

Nun trat Smythe vor und lenkte Damiens Aufmerksamkeit auf sich. Bonnies verstockte Miene verhieß nichts Gutes. Der Verwalter von Caldbergh zeigte lächelnd seine gelben Zähne. »Vermutlich werden Sie, wenn Sie den Grund meines Besuches erfahren, Mylord, nicht mehr gar so erpicht sein, das Mädchen willkommen zu heißen. Wäre es möglich, daß ich Sie einen Moment unter vier Augen spreche, Mylord?«

»Ist das unbedingt nötig?«

»Ich denke schon.«

Damien betrachtete die drei Ankömmlinge einen Augenblick, dann drehte er sich um und ging zur Bibliothek. Er nahm seinen Platz hinter dem Schreibtisch ein und saß bereits, als die drei Besucher eintrafen und Smythe die Tür zumachte. Dann blickten sie Marianne, die sich rechts neben Damien aufgebaut hatte, skeptisch an.

»Sind Sie Lady Warwick?« fragte Smythe.

»Das bin ich nicht«, erwiderte sie in einem ungewöhnlich hochmütigen Ton.

»Alles, was Sie mir zu sagen haben, können Sie ebensogut uns beiden sagen«, erklärte Damien.

»Wie Sie wünschen, Mylord.« Die Hände auf dem Rücken verschränkt, postierte sich Smythe vor dem Schreibtisch. »Mylord . . . das Mädchen hat mich von dem ruchlosen Verbrechen unterrichtet, das Sie an dem Kind begangen haben.«

Damien runzelte die Stirn. »Was sagten Sie da eben?«

»Ich muß gestehen, Mylord, daß ich Ihnen niemals eine so schändliche Tat zugetraut hätte.«

Damien lehnte sich zurück, während sein Blick zu Bonnie wanderte. Ihr Gesicht sah erschreckend blaß aus. Ihre Unterlippe zitterte heftig. Sie machte einen sehr verängstigten Eindruck. »Bonnie«, fragte er im ruhigen Ton, »was hat das zu bedeuten?«

»Was es zu bedeuten hat«, mischte sich Smythe ein, »wissen Sie doch sehr genau. Es geht um diese kleine Vergewaltigung.«

Vergewaltigung!

Damien zuckte nicht mit der Wimper, während er versuchte, diese Eröffnung mit irgendwelchen Tatsachen in Verbindung zu bringen. Er starrte Smythe ins Gesicht und sagte mit schneidender Stimme: »Soll das heißen, daß Sie mich beschuldigen, dieses Mädchen vergewaltigt zu haben, Mr. Smythe?«

»*Sie* hat sie beschuldigt, nicht ich, Mylord.«

Damien saß noch ein paar Sekunden regungslos da. Er war mit einemmal stocknüchtern. Dann erhob er sich langsam, wischte Maris Hand von seinem Arm und ging um seinen Schreibtisch herum und wandte sich Bonnie zu.

Er stand über ihr wie eine dunkle, drohende Wolke, aus der jeden Moment ein Blitz herniederzucken konnte. Sie fühlte sich schwindlig, nicht nur vor Angst, sondern auch von den Schmerzen und Entbehrungen der letzten Tage. Sie merkte, daß sie schwankte, und die Erinnerung daran, wie er sie in jener Nacht am Fenster auf seinem Schoß gehalten hatte, vermischte sich mit der Gegenwart. Sie hob den Blick und suchte verzweifelt in seinem Gesicht nach etwas Güte, dem Mitleid und der Verständnisbereitschaft von damals — vergeblich. Als er die Hand hob und sie unter das Kinn faßte, bohrten sich seine Finger schmerzhaft in ihre Wangen, während er ihren Kopf in den Nacken schob und sie zwang, ihm direkt in die Augen zu sehen. In diesem Moment wäre sie am liebsten gestorben.

»Und was verlangen Sie jetzt von mir?« fragte Warwick — Worte, die zwar Smythe zu gelten schienen, die aber offensichtlich auch an Bonnie gerichtet waren. Und dabei sah er ihr immerfort in die Augen wie einer ekelhaften, schleimigen Kreatur, die unvermutet unter irgendeinem Stein hervorgekrochen war.

Smythe sagte: »Sie genießen offenbar hohes Ansehen in Middleham, Mylord, und haben einen nicht minder guten Ruf in London zu verteidigen. Ich frage mich, was die Gesellschaft wohl sagen würde, wenn sie davon Kenntnis erlangen, daß Sie sich an diesem armen, hilflosen Kind vergriffen haben.«

Ein kaltes Lächeln zuckte um Warwicks Mundwinkel, als

er mit seidenweicher Stimme fragte: »Versuchen Sie etwa, mich zu erpressen, Mr. Smythe?«

»Erpressen klingt so grob, Mylord.«

»Wieviel?«

Schweigen.

»*Wieviel!*« rief Damien mit Donnerstimme.

»Fünfhundert Pfund?«

»Einverstanden.« Damien nahm die Hand von Bonnies Gesicht und drehte sich zu seinem Schreibtisch um. Er riß die oberste Schublade auf, warf ein Kontobuch auf die Tischplatte, tauchte eine Feder in ein Tintenfaß und verfaßte eine Absichtserklärung. »Ich werde das Geld morgen mittag durch Boten nach Caldbergh bringen lassen — unter einer Bedingung.«

»Und wie lautet diese?«

Damien fixierte Smythe mit seinem grünen Augen und sagte mit einer leisen, wutbebenden Stimme: »Die Göre bleibt bei mir. Und falls Sie es wagen sollten, mich noch einmal in dieser Angelegenheit anzusprechen, werde ich dafür sorgen, daß Sie und dieses teiggesichtige Subjekt dort so tief unter ihrem Haus in Caldbergh verscharrt werden, daß alle Bergleute in Yorkshire ein Jahr lang Tag und Nacht graben müßten, um Sie wieder ans Licht zu befördern. Haben wir uns verstanden?«

»Aye«, sagte Smythe, der die Zahlungsverpflichtung anstarrte, die Damien ihm über den Tisch zuschob.

»Und jetzt sehen Sie zu, daß Sie mir so rasch wie möglich aus den Augen kommen«, befahl Damien, »bevor ich mich anders besinne und das, was Sie jetzt in der Hand halten, wieder zerreiße.«

Smythe und Timothy brauchten keine zehn Sekunden, um das Haus zu verlassen. Die jähe Stille, die nun eintrat, dröhnte in Bonnies Ohren.

Warwick verharrte groß und bedrohlich hinter seinem

Schreibtisch. Er war hagerer, als sie ihn in Erinnerung hatte, wirkte jedoch männlich in der schwarzen Hose, die seine muskulösen Beine umspannte, und in dem weißen Leinenhemd mit dem offenen Kragen, das seine Schultern noch breiter erscheinen ließ. Er war Zoll für Zoll der unternehmungslustige Aristokrat, verwegen und unbekümmert, wie seine Freunde und Dienerschaft ihn schilderten.

Marianne kam um den Schreibtisch herum, blieb vor Bonnie stehen und hob ihr Kinn an.

»Warum?« fragte sie. »Warum hast du ihm das angetan, nachdem er dir das Leben gerettet hat?«

»Bemühe dich nicht.« Dieser schneidende, bittere Sarkasmus traf Bonnie bis ins Mark. »Es liegt doch auf der Hand, was sie getan hat. Sie und Smythe haben das Ganze von Anfang an geplant. Sie haben mich mit einem billigen Trick hereingelegt. Weiß Gott, wie viele ahnungslose Männer sie schon auf diese Weise geschröpft haben.«

»Ist das wahr, Bonnie?« fragte Marianne.

Bonnie schüttelte nur stumm den Kopf.

Warwick wandte sich von ihr ab, ging ans Fenster und sagte: »Wir sollten uns fragen, was wir mit ihr machen.« Er betrachtete Bonnie über die Schulter hinweg, und sein Gesicht wirkte wie eine steinerne Maske. »Wir könnten dich den Behörden übergeben, aber der Skandal, der sich daraus entwickeln könnte, ist mir zuwider. Und da bliebe ja auch noch dieses kleine Problem, daß du mich um fünfhundert Pfund erleichtert hast. Das ist soviel Geld, wie ich meiner gesamten Dienerschaft in einem Jahr als Lohn bezahle. Wenn du diese Schuld abtragen willst, wirst du die nächsten zwanzig Jahre auf den Knien herumrutschen und die Fußböden von Braithwaite schrubben müssen.« In einem Ton, der noch Schlimmeres verhieß, fügte er hinzu: »Und du *wirst* mir diese Schuld bezahlen. Auf diese oder eine andere Weise.«

Marianne meldete sich wieder zu Wort: »Wirklich, Damien, ich glaube nicht, daß dies der richtige Moment ist, solche Dinge zu besprechen. Wir sollten damit warten, bis wir uns so weit abgekühlt haben, daß wir zu einer vernünftigen Entscheidung kommen können. Bonnie braucht offensichtlich Ruhe, und du einen Drink. Das gleiche gilt für mich. Ich werde Bonnie auf ihr Zimmer bringen und dich dann in zehn Minuten auf der Veranda treffen.«

Lächelnd legte Marianne den Arm um Bonnies Schultern. Bonnie, deren Rücken wund war, zuckte zurück.

Marianne deutete Bonnies Reaktion als Feindseligkeit und sagte stirnrunzelnd: »Du kannst natürlich auch allein hinaufgehen, wenn dir das lieber ist.«

Bonnie rührte sich nicht von der Stelle. Da Smythe offensichtlich für immer aus ihrem Leben verbannt worden war, hatte sich ihre Angst ein wenig gelegt und wich nun einer wachsenden Empörung über das Verhalten Seiner allmächtigen Lordschaft. Niemand hatte ihm eine Pistole an die Schläfe gehalten und ihn gezwungen, Smythe fünfhundert Pfund zu bezahlen. Er hatte nicht einmal die Beschuldigung zurückgewiesen, wie es Bonnie von ihm erwartet hatte. Weshalb nicht? Damit er ihr die nächsten zwanzig Jahre das Leben zu Hölle machen konnte?

»Das ist alles«, sagte Damien. »Du bist entlassen.«

»Bin ich das?« schnaubte Bonnie.

»Ja, das bist du. Du gehörst jetzt mir. Gekauft und bezahlt. Und wenn du auch nur andeuten solltest, daß du dich meinen Befehlen widersetzen willst, werde ich dafür sorgen, daß du und deine erpresserischen Komplicen die nächsten zwanzig Jahre im Zuchthaus verbringen.«

»Aber ich habe ja gar nicht ...« Bonnie biß sich auf die Zunge, als sie Warwick auf sich zukommen sah.

»Ja?« fragte er. »Weiter!«

»Sie können mich nicht einschüchtern«, sagte sie, obwohl ihr die Knie schlotterten.

»Nun«, sagte er in diesem unerträglich hochmütigen Ton, »das wollen wir doch mal sehen.«

Bonnie wich zurück, bis sie mit den Kniekehlen gegen den Schreibtisch stieß. Instinktiv schlossen sich ihre Finger um einen Gegenstand, den sie unter ihrer Hand spürte. Sie riß den Arm über den Kopf, und schwang ihn dann mit aller Kraft nach vorn, so daß der Brieföffner, den sie in der Hand hielt, die vor Spannung knisternde Luft mit einem leisen Schwirren durchschnitt. Sie bedauerte bereits ihre Tat, während sie diese ausführte, aber sie mußte ihrer Wut, ihren Schmerzen, ihrer Enttäuschung Luft machen, ehe sie daran erstickte.

Damien wich den Bruchteil einer Sekunde zu spät zur Seite. Der Brieföffner traf seinen Unterarm, zerriß den Stoff seines Ärmels und bohrte sich in sein Fleisch. Marianne schrie und rief Stanley zu Hilfe. Bonnie keuchte entsetzt. Warwick stieß einen Schmerzenslaut aus, der ihr wie ein Messer ins Herz schnitt. Seine Augen erinnerten Bonnie an einen verheerenden Waldbrand.

»Du verdammtes, kleines Biest«, zischte er.

Sie bemühte sich zurückzuweichen — unmöglich. Sie hob den Brieföffner, bereit, einen Angriff abzuwehren.

»Versuch es!« forderte er sie heraus und rückte noch einen Schritt näher.

Sie war besiegt. Der Anblick seines blutdurchtränkten Ärmels und seines Gesichts, auf dem sich Wut und Schmerz vermischten, riefen in ihr die schreckliche Erinnerung an ihren Vater wach, der mit dem Gesicht nach unten in einer Blutlache gelegen hatte. Sie schloß die Augen, schrie laut auf und schwang noch einmal den Brieföffner. Warwick ergriff ihr Handgelenk und drehte es herum, während sie die linke Hand zur Faust ballte und sie mit voller Wucht gegen seine Brust schlug.

»Bastard!« schrie sie. »Ich hasse Sie! Ich hasse Sie!«

Warwick umklammerte ihr Handgelenk und spürte, wie sich die zarten Knochen unter seinen Fingern bogen. Der blutige Brieföffner entglitt ihrer Hand und fiel auf den Boden. Damien beförderte ihn mit einem Fußtritt in eine Ecke des Zimmers. Bonnie wehrte sich, bis er sie mit beiden Armen umfing und ihren zappelnden Körper gegen den seinen preßte.

»Weißt du, was ich denke?« brüllte er ihr ins Ohr. »Ich denke, du verlangst verzweifelt nach einer Tracht Prügel, du Biest. Und ich bin der Mann, der sie dir jetzt verabreichen wird.«

»Nein!« heulte sie, als er sie zu einem Sofa an der Wand schleppte. Damien ließ sich darauf fallen. Er ignorierte Mariannes und Stanleys lautstarke Proteste, zog Bonnies bauschige Hose von ihrem Gesäß und ... erstarrte.

»Gütiger Gott«, hörte er sich murmeln. Damien starrte auf die junge Frau, die mit zuckenden Schultern auf seinem Schoß lag und versuchte, mit ihren Händen ihren mit Blutblasen und schwärenden Striemen übersäten Rücken und ihr Gesäß vor weiteren Mißhandlungen zu schützen.

»Nein«, schluchzte sie, »nein, nein, nein, Nicht mehr. Bitte, gütiger Gott, nicht mehr! Ich werde brav sein. Ich werde so was nie wieder tun. Bitte, tun Sie mir nichts. *Bitte!*«

»O mein Gott«, stöhnte Damien, und als er erkannte, was er ihr hatte antun wollen, wich die Wut einem Ekel vor sich selbst und diesem Abschaum, der dieses Mädchen so erbarmungslos mißhandelt hatte. Himmel, es war kein Wunder, daß sie sich so erbittert gegen ihn zur Wehr gesetzt hatte. Sie war von Bestien in ein Tier verwandelt worden.

Er bemühte sich, so vorsichtig wie möglich ihre Hose wieder über ihr wundes Gesäß zu ziehen. Dann umarmte er sie. »Es tut mir leid, Bonnie. Es tut mir furchtbar leid. Wein jetzt nicht, Kleines. Er kann dir nichts mehr tun. Ich lasse es nicht zu. Niemals, verstehst du?«

Er sah Marianne an, deren Augen in Tränen schwammen. »Hilf ihr«, flüsterte er heiser.

Sie wirbelte zu Stanley herum. »Lassen Sie Bandagen und Salben in Bonnies Zimmer bringen. Und Jewel soll Tee kochen und meine Pulver aus meiner Reisetasche holen. Die werden ihr helfen, damit sie schlafen kann.«

Damien trug Bonnie in ihr Zimmer. Er wischte ihr den Schweiß von der Stirn und legte dann die Hand darauf, um festzustellen, ob sie Fieber hatte. Wenn es sein mußte, würde er noch einmal Dr. Whitman ins Haus bitten.

Ihre Lider zuckten. Dann sah sie in erschöpft an.

Damien bemühte sich, zu lächeln.

»Ihr Arm«, sagte sie.

»Ich werde es überleben.«

»Ihre Schuld.«

»Nicht ganz.«

»Ich — ich hasse Sie noch immer.«

Das Wort tat weh, mehr als er sich eingestehen wollte. »Es tut mir leid, daß du mich haßt. Ich habe eigentlich gehofft, daß wir Freunde sein könnten.«

Bonnie drehte ihr Gesicht zur Seite.

»Es tut mir leid, daß ich dich fortgeschickt habe«, flüsterte er.

Jewel und Marianne betraten das Zimmer und versorgten Bonnies Wunden.

Danach schlich Damien noch einmal ins Zimmer und lauschte auf ihre regelmäßigen Atemzüge. Sie war eingeschlafen.

Er strich ihr mit der Hand übers Haar. »Mein Gott, Bonnie, was machst du nur mit mir? Trotz allem, was passiert ist, begehre ich dich. Gott helfe mir — ich möchte dich haben.«

Dann nahm er erschrocken die Hand von ihrem Kopf und erhob sich.

10

Das Wischen eines Roßhaarbesens, der im Korridor über den Fußboden glitt, und das Zirpen eines Vogels vor dem Fenster waren die einzigen Geräusche, die die Stille in der Bibliothek durchbrachen. Während sich Damien auf einen Brief von seiner Schwester zu konzentrieren versuchte, stand sein Onkel am Fenster und genoß seine Zigarre und sein fünftes Glas Port. Miles betrachtete die Bücher in den Regalen und entschied sich schließlich für *Attila, der Hunnenkönig — sein Aufstieg und sein Untergang.*

Damien sah zu, wie sein Halbbruder das Buch durchblätterte, und sagte: »Ein passendes Nachschlagewerk für dich, Kemball. Wenngleich du den Hunnenkönig eher zaghaft finden wirst, wenn du ihn mit deinen eigenen Idealen vergleichst.«

Richard verschluckte sich fast an seinem Port.

»Oh, das hast du aber gut gesagt, Dame«, erwiderte Miles lächelnd. »Sehr gut. Aber ich bin es doch nicht, der Bonnie auf den Knien herumrutschen und die Fußböden von Braithwaite schrubben läßt. Ich lasse sie auch nicht die Schweinekoben reinigen und die Pferdeställe ausmisten. Ich könnte fast schwören, daß du Rache an diesem Mädchen übst. Was, in Gottes Namen, hat sie denn getan, daß du sie mit deinem Zorn verfolgst? Ich hab' noch nie einen Mann gesehen, der so unbarmherzig ist wie du.«

»Warum tust du uns nicht allen den Gefallen und besuchst deine Mama in Paris?« gab Damien zurück. »Du mußt dich hier doch schrecklich langweilen.«

»Tatsächlich werde ich noch heute mittag nach York fahren. Ich habe dort etwas Geschäftliches zu erledigen.«

Damien lachte. »Laß dich nicht aufhalten. Nachdem du

die Bergwerke von Warwick fast in Grund und Boden gewirtschaftet hast, hätte ich gedacht, daß du dich von Geschäften nach Möglichkeit fernhältst.«

»Du grollst mir wohl immer noch, weil unser Vater dir die Leitung der Bergwerke aus der Hand genommen und sie mir übertragen hat, wie? Das war ein schlimmer Schlag für deinen Stolz, wie? Ich habe den alten Herrn nicht darum gebeten.«

»Du hast ihn davon überzeugt, daß du der richtige Mann dafür bist. Ich habe selbst gehört, wie du auf ihn eingeredet und behauptet hast, ich wäre nicht dafür geeignet, Verantwortung zu übernehmen.«

»Ich habe meinen Job bestimmt besser erledigt als der da.« Miles deutete auf Richard.

Schweigen senkte sich über den Raum. Richard räusperte sich und fragte Damien: »Wie geht es Kate?«

»Noch immer ohne Kinder.«

»Sicherlich nicht aus Mangel an Versuchen.«

Damien lächelte. Kates Ehemann, Lord William Bradhurst, hatte zu seinen engsten Freunden gezählt, bevor er nach Amerika gereist war. In ihrer Sturm-und-Drang-Zeit, als sie das schöne Geschlecht »erkundeten«, hatte William von den Jungs den Spitznamen ›Wilhelm, der Eroberer‹ bekommen.

»Kate beabsichtigt, uns einen Besuch abzustatten«, sagte Damien. »Ich freue mich auf ein Wiedersehen mit ihr.«

»Sie ist ein liebenswertes Geschöpf«, murmelte Richard. »Meiner Schwester sehr ähnlich.«

Damien lächelte, als Richard seine Mutter erwähnte.

»Deine Mutter war ein Teufelsweib, Damien«, fügte Richard hinzu.

»Ja, das war sie.«

»Mit dem Herzen einer Heiligen.«

Miles knallte das Buch wieder aufs Regal, um die Aufmerksamkeit auf sich zu ziehen.

»Stimmt etwas nicht?« fragte Richard.

»Der Dunghaufen wird mir ein bißchen zu groß. Ich sollte mich wohl besser entschuldigen, bevor ich den Gestank nicht mehr ertragen kann.«

Richard fragte überrascht: »Bist du anderer Meinung?«

Ein zynisches Lächeln huschte über Miles' Gesicht. »Ich werde mich hüten, der Gräfin Clarissa den Heiligenschein wegzunehmen.«

»Das hätte sie auch nicht verdient. Sie hat sechzehn Jahre ihres Lebens geopfert, um dich großzuziehen«, erinnerte Richard.

»Tatsächlich?«

»Ich kann deine Einstellung nicht verstehen«, erwiderte Richard mit hochrotem Gesicht. »Ich habe sie nie verstanden. Als deine eigene Mutter dich hier vor unserer Tür aussetzte, hat Clarissa dich in diesem Haus aufgenommen. Keine leibhaftige Mutter hätte sich liebevoller verhalten können als sie.«

»Ja«, schnaubte Miles. »Aber sie mochte mich nicht. Sie hat es nur meinem Vater zuliebe getan.«

»Bist du dir da sicher, Miles?«

»Randolf und Damien rangierten bei ihr immer an erster Stelle. Das kannst du nicht leugnen. Es war kein Platz mehr für mich, und ich war der Älteste. Der alte Herr hatte nicht mal so viel Anstand besessen, meinen Namen in Warwick ändern zu lassen.«

»Weil du dem Gesetz nach auch kein Warwick bist«, mischte sich Damien ein. »Und zu deiner Information: Meine Mutter hat darauf bestanden, daß du hier lebst. Obwohl ich mir nicht sicher bin, ob sie meinte, das wäre Vater dir schuldig, oder fand, daß deine Anwesenheit für ihn eine ständige Mahnung sein sollte, was für ein Mißgeschick einen ungetreuen Ehemann treffen kann.«

»Soweit ich gehört habe«, gab Miles zurück, »hatte unser

Vater ja gar keine andere Wahl, als fremdzugehen. Clarissa soll wie ein toter Hering im Bett gewesen sein und ...«

Damien war schon halb um den Schreibtisch herumgekommen, bevor Richard ihn aufhalten konnte. »Eines Tages ...« Damien deutete mit dem Finger auf Miles »... wird sich keiner mehr zwischen uns stellen, Kemball. Dann wirst du bitter bereuen, daß du überhaupt geboren wurdest ... wenn du das nicht jetzt schon tust.«

Miles stürmte aus der Bibliothek, ließ die Tür offen und wäre fast über Bonnie gestolpert. Sie starrte Damien an, als hätte sie ihn gerade dabei ertappt, wie er einem Schmetterling die Flügel ausriß. Damien gab ihren Blick mit funkelnden Augen zurück.

Bonnie warf die Bürste in den Einer und wischte sich die Hände an ihrer Hose ab. »Ich habe diesen verdammten Fußboden gewischt — zum zweitenmal«, sagte sie. »Hat Seine großmütige Lordschaft vielleicht noch andere Wünsche?«

Richard drehte sich wieder dem Fenster zu. Während Damien zur Tür ging. Seine üble Laune wurde davon nicht besser, daß Bonnie ihn mit so unverhüllter Abscheu ansah.

»Laß mich mal nachdenken«, sagte er. »Hast du deine Lektionen gelernt, wie es sich für ein braves Mädchen gehört?«

Sie nickte und erhob sich.

Damien musterte sie skeptisch.

»Darf ich jetzt gehen?«

Damien spitzte die Lippen, während er Bonnies Gesicht betrachtete.

Sie hatte sich in den letzten Tagen sehr bemüht, ihr feuriges Temperament zu zügeln. Er war neugierig, wie weit er sie treiben konnte, bis sie explodierte.

»Noch nicht, denke ich.« Er deutete auf seinen Stiefel. »Da ist ein Schmutzfleck auf der Kappe. Würde es dir etwas ausmachen ...«

Sie sah ihn an und lächelte eiskalt. »Das ist ein Job für einen verdammten Lakaien«, sagte sie, nahm den Eimer mit dem schmutzigen Seifenwasser und ging davon. Damien lachte.

Zum zweiten Mal an diesem Tag füllte Bonnie ihren Eimer mit Küchenabfällen und ging den Pfad zum Schweinestall hinunter. Erst als sie weit genug vom Haus entfernt war, daß man sie von dort aus nicht mehr sehen konnte, tauchte sie in den Büschen unter und ging zur Marmorbank, auf der sie einmal — vor einer Ewigkeit, wie es ihr vorkam — mit Miles gesessen hatte. Sie ließ sich darauf fallen und stellte den Eimer zwischen ihre schmerzenden Beine.

Noch nie in ihrem Leben war sie so müde und unzufrieden gewesen wie jetzt. Nicht nur körperlich müde, sondern auch seelisch zermürbt.

Wie lange wollte sie sich noch die schäbige Behandlungsweise durch Seine allmächtige Lordschaft gefallen lassen? Sie hatte schließlich auch ihren Stolz. Trotzdem mußte sie zugeben, daß sie es hier noch besser hatte als in Caldbergh oder in einem der »Häuser«, in die Smythe sie in London hätte unterbringen wollen.

Einen Moment lang sann sie darüber nach, wie ihr Leben jetzt wohl aussehen würde, wenn ihre Eltern noch lebten. Vielleicht hätte sie inzwischen einen Schafzüchter geheiratet und würde in einem strohgedeckten Häuschen wohnen. Zweifellos würde ihr auf jedem Knie ein Knirps herumhopsen, während sie geduldig darauf wartete, daß ihr Liebster von den Feldern heimkehrte.

»Denke nicht darüber nach«, befahl sie sich laut.

Sie schüttelte den Kopf, wütend über die Tränen, die ihr über die Wangen rollten, wischte sie mit dem Handrücken weg und gab dem Eimer einen Tritt. Verdammt, war sie müde! Manchmal wünschte sie sich, daß sie die Augen nie mehr aufmachen müßte. Aber sie wollte wenigstens einmal, bevor sie starb, Frieden und Glück erleben. Sie wollte das Gefühl haben, geliebt zu werden. War das etwa zuviel verlangt? Gott, wünsche ich mir zuviel von dir?

Gähnend betrachtet Bonnie die Marmorbank, auf der sie saß. Ein paar Minuten Rast war alles, was sie brauchte. Die Nächte waren so lang und einsam, und oft konnte sie keinen Schlaf finden.

Sie legte sich auf die Bank und schmiegte ihre Wange in den angewinkelten Arm. Sie schlief ein, und in ihrem Traum hörte sie Warwicks Stimme an ihrem Ohr flüstern: »Mein Gott, Bonnie, was machst du nur mit mir? Ich begehre dich. Gott helfe mir — ich möchte dich haben.«

»Bonnie! Himmel, Mädchen, ich habe überall nach dir gesucht. Wie lange schläfst du denn hier schon? Seine Lordschaft verlangt seinen Tee — schon seit fast einer Stunde!«

Bonnie richtete sich mühsam auf und rieb sich den Schlaf aus den Augen. Jewel, die plumpen Hände in ihre ausladenden Hüften gestemmt, betrachtete sie mißbilligend.

»Es wird ihm nicht gefallen, daß du hier ein Nickerchen hältst.«

»Sie brauchen ihm das ja nicht auf die Nase zu binden«, schnaubte Bonnie.

Jewel schnalzte tadelnd mit der Zunge. »Beeil dich lieber, Mädchen. Er und Lady Marianne wollen ihren Nachmittagstee haben, und sie wollen, daß du ihn servierst.«

Zum Henker mit den beiden! Nun wurde sie schon seit einer Woche dazu gezwungen, dieses verdammte Tablett mit Tee und Gebäck die Treppen hinauf- und hinunter zu schleppen, nur weil Warwick und seine Geliebte so taten, als könnten sie keinen Schritt gehen. Und als wäre das nicht genug der Schikanen, lagen sie obendrein auch noch halb angezogen auf den Betten, die Lady mit erhitztem Gesicht und *er* wie ein Kater, der einen Topf Sahne ausgeschleckt hatte.

Bonnie stürmte ins Haus. Das Tablett stand in der Küche bereit. Die noch heißen Milchbrötchen waren auf mehrere Teller verteilt, daneben waren die zu Fächern geformten Servietten, die Schüsselchen mit Marmelade, Teetassen, Milchkännchen, die Schalen mit braunem Zucker: alles in allem eine Last, die Bonnie kaum heben konnte. Das Tablett auf beiden Handflächen balancierend, nahm sie die Hintertreppe, wie es sich für ein gutes Dienstmädchen gehörte. Sie holte ein paarmal tief Luft, dabei hörte sie Stimmen.

»Harry kann zuweilen sehr unbequem sein. Stell dir vor — er kehrt nach London zurück, ohne mich vorher zu benachrichtigen. Aber das läßt sich jetzt nicht ändern. Kommst du mit mir nach London, Liebling? Ich bin sicher, Harry würde sich freuen, dich zu sehen. Er läßt dich herzlich grüßen. Damien, hörst du mir überhaupt zu?«

Marianne war mit einer Näharbeit beschäftigt und sah auf als Bonnie mit dem Tablett um die Ecke herumbog. Damien, der mit aufgeknöpftem Hemd auf dem Bett ausgestreckt lag, starrte Bonnie durch einen Rauchring seiner Zigarre an, die er zwischen den Zähnen hielt, während sie sich bemühte, die schwere Last auf einem Tisch abzustellen.

»Du bist spät dran«, sagte er grollend. »Der Tee hätte schon vor einer Stunde serviert werden müssen.«

Bonnie faltete eine Serviette auseinander und warf sie ihm auf den Schoß. Dann drehte sie sich der Tür zu.

»Du darfst mir auch noch den Tee bringen«, sagte er mit sarkastischer Stimme. »Und meine Brötchen.«

Bonnie, die schon die Tür erreicht hatte, hielt an und drehte sich langsam um. Mit bebenden Händen goß sie eine Tasse Tee ein, tat Zucker und einen Schuß Milch dazu und brachte die Tasse zu ihm.

Die Zigarre in den Mundwinkel schiebend, sagte er: »Vergiß die Brötchen nicht.«

Sie ging zum Tisch zurück, nahm einen Teller mit den noch warmen Milchbrötchen und brachte sie ihm.

»Und die Marmelade?«

»Oh«, sagte sie, »Sie wollen auch Marmelade haben?«

»Bitte.«

Sie nahm den Topf mit der Himbeermarmelade und trug sie ans Bett. »Wo soll ich Ihnen die Marmelade auftun, Mylord?«

»Wo du willst.«

Bonnie lächelte. »Sehr wohl, Mylord.« Und damit drehte sie den Marmeladentopf um und pflanzte ihn auf seine nackte Brust.

Marianne kreischte vor Lachen, während Damien hochschoß. Bonnie blieb mit geballten Fäusten an den Seiten mitten im Zimmer stehen, während ihm die Marmelade über den Bauch lief und auf seine nackten Füße tropfte.

»Sie können mit ihren verdammten Brötchen, Ihrer Marmelade und Ihrer rothaarigen Freundin zur Hölle fahren! Ich bin nicht Ihr Hausmädchen und auch nicht Ihre Sklavin! Ich habe es satt, mich noch länger von Ihnen herumkommandieren zu lassen ... Sie Bock«, kreischte sie. Als sich sein Gesicht dunkelrot verfärbte, wich Bonnie zurück. Sie war sich nicht sicher, was ihn so erbittert hatte — ihre Weigerung, ihm zu gehorchen oder daß sie ihn Bock genannt hatte.

»Damien«, hörte sie Mariannes Stimme. »Damien, ich glaube, du solltest dich beruhigen. Bonnie wollte doch nur einen Spaß machen, nicht wahr, Kleines?«

Bonnie sah von Marianne zu Warwick. Sie betrachtete die rote klebrige Masse auf seinen Brusthaaren, und plötzlich fand sie das so komisch, daß sie die Lippen zusammenpreßte, um nicht laut zu lachen.

»Was amüsiert dich denn so?« fragte er mit seidenweicher Stimme.

Bonnie kicherte. »Ich dachte nur, daß Sie jetzt auch mal geschrubbt werden müßten.«

»Meinst du? Wie seltsam. Bevor du mit dem Tablett gekommen bist, hatte ich Stanley Anweisung gegeben, ein Bad für mich vorzubereiten. Mir ist jedoch soeben der Gedanke gekommen...« Er rückte näher an sie heran.

Bonnie wich wieder zurück. Ihr gefiel nicht, was sie in seinen grünen Augen sah.

»... der Gedanke gekommen«, wiederholte er, »daß du auch eine gründliche Wäsche gebrauchen könntest.«

»Nicht ich.« Sie schüttelte den Kopf und sah zur Tür.

»Marianne meinte, daß du recht passabel aussehen könntest, wenn du dich mal baden würdest...«

»Vergessen Sie das.«

»... obwohl ich das bezweifle. Ich glaube, man braucht schon eine Spitzhacke, um den Dreck von deinem Gesicht entfernen zu können. Aber ich bin gern bereit, es auf einen Versuch ankommen zu leisen. Was meinst du, Bonnie? Sollen wir es wagen?«

Er griff nach ihrem Arm, aber Bonnie war schneller. Sie war mit zwei langen Sätzen an der Tür, aber er zerrte sie am Bund ihrer Hose zurück. Sie schrie: »Lassen Sie mich los! Das können Sie nicht mit mir machen!«

»Und ob ich das mit dir machen kann«, erwiderte er mit ruhiger Stimme. »Ich habe dich gekauft. Du gehörst mir.«

Er warf sie über seine Schulter und eilte aus dem Zimmer. Dienstboten kamen aus allen Richtungen herbeigeeilt, als Bonnie laut um Hilfe schrie. Doch dann blieben sie stehen und starrten Bonnie und Damien nach, bis Warwick am Ende des Korridors eine Tür aufstieß und eine Treppe hinunterstieg, von deren Existenz Bonnie bisher nichts gewußt hatte. Es war dunkler hier, und feuchter. Und als sie das Fußende der Treppe erreichten, hatte Bonnie den Eindruck, daß sie sich nicht mehr im Haupthaus befanden, sondern in einem Nebengebäude, das mit dem Wohnhaus durch einen Tunnel verbunden war.

»Mylord!« hallte die Stimme durch das Treppenhaus, das sie soeben verlassen hatten. »Möchten Sie den üblichen Brandy zum Bad serviert haben?«

»Nein!« rief Warwick zurück und betrat dann einen mit Marmor ausgekleideten Raum, dessen Decke von Marmorsäulen gestützt wurde. Er warf die Tür hinter sich zu.

»Verdammt!« schrie Bonnie. »Sie wollen mich umbringen! Sie haben mich in ein verdammtes Mausoleum verschleppt!«

»Falsch, Mädchen. So etwas wird in der vornehmen Gesellschaft als Bad bezeichnet. Es mag zwar nicht das modernste seiner Art sein, aber es erfüllt seinen Zweck.« Damien deutete auf das erste, eisig aussehende Wasserbecken. »Das da ist das Kaltwasserbecken. Dies jedoch ...« Er stieß eine zweite Tür auf, und Dampfschwaden hüllten sie ein, die Bonnie fast den Atem raubten. »... ist heiß. Glücklicherweise wurde Braithwaite über einer natürlichen heißen Quelle erbaut. Heißes Wasser löst den Schmutz viel besser als kaltes. Glaub mir, das Baden wird dir Spaß machen.«

Sie holte zu einem Faustschlag aus; verfehlte ihn aber. Und ehe sie noch einmal zuschlagen konnte, hatte er sie bereits hoch gehoben und fallen gelassen. Als das Wasser über ihrem Kopf zusammenschlug, ruderte sie mit den Beinen, um wieder Boden unter die Füße zu bekommen. Dann schnellte sie in die Höhe und stellte fest, daß das Wasser ihr nur bis zu den Hüften reichte. Das nasse Haar hing ihr über das Gesicht und erstickte sie fast, bis sie es mit den Händen geteilt hatte.

Mit wogendem Busen blickte sie wütend zu Warwick hinauf und rief: »Sie verdammter ...«

»Vorsicht!« warnte er sie, »oder ich könnte gezwungen sein, zu dir ins Becken zu springen und dir beim Waschen hinter den Ohren zu helfen.«

»Nur über meine Leiche!«

»Das« — er lächelte — »läßt sich bewerkstelligen. Nachdem du mich um fünfhundert Pfund erpreßt hast, ist die Versuchung groß, dich beim Wort zu nehmen.«

»Niemand hat Sie dazu gezwungen, das Geld zu bezahlen!«

Sein Mund wurde zu einem Strich. Mit dem großen Zeh schleuderte er ein Stück Seife ins Becken und befahl: »Wasch dich!«

»Sie können . . .«

»Wasch dich!« Seine Stimme war diesmal lauter und hallte von den Kacheln und dem vergoldeten Garderobenständer wieder. Bonnie sank abermals ins Wasser, suchte nach dem Seifenstück, erhaschte es und richtete sich wieder auf.

Damien ging bis zum Ende des Beckens. Regen trommelte gegen das Fenster in der Decke. Der mit Dunstschwaden erfüllte Raum war in ein graues Licht getaucht, das sie an Morgennebel erinnerte. Warwick sah ein bißchen — sehr — nach einem Teufel aus, der in Rauch gehüllt war. Ein banges Gefühl durchzuckte sie bei seinem Anblick. Oder war es Erregung? Sie entdeckte plötzlich, daß es ihr immer schwerer fiel, diese beiden Gefühle auseinanderzuhalten.

Während sie die Seife in den Händen von einer Seite auf die andere drehte, sah sie sich rasch in der Badekammer um, bemerkte mit flüchtigem Interesse, daß sich an einer Wand mit Kissen ausgekleidete Nischen befanden und heftete dann den Blick auf die Tür. Konnte sie aus dem Becken springen, durch die Tür rennen und in das Treppenhaus gelangen? Sie bewegte sich langsam auf das untere Ende des Beckens zu, schätzte kurz die Entfernung ab und sprang.

Bevor sie auf den schlüpfrigen Kacheln festen Halt fand,

war er schon fast bei ihr. Sie schleuderte ihm die Seife entgegen, wußte aber gleich, daß das so wenig Wirkung haben würde, als hätte sie an die Mauern von Jericho gespuckt und erwartet, daß sie zusammenstürzten. Im nächsten Moment prallte er gegen sie. Sie taumelte rückwärts und wollte sich an seinem Hemd festhalten, damit sie nicht fiel. Ein vergeblicher Versuch. Er tauchte mit ihr ins Becken und verursachte so hohe Wellen, daß Bonnie fast ertrank.

Sie spuckte einen Schwall Wasser aus und rang keuchend nach Luft. Damien lachte sie aus. Es war ein tiefes, dennoch jungenhaftes Lachen, kräftig und sogar herzlich. Während das Wasser gegen ihre Hüften schwappte, starrte sie wie hypnotisiert in sein dunkles Gesicht. Etwas, das Furcht oder Erregung sein konnte, kribbelte in ihren Nervenbahnen. Sie konnte sich weder bewegen noch etwas sagen. Eine beunruhigende Wärme breitete sich in ihrer Magengrube aus, und mit einem plötzlich feuerrotem Gesicht wurde ihr bewußt, was diese Wärme bedeutete.

Langsam verhallte sein Lachen, und er schien sie minutenlang zu beobachten, als spürte er den Aufruhr in ihrem Körper. Wieder regte sich kurz in ihr der Fluchtinstinkt, aber sie konnte sich nicht durchsetzen gegen die Wirkung, die seine Männlichkeit auf ihre Sinne ausübte. Noch nie hatte sie sich so hilflos gefühlt, so machtlos ihren Gefühlen gegenüber. Sie konnte nicht länger leugnen, daß sie mehr für diesen Mann empfand, als gut für sie war. Sie hatte nachts wach im Bett gelegen und davon geträumt, daß er die Arme um sie legte — sich gewünscht, daß er mehr in ihr sähe als nur die Göre aus Caldbergh.

Sie wandte sich von ihm ab.

Er ergriff ihren Arm.

Da gab es vieles, was sie jetzt hätte tun sollen: ihm ihre Weigerung ins Gesicht schreien oder sich vielleicht seinem Griff entwinden und flüchten. Doch sie tat nichts von alledem. Sie schloß nur die Augen und spürte, wie die Hitze seiner Hand sich wie ein Feuer auf sie übertrug, so daß sie nur in stummer Qual und in einem verzweifelten Verlangen seufzte. Ihr Körper hatte sie verraten. Es gab nichts, was sie dagegen unternehmen konnte, und sie war sich nicht sicher, ob sie das überhaupt wollte.

Sein Blick forschte in ihrem Gesicht und heftete sich dann auf ihren Mund. Er hob eine Hand, um ihr Gesicht zu berühren. Sie zitterte. Seine warmen Finger strichen über ihre Wange, ihr Kinn und ihren Hals, als wollte er sich jede Einzelheit einprägen. Sie hatte noch nie eine so zärtliche Berührung empfangen. Sie machte sie schwach und erfüllte sie mit einem seltsamen Verlangen.

Damien sah, wie Bonnie die Augen schloß, als er ihren Nacken massierte. Eben noch hatte sie sich mit Händen und Füßen gegen ihn gewehrt, und jetzt ... jetzt seufzte sie wohlig unter seinen Händen. Er bemerkte, wie sich ihre Wangen langsam rosig verfärbten, und sein Blick glitt nach unten, zu dem weichen Stoff ihres Hemdes, das an ihren Brüsten klebte.

Er zögerte. Sie war so schön, wie er sie sich vorgestellt hatte, mit perfekt gerundeten Brüsten und einer vollendeten Figur. Wenn er sie anfaßte, war es das Ende seiner Zurückhaltung. Er wußte das, aber ...

... wie oft hatte er schon davon geträumt, sie zu nehmen?

Er begehrte sie. Bei Gott — er begehrte sie, und der verträumte Ausdruck auf ihrem Gesicht sagte ihm, daß sie das gleiche Verlangen empfand.

Er legte die Hand über die schwellende Rundung ihrer Brust und spürte, wie sie bebte. Er hörte sich flüstern: »Himmel, bist du schön.« Er fuhr durch ihr nasses schwarzes Haar und zog ihren Kopf nach hinten. Und dann küßte er sie.

Einen Moment lang wehrte sie sich, aber er hielt ihren

Kopf mit beiden Händen fest, so daß sie sich ihm nicht entziehen konnte. Erst sacht, dann immer verlangender küßte er sie, bis sich ihre Lippen unter den seinen öffneten. Sie hielt still, als er mit der Zunge die weichen Rundungen ihres Mundes erkundete. Er hörte ein leises protestierendes Murmeln in ihrer Kehle, aber er ignorierte es. Sein Verstand schickte Warnsignale aus, die sein Körper mißachtete. Die letzten Fasern seiner Zurückhaltung zerrissen, als er merkte, wie sie gegen ihn sank und seinen Kuß leidenschaftlich erwiderte.

Er hob ihren Kopf. Ihr Haar, in dem die Wassertropfen wie Perlen glitzerten, gaben ihr das geheimnisvolle Aussehen einer dem Meer entstiegenen Nymphe. Sie beobachtete ihn mit bangen, vor Erregung dunklen Augen, und er streifte ihr das Hemd von den Schultern.

Dann zog er es ihr langsam aus.

Bonnie spürte, daß ihre Knie weich wurden. Wie oft hatte sie sich in den frühen Morgenstunden ausgemalt, wie es wohl sein würde, wenn er sie liebte, aber in ihrer Phantasie hatte sie nie dieses Gefühl empfunden.

Instinktiv wußte Bonnie, was er wollte.

Damien warf ihr Hemd auf den Rand des Beckens. Als sein Blick über ihren Körper wanderte, murmelte er: »Du bist wunderschön. Aber ich bin sicher, das hat man dir schon oft gesagt . . .!?«

Ihr Blick wurde rebellisch. »Nein.«

»Wie konnten deine Liebhaber nur vergessen, dir das . . .«

»Ich hatte noch keinen Liebhaber.«

Sein Blick verfinsterte sich. »Soll ich das einem Mädchen glauben, daß mich damit erpreßt . . .«

»Ich hatte mit Smythes Erpressung nichts zu tun!«

»Nein? Er hat sich diese Geschichte von der Vergewaltigung ganz allein ausgedacht?« Er faßte sie unter das Kinn und zwang ihren Kopf nach hinten. »Sag mir die Wahrheit oder, bei Gott, ich werde dir jetzt noch den Hintern versohlen!«

»Ja. Ich habe ihm erzählt, daß Sie mich vergewaltigt haben, weil er mich an einen Kuppler in London verkaufen wollte, der sich darauf spezialisiert hat, seine Kundschaft mit Jungfrauen zu versorgen. Ich dachte, wenn ich ihm sage, daß ich nicht mehr unschuldig bin, würde er dieses Vorhaben aufgeben. Ich *wußte* nicht, daß er Sie damit erpressen wollte.«

Damien betrachtete ihr Gesicht und merkte, daß sie am ganzen Körper zitterte.

»Deine Jungfräulichkeit kann leicht bewiesen oder als Lüge entlarvt werden«, sagte er und löste den Bund ihrer Hose.

Mit einem seltsamen Gefühl der Entrücktheit — fast so, als würde das alles mit einer anderen Person geschehen —, spürte Bonnie seine Hände über ihren Rücken gleiten. Damien hielt sie umfangen, liebkoste sie, erfüllte alle ihre geheimen Wünsche, gab ihr ein Gefühl der Geborgenheit — das Gefühl, geliebt zu werden. Und das war alles, was sie brauchte: einen Moment der Erfüllung, und was kümmerte es sie, zum Teufel, was morgen sein würde!

Da war eine Zärtlichkeit in seinen Augen, die sie aus ihren Träumen kannte. Brachte er ihr tatsächlich ein so starkes Gefühl entgegen, wie sie es für ihn empfand? Oder erhoffte sie sich zuviel? Durfte sie ihm ihre Liebe gestehen? Sie konnte nicht so geschickt mit Worten umgehen. Aber sie konnte — wollte — ihm zeigen, was sie für ihn empfand . . .

Er zog sie an sich, bis sich ihr Körper vollkommen an den seinen schmiegte. Sie legte die Arme um ihn, erforschte mit ihren Händen die Wölbungen seiner Muskeln. Sein Blick wurde wärmer und eindringlicher. Er fuhr mit den Fingerspitzen über ihre feuchten Wangen und bog ihren Kopf sacht nach hinten. Seine Lippen berührten die ihren so zärtlich wie ein Windhauch.

Wie oft hatte sie von so einem Kuß geträumt, von den Liebkosungen eines Mannes, der sie liebte? Seine Lippen wurden verlangender und forderten von ihr eine Antwort, die sie ihm nicht länger verweigern konnte. Und als sie mit ihrer Zungenspitze die seine berührte, stöhnte er leise, löste seinen Mund von ihren Lippen und bedeckte ihren Hals und ihre Schultern mit Küssen. Und als er sie ansah, waren seine Augen zwei lodernde schwarze Feuer.

»Begreifst du, was ich mit dir machen möchte?« fragte er.

Sie nickte.

»Wenn du jetzt weggehen willst, werde ich dich nicht aufhalten.«

»Ich — ich möchte es auch.«

Und in einer Stunde würde er es bedauern und sich Vorwürfe machen. Er hob sie mühelos auf seine Arme und trug sie zu einer der Nischen.

Sie sank in die Kissen. Sie fühlten sich feucht an und klebten an ihrer Haut; aber das störte sie nicht. Jetzt war nur er wichtig — Damien. Er stand über ihr, und seine dunklen, von Dunstschwaden umhüllten Züge waren fast beängstigend. Einen Moment erinnerte er sie ...

Nein! Nicht jetzt, dachte sie. Nie mehr diese Alpträume.

Sie spürte seine Hände auf ihrem Körper, die ihr die nasse Hose herunterstreiften, bis sie ganz nackt und zitternd vor ihm lag. Dann fuhren seine Finger an der Innenseite ihrer Schenkel entlang und zwangen sie auseinander.

Sie schloß die Augen und unterwarf sich diesem Wirbelsturm schwindelerregender Gefühle, der ihren Körper zu erfassen schien und jeden Gedanken an Verweigerung mit sich forttrug. O Gott, fragte sie sich, was macht er nur mit mir?

»Weißt du eigentlich, wie lange ich dich schon begehre?« flüsterte er heiser. »Weißt du, wie lange ich mich danach sehne, dich zu besitzen?«

Sie flüsterte immer wieder seinen Namen. Sie wußte, daß sie ihn aufhalten müßte, aber seine Hände waren zu wunderbar, als sie sich rhythmisch bewegten, sie neckten und mit einer Lust quälten, die ihre Adern zum Summen zu bringen schien.

Plötzlich kniete er über ihr und löste mit seinen langen Fingern die Knöpfe seiner strammen Hose. Bonnie atmete heftig ein, als sein Glied, pochend und geschwollen, hervorsprang. Irgendwie gelang es ihr, den Kopf zu schütteln und einen Schrei auszustoßen. Und als sich sein Körper über den ihren schob, traf die Wirklichkeit ihr Bewußtsein wie ein Stein.

»Oh«, wimmerte sie. »O nein . . .«

Er bedeckte ihre steil aufragenden Brustwarzen mit den Lippen, während er sanft ihren Bauch streichelte, dann ihre daunenweichen Schamhaare und das zitternde Fleisch ihrer inneren Lippen. Sengende Hitze ging von dieser Knospe der Lust aus. Seine Hände vertrieben die Angst, die sie für einen Moment überwältigt hatte. Ihr Körper begann zu pochen und anzuschwellen, und sie merkte, daß sie die Gewalt über sich verlor. Ihr Körper gehörte ihm, und er spielte damit, steigerte die süße Qual, bis sie sich wand und nach etwas verlangte, was sie nicht einmal benennen konnte.

»Sag mir, daß du mich haben willst«, raunte er ihr ins Ohr.

Bonnie stöhnte und schleuderte den Kopf hin und her.

»Sag: ›Damien, ich will dich haben.‹«

Sie schüttelte den Kopf.

»Sag es, verdammt.«

»Ja, ja! Gott helfe mir — ich will dich haben!«

Die Wirklichkeit versank um sie her, als sie sein hartes Glied an ihren Schamlippen spürte. Sie hob ihre Arme, legte sie um seine Schultern, grub ihre Fingernägel in seinen Rücken.

»Ja,« flüsterte sie, »ich will dich haben.«

Mit einem leisen Knurren, das fast wie ein Fluch klang, sank er auf sie nieder und drang in sie ein. Sie riß die Augen auf, als sie einen jähen Schmerz spürte. Sie warf die Arme hoch, um ihn von sich wegzuschieben, als seine Hüften abermals auf sie heruntersanken und er mit Wucht in sie stieß. Sie war plötzlich unerträglich von ihm ausgefüllt und konnte einen zweiten Schrei nicht verhindern. Niemand hatte sie davor gewarnt. Niemand ...

Er bewegte sich wieder von ihr fort, und das Unbehagen, das ihr seine Bewegungen bereitete, zwang sie dazu, die Beine noch weiter zu spreizen, ihre kleinen Fäuste gegen seine Schultern zu stemmen und ihn wegzudrücken, damit dieser Schmerz endlich aufhörte.

Sie fing seinen Blick ein und bettelte: »Bitte, mach das nicht mehr. Ich — ich glaube nicht, daß ich das ertragen kann.«

Damien drehte sein Gesicht von ihr weg. Dann schüttelte er den Kopf. »Zu spät. Es ist zu spät für uns beide, mein Liebling.« Er sah sie wieder an. ein fast verschämtes Lächeln in den Mundwinkeln. »Ich werde es dir gut machen.«

»Das kann niemals gut sein. Dafür tut es zu weh.«

»Vielleicht diesmal. Aber dann nie wieder.«

Er küßte sie wieder zärtlich, zog sich zurück und schob sich behutsam wieder in sie. Er bewegte sich in einem Rhythmus, der diesen brennenden Schmerz allmählich linderte, bis er ganz aufhörte und sich in Lust verwandelte. Bonnie bewegte sich im gleichen Takt mit ihm, bis sie eine Woge zu ungeahnten Wonnen trug.

»Bonnie«, stöhnte er. »Bonnie.«

Mit dem winzigen Teil ihres Verstandes, der noch zu einem klaren Gedanken fähig war, wußte sie, daß es mit keinem anderen Mann jemals so sein würde.

Plötzlich entlud sich ihre Lust in einem gleißenden Blitz, der ihren ganzen Körper erfaßte. Beglückt merkte sie, daß mit ihm im gleichen Moment dasselbe geschah, als er seinen dunklen Kopf zurückwarf, sie ansah und erbebte. Sie spürte, wie er sich in sie ergoß. Sie schlang die Beine um seine Hüften und hielt ihn fest, bis sein Atem wieder langsamer wurde. Dann legte er sich neben sie, stützte sich auf einen Ellenbogen und schaute in ihre Augen.

Sie berührte seine Wange.

Sie schwiegen und beide spürten, daß etwas ganz Besonderes geschehen war, etwas Zauberhaftes.

Damien stand auf, kam jedoch gleich wieder und schob mit sachtem Druck ein Stück trockenes Leinen zwischen ihre Schenkel. Als sie ihn überrascht ansah, sagte er: »Es gibt immer eine leichte Blutung nach dem ersten Mal. Es ist so wie mit dem Schmerz. Das wiederholt sich nicht.«

Er rollte von ihr weg und zog seine Hose über die Hüften. Er betrachtete das mit Blut beschmierte Stück Leinen, ehe er die Augen schloß und den Kopf schüttelte. Die Realität erhob wieder ihr schreckliches Haupt, wie er das vorher schon gewußt hatte. Die Vernunft rollte über ihn hinweg wie eine Flutwelle. Alle seine Verpflichtungen — Vicksburg, das Parlament, Braithwaite — schienen ihn mit einemmal zu belagern. Noch ernüchternder war der Blick auf Bonnies Gesicht. Es zeigte diese sanfte Glut einer jungen Frau, die liebte. Normalerweise hätte ihn das in die Flucht getrieben. Warum wollte er sich jetzt zum zweitenmal auf sie werfen und für den Rest seines Lebens bei ihr bleiben? Warum war ihm in diesem Moment Vicksburg oder das Parlament gleichgültig — alles bis auf Bonnie?

Er legte sich neben sie, zog sie an sich, bis ihr Kopf auf seiner Schulter ruhte. Er starrte an die Decke. Was hatte er nur angerichtet! Was, zum Teufel, sollte er jetzt tun? Er hatte tatsächlich geglaubt, daß sein Hunger nach ihr gestillt war, wenn er nur einmal mit ihr schlief.

Aber hier war etwas geschehen, was ihn total entwaffnete. Er war sich nicht sicher, ob er die Bedeutung dieses Ereignisses verstand.

Gütiger Gott, sie war noch so jung und so schön!

Himmel — er begehrte sie nun noch mehr als zuvor.

»Das darf nicht wieder geschehen«, meinte er ruhig und bemühte sich, sich mit diesen Worten selbst zu überzeugen. »Es hätte niemals passieren dürfen. Ich übernehme die volle Verantwortung dafür, und es ... es tut mit leid, Bonnie.«

Es wurde ihm fast übel bei dieser Lüge.

Sie setzte sich auf. Ihr Gesicht war leichenblaß, als sie wiederholte: »leid?«

»Es darf nie wieder geschehen. Ein Mann in meinem Alter und in meiner Position hätte es besser wissen ...«

Langsam erhob sie sich und ließ ihn keinen Moment aus den Augen. »Was hast du vor?« fragte er. »Wir müssen miteinander reden, Bonnie.«

»Ich möchte nicht mir dir reden!« sagte sie schneidend. »Ich hasse dich! Ich verstehe nicht, was mich dazu getrieben hat, mich auf so etwas Schauderhaftes einzulassen!«

Damien faßte nach ihrem Arm. Einen Moment lang schienen sie wie eingefroren in Zeit und Raum. In ihren Augen sah er sich selbst: einen Mann, dessen gepeinigtes

Gesicht von Gefühlen gezeichnet war, die er nicht ergründen — noch weniger zugeben konnte.

Er ließ sie los, und sie rannte davon. Er lief ihr nach, und das kalte Wasser in dem Becken war wie ein Hagelschauer auf seiner erhitzten Haut.

Sie war schon auf halber Höhe der Treppe, als Stanley die Tür aufstieß. Bonnie schoß aus dem Halbdunkel der Badekammer auf ihn zu, und er wich erschrocken zur Seite. Sie rannte an ihm vorbei und warf die Tür hinter sich zu.

Damien bremste am Fuß der Treppe ab, als er den Butler bemerkte. Stanley betrachtete mit hochgezogener Braue Damiens nackten Oberkörper und das Tuch, das er in der Hand hielt.

»Kann ich etwas für Sie tun, Sir?« fragte Stanley.

»Ja«, gab Damien schroff zurück »den Mund halten.«

»Selbstverständlich, Sir.«

Stanley verbeugte sich und verließ den Baderaum.

Damien schleuderte das Tuch auf den Boden.

11

Vielleicht verstand er jetzt, wie Richard sich fühlte. Seltsam, wie eine Abhängigkeit so rasch den Geist und Körper ergreifen und einen Mann in seinem Urteilsvermögen trüben, ja sogar zum Wahnsinn treiben konnte.

Damien stand mitten im Zimmer. Die Möbel waren mit Tüchern verhängt, und trotz des Feuers im Kamin spürte er, daß die Kälte und Feuchtigkeit durch seine Kleider kroch. Wen wollte er damit täuschen? Indem er sich in einem unbewohnten Flügel von Braithwaite verkroch, stillte er seinen Hunger nach Bonnie nicht.

Nur durch die zeitliche und räumliche Distanz würde ihm das gelingen. Er konnte nicht abstreiten, daß er sich zu ihr hingezogen fühlte. Warum sträubte er sich also noch immer gegen die Einsicht, daß sie zu einem wichtigen Bestandteil seines Lebens geworden war?

Er lief im Zimmer auf und ab.

Er mußte das nur aus der richtigen Perspektive betrachten. Sie war eine Ablenkung. Eine Zerstreuung, die er bitter nötig brauchte, weil er mit jedem Tag mehr zu bewältigen hatte.

Er schüttelte den Kopf.

Es gab zu viele Konflikte in seinem Leben, die ihm eine Bindung an eine Frau verboten. Auch wenn Bonnie der Gesellschaft angehören würde, könnte er an dieser Tatsache nichts ändern. Er würde England bald verlassen, und vielleicht mußte er sich dann aktiv am Bürgerkrieg in Amerika beteiligen. Er konnte sogar den Tod dabei finden.

Er liebte sie ja nicht einmal. Er hatte sie gern, ja, aber ...

Was sich im Badezimmer abgespielt hatte, war eine körperliche Lust gewesen. Sie war eine schöne junge Frau, und manchmal verwechselte man leicht Liebe mit Verlangen. Sie hatten beide einen Fehler gemacht, und er durfte nicht länger in diesem Haus bleiben.

Damien trat ans Fenster und starrte auf die dunkle, regenverhangene Landschaft. Marianne setzte sich im Bett auf, als er eine Reisetasche aus der Garderobe holte und Kleider hineinwarf.

»Fährst du weg?«

Er nickte.

Marianne streckte sich und gähnte, bevor sie ihn nachdenklich betrachtete. »Da du bereits angezogen bist und gepackt hast, nehme ich an, daß du Braithwaite noch heute abend verläßt.«

»Das habe ich vor.«

»Ziemlich plötzlich, meinst du nicht auch?« Marianne glitt aus dem Bett und goß sich ein Glas Wasser ein. »Läufst du wieder einmal vor Komplikationen weg?« Als er nichts darauf erwiderte, drehte sie sich zu ihm um. »Ich will gar nicht erst fragen, was heute morgen zwischen dir und Bonnie vorgefallen ist. Du würdest mir zweifellos die Antwort darauf verweigern und mir sagen, daß mich das nichts anginge. Vermutlich redest du dir selbst ein, daß dich nur für einen Augenblick die Leidenschaft übermannt hat und daß sich so etwas nie mehr wiederholt.«

Damien runzelte die Stirn.

Marianne ging auf ihn zu. »Ich möchte gar nicht erst ergründen, welche Motive du hattest«, fuhr sie eisig fort. »Ich weiß nur, was dein Akt der Wollust Bonnie gekostet hat. Es gibt sehr wenig im Leben einer Frau, was sie wirklich ihr eigen nennen kann. Ihre Jungfräulichkeit gehört zu diesen Dingen, und sie ist ein Schatz, den sie nur dem Mann schenkt, den sie liebt.«

Er lachte. »Jemand hat versäumt, das Louisa zu sagen.«

Marianne lächelte. »Ich bin sicher, daß Louisa geglaubt hat, diesen Mann zu lieben — wer immer es war.«

»Aber ich war mit ihr verlobt. Warum, zum Kuckuck, hat sie ihre Leidenschaft halb London, aber nicht mir geschenkt?«

»Weil die Warwicks und die Thackerays eng befreundet waren, warst du ein Teil ihres Lebens. Ich vermute, daß ihre Gefühle für dich zwar tief, aber nicht leidenschaftlich waren. Als man sie in London in die Gesellschaft einführte, fand sie sich dort plötzlich von Männern umschwärmt. Halb London lag ihr zu Füßen, und das übte einen überwältigenden Reiz auf sie aus.«

Damien hob seine Reisetasche auf. »Louisa gehört der Vergangenheit an.«

»Aber Bonnie nicht. Um deines und ihres Seelenfriedens willen: überlege gut, was du da tust.«

»Ich weiß, was ich tue und warum ich es tue«, erwiderte er, verließ das Zimmer und warf die Tür hinter sich zu.

Dann ging er leise zur Treppe. Zuerst sah er in die Halle und dann auf Bonnies Schlafzimmertür. Die Reisetasche war plötzlich viel schwerer, und die Luft wurde beklemmender. Er schloß die Augen und sah sie wieder vor sich, ihre vor Verlangen glänzenden Augen, ihre halb offenen Lippen, ihr Körper, der sich unter ihm ...

»Geh, bevor es zu spät ist«, ermahnte er sich, aber er steuerte direkt auf ihre Tür zu und stellte die Reisetasche ab. Sie verdiente einen Abschiedsgruß. Das war er ihr schuldig. Er würde ihr erklären, daß eine Beziehung zwischen ihnen einfach unmöglich war.

Er öffnete die Tür. Ihr Bett war leer.

Sie stand in einem Flanellnachthemd am Fenster und starrte nach draußen. Ihr Gesicht schien trotz der frostigen Luft mit Schweiß bedeckt zu sein.

Plötzlich wußte er, daß er sie mehr begehrte als jede andere Frau bisher. Sie wirbelte herum, und ihr blasses Gesicht und die großen dunklen Augen wirkten ängstlich. Ihre Lippen öffneten sich, ihre Hände ballten sich zu Fäusten.

Irgendwie gelang es ihm, die Arme auszubreiten, obwohl er nicht damit rechnete, daß sie zu ihm kam. Sie überraschte ihn und lief zu ihm. Er schloß sie in seine Arme.

»Bonnie«, flüsterte er rauh.

Er strich über ihr dichtes Haar und zog ihren Kopf nach hinten. »Ich will dich haben«, sagte er. Es war eher ein Knurren. »Du steckst wie eine Krankheit in mir, und ich will dich haben.«

Er küßte sie, und sie begann zu zittern. Als seine Zunge in ihre Mundhöhle drang, wimmerte und wehrte sie sich gegen ihn. Er kannte dieses Gefühl, dieses tapfere Bemühen, sich gegen das Verlangen zu stemmen. Ihre kleine Hände trommelten gegen seine Brust, selbst dann noch, als ihr Körper sich fester an ihn schmiegte.

»Ich hasse dich«, keuchte sie. »Ich hasse dich.«

»Nein. Bitte, Bonnie, hasse mich nicht.« Er küßte ihre Nase, ihre Augen, ihren Hals. »Liebe mich«, raunte er. »Ich brauche deine Liebe.«

Er trug sie zum Bett. Langsam sank er mit ihr auf die Matratze, schlang die Arme um sie, obwohl sie noch immer halbherzige Versuche machte, ihn abzuwehren. Allmählich gab sie nach, und ihr Atem ging schneller.

Er wußte, was geschah, und konnte nicht innehalten. Sie war für ihn so etwas wie ein Fieber geworden. Er hatte vor seinem Verlangen weglaufen wollen, nur um wieder ihre Nähe zu suchen.

Er hob den Saum ihres Nachthemds. Ihre Schenkel schimmerten weiß in der Dunkelheit, und das schwarze Dreieck zwischen ihren Beinen wirkte so mächtig wie ein Liebestrank auf ihn. Sie holte scharf Luft, als seine Finger sie liebkosten. Ihre Augen glitzerten. Damien öffnete die Knöpfe seiner Hose und glitt über ihren Leib.

»Nein«, seufzte sie, »nein.« Aber sie unternahm keine Anstrengungen, sich ihm zu entziehen.

Er drang sofort in sie ein.

Bonnie drehte das Gesicht zur Seite und schloß die Augen. Ihre Hände krallten sich in das Laken, und sie stöhnte, hob die Beine und schloß sie fest um seine Taille.

Er hatte noch nie in seinem Leben ein solches Verlangen empfunden. Sie war so eng und feucht und so heiß, daß er das Gefühl hatte, vergehen zu müssen. Aber es war mehr als das. Er war verloren, einem Wahnsinn erlegen, seiner Sinne und Gedanken nicht mehr mächtig, und wollte alles von ihr haben — ihren Körper und ihre Seele ...

Als sie dann später regungslos in seinen Armen lag, spürte er ein jähes Verlangen, zu erfahren, wer sie war.

»Bonnie, wer bist du? Warum warst du in Caldbergh?«

»Meine Eltern sind tot.«

»Wer waren deine Eltern, und woher stammst du?«

Sie versuchte sich von ihm zu lösen, aber er hielt sie fest. »In deinen Träumen rufst du nach deinem Vater. Wie ist er gestorben?«

»Er — er wurde ermordet.«

»Wie? Wann?«

»Das weiß ich nicht mehr.«

»Du könntest mir zumindest seinen Namen sagen. Ich habe ein Recht darauf, ihn zu erfahren.«

»Nur weil ich so dumm war, dir Freiheiten mit meinem Körper zu erlauben, bedeutet das noch lange nicht, daß du mich besitzt.«

Sie drehte das Gesicht von ihm weg. Er senkte den Kopf und fuhr mit der Zungenspitze an ihrer pulsierenden Halsschlagader entlang, hinunter zu ihrem Schlüsselbein. Sein Glied wurde sofort wieder hart, und er drang noch einmal in sie ein.

»Ich kann nicht genug von dir bekommen«, stöhnte er. »Gott helfe mir — ich kann nicht genug von dir bekommen.«

Später stand er neben dem Bett seines Onkels. »Richard«, sagte er, »wach auf.«

Richard brummte und öffnete die Augen. »Was — was, zum Teufel, ist los?«

»Ich möchte dich so schnell wie möglich in der Bibliothek sprechen.«

Richard setzte sich auf und rieb sich die Augen. »Himmel — draußen ist es pechschwarz.«

»Geschäft ist Geschäft.«

»Es geht um Geschäfte?«

»Gewissermaßen.« Damien ging an die Tür und sagte in autoritärerem Ton. »Ich erwarte dich in fünf Minuten in der Bibliothek.«

»Natürlich, Mylord.«

Als Richard die Bibliothek betrat, saß Damien hinter dem Schreibtisch und sagte: »Ich möchte Nachforschungen über das Mädchen anstellen lassen.«

»Du meinst über Bonnie?«

»Ich möchte wissen, wer sie ist, wo sie herkommt und warum sie in Caldbergh untergebracht war. Die besten Ermittler in England sollen sich mit diesem Fall befassen, und es ist mir egal, wieviel es kostet.«

»Warum fragst du sie nicht einfach danach?«

»Das habe ich getan. Ein Stein wäre gesprächiger gewesen.«

Richard nickte. »Ich kenne einen Mann in York, der die besten Voraussetzungen für einen solchen Auftrag hat. Ich werde ihn gleich morgen früh fragen, ob er dir behilflich sein kann. Ist das alles?«

»Nein.« Damien verließ seinen Sessel und trat ans Fenster. »Ich werde Braithwaite für eine Zeit verlassen.«

»Hat man dich nach London gerufen?«

»Ich reise nicht nach London.«

Einen Moment herrschte Schweigen. Endlich sagte Richard. »Darf ich dich fragen, warum du wegfährst?«

Damien schloß die Augen. »Ich bin mir nicht sicher, ob ich es selbst weiß.«

»Ruhelosigkeit?«

»Ja.«

Richard goß sich ein Glas Port ein. »Was soll ich mit Bonnie anfangen, während du weg bist?«

»Du suchst für sie die geeignetsten Lehrkräfte in Yorkshire aus. Ich möchte, daß sie die beste Erziehung bekommt.« »Ich verstehe.«

»Es ist das mindeste, was ich für sie tun kann.«

»Möchtest du sie auch neu ausstaffieren?«

»Für diese Aufgabe habe ich schon jemanden ausgesucht.«

»Und wenn sie sich weigert? Ich muß dich doch nicht daran erinnern, daß sie nicht gerade gern in Braithwaite ist. Wir können sie hier nicht festhalten, wenn sie fort möchte.«

Damien verschränkte die Arme vor der Brust und sagte: »Das läßt sich ändern.«

Richard trat vor Damien hin. »Was hast du vor? Du kannst das Mädchen nicht gegen seinen Willen hier festhalten. Gütiger Gott, du willst doch nicht die Vormundschaft für sie übernehmen?«

»Du wirst die nötigen Schritte einleiten. Wenn du ihm Bonnies Situation erklärst, wird mich das Gericht als Vormund einsetzen. Aber erzähl Bonnie möglichst nichts davon, bis ich wieder da bin.«

»Es wird ihr nicht gefallen, Damien.«

»Vermutlich nicht.« Damien begegnete dem fragenden Blick seines Onkels. Erst jetzt fiel Richard einiges auf, und er rief erschrocken: »Mir scheint, Smythes Anschuldigung war eine Art Prophezeihung!«

»Kaum«, gab Damien schroff zurück. »Ich möchte meinen, daß ich über eine Vergewaltigung erhaben bin.«

Richard durchquerte den Raum, schlug mit der Faust auf den Schreibtisch und schnaubte: »Du Idiot.«

Damien ging zum Wandschrank mit den Gläsern und goß sich einen Whisky ein.

»War sie noch Jungfrau? Hast du denn kein Gewissen, Damien? Nimmst du keine Rücksicht auf andere? Hast du die Moral vergessen, die du einmal besessen hast?«

Damien sah seinen Onkel lange an, bevor er sein Glas mit einem Schluck leerte und zum zweitenmal füllte. »Offensichtlich besitze ich keine Moral.«

»Du bist um keinen Deut anders als dein Vater und dein Halbbruder.«

»Vorsicht«, fauchte Damien, »bevor sie Ihre Grenzen überschreiten, Sir.«

»Hat dir eine Frau in deinem Bett nicht genügt? Du benützt Marianne, als wäre sie eine . . .«

»Nicht mehr, als sie mich benützt.«

»Auch wenn du dieser Frau überdrüssig bist, hättest du das Kind in Ruhe lassen müssen. Deine unersättliche Lust . . .«

»Lust hat nichts mit dem zu tun, was zwischen mir und dem Mädchen passiert ist.« Dieses Eingeständnis erschütterte Damien selbst.

Richards Brauen hoben sich überrascht. »Nein? Wie nennst du es dann?«

Damiens Mund wurde zu einem Strich und seine Hand spannte sich um sein Whiskyglas. »Ich bin bereit, ihr Gerechtigkeit widerfahren zu lassen«, erklärte er beherrscht.

»Ich glaube, daß dich der Verlust ihrer Unschuld noch teuer zu stehen kommt. Nicht nur an Geld, sondern auch an Reputation.«

Damien lachte und hob das Glas an die Lippen. »Reputation.« Er trank den Whisky aus und stellte sich dann vor seinen Onkel. »Wenn ich mich recht entsinne, war meine Reputation, dank Louisa, stark angekratzt. Und daß ich dann nach Amerika flüchtete und nur zurückkomme, um für die Unterstützung der Südstaaten zu bitten in einem Krieg, an dem England nicht teilnehmen möchte, hat mich nicht beliebter gemacht.«

»Aber was wird aus Bonnie? Sie ist jung. Sie wird bestimmt eines Tages heiraten wollen . . .«

». . . mit einer Mitgift, die ihre verlorene Unschuld zu einer geringfügigen Nebensache oder sogar zu einer Nichtigkeit machen wird.«

»Aha. Deswegen willst du ihr also Bildung und Manieren beibringen. Du wirst sie an den erstbesten Blutsauger verkuppeln, der um ihre Hand anhält.« Richard schlug Damien heftig mit einer Hand auf die Schulter. »Ich gratuliere dir, mein Junge. Ich bin sicher, Miles wird begeistert sein, daß du dich auf sein Niveau begeben hast.«

»Geh zum Teufel«, sagte Damien leise.

Richard blickte ihn überrascht und dann ein wenig traurig an. Die anbrechende Morgendämmerung warf ein fahles graues Licht auf ihre Gesichter, und Richard fragte in einem leidenschaftsloseren Ton: »Wirst du sie noch einmal sehen, bevor du gehst?«

»Nein.«

Allein der Gedanke, Bonnie noch einmal gegenüberzutreten, war eine qualvolle Versuchung für ihn. Noch nie hatte er so für eine Frau empfunden. Nicht für Louisa, nicht für Charlotte Ruth, nicht für Marianne. Nur Bonnie hatte ein so verzehrendes Verlangen in ihm geweckt. Ihr Name war wie ein glühendes Brandeisen, das seinem Gehirn aufgedrückt wurde.

Ein Blick in Damiens Gesicht genügte Richard, und er murmelte: »Ich verstehe. Du kannst dich darauf verlassen, daß während deiner Abwesenheit für Bonnie gesorgt wird. Hast du eine Ahnung, wie lange du wegbleiben wirst?«

Damien ging zur Tür und dachte: so lange, bis ich mir dieses Verlangen aus dem Leib geschwitzt habe. »Nein. Ich habe nicht die leiseste Ahnung«, erwiderte er. »Ich werde schreiben und es dich wissen lassen.«

»Ich werde Bonnie von dir Grüße ausrichten.«

Damien blieb stehen und sah ihn noch einmal an. »Ja, tu das.«

Teil Zwei

Ich hasse, und ich liebe.
Warum ich das tue, wirst du mich vielleicht fragen.
Ich weiß es nicht; aber so empfinde ich
und leide darunter.

Catull

12

Bonnie ließ ein Garnknäuel über den Boden rollen und lachte, als die Kätzchen übereinanderpurzelten, um es einzufangen. Dann sah sie zur Tür. Richard stand auf der Schwelle und beobachtete sie aus zusammengekniffenen Augen.

»Hallo«, sagte sie und grinste. »Philippe hat mich immer so begrüßt. Gefällt Ihnen das?«

Er nickte, obwohl Bonnie den Eindruck hatte, daß er ihr gar nicht zuhörte.

Bonnie sah den Brief in seiner Hand. Ihr Herz schlug schneller. »Haben Sie von Seiner Lordschaft eine Nachricht erhalten?«

»Ja. Er hat seine Ankunft angekündigt.«

Sie wandte sich wieder den spielenden Kätzchen zu. Die Aufregung, daß sie Damien bald wiedersehen sollte, verwandelte sich rasch in Nachdenklichkeit. Sie runzelte die Stirn. »Ich hätte gute Lust, das Haus zu verlassen, bevor er hier eintrifft.«

»Das würde ich Ihnen nicht raten.«

»Er verdient es nicht besser. Er hat sich nicht mal von mir verabschiedet, als er wegging.«

»Dazu hatte er keine Zeit. Die dringenden Geschäfte, die er zu erledigen hatte, haben das nicht zugelassen.«

Richard sprach mit schwerer Zunge. Und sie konnte das süße Aroma des Portweins selbst aus dieser Entfernung riechen. Seine Augen waren blutunterlaufen, und seine Nase war rot. »Stimmt etwas nicht?« fragte sie, weil er sie noch immer nachdenklich anstarrte.

Er schüttelte den Kopf. »Nein. Sie haben mich nur an jemanden erinnert.« Er schob den Brief in seine Jackentasche. »Kommen Sie mit Ihren Lektionen voran? Sind Sie mit Ihrer neuen Gouvernante, Miss Crandall, zufrieden?«

Bonnie dachte einen Moment nach. Zuerst war sie überrascht gewesen, als man ihr mitteilte, daß Damien beschlossen hatte, ihr Bildung und Manieren beizubringen. Dann war sie wütend geworden. Sie hatte rebelliert und den Lehrkräften das Leben so sauer wie möglich gemacht.

»Ich kann nicht behaupten, daß sie mir besser gefällt als die anderen.«

»Und Ihre Lektionen?«

»Manchmal würde ich lieber mit Mr. Miles ausreiten.«

»Sie und Miles, ihr seid ziemlich dicke Freunde geworden. Damien wird das nicht gefallen«, sagte er und verließ das Zimmer. Bonnie sah immer noch zur Tür, als Jewel mit dem Teetablett den Raum betrat. Bonnie ging durchs Zimmer, ließ sich in einen Sessel fallen und beförderte einen Schemel mit einem Fußtritt unter das Bett. »Hier ist jeder sauer auf Miles. Zu mir ist er immer gut gewesen«, sagte sie.

Jewel goß den Tee ein und reichte Bonnie die Tasse. »Wenn man keine Blöße zeigt, ist er harmlos. Aber es ist nicht ratsam, ihm sorglos den Rücken zuzukehren.«

»Was hat er denn so Schlimmes angestellt?«

Jewel spähte zur Tür und sagte mit gedämpfter Stimme: »Er hat unserem Jungen — Damien — immer Ärger gemacht. Einmal ist Damien beim Ausreiten der Sattelgurt gerissen, und er hat sich bei dem Sturz den Knöchel gebrochen. Und als der Stallbursche den Sattel genauer untersuchte, fand er heraus, daß der Gurt nicht gerissen, sondern durchgeschnitten war. Einmal haben die beiden Wildgänse gejagt, und angeblich ging Miles' Gewehr aus Versehen los. Die Kugel hat Damiens Kopf nur um wenige Zentimeter verfehlt. Deshalb halte dich von ihm fern, Bonnie. Es gibt nur Ärger, wenn du es nicht tust.« Mit einem kurzen Schniefen und raschelnden Röcken eilte Jewel aus dem Zimmer.

Bonnie trank ihren Tee und dachte dabei über Jewels Warnung nach. Miles war ein Unruhestifter — sie hatte in Caldbergh oft genug Erfahrungen mit Leuten seiner Sorte gemacht. Aber sie wußte auch, daß Menschen manchmal Dinge taten, die sie gar nicht so meinten, nur um Aufmerksamkeit zu erregen.

Bonnie stellte Teller und Tasse auf das Tablett zurück und stand auf. Damien würde bald nach Hause kommen — und was dann? Als sie am Morgen nach seiner Abreise aufgewacht war und erfuhr, daß er Braithwaite verlassen hatte, war sie einem Sturm widerstreitender Gefühle ausgesetzt gewesen. Sie hatte ihm erlaubt, mit ihr zu schlafen — und das mehrmals. Er war in ihr Zimmer gekommen, dann in ihr Bett, und sie hatte ihn mit offenen Armen empfangen, obwohl sie wußte, daß ihn nicht Liebe, sondern Begierde zu ihr getrieben hatte. Nur wenige Sekunden bevor er in ihr Zimmer gekommen war, hatte sie dasselbe körperliche Verlangen gespürt, so daß sie es im Bett nicht ausgehalten hatte. Sie hatte sich daran erinnert, was für seltsame und wunderbare Empfindungen er in ihr geweckt hatte. Doch sie mußte schon damals geahnt haben, was sie sich erst Tage später eingestand.

Sie liebte Damien Warwick. Sie konnte ihm das kaum zum Vorwurf machen, daß er ihre Gefühle nicht erwiderte. Wer war sie denn schon? Ein Dorfmädchen, deren Eltern sich redlich bemüht hatten, ihr den Unterschied zwischen Gut und Böse, Lesen und Schreiben und Kochen und Nähen beizubringen. Sie hatten ihr den Glauben an Gott und die Menschheit nahegebracht und ihr Leben mit elterlicher Liebe und Familienglück bereichert. Aber sie konnte weder

Shakespeare, Byron oder Coleridge zitieren. Ihre Grammatik war schauderhaft; ihre Ausdrucksweise katastrophal — wenigstens hatten das ihre Lehrer behauptet, die sich in Braithwaite die Zähne an ihr ausgebissen hatten.

Sie wußte so gut wie nichts von Etikette und weigerte sich, ein Kleid zu tragen.

Aber wenn sie nun doch . . .?

Wenn sie nun *tatsächlich* Shakespeare, Byron und Coleridge zitieren konnte? Wenn sie ihre Grammatik und Aussprache verbesserte? Sie hatte zufällig gehört, daß Miss Crandall Richard erzählte, ihre Schülerin sei ein sehr intelligentes Mädchen. Wenn sie aufhören würde, sich stur zu stellen, wäre es möglich, daß sie sich als durchaus präsentable und gesellschaftsfähige Person erweisen würde.

Darüber mußte Bonnie nachdenken.

»*En garde, mon ami.* Aufgepaßt, Mein Preis heute könnte sehr wohl Ihr Herz sein.«

»Niemals«, gab Bonnie lachend zurück. »Mein Herz gehört mir, Sir, und niemandem sonst. Ich werde es nur um den Preis der Liebe hergeben.«

Miles lächelte, während er seine Degenspitze senkte. »Genau daran dachte ich.« Er parierte einen Degenstoß von Bonnie. »Ich glaube, es ist höchste Zeit, darüber zu reden.«

»Sie sind ein Spitzbube«, forderte Bonnie ihn heraus. »Ein Bösewicht. Ich würde Ihnen nicht weiter trauen, als ich Sie mit einer Hand werfen kann.«

»Weh mir. Das ist das Schicksal aller Warwicks, fürchte ich. Achten Sie auf Ihre Haltung. Sie verlieren sonst das Gleichgewicht.«

Die Sonne spiegelte sich auf der Klinge ihres Degens, als sie die Waffe hob, um einen Ausfall von Miles abzuwehren. Dann ließ sie, ohne es vorher anzukündigen, den Arm sinken und drehte sich zu der Decke um, die unter einer Roßkastanie ausgebreitet war. Sie sank mit einem Seufzer nieder und starrte durch das Laubdach in den Himmel. »Ich bin heute nicht zum Fechten aufgelegt«, sagte sie.

»Sie sind auch nicht zum Studieren aufgelegt, wie ich hörte. Miss Crandall scheint mit ihrem Latein am Ende zu sein. Möchten Sie sie auch wie ihre Vorgängerinnen zum Teufel jagen?«

»Sie haben mich gelangweilt. Ich habe Richard vorgeschlagen, mir die Bücher zu überlassen, damit ich sie allein studieren kann. Ich will nicht ständig von schnippischen alten Jungfern kritisiert werden. Sie halten mich für ein mißratenes Geschöpf, nur weil ich Hosen trage und nicht so rede wie ein adeliges Fräulein.«

Miles ließ sich neben ihr auf der Decke nieder. Sein gelocktes Haar fiel ihm in die Stirn, als er lachte, und Bonnie lächelte. Obwohl alle das Gegenteil behaupten, hatte sie in ihm einen großartigen Freund gefunden. Vielleicht lag das daran, daß er wie sie in Braithwaite nicht unbedingt gern gesehen war.

Bonnie rollte sich auf den Bauch, stützte ihren Kopf in die Hände und sagte: »Erzählen Sie mir von Ihrer Mutter.«

Er sah sie überrascht an. »Meiner Mutter?« Er dachte lange nach und sagte schließlich: »Meine Mutter ist eine Hure. Manchmal singt sie in der Oper, aber meistens verdient sie ihren Lebensunterhalt in irgendeinem Bett. Sie ist keine ausgesprochene Prostituierte, dafür ist sie sich zu fein. Sie läßt sich aushalten, aber das läuft in meinen Augen auf das gleiche hinaus. Ich mag sie im Grunde nicht besonders, aber ich sehe sie hin und wieder, wenn ich nichts Besseres zu tun habe.«

»Glauben Sie, daß sie Ihren Vater geliebt hat?«

»Vielleicht. Ich denke, daß sie sich das zumindest eingebildet hat. Sie hat wohl gehofft, Joseph ganz für sie zu gewinnen, wenn sie ihm einen Sohn schenkt, aber das hat nicht geklappt. Als ihr klarwurde, daß er seine Frau nie verlassen würde, hat sie beschlossen, mich hierherzubringen, damit ich bei meinem Vater aufwachsen kann. Damals war ich acht. Ich habe sie dann sechs Jahre lang nicht mehr gesehen und nicht einen Brief in dieser Zeit von ihr bekommen.«

»Sie müssen sehr unglücklich gewesen sein«, sagte Bonnie.

»Ja, ich nehme an, das war ich.«

»Sind Sie noch immer unglücklich?«

»Manchmal.«

»Und einsam dazu vermutlich. Ich habe auch kein Heim und niemanden, der mich wirklich mag — ich kenne das Gefühl.«

Miles legte sich auf die Seite. »Ich muß Ihnen ein Geständnis machen. Ich wollte mich zuerst mit Ihnen anfreunden, um Damien zu ärgern.«

»Und jetzt?«

»Jetzt mag ich Sie wirklich.«

Sie lächelte, und bevor sie antworten konnte, schwang er sich über sie und drückte sie auf den Boden. Seine breiten Schultern verdeckten den Himmel, als er in ihr lachendes Gesicht sah. »Sie lachen mich aus? Ich habe gute Lust, Ihnen zu beweisen, wie sehr ich Sie mag.«

Bonnie kicherte, als Miles einen plumpen Versuch machte, sie zu küssen. Sie stemmte geschickt ihr Knie gegen seinen Bauch, schleuderte ihn von sich und griff nach ihrem Degen. Als er sich aufrappelte, hatte sie bereits Position eingenommen.

»En garde«, rief sie. »Verteidigen Sie sich, Sie Frauenheld. Sie werden es büßen, daß Sie versucht haben, mit Bonnie Ihr ruchloses Spiel zu treiben . . .«

»Ich bedaure, daß Sie an den Gentleman in mir appellieren, Bonnie. Ich hätte Sie sonst schon vor langer Zeit verführt.«

»Versuchen Sie das nur, und ich ramme Ihnen die Degenspitze in Ihr . . .«

Bonnie schloß den Mund, als hinter Miles eine Kutsche am Horizont auftauchte. Ihr Herz machte unwillkürlich einen Satz bei diesem Anblick. Sie schirmte die Augen gegen die Sonne und murmelte: »Es ist nur eine Kutsche.«

Miles drehte sich um, und sein Gesicht verdüsterte sich.

»Ist das die Braithwaite-Kutsche?« fragte Bonnie.

Er antwortete nicht und rammte nur seinen Degen in den Boden.

»Sie ist es!« rief sie. »Glauben Sie, daß Damien darin sitzt? Natürlich — Miles, Damien ist heimgekommen!«

Bonnie schleuderte ihren Degen auf die Erde und lief auf die Pferde zu, die in der Nähe grasten. Die aufgescheuchten Tiere galoppierten davon. Also blieb ihr nichts anderes übrig, als den Weg über das mit Heidekraut bewachsene Moor nach Braithwaite zu Fuß zurückzulegen.

Der Wind blies ihr heftig ins Gesicht, zerrte an ihren Haaren und brachte ihre Augen zum Tränen. Immer wieder stolperte sie. Die scharfkantigen Steine schnitten ihr in die Hosenbeine, als sie über die Mauern kletterte.

Als sie endlich um das Haus herumkam, stand die Kutsche schon vor dem Portal. Dienstboten waren vor dem Eingang versammelt. Inmitten der Gruppe stand Damien und sprach mit Stanley.

Bonnie erstarrte.

Sie war nicht auf den Schock vorbereitet, der sie beim Anblick von Damien überwältigte. Seit Tagen hatte sie sich dieses Wiedersehen ausgemalt. Nun stand sie hinter einer Eberesche und betrachtete seine schlanke Gestalt. Seine dunkelblaue Jacke aus feinem Tuch mit Goldknöpfen und die graue Reithose aus Wildleder umspannte seine Muskeln wie eine zweite Haut. Bonnie verzagte plötzlich. Was würde er denken, wenn sie den Pfad hinunterrannte und sich in seine

Arme warf wie in jener Nacht vor seiner überstürzten Abreise von Braithwaite?

Als sie gerade hinter dem Baum hervortreten wollte, teilte sich die Gruppe. Bonnie blieb stehen, und die Überraschung bohrte sich wie eine Faust in ihren Magen.

Eine Frau stand an Damiens Seite; eine schöne Frau, zierlich und elegant. Ihre Haut war so rein wie Sahne und ihr kurzes gelocktes Haar schwebte wie eine weiche schwarze Wolke um ihr Gesicht. Ihre Augen glänzten, als sie zu Damien aufsah und ihm gönnerhaft zulächelte.

Bonnie schloß die Augen. Ihre Verklärung verwandelte sich in Wut und Empörung. Sie hatte seit Tagen seiner Ankunft entgegengefiebert und sich fest vorgenommen, ihm nur noch Freude zu machen. Sie hatte gehofft, daß er die Veränderung bemerken und nicht mehr in ihr die rotzige Göre aus Caldbergh sehen würde, die ihre Weiblichkeit aus Angst und Verzweiflung verleugnet hatte. Sie wollte und konnte eine gesittete Frau sein ... wenn er nur einen Funken Gefühl für sie übrig hatte.

Aber er war nach Braithwaite zurückgekommen und hatte eine neue Mätresse mitgebracht.

Närrin! schalt sie sich. Törichte, kleine Närrin!

»Die Verwandlung ist verblüffend. Verblüffend! Das Mädchen ist ein Genie, Damien. In meinen dreiundfünfzig Jahren ist mir noch niemand begegnet, der eine so rasche Auffassungsgabe besitzt wie Bonnie. Und ihr Verhalten ist durchaus liebenswürdig, wenn ich davon absehe, daß sie ihre ersten beiden Gouvernanten durch ihre Wutausbrüche vertrieben hat. Jedenfalls wickelt sie die Dienstboten um den Finger. Wir haben sie alle seit deiner Abreise liebgewonnen.«

Amüsiert hörte Damien seinem Onkel zu, während er ein Glas Wasser trank.

Richard betrachtete Damien nun genauer und stellte seine

Wanderungen durchs Zimmer ein: »Du bist mager geworden, Damien. Du bist doch nicht etwa krank gewesen?«

»Nein.«

»Aha. Ein anstrengendes Nachtleben vermutlich. Du siehst geradezu hager aus.«

»Ist Miles noch hier?«

»Natürlich. Er und Bonnie sind unzertrennlich.«

Damien blickte seinen Onkel verblüfft an.

»Wie bitte?«

»O, ja. Ich wage zu behaupten, daß es Bonnie gelungen ist, Miles zu zähmen.«

Damien lehnte sich zurück und versuchte sich Bonnie im einträchtigen Umgang mit Miles vorzustellen. Aber er sah nur ihr rebellisch vorgestrecktes Kinn und ihre großen saphirblauen Augen vor sich, die ihn wütend anblitzten ... oder vor Leidenschaft glänzten. Dieses Bild hatte ihn Nacht für Nacht verfolgt. Kein Wunder, daß er hager geworden war.

»Hast du sie davon unterrichtet, daß ich nun ihr Vormund bin?« fragte er.

»Das war nicht nötig. Bonnie hat keinen Versuch unternommen, aus Braithwaite wegzulaufen.«

»Sie war nicht empört darüber, daß ich, ohne mich von ihr zu verabschieden, abgereist bin?«

Richard schürzte seine Lippen. »Sie hat ihre Enttäuschung darüber gut verborgen. Wenn ich mich recht entsinne, sagte sie nur ›den sind wir los‹.«

»Tatsächlich?« Damien blätterte flüchtig den Stoß Briefe durch, der auf seinem Schreibtisch lag. Da war noch keine Nachricht aus London gekommen. Und auch kein Brief aus Vicksburg. Dann sah er Richard an. »Du hast mir offenbar noch etwas Wichtiges mitzuteilen, wie?«

»Es betrifft Bonnie. Sie ist eine echte kleine Lady geworden, unsere Bonnie. Sie reitet zwar noch im Herrensattel und übt das Fechten, aber sie ist in jeder anderen Hinsicht viel zahmer geworden. Und was ihr Aussehen betrifft ... sie ist von einer geradezu strahlenden Reinheit. Wenn ich jünger wäre ...«

In diesem Augenblick wurde die Bibliothektür aufgestoßen. Bonnie hatte die Hände zu Fäusten geballt, ihr Haar war wild zerzaust, und an ihrem Hemd und der Hose klebten feuchter Lehm und Strohhalme, und ihr Gesicht sah nicht viel sauberer aus.

Richards Wangen waren blaß vor Schreck, als er Damien entsetzt anblickte. »Beim Geist des Großen Cäsar«, stammelte er.

Damien erhob sich grinsend. »Es scheint«, meinte er hochmütig, »daß du inzwischen nicht einmal gelernt hast, daß man erst anklopft, bevor man ein Zimmer betritt. Ich werde mit Miss Crandall darüber reden müssen.«

»Sie können dieses alte Schlachtroß nehmen und damit zum Henker ...«

»Vorsicht, Mädchen«, warnte Damien. »Sonst muß ich dir selbst Manieren beibringen.«

Sie stürmte wie ein Wirbelwind zum Schreibtisch, baute sich davor auf und schnaubte: »Probieren Sie das mal!«

»Soll das eine Aufforderung sein?« fragte er trocken.

Bonnie straffte die Schultern, aber sie schwieg.

Damien betrachtete das Mädchen, das mit funkelnden Augen und rebellisch vorgerecktem Kinn vor ihm stand. Er fragte sich, ob Richard in seiner Abwesenheit nicht ein bißchen zu tief ins Glas geschaut hatte. Da war nichts an Bonnie zu entdecken, was auch nur im entferntesten an eine Lady erinnert hätte. Sie friedfertig oder ihr Benehmen gar liebenswürdig zu nennen war eine groteske Übertreibung. Doch ...

Da gab es tatsächlich eine Veränderung. Ihre vormals so bläßliche Haut hatte nun eine blühende gesunde Farbe. Und obwohl sie so aussah, als hätte sie den ganze Tag Ställe ausgemistet, fing seine Nase einen Hauch von parfümierter Seife ein.

Nachdem sein erster Ärger verraucht war, entspannte sich Damien ein wenig, streifte ihr zorniges Gesicht und ihre wutbebende Gestalt mit einem Blick und fragte sich, warum er sich noch immer danach verzehrte, sie zu besitzen und zu zähmen, ohne ihren Geist zu brechen.

»Was willst du von mir?« fragte er im etwas ruhigeren Ton.

»Ich verlasse Braithwaite«, verkündete sie.

»Oh?«

»Ja. Sofort. Ich habe nur ihre Ankunft abgewartet, weil ... weil ...«

Damien verschränkte die Arme vor der Brust.

»... weil ich Ihnen selbst sagen wollte, daß Sie der ungehobeltste, übellaunigste Esel von ganz England sind. Sie sind arrogant und grob. Sobald ich meine paar Habseligkeiten zusammengepackt habe, werde ich Braithwaite für immer verlassen.«

Bonnie drehte sich auf dem Absatz um und marschierte zur Tür. Als Damien in einem leicht drolligen Tonfall sagte: »unmöglich«, schwenkte sie halb herum.

»Unmöglich«, wiederholte Damien und bedachte seinen verdatterten Onkel mit einem bedeutenden Blick. »Würdest du die Güte haben, Bonnie zu erklären, warum sie Braithwaite nicht verlassen kann!«

Richard räusperte sich und nahm dann neben Damien Aufstellung.

»Meine teure junge Lady, Sie sind durch ein Dokument an seine Lordschaft gebunden. Er ist Ihr gesetzlicher Vormund. Er ist für Sie verantwortlich, bis Sie volljährig sind, es sei denn, Sie würden sich entschließen, in den Ehestand einzutreten. In so einem Fall bräuchten Sie natürlich die Erlaubnis Seiner Lordschaft. Bis zu Ihrer Volljährigkeit wird er Sie mit allem versorgen, was Sie benötigen, damit Sie in Braithwaite ein möglichst glückliches und erfülltes Leben führen können. Sie erhalten eine gute Erziehung, können Reisen unternehmen und zum Zeitpunkt Ihrer Eheschließung verfügen Sie über eine Mitgift, die so ansehnlich ist, daß sich jede junge Frau der Gesellschaft damit sehen lassen könnte.«

Richard verstummte und suchte in den Papieren auf Damiens Schreibtisch nach einem Dokument. »Da sind noch einige Umstände zu klären. Aus den Akten von Caldbergh geht hervor, daß Sie Ihren Nachnamen nie preisgegeben haben. Desgleichen nicht Ihr Geburtsdatum und ihren früheren Wohnort. Das Gericht hat nun glücklicherweise nicht auf diesen Angaben bestanden, da es sich ja nicht um eine Adoption handelt. Zugleich erkannte es die Notwendigkeit, Sie möglichst rasch aus Caldbergh zu entfernen. Würden Sie mir also freundlicherweise Ihren Nachnamen nennen, damit wir die Dokumente entsprechend ergänzen können?«

Bonnie, die Damien immer noch anfunkelte, schüttelte den Kopf.

»Wir wissen, daß Sie aus West-Yorkshire stammen; aber aus welcher Gemeinde in West-Yorkshire?« Richard wartete vergeblich auf Bonnies Antwort. »Ich verstehe. Wollen Sie uns nicht wenigstens Ihr genaues Alter angeben? Um dem Gesetz Genüge zu tun, haben wir Ihr Alter geschätzt und mit fünf . . .«

»Achtzehn.«

Schweigen setzte ein, als wäre plötzlich Luft in ein Vakuum eingeströmt, und alle Augen richteten sich auf Damien. Bonnie lächelte, während sich Damiens Gesicht langsam rot verfärbte. Ich bin ein Idiot, dachte er, während er fieberhaft Bonnies Erscheinung nach Merkmalen absuchte, die ihre Angaben bestätigen konnten. Er hatte sich wochenlang die heftigsten Vorwürfe gemacht, daß er eine unschuldige Minderjährige verführt hatte. Nun erkannte er, daß sie offenbar die Wahrheit sagte. Während seiner Abwesenheit hatte sie zugenommen und die weiblichen Rundungen angenommen, die man in diesem Alter erwarten durfte. Er war ein Narr!

Bonnie fragte nun mit wutbebender Stimme: »Soll das heißen, daß ich Sie von nun an *Vater* nennen muß?«

Dieses Ansinnen brachte ihn noch mehr in Verwirrung. »Gütiger Gott«, hauchte er, »natürlich nicht.«

»Was auch nicht meinen Gefühlen entsprochen hätte. Tatsächlich steht nichts in diesen Dokumenten, was mich zwingen könnte, das Haus nicht zu verlassen. Wenn Sie mich an den Haaren vors Vormundschaftsgericht schleppen würden, werde ich alle *intimen* Einzelheiten von meinem Aufenthalt in Braithwaite berichten.« Damit wirbelte Bonnie herum, daß ihr schwarzes Haar wie eine stürmische Wolke über ihre Schultern flogen.

»Komm zurück!« befahl Damien.

Als Bonnie dieser Aufforderung nicht Folge leistete, stürmte er mit drei langen Schritten zur Tür, ergriff ihren Arm und riß sie herum.

»Lassen Sie mich los!« schrie Bonnie. »Sie können mich nicht zwingen, hierzubleiben, verdammt noch mal!«

»Kann ich nicht? Stell mich auf die Probe. Und wenn du meinen Namen vor dem Gericht in den Dreck ziehst, werde ich aufstehen und hinzufügen, daß du und Smythe mich um fünfhundert Pfund erpreßt habt.«

»Ooooh!« empörte sie sich. »Das habe ich *nicht* getan!«

»Richtig«, gab er lächelnd zurück. »Aber wem, denkst du, wird das Gericht wohl glauben? Ich habe Dienstboten im Haus, die bezeugen können, daß du mein Zinngeschirr und meine Vorratskammer geplündert hast. Dein Charakter läßt sehr zu wünschen übrig, mein Kind.«

Bonnie versuchte sich aus Damiens Griff zu befreien. Als ihr das nicht gelang, funkelte sie ihn an und zischte: »Ich habe nicht die Absicht, in diesem Haus zu bleiben, während Sie mit Ihrer Mätresse vor meinen Augen pussieren.«

»Mätresse? Was für eine Mätresse?«

»Erst Marianne und jetzt diese *andere*. Streiten Sie das bloß nicht ab. Ich habe doch gesehen, daß Sie mit Ihnen in der Kutsche gekommen ist.« Bonnie warf den Kopf in den Nacken und fixierte den Treppenpfosten aus massivem Walnußholz. »Sie ist sehr hübsch, Mylord. Etliche Jahre jünger als Ihr rothaariges Betthäschen. Wäre ich ihr auf der Straße begegnet, hätte ich sie bestimmt nicht für eine Schlampe gehalten.«

Damien brach nun in Gelächter aus. Da er sich aber dann der verdächtigen Stille im Haus bewußt wurde, was darauf hinzudeuten schien, daß ein beträchtlicher Teil des Gesindes vor der Tür versammelt war und gespannt jedem Wort lauschte, das zwischen ihm und Bonnie gewechselt wurde, senkte er die Stimme fast zu einem Flüstern: »Du bist eifersüchtig, nicht wahr?«

Bonnie wurde blaß und schnaubte zornig: »Eifersüchtig? Sie sind verrückt!«

»Nein? Auch nicht ein kleines bißchen?«

»Natürlich nicht. Warum sollte ich das sein?«

Er ließ ihren Arm los und strich zärtlich über ihren Ellenbogen, als wollte er sie damit an eine andere Zeit erinnern, in der sich Wut in Begehren und schließlich in Leidenschaft verwandelt hatte. Doch dann erkannte er, daß er sich mit dieser Geste nur eine Blöße gab. Er trat einen Schritt zur Seite und ließ den Arm mit einem Widerstreben, das er sich selbst nicht gern eingestand, sinken.

In diesem Moment ging die Tür auf, und Damiens Gast trat herein. Die ersten Tropfen des beginnenden Regens glitzerten in ihrem nachtschwarzen Haar, und ihre Arme umspannten einen großen Strauß Rosen. Ihr cremefarbener Teint strahlte, daß es einem den Atem verschlug. Ihre Augen leuchteten, als sie rief: »Damien, Lieber, die Blumen sind einfach himmlisch!«

Bonnie starrte Damien aus Augen, die so dunkel und

schimmernd waren wie der wolkenverhangene Abendhimmel. Wortlos ging sie davon. Sie marschierte in ihr Zimmer und warf die Tür hinter sich zu. Dann eilte sie zum Kleiderschrank und holte eine Tasche heraus.

Ich hätte diesem Haus längst den Rücken kehren sollen, schalt sie sich.

Es klopfte an ihrer Tür.

»Verschwinden Sie!« rief sie.

Die Tür ging auf, und Jewel schob den Kopf ins Zimmer. »Ich soll dir ein Geschenk von Seiner Lordschaft überbringen«, verkündete sie.

Bonnie, die gerade ein Hemd in die Tasche stopfen wollte, blickte Jewel stirnrunzelnd an. »Ein Geschenk?«

»Ja.« Jewel schob die Tür noch weiter auf und reichte Bonnie ein Päckchen. Bonnie betrachtete es mißtrauisch.

»Nun nimm es schon. Es beißt nicht«, drängte Jewel.

»Ich will es nicht haben.«

»Natürlich willst du es haben. Er sagt, er hätte es eigens aus York für dich hierhergebracht.«

Jewel legte das Päckchen aufs Bett und verließ lächelnd das Zimmer. Bonnie kaute auf der Unterlippe und versuchte sich daran zu erinnern, wann sie zuletzt ein Geschenk bekommen hatte. Bestimmt nicht seit dem Tod ihres Vaters. Aber dennoch wollte sie es nicht annehmen. Er hatte es nur mitgebracht, um sein Gewissen zu beruhigen, weil er sie so schändlich mißbraucht hatte.

Sie drehte dem Bett den Rücken zu und konzentrierte sich auf ihre Reisetasche. Aber immer wieder warf sie einen verstohlenen Blick auf das in rosenfarbenes Papier eingewickelte Päckchen, das mit einem weißen Seidenband versehen war. Tränen brannten in ihren Augen, und sie hob wütend das Paket hoch und sagte: »Du verfluchter Bastard, wie konntest du mich in dem Glauben lassen, du hättest auch nur einen Funken Gefühl für mich?«

Sie holte aus, um das Päckchen durchs Zimmer zu schleudern. Aber sie brachte es nicht fertig. Vielmehr riß sie das Seidenband auf und zog mit bebenden Fingern das Papier auseinander, wobei sie hin und wieder mit dem Handrücken die Tränen von den Wangen wischte.

»Oh«, hauchte sie. »Gütiger Himmel.«

Es war eine Spieldose. Sobald sie vom Papier befreit war, begann das Paar aus Porzellan langsam eine Pirouette zu drehen, begleitet von einem Glockenspiel, das eine lustige Weise erklingen ließ. Aber was ihr am meisten ans Herz ging, war das Kärtchen, das Damien an den Arm des Tänzers gebunden hatte und auf dem stand: »Bonnie in Liebe gewidmet.«

13

»Damien, du hättest ihr sagen müssen, daß ich deine Schwester bin«, meinte Kate vorwurfsvoll. »Die Arme war außer sich vor Wut.«

»Sie hat mir ja keine Chance gegeben.«

»Das wage ich zu bezweifeln. Wirklich, Damien — manchmal habe ich den Eindruck, daß es dir Spaß macht, deine Mitmenschen zu reizen. Weshalb machst du das nur?«

»Darüber habe ich noch nicht nachgedacht, mein Herz. Vermutlich kommt es daher, daß alle Welt so sehr darauf versessen ist, mich anzugreifen.«

Damien lächelte seine Schwester an, als sie zum Rosengarten schlenderten. Eine Brise wirbelte die Blätter eines Baumes auf und schüttelte Regentropfen auf ihre Schultern. Als sie zu einer schmiedeeisernen Bank kamen, zog Damien sein Jackett aus und legte es auf die Sitzfläche. Seine Schwester dankte ihm mit einem zärtlichen Blick, ehe sie sagte: »Bonnie ist eine schöne junge Frau.«

»Meinst du?«

»Ungewöhnlich schön. Wenn sie ein wenig Erziehung genießen könnte und neu eingekleidet würde, wäre sie in London die Sensation der Saison.«

Damien wußte, daß Kate ihn amüsiert und neugierig beobachtete. Er schob die Hände in die Taschen und ließ den Blick über den Garten schweifen, als würde ihn dieses Thema nicht im geringsten interessieren. Schon von frühester Kindheit an, hatte sie die Gabe, seine Gedanken und Gefühle zu erraten.

»Hast du mich deswegen eingeladen?« wollte sie wissen. »Möchtest du, daß ich ihr den nötigen Schliff gebe?« Als Damien ihr keine Antwort gab, fragte sie unverblümt: »Bist du in sie verliebt?«

Er sah sie überrascht an: »Verliebt?« Er lachte. »In ein Mädchen aus dem Arbeitshaus? Das wäre doch lächerlich.«

»Du schleppst mich doch nicht ohne Grund nach Braithwaite.«

»Du liebe Güte — ich habe dich eben vermißt.«

»Mich vermißt? Ich habe in den sechs Jahren, die du in Mississippi verbracht hast, zwei Briefe von dir erhalten, und darin stand ›mir geht es gut, Dir hoffentlich auch‹. Verdammt, lügen war noch nie deine Stärke, Damien.«

Damien musterte seine Schwester von der Seite, zog eine Braue in die Höhe und sagte: »Seit wann hast du dir denn das Fluchen angewöhnt?«

»Seit ich mit deinem besten Freund verheiratet bin. Du solltest aber nicht das Thema wechseln.«

In dem Busch neben Damiens Bein raschelte es. Dann teilten sich die regennassen Blätter, und ein Kätzchen sprang heraus und stürzte sich wie ein junger Löwe, der seine erste Beute erlegen will, auf Damiens Stiefel. Kate lachte, als Damien sich bückte, das Kätzchen im Nacken packte und es vor sein Gesicht hob. Es starrte Damien mit einem weiß- und einem schwarzumrandeten Auge an.

»Wie reizend«, sagte Kate. »Gehört es dir?«

»Es gehört Bonnie.«

»Und wie heißt er?«

»Es ist eine Sie«, korrigierte er seine Schwester. »Sie heißt ›Winkin‹. Oder ist es ›Blinkin‹?« Damien nahm neben Kate auf der Bank Platz und setzte das widerspenstige Kätzchen auf seinen Schoß. Kate lachte so über die fauchende Katze, daß sie Tränen lachte. Damien warf ihr einen finsteren Blick zu, was einen neuen Heiterkeitsausbruch verursachte.

Plötzlich fühlte er sich gedrängt, eine Beichte abzulegen. »Ich habe mit ihr geschlafen, Kate«, sagte er schlicht.

Kates Lachen erstarb.

Damien setzte das Kätzchen ab, das sofort in die Büsche flüchtete. Dann holte er tief Luft und gestand: »Sie war noch unberührt. Ich habe sie verführt.«

Kate starrte Damien in stummem Entsetzen an. »Oh, du meine Güte«, stammelte sie schließlich.

Sie krampfte die kleinen Hände auf ihrem Schoß ineinander, und ihr Gesicht wurde blutrot, als sie sich über die Folgen seiner Tat klarwurde. Dann stand sie langsam auf, und Damien wußte, daß sie ihm eine Standpauke der schlimmsten Sorte halten würde.

»Du unbeherrschter Heißsporn!« schnaubte sie. »Bist du dir eigentlich bewußt, was du angerichtet hast?«

Damien öffnete den Mund, um ihr zu antworten, bekam aber keine Gelegenheit dazu.

»Du Heuchler! Du hast William damit gedroht, ihn umzubringen, wenn er es wagte, mich vor der Hochzeit anzurühren ... du wolltest uns keine fünf Minuten alleinlassen, aus Angst, mein guter Ruf könne sonst Schaden nehmen. Hast du nicht William ständig daran erinnert, wie sehr man die

Keuschheit einer Frau schätzen und respektieren müßte? Eine unverheiratete Frau ist so hilflos.«

Damien schlug die Beine übereinander und lachte schroff. »Ha — hilflos!« erwiderte er sarkastisch. »Bonnie ist so hilflos wie eine Wildkatze. Sie hätte mich ja ohne weiteres zurückweisen können.«

»Und was hätte ihr das geholfen? Du hast ihr sicher irgendeinen Blödsinn erzählt. Vermutlich etwas typisch Männliches wie: ›Ich kann nicht länger warten, Liebling. Ich liebe dich schon so lange, und wenn du mich jetzt *läßt*, werde ich dir das nie vergessen und immer gut zu dir sein.‹«

»Vorsicht, Schwesterherz«, sagte er mit seidenweicher Stimme. »Ich habe weder meinen Verstand noch meine Beherrschung verloren.«

In Kates Augen blitzte ein amüsierter Punkt, und sie erwiderte ärgerlich: »Es ist doch offenkundig, warum sie dich nicht zurückgewiesen hat. Sie ist in dich verliebt, Damien.«

Damien sprang auf, ging ein paar Schritte, drehte sich wütend um und knurrte: »Meine liebe, naive Schwester — sie verabscheut mich und läßt keine Gelegenheit aus, mir das zu zeigen. Ich habe am Arm eine Narbe, die beweist, wie sehr sie in mich verliebt ist. Sie hat mich mit einem Brieföffner angegriffen.«

»Die Grenze zwischen Liebe und Haß ist fließend.«

Damien musterte seine Schwester — ihre blitzenden Augen, ihren energischen Gesichtsausdruck. Er hatte stets ihren Mut bewundert. Nun wurde ihm jedoch bewußt, daß er eben diese Eigenschaften, die er an Kate so bewunderte, in Bonnies störrischem Verhalten wiederfand.

Ohne noch ein Wort zu Kate zu sagen, lief Damien zum Haus.

Bonnie stand am offenen Fenster. Der Wind zerrte an ihrem Haar, und die untergehende Sonne überzog ihr Gesicht mit einem roten Schimmer. Sie drückte die Spieldose an ihre Brust.

Sie mußte seine Gegenwart an der Tür gespürt haben, denn sie drehte langsam den Kopf und betrachtete ihn empört.

Ihr Anblick machte ihn schwach, und er verspürte den nahezu unbezähmbaren Drang, sie zu berühren und in die Arme zu nehmen. Dabei hatte er so sehr gehofft, daß die Zeit und die räumliche Trennung seine Leidenschaft für sie gedämpft hätte. Auch die Tatsache, daß er inzwischen ihr Vormund geworden war, änderte nichts daran, daß er sich nach ihr verzehrte.

»Was ich vorhin gesagt habe, war ernst gemeint«, verkündete Bonnie. »Ich gehe.«

Er sah, wie sich ihre Finger um die Spieldose spannten, und sagte: »Gefällt dir mein Geschenk nicht?«

Sie hielt die Dose noch eine Sekunde fest, dann stellte sie sie auf dem Fensterbrett ab. »Ich möchte es nicht. Wenn Sie glauben, daß Sie mich mit solchen Kinkerlitzchen vergessen lassen können, was Sie mir angetan haben, irren Sie sich. Ich gehe, und nichts kann mich davon abbringen.«

Damien holte tief Luft und fragte leise: »Wohin willst du?«

»Nach York.«

»Was möchtest du dort tun? Fußböden schrubben?«

Bonnies Unterlippe bebte, und sie schwieg lange, während Damien dachte: Geh doch. Geh, du seltsames, schönes Kind, und gib mir meinen Frieden zurück. Ich bin es leid, dieses unnatürliche Begehren nach dir noch länger zu verleugnen oder zu bekämpfen.

»Nichts, was Sie sagen, kann mich hier festhalten«, fuhr Bonnie schließlich fort, und Damien fragte sich, warum sie so zaghaft sprach.

Er ging zum Bett und starrte auf die Tasche, die dort stand. Plötzlich bewegte sich die Tasche, als würde etwas von innen gegen die Seitenflächen stoßen. Sie schwankte hin und her, kippte schließlich um, und das karamelfarbene Kätzchen rollte wie ein kleiner Pelzball über das Bett und landete vor Damiens Füßen auf dem Boden. Er bückte sich und hob das Kätzchen auf.

Bonnie stand immer noch reglos am Fenster und sah ihn fragend und ängstlich zugleich an.

»Warum schaust du mich so an?« fragte er.

»Ich habe sie nicht gestohlen«, flüsterte sie. »Sie haben mir die Katzen geschenkt.«

Damien kraulte das Kätzchen hinter den Ohren, und spürte, wie der kleine warme Bauch vibrierte. Er ging zum Fenster und merkte, daß man von dort aus die Bank sehen konnte, auf der er mit Kate gesessen hatte. Ohne Bonnie anzusehen, fragte er: »Möchtest du mit mir zu Abend essen, Bonnie?«

Sie schüttelte so heftig den Kopf, daß ihr schwarzes Haar um ihre Wangen flog.

Er lächelte. »Aber ich bestehe darauf. Da ist jemand, den ich dir vorstellen möchte. Auch könnte es für lange Zeit deine letzte anständige Mahlzeit sein.«

Bonnie kaute nachdenklich auf ihrer Unterlippe.

Damien legte sich das Kätzchen in die Armbeuge, wandte sich der Tür zu und blieb dort stehen. »Vielleicht könnten wir beim Dinner besprechen, wer für die Kätzchen sorgt — neben anderen Dingen. Einverstanden?«

Sie nickte widerstrebend, und Damien verließ das Zimmer.

Stanley betrat gerade die Halle, als Damien die Treppe herunterkam. Damien drückte dem Butler das Kätzchen in die Hand und sagte: »Sorg dafür, daß jemand auch die anderen beiden Katzen einfängt. Ich glaube, sie treiben sich im Rosengarten herum.«

»Was sollen wir mit ihnen machen, wenn wir sie eingefangen haben, Mylord?«

»Sie verstecken.«

Stanley schob die Brauen in die Höhe. »Verstecken, Sir?«

»Richtig.«

»Darf ich fragen, *weshalb*, Mylord?«

»Gewiß«, erwiderte Damien. »Wir halten sie als Geiseln fest, Stanley.«

Jewel betrachtete lächelnd Bonnies Spiegelbild, während sie ihr die Haare ausbürstete, sie dann zu lockeren Zöpfen flocht und mit Bändern versah.

»Seit dem Tod von Lady Warwick hat es keine Zofe mehr in Braithwaite gegeben«, sagte Jewel. »Sie war eine feine Dame und hatte ein Herz aus Gold.«

Jewel trat einen Schritt zurück, stemmte die Hände in die Hüften und begutachtete ihr Werk. »Die Bänder passen gut zu deinen blauen Augen. Gefallen sie dir?«

Bonnie betrachtete sich im Spiegel und berührte die seidenen Bänder mit den Fingerspitzen. »Meine Mutter trug so etwas«, sagte sie. »Sie hatte langes schwarzes Haar, das sie meist zu einem Knoten im Nacken schlang. Mein Pa hat ihr solche Bänder zum Geburtstag oder zu Weihnachten geschenkt. Mama verlor mal eines von diesen Bändern und hat dann eine Woche lang geweint. An seinem freien Tag ist Pa zehn Meilen weit gelaufen, um ihr ein neues Band zu kaufen.«

Bonnie senkte verlegen den Kopf, weil sich ihre Augen mit Tränen füllten. Leiser fuhr sie fort: »Pa war immer so. Er hat oft einen schroffen, abweisenden Eindruck gemacht, und manchmal hatte ich sogar Angst vor ihm. Aber er war so sanft wie ein Lamm zu mir und Ma. Sie stand abends immer vor dem Haus und wartete darauf, daß er von der Arbeit heimkam. Sie stand dort, bis er durch das Gartentor kam. Und er stellte dann seine Lunchbüchse auf die Feldsteinmauer, die unser Häuschen umgab, blieb stehen und breitete die Arme aus. Und sie lief den Pfad hinunter und warf sich ihm an die Brust. Er war fast immer mit Kohlenstaub bedeckt, und weiße Schweißbahnen zogen sich wie Adern durch sein rußgeschwärztes Gesicht.« Bonnie seufzte. »Wenn ich von der Liebe träume, stelle ich sie mir genauso vor.«

Sie merkte erst jetzt, daß Jewel ihr eine Hand auf die Schulter gelegt hatte, und als sie in den Spiegel schaute, sah sie zu ihrer Überraschung in den Augen der Magd Tränen.

»Du solltest wissen, daß wir dich alle sehr gern haben. Ich wünschte, du würdest es dir noch überlegen, Mädchen, und bei uns bleiben.«

Bonnie legte ihre Rechte auf Jewels Hand und drückte sie liebevoll. »Ich habe mich oft scheußlich benommen, und das tut mir jetzt leid. Aber ich habe so lange ohne Hoffnung leben und viele Widerwärtigkeiten ertragen müssen. Es ist nicht so leicht, das alles zu vergessen, wieder Vertrauen zu haben und jemandem Zuneigung zu schenken. Liebe ist beunruhigend, wenn man sie so lange hat entbehren müssen.«

Bonnie stand auf und fuhr mit der Hand über ihr Hemd, um sich zu vergewissern, daß es auch überall glatt war und im Hosenbund steckte. Sie sah Jewel lächelnd an. »Ich schätze, Seine allmächtige Lordschaft wartet bereits auf mich. Meinen Sie, ich finde Gnade vor seinen Augen?«

»Natürlich. Ich habe noch keine junge Lady gesehen, die in Hosen so hübsch war wie du.«

»Schön«, sagte Bonnie. »Dann lassen Sie uns gehen.«

Auf dem Weg nach unten bemühte sich Bonnie, Kraft zu sammeln für ihr letztes Zusammentreffen mit Damien. Sie spürte ein so schmerzhaftes Ziehen in der Brust, das ihr fast den Atem raubte.

Die anderen waren bereits in dem Salon neben dem Eßzimmer versammelt. Bonnie wartete eine Weile vor der Tür, bis ihr Herz zu rasen aufhörte, und trat dann ein. Sie sah zuerst Richard und dann Miles, der mit dem Rücken zu ihr stand und zum Fenster hinausschaute.

Die fremde Frau saß in einem Sessel vor dem Kamin und schaute in die Flammen. Sie lächelte.

Bonnie schlug das Herz in der Kehle, aber sie zwang sich dazu, Damien anzusehen und stellte überrascht fest, daß er sie von seinem Platz neben der Frau aus musterte. Er erschien Bonnie unverschämt groß und furchteinflößend mit seinen breiten Schultern, die das perfekt geschneiderte dunkle Dinnerjackett ausfüllten. Er führte ein Glas Champagner an die Lippen und ließ Bonnie nicht aus den Augen, bis sie das Gefühl hatte, von seinem Blick verschlungen zu werden. Sie bekam plötzlich keine Luft mehr. Ihre Hand flog an den Hals und krampfte sich in den geschlossenen Kragen ihres Hemds. Am liebsten wäre sie jetzt fortgelaufen, um sich irgendwo zu verstecken.

»Bonnie!« Richard befreite sie aus der Erstarrung.

Zugleich wandte sich ihr die Frau zu. Sie war so schön, daß Bonnie ihren Mangel an Bildung und feinen Manieren wie einen körperlichen Schmerz spürte. Wie töricht von ihr, davon zu träumen, daß der Herr dieses Landsitzes in ihr mehr sehen könnte als sein Mündel aus dem Arbeitshaus. Sie konnte niemals etwas anderes für ihn sein als das, erkannte sie plötzlich voller Bitterkeit.

»Hör auf, wie ein ängstlicher Vogel herumzuschauen«, hörte sie Miles sagen. »Komm her.«

Sie gab sich einen Ruck, als die Frau plötzlich ihren Sessel verließ und auf sie zukam. Bonnie starrte ihr Kleid an und dachte, daß sie noch nie so etwas Elegantes gesehen hatte. Sie mußte all ihren Mut zusammennehmen. Sie holte tief Luft, sah der Frau in die Augen und ... lächelte.

»Mylady«, sagte sie. »Ich fühle mich geehrt, Ihre Bekanntschaft machen zu dürfen.«

»Gütiger Himmel«, sagte die Frau. »Wie wohlerzogen.

Damien, würdest du uns bitte miteinander bekanntmachen, damit wir die Formalitäten schnell hinter uns bringen?«

Damien leerte sein Glas und stellte es auf den Kaminsims. Bonnie hob das Kinn, als er sich mit der Geschmeidigkeit eines Tigers auf sie zubewegte, dabei geistesabwesend seine Manschetten in die Ärmel schob und die Schultern straffte. Er lächelte schief. Bonnie wurde es heiß. Sie schloß kurz die Augen und wappnete sich gegen die Wirkung, die seine Nähe stets auf ihre Sinne ausübte.

»Hallo, Bonnie«, sagte Damien.

Die öffnete die Augen und spürte, daß ihre Knie weich wurden wie Butter.

Damien legte den Arm um die Taille der Frau und zog sie an sich. »Bonnie, ich möchte dich jemandem vorstellen, der mir sehr nahesteht. Lady Katharine Bradhurst.« Seine Mundwinkel hoben sich noch etwas, als er dieser Ankündigung die Worte folgen ließ: »Meine Schwester.«

Stanley kam in diesem Moment in den Salon und bat die Herrschaften zum Dinner.

Richard stellte seinen Port beiseite und erhob sich.

Miles eilte durch den Raum und bot Bonnie seinen Arm an. »Darf ich Sie zu Ihrem Platz bringen?« fragte er.

Bonnie starrte wie benommen auf seinen Arm. Seine Schwester. Verdammt — die Frau war seine Schwester.

Sie spürte, wie Miles ihren Arm nahm und unter den seinen schob. Dann bewegte sie sich aufs Speisezimmer zu, gefolgt von Damien und seiner ... *Schwester*.

Miles begleitete sie zum entfernten Ende der großen Tafel, auf der fünf Gedecke lagen. Sie bekam ihren Platz zwischen Miles und Damien — Miles zu ihrer Linken, Damien, am Kopfende der Tafel, zu ihrer Rechten. Richard und Katharine saßen ihr gegenüber.

Das Essen wurde serviert, aber Bonnie brachte kaum einen Bissen hinunter. Sie war sich Damiens Nähe viel zu sehr bewußt und konnte den Blick kaum von ihm wenden. Sie beobachtete seinen Mund, als er Wein trank, und erinnerte sich daran, wie heiß, feucht und hungrig er sich auf ihren Lippen angefühlt hatte.

»Bonnie«, sagte Katharine, »Damien hat mir erzählt, daß Sie Braithwaite verlassen wollen.«

Damien sah Bonnie direkt in die Augen. Mit brennenden Wangen wandte sich rasch ihre Aufmerksamkeit seiner Schwester zu und nickte.

»Es tut mir schrecklich leid, das zu hören. Ich hoffte so sehr, daß wir während meines Aufenthaltes Freundinnen werden könnten«, fuhr Kate fort.

Überrascht erwiderte Bonnie: »Warum sollten Sie an einem Umgang mit mir Interesse haben?«

Nicht minder überrascht entgegnete Kate: »Warum nicht?«

»Ich gehöre ja nicht gerade zur feinen Gesellschaft«, antwortete Bonnie mit leicht sarkastischem Unterton und blickte die junge Frau, die nur ein paar Jahre älter sein konnte als sie, herausfordernd an.

»Oh, das ist doch ohne Belang. Eine meiner besten Freundinnen in meiner Kinderzeit war die Tochter eines Pächters meines Vaters, bis sie einen jungen Mann aus Leeds heiratete und Middleham verließ. Wir schreiben uns heute noch. Meiner Erinnerung nach hatte sie eine große Schwäche für Damien. Jedesmal, wenn er auf einem Jagdpferd an uns vorbeiritt, wäre sie fast in Ohnmacht gefallen. Er hat ihr einmal zugeblinzelt, und prompt sank sie mir vor die Füße.«

Bonnie lächelte ihr bedeutsam zu.

»Wann wollen Sie das Haus verlassen?« fragte Richard.

»Morgen früh«, erklärte Bonnie.

Miles, der bisher stumm dabeigesessen hatte, legte Gabel und Messer auf seinen Teller und musterte Bonnie streng. »Ich für meine Person bin mit diesem Entschluß absolut nicht einverstanden. Ich möchte nicht, daß sie gehen — so einfach ist das.«

Damien, der gerade trinken wollte, hielt in der Bewegung inne und starrte über den Rand seines Glases hinweg Miles an. Die Art, wie sich seine Fingerspitzen um den Stiel des Kristallkelches legten, wirkte bedrohlich.

Bonnie, die die jähe Spannung zwischen den beiden spürte, schaute erst Damien und dann Miles an, der sich zu ihr gebeugt und seinen Arm um die Lehne ihres Stuhls gelegt hatte. Mit einem verwegenen Lächeln erklärte er: »Bonnie und ich sind uns sehr nahegekommen. Ich würde sie schrecklich vermissen, wenn sie das Haus verließe.«

Richard räusperte sich und versuchte die gespannte Atmosphäre mit einem Scherz zu lockern. »Das gilt zweifellos für uns alle. Besonders Miss Crandall wird untröstlich sein, wenn sie die Neuigkeit erfährt.«

»Mit wem soll ich dann ausreiten?« fuhr Miles fort. »Wer wird sich mit mir an sonnigen Nachmittagen unter den Kastanien mit dem Degen messen?« Dann hauchte er ihr ins Ohr: »Und wer soll dieses überaus reizende Wesen ersetzen, das sich so verführerisch in Hosen präsentiert?«

Damien setzte sein Glas heftig auf dem Tisch ab. »Wenn Bonnie Braithwaite zu verlassen wünscht, kann sie das tun. Wir wollen sie gewiß nicht zwingen, hierzubleiben, wenn sie sich bei uns nicht wohlfühlt.«

Bonnies Kopf zuckte herum, und während sie Damien aus geweiteten Augen anblickte, lagen ihr die Worte auf der Zunge: Aber ich fühle mich hier doch wohl. Ich bin glücklich, sehr glücklich!

»Haben sie vor, nach York zu gehen?« fragte Katharine.

Bonnie starrte auf ihren Teller und schwieg.

»Obwohl mein Mann und ich ein Stadtpalais in London besitzen, ist unsere ständige Adresse ein Landhaus in der Nähe von York. Dort sind Sie uns jederzeit willkommen.«

»Um wieviel Uhr möchtest du das Haus verlassen?« fragte Damien.

»Ich . . .«

»Dir steht eine Kutsche zur Verfügung.«

»Eine Kutsche?« fragte sie überrascht.

Er lächelte träge, während er den Rotwein in seinem Glas schwenkte. »Du hast doch nicht angenommen, daß ich dich zu *Fuß* nach York gehen lasse?«

Sie konnte sich anhören, daß er so gleichgültig von ihrer Abreise sprach. Langsam stand sie auf und verließ das Zimmer. Sie war schon fast in der Halle, als Damiens Stimme ertönte.

»Bonnie!«

Sie drehte sich um. Er stand im Schatten der Treppe.

»Die Kutsche steht bei Tagesanbruch bereit.«

»Sie können es wohl nicht erwarten, mich loszuwerden, wie?« rief sie. Da wurde ihr bewußt, wie schwach, dumm und verletzt das geklungen haben mußte, und sie rannte die Treppe hinauf. Sie hatte schon fast ihr Zimmer erreicht, als er sie einholte. Sie griff nach der Türklinke, aber er hielt ihre Hand fest. Er zwang sie, sich zu ihm zu drehen.

Damiens Gesicht war gerötet vom Wein und vor Wut. »Das wolltest du doch, nicht war? Du wolltest hier weg, und dein Wunsch wurde dir erfüllt. Was, zum Teufel, paßt dir jetzt wieder nicht?«

»Sie tun mir weh«, keuchte sie.

Er lockerte seinen Griff. Aber als sie sich dann losriß und durch die Tür ins Zimmer wollte, verstellte er ihr rasch den Weg. »Das mindeste, was man von dir erwarten kann, ist ein Abschiedsgruß.«

Sie versuchte es; aber die Worte blieben ihr im Hals stecken.

»Nun komm schon«, spottete er. »Du bist doch sonst nicht um Worte verlegen. Oder hast du dir alle Freundlichkeiten für Miles aufgespart? Vielleicht ärgerst du dich darüber, daß nicht er statt meiner vor dir steht.«

Sie versuchte, sich an ihm vorbei zu schieben, hatte jedoch keinen Erfolg.

Bonnie stockte der Atem, als er sie — nur wenige Zentimeter von ihr entfernt — wie ein wütender heidnischer Gott anfunkelte.

»Warum mußt du mich immer bekämpfen?« herrschte er sie an. *»Warum?«*

Sein Mund war nun dicht an ihrem, sein Atem blies heiß gegen ihre Lippen. Sie hörte sich stöhnen: »Bitte . . . nicht, nein . . .«

»Ich habe alles getan, was ich konnte, damit du dich hier wohl fühlst, Bonnie. Ich war bereit, mein Heim, mein Vermögen und den Respekt, den dir mein Name verschaffen kann, mit dir zu teilen. Doch du wirfst mir das alles ins Gesicht und ziehst die Armut vor.«

»Sie . . . verstehen das nicht.« Bonnie schloß die Augen und zuckte zusammen, als sich seine Finger in ihr Fleisch bohrten.

»Schau mich an, verdammt noch mal, und erklär es mir. Ich bin bereit, dir zuzuhören, Bonnie. Erklär es mir, um Gottes willen, damit ich es verstehen kann!«

Sie standen sich so minutenlang gegenüber. Dann öffnete sie die Augen. Im selben Moment ging tief in Damiens Brust eine Wandlung vor. Plötzlich quälte ihn Zaghaftigkeit und eine tiefe Verunsicherung, als er spürte, wie verletzbar sie war. Er sollte sie ziehen lassen und sie vergessen.

Er zwang sich, sie loszulassen und einen Schritt zurückzuweichen. »Solltest du deine Meinung ändern und in Braithwaite bleiben wollen, bist du mehr als willkommen. Mein Schutz wird dir ohne Bedingungen zuteil. Was zwischen uns geschehen ist . . . wird nicht noch einmal vorkommen, Bonnie, wenn du das befürchten solltest. Das verspreche ich dir.

Es hätte nie passieren dürfen in Anbetracht der Abneigung, die du mir gegenüber empfindest. Ich habe deine Hilflosigkeit ausgenützt, und das tut mir leid. Ich werde alles tun, um mein Unrecht wiedergutzumachen, wenn du mir die Chance dazu gibts.«

Jetzt hatte er es ausgesprochen, und seine Kehle war mit einemmal wie zugeschnürt. Da war nur noch Bonnie mit ihren großen fragenden Augen und ihrem stummen Stolz, der ihn so sehr aus der Fassung brachte.

Er ging um sie herum, und erst am Kopfende der Treppe hielt er wieder an und sah zurück zu ihrer Tür, wo sie noch immer im Schatten verharrte. Wieder spürte er dieses beunruhigende Gefühl in seiner Brust, wandte den Blick ab und lief die Treppe hinunter.

14

In dieser Nacht bat Bonnie Gott um Regen, und ihre Bitte wurde erhört.

Jewel sagte, sie hätte so einen Wolkenbruch seit vier Jahren nicht mehr erlebt. Das Krachen des Donners erschütterte das ganze Haus, als rissen Himmel und Erde entzwei, und schreckten sie aus ihrem halb betäubten Zustand. Sie lag im Bett und erwartete bang das Heraufziehen der Morgendämmerung. Ihr Stolz zwang sie, Braithwaite zu verlassen, aber ihr Herz brach bei dem Gedanken daran.

Sie schloß die Augen, als die Erinnerung an ihre Liebesnacht in diesem Bett sie mit der gleichen explosiven Gewalt erschütterte wie der Donner über dem Dach. Sie zog die Knie an, umschlang sie fest mit beiden Armen, wiegte sich hin und her und verfluchte die Tränen, die ihr über die Wangen flossen. Er glaubte tatsächlich, daß sie ihn nicht mochte.

Verdammter Narr. Meinte er wirklich, sie hätte ihm erlaubt, mit ihr zu schlafen, wenn sie nichts für ihn empfinden würde? Aber er war ihr Vormund und das machte jede Hoffnung, daß er eines Tages ihre Liebe erwidern könnte, zunichte.

Ein bitterer Schmerz tobte in ihrem Innern. Es gab niemanden, dem sie ihre Liebe schenken konnte — bis auf ein paar magere Kätzchen ...

Auch Damien lag wach im Bett und lauschte angestrengt, ob Bonnie weinte. Er wußte, daß er nicht mehr wagen konnte, ihr Zimmer zu betreten und sie in seinen Armen zu halten, um ihre Alpträume zu verscheuchen. Er hatte die Rolle eines Vormunds übernommen — um sicherzustellen, daß sie nie mehr unter Entbehrungen leiden mußte, aber vor allem deswegen, weil er tatsächlich gehofft hatte, sie dann in einem anderen Licht zu sehen. Aber seit sie in die Bibliothek gestürmt war, ihre Haare so wild wie der Moorwind, ihr Gesicht mit Schmutz bedeckt, hatte er erkannt, daß sich sein Hunger nach ihr in den letzten Wochen nicht verringert hatte. Er hatte in den letzten Wochen Trost in den Armen anderer Frauen gesucht, aber das hatte ihn keineswegs befriedigt, sondern sein Verlangen nach ihr nur verstärkt und zu einer Qual anwachsen lassen.

Damien schleuderte die Bettdecke weg. Der Luftzug, der durch seine offene Schlafzimmertür kam, peinigte seine bloße Haut mit einem eisigen Hauch. Er spürte wieder diese elende Fülle in seinen Lenden, die ihn ruhelos auf- und abwandern ließ. Er nahm eine Zigarre aus dem geschnitzten Elfenbeinkistchen, das auf dem Tisch neben dem Sessel stand, zündete sie jedoch nicht an. Nach einer Weile warf er sie in den kalten Kamin und fluchte. Dann tat er in seiner Verzweiflung etwas, was er bisher noch nie getan hatte: Er beschwor absichtlich das Bild von Louisa mit ihrem Liebhaber herauf, zwang sich jede Einzelheit dieser Szene in seine Erinnerung zurück. Ihre langen weißen Beine, die sie gespreizt hatte, um ihn zu empfangen — den Ausdruck von wonniger Ekstase auf ihrem Gesicht. Er erinnerte sich an ihr lustvolles Stöhnen und das Keuchen ihres Liebhabers.

Damiens Körper war in Schweiß gebadet, als er eine besorgte Stimme im nachtdunklen Zimmer rufen hörte: »Mylord!« Erst jetzt bemerkte er Stanley, der schon eine Weile versuchte, seine Aufmerksamkeit zu erregen.

Ohne den Butler anzusehen, holte Damien tief Luft und atmete rasch wieder aus. »Was gibt's?« fragte er.

»Bonnie, Sir . . . ich glaube, sie ist fortgegangen.«

Damien richtete sich kerzengerade auf. Er sah seinen Diener an, der mit wirren grauen Haaren im seidenen Morgenmantel unter der Tür stand. Stanley trat näher, ohne sich von Damiens Nacktheit abschrecken zu lassen.

»Ich wollte Feuer im Herd für die Köchin machen, Sir, und entdeckte, daß die Vordertür offen stand. Ich nahm mir die Freiheit heraus, in Bonnies Zimmer nachzusehen; sie war nicht dort.«

Damien griff nach der Hose, die er über die Rückenlehne des Sessels geworfen hatte. Stanley nahm das Hemd und hielt es Damien hin.

Damien lief die Treppe hinunter, rannte durch die Vorhalle und wäre fast auf dem regennassen Marmor ausgerutscht. Er riß die Eingangstür auf und lief in die stürmische Nacht hinaus, als ein Blitz aus den Wolken herniederzuckte und funkensprühend in einen morschen Baum auf einer Anhöhe fuhr.

»Bonnie!« schrie Damien.

Der Donner erstickte seine Schreie, als er die Auffahrt hinunterrannte. Damien schützte sein Gesicht mit dem Unterarm vor dem Regen und bemühte sich, in der Wasserflut etwas zu erkennen, als er einen Schrei hörte.

Stanley ruderte heftig mit beiden Armen in der Luft und deutete dann zum Rosengarten. Damien lief los, versank bis zu den Knöcheln im Schlamm und sprang über eine Hecke.

Als er das Ende des Rosengartens erreichte, sah er sie. Er achtete nicht auf die Dornen, die ihm die Haut an den Armen aufrissen. Ein zweiter Blitz schlug in seiner Nähe ein, als er sich bückte und Bonnie, die auf Knien und Händen zwischen den Büschen lag, in seine Arme riß. Sie klammerte sich an ihn, als er sich dem Haus zuwandte, und barg ihr Gesicht an seiner Schulter, um es gegen den prasselnden nadelscharfen Regen zu schützen.

Stanley erwartete sie mit einer Decke an der Tür. Er legte die Decke um Bonnie und Damien, als sie ins Haus kamen. Damien brachte Bonnie in die Bibliothek, wo bereits ein Feuer im Kamin angezündet war. Er ließ sich in den Lehnstuhl vor dem Kamin fallen und drückte Bonnie an seine Brust.

»Allmächtiger Gott, Bonnie, was hast du dir nur dabei gedacht, in diesem Unwetter aus dem Haus zu gehen?« Er zog die Decke fester um sie, weil ihre Zähne vor Kälte klapperten. »Himmel«, sagte er und wiegte sie sanft hin und her. »Du hättest dir den Tod holen könne, du kleine Närrin. Und wofür?« Er faßte sie bei den Schultern und schüttelte sie. »Kannst du mir sagen, wofür?«

Ihr Gesicht wirkte blutleer und ihre Lider zuckten ein paarmal, als sie so leise, daß er sie kaum verstand, sagte: »Meine Kätzchen.«

»Deine was?«

»Ich habe im Stall nachgesehen, aber da waren sie nicht. Ich hab in der Wäscherei und in den Gewächshäusern gesucht und dachte, daß sie sich im Garten verkrochen haben. Ich hatte Angst, sie könnten ertrinken.«

Er nahm ihr schmales Gesicht zwischen seine kräftigen

Hände und schüttelte ungläubig den Kopf. »Katzen? Du hast nach deinen verdammten Katzen gesucht?«

Ihr Kopf bewegte sich heftig auf und nieder und Damien lächelte. Er nahm sie wieder in die Arme, um sie zu wärmen. Er lachte, bis sich der Schmerz, der wie ein Eisklumpen in seiner Brust gelegen hatte in ein warmes, angenehmes Gefühl verwandelte.

»Katzen. Und ich dachte, du hättest dich aus Trotz bei diesem Wetter auf den Weg nach York gemacht.«

»Ich bin vielleicht dumm«, sagte sie, »aber so dumm nun auch wieder nicht.«

Lange Minuten drückte er Bonnie an seine Brust, bis sie nicht länger vor Kälte zitterte und sich ein wenig entspannte. Sie hob den Kopf, als Stanley mit einem Korb ins Zimmer kam. Er stellte ihn vor dem Sessel ab und öffnete den Deckel. Die Kätzchen sprangen heraus und huschten über den Boden. Damien gab Bonnie nur widerwillig frei, als sie von seinem Schoß heruntergleiten wollte. Sie setzte sich zu den Kätzchen auf den Teppich, und Damien wandte sich an Stanley.

»Bring uns etwas Warmes zu trinken«, bat Damien den Butler. »Einen Brandy für mich. Für Bonnie am besten einen Grog.«

Stanley, der sich inzwischen umgezogen hatte und seinen üblichen schwarzen Anzug trug, nickte und sagte: »Vielleicht sollte ich Eurer Lordschaft etwas Trockenes zum Anziehen ...«

»Später.«

Damien schickte den Butler mit einer kurzen Handbewegung aus dem Zimmer.

Bonnie spielte mit den Kätzchen. Ihre Wangen hatten wieder Farbe bekommen und ihre Lippen schimmerten rot und feucht.

Damien sah zum Feuer und räusperte sich. »Ich glaube

nicht, daß du in diesem Regen nach York fahren solltest. Was meinst du?«

»Vermutlich nicht«, erwiderte Bonnie leise. Sie hatte das Gesicht ins Fell eines Kätzchens gedrückt und hielt es so fest, daß es zu zappeln begann und mit seinen schneeweißen Pfoten gegen ihre Schläfen schlug.

»Die Straßen sind bestimmt überflutet«, setzte er hinzu.

Stanley kam mit den Drinks zurück. Bonnie nahm ihr Glas dankend entgegen und führte es an den Mund.

»Langsam«, warnte Damien, und Bonnie gehorchte. Sie nahm nur kleine Schlucke von der blaßgoldenen Flüssigkeit, bis das Glas leer war und sie es neben sich auf den Boden stellte. Sie hatte sich beim Trinken gegen Damiens Sessel gelehnt und spielte nun wieder mit den Kätzchen. Dann zeigte der Grog seine Wirkung. Sie legte den Kopf auf sein Knie, während Damien ins Feuer starrte.

Bonnies Lider wurden schwer, und sie schloß die Augen. Damien berührte ihr Haar mit den Fingerspitzen. Die weichen schwarzen Locken, die noch immer feucht vom Regen waren, ringelten sich um seine Hand. »Ich dachte«, sagte er, und seine Stimme klang seltsam fremd in seinen Ohren, »diese verdammten Träume hätten dich wieder aus dem Bett getrieben.«

Ihre Lider flatterten kurz und schlossen sich wieder fest. »Nein.«

Er schob ihren Kopf ein wenig in den Nacken, damit er ihr Gesicht besser sehen konnte. »Möchtest du mir nicht etwas von deinen Träumen erzählen — was mit deinem Vater passiert ist . . .«

»Nein.«

Damien schaute auf seine Taschenuhr, als er dem lavendelblauen Salon zustrebte. Vor der Tür blieb er stehen. Seit er nach Braithwaite zurückgekommen war, verirrte er sich in den Morgenstunden immer häufiger hierher.

Miss Crandall, angetan mit einem strengen braunen Kleid, das graue Haar zu einem Knoten hochgesteckt, stand hinter Bonnie, schlug mit einem langen flachen Holzstäbchen leicht gegen ihre Röcke und sagte: »Wiederhole jetzt bitte: Der Prince of Wales ißt Kuchen in der Zelle.«

»Ein Schlaumeier, dieser Prinz, wie?« kicherte Bonnie.

Damien grinste.

»Wiederhole den Satz«, befahl Miss Crandall streng.

»Haben Sie nicht was Besseres? Ich bin es leid, immer wider diesen Unsinn hersagen zu müssen. Warum reden wir nicht über Schafe? Ich mag Schafe. Wie wäre es mit ›Sheffield-Schafe scheuen die scharfen Scheren der Schäfer‹?«

Miss Crandalls Schultern wurden steif. Sie hob ihr Stöckchen.

Bonnies Augen weiteten sich. »Wenn Sie mir noch einmal mit dem Stock auf die Finger klopfen, werden Sie das bereuen.«

Die Gouvernante hob eine Braue an. »Gut. Diesmal war deine Aussprache perfekt. Du kannst korrekt sprechen, wenn du nur möchtest.«

Bonnie grinste und sah zur Tür. Sie entdeckte Damien, der ihr Lächeln erwiderte, und das Blut schoß ihr in die Wangen.

»Lies bitte deinen Text vor«, forderte Miss Crandall.

Bonnie starrte auf das aufgeschlagene Buch. Sie feuchtete ihre Lippen mit der Zunge an und einen Moment machte sie einen befangenen, verunsicherten Eindruck. Ihre Stimme bebte, als sie zu lesen begann. Dann kamen ihr die Worte fehlerlos und fließend über die Lippen, und mit einem seltsamen Gefühl der Wehmut und Überraschung wurde sich Damien bewußt, daß sich Bonnie allmählich in eine neue Frau verwandelte. Seit er sie vor drei Tagen nachts im strömenden Regen ins Haus getragen hatte, hatte sie sich bemerkenswert gut betragen. Sie machte einen zufriedenen, ja, fast glücklichen Eindruck. Wo war die Göre geblieben, die mit Tellern warf und die Dienstboten in die Flucht schlug, als würde ein Dämon auf sie losgelassen? Vielleicht hätte ihn ihr unliebenswürdiges Verhalten mit der Zeit zu der Einsicht gebracht, daß er sich nur das Leben schwermachte, wenn er sie in seiner Nähe behielt.

»Na so was, belauschst du den Unterricht?«

Damien blickte sich um.

Miles stand lächelnd hinter ihm. »Was bringt dich denn hierher?«

Damien trat von der Tür weg, ehe er antwortete: »Ich dachte, du wolltest heute morgen nach Leeds reiten.«

»Ich habe es mir anders überlegt. Und ich darf doch Bonnie nicht im Stich lassen. Falls du es noch nicht wissen solltest: Ich gebe ihr — unter anderem — Unterricht im Schachspiel.«

Damien schob die Hände in die Hosentaschen.

»Ehe du dich versiehst, ist sie ebenso gebildet und gesittet wie Kate«, sagte Miles. »Und was dann?«

Bonnie kam, ihre Bücher auf dem Arm, auf sie zu und schaute wachsam von einem zum anderen.

Miles machte eine Verbeugung, nahm ihre Hand und küßte sie. »Das war wunderschön vorgetragen. Meinst du nicht auch, Dame?«

»Ja, sehr hübsch«, stimmte Damien knapp zu.

»Bist du so weit, daß wir mit der Schachlektion beginnen können, Bonnie?« fragte Miles.

Sie nickte. Miles nahm ihren Arm und führte sie den Korridor hinunter, ohne Damien noch einmal anzublicken. Damien sah ihnen nach und spürte ein beklemmendes Gefühl in der Brust. Er wußte nicht, ob es sich darauf gründete, daß er Bonnie mit Miles zusammen sah, oder auf der Tatsache, daß aus der Wildkatze Bonnie eine manierliche junge Dame wurde... mit einemmal erkannte er, daß ihm das gar nicht gefiel.

Kate saß vor dem Feuer und konzentrierte sich auf das schwierige Stickmuster eines Kissenüberzuges, mit dem sie ihr eigenes Heim schmücken wollte. Damien warf ihr häufig Blicke zu, während er ein Gespräch mit Richard führte.

»Bradleys Ermittlungsbüro muß doch inzwischen etwas herausgefunden haben, Onkel. Es kann doch nicht so schwer sein, die Spur eines Mädchens zu seinen Eltern zurückzuverfolgen, oder?«

Kate drehte sich stirnrunzelnd um. »Ich rate euch, etwas leiser zu sprechen: Bonnie kann jede Sekunde zu ihrem Stickunterricht erscheinen.«

»Wenn sie sich von Miles und ihrer Schachlektion trennen kann«, erwiderte Damien, goß sich ein Glas Wasser ein und streckte die Beine aus. Er bemühte sich, ein unbefangenes Gesicht zu machen, weil seine Schwester ihn unverwandt ansah.

»Wahrhaftig«, sagte sie, »wenn es dich stört, daß Bonnie ihre Zeit mit Miles verbringt, würde ich an deiner Stelle versuchen, ihr auch ein bißchen von deiner Zeit zu opfern. Dieser schreckliche Regen scheint nicht nachlassen zu wollen; also nütze die Gelegenheit, dich mit ihr anzufreunden.«

Er starrte Kate stumm an und zog seine Augenbrauen hoch.

»Bradley tut sein Möglichstes«, sagte Richard. »Er hat Smythe zugesetzt wie ein Großinquisitor. Offenbar weiß dieser Mann so wenig über Bonnies Herkunft wie wir selbst. Ein Farmer hat sie erwischt, wie sie einen Schinken aus seiner Räucherkammer stibitzen wollte. Sie weigerte sich, Angaben über ihre Familie zu machen, selbst nachdem man sie in Caldbergh eingewiesen hatte. Sie soll ein halbes Jahr mit niemandem geredet haben, sagt Smythe. Dann wäre sie eines Tages in sein Büro gekommen und hätte gesagt, daß sie Bonnie hieße, ihre Eltern tot seien und sie sich nicht mehr an ihren Nachnamen oder ihren früheren Wohnort erinnern könne.«

»Sie erinnert sich an ihre Eltern«, unterbrach Damien ihn. »Sie erinnert sich an alles, was ihre Familie betrifft.« Da er wußte, daß seine Schwester im Zimmer neben Bonnies Quartier wohnte, fragte er: »Hat sie in letzter Zeit unter Alpträumen gelitten?«

Kate legte den Stickrahmen zur Seite und schüttelte den Kopf.

»Smythe hat sich keine Mühe gegeben, den Namen des Farmers zu erfahren, der Bonnie nach Caldbergh gebracht hat. Unsere Nachforschungen konzentrieren sich nun darauf, diesen Mann zu finden. Damit ist der Bereich unserer Ermittlungen erheblich eingegrenzt.«

Das Trommeln des Regens gegen die Fensterscheiben war der einzige Laut, der nun das Schweigen im Raum durchbrach, bis draußen irgendwo auf der Galerie Bonnies Lachen ertönte. Diese hellen, melodiösen Klänge hallten wie Musik im Raum wider, füllten jede Nische und jeden Winkel des Zimmers und erwärmten es, als würde plötzlich die Sonne scheinen. Kate betrachtete ihren Bruder versonnener, und Richard lächelte.

»Ich muß schon sagen«, ließ Richard sich nun vernehmen, »daß ich in all den Jahren, die ich dieses Haus besucht habe, nie so etwas Heiteres gehört habe wie dieses Lachen.«

»Ich auch nicht«, erwiderte Kate leise.

Damien schloß die Augen und versuchte diese Bemerkung aus seinem Bewußtsein zu verdrängen. Aber auch er mußte bekennen: »Das mag wohl sein.«

Die Bibliothekstür wurde aufgerissen, und Bonnie trat ein. Plötzlich duftete es im Raum nach frischem Regen, Klee und süßem Heu. Ihr Haar ringelte sich rebellisch um Stirn und Gesicht. Ihre Wangen waren hellrot und feucht vom Regen, während sie nun alle mit einem lächelnden Blick bedachte.

Damien, Katharine und Richard warteten gespannt auf Bonnies erste Worte. Irgendwie war es ihr stets gelungen, damit den Anstoß zu einer lebhaften Diskussion zu geben, und auch dieses mal war es nicht anders.

Als sie auf ihre mit Schlamm bedeckten Schuhe schaute, rief sie: »Schaut euch das an. Was bin ich doch für ein Schmuddelkind.« Sie hüpfte auf einem Bein auf und nieder und zog sich erst den rechten Schuh aus und dann den linken. Sie drehte sich um und drückte sie Stanley in die Hand, der soeben hinter ihr den Raum betrat. »Seien Sie ein Schatz«, sagte sie zu ihm, »und stellen Sie die Schuhe vor die Hintertür. Ich komme gleich hinaus und mach sie sauber.«

»Ich werde dafür sorgen, daß sie geputzt werden, Miss Bonnie«, verkündete der Butler.

»Das lassen Sie lieber bleiben. Ich bin nämlich durchaus in der Lage, meine Schuhe selbst zu putzen.« Sie lief zu einem leeren Sessel, der Kate gegenüberstand, ließ sich darauf nieder und schob ihre schlanken Beine unter sich. Stanley, der noch unter der offenen Tür verharrte, um Bonnies Kätzchen vorbeizulassen, rief sie zu: »Und richten Sie bitte dem Koch aus, daß ich in ungefähr einer Stunde bei ihm sein werde.« An die anderen gewandt, fügte sie hinzu: »Ich habe ihm nämlich versprochen, ihm

Mamas Puddingrezept zu verraten. Selbstverständlich habe ich nichts an seinen Puddings auszusetzen, aber es könnte nicht schaden, sie mit ein wenig Milch zu verbessern. Das ist das ganze Geheimnis — meine Mutter hat Milch statt Wasser verwendet.«

»Ich habe mir nie etwas aus Pudding gemacht«, sagte Richard und lächelte Bonnie über sein Glas Port hinweg an. »Ich finde das Zeug ziemlich fad.«

»Aber meine Puddings werden Ihnen schmecken«, behauptete Bonnie. »Das verspreche ich Ihnen.« Sie schlug mit der flachen Hand auf ihre Knie, und die drei Kätzchen sprangen auf einen Stuhl und rollten sich dann zu einem einzigen großen Fellball in ihrem Schoß zusammen. Als sie zufrieden schnurrten, wandte sich Bonnie an Kate. »Tut mir Leid, daß ich zu spät zur Stunde komme. Wir haben den Pferden auf der Koppel bei der Arbeit zugeschaut.«

»Wir?« fragte Damien.

Bonnie sah ihn zum erstenmal, seit sie das Zimmer betreten hatte, direkt an. Damien saß bequem zurückgelehnt in seinem Sessel. Sein weißes Hemd war teilweise offen und zeigte seine muskulöse Brust. Seine dunklen Augen musterten sie aufmerksam, während er auf ihre Antwort wartete.

»Wir«, sagte sie, »damit meinte ich Miles und mich.«

»Das muß nach deiner Schachstunde gewesen sein«, sagte Damien in einem Ton, der Bonnie einen Angstschauer über den Rücken jagte. Sie hob eines der Kätzchen hoch und schob es unter ihren Arm.

»Ich habe ihn heute zum erstenmal beim Schach geschlagen. Er hat mir versprochen, daß ich auf Gdansk reiten darf, wenn ich ihn jemals besiege«, verkündete sie und beobachtete, wie Kate und Richard stumm einen Blick tauschten. Es knarrte, als Damien sich aus seinem

Sessel erhob und um den Tisch an der Wand ging, auf dem eine lange Reihe Kristallkaraffen stand. Er drehte sich nicht zu ihr um, als er sagte: »Gdansk ist ein Zuchthengst und kein Pferd für Ausflüge, Bonnie. Wenn du schon reiten mußt, haben wir eine große Auswahl von Stuten im Stall.«

»Ich will aber nicht auf einer Stute reiten«, unterbrach Bonnie ihn.

»Gdansk kommt nicht in Frage, Bonnie. Basta.«

»Aber ...«

»Keine Widerrede!« Er drehte sich langsam zu ihr um. Bonnie saß eine Ewigkeit, wie es ihr vorkam, still da und bemühte sich, Ruhe zu bewahren, um Damiens Zorn nicht herauszufordern.

»Ich habe dir einen Befehl gegeben«, fuhr er fort »Du hältst dich von diesem Pferd und den Ställen fern und ...«

»Und?« forschte sie hitzig.

Er antwortete nicht, knallte nur sein Glas auf den Tisch und verließ den Raum. Richard erhob sich und folgte Damien.

Bonnie stöhnte: »Heiliger Strohsack — was ist nur in ihn gefahren?«

Kate lächelte und nahm ihren Stickrahmen zur Hand. »Es gibt eine Reihe von Möglichkeiten, die zu erörtern der Anstand uns jedoch verbietet. Vermutlich gehört zu den kleineren Übeln, unter denen er leidet, die Langeweile.«

»Dann sollte er sich doch eine Beschäftigung suchen.«

»Ganz meine Meinung. Ich habe ihm erst heute morgen gesagt, daß es für ihn absolut keinen Grund gibt, hier in Braithwaite zu bleiben, wenn er nicht hierbleiben möchte.«

Bonnie starrte auf ihre eigenen Stickrahmen und stellte fest, daß ihre letzten Stiche keinem Vergleich mit Kates akkurater Arbeit standhalten könnten. Sie ließ ihre Nadel ruhen, blickte Kate an und bemerkte wie gut der eisblaue Satin ihre Kleides mit ihrem weißschimmernden Teint harmonierte, und betrachtete dann stirnrunzelnd den fadenscheinigen Stoff ihrer Bundhose. Sie kaute auf ihrer Unterlippe und gestand: »Ich falle ihm jedesmal unangenehm auf. Sobald er mich anschaut, wird er wütend.«

Kate lächelte, ohne von ihrer Arbeit aufzusehen.

»Meinen Sie, daß er sich weniger über mich ärgern würde, wenn ich Ihnen ähnlicher wäre?« fragte Bonnie.

Kate ließ die Hand mit der Nadel sinken und sah Bonnie mit ihren grünen Augen an. »Da bin ich mir nicht sicher, Bonnie. Ist es denn so wichtig für Sie, was Damien denkt?«

Bonnie zuckte nur mit den Achseln.

»Damien hat viel um die Ohren, müssen Sie wissen«, erklärte Kate.

»Und meine Gegenwart verschlimmert seine Lage nur noch.«

Kate legte ihren Stickrahmen fort, faltete die Hände im Schoß und blickte Bonnie einen langen Moment an, bevor sie wieder das Wort ergriff.

»Ich will Ihnen etwas im Vertrauen sagen, Bonnie, was sie unter keinen Umständen weitererzählen dürfen. Ich vertraue es Ihnen an, weil ich spüre, daß Sie meinem Bruder ein echtes Gefühl entgegenbringen, und auch er, wie ich glaube, auf seine etwas zynische Weise ehrlich um Sie besorgt ist. Damien war einmal sehr verliebt — in eine junge Frau namens Louisa Thackeray.«

Bonnies Lider zuckten. »Oh«, flüsterte sie.

Kate beobachtet Bonnies Reaktion. Sie merkte, daß Bonnie sich krampfhaft bemühte, sich ihre Angst nicht anmerken zu lassen. »Vielleicht möchte ich es gar nicht hören«, sagte Bonnie und streichelte die Kätzchen.

»Nein, vermutlich nicht. Es fällt einer Frau nicht leicht, sich mit der Tatsache abzufinden, daß sie nicht die erste Liebe im Leben eines Mannes ist. Wir fühlen uns verunsichert oder gar unzureichend. Wenn ich an die vielen Frauen im Leben meines Mannes denke, möchte ich manchmal heulen. Doch dann erinnere ich mich daran, daß er nicht *sie* geheiratet hat, sondern mich.« Kate blickte ins Feuer. »Die Thackerays waren eng mit uns befreundet. Wir sind mit Louisa zusammen aufgewachsen.« Sie verzog die Lippen zu einem bitteren Lächeln und setzte hinzu: »Louisa war meine beste Freundin in meiner Kinderzeit. Sie war sehr hübsch, und da sie in Yorkshire und nicht in London wohnte, war sie sich ihrer gesellschaftlichen Stellung kaum und ihrer Schönheit überhaupt nicht bewußt. Sie konnte abends hübsch und gesittet am Kamin sitzen und Poesie vortragen, aber ebensogut konnte man sie dabei antreffen, wie sie auf einem sattellosen Pferd über eine Wiese jagte oder mit Gleichaltrigen aus dem Dorf flache Steine über einen Teich tanzen ließ. Da Damien Affektiertheit in jeder Form verabscheut, war er natürlich von Louisas Charme und Unschuld verzaubert. Aber sie war jung, und obwohl es zwischen den beiden Familien eine ausgemachte Sache war, daß Louisa und Damien heiraten würden, waren alle Beteiligten damit einverstanden, daß sie als Debütantin in die Londoner Gesellschaft eingeführt werden sollte.« Kate rückte ein wenig in ihrem Sessel hin und her und fuhr dann nachdenklich fort: »Ganz London war von Louisas natürlichem Charme und ihrem Liebreiz begeistert, und sie war keine vier Wochen in der Metropole, als ihr schon scharenweise junge heiratsfähige Männer, die alle weitaus vermögender waren als mein Bruder, den Hof machten. Sie veränderte sich. Sie fand Gefallen an der Aufmerksamkeit, die die Männer ihr reichlich spendeten, und je mehr wir uns alle bemühten, sie bei der Stange zu halten, um so aufsässiger wurde sie.

Dann begannen Gerüchte zu kursieren: Man hatte sie hier mit einem Herzog gesehen, dort zusammen mit einem Marquis. Damien argwöhnte, daß sie sich noch mit anderen Kavalieren traf, aber man sagt ja nicht zu Unrecht, daß Liebe blind macht. Er sah über ihre Eskapaden hinweg, bezeichnete sie als harmlose Flirts und versicherte seiner Familie und seinen Freunden, daß sie wieder das Mädchen sein würde, das wir alle einst gekannt und geliebt haben, wenn sie erst einmal verheiratet seien. Er und ihre Eltern wollten sich nicht beirren lassen und hielten an dem vereinbarten Heiratstermin fest, obwohl sich Louisa bei mehr als einer Gelegenheit dagegen aussprach. Am Vorabend der Hochzeit hat Damien seine Verlobte mit einem anderen Mann im Bett erwischt.«

Bonnie starrte auf das karamelfarbene Kätzchen, das Bild von Damien vor Augen, wie sie ihn eben noch erlebt hatte — hart, zynisch, zornig —, über das sich nun das Bild eines anderen Damien schob, der sanft, großzügig und sensibel genug war, um eine Frau zu lieben und von ihr verwundet zu werden.

»Ich bin überzeugt«, fuhr Kate mit leiser Stimme fort, »daß sich Louisa absichtlich bei der Eskapade hat erwischen lassen. Ich denke, es war für sie die einzige Möglichkeit, Damiens Hochzeitspläne zunichte zu machen. Aber ich bete zu Gott, daß ich Damien nie mehr so verstört erleben muß. Mir war bis zu diesem Moment nicht bewußt, wie tief das Gefühl eines Mannes sein kann. Sie wirken doch immer so ausgeglichen und selbstbewußt, nicht wahr? Aber Louisas Verrat, war für Damien schmerzlicher als der Tod. Sie hat ihm seinen Stolz genommen. Sie hat diesen Mann, der Damien einst war, umgebracht, als hätte sie ihm von hinten einen Dolch ins Herz gestoßen.«

Kate schüttelte den Kopf. »Sie hat ihn in einen verbitterten Mann verwandelt, Bonnie, und das werde ich ihr niemals verzeihen.«

Damien hatte diesen Teil des Hauses seit seiner Rückkehr nach Braithwaite noch nicht betreten. Das war die Domäne seines Vaters gewesen. Hier roch es nach Tabak und Leder. Die Wände waren mit nachgedunkeltem Rosenholz getäfelt, und Orientteppiche dämpften den Schritt eines jeden, der hier eindrang.

Die Tür des Rauchzimmers stand offen. Damien blieb stehen und rief sich jenen Augenblick ins Gedächtnis zurück, in dem er sich zum erstenmal allein hierher gewagt hatte. Damals war er kaum älter gewesen als vier oder fünf; aber ihm war, als wäre das erst gestern gewesen. Die Trophäen an der Wand waren noch die gleichen wie damals — ein Hirschgeweih, ein Bärenfell und ein ausgestopfter Tiger aus Indien. Joseph war sehr stolz auf diese Jagdtrophäen gewesen. Von seinen Kindern abgesehen, waren sie die einzigen echten Beweise seiner Männlichkeit. Er unterhielt seine Gäste nur zu gern mit den blutrünstigen Einzelheiten, wie er diese Tiere erlegt hatte. Einmal hatte er Damien dabei ertappt, wie er unter einem braunäugigen Reh weinte, dessen präparierten Kopf sein Vater soeben an die Wand genagelt hatte. Joseph hatte seinen fünfjährigen Sohn aus dem Zimmer gezerrt, ihm eine Ohrfeige gegeben und zu ihm gesagt, er solle sich wie ein Mann benehmen und ihm nie mehr Schande machen.

Miles, der in einem Sessel vor dem Kamin saß und Damien beobachtete, hob die doppelläufige Flinte, die er gerade putzte, und zielte damit auf Damiens Brust. Er bediente den Abzug, und der Raum hallte wider von dem Geräusch des Schlagbolzens, der auf das Metall der leeren Kammer prallte.

Miles lächelte. »Solltest du es vorziehen, hierzubleiben, können wir ja noch Lauf Nummer zwei versuchen. Er könnte geladen sein, vielleicht ist er es auch nicht.« Miles hob das Jagdgewehr wieder an, schielte über Kimme und Korn und richtete die Waffe auf Damiens Kopf. Damien spürte, wie sich die feinen Haare in seinem Nacken sträubten, als Miles langsam den Abzug bediente. Wie zuvor hallte es metallisch von den Wänden wider.

»Peng«, sagte Miles, »du bist tot.«

Damien rührte sich nicht von der Stelle, und Miles lachte, senkte die Flinte und legte sie quer über seine Schenkel. »Du hast nicht mit der Wimper gezuckt«, sagte er. »Sehr gut. Unser Vater wäre stolz auf dich. Er selbst wäre wahrscheinlich genauso wie Randolf in einer ähnlichen Situation aus dem Zimmer gestürmt. Möchtest du nicht einen Drink mit mir nehmen?«

»Nein.«

»Ah. Dann bist du aus einem anderen Grund hierhergekommen?«

»Halte dich von Bonnie fern.«

»Aha — das bringt dich also so sehr auf die Palme. Eifersüchtig, alter Junge? Nun erzähle mir bloß nicht, du wärst endlich wach geworden. Du hast schon immer lange gebraucht, zur Vernunft zu kommen, wenn eine Frau im Spiel war . . .« Miles lachte, während er die Läufe der Flinte lud. Er sah Damien an und grinste. »Was sagtest du da eben, Bonnie betreffend?«

»Ich glaube nicht, daß ich mich wiederholen muß.«

»Hör mal zu, Damien. Bonnie ist alt genug, um sich ihre Freunde selbst auszusuchen. Oder glaubst du, daß du sie als ihr Vormund vollständig kontrollieren und selbst ihre Verehrer aussuchen könntest? Ich kenne Bonnie viel zu gut, um zu glauben, daß sie damit einverstanden wäre.«

»Wie gut kennst du sie?« wollte Damien wissen.

»Wir stehen uns sehr nahe. Ich leugne das nicht.« Miles griff nach dem Öltuch, das auf dem Tisch lag, und schüttelte den Kopf. »Du bist schon immer ein arroganter Kerl gewesen, Dame. Du meinst, die Welt wäre dir etwas schuldig, weil du im Bett geboren wurdest und nicht darunter. Nun, dein Blut mag zwar blau sein, teurer Bruder; aber wenn es aus einer Wunde fließt, sieht es nicht anders aus als meines.« Miles wischte mit dem Öltuch die Gewehrläufe ab, bevor er Damien wieder ansah. »Hast du erwartet, daß sie sich in deiner Abwesenheit in Schmerz verzehrt? Falls ja, hast du wieder einmal deine Wirkung auf junge Damen falsch eingeschätzt.«

Damien baute sich vor Miles auf, als dieser die blanken Läufe der Flinte auf ihn richtete. »Hast du mit ihr geschlafen?« fragte Damien durch die zusammengepreßten Zähne.

»Was denkst du denn?«

»Ich bringe dich um, wenn du mit ihr geschlafen hast.«

»Starke Worte. Ich nehme an, du hättest mich längst umgebracht, wenn du den Mut dazu hättest.«

Damien unterdrückte seinen aufsteigenden Zorn und warnte: »Wenn du sie anrührst, Kemball, wirst du das bitter bereuen.« Dann drehte er sich wieder der Tür zu.

Das kalte *klick, klick* des Schlagbolzens hielt ihn erneut an der Schwelle fest. Er brauchte sich nicht umzudrehen, um zu wissen, daß die beiden Läufe der Waffe abermals auf seinen Rücken gerichtet waren. Er spürte es.

»Hast *du* etwa mit ihr geschlafen, Damien?« hörte er Miles' Stimme.

»Fahr zur Hölle«, erwiderte Damien und verließ das Zimmer.

15

Der Himmel klarte endlich wieder auf. Die Sonne schob sich zaghaft durch die Wolken und brachte sommerliche Temperaturen. Dennoch sprach niemand davon, daß Bonnie Braithwaite verlassen wollte. Daran wurde nicht einmal mehr gedacht.

Bonnie hatte sich gerade zu Kate an den Frühstückstisch gesetzt, als Miles in Reitkleidung und mit einer Gerte unter dem Arm hereinkam. Er verneigte sich höflich vor den beiden Damen und sagte: »Ich brauche an diesem schönen Morgen unbedingt jemanden, der mit mir ausreitet. Wie wär's, Bonnie?«

Bonnie und Kate tauschten einen Blick. Bonnie klaubte sich Brösel von den Fingern und schüttelte den Kopf. »Nein, vielen Dank.«

»Wie bitte? Haben Sie schon mal durchs Fenster geschaut, junge Frau? Da ist nicht ein Wölkchen mehr am Himmel. Dieses Wetter verlangt geradezu nach einem Galopp über das Moor. Zudem habe ich mir bereits erlaubt, eine Stute satteln zu lassen . . .«

»Ich will mich nicht auf eines dieser dicken faulen, kleinen Ponys setzen«, unterbrach sie ihn. »Und da Seine allmächtige Lordschaft mir verboten hat, auch nur in die Nähe von Gdansk zu kommen, ist ein Galopp ohnehin nicht möglich.«

»Ah — aber Sie werden Ihre Meinung ändern, sobald Sie Ashanti gesehen haben.«

Kate, die gerade einen Schluck aus ihrer Teetasse nehmen wollte, starrte Miles erstaunt an. »Ich kann mich nicht erinnern, daß wir eine Stute dieses Namens in unserem Stall hätten.«

»Natürlich kannst du das nicht. Sie ist ja erst heute morgen hier eingetroffen. Nun kommen Sie schon«, sagte er mit schmeichelnder Stimme zu Bonnie. »Schauen Sie sich die Stute wenigstens an.«

Kate faßte Bonnie so fest am Arm, daß ihr Tee über den Tassenrand schwappte. »Ich denke, Sie sollten warten, bis Damien aus Middleham zurück ist«, drängte Kate. »Sie wissen, was er in bezug auf die Pferde gesagt hat.«

»Er sagte, daß sie nicht auf Gdansk reiten soll«, erwiderte Miles so schroff, daß Kate zusammenzuckte. »Wenn du mich bei deinem großen Bruder verpetzen willst — bitte, tu dir keinen Zwang an. Du findest uns unten bei den Ställen.«

Bevor Bonnie etwas sagen konnte, hatte er sie schon von ihrem Stuhl gezerrt. Sie war bereits aus dem Zimmer und auf dem halben Weg zur Halle, als sie zurückschaute. Kate stand unter der Tür und sah ihnen mit sorgenumwölkter Stirn nach. Wenn sich Bonnie über Miles' grobes Verhalten geärgert haben mochte, so war dieses Gefühl sofort verflogen, als sie durch die Haustür von Braithwaite trat. Was für ein herrlicher Morgen! Die Luft roch angenehm frisch, die Gärten zeigten eine Farbenpracht, die ihr den Atem verschlug.

Miles führte sie schweigend zu den Ställen. Aber er wirkte erwartungsvoll und aufgeregt.

»Was soll das? Warum diese Hast?« frage Bonnie.

»Sie werden schon sehen.« Er zog sie durch die Stalltür und blieb dann stehen. »Jetzt sagen Sie mir, was Sie denken.«

Sie starrte die schlanke schwarze Stute an — ein verkleinertes Abbild von Gdansk. Sie mochte ihren Augen kaum trauen.

»Nun?« meinte Miles lachend. »Gefällt sie Ihnen, Bonnie?«

»Sie ist schön.«

»Und feurig. Sie wird Gdansk prächtige Fohlen schenken.« Er nahm Bonnies Hand und zog sie zu der Stute. Dann faßte er sie um die Taille und hob sie mühelos in den Sattel. »Sagen Sie mir endlich, was Sie von ihr halten, Bonnie.«

Bonnie strich mit der Hand über das schimmernde Fell am Hals des Pferdes und dann über die frischgestriegelte Mähne. Ihre Augen glänzten.

»Sie ist die schönste Stute, die ich jemals gesehen habe.«

»Ha!« Miles schüttelte die Faust gegen die Decke, faßte dann nach Bonnies Hand und sagte: »Sie gehört Ihnen, Bonnie.«

Bonnie sah in stirnrunzelnd an.

Er lachte wieder. »Das ist mein Ernst.«

»Aber ...«

»Kein Aber. Das ist meine Art, Ihnen danke zu sagen. Denn Sie haben meine Rückkehr nach Braithwaite zu einem freudigen Ereignis gemacht, das sonst mit einem Debakel geendet hätte. Sie haben mir etwas gegeben, auf das ich mich jeden Tag freue, und dafür werde ich Ihnen ewig dankbar sein.«

Bonnie sah Miles noch immer aus großen Augen an. Sie konnte nicht glauben, was sie hörte.

Miles warf den Kopf in den Nacken und lachte laut. Dann nahm er ihre Hand, die auf ihrem Schenkel ruhte, und drückte sie liebevoll. »Himmel, Mädchen, wenn Sie wüßten, wie schön Sie sind. Ich wünschte, ich könnte Ihnen zehn solcher Pferde schenken, wenn Sie mich jedesmal so anschauen wie jetzt.«

»Es ... es ist Ihnen ernst damit?«

»Ich schwöre es bei meinem Leben, Bonnie. Sie gehört Ihnen, und Sie können sie so oft und so viel reiten, wie Sie möchten.«

Sie kaute nachdenklich auf ihrer Unterlippe und fragte dann: »Haben Sie das getan, um Damien zu ärgern? Wenn das so ist, will ich die Stute nicht haben.«

Miles trat einen Schritt zurück und dachte zum erstenmal

über seine wahren Motive nach. Vor einem Monat hätte er wohl das Pferd noch für Bonnie gekauft, um Damien bis aufs Blut zu reizen; aber jetzt? Er gestand sich ein, daß dies nicht der wahre Grund war, und lächelte.

»Damien hat nicht das geringste damit zu tun«, behauptete er.

Bonnie schloß die Augen, und das Gefühl, das sie nun durchströmte, machte sie fast schwindlig. Sie lächelte und lachte kurz darauf so fröhlich, daß der Stall von diesen melodiösen Tönen erfüllt war und ein paar Stallburschen sie neugierig betrachteten.

Endlich hatte sich ihre Freude so weit gelegt, daß sie Miles gestehen konnte: »Ich weiß nicht, was ich dazu sagen soll.«

»›Danke‹ würde mir genügen.«

»Oh, das finde ich nicht. Das ist ein großartiges Pferd, und das verlangt auch eine angemessene Anerkennung. Aber ich habe nichts anzubieten...«

»Sie haben Ihre Freundschaft«, unterbrach er sie und umschloß ihre Hand fester. »Es macht verdammt einsam, das Schwarze Schaf in der Familie zu sein. Seien Sie mein Freund. Das ist alles, worum ich dich bitte.«

Ohne nachzudenken, streckte sie den Arm aus und legte die Hand auf seine Wange. Dann spürte sie seine Arme um ihre Taille, und sie glitt aus dem Sattel. Miles drückte sie so heftig an sich, daß sie kaum Luft bekam. Sie lachte wieder und genoß seine Umarmung und die Wärme seiner Freundschaft. Es war schon so lange her, so unglaublich lange, daß sie...

Im nächsten Moment wurde Bonnie ins Heu geschleudert. Sie schrie auf und erschreckte die Stute, die nervös zur Seite tänzelte. Bonnie beobachtete verblüfft, wie Damien die Aufschläge von Miles Jacke packte, ihn hochhob und gegen die Stallwand warf.

»Hören Sie auf!« schrie Bonnie.

»In der Tat«, sagte Miles mit fester Stimme, »haben Sie den Verstand verloren, Mylord?«

»Keineswegs«, erwiderte Damien streng. »Ich habe dich vor zwei Wochen gewarnt, daß ich dich töten werden, wenn du sie anrührst.«

Bonnie erhob sich langsam.

Seinen Blick auf Damiens Gesicht gerichtet, sagte Miles lächelnd: »Du hast also vor, mich umzubringen?«

»Ja.«

»Vor dem Mädchen?«

Damien sah sich rasch um. »Geh«, sagte er, »mit dir rede ich später.«

»Ich werde *nicht* gehen«, erwiderte Bonnie. »Nicht, bis Sie erklärt haben, warum Sie Miles angreifen.«

»Bonnie!«

Bonnie drehte sich um und sah, daß Kate und Richard in den Stall stürmten. Richard blieb abrupt stehen, als er Damien und Miles bemerkte, Kate eilte an Bonnies Seite.

»Kommen Sie von hier weg«, sagte Kate.

Bonnie schüttelte den Kopf und ging auf die beiden Männer zu. Damien drückte Miles immer noch an die Wand. Bonnie hatte bisher nur einmal in ihrem Leben einen so wütenden Mann gesehen — in der Nacht, als ihr Vater ermordet wurde.

»Bitte.« Mit bebender Hand berührte sie Damiens Arm. »Bitte, tun Sie das nicht. Wenn es Ihnen nicht recht ist, daß ich die Stute annehme, will ich sie auch nicht haben.«

Damiens Kopf schnellte herum, und er starrte sie so wütend an, daß Bonnie fast aufgeschrien hätte. »Bittest du mich, das Leben dieses Bastards zu schonen?« fragte er. Als sie ihm nicht sofort eine Antwort gab, schaute er Kate an und befahl: »Schaffe sie mir aus den Augen, bevor ich noch etwas viel Dümmeres anstelle als diesen Bastard umzubringen.«

Kate ergriff Bonnies Arm. »Kommen Sie. Wir können hier nicht bleiben.«

Doch Bonnie wollte nicht von der Stelle weichen. »Es ist doch nur ein Pferd. Ein verdammtes Pferd. Ich werde es ihm zurückgeben . . .«

»Verschwinde!« brüllte Damien.

»Nein! Ich werde nicht gehen, solange Sie sich so aufführen!«

Richard trat zwischen Bonnie und die anderen. Er bedachte Bonnie mit einem strengen Blick und befahl ihr ungewöhnlich barsch: »Verlassen Sie sofort den Stall, Bonnie. Ich werde dafür sorgen, daß meine Neffen keinen Unsinn anrichten. Aber Sie verschwinden von hier. Sie machen die Sache nur noch schlimmer.«

Kate flüsterte: »Miles wird nichts passieren. Mein Onkel wird das nicht zulassen.«

Miles? Bonnie runzelte die Stirn, während sie in Kates bange Augen blickte. Erst jetzt begriff sie, daß man sie falsch verstanden hatte. Sie glaubten offenbar alle, daß sie um Miles' Leben besorgt war; und sie hätte das auch sein müssen — er war schließlich ihr Freund —; aber in Wahrheit ängstigte sie sich um Damien.

»Nun kommen Sie schon«, drängte Kate.

Widerstrebend verließ Bonnie den Stall. Kate und sie sprachen kein Wort miteinander, bis sie sich im lavendelfarbenen Salon befanden.

Bonnie sank in einen Sessel, während Kate im Zimmer auf und ab ging, die schmalen Hände vor der Brust gefaltet, als würde sie beten. Bonnie beobachtete sie ein paar Minuten, bevor sie sagte: »Ich kann nicht glauben, daß sie sich ernsthaft etwas antun. Sie sind schließlich Brüder.«

»Das waren Kain und Abel auch.« Kate blieb stehen und sah Bonnie in die Augen. Sie machte sich ernsthaft Sorgen und wirkte plötzlich um Jahre gealtert.

»Sie wissen, daß Miles unser Halbbruder ist«, sagte Kate. »Dem Gesetz nach dürfte er sich nicht einmal Warwick nennen; aber er tut es trotzdem.«

»Es wäre ein Unrecht, ihn wegen seiner Geburt zu verdammen«, entgegnete Bonnie. »Er kann nichts dafür, daß er unehelich geboren wurde — ich kann auch nichts dafür, daß ich eine mittellose Waise bin.«

»Niemand verdammt ihn seiner Geburt wegen. Sie sollten uns eigentlich besser kennen«, gab Kate zurück.

Bonnie blickte zur Seite.

»Seit seine Mutter ihn zu uns gebracht hat, gab es Schwierigkeiten mit Miles. Sein seltsames Verhalten hat ihn zu einem Außenseiter gemacht. Weil er der älteste Sohn meines Vaters ist, wollte er sich das Recht des Erstgeborenen herausnehmen und meinen Brüdern Randolf und Damien den Platz in diesem Hause streitig machen. Er hat abscheuliche Dinge getan.

Randolf war unserem Vater sehr ähnlich — wenn die beiden jemals etwas anderes empfanden als Stolz, habe ich es zumindest nicht bemerkt. Sie reagierten kaum auf Miles' bösartige Scherze. Aber Damien hat das Temperament meiner Mutter und meines Onkels Richard geerbt. Er hat mehr als die Hälfte seines Lebens damit verbracht, sich gegen Miles zu wehren, der ihn auf jede erdenkliche Weise provozierte. Während Randolf alle Herausforderungen ignorierte, schlug Damien zurück. Und so nahm die Feindseligkeit zwischen den beiden solche Maße an, daß meine Mutter und ich tatsächlich um ihr Leben fürchteten. Mein Vater hätte Miles eigentlich in seine Schranken verweisen müssen, aber er nahm sich statt dessen Damien vor und wies ihn darauf hin, daß er von nobler Geburt sei und deshalb über Miles' Rachemaßnahmen stehen müsse.«

»Daß es Rivalität zwischen Geschwistern gibt, ist doch nichts Außergewöhnliches«, meinte Bonnie. »Aber die beiden sind jetzt erwachsene Männer. Da sollten sie ihre kindlichen Eifersüchteleien längst überwunden haben.«

»Damien hat das versucht — einmal. Als meine Mutter krank wurde, tat er alles, um ihr die Angst zu nehmen, daß die Feindseligkeit zwischen ihm und Miles zu einer Katastrophe führen könnte. Damien stand an ihrem Krankenbett, das auch ihr Sterbelager werden sollte, und bot Miles die Hand zur Freundschaft an.«

»Und hat er sie angenommen?«

Kates Augen wurden hart. »Er nahm sie. Und ein Jahr lang, selbst nach dem Tod meiner Mutter, schienen sich die beiden gut zu vertragen. Aber Miles hielt sich zu dieser Zeit auch selten im Haus auf. Er hatte eine neue Methode gefunden, sein unseliges Werk zu verrichten. Er entdeckte, daß er sich mit Charme einen Platz in der Gesellschaft erobern konnte. Und er fand tatsächlich einen Weg zum Herzen meines Vaters. Er befaßte sich eifrig mit den Geschäften der Warwicks, und selbst Randolf war verblüfft über Miles' Ehrgeiz. Er stellte sich so geschickt an, daß wir zuerst gar nicht merkten, was er im Schilde führte — so dankbar waren wir alle, daß er endlich aufgehört hatte, Zwietracht in der Familie zu stiften.

Ich hätte wissen müssen, daß etwas nicht stimmen konnte, als mein Vater mich bat, nach Braithwaite zurückzukehren. Schließlich hatte ich eben erst geheiratet und war nach York umgezogen. Damien bekam Order von seinem Vater, die Leitung der Warwick-Geschäfte abzugeben und nach Braithwaite zu kommen. Als wir uns alle im Büro meines Vaters versammelt hatten, setzte er uns davon in Kenntnis, daß er die Leitung aller Unternehmen der Warwicks mit sofortiger Wirkung Miles übertrug.« Kate sank in den Sessel, der Bonnie gegenüberstand. »Sie können sich vorstellen, was das für ein Schock für uns war. Damien war schon seit seiner Kindheit für seine spätere Aufgabe als Geschäftsführer vorbereitet worden. Damien mußte die Entscheidung seines Vaters wie eine Enterbung vorkommen. Schließlich sollte Randolf eines Tages den ganzen Besitz und den Titel erben. Außer einer bescheidenen Apanage fiel Damien kein weiteres Einkommen zu, wenn er das Gehalt eines Geschäftsführers nicht beziehen konnte.

Äußerlich schien Damien die Nachricht gefaßt aufzunehmen. Und wie ich meinen Bruder kenne, war er trotz seiner Enttäuschung sogar ein wenig erleichtert. Ich fürchte, es hat ihm nie gefallen, Verwalter eines Familienerbes zu sein. Aber wie sein Vater ihn von dieser Bürde befreit hatte, kränkte ihn sehr. Ja, wenn nicht ausgerechnet Miles sein Nachfolger geworden wäre . . .« Kate seufzte traurig. »Vermutlich halten Sie uns für eine Bande von Egoisten, die sich wegen einer Erbschaft die Köpfe einschlagen.«

»Daran habe ich nicht gedacht«, erwiderte Bonnie leise. »Ich finde es nur traurig, daß zwei erwachsene Männer ihre Differenzen nicht beilegen können. Schließlich scheint sich doch alles zum Guten entwickelt zu haben. Damien ist Erbe von Braithwaite geworden nach dem unglücklichen Jagdunfall seines älteren Bruders. Er hat jetzt auch die Leitung aller Betriebe. Ihr Vater muß sich die Sache wohl wieder anders überlegt haben . . .«

»O ja. Er hatte sich anders entschieden, nachdem Miles uns fast bankrott gemacht hatte.« Kate runzelte die Stirn und blickte dann Bonnie wieder an. »Was bedeutet Ihnen dieser Mann?«

»Er ist mein Freund«, erwiderte Bonnie.

»Ist das alles?«

»Ein mir nahestehender Freund.«

»Wie nahe?«

Bonnie schüttelte den Kopf und erhob sich. Sie hatte einen Kloß in der Kehle, den sie vergeblich hinunterzuschlucken versuchte.

Auch Kate verließ nun ihren Sessel. Sie war genauso groß wie Bonnie und konnte ihr direkt in die Augen schauen: »Wenn Sie gezwungen wären, zwischen meinen beiden Brüdern zu wählen — für welchen würden Sie sich entscheiden?«

»Das ist nicht fair!« rief Bonnie »Sie können nicht erwarten, daß ich Ihnen eine Antwort auf diese Frage gebe!«

»Sie könnten sich aber dazu genötigt sehen, sie zu beantworten. Wie ich Damien kenne . . .«

»Aber Miles hat nichts Unrechtes getan. Vielleicht war sein Geschenk zu extravagant . . .«

»Damien hat Miles den strikten Befehl gegeben, sich von Ihnen fernzuhalten.«

»Dazu hatte Damien kein Recht!« Wütend ließ Bonnie Kate in der Mitte des Zimmers stehen und ging zum Fenster. »Miles hat mir nie etwas angetan, und ich bezweifle, daß er das jemals tun wird.«

»Also hat er auch Sie mit seinem Charme geblendet. Ich hätte Ihnen mehr Verstand zugetraut.«

Bonnie reckte das Kinn vor. »Er hat mir Freundschaft und Güte entgegengebracht. Und das ist mehr, als Seine Lordschaft mir gezeigt hat.«

»So?« Mit flammenden Augen trat Kate nun an Bonnies Seite. »Wer hat die Lehrerinnen bezahlt, die Sie mit Ihrer schlechten Laune aus dem Haus gejagt haben? Wer hat Sie ernährt und Ihnen ein Dach über dem Kopf angeboten? Wer kann nachts nicht schlafen aus Angst, er könnte sonst nicht hören, wenn Sie von Ihren Alpträumen geplagt werden und um Hilfe rufen?«

»Aber er haßt mich!« erwiderte Bonnie heftig.

»Haßt Sie?« Kate faßte Bonnie an den Schultern und schüttelte sie. »Machen Sie endlich die Augen auf, Bonnie. Damien liebt Sie!«

Dieses Bekenntnis erschütterte sie beide. Bonnie schüttelte den Kopf und verdammte die Tränen, die ihr in die Augen schossen. Sie löste Kates Hände von ihren Schultern und trat von ihr weg. »Ich hätte nie gedacht, daß Sie so grausam sein können, Kate.«

»Ich bin nicht grausam, Bonnie!«

»Doch! Wie können Sie sich nur so etwas Unglaubliches ausdenken! Warwick kann mich nicht ausstehen, und er sagt mir das, sooft sich ihm eine Gelegenheit dazu bietet.«

»Wirklich? Was sagt er denn?«

Bonnie öffnete den Mund und schloß ihn wieder. Sie schüttelte abermals den Kopf — heftiger als zuvor.

Kate lächelte. Sie nahm einen Briefbeschwerer vom Schreibtisch und drehte ihn zwischen den Händen. »Er wird es natürlich nicht zugeben. Tatsächlich hat er es wohl selbst noch nicht erkannt, fürchte ich.«

»Allein schon der Gedanke daran ist absurd«, erklärte Bonnie.

»Er denkt wohl auch so.«

»Er macht mich für all seine Probleme verantwortlich. Und wenn ihn das schlechte Gewissen nicht plagen würde, würde er mich am liebsten wieder nach Caldbergh zurückschicken.«

»Vermutlich würde er das tun. Oder er glaubt es wenigstens. Männer sind in dieser Hinsicht komisch. Sie merken meistens als letzte, daß sie sich verliebt haben.«

»Hören Sie auf damit.« Bonnie wischte sich wütend die Nase an ihrem Hemdärmel ab. »Er liebt mich nicht, Kate. Er mag mich nicht einmal.«

»Und wie steht es mit Ihnen? Vermutlich mögen Sie ihn auch nicht, wie?«

»Kein bißchen. Er bringt mich ständig in Rage.«

»Aber wenn Sie ihn so verabscheuen — warum sind Sie dann noch hier?«

Bonnie legte die Fingerspitzen an die Lippen in dem törichten Glauben, sie könne so das Schluchzen zurückhalten, das sich in ihrer Kehle ankündigte.

»Nun?« hakte Kate nach. »Warum sind Sie noch hier, Bonnie?«

Bonnie gab ihr keine Antwort, sondern drehte sich auf dem Absatz um, rannte zur Tür — und direkt in Damien hinein, der sie am Arm faßte und wieder ins Zimmer zog.

»Laß uns allein«, sagte er in einem Ton zu Kate, der keinen Widerspruch duldete.

Kate schlüpfte aus dem Zimmer und schloß die Tür hinter sich. Damien schob Bonnie so heftig in den Sessel vor dem Kamin, daß dieser um ein Haar umgestürzt wäre. Sie sprang sofort wieder auf und rief zornig: »Verdammter Bastard . . .«

»Halt den Mund«, sagte er kalt. »Halte jetzt den Mund, oder ich schwöre bei Gott . . .« Damien ging zum Fenster und fuhr sich mit den Fingern durchs Haar. Sein Gesicht war weiß vor Zorn, als er durch die zusammengepreßten Zähne zischte: »Willst du ihn? Hör auf, mich wie eine Taubstumme anzustarren, und antworte mir!«

Bevor sie etwas sagen konnte, war er wieder bei ihr und umklammerte ihre Handgelenke.

»Sie tun mir weh!« rief Bonnie.

»Ich möchte die Wahrheit wissen. Hast du mit ihm geschlafen?« Er schüttelte sie heftig. »Hast du? Antworte mir, verdammt noch mal.«

Sie holte mit der Faust aus und traf ihn an der Wange. Der Schlag war heftig genug, daß er sie loslassen mußte. Als er die rechte Hand hob, warf sie den Kopf in den Nacken und sagte ruhig: »Versuchen Sie es.«

Die Zeit schien stillzustehen, als Damien nun mit seiner Wut kämpfte. Blut sickerte aus seinem Mundwinkel, während er in Bonnies kaltes Gesicht starrte. Dann ließ er langsam die Hand sinken und wischte sich den Mund ab.

»Du hast meine Frage noch immer nicht beantwortet«, sagte er mit heiserer Stimme.

»Sie verdient keine Antwort.«

»Willst du mit ihm gehen?«

»Er verläßt Braithwaite?«

»Ja. Ein Glück, daß wir ihn los sind. Ich hätte ihn gar nicht erst hier wohnen lassen dürfen.«

Bonnie wich bis an die Tür zurück, den Blick auf Damiens Gesicht geheftet. »Ich kann nicht glauben, daß Sie so grausam sein können, ihn aus dem Haus zu werfen. Das hier ist sein Heim, und er hat nichts anderes getan, als mir seine Freundschaft zu beweisen. Was ist das für ein Verbrechen? Lieber verlasse ich Braithwaite, als mitansehen zu müssen, daß er meinetwegen sein zu Hause aufgeben muß. Er hat kein anderes. Wie können Sie nur so herzlos sein?«

Ohne seine Antwort abzuwarten, drehte sich Bonnie der Tür zu.

»Bonnie!«

Sie stürmte davon.

»Geh nur!« rief er hinter ihr. »Ihr verdient einander! Bonnie! ... Bonnie, verdammt noch mal!«

Kate stand an der Treppe, die Hände in den Falten ihres blauen Kleides vergraben. Sie sah Bonnie bekümmert an, als sie näher kam.

»Gehen Sie mit Miles?« fragte Kate. Als Bonnie sich weigerte, ihr zu antworten, packte Kate sie am Arm und sagte: »Weil er Ihnen seine Freundschaft anzubieten scheint, halten Sie ihn für einen noblen Charakter und glauben, Damien hätte kein Recht, euch beiden einen Fehltritt vorzuwerfen?«

»Miles hat sich mir gegenüber immer wie ein Gentleman benommen! Von einem Fehltritt kann keine Rede sein!«

»Miles war der Mann, den Damien mit Louisa am Vorabend seiner Hochzeit zusammen im Bett fand.«

Bonnie erstarrte.

»Wenn mein Bruder nichts für Sie empfindet, wie Sie meinen — warum regt ihn dann der Gedanke, daß Sie mit Miles geschlafen haben könnten, so auf?« Kate ließ Bonnies Arm los. Bonnie drehte sich um und lief die Treppe hinunter. Dort fand sie Miles, der sie mit einem schiefen Lächeln musterte.

»Sie gehen fort?« fragte Bonnie.

»Ich habe kaum eine andere Wahl. Mein Bruder ... verlangt, daß ich das Haus verlasse, wenigstens so lange, bis er wieder in London ist.«

Als er die Hand hob, um ihre Wange zu tätscheln, wich Bonnie vor ihm zurück. »Ist es wahr, was Kate mir soeben erzählt hat?«

Es folgte ein langes Schweigen, ehe er erwiderte: »Mir scheint, sie haben jetzt die schweren Geschütze aufgefahren.«

»Dann *ist* es also wahr.« Bonnie schloß die Augen und schüttelte den Kopf. »Ich hätte Ihnen das niemals zugetraut. Wie konnten Sie ihm nur so etwas Gemeines antun?«

»Ich habe keine Entschuldigung dafür.«

»Und das Pferd? Sie haben es mir geschenkt, um ihm weh zu tun, nicht wahr?«

»Nein.«

»Ihr seid Narren«, sagte sie traurig. »Ich würde meine Seele dafür hergeben, wenn ich eine Familie hätte, und ihr beide tut alles, um euch gegenseitig zu zerstören.«

Ohne noch ein Wort zu sagen, drehte sich Miles um und ging.

Bonnie rief: »Miles!«

Er blieb stehen und sah zurück.

»Gott behüte Sie.«

Kate stand an Damiens Seite, als Miles in die Bibliothek kam. »Falls es jemanden interessiert — ich werde das Haus vorläufig verlassen.«

»Gut«, schnaubte Damien.

Miles wollte sich schon wieder abwenden, als ihm ein Gedanke kam. »Übrigens — nur für das Protokoll: Ich habe nichts mit Bonnie gehabt. Und noch etwas. Louisa ist damals uneingeladen und unerwartet in mein Zimmer gekommen. Sie hat mich *gebeten*, ihr Liebhaber zu sein.«

»Du hättest dich weigern können«, mischte sich Kate ein. »Aber du läßt natürlich keine Gelegenheit aus, Damien zu verletzen, nicht wahr?«

»Vielleicht. Aber ich glaube, daß mir die Vorstellung, daß eine begehrenswerte und schöne Frau wie Louisa etwas für mich empfand, zu Kopf gestiegen ist. Schließlich mußte ich mich ja immer mit der zweitbesten Wahl begnügen. Das kannst du nicht leugnen. Und wenn du es schon wissen mußt: Ich habe Louisa schon immer verehrt und manchmal sogar davon geträumt, daß sie mich dir vorzieht, Dame. Aber als du in mein Schlafzimmer kamst, wußte ich sofort, daß sie mich nur benützt hat, um dich abzuschrecken. Da sie über unsere Differenzen unterrichtet war, wußte sie, daß sie dich so am meisten erzürnen konnte.«

»Das ist keine Entschuldigung für das, was du getan hast«, sagte Kate.

»Nein, wahrscheinlich nicht. Aber ich darf zur Verteidigung von Louisa anführen, daß sie zu diesem Zeitpunkt schon alles in ihrer Macht Stehende getan hatte, um die Hochzeit zum Platzen zu bringen, nicht wahr, Dame? Sie hat dich nicht geliebt, aber du wolltest sie partout nicht freigeben.«

Damien wandte sich ab.

»Adieu«, sagte Miles und ging.

Damien sah Kate nicht an, als sie ebenfalls die Bibliothek verließ. Er dachte über seine Vergangenheit und die Gegenwart nach. Warum konnte er plötzlich so jähzornig werden, daß er jede Vernunft vergaß? Er hätte Miles wahrscheinlich umgebracht, wenn Richard sich nicht dazwischen gestellt hätte.

16

Bonnie legte die Kleider nebeneinander aufs Bett, trat einen Schritt zurück und betrachtete sie kritisch. Kate hatte behauptet, sie hätte seit ihrer Hochzeit so zugenommen, daß ihr die Sachen nicht mehr paßten, und alles Bonnie geschenkt. Das war natürlich eine lahme Ausrede gewesen, und das hatte Bonnie ihr auch gesagt. Dennoch hatte Bonnie das Geschenk mit einem Anstand angenommen, auf den ihre Mutter stolz gewesen wäre. Doch bisher hatte sie nicht den Mut aufgebracht, die Sachen auch zu tragen. Sie waren so schön, viel zu gut für ein armes Mädchen. Sie könnte, wenn sie so elegante Kleider trug, eines Tages noch auf die Idee kommen, daß sie Kates Kreisen angehörte und Damien sie attraktiv finden und sich in sie verlieben könnte.

Illusionen über Illusionen.

Da war ein Kleid darunter, das sie besonders hübsch fand: Es war aus perlgrauer Seide, dessen Rock grün schimmerte, wenn er Falten warf. Sie strich über das glänzende Material, dann hob sie das Kleid hoch, hielt es an ihren Körper und betrachtete sich im Spiegel.

»Himmel, wie reizend du aussiehst!« hörte sie Jewels Stimme hinter sich.

»Teufel«, schalt Bonnie, »haben Sie mich aber erschreckt! Sie sollten in Zukunft pfeifen und sich nicht so leise an mich heranpirschen.«

Jewel kicherte nur und schob die Tür ganz auf, damit sie das Tablett hereinbringen konnte. »Ich habe dir noch eine Schale von dem Nachtisch gebracht und ein Glas Milch, wie du es wolltest.«

Bonnie warf das Kleid aufs Bett, nahm Jewel das Tablett

ab und stellte es auf den Tisch am Fenster. Dann setzte sie sich und löffelte die Süßspeise.

»Du hast in letzter Zeit einen gesegneten Appetit«, stellte Jewel fest.

»Stimmt. Es ist auch schon das zweite Glas Milch, das ich seit dem Mittagessen trinke. Ich habe ein unglaubliches Verlangen danach.«

»Milch ist gesund.«

»Aber man wird auch dick davon. Ich passe kaum noch in meine Hose.«

»Deshalb solltest du wirklich versuchen, eines von den feinen Kleidern zu tragen, die dir Lady Katharine geschenkt hat.« Jewel nahm das perlgraue Kleid vom Bett und breitete den Rock über ihrem Arm aus. »Ich bin sicher, Seine Lordschaft hätte nichts dagegen, dich in diesem Kleid zu sehen.«

Bonnie wandte sich Jewel zu. »Seine allmächtige Lordschaft weiß nicht einmal, daß ich noch am Leben bin. Er ist noch immer wütend auf mich, weil ich mich mit Miles angefreundet habe. Seit Miles ausgezogen ist, hat er kein Wort mehr mit mir geredet.«

»Vielleicht braucht er etwas, was ihn von seinen Sorgen ablenkt. In diesem Kleid wird es dir bestimmt gelingen, seine Aufmerksamkeit zu erregen.«

Bonnie schluckte. »Ich weiß nicht, ob ich das überhaupt will.«

»Er grübelt zuviel. Schon als Kind war er immer ein bißchen still. Das legt sich mit der Zeit. Was meinst du? Sollen wir nicht einen Versuch machen mit dem Kleid? Schaden kann es nicht, dafür aber eine Menge Gutes anrichten.«

Bonnie nahm einen Schluck von der Milch und betrachtete das Kleid.

Jewel fuhr im Flüsterton fort: »Ich könnte auch ein paar Bänder auftreiben, die zu diesem Kleid paßten.«

»Zeitverschwendung.«

»Er hat erst vorhin nach dir gefragt.«

»So?« Bonnie widmete sich wieder der Süßspeise.

»Er ist ins Wohnzimmer gekommen und hat gefragt: ›Wo ist Bonnie?‹«

»Er sagte wohl eher: ›Wo steckt dieser Fratz?‹ Oder sagte er ›diese Göre?‹«

»Nein, so was sagt er schon längst nicht mehr. Er ist viel ruhiger geworden, seit Miles fort ist.«

»Jedenfalls hat er sich seither ziemlich rar gemacht.«

»Pardon — aber du ziehst dich doch immer zurück. Du schließt dich in diesem Zimmer ein und verläßt es nur, wenn du sicher bist, daß Seine Lordschaft nicht in der Nähe ist. Wenn du erwartest, daß er bei dir anklopft, muß ich dich enttäuschen. Männer haben ihren Stolz. Und je früher du das lernst, um so besser, Mädchen.«

»Und Frauen haben keine Stolz?«

»Manchmal muß man als Frau nachgeben, damit man bekommt, was man sich wünscht.«

»Wollen Sie damit sagen, daß ich Seine Lordschaft haben will?«

»Möchtest du das abstreiten?«

Bonnie blickte aus dem Fenster. »Es gibt Träume, und es gibt Hirngespinste, Jewel. Ich bin alt und klug genug, um den Unterschied zu kennen.«

Jewel breitete noch einmal das Kleid auf ihrem Arm aus, und als Bonnie sich umdrehte, lächelte die Dienerin und sagte: »Es wäre eine Schande, eine gute Gelegenheit auszulassen, wenn sie sich bietet. Es ist wirklich ein hübsches Kleid — meinst du nicht auch?«

»Ja.« Bonnie seufzte. »Viel zu schön für mich.«

»Unsinn. Wir fangen zunächst mit einem Bad an, das mit Rosenwasser parfümiert ist. Dann flechte ich dir das Haar zu Zöpfen, damit es dein hübsches Gesicht und das schöne Kleid nicht verdeckt.«

Bonnie mußte lachen. Der Gedanke, den Nachmittag auf diese Weise zu verbringen, war zu verlockend. Weitaus angenehmer, als die Texte zu lesen, die Miss Crandall ihr hinterlassen hatte, als sie im Groll von ihr geschieden war. Wenn Bonnie an diese Frau dachte, schoß ihr das Blut ins Gesicht. Die Gouvernante hatte mit dem Stock auf Bonnies Finger geschlagen, weil sie in ihrer Gegenwart geflucht hatte. Bonnie hatte ihr das Stöckchen aus der Hand gerissen und sie damit ebenfalls auf die Finger geschlagen. Miss Crandall hatte sich bei Damien beschwert, der ihr geantwortet hatte: »Was haben Sie denn erwartet? Sie haben das verdient, Miss Crandall.«

Bonnie lächelte. Was konnte es schaden, dieses Kleid anzuprobieren? Als Kind hatte sei einmal davon geträumt, sich wie eine Prinzessin anzuziehen und von einem Prinzen umworben zu werden.

Aber ich bin keine Prinzessin, dachte sie und Warwick ist weit davon entfernt, ein galanter Prinz zu sein.

Damien reichte Richard die Papiere. »Ich komme gerade aus Middleham«, sagte er. »Dort habe ich mit Carlton Ashbee gesprochen.«

»Gütiger Gott!« Richards Doppelkinn zitterte, als er diese Worte herauswürgte. »Dieser Schuft hat mir geschworen, daß er sich nie an dich wenden würde. Um welche Summe hat er dich gebeten?«

»Um zweitausendfünfhundert Pfund.« Damien lief im Zimmer auf und ab. Dann blieb er wieder vor seinem Onkel stehen, der so blaß geworden war wie ein Laken. »Warum?« forschte Damien.

Mit kaum hörbarer Stimme gab Richard zurück: »Eine Pechsträhne bei Whites.«

»Offenbar. Hattest du noch andere Pechsträhnen?«

Richard zog ein Seidentuch aus der Tasche und tupfte sich

den Schweiß von der Stirn. Als er keine Antwort gab, ging Damien an den Schreibtisch zurück, blätterte ein Kontobuch auf und schlug mit der Faust darauf. »Verdammt! Du hast Geld genommen, um damit deine Wettschulden zu bezahlen!«

Richard schluckte.

»Du versuchst nicht einmal, das abzustreiten?«

»Wie — wie könnte ich das?«

Damien drehte sich von ihm weg, richtete den Blick auf einen Fleck an der Wand und versuchte, seinen Zorn zu dämpfen. Richard ließ sich auf einen Stuhl fallen und vergrub das Gesicht in den Händen. »Was hast du vor?« fragte er.

Es dauerte eine Weile, bis sich Damien zu einer Antwort durchgerungen hatte. »Das einzige, was ich in so einem Fall tun kann. Ich entferne dich von deinem Posten, Richard.«

»Damien, bitte ...«

Damien schwang herum, und sagte bitter enttäuscht: »Wie konntest du auch nur daran denken, die Warwicks zu bestehlen? Wärst du doch nur zu mir oder Randolf gekommen.«

»Ich habe es versucht!« Richard stand auf. »Ich habe mit Randolf noch am Morgen vor seinem Jagdunfall gesprochen. Aber er schlug mir meine Bitte ab. Und mit dir konnte ich nicht reden. Dafür habe ich mich zu sehr geschämt. Das wirst du doch verstehen, oder?«

»Ich kann die Tatsache, daß du die Warwicks zwei Jahre lang schamlos bestohlen hast, nicht verstehen«, entgegnete Damien schroff.

Richards Gesicht lief dunkelrot an. Er ballte die Hände zu Fäusten und rief: »Einen Teufel kannst du! Ich bin der Meinung, daß mir die Warwicks dieses Geld schulden, nachdem ich die Sippschaft vierzig Jahre lang ertragen habe.«

»Ich finde, wir sind verdammt großzügig zu dir gewesen, wenn ich bedenke, was für ein Chaos du aus deinem Leben gemacht hast.«

Richard, dem die Augen vor Wut fast aus den Höhlen traten, sprang Damien so unvermutet an, daß er keine Gelegenheit zur Abwehr hatte. Der Alte packte seine Jacke und rief mit trunkener Stimme: »Fahr zur Hölle! Ich habe dich geliebt wie einen Sohn, und du jagst mich davon.«

Zu verblüfft, um etwas sagen zu können, starrte Damien seinem Onkel ins Gesicht, und der schwere süße Duft des Portweins raubte ihm fast den Atem. Dann hob er langsam beide Arme und ergriff Richards Handgelenke. »Nimm deine Hände von mir weg«, befahl er mit gefährlich leiser Stimme.

Da kam Richard zu Bewußtsein, was er soeben getan hatte. Er ließ Damiens Jacke los, taumelte zurück und sank auf einen Stuhl. »Verzeih mir. Mein höllisches Temperament geht zuweilen mit mir durch. Himmel, ich hätte mir so etwas bei dir sonst niemals erlaubt.«

Damien strich seine Jackenaufschläge glatt und fuhr sich dann mit der Hand durch die Haare. Er war schon oft Zeuge von Richards aufbrausendem Temperament gewesen, aber ihm gegenüber hatte er sich noch nie so vergessen. Der Vorfall hatte ihn erschreckt, und er zwang sich, normal zu atmen.

Richard beobachtete ihn. »Bist du verletzt?«

Damien schüttelte den Kopf.

»Es ist dieser verdammte Portwein. Er bringt mich dazu, Dinge zu tun, die ich im nüchternen Zustand niemals machen würde. Es tut mir ehrlich leid.« Er richtete sich auf, knetete das Taschentuch mit beiden Händen und seufzte. »Ich bitte dich — bitte dich inständig, mir noch eine letzte Chance zu geben. Ich schwöre, daß ich keinen Tropfen Portwein mehr trinken werde. Und daß ich nie mehr spiele oder wette.«

Damien wußte, daß er ein Narr war, wenn er auf seinen Onkel hörte, aber er konnte nicht anders. »Ein allerletztes Mal, Onkel. Wenn du jedoch rückfällig wirst . . .«

»Werde ich nicht.«

»Und da ist noch die Kleinigkeit von zweitausendfünfhundert Pfund, die du mir schuldest, ganz zu schweigen von den Summen, die du veruntreut hast. Hast du eine Vorstellung, wieviel das gewesen ist?«

Richard zupfte nervös an seinem Hemdkragen. »Das kann ich nicht so auf Anhieb sagen. Ich habe ein paar Liegenschaften in Wales und Schottland. Es wird zwar eine Weile dauern, bis ich sie verkauft habe, aber du bekommst dein Geld zurück, Damien. Das verspreche ich dir.«

Jewels Stimme ertönte von der Tür her.

»Mylord, die Post ist gerade gekommen. Briefe aus London.«

Damien nahm die Briefe entgegen und ging damit aus dem Zimmer. Er drehte ein Kuvert um und starrte auf das Siegel des Parlaments. Also war die Nachricht, auf die er so lange gewartet hatte, endlich eingetroffen. Tatsächlich hatte er in den letzten Wochen die von ihm so gefürchtete Auseinandersetzung mit dem Parlament aus seinem Bewußtsein verdrängen können, während er sorgfältig daran gearbeitet hatte, die Manipulationen seines Onkel in den Kontobüchern aufzudecken. Er konnte jetzt aus Braithwaite abreisen und alles, wofür es stand, hinter sich lassen ... wenn er es wollte.

Der Teetisch wurde im Hof auf der Südseite unter einem Kastanienbaum vorbereitet. Bonnie stand neben Kate, während Stanley frisch geschnittene Blumen auf dem Tisch arrangierte und dann eine Platte mit Petits fours in die Mitte stellte. Bonnie entging nicht der bewundernde Blick, den der Butler ihr schenkte, während er sich beeilte, das silberne Tafelbesteck und das Porzellan auf dem Tisch zu verteilen.

»Das scheint eine Menge Aufwand für eine Tasse Tee zu sein«, sagte Bonnie zu Kate.

Kate sah zum Haus und runzelte die Stirn. »Damien kommt wie immer zu spät. Weißt du, wo er stecken könnte, Stanley?«

»Ich habe ihn zuletzt mit ihrem Onkel in der Bibliothek gesehen. Soll ich Seine Lordschaft daran erinnern, daß er mit Ihnen verabredet ist, Lady Katharine?«

»Nein, vielen Dank. Ich vermute, daß er jeden Moment hier erscheinen wird.«

Als Stanley sich entfernte, sagte Bonnie: »Sie haben mir nichts davon gesagt, daß Ihr Bruder mit uns Tee trinken würde.«

»Ich habe auch Damien nichts davon gesagt, daß Sie hier mit uns Tee trinken würden.« Kate warf einen kritischen Blick auf den Tisch. »Ich denke, Sie sollten hier sitzen. Die roten Rosen passen besser zu Ihrem Kleid als die gelben dort.«

Kate führte Bonnie auf die andere Seite des Tisches und bot ihr dort einen Stuhl an »Perfekt. Denken Sie daran, daß Sie die Beine nicht übereinander schlagen dürfen. Halten Sie den Rücken immer ein Stück von der Rückenlehne entfernt, und falten Sie die Hände mit den Handflächen nach oben locker auf dem Schoß.«

Bonnie verdrehte die Augen. »Und wie soll ich dann Tee trinken, wenn ich meine Hände auf dem Schoß falten muß?«

»Nein — vielleicht sollten Sie besser Ihre Hände mit irgend etwas beschäftigen ...« Kate sah sich um und bemerkte, daß ihr Buch noch auf der Bank lag. Sie hob es auf. »Perfekt.«

Bonnie stöhnte. »Nur nicht wieder eines von diesen verdammten Büchern ...«

»Eine Novelle.« Kate schlug das Buch an der Stelle auf, wo sie ein Seidenband als Lesezeichen eingelegt hatte. »Natürlich werden Sie so sehr in Ihre Lektüre vertieft sein, daß Sie gar nicht merken, wie sich Damien dem Tisch nähert. Und wenn er Sie dann anspricht, sehen Sie ihn überrascht an und ziehen einen Schmollmund.« Kate warf die Lippen auf und zeigte ihr, was sie meinte.

»Himmel — Sie machen ein Gesicht, als hätten Sie in eine Zitrone gebissen.«

Sie sahen sich um und bemerkten Damien, der gerade auf dem Weg erschien.

»Großer Gott«, klagte Kate leise und kicherte. »Oh, tun Sie irgend etwas. Rasch! Er kommt! Himmel, ich falle vor Aufregung fast in Ohnmacht.«

Bonnie hob das aufgeschlagene Buch vor das Gesicht.

»Gerade sitzen! Gerade sitzen!« flüsterte Kate.

Bonnie setzte sich gerade.

»Legen Sie das Buch auf den Tisch. So kann er doch Ihr Gesicht nicht sehen.«

»Aber ich lese doch!«

»Niemand hält das Buch so dicht vors Gesicht, wenn er liest!«

»*Ich* schon.«

»Seit wann?«

»Seit jetzt!«

Sie kicherten beide, bis Kate sagte: »Pst! Er kommt.«

Hinter ihrem Buch versteckt, schloß Bonnie die Augen und hielt den Atem an. Sie hörte seine schnellen und schweren Schritte, die rasch näher kamen. Sie schluckte und merkte, daß ihr Mund wie ausgedörrt war. Das Korsett hatte ihr scheinbar alle Luft aus den Lungen gepreßt, und nun litt sie unter Atemnot.

»Tut mir leid, daß ich zu spät komme.« rief er mit tiefer Stimme. Bonnie wurde schwindlig, sie schwankte ein wenig und fing sich dann wieder.

»Dafür haben wir Verständnis, Damien . . . wir haben uns gerade über das Buch unterhalten, das Bonnie und ich gelesen haben.«

Es folgte ein langes Schweigen, und Bonnie vermutete,

daß er sie anschaute. Sie senkte das Buch ein wenig und schielte über den oberen Rand.

Damien stand neben seiner Schwester; der Wind spielte mit seinen dunklen Haaren, und sein Gesicht wirkte entspannt ... bis sich ihre Blicke trafen. Erst in diesem Moment bemerkte sie die strengen Linien um Mund und Augen, die auf eine große Belastung hindeuteten.

Als Damien Bonnie genauer betrachtete, zogen sich seine Augen fast unmerklich zusammen, und seine breiten Schultern im weißen Batisthemd strafften sich. Sie fragte sich flüchtig, ob diese Reaktion Überraschung ausdrückte. Sie ließ das Buch langsam sinken, klappte es zu und legte es auf den Tisch. Noch nie hatte sie sich so unbehaglich gefühlt wie jetzt. Sie litt unter der bangen Erwartung, daß Damien, sobald er sich von seinem Schock erholt hatte, in Gelächter ausbrechen und sie verspotten würde.

Aber er lachte nicht. Er musterte sie schweigend von ihrer Frisur bis zum Spitzensaum ihres Kleides.

Kate räusperte sich. »Willst du den Rest des Tages dort stehenbleiben oder mit uns Tee trinken?« fragte sie.

Damien zog einen Stuhl unter dem Tisch hervor und setzte sich.

Kate goß den Tee ein — erst in Bonnies, dann in ihre und schließlich in Damiens Tasse. »Wie ich schon sagte, wir haben gerade über diesen wundervollen Roman gesprochen.«

Damien sah Bonnie an. »Wie heißt er?«

Bonnie spähte rasch auf den Buchdeckel, dann auf ihn zurück. *»Jane Eyre.«*

»Ist es ein Liebesroman?«

»Hochromantisch«, mischte sich Kate ein. »Er handelt von einer armen Gouvernante, die sich in ihren reichen Arbeitgeber verliebt.«

Damien lächelte und nahm seine Tasse. »Warum habt ihr Frauen nur so eine Vorliebe für solchen Kitsch?«

»Wir müssen die Romantik eben nehmen, wo wir sie finden. Wenn wir warten müßten, bis wir sie von unseren Männern bekommen, würden wir wohl für immer darauf verzichten müssen.«

Damien hob eine Braue und lachte. »Sind deine Flitterwochen bereits zu Ende, Engelchen? Sollte ich in dieser Angelegenheit mal mit Lord Bradhurst reden?«

»Kehre du mal lieber vor deiner eigenen Tür. William und ich haben als Verlobte schon genug unter deinem Diktat gelitten.«

Wieder herrschte Schweigen. Sie nippten an ihren Teetassen und knabberten Gebäck. Bonnie brachte keinen Bissen herunter. Die Korsettstangen unter ihrem Kleid drückten auf ihren Magen, und die Unterröcke lösten einen Juckreiz auf ihrer Haut aus. Sie fühlte sich ganz und gar nicht wohl. Und sie kam sich wie eine Närrin vor, weil sie gehofft hatte, daß Ihre Aufmachung, die Jewel und Kate so sehr bewundert hatten, eine positive Wirkung auf Damien haben würde. Aber er schien nicht im mindesten beeindruckt zu sein.

»Habt ihr beide — Richard und du — etwas Wichtiges besprochen?« fragte Kate.

»Das haben wir in der Tat. Und ich habe endlich einen Brief von Palmerston bekommen.« Damien tat einen zweiten Löffel Zucker in seinen Tee und rührte um. »Ich soll in vierzehn Tagen vor dem Parlament mein Anliegen vortragen.«

Kate stellte ihre Tasse auf eine ganz und gar nicht elegante Weise auf den Unterteller zurück. Ihre Wangen waren plötzlich wachsbleich, während sie sich am Tischrand festklammerte. »Das bedeutet, daß du Braithwaite verlassen und nach London fahren wirst.«

»Ja.«

»Und wenn du deine Mission in London erledigt hast, fährst du nach Amerika.«

Bonnies Herz machte einen Satz.

»Ja«, erwiderte er leise. Kate wandte ihr Gesicht ab. Damien beugte sich vor und nahm ihre Hand. »Du wußtest, daß das unvermeidlich war.«

»Was nicht bedeutet, daß es mir gefallen muß.« Ihre Stimme bebte. Als sie Damien wieder ansah, schimmerten Tränen in ihren Augen. »Ich bitte dich, bleib hier! Warum willst du dich an so einem schrecklichen Krieg beteiligen? Ich habe die Zeitungen gelesen — Tausende werden sterben.«

»Ich habe ein Heim zu beschützen, Kate.«

»Dein Heim ist hier!« Kate sprang auf und starrte ihren Bruder an, während ihr die Tränen über die Wangen rollten. »Braithwaite ist dein zu Hause. Warum leugnest du das?«

»Kate . . .«

»Du hast die meiste Zeit deines Lebens nicht auf andere gehört und der Welt getrotzt, Damien. Einem jungen Mann steht das an und gibt ihm etwas Verwegenes, Draufgängerisches, aber du bist jetzt erwachsen und trägst Verantwortung. Du und Richard, ihr seid die einzigen, die mir als Familie geblieben sind. Wenn du nach Amerika zurückkehrst, weiß ich, daß ich dich in meinem Leben nie wiedersehen werde.«

Damien stand auf, nahm die weinende Kate in die Arme und wiegte sie sanft. Gelegentlich glitt sein Blick zu Bonnie, und sie sahen sich eine Weile stumm an. Schließlich wandte sich Bonnie ab, weil sie nicht wollte, daß er ihre Gefühle für ihn erkannte, die sich in ihren Augen widerspiegeln mußten.

»Also«, hörte sie ihn flüstern, »nun verdirb uns doch nicht unsere Teeparty. Schließlich ist der Tisch so hübsch . . .«

»Nur der Tisch?« murmelte Kate an seiner Hemdenbrust.

Bonnie sah auf. Damien sagte: »Die Ladies, mein Engel, sind schön.«

Bonnie verstand Damien nun besser als zuvor. Er war ein Mann, auf dem eine große Verantwortung lastete und der mit vielen Schwierigkeiten zu kämpfen hatte.

Bonnie starrte einen langen Moment ihre Kleider im Schrank an und berührte kurz die perlgraue Kreation, die ihr eine Zeitlang das Gefühl gegeben hatte, eine Prinzessin zu sein. Dann zwang sie sich, die Tür zu schließen, zum Bett zu gehen und die Tasche hervorzuholen, die sie schon gepackt hatte. Sie enthielt nicht viel: eine Bürste, ein sauberes Hemd; ein paar Bänder, die Kate ihr geschenkt hatte; ein Strumpfband und die Strümpfe, die sie heute nachmittag getragen hatte. Und natürlich ihre Spieldose.

Sie verließ das Zimmer und schlich lautlos und ohne sich umzusehen zur Vordertür und verließ das Haus.

Ein wolkenloser Nachthimmel wölbte sich über York. Als Bonnie auf der obersten Stufe der Freitreppe stand und die Gärten und die Auffahrt, die im Mondlicht glänzte, betrachtete, wurde sie so traurig, daß sie sich hinsetzen mußte, um den Schwächeanfall zu überwinden.

Damien hatte genug Probleme in seinem Leben. warum sie noch dadurch vergrößern, daß sie ihm ihre Gegenwart aufzwang? Zudem hatte er ja gesagt, daß er England bald verlassen würde. Die Vorstellung, daß sie auf einem Kai stehen und ihm zum Abschied zuwinken würde, war zu schmerzhaft für sie. Sie konnte die nächsten Jahre ihres Lebens, umgeben von seinen Dienern in den Räumen seines Hauses nicht damit verbringen, auf einen Brief zu warten in dem er seine Hochzeit mit einer anderen ankündigte. Lieber jetzt die Sache im Keim ersticken, solange sie den Abschied selbst herbeiführen konnte. So wurde sie besser damit fertig.

Sie legte die Stirn auf die Knie und wehrte sich nach Kräften gegen dieses quälende Verlangen, den Tränen ihren Lauf zu lassen. In letzter Zeit hatte sie so oft weinen müssen, selbst wegen Kleinigkeiten . . .

Damien trat aus dem Schatten und setzte sich neben sie. »Willst du weggehen?« fragte er leise.

Sie sah überrascht zu ihm hoch.

Er rauchte eine dünne lange Zigarre und streckte seine langen Beine aus. »Eine schöne Nacht zum Spazierengehen. Hast du Lust, mich zu begleiten?«

Sie sah schuldbewußt auf ihre Tasche.

»Du kannst sie mitnehmen, wenn du möchtest. Vielleicht wirst du sie brauchen, vielleicht auch nicht.« Damien stand auf und bot ihr seine Hand an. Sie ergriff sie nach kurzem Zögern und hielt den Atem an, als sich seine Finger fest um ihre schlossen. Mit einiger Mühe stand sie auf.

Sie gingen zusammen die Auffahrt hinunter. Schließlich bog Damien auf einen Weg ein, der sich durch Büsche und Beete schlängelte. Bonnie hielt an, weil sie sich sagte, daß sie damit ihren Abschied nur unnötig hinauszögerte, aber als er ebenfalls stehenblieb und sie musterte, fühlte sie sich dazu gezwungen, ihm zu folgen. Da stand eine Eberesche am Ende des Pfades, darunter zwei Stühle aus Schmiedeeisen. Damien lehnte sich gegen den knorrigen Stamm. Bonnie setzte sich auf einen Stuhl, stellte die Tasche auf ihre Schenkel und drückte sie an sich.

Schließlich ergriff Damien das Wort.

»Mir sind nur zwei Personen bekannt, die es fertigbringen, sich mitten in der Nacht ohne Abschied aus dem Haus zu stehlen.«

»Und wer ist das?«

»Du — und ich.«

»Oh.« Sie lächelte und versuchte, sich zu entspannen.

»Willst du mir eine Frage beantworten?«

»Wenn ich kann.«

»Ich habe dir alles geboten, was man mit Geld kaufen kann — ein Heim, Essen, Bildung —, aber du gibst das alles auf und ziehst die Armut vor. Warum?«

Bonnie schaute ihn an. Er erwiderte ihren Blick mit einem grimmigen Lächeln.

»Sie haben mir ein Dach über dem Kopf geboten«, sagte sie, »nicht ein Heim. Das ist ein Unterschied. Und Essen und Bildung können den körperlichen und geistigen Hunger stillen, die Seele hat keine Nahrung. In Caldbergh mußte ich auch nicht frieren und hungern, aber es gab wenig Freude und schon gar keine ...« Bonnie sah zur Seite. »Als Kind habe ich mir, jedesmal wenn ich einen bestimmten Stern sah, gewünscht, daß ich später einen König heiraten und alles Geld der Welt besitzen würde. Meine Mutter sagte damals zu mir, daß ich vielleicht eines Tages reich sein würde — aber das wäre nichts wert, wenn ich niemanden hätte, den ich liebte und der meine Liebe erwiderte und mit dem ich meinen Reichtum teilen könnte. Ebensogut könnte ich in einem Schloß wohnen, das mit Unrat angefüllt sei. Ich habe das nie richtig geglaubt, bis ich nach Braithwaite kam.«

Sein Blicke auf sie geheftet, stand Damien einen langen Moment regungslos da. Dann lachte er. »Du bist also in deiner unendlichen Weisheit zu der Erkenntnis gekommen, daß es Braithwaite an Glück und Frohsinn mangelt.« Er verzog den Mund, bevor er hinzufügte:— »Wie klug du doch bist.« Er warf die Zigarre auf den Boden und trat die Glut mit seinem Stiefelabsatz aus. »Sag mal, erinnerst du dich noch, bei welchem Stern du dir das alles gewünscht hast?«

»Natürlich«, erwiderte sie. »Erst heute abend habe ich mir wieder etwas gewünscht.«

»Seltsame Worte aus dem Mund eines Mädchens, das nicht an Märchen glaubt.« Er grinste.

Bonnie spürte, daß ihre Wangen warm wurden. Sie stellte die Reisetasche auf den Boden und trat unter den Ästen des Baums hervor, damit sie den Himmel besser sehen konnte. Damien stellte sich hinter sie und legte die Hände auf ihre Schultern. Es kostete sie große Mühe, sich auf die Sterne zu konzentrieren. Am liebsten hätte sie sich umgedreht und sich zum letzten Mal an ihn geschmiegt.

»Da«, sagte Bonnie und deutete auf einen Stern. »Er steht direkt über den nördlichsten Giebel von Braithwaite. Er ist heller als alle anderen Sterne. Sehen Sie ihn?«

»Ja, ich sehe ihn.«

»Nun schließen Sie Ihre Augen«, befahl Bonnie.

Seine Antwort war ein sachter Druck auf ihre Schultern.

»Stern, der du am hellsten leuchtest und alle andern überstrahlst — möge das, was ich mir wünsche, alsbald in Erfüllung gehen...«

Der Wind, der über dem Moor seufzte, war das einzige Geräusch. Schließlich bückte sich Bonnie und hob ihre Tasche auf. Langsam, ganz langsam, mit klopfendem Herzen und feuchten Augen drehte sie sich Damien zu. Er hatte die Hände in die Hosentaschen geschoben. Seine Augen waren dunkel, und dieser harte Zug in seinem Gesicht schien wieder seinen Groll anzudeuten.

»Leben Sie wohl«, sagte sie.

Er antwortete ihr nicht.

So viel zu den Wünschen, dachte sie bei sich und machte sich auf den Weg.

»Bonnie.«

Sie hielt an und schaute sich um. Damien stand als dunkle Silhouette auf dem Pfad. Der Puls schlug ihr heftig am Hals, während sie auf seine nächsten Worte wartet. »Bitte geh nicht fort.«

Sie spürte die Ungeheuerlichkeit seiner Bitte wie eine Last, die auf ihre Schultern drückte. Sie wußte, was es ihn gekostet hatte, sie auszusprechen.

»Komm mit mir nach London und dann...«

»Und dann?« Sie hielt den Atem an.

»Wir werden uns etwas ausdenken.«

Sie drückte die Tasche an ihre Brust, während sich die

nächste Minute endlos hinzog. Sie feuchtete sich die Lippen mit der Zunge an und flüsterte: »Ich bin lange genug eine Last für Sie gewesen. Ich möchte Ihnen nicht auch noch Ihre Reise nach London erschweren...«

»Unsinn.«

»Man könnte es als ungehörig empfinden...«

»Kate wird dich begleiten. Du kannst bei ihr in Williams Stadthaus wohnen.«

Sie knabberte an ihrer Unterlippe. »Aber York...«

»Es läuft dir nicht weg, du kannst dich immer noch entschließen, dorthin zu gehen.«

»Wollen Sie wirklich, daß ich hierbleibe?«

Einen Herzschlag lang gab er keine Antwort. »Ja, das wünsche ich mir sehr.«

Bonnie schlang die Arme um die Reisetasche und wandte sich dem Haus zu. Damien blieb stehen, wo er war, und sah ihr nach.

»Wohin gehst du?« rief er ihr schließlich nach.

»Ins Bett, Sir, um mich für die Reise nach London auszuruhen. Ich denke, das wird morgen ein anstrengender Tag werden.«

Sie betrachtete noch einmal den sternenübersäten Nachthimmel, und im selben Moment rief Damien leise: »Gute Nacht, Liebes.«

Damien ging in die Bibliothek und traf dort Richard und Kate an, die vor dem Kaminfeuer saßen.

»Ich glaube, du hast vergessen, mir und Kate von dem Brief zu erzählen«, sagte Richard. »Wann ist er gekommen?«

»Zusammen mit Palmerstons Einladung.«

»Laut Auskunft des Präsidenten Davis scheint der Krieg zu eskalieren.«

»Das kann man kaum als Neuigkeit bezeichnen.«

»Also scheint auch der tiefe Süden nicht von Artilleriebeschuß verschont zu bleiben. Kannst du uns verraten, ob du dich freiwillig zur Armee der Südstaaten melden willst?«

Damien starrte ins Feuer, ehe er antwortete: »Das weiß ich noch nicht.«

Er setzte sich auch ans Feuer und las noch einmal den Brief, den sein Onkel ihm gab. Davis schrieb von den Ereignissen im Mai. General Benjamin F. Butler hatte Truppen der Konföderierten ohne Genehmigung des Präsidenten nach Baltimore geführt und hielt die Stadt noch immer besetzt. Nordkarolina hatte eine Versammlung nach Raleigh einberufen und den Austritt aus der Union beschlossen, und der provisorische Kongreß der Südstaaten hatte Richmond zur Hauptstadt der Konföderierten bestimmt. Schon drei Tage später war Virginia dem Beispiel von Nordkarolina gefolgt; aber der westliche Teil des Staates war noch überwiegend unionstreu und dachte daran, sich von den Konföderierten zu trennen.

Doch die wahrscheinlich wichtigste und folgenschwerste Meldung war, daß die Union den ersten Toten dieses Krieges während der Besetzung von Alexandria, Virginia, durch Truppen der Konföderierten zu beklagen hatte. Elmer Ellsworth, Kommandeur des elften New Yorker Regiments, starb bei dem Versuch, eine Konföderiertenfahne von einem Hoteldach zu entfernen. Der Hotelbesitzer James Jackson, der den Regimentskommandeur erschoß, wurde von einem Unionssoldaten getötet. »Offenbar hat jetzt sowohl der Norden wie der Süden seinen ersten Märtyrer für seine politische Überzeugung«, schrieb Davis.

Damien blickte in das prasselnde Kaminfeuer.

»Jetzt gibt es wohl kein Zurück mehr — weder für die Union noch für die Konföderation. Die Würfel sind gefallen.«

»So scheint es.«

»Könntest du für eine Sache, von der du nicht hundertprozentig überzeugt bist, einen Menschen töten?« Richard schüttelte den Kopf. »Ich glaube nicht.« Und mit bebender Stimme fuhr er fort: »Tue es nicht, Damien. Um Gottes Willen — versündige dich nicht, indem du fremdes Leben zerstörst und Familien ihren Ernährer raubst.«

Richard stand auf und verließ das Zimmer. Damien blickte stumm in die Flammen des Kaminfeuers. Schließlich warf er den Brief hinein und beobachtete, wie er sich in Asche verwandelte.

Kate frage: »Was wird aus Bonnie?«

»Sie reist mit uns nach London.«

»Warum? Der Abschied wird Bonnie nur schwerer fallen, wenn du ihn hinauszögerst. Schick sie nach York oder erlaube ihr, hier zu wohnen; aber zwinge sie nicht, zuzusehen, wie du das Schiff besteigst. Laß sie gehen.«

»Ich kann nicht.« Er stand auf. »Ich . . . kann nicht«, wiederholte er und ärgerte sich über den gequälten Ton seiner Stimme.

»Warum nicht? Gestehst du dir endlich ein, daß sie dir etwas bedeutet?«

Er lachte unfroh. »Das habe ich dir schon vor einiger Zeit gesagt, Engelchen. Sie gehört mir. Ich habe sie für jeden anderen Mann verdorben, und deshalb ist es meine Pflicht, den Schaden wiedergutzumachen.«

»Ihre Unschuld kannst du schwerlich wiederherstellen. Willst du dich wegen einer Enttäuschung dein Leben lang davor drücken, dich zu einem Gefühl zu bekennen? Hast du Angst, eine Frau zu lieben, nur weil du fürchtest, sie könnte deine Liebe nicht erwidern?«

Er lächelte spöttisch. »Ich kann nicht verschenken, was mir nicht mehr gehört. Ich habe mein ganzes Herz an Bent Tree gehängt.«

»Ein Grund mehr, Bonnie gehen zu lassen.«

»Ich werde sie gehen lassen, sobald ich dazu bereit bin.«

17

Sie brachen am Morgen auf. Obwohl es eine Zugverbindung zwischen York und London gab, entschied sich Damien, die Kutsche zu nehmen. Er dachte, daß Bonnie so mehr von der Landschaft sehen würde, und er selbst wollte in seinem ruhelosen Zustand die Reise nicht in einem stickigen Zugabteil zurücklegen. Kate und Bonnie hatten die Kutsche für sich allein, während er mit einigen Begleitern vorausritt.

Bonnie hatte in der Nacht kaum geschlafen. Eine Stunde vor ihrer Abreise hatte sie Jewel zu sich gerufen, und sie hatten die Kleider, die Kate ihr geschenkt hatte, sorgsam eingepackt. Für die Fahrt hatte sich Bonnie ein Kleid aus blaßblauem Tüll mit kurzen Ärmeln und einem Rock ausgesucht, dessen Saum mit einer breiten Bordüre altweißer Spitzen besetzt war. Als Kate sie in diesem Kleid sah, eilte sie in ihr Zimmer und holte einen Anhänger aus blauem Porzellan mit einer weißen Kamee, den sie mit einem Band aus blaßblauem Samt um Bonnies Hals befestigte. Jewel hatte Bonnies Haare gebürstet und, statt es zu Zöpfen zu flechten, nach hinten gekämmt und im Nacken mit einer Schleife zusammengebunden.

Bonnie, Kate und Jewel hatten enttäuscht feststellen müssen, daß Damien wenige Sekunden, bevor sie die Kutsche bestiegen, bereits mit einer kleinen Eskorte losgeritten war. »Nun gut«, hatte Kate gesagt, »er kann sich ja nicht ewig unserer Gesellschaft entziehen.«

Während Kate sich wieder mit der Lektüre von *Jane Eyre* beschäftigte, betrachtete Bonnie durch das offene Fenster die vorüberziehende Landschaft.

Gegen Mittag schickte Damien einen Reiter zur Kutsche, der die Damen fragen sollte, ob sie beim Rasthaus ›Horsehouse Inn‹ eine Pause einlegen und dort das Mittagessen einnehmen oder lieber weiterfahren und sich mit dem Reiseproviant stärken wollten, den die Köchin ihnen eingepackt hatte. Die Ladies entschieden sich für letzteres. Kate breitete ein feines Damasttuch über die Sitzbank und packte Fleischpasteten, kalten Braten und belegte Brötchen aus. Zum Nachtisch gab es Käse, Weißbrot und eine Flasche Wein. Sie ließen die Weinflasche ungeöffnet, bis die Nachmittagssonne auf die Kutsche brannte.

»Wenigstens regnet es nicht«, sagte Kate, als sie ihr zweites Glas Rotwein an die Lippen führte. »Noch nicht.«

Bonnie lächelte, trank einen Schluck Wein und schaute wieder durchs Fenster.

»Was finden Sie denn so interessant dort draußen?« fragte Kate.

»Die Welt. Ehe ich nach Caldbergh kam, bin ich nie aus dem Ort, in dem ich geboren wurde, gekommen.«

»Und wo war das . . .?«

Bonnie dachte eine Sekunde daran, Kate ihre Vergangenheit zu offenbaren, entschied sich dann aber dagegen. Obwohl sich ihr Verhältnis zu den Warwicks fast zu einer Freundschaft entwickelt hatte, brachte sie es nicht fertig, über die grauenvollen Einzelheiten von dem Mord an ihrem Vater zu berichten, solange die Möglichkeit bestand, daß der Mörder sie finden konnte. Zudem waren die Alpträume in den letzten Wochen immer seltener aufgetreten. Warum sie wieder an die Oberfläche ihres Bewußtseins zerren, wenn sie so nahe daran war, all ihre Ängste und Schmerzen zu vergessen?

»Für mich sind alle penninischen Berge meine Heimat«, sagte Bonnie. »Die fernen Hügel dort könnten der Platz sein, wo ich als Kind gespielt habe. Wenigstens sehen sie diesem sehr ähnlich. Sie sind schön, nicht wahr?«

Kate spitze nachdenklich die Lippen, bevor sie antwortete: »Wenn man einen Hügel und ein Tal gesehen hat, hat man alle gesehen.«

»Das stimmt nicht ganz.«

Bonnie deutete auf einen der nächsten Hügel. »Sehen Sie die tiefen Rillen an dem Abhang? Wissen Sie, was das ist? Man nennt sie ›Hushes‹. Vor Hunderten von Jahren haben die ersten Bergleute hier Flüsse mit Dämmen gestaut, um sie über die Hänge ablaufen zu lassen und auf diese Weise Bleiadern bloßzulegen. Erst später hat man Stollen und Schächte in den Berg getrieben. Und sehen Sie diese schwachen waagrechten Linien? Das waren die Fußwege, die die ersten Minenarbeiter benützten. Wußten Sie, daß Swaledale schon im zwölften Jahrhundert das Blei für die Dächer französischer Kathedralen geliefert hat? Und auch für das Königsschloß von Windsor? Viele romanische Kathedralen sind mit Blei aus den entlegensten Minen in Yorkshire gedeckt. Die Römer haben als erste hier Erz gefördert. Man hat einen Bleibarren gefunden, der mit dem Stempel ›Hadrian 117—138‹ versehen war. Und viele glauben, daß die Anfänge des Bergbaus noch viel weiter zurückliegen.«

»Wahrhaftig!« rief Kate und musterte Bonnie verblüfft. »Ich habe mein ganzes Leben hier gewohnt und davon nichts gewußt.«

»Ihr Leben hatte ja keinen direkten Bezug zu ...« Bonnie schluckte die letzten Worte hinunter und blickte wieder aus dem Fenster.

»Wenn die Bergleute heutzutage hier auf Spuren ihrer Vorfahren stoßen, sprechen sie ein Gebet. In Swaledale und in Arkengarthdale wurden zu den besten Zeiten fünf- bis sechstausend Tonnen Blei jährlich gefördert. Die Bergleute werden selten älter als vierzig. Die Luft in den Schächten scheint sie zu vergiften.«

Kate lehnte sich zurück und betrachtete Bonnie eindringlich. »Das ist sehr traurig«, seufzte sie.

»Ja«, gab Bonnie leise zurück. »Es genügt nicht, daß das Leben für sie schon hart genug ist. Diese Leute müssen oft sechs bis sieben Meilen bis zu ihrer Arbeitsstätte gehen und bekommen auch noch eine kargen Lohn für ihre schwere Arbeit. Viele unverheiratete Bergleute leben nur von Haferbrei und trockenem Brot, und das muß als Nahrung für die stundenlange Arbeit in den dunklen Stollen reichen.«

»Ein Leben zu solchen Bedingungen muß ja unerträglich sein«, rief Kate. »Erfüllt von Leiden und Unglück.«

»Sie sind nicht unglücklich«, erwiderte Bonnie. »Trotz aller Entbehrungen stimmen die Bergarbeiter oft Lieder an, wenn sie über die Steilhänge zu ihren Arbeitsstellen gehen. Und auf dem Heimweg singen sie auch. Sie sind stolz auf ihre Arbeit und ihr Gewerbe. Ja, es sind feine Leute.«

»Das müssen sie sein. Bonnie, ist Ihr Vater in einem Bergwerk gestorben?«

»Nein, er . . .« Bonnie runzelte die Stirn und blickte Kate eisig an. »Ich habe niemals gesagt, daß mein Vater Bergmann gewesen war.«

»Das müssen Sie mir nicht erst sagen.«

Bonnie lehnte sich zurück, und sie setzten die Reise schweigend fort.

Die Kutsche erreichte bei Anbruch der Dämmerung Grange Inn. Das alte Rasthaus lag in einer Senke des Hochlandmoors inmitten einer Handvoll aus dunklen Feldsteinen erbauten Häusern, deren Fenster in einem warmen gelben Licht erstrahlten.

Das Rasthaus schien ein beliebter Treffpunkt nicht nur für Durchreisende, sondern auch für die Einheimischen aus der nächsten Umgebung zu sein. Als Bonnie und Kate aus der Kutsche stiegen, schlug ihnen lautes Lachen aus den Fenstern der Taverne entgegen. Bonnie und Kate tauschten einen amüsierten Blick.

Das Gasthaus war voll, und die wenigen offenen Fenster boten nicht genügend Kühlung und Durchzug für den Raum mit der niedrigen Balkendecke. Bonnie und Kate hatten kaum die Taverne betreten, als Damien auf sie zukam. Er schien, seinem Aussehen nach, lange vor ihnen in der Raststätte eingetroffen zu sein. Er hatte seine Jacke ausgezogen und unterschied sich kaum von den gewöhnlichen Leuten, die an den langen Tischen saßen. Das weiße Hemd war voller Staub und klebte ihm an Rücken und Brust, und auch sein Gesicht und sein Haar schienen noch feucht vom Schweiß zu sein. Er blieb vor ihnen stehen, warf den Kopf in den Nacken und setzte einen mit Bier gefüllten Humpen an die Lippen. Dann wischte er sich mit dem Ärmel den Mund ab und begrüßte sie: »Hatten die Damen eine angenehme Reise?«

»Sie war angenehm genug«, erwiderte Kate und zog die rechte Braue ein wenig hoch. »Und du, Damien?«

»Nun, das Bier entschädigt mich ein wenig für die Strapazen.«

Kate schmollte. »Du bist ein Schlitzohr und betrunken obendrein. Aufpassen, Bonnie. Wenn ich mich recht entsinne, sollte sich keine junge Dame in seine Nähe wagen, wenn Damien zu tief ins Glas geschaut hat. Er verträgt nicht viel, und sein Benehmen wird auch nicht besser vom Alkohol.«

Damien sah Bonnie zum erstenmal, seit sie das Rasthaus betreten hatte, an. Da war etwas Verhaltenes in seinem Gesicht, und wie am Tage zuvor verlor er kein Wort über ihr Äußeres.

»Ich habe heißes Wasser und Essen in euer Zimmer hinaufbringen lassen. Dort ist es viel ruhiger als hier.«

Kate sah sich um und wollte gerade etwas antworten, als eine vollbusige Magd mit aufgelösten roten Haaren und Sommersprossen auf Damien zukam, ihm den leeren Humpen aus der Hand riß und ihn mit einem vollen versorgte. Sie taumelte ein wenig, und er umfaßte sie mit einem Arm. Dann flogen ihre Arme um Damiens Hals, und sie zog seinen Kopf nach unten, bis sie ihre Lippen auf seinen Mund legen konnte. Bonnie konnte den Blick nicht von diesem Schauspiel wenden, und ihr Gesicht wurde kalt trotz der Hitze, die im Raum herrschte.

Als sie Kate ihren Namen rufen hörte, drehte sie sich widerwillig um. Kate befand sich bereits auf dem Weg zur Treppe. Bonnie folgte ihr, jedoch nicht ohne Damien noch einen Blick zuzuwerfen. Er überragte die Männer, die ihn umgaben. Die braune lederne Reithose saß so knapp, daß sich darunter seine schmalen Hüften und das Muskelspiel seiner Oberschenkel deutlich abzeichnete. Bonnie sah rasch wieder weg, während sie ein schmerzliches Brennen in ihrer Brust spürte.

Eine freundliche Frau zeigte ihnen ihr Zimmer.

Der Raum war klein, aber ausreichend für ihre Bedürfnisse. Ein Doppelbett füllte den Platz an einer Wand gänzlich aus, und ein gedeckter schlichter Tisch war an die gegenüberliegende Wand geschoben. In der Mitte des nackten Dielenbodens stand ein Zuber, der mit heißem Wasser gefüllt war. Fünf mit dampfendem Wasser gefüllte Eimer warteten daneben.

Die Wirtin wischte ihre Händen an der Schürze ab und sagte: »Wenn Sie mit dem Baden fertig sind, brauchen Sie nur zu läuten, und mein Mädchen leert den Zuber aus und füllt ihn mit frischem Wasser. Wie Sie sehen, habe ich ihnen das Essen bereits heraufgebracht. Es ist nichts Besonderes, aber es ist nahrhaft und füllt den Magen.«

»Es duftet herrlich«, sagte Kate. »Zu liebenswürdig von Ihnen.«

»Passiert nicht oft, daß wir so feine Leute bei uns als Gäste begrüßen können, Madam, obwohl wir Ihren Bruder natürlich noch in guter Erinnerung haben. Er ist früher häufig bei uns eingekehrt und hat hier mit seinen Freunden immer viel Spaß gehabt. Keine Dirne im Umkreis von zehn Meilen war vor ihnen sicher, wenn sie Jimmys Braunbier getrunken hatten.«

Kate lächelte. »Daran zweifle ich nicht. Er scheint sich auch heute prächtig zu amüsieren.«

»Er war damals schon ein hübscher Bursche, und jetzt ist ein schöner Mann aus ihm geworden. Und Damien hat sich nie lumpen lassen — o pardon, ich meine natürlich seine Lordschaft. Es ist schwer, sich daran zu gewöhnen, daß er einen Titel hat.«

»Verständlich — es fällt ihm selbst schwer«, erwiderte Kate. »Übrigens — wo wohnt mein Bruder?«

»Direkt gegenüber.«

Bonnie lag auf dem Rücken, starrte an die Decke und lauschte den Geräuschen, die vom Gastzimmer heraufdrangen. Mitternacht mußte bereits vorüber sein, aber Damien war noch nicht auf sein Zimmer gegangen.

Sie wagte nicht, die Augen zu schließen, weil sie fürchtete, daß sich ihr dann das Bild von Damien mit der Magd aufdrängte. Hatte sie sich das nur eingebildet, oder wollte er sie tatsächlich damit herausfordern, daß er vor ihren Augen diese Frau küßte? Schließlich hatte er sie doch zu dieser Reise eingeladen. Er hatte sogar zugegeben, daß er sie in seiner Nähe haben wollte.

Bonnie stand auf. Sie konnte nicht länger ruhig liegenbleiben, wenn sie sich vorstellte, daß er mit dieser Frau zusammen war. Warum tat er das? Falls Kate recht hatte und Damien wirklich etwas für sie empfand — warum suchte er dann nicht ihre Nähe? Es erschien ihr so sinnlos, daß ein Mann mit einer Frau schlafen wollte, die er gar nicht kannte, geschweige denn liebte.

Bonnie lief im Zimmer auf und ab und redete sich ein, daß sich Kate geirrt hatte. Damien liebte sie gar nicht. Sie würde sich auf eine schlimme Ernüchterung gefaßt machen müssen, wenn sie auch nur eine Sekunde lang annahm, daß sein Gefühl mehr war als schlechtes Gewissen und Verantwortungsbewußtsein.

Ja, er hatte sie gebeten, ihn nach London zu begleiten. Er hatte sogar zugegeben, daß er sich nicht von ihr trennen wollte.

Bonnie versteckte sich im Schatten neben der Treppe und suchte den Raum nach Damien ab. Die Menge hatte sich inzwischen etwas gelichtet, aber unter der Decke schwebten noch immer dicke Rauchschwaden, und der saure Geruch des Braunbiers raubte ihr fast den Atem.

Eine Gruppe von sechs Männern stand in einer Ecke, und an einem Tisch hatte ein Mann den Kopf auf die Tischplatte gelegt und schlief. Andere waren über den Raum verstreut, paarweise oder allein, aber Damien befand sich nicht darunter.

Bonnie wollte schon in ihr Zimmer zurückkehren, als das schrille Lachen einer Frau sie zurückhielt. Mit klopfendem Herzen blickte sich Bonnie um und sah durch eine offene Tür das weiße Hemd von Damien. Er saß auf einer Bank. Die Magd war neben ihm, knöpfte ihm mit einer Hand sein Hemd auf und zerrte es von seiner Schulter. Dann strich sie über seine nackte Brust zu seinem Bauch.

»Du bist ein echter Mann«, flötete die Magd. »Es kommen nicht viel von deiner Sorte hierher. Für zwei Pence verschaffe ich dir ein Vergnügen, das du nicht so leicht vergißt. Willst du mit der ollen Rita in ihr Zimmer gehen?«

Damien hob seinen Bierkrug und nahm einen kräftigen Schluck. Bonnie hielt empört den Atem an.

»Ich sage dir was, mein Junge. Du hast ein hübsches Ding

in der Hose. Wir vergessen die zwei Pence und feiern ein wenig in meinem Bett.«

Damien lächelte, als die Frau ihre Hand über seine Hose schob.

»Vielleicht sollte ich dir dafür etwas in Rechnung stellen«, lachte er.

»Und vielleicht würde ich sogar dafür bezahlen. Wie ich schon sagte, kommen nicht oft solche Kerle wie du in unsere Kneipe.« Die Frau kicherte.

Ein Lachen erregte Damiens Aufmerksamkeit. Vielleicht hatte er auch Bonnies Gegenwart gespürt, denn er drehte langsam den Kopf zur Seite, bis sich plötzlich Bonnies Blick mit dem seinen kreuzte. Einen Moment starrte er sie an, bevor er der Magd den Krug in die Hand drückte und befahl: »Hol mir noch ein Bier.«

Rita bewegte sich überrascht von ihm weg. Dann wurde sie ebenfalls auf Bonnie aufmerksam. »Himmel, das ist doch nicht etwa deine Frau ...«

»Nein«, sagte er barsch, »das ist sie nicht.«

»Deine Verlobte ...«

»Nein. Halt den Mund und besorg mir das Bier.«

Er starrte auf seine Stiefel. Selbst aus dieser Entfernung konnte Bonnie erkennen, daß er wütend war. Aber nicht wütender als sie selbst. Bonnie zitterte so sehr, daß es ihr angst und bang wurde. Aber sie war machtlos dagegen, und sie konnte auch nicht verhindern, daß ihr die Worte entschlüpften: »Ein widerliches Schauspiel, das Sie bieten ...«

Er kam so rasch auf die Beine, daß die Bank krachend umfiel. Er deutete mit dem Finger auf Bonnie und schnaubte wütend: »Du hast kein Recht dazu, dich dort zu verstecken und mich zu bespitzeln! Was ich tue und mit wem, geht dich nichts an!«

Sie starrte ihn nur an und bewies dabei eine Courage, die sie gar nicht empfand. Zu ihrer Empörung und diesem seltsamen Gefühl im Herzen kam noch eine körperliche Erregung, die noch beunruhigender war als sein Verhalten.

»Hör auf, mich so anzuschauen«, zischte er.

Mit gepreßter Stimme erwiderte sie: »Wie schau' ich Sie denn an?«

»Wie ein geprügelter kleiner Hund. Das kann ich nicht ertragen, Bonnie. Ich will nicht, daß du mir nachspionierst. Halte dich von mir fern und laß mich in Ruhe.«

»Sie haben mich doch selbst gebeten, sie nicht zu verlassen!« erwiderte sie hitzig.

Die Magd kam mit dem Bier zurück, aber Damien schob sie einfach beiseite und trat noch dichter an Bonnie heran.

»Das gibt dir aber nicht das Recht, mir nachzuspionieren!«

Bonnie öffnete den Mund und schloß ihn wieder, weil sie merkte, daß es plötzlich still geworden war in der Gaststube und die Gäste sie ansahen. Also drehte sie sich nur um und ging die Treppe hinauf. Sie hatte schon die Hälfte der Stufen hinter sich gelassen, als Damien ihr mit dröhnender Stimme nachrief: »Komm zurück!«

»Ich denke nicht daran.«

»Bonnie!«

Sie erreichte das erste Stockwerk und hörte, daß Damien die Treppe heraufstürmte. Als sie die Zimmertür erreichte, spürte sie, wie ihre Handgelenke von hinten gepackt wurden. Im nächsten Moment wirbelte sie herum und starrte in Damiens erhitztes, beunruhigend hübsches Gesicht. Sie merkte, daß er sich nach Kräften bemühte, seine Wut zu beherrschen — oder noch mehr als das?

»Wie ich sehe, werde ich mit meiner Schwester reden müssen«, sagte er im gepreßten Ton. »Sie hätte dir längst beibringen müssen, wie man sich älteren und weisungsberechtigten Menschen gegenüber zu verhalten hat. Es gehört sich nicht, einem Mann den Rücken zuzudrehen, der mit dir redet, Bonnie.«

»Sie meinen, daß ein Angehöriger der Unterklasse sich nicht erlauben darf, einen Angehörigen der Oberklasse nicht zu beachten...«

»Hör auf, mir die Worte im Mund herumzudrehen.«

»Das haben Sie doch gemeint, oder etwa nicht?«

Seine dunklen Augen fixierten ihre Schulter, bevor er ihren Mund anstarrte. »Nein«, sagte er leiser. »Es war nicht so gemeint. Tatsächlich habe ich mich in den letzten Tagen nur noch mit Mühe daran erinnern können, daß du einmal ein Mädchen aus dem Arbeitshaus gewesen bist.«

Sie konnte seinen warmen Atem an ihrer Schläfe spüren. Das Blut stieg ihr in den Kopf und machte sie schwindlig.

Ihr Herz begann laut zu pochen, als sie sagte: »Ist denn das Mädchen aus Caldbergh so leicht zu vergessen, Sir?«

Er lachte — ein seltsam bitteres Lachen — und murmelte: »Wenn es von meterlangen Schleifen und Spitzen verschluckt wird, durchaus. Es würde einem Mann sogar schwerfallen, sich auf seinen eigenen Namen zu besinnen, sobald er sich einer Frau von so ungewöhnlichem... Liebreiz gegenübersieht.«

Bonnie sank gegen die Wand, als er mit einer Hand die Konturen ihres Gesichts nachfuhr und dann sacht über die Stelle an ihrem Hals strich, wo ihr Puls heftig pochte. Sie schluckte und sagte: »Ich bin wohl kaum eine Frau mit Liebreiz...«

Er lachte wieder bitter. »Was für eine bezaubernde Bescheidenheit, aber ich bezweifle, daß sie nicht lange anhält, wenn wir erst einmal in London sind und du von Scharen junger Männer umschwärmt wirst. Ich habe das schließlich alles schon einmal erlebt. Ich frage mich, wer dann der größere Narr ist — ich, weil ich dich mitgenommen habe, oder du, weil du mir gefolgt bist. Ich fürchte, wir werden am Ende beide leiden müssen.«

»Ich kann mir nicht denken, warum.«

Er hob mit dem Daumen ihr Kinn an. Sie sah, daß seine Augen Funken sprühten, die ihr die letzte Kraft in den Beinen raubten. Sie klammerte sich an Damiens Hemd fest um den Halt nicht zu verlieren.

Er begehrte sie. Das sah sie ihm an. Und er empfand tatsächlich etwas für sie — das bewies das Muskelspiel seiner Wangen und die zornige Falte auf seiner Stirn. Seine Lippen zuckten. Hoffnungen, die sie erst vor kurzem erstickt hatte, loderten in ihrem Herzen auf.

Woher sie nun den Mut nahm, sich auf die Zehenspitzen zu stellen und ihren offenen Mund auf den seinen zu pressen, wußte sie nicht. Das hatte sie bisher nur in ihren Träumen gewagt, wenn sie nachts keinen Schlaf gefunden hatte.

Damien stöhnte leise, ließ ihre Handgelenke los, fuhr mit beiden Händen durch ihr Haar und hielt ihren Kopf fest, während er sie mit einer Leidenschaft küßte, die ihr den Atem raubte. Seine Zunge glitt in ihren Mund hinein und wieder heraus, wie er sich damals in ihrem Körper bewegt hatte. Sie schlang die Arme um seinen Nacken und erwiderte seinen Kuß mit der gleichen Leidenschaft.

Als er sich endlich von ihr löste, holte er keuchend Luft, während seine Hände langsam an ihren Armen hinaufglitten. »Gott helfe uns beiden — aber ich begehre dich«, flüsterte er rauh. »Wenn ich dich bitte, mit mir auf mein Zimmer zu kommen — würdest du das tun?«

»Und was ist mit der Frau in der Gaststube?«

»Wenn ich dieses dumme Ding hätte haben wollen, hätte ich sie mir genommen.«

Bonnie senkte den Blick.

»Schamhaftigkeit steht dir gut, Bonnie. Aber ich bin viel zu erregt und zu betrunken, um sie gebührend schätzen zu können. Willst du mit auf mein Zimmer kommen oder nicht?«

»Aber Kate . . .«

»Hat einen festen Schlaf, wenn ich mich recht entsinne.« Er ging rückwärts zur Tür seines Zimmers, während seine Finger noch immer ihr Handgelenk umschlossen. Sie zögerte eine Moment und folgte ihm dann, wie hypnotisiert von dem Hunger in seinen Augen.

Er öffnete die Tür und trat zur Seite. Er wollte sie nicht zwingen, ihm zu folgen, aber Bonnie wünschte, er würde es tun. Während ihr Körper und ihr Geist miteinander stritten, war sie nicht imstande, sich zu bewegen.

Das Geräusch schwerer Schritte auf der Treppe schreckte Bonnie aus ihren Gedanken, und ohne den Blick zu heben, trat sie ins Zimmer. Sie brachte es nicht fertig, sich umzudrehen und Damien anzusehen. Das war keine Nervosität. Das war nicht einmal die Scham, die sie in diesem Moment befangen machte. Sie erkannte plötzlich ganz klar, daß sie ihn liebte und empfand ein Glücksgefühl, weil sie ihm endlich ohne die trennende Barriere des Hasses und des Zorns gegenübertreten konnte.

Er legte seine Hände auf ihre Schultern und strich über ihr Dekolleté. Als er einen Arm um ihre Taille schlang und sie an sich zog, konnte Bonnie die Hitze seines Körpers durch den Stoff ihres Kleides spüren, und das entfachte in ihr ein Feuer, das heiß und verzehrend zugleich war.

Sie drehte sich zu ihm um und stöhnte leise, als seine Hände über ihre Brüste glitten und sie festhielten. Seine Stimme klang heiser, als er sie aufforderte: »Küß mich.«

Wieder fuhren seine Finger durch ihr Haar. Er zog ihren Kopf nach hinten und preßte seine Lippen auf ihren Mund. Er versengte sie fast mit seiner Zunge, die ihre Mundhöhle erforschte.

Endlich wich er eine Winzigkeit von ihr zurück, war aber noch so nahe, daß seine Lippen ihren Mund berührten, als er befahl: »Schau mich an.«

Ihre Lider flatterten. Sein Gesicht war feucht und gerötet.

Ein Schweißtropfen hing an seiner Schläfe, und Bonnie war versucht, ihn mit der Zunge aufzufangen, als er seitlich an seinem Gesicht hinunterrollte. Aber sie tat es nicht. Sie war hilflos und unfähig, etwas anderes zu tun, als ihm in die Augen zu schauen und sich zu fragen, was er vorhatte. Dann merkte sie, daß er auf ihre Reaktion wartete.

Sie nahm sein Gesicht in beide Hände und flüsterte: »Ich liebe dich.«

Einen Moment lang rührte er sich nicht. Dann wich er langsam zurück.

Bonnie verkrampfte die Hände ineinander, lächelte zaghaft und sagte: »Es ist wunderbar, das auszusprechen — meinst du nicht auch?«

Mit ausdruckslosem Gesicht drehte sich Damien von ihr weg, ging zur Kommode an der Wand und starrte sein Spiegelbild an. Bonnie trat hinter ihn, legte zögerlich ihre Arme um seine Taille und drückte ihre Wange an seinen Rücken. Sie atmete tief den moschusartigen Duft ein, der von ihm ausging und die Leidenschaft in ihr noch heißer und heller aufflammen ließ. Ein leises Stöhnen kam ihr unwillkürlich über die Lippen.

Als sich Damien wieder umdrehte, schien sein Gesicht sich verhärtet zu haben, und seine Augen waren noch dunkler als zuvor. Bonnie spürte die Gefahr, als sich seine Hände um ihre Schultern schlossen. Dann küßte er sie abermals, bis sie sich atemlos vor Angst und Erwartung an ihn klammerte. Als er dann ihren Kopf anhob und ihr ins Gesicht sah, sagte er mit stählerner Stimme: »Verwechsle so etwas niemals mit Liebe, Bonnie.«

»Wenn es nicht Liebe ist — was dann?«

»Lust. Wenn das Feuer zwischen deinen Beinen brennt und nicht in deinem Herzen, hat das mit Liebe nicht das geringste zu tun.« Er drängte sie auf das Bett zu, während seine Hände ihr das Kleid über die Arme zogen und sich über ihre

Brüste wölbten. »Du liebst nicht mich«, sagte er rauh, »sondern das.«

Ihre Lider flatterten und schlossen sich, als er an ihrem Kleid zerrte und sie aufs Bett legte.

Seine Hände umfaßten ihre Brüste. Und als er sich über sie beugte und ihre harten, rosigen Brustwarzen sacht an seinem Gesicht rieb, wimmerte sie leise. Er liebkoste sie mit seinen Lippen, und Bonnie wölbte sich ihm entgegen. Das verzehrende Verlangen, das sie empfand, überraschte sie selbst.

Er lächelte auf eine hintergründige Weise, die ihm gleichzeitig ein spitzbübisches und verwegenes Aussehen gab. »Ich bin betrunken; aber nicht so betrunken, daß ich nichts mehr denken kann, ich muß verrückt gewesen sein, dich für ein Kind zu halten. Ich sollte dich in dein Zimmer tragen und zu meiner Schwester ins Bett stecken. Aber ich glaube, das bringe ich nicht fertig.«

Er schob sich vom Bett und schwankte einen Moment hin und her. Bonnie versuchte sich aufzusetzen, aber er drückte sie ins Kissen.

Er zog sein Hemd aus dem Hosenbund und warf es auf den Boden. Er knöpfte rasch seine Hose auf, bis das Leder nachgab und seine Schamhaare freilegte, die dichter und dunkler waren als die Haare auf seiner Brust.

Damien ließ langsam den Blick über sie hinwandern, als wollte er sich jede Einzelheit ihres Körpers einprägen. Seine Brust hob und senkte sich rasch, während er geräuschvoll ein- und ausatmete. Dann schob er seine Hose über die Hüften.

»Ich habe viele Nächte wach in meinem Bett gelegen und mir eingeredet, daß mein Gedächtnis mir einen Streich spielen würde«, sagte er leise. »Daß du unmöglich so schön sein kannst, wie ich dich in Erinnerung habe. Ich weiß nicht mehr, wie oft ich mit dem Gedanken gespielt habe, in dein Zimmer zu stürmen und dich zu nehmen, um dieses Feuer zu ersticken, das du in mir entfacht hast.« Er schloß die Augen und murmelte mit leiser Stimme: »Ich bin zu müde und zu betrunken, um dieses Verlangen heute abend noch einmal niederringen zu können. Ich begehre dich so sehr, daß es schmerzt.«

Bonnie setzte sich ganz langsam auf und begrub ihr Gesicht an seinem Bauch.

»Ich habe unter dem gleichen Verlangen gelitten wie du«, gestand sie. »Und egal, was du denkst oder glaubst — ich liebe dich.«

»Nein. Nicht . . .«

»Was muß ich tun, um dich davon zu überzeugen?« Sie fuhr mit ihren Händen über seine Hüften, und er stöhnte laut.

»Vorsichtig«, flüsterte er rauh, »ich könnte es dir sonst zeigen.«

»Ich bin mehr als bereit zu lernen.«

»Deine Jungfräulichkeit habe ich dir bereits genommen. Ich möchte dir deine Unschuld nicht gänzlich rauben. Davon muß noch etwas übrigbleiben für . . .«

Ein Schatten wanderte über sein Gesicht, und seine Verbitterung schien sich wieder in Zorn zu verwandeln. Seine Hände zwangen sie grob aufs Bett. Er küßte ihren Mund, ihren Hals und ihre Schultern. Seine Zunge spielte mit ihren Brustwarzen, bis Bonnie vor Leidenschaft verging.

Mit einer wilden, hungrigen Eile bewegte sich sein Mund über ihren Bauch. Er tauchte seine Zungenspitze in ihren Nabel, bis sich ihre Finger in das Laken krallten und sie seinen Namen rief. Sein Kopf glitt tiefer, und sein Atem blies heiß gegen das Fleisch zwischen ihren Schenkeln.

»Nein, oh, nein«, keuchte sie, und erst später wurde ihr bewußt, daß diese Worte nur ein trockenes Schluchzen in ihrer Kehle gewesen waren. Sie bedeckte ihr Gesicht mit dem Handrücken.

Seine Zunge glitt in sie hinein wie eine heiße Flamme. Immer wider drang sie in sie und zog sich zurück, jede Falte ihres intimsten Bereichs erkundend, und bei jedem Vorstoß schien ihr Körper in winzige Stücke zu zerbersten. Sie bog und wand sich, bettelte nicht nur um die süße Erlösung, die er ihr bringen konnte, sondern auch darum, daß er in sie drang.

Er hob sich leicht in die Höhe, setzte die Spitze seines Gliedes an ihre Scham und glitt mit einem langsamen Stoß in sie.

Damiens Kopf fiel nach hinten, und seine schweißglänzende Brust hob und senkte sich heftig. »O, mein Gott«, stöhnte er. »Guter Gott, das ist unglaublich!«

Bonnie hob ihre Beine an und schlang sie um seine Taille. »Bitte . . .«, flüsterte sie und drückte ihr Becken gegen das seine.

Er bewegte sich in ihr, verhalten erst, dann heftiger, und mit jedem Stoß wurde das Feuer in ihnen heißer, bis sie von einem Sturm wilder Gefühle fortgewirbelt wurden und die Welt um sie herum versank. Sie faßten sich bei den Händen und schlangen die Finger ineinander.

»Schau mich an«, bat er. »Ich will, daß du mich ansiehst, wenn du den Höhepunkt erlebst.«

Sie gehorchte, und ihre Blicke tauchten ineinander.

Ihre Körper bewegten sich nun im gleichen Rhythmus.

»Halte mich«, flüsterte er, »halte mich fest und laß mich nicht los!«

Im nächsten Moment hörte die Wirklichkeit für sie beide auf zu existieren. Bonnie war sich vage bewußt, daß sie Worte der Leidenschaft und der Liebe stammelte und daß sie sich nicht länger zurückhalten konnte. Er umfaßte mit beiden Händen ihre Hüften, während sein Glied in ihr pulsierte und er sich in einem heißen Strahl in sie ergoß.

Dann — nach einem langen Augenblick, in dem die Zeit stillzustehen schien — entspannten sie sich. Bonnie drückte

Damien fest an sich. Sie streichelte sein Haar, und als er sich schließlich auf einen Ellenbogen stützte und auf sie hinabschaute, lächelte sie.

Damien lächelte zurück. »Jetzt bin ich nicht mehr betrunken«, sagte er.

Er hob sich von ihr weg, half ihr, es sich im Bett bequem zu machen und legte sich neben sie. Er streckte sich an ihrer Seite aus, ein Bein locker über ihre Beine geschoben, und streichelte sie zärtlich, bis ihr Körper bebte. Seine rechte Hand wanderte langsam zu ihren Schenkeln und schob sich dann sacht zwischen ihre Beine. Er streichelte sanft ihre Scham und fragte: »Habe ich dir weh getan?«

Sie schüttelte den Kopf, gerührt von seiner Fürsorge.

Damien holte tief Luft. Er berührte ihr Gesicht mit den Fingern. Dann nahm er ihren Kopf in beide Hände, küßte sie auf den Mund und strich leicht mit der Zungenspitze über ihre Lippen. Schließlich murmelte er: »Weißt du, daß ich schon wieder Verlangen nach dir habe? Was hast du nur mit mir angestellt? Wie konntest du mich so verhexen, daß ich keine Macht mehr über meine Gefühle habe?«

Er küßte sie wieder, heftiger dieses Mal, und zog sie fester an sich. Als er endlich seine Lippen von ihrem Mund löste, flüsterte Bonnie: »Das Feuer brennt noch immer.«

Seine Hand glitt über ihren Schenkel. Sie fing sie ab und legte sie auf ihre Brust. »Das Feuer hier«, gestand sie, »brennt noch viel heißer.«

Bonnies Atemzüge waren das einzige Geräusch, das die Stille im Zimmer durchbrach. Damien beobachtete, wie sich ihre Brüste im Schlaf leicht hoben und senkten. Sie war schön. Wunderschön. Ihre Unschuld macht ihn verletzbar und weich, und er verdammte sich wegen dieser Schwäche.

Er verfluchte sich für das, was er ihr antun mußte. Aber sein Entschluß stand schon so lange fest, und er wollte ihn nicht mehr umstoßen. Bonnie glaubte vielleicht wirklich, daß sie ihn liebte, aber das Feuer in ihrem Herzen würde bald von neuen Erlebnissen erstickt werden — von den Erfahrungen mit anderen Männern. Zudem war für sie — so gern er sie auch hatte — kein Platz in seinem Leben.

Ein leises Klopfen an der Tür schreckte Damien aus seinen trüben Gedanken. Er stand auf, warf ein Laken über Bonnie, das sie bis zur Stirn bedeckte, und schlüpfte in seine Hose. Er öffnete die Tür einen Spalt und blickte in das Gesicht seiner Schwester.

»Ist Bonnie hier?« fragte sie.

Er nickte.

Kate sah zur Seite. Selbst in dem matten Licht der anbrechenden Morgendämmerung konnte er erkennen, daß sie wütend war.

Als sie ihn wieder ansah, sagte sie: »Willst du wenigstens dafür sorgen, daß sie wieder in ihrem eigenen Bett liegt, bevor die Leute im Haus aufstehen?«

»Selbstverständlich.«

Damien ging ging zum Bett und versuchte, Bonnie zu wecken. Doch sie stöhnte nur leise und kroch noch tiefer in die Kissen. Schließlich wickelte er sie in das Laken und hob sie auf seine Arme. Er trug sie zur Tür und wartete, bis Kate über den Korridor gegangen war und ihre eigene Zimmertür geöffnet hatte. Dann brachte er sie zu ihrem Bett. Sie öffnete verschlafen die Augen und lächelte.

»Ich habe dich in dein Zimmer zurückgetragen«, flüsterte er.

»Hmmm. Warum?«

Damien grinste. »Wir müssen auf deinen makellosen Ruf achten.«

»Meine Mutter pflegte zu sagen: ›Was du niemals hattest, wirst du auch nicht vermissen.‹«

»Deine Mutter muß eine wunderbare Frau gewesen sein.«

»Das war sie. Du hättest ihr gefallen.«

»Dessen bin ich mir nicht so sicher.« Er küßte sie auf die Stirn und kehrte in sein Zimmer zurück, wo Kate wütend auf und ab ging.

Sie wartete, bis er die Tür hinter sich geschlossen hatte, und fauchte ihn an: »Wie konntest du nur?«

Damien fuhr sich mit der Hand durchs Haar und schloß die Augen. »Ich habe höllische Kopfschmerzen. Ich wünschte, du würdest leiser sprechen.«

Er ging zur Kommode und goß sich ein Glas Wasser ein. Er spülte sich den Mund aus. Kate beobachtete ihn und fuhr fort:

»Wie konntest du ihre Gefühle so schändlich mißbrauchen, wenn du die Absicht hast, sie mit dem erstbesten Mann zu verheiraten?«

»Nicht unbedingt mit dem erstbesten Mann, Kate. Ich will, daß sie gut versorgt ist. Natürlich muß sie der Mann liebevoll behandeln, sonst werde ich der Verbindung meine Zustimmung versagen, verdammt noch mal.«

»Oh, ich bin mir ganz sicher, daß die Gefühle, die ein heiratswilliger Gentleman für Bonnie entwickelt, grenzenlos sein werden — besonders wenn er hört, daß ihre Mitgift hunderttausend Pfund beträgt. Bonnie ist bestimmt sehr erfreut, wenn sie erfährt, daß du so großen Wert auf ihr Glück legst.« Kate ging zur Tür, drehte sich aber noch einmal um. Ihre Augen schwammen in Tränen, als sie zornig sagte: »Ich hätte nie geglaubt, daß du mich so grenzenlos enttäuschen könntest.«

18

Williams und Katharines Stadthaus in der Park Lane war selbst an einem so trüben Nachmittag ein angenehmer und behaglicher Aufenthaltsort. Nach der strapaziösen Reise war Damien mehr als nur ein bißchen ruhebedürftig. Er mußte sich erholen, bevor er sich den Aufgaben stellte, die ihn hier in London erwarteten.

Er warf einen letzten Blick durchs Fenster auf die regennasse Straße und die zahlreichen Droschken und Busse, die sich dort tummelten. Zweifellos war Kates und Bonnies Kutsche vom Regen und dem dichten Verkehr aufgehalten worden. Und soweit er den Himmel in diesem schwefelgelben Nebel, der die Stadt zu ersticken drohte, erkennen konnte, waren noch größere Regengüsse zu erwarten.

Damien drehte sich vom Fenster weg und beobachtete, wie sein Schwager zwei Gläser mit Brandy füllte. Dann nahm er auf einem Queen-Anne-Sessel vor dem Kamin Platz und ergriff mit einem dankbaren Lächeln das Glas, das ihm William reichte.

William, salopp mit einem losen weißen Hemd und einer schwarzen Hose bekleidet, blieb am Kamin stehen und betrachtete Damien neugierig. »Man redet bereits von deiner Rückkehr in die Gesellschaft, guter Freund. Ich bin sicher, daß dich in deinem Haus in Mayfair zahlreiche Einladungskarten und Glückwünsche erwarten. Die jungen Damen sind schon ganz aufgeregt, und die Mütter nicht weniger«, fügte William lächelnd hinzu. »Ich glaube, ihnen läuft förmlich das Wasser im Mund zusammen bei dem Gedanken, dir ihre Töchter vorführen zu dürfen, Dame. Wie viele Teeinladungen gedenkst du in den nächsten Wochen anzunehmen, um dich an den jungen Damen zu weiden, die dir schöne Augen machen? Ich wette, du kannst es kaum erwarten.«

Damien grinste und nippte an seinem Brandy. »Ich werde versuchen, mir meine Begeisterung nicht allzu sehr anmerken zu lassen«, erwiderte er trocken.

»Zweifellos wirst du dich auch ein paarmal bei White's sehen lassen.«

»Gewiß.«

»Es ist dir sicherlich bewußt, daß man sehr neugierig ist, zu erfahren, warum du nach London zurückgekehrt bist.«

»Das überrascht mich nicht. Sicherlich wird es noch viel mehr Gerede geben, wenn ich wieder abreise.«

»Es gab auch heftige Debatten über die Position, die du in dieser Sache einnimmst. Ich habe erst heute morgen mit Palmerston gesprochen und muß dir sagen, daß ich keine guten Neuigkeiten für dich habe. Palmerston und Lord Russell, unser Außenminister, haben mir zu verstehen gegeben, es gäbe viele Mitglieder im Hohen Hause, die sehr bestürzt wären, wenn sich das Parlament tatsächlich dazu bereit fände, Madison und Slidell vor beiden Häusern sprechen zu lassen.«

Damien dachte einen Moment über die Bemerkungen seines Schwagers nach, und antwortete dann: »Präsident Davis hat James Madison und John Slidell zu seinen Kommissaren ernannt. Madison ist ein hoch angesehener Pflanzer aus Virginia und war Senator der Vereinigten Staaten und Vorsitzender des Senatsausschusses für auswärtige Angelegenheiten. Slidell hat eine ebenso beachtliche politische Karriere als Staatsmann hinter sich.«

William begegnete Damiens Blick mit einigem Widerstreben. »Du weißt, daß ich aus Zuneigung zu dir und deiner Schwester dein Anliegen unterstütze. Ich respektiere dich sehr, Dame, aber ich hege keine Sympathie für diesen Krieg. Du weißt, wie England über die Sklaverei denkt.«

»Die Entscheidung für oder gegen die Sklaverei hat mit diesem Krieg sehr wenig zu tun«, erwiderte Damien. »Hier geht es um die Entscheidung, ob der Süden, wie wir ihn kennen, weiterbestehen soll. Ich persönlich verabscheue die Sklaverei. Ich bezahle meine schwarzen Arbeiter gut und behandle sie gerecht. Aber ich bin ein Pflanzer des Südens, und dank der Seeblockade der Union verrottet in diesem Augenblick meine Baumwollernte auf den Kais.«

»Der *Economist* wird diese Begründung in Stücke reißen«, erwiderte William.

»Nicht nur unsere Textilindustrie hier in England wird letztendlich unter der gewaltsamen Unterbindung des Südstaaten-Exports zu leiden haben, wenn der Krieg andauert. Wie du sehr wohl weißt, ist Baumwolle nicht der einzige Rohstoff des Südens, auf den England bisher angewiesen war. Dazu gehören auch noch Tabak, Zuckerrohr, Reis . . .«

»Dieses Argument sticht allerdings«, unterbrach ihn William.

»Dann wirst du sicher einsehen, warum wir uns alle wünschen, daß dieser Krieg so schnell wie möglich beendet wird.«

William nickte. »Wann sollen die Regierungskommissare hier eintreffen?«

»Sobald das Parlament sich dazu bereit erklärt, die Abgesandten des Südens zu empfangen, werde ich Präsident Davis schreiben. Madison und Slidell werden in Charleston an Bord des Dampfers *Nashville* gehen. Der Dampfer ist ein Blockadebrecher, den Davis für diese Mission bereitgestellt hat. In Havanna steigen die Kommissare auf ein britisches Schiff um.«

William saß eine Weile nachdenklich und sagte schließlich: »Ich weiß natürlich, daß du in London bist, um den Vertretern der Konföderierten hier den Weg zu ebnen. Aber was hast du anschließend vor?«

Damien starrte in sein Glas. »Ich werde an den Mississippi zurückkehren und notfalls zu den Waffen greifen, um mein Heim zu verteidigen.«

William schien von dieser Eröffnung wie betäubt zu sein. »Hast du schon mit Kate darüber gesprochen?«

Damien nickte.

»Ich bin sicher, daß sie diese Nachricht nicht gut aufgenommen hat.«

Damien nickte abermals.

»Auch ich bin überrascht. In einem Krieg mitzumarschieren, ist wohl kaum unsere starke Seite, Damien.«

Damien lächelte. »Ich bin überzeugt, daß sich deine Vorfahren, wenn Sie dich jetzt hören würden, von dir abwenden würden. Vergißt du etwa, daß sie sich ihren Landbesitz und ihren Reichtum, den wir heute genießen, damit erworben haben, daß sie ihre Könige mit der Waffe verteidigt haben?«

»Sie wurden auch zum Kämpfen erzogen, Dame.«

Der Lärm vor dem Haus brachte ihre Unterhaltung zu einem Ende. William trat ans Fenster. »Die Damen sind eingetroffen«, verkündete er.

Damien erhob sich, und sie gingen beide zur Haustür. William öffnete sie schwungvoll und lief Kate entgegen. Damien folgte ihm zögerlich, da er sich nicht sicher war, ob sich Kates Zorn schon so weit gelegt hatte, daß sie wieder mit ihm redete. Ein Blick auf ihr Gesicht sagte ihm, daß ihr Verhältnis unvermindert gespannt war. Dann stieg Bonnie aus der Kutsche, und Damien hielt mitten im Schritt an.

William breitete die Arme aus, und Kate lief zu ihm. Er

hob sie hoch und wirbelte sie so heftig herum, daß ihr die Haube auf den Hinterkopf rutschte und sie laut lachte. »Du hast mir sehr gefehlt«, sagte er. »Ohne dich ist mir die Zeit verflucht lang geworden.«

»Und mir ebenso«, erwiderte Kate. Sie sahen sich lange in die Augen. Dann drehte sich Kate zu Bonnie um, die in dem Augenblick, als sie Damien sah, stehengeblieben war. »William, das ist Bonnie. Sieht sie nicht reizend aus?«

Damien bemerkte, daß sich auf Williams Gesicht Überraschung und Bewunderung ablösten. Sein Schwager hob Bonnies behandschuhte Rechte dicht vor seine Lippen und sagte: »Außerordentlich reizend. Darf ich Sie in unserem Heim willkommen heißen, Bonnie? Ich hoffe, Sie hatten eine angenehme Reise.«

»Schön war sie nicht«, gab sie ihm zur Antwort. »Auf der ersten Hälfte wurden wir fast gebraten, und in den letzten Stunden lief der Schlamm fast in die verdammte Kutsche. Mein Hintern ist so wund, als hätte ich eine Tracht Prügel bekommen.«

William starrte sie verdattert an. Dann warf er den Kopf in den Nacken und lachte laut. »Gütiger Gott«, prustete er, »und ich dachte, sie hätten übertrieben. Ich glaube, da werde ich mich bei ihnen entschuldigen müssen.«

»Bei wem, Mylord?«

»Na ja — bei Fitzpatrick, Millhouse und Newton natürlich. Sie waren alle so begeistert von Ihnen, als sie nach London zurückkamen. Sie rühmten Ihre Aufrichtigkeit und erfrischende Natürlichkeit. Sie werden sich sehr freuen, wenn sie hören, daß Sie nach London gekommen sind. Sie werden sich zweifellos darum reißen, Ihnen die Stadt zeigen zu können.«

»Aber erst wenn sich Bonnie von den Strapazen der Reise ausgeruht hat«, sagte Kate, nahm Bonnies Arm und führte sie zum Haus.

William und Damien sahen den beiden Frauen nach. »Darling, willst du deinen Bruder nicht begrüßen?« rief William.

Kate rief, ohne sich umzublicken: »Nein!«

Obwohl Bonnie sich gern umgedreht hätte, wagte sie es nicht. Sie wollte Damien unter vier Augen sprechen, um von ihm zu erfahren, warum er ihr in den letzten Tagen aus dem Weg gegangen war. Bonnie konnte Kates Unmut über das, was sich in Grange Inn zugetragen hatte, verstehen. Aber warum Damien sie wie Luft behandelte, war Bonnie unbegreiflich.

Sie wurden an der Haustür von einem rundlichen Hausmädchen mit blitzenden blauen Augen und einem freundlichen Lächeln empfangen: »Willkommen zu Hause, Lady Katherine. Ich habe den Tee aufbrühen lassen, und der Kuchen ist noch ofenwarm. Ich dachte, daß Sie und Miss Bonnie von der Reise erschöpft sind, und habe mir deshalb erlaubt, ein heißes Bad vorzubereiten und die Betten aufzudecken, falls Sie vor dem Dinner noch ein wenig ruhen wollen.«

»Edna, Sie sind ein Schatz«, antwortete Kate mit einem erschöpften Lächeln.

Bonnie trat in die Halle und blieb dort überrascht stehen. Die Eleganz des Hauses übertraf alle ihre Erwartungen.

»Welches Zimmer haben Sie für Bonnie hergerichtet?« fragte Kate.

»Lord Bradhurst hat das blaue Zimmer für die junge Dame bestimmt«, erwiderte Edna.

»Großartig!« Kate faßte nach Bonnies Hand und führte sie in den ersten Stock. »Sie müssen nicht ein so verstörtes Gesicht machen«, sagte Kate schelmisch.

Bonnie schüttelte den Kopf. »Ich hatte nicht erwartet, daß London so ... so groß ist.«

Kate lachte.

Als sie Bonnies Zimmer erreichten, trat sie zur Seite und sagte lächelnd: »Sag mir, was du denkst.«

Bonnie sah sich sprachlos in dem riesigen Raum um, betrachtete die cremefarbenen Stuckarbeiten an der Decke, die einen herrlichen Kontrast zu den blaßblauen Wänden bildeten. Auf dem Parkettfußboden aus Eiche lag ein wunderschöner gewebter Teppich, und Feuer prasselte im Kamin, auf dessen Sims eine Gruppe von Rokoko-Porzellanfiguren aus Staffordshire standen. Vorhänge aus elfenbeinfarbenem Damast an den Fenstern gaben den cremefarbenen Queen-Anne-Sesseln und dem Chippendale-Sofa vor dem Kamin eine zusätzliche elegante Note.

Aber das Baldachin-Bett faszinierte Bonnie besonders. Meterlange, unglaublich kunstvoll geklöppelte Spitzen hingen vom Betthimmel bis auf den Boden.

Kate schien zu ahnen, welche Gefühle Bonnie in diesem Augenblick bewegten. Sie ging zum Fenster und sah kurz hin, dann wandte sie sich wieder ihrem Gast zu. »Morgens scheint die Sonne ins Zimmer, und das Fenster geht auf den Garten hinaus, der zu dieser Jahreszeit sehr hübsch ist. Wie sie sehen, stehen die Rosen noch in voller Blüte, und an sonnigen Tagen verbreiten sie einen betörenden Duft.«

Kate ging auf Bonnie zu und nahm ihre Hand. »Ich hoffe, Sie fühlen sich hier wohl.«

»Das werde ich ganz bestimmt, Lady Katherine.«

»Bitte hör auf, mich mit Lady anzureden. Ich möchte doch Ihre Freundin sein, Bonnie. Ich hoffe, noch viel mehr über Sie und von Ihnen zu erfahren. Und ich vermute, daß Sie auch eine Menge von mir lernen können. Am Ende werden wir, wie ich hoffe, bessere Menschen sein als vorher. Bestimmt möchten Sie sich ein bißchen ausruhen. Ich werde Edna eine halbe Stunde vor dem Essen heraufschicken, damit sie Sie weckt.«

Bonnie wartete, bis Kate die Tür erreicht hatte, ehe sie sagte: »Kate?«

Kate drehte sich um.

Einen Moment starrte Bonnie auf ihre Hände. Sie wußte genau, was sie sagen wollte, war sich aber nicht sicher, ob sie es aussprechen konnte. Sie holte tief Luft. »Es ist schon viele Jahre her, seit ich zuletzt eine Freundin hatte . . . vielen Dank.«

»O Bonnie«, rief Kate voller Zuneigung. »Meine Liebe, du bist herzlich willkommen bei uns.«

Es war schon später Abend, als sich Damien in seinem Stadthaus in Mayfair in sein Arbeitszimmer zurückzog. Er nahm Papier und Feder zur Hand und schrieb an den Privatermittler Bradley, was Kate von Bonnie erfahren hatte. Es bestand Grund zu der Annahme, daß Bonnies Vater Bergmann gewesen war und vermutlich in einer Mine in Swaledale oder Arkengarthdale gearbeitet hatte. Da Bradley mit seinen Ermittlungen nicht weitergekommen war, konnte ihm diese Information vielleicht bei seinen Nachforschungen weiterhelfen.

Damien legte die Feder auf den Schreibtisch, lehnte sich zurück und rieb sich die Augen. Er hatte die Dienstboten zu Bett geschickt, aber er selbst konnte sich nicht dazu aufraffen, die Treppe zu seinem Schlafzimmer hinaufzusteigen. Er litt unter der Stille und kam sich eingesperrt vor. Er trat ans Fenster und sah auf die von Gaslaternen beleuchtete Straße. Er dachte an Bonnie und an die stumme Frage in ihren Augen. Als sie heute aus der Kutsche gestiegen war, hatte er sich sehr beherrschen müssen, um nicht auf sie zuzulaufen und sie in die Arme zu schließen. Aber das konnte er sich nicht erlauben. Sie befanden sich in London, das Parlament erwartete ihn, und seine Pläne mußten vorangetrieben werden. Er mußte Distanz zu ihr halten. Bald würde sie in ihrem neuen Leben aufgehen und entdecken, daß ihre Gefühle für ihn nicht viel mehr waren als eine vorübergehende Schwärmerei. Dann konnte er mit reinem Gewissen nach Vicksburg zurückkehren.

Damien ging zu seinem Schreibtisch zurück und blätterte fluchend den Stapel von Kuverts durch, vor dem William ihn vorsorglich gewarnt hatte. Da waren Visitenkarten, Briefe, Einladungen zu Empfängen, Banketts und Teestunden. Vermutlich mußte er sie alle beantworten; aber dieser Aufgabe war er im Augenblick nicht gewachsen.

Es klopfte an die Eingangstür und Damien schob, dankbar für diese Unterbrechung, den Berg von Umschlägen von sich.

Er lief nach unten und öffnete die Tür. Die Gestalt, die auf der Vortreppe stand, kam nicht näher, und er konnte sie nicht erkennen. Plötzlich ertönte ein Kichern hinter dem Rücken der Gestalt, und Damien mußte lachen.

Philippe trat ins Licht. »Er wußte gleich, daß wir es sind. Freddy, du hast uns verraten.«

»Natürlich«, erwiderte Damien. »Was, zum Kuckuck, führt euch so spät am Abend hierher?«

Freddy und Claurence folgten Philippe durch die Tür.

»Wir haben bei White's auf dich gewartet. Wir waren überzeugt, daß du dort aufkreuzen würdest«, erklärte Philippe, und Freddy fügte lachend hinzu: »Sie wetten dort alle, daß du nicht den Mut hättest, im Club zu erscheinen. Sie behaupten, du hättest dich für die Barbaren entschieden und würdest uns meiden.«

»O Dame«, sagte Claurence und seufzte betrübt. »Gib uns dein Wort, daß es nicht so ist.«

»Ich gestehe«, sagte Philippe, »daß ich eine beträchtliche Summe darauf gesetzt habe, daß es mir gelingt, dich noch vor Mitternacht zu einem Treffen mit deinen alten Freunden zu überreden.« Philippe verschränkte die Arme vor der Brust, und da er als einziger von den dreien an Damiens Körpermaße heranreichte, blickte er ihm direkt in die Augen und grinste. »Ich habe in letzter Zeit herbe Verluste bei meinen Wetten hinnehmen müssen. Ich hoffe, du wirst mich nicht enttäuschen.«

»Herbe Verluste ist noch untertrieben«, meldete sich Freddy wieder zu Wort.

Philippe drehte sich zu Freddy um und befahl: »Hol den Mantel Seiner Lordschaft. Ich will nicht noch einmal fünfhundert Guinees verlieren, weil er sich in einen Stutzer verwandelt hat.«

»Habe ich nicht«, protestierte Damien.

»O doch, das hast du. Paßt auf, Jungs, daß er sich nicht bei White's ins Erkerfenster stellt und jeden mit Verachtung straft, der in seine Nähe kommt.«

Ein Mantel wurde aus der Garderobe herbeigeschafft und Damien über die Schultern gelegt. Dann schoben ihn die drei auf eine der beiden Droschken zu, die vor dem Gartentor warteten. Damien dachte einen Moment daran, sich zu wehren, aber der Gedanke, im Haus im Zimmer auf und ab zu laufen, war nicht gerade reizvoll. Ein paar Stunden mit seinen Freunden würden ihn von seinen Sorgen ablenken.

Er stieg zu Philippe in die Droschke.

»Ich fürchte, ich werde von euch entführt«, sagte Damien.

Philippe grinste und schob seinen Jackenärmel über die Manschette seines Hemds. Dann schnippte er ein unsichtbares Stäubchen von den Knien und antwortete: »Ist dir noch nicht der Gedanke gekommen, Dame, daß du neuerdings das Leben ein wenig zu ernst nimmst?«

»Zuweilen.«

»Du benimmst dich wie ein Mann, dem durch ein Ehegelöbnis die Hände gefesselt sind. Entspann dich und genieße das Leben, solange es dir noch vergönnt ist. Du willst ja bald wieder am Mississippi ackern und dort an den Pocken sterben oder von einem dieser rotgesichtigen Wilden gefressen werden, die im Dunklen herumschleichen und die Leute um ihren Kopfschmuck berauben.« Er schüttelte sich so heftig, daß Damien lachen mußte.

»Es ist nicht ganz so schlimm, wie du denkst«, sagte er dann. »Die Indianer in unserer Nachbarschaft sind harmlos.«

»Ich traue diesen verdammten Rothäuten alles zu. Und jetzt erzähl — wie geht's Bonnie?«

»Bonnie geht es gut«, antwortete Damien steif. »Ich habe mich zu ihrem Vormund bestellen lassen. Sie wird für den Rest ihres Lebens nichts entbehren müssen.«

»So?«

Philippe musterte seinen Freund. »Und sie ist mir dir nach London gekommen?«

»Sie wohnt bei Kate.«

»Wie bequem. Ich werde sie dort so bald wie möglich besuchen. Und wenn du nichts dagegen hast, werde ich mit ihr ausgehen und ihr was Hübsches kaufen.«

»Was verstehst du darunter?«

»Ein Häubchen vielleicht. Möglicherweise ergibt sich die Gelegenheit, mit ihr einen Ausflug in die New Bond Street zu machen. Madame Rachel hat Badesalz aus Arabien importiert, das jede Frau in London, die etwas auf sich hält, in eine Duftwolke verwandelt.«

Damien runzelte die Stirn. Philippes Interesse für Bonnie ging ihm gegen den Strich. Trotzdem sagte er: »Das ist sehr großzügig von dir.«

Philippe lächelte und zuckte mit den Achseln.

Am Ende der Straße hielten sie vor White's — dem Großen Haus, wie es von seinen erlauchten Mitgliedern liebevoll genannt wurde. Damien wurde von Claurence und Freddy in die Mitte genommen und in den Club geführt, wo er sogleich von seinen Bekannten umringt war, die er zuletzt vor sechs Jahren gesehen hatte.

Zwei Stunden und zwei Dutzend Toasts auf Warwicks »Rückkehr in die zivilisierte Gesellschaft« später torkelte er mit seinen Kumpanen am Portier vorbei, dem Claurence zurief: »Du bist für den Rest des Abends von deinen Pflichten entbunden, Zerberus!« Dann traten sie auf die Straße. Damien glaubte zu hören, wie Freddy dem Kutscher zurief: »Elfzweiunddreißig, Park Lane; und mach deinen Gäulen Beine!«

Sie bauten sich in Kates und Williams Salon auf, Philippe in der Mitte, und Claurence und Freddy rechts und links von ihm. Damien stand hinter den dreien und lehnte sich gegen den Kaminsims, um nicht umzufallen.

William, den sie aus dem Bett geholt hatten, betrachtete sie schläfrig, während Kate im Morgenmantel im Raum auf und ab ging. Ihr Mund war verkniffen, weil sich ihr Besuch nicht nur unangemeldet, sondern obendrein im offenbar betrunkenen Zustand bei ihr erschienen war. Das werde ich morgen zu hören bekommen, dachte Damien, und übermorgen und überübermorgen auch noch.

Bonnie betrat nun den Salon. Sie hatte sich ein graues Satinkleid übergestreift, das das intensive Blau ihrer Augen und das Rot ihrer Lippen besonders zur Geltung brachte. Sie lächelte, und Damien, der sich dazu zwang, den Blick von ihr abzuwenden, griff nach dem Glas, das William ihm gegeben hatte. Er nahm einen Schluck und erschauerte.

Die Jungs waren sprachlos und starrten Bonnie mit offenem Mund an. Bonnie brach schließlich den Bann. Als sie die Besucher erkannte, lief sie zu Philippe und begrüßte ihn herzlich.

»Gütiger Himmel«, sagte er. »Bonnie — bist du das wirklich?«

Sie lachte vergnügt und erwiderte: »Wen haben Sie denn erwartet?«

»Jemanden in Hosen!« riefen alle wie aus einem Mund.

»Gefalle ich Ihnen nicht in einem Kleid?«

Philippe blinzelte ein paarmal und hob dann langsam die Hände bis zu ihrer Taille und umarmte sie.

William sagte: »Ich habe noch nie erlebt, daß es Fitzpatrick die Sprache verschlagen hat, Bonnie. Ich gratuliere Ihnen, daß Sie das Unmögliche erreicht haben.«

Dann bemerkte Bonnie Damien, und ihre Stirn umwölkte sich. Er sah wieder zur Seite und wußte nicht, was ihn mehr bekümmerte — ihre verletzte Miene, oder Philippes Umarmung. Was es auch war — die Heftigkeit seiner Gefühle, die ihn wie ein Schlag in seiner Brust trafen, hatten eine ernüchternde, wenn nicht gar furchterregende Wirkung auf seinen benebelten Verstand. Einen Moment war er versucht, Philippe von Bonnie wegzureißen — wie er das mit Miles getan hatte — und ihm eine Ohrfeige zu geben.

Damien stellte sein Glas ab und sagte: »Ich weiß nicht, wie es euch geht, Gentlemen; aber die Nacht ist noch jung, und ich hatte mir vorgenommen, unsere alten Schlupflöcher zu besuchen. Begleitet ihr mich auf dieser Rundreise, oder nicht?«

Philippe sah sich überrascht um. »Aber Mitternacht ist doch schon längst vorbei.«

»Das hat dich doch nicht davon abgehalten, hierher zu kommen oder?« schnaubte Damien.

Fitzpatrick ließ Bonnie los, als hätte er sich die Finger an ihr verbrannt. Er sah Damien nach, als dieser zur Tür ging. »Ich meinte doch nur, daß die einzige Kaschemme, die noch offen ist . . .«

»William«, rief Kate, »vielleicht solltest du deine Freunde begleiten.«

»Das denke ich nicht«, sagte Damien. »Das würde dir nicht gefallen, Schwesterherz.« Sein Blick wanderte kurz zu Bonnie, bevor er das Wort an Philippe richtete: »Kommst du nun mit, oder nicht?«

Philippe schien zu zögern, zuckte aber dann mit den Achseln. »Warum nicht?« Er lächelte Bonnie zu, nahm ihre Hand und drückte sie fest. »Ich würde dich gern morgen durch den Park kutschieren. Nimmst du meine Einladung an?«

Bonnie blickte Damien mit großen, fragenden Augen an.

»Fahr mit ihm, wenn es dir Spaß macht«, knurrte Damien schroff. »Ich halte dich nicht auf.« Er riß die Tür auf und ging zur Droschke, die sie draußen hatten warten lassen. Als Claurence und Freddy sich zu ihm gesetzt hatten, rief er dem Kutscher zu: »Kent Street, und das ein bißchen plötzlich!«

Philippe rannte auf den Bürgersteig und sprang in die Kutsche, als sie wenden wollte. Damien fragte sich, was zum Kuckuck, er da eigentlich tat. Sein Kopf tat höllisch weh, und er hatte bei White's entdeckt, daß die meisten seiner Freunde noch immer so unausstehlich waren, wie er sie in Erinnerung hatte. Aber er war nicht darauf vorbereitet gewesen, Bonnie in den Armen eines anderen Mannes zu sehen.

Er wollte noch nicht in sein Stadthaus zurückkehren, um sich ein paar schlaflose Stunden hindurch mit dieser betrüblichen Erinnerung zu beschäftigen.

19

Bonnie benetzte sich das Gesicht mit kaltem Wasser und hoffte, damit diese Trägheit zu bekämpfen, die sie seit ihrer Ankunft in London immer häufiger befiel.

Ihre Haut sah taufrisch aus und hatte eine rosige Farbe. Ihr Haar glänzte wie Seide, und sie hatte noch nie so strahlend und gesund ausgesehen wie jetzt ... aber etwas stimmte nicht mit ihr.

Zunächst hatte sie Damiens Verhalten für ihre Beschwerden und ihre Lustlosigkeit verantwortlich gemacht. An den Nachmittagen, wenn sie von ihren Parkrundfahrten mit Philippe, Kate oder William zurückkam, warf sie sich aufs Bett, um zu weinen.

»Das ist verständlich«, hatte Kate voller Mitgefühl erklärt. »Du hast Heimweh und mußt dich erst an die Betriebsamkeit in London gewöhnen.«

Bonnie war sich da nicht so sicher.

Es klopfte an der Tür, und dann rief Ednas Stimme: »Sie haben Besuch, Miss Bonnie, und Sie werden im Garten erwartet.«

»Danke. ich komme gleich hinunter.«

Bonnie blickte auf die Standuhr. Philippe wollte erst in einer Stunde kommen. Und obwohl Bonnie inzwischen viele Leute in London kennengelernt hatte, konnte sie sich nicht vorstellen, daß einer von ihnen sie hier besuchen würde. Niemand außer ...

Sie prüfte noch einmal ihr Aussehen im Spiegel und zog ihr Mieder straff.

»Dummes Mädchen«, schalt sie sich laut. »Natürlich ist es nicht Damien. Warum sollte er mich heute besuchen? Es sei denn, er ist inzwischen zur Vernunft gekommen und hat beschlossen, sich für sein unmögliches Betragen zu entschuldigen.«

Sie hob ihre Röcke an, lief zur Treppe und verlangsamte erst den Schritt, als sie im Erdgeschoß war. Dann ging sie langsam durch den Wintergarten ins Freie. Es war nicht Damien, und Bonnies Herz setzte einen Schlag aus, als sie die Frau in dem purpurfarbenen Satinkleid sah. Das feuerrote Haar war fast gänzlich unter einem breitkrempigen Hut verborgen.

»Hallo, Bonnie.«

»Damien ist nicht ... hier«, erwiderte Bonnie.

Marianne ging auf Bonnie zu. Sie hatte ein in Papier eingewickeltes Päckchen in der Hand. »Ich bin nicht gekommen, um Damien zu besuchen.«

»Oh.« Bonnie blinzelte verwirrt. »Sind Sie vielleicht gekommen, um mich von Ihrer bevorstehenden Vermählung mit Warwick zu informieren?«

»Vermählung?« Marianne lachte. »O nein. Hat Damien dir nicht gesagt, daß ich bereits verheiratet bin?«

»Dann sind wohl Glückwünsche angebracht.«

»Sie kämen in meinem Fall um zehn Jahre zu spät, fürchte ich.«

Bonnie sah sie stirnrunzelnd an.

Marianne führte Bonnie zu einem Stuhl. »Setz dich, mein Kind. Du siehst zwar bezaubernd aus, aber du wirkst auch ein bißchen leidend. Fehlt dir etwas? Ich wollte dich nicht erschrecken. Willst du daß ich wieder gehe?«

»Vielleicht. Aber zuerst würde ich gern wissen, was Sie herführt. Wollen Sie mit Kate sprechen?«

»Ich will dich besuchen.« Marianne nahm Platz und legte das Päckchen auf den Tisch. »Ich bin vor ein paar Tagen nach London zurückgekommen, und Freunde haben mir erzählt, daß du hier bist.« Lächelnd deutete sie auf das Päckchen. »Mach es auf.«

Bonnie löste vorsichtig die Schleife, schlug dann das Geschenkpapier auseinander und hielt ein Buch mit dem Titel »Die Etikette der Guten Gesellschaft« in den Händen.

»Alles, was eine junge Frau wissen sollte, steht in diesem Buch«, erklärte Marianne.

Sie ignorierte Bonnies mangelnde Begeisterung über das Geschenk und fragte: »Gefällt es dir in London?«

»Nicht besonders.«

Lächelnd zog Marianne ihre Handschuhe aus und warf sie zusammen mit ihrem Ridikül auf einen Stuhl. »Unternimmst du viel?«

»William und Kate haben mich zweimal ins Theater geführt. Das hat mir sehr gefallen. Und jeden zweiten Tag fahre ich mit Philippe Fitzpatrick im Park aus. Das ist auch sehr nett.«

»Philippe ist charmant. Magst du ihn?«

»Natürlich. Ich würde wohl kaum mit ihm ausfahren, wenn ich ihn nicht mögen würde.«

»Was für eine dumme Frage«, sagte Marianne und schlug die Beine übereinander. »Wie geht es Damien?«

»Ich weiß es nicht. Ich habe ihn nicht mehr gesehen, seit er mich hergebracht hat.« Als es Bonnie bewußt wurde, daß sie sich ihre Enttäuschung zu sehr anmerken ließ, holte sie tief Luft. »Er hat viel im Parlament zu tun, sagt Kate.«

»Ich hab' davon gehört. Ein paar Vertreter dort machen ihm das Leben sauer, weil sie nichts von diesem schrecklichen Krieg wissen wollen ... Bonnie, wenn dich mein Besuch zu sehr aufregt ...!«

»Nein.« Bonnie schloß die Augen und versuchte die Tränen, zurückzuhalten. »Es wäre mir ganz lieb, wenn ich mich ein bißchen unterhalten könnte. Die Tage sind oft sehr lang, und Kate ist ziemlich beschäftigt. William verbringt die meiste Zeit mit Damien im Parlament.«

»Aber London ist doch eine so großartige Stadt, in der du

dir die Zeit spielend vertreiben könntest, Bonnie. Eine junge Dame kann Tage damit verbringen, von einem Modesalon zum anderen zu wandern. Gewiß hat Kate ein paar Termine für dich verabredet, damit du dich . . .«

»O ja«, fiel Bonnie ihr ins Wort. »Aber ich war nicht daran interessiert.« Sie zupfte an ihrem Mieder, während sie stirnrunzelnd hinzusetzte: »Die Kleider, die sie mir geschenkt hat, reichen für die Zeit, die ich hier verbringe. Danach . . .«

Marianne hob eine Braue und lächelte. »Danach?«

»Wenn Damien abreist . . . wenn Damien abreist . . .« Bonnie schluckte, und als sie merkte, daß sie die Beherrschung verlor, schlug sie die Hände vors Gesicht und ließ ihren Tränen freien Lauf.

Marianne legte den Arm um ihre Schultern, und Bonnie barg das Gesicht an ihrer Schulter und schluchzte.

»Na, na«, flüsterte Marianne. »Hat er dich so unglücklich gemacht, Bonnie?«

»Er kommt nie hierher und schreibt nicht einmal. Er hat Kate gebeten, mir alles zu kaufen, was ich brauche oder mir wünsche, aber ich wünsche mir ja gar nichts. Wirklich nicht!«

Marianne reichte Bonnie ein Taschentuch. »Männer können so gefühllos wie Trampeltiere sein. Sie sind primitive Kreaturen, die sich nicht von ihrer Intelligenz, sondern ihren körperlichen Begierden leiten lassen. Deshalb müssen wir Frauen lernen, es ihnen mit gleicher Münze heimzuzahlen, Bonnie. Was dem einen recht ist, ist dem anderen billig. Du mußt mehr von den Männern fordern, immer mehr, bis sie sich eines Tages fragen, warum sie das mit sich machen lassen.«

Bonnie dachte eine Weile nach und fragte: »Warum erzählen Sie mir das alles?«

»Weil ich Damien besser kenne als er sich selbst, und ich

weiß, wie verdammt starrköpfig er sein kann.« Sie zog ihre Handschuhe an. »Und weil ich nicht will, daß er nach Amerika zurückkehrt und sich in diesem schrecklichen Krieg umbringen läßt. Aber vor allem möchte ich, daß er glücklich ist. Du, mein unschuldiges, schönes, Kind, kannst ihn glücklich machen.«

»Ich bin ein einfaches Mädchen und glaube kaum, daß seine Freunde so eine Verbindung billigen könnten.«

»Ich gehöre zu seinen Freunden. Philippe, Freddy und Claurence ebenfalls, und wir mögen dich.« Marianne nahm ihr Ridikül vom Stuhl und lachte. »Verdammt, es wird mir ein Vergnügen sein, dich in die Gesellschaft einzuführen. Ich kann es gar nicht erwarten, damit anzufangen. Du wirst sehen, daß bald kein Mensch auch nur einen Gedanken an deine Herkunft verschwendet.«

Die ersten Einladungen trafen schon am nächsten Morgen ein. Kate stürmte aufgeregt in Bonnies Zimmer, so daß Bonnie für einen Augenblick ihre Übelkeit vergaß.

»Was ist denn passiert?« fragte Bonnie erschrocken.

Kate reichte ihr die Umschläge und rief: »Marianne hat es geschafft, Bonnie! Schau dir das Monogramm auf dem Kuvert an!«

Bonnie betrachtete die Briefe.

Kate nahm den obersten Umschlag zwischen zwei Finger und hielt ihn Bonnie vor die Nase. »M steht für Marlborough, Bonnie. Dieses Billett stammt von der Herzogin von Marlborough! Öffne es, um Himmels willen!«

Bonnie riß das Siegel auf, zog das Billett heraus und überflog den Text. »Hier steht, daß sie sich gerade in der Gegend aufhält und heute gern den Tee bei uns einnehmen würde, um meine Bekanntschaft zu machen.«

Kate wurde blaß. »Heute nachmittag? O du meine Güte — *heute* nachmittag.« Sie lief zur Tür. »Edna, Edna, komm schnell! Die Herzogin von Marlborough will heute zum Tee zu uns kommen. Ich denke, sie trinkt am liebsten indischen Tee, und sie mag Süßigkeiten — kandierte Pflaumen, Bonbons, aber keine Erdbeeren. Sie bekommt schon einen Ausschlag, wenn sie nur das Wort Erdbeere hört ...«

»Keine Erdbeeren!« wiederholte Edna und lief die Treppe hinunter.

Kate rief Edna nach: »Und sie mag auch Narzissen! Sorge dafür, daß das Haus voller Narzissen ist!«

»Ich werde mein Möglichstes tun, Madam!«

Kate lief wieder zu Bonnie und drückte ihr eine Feder in die Hand. »Schreib«, befahl sie.

»Aber ich schreibe nicht besonders schön!« protestierte Bonnie.

»Das ist nicht so wichtig. Also los, ich diktiere dir den Brief. ›An die Herzogin von Marlborough. Ich fühle mich außerordentlich geehrt, Sie zum Tee bei uns begrüßen zu dürfen, und bin überglücklich, Ihre Bekanntschaft zu machen. Hochachtungsvoll, Bonnie ...‹« Kate starrte Bonnie an. »Nun?« fragte Kate, »wie sollen wir dich nennen?«

»Wie du willst, Kate.«

»Bonnie, du mußt doch einen Nachnamen haben!« Als Bonnie ihr Kinn vorschob, seufzte Kate: »Also gut. Unterschreibe es schlicht mit ›Bonnie‹ und dann steckst du die Karte in den Umschlag.«

Kate versiegelte das Kuvert und schickte nach einem Boten.

Die Herzogin traf um Punkt vier Uhr ein. Sie war eine kleine, energische Person mit eisgrauem Haar, stechendem Blick und einem strengen Mund.

Sie nahm in einem Sessel Platz, musterte Bonnie mit durchbohrendem Blick und sagte dann mit einer schrillen hohen Stimme: »Lady Lyttleton hat mir erzählt, daß Sie ein Waisenkind sind. Wie schrecklich für Sie, meine Liebe.«

Bonnie öffnete den Mund, um etwas darauf zu erwidern, bekam aber keine Gelegenheit dazu.

»Ich habe gehört, daß der Graf von Warwick Sie in sein Heim und in den Schoß seiner Familie aufgenommen hat und als Vormund nun für Ihr Wohlergehen sorgt. Er hat sich an seiner Mutter ein Beispiel genommen. Genauso hätte sie gehandelt. Clarissa war eine feine Frau, und wir vermissen sie alle sehr. Sagen Sie mal, mein Kind, ist es wahr, daß sie fast an einer Lungenentzündung gestorben wären, als Seine Lordschaft Sie gerettet hat?«

»Nun, er . . .«

»Richtig«, antwortete Kate an ihrer Stelle. »Das arme Kind war sehr krank und halb verhungert. Bonnie hat mir erst heute morgen gesagt, daß sie Damien für alle seine Güte und seine Anteilnahme zu tiefstem Dank verpflichtet ist. Sie hat vor, ihre Bildung zu verbessern, damit sie die Probleme der Heimatlosen jenen näherbringen kann, die sich in einer glücklicheren Lage befinden und auch die Mittel haben, diesen bedauernswerten Menschen zu helfen.«

Das habe ich gesagt? wunderte sich Bonnie.

»Wie lobenswert!« rief die Herzogin.

Erfrischungen wurden serviert, und die Dienerinnen der Herzogin eilten herbei, um den Tee einzuschenken. Sie belegten einen Teller mit so viel Petits Fours und Süßigkeiten, daß man damit die Hälfte der Waisenkinder von Caldbergh hätte versorgen können.

Bonnie hielt sich strikt an Kates Anweisungen und sagte kein Wort, bis die Herzogin den letzten Krümel von ihrem Teller geklaubt und ihre Teetasse ausgetrunken hatte.

Die Herzogin lehnte sich zurück und nahm Bonnie genau in Augenschein.

»Sie ist sehr hübsch, nicht wahr, Kate?« bemerkte sie.

Kate pflichtete ihr eifrig bei.

»Sagen Sie mal, Bonnie, gefällt es Ihnen in Braithwaite?«

Bonnie überlegte eine Weile. Dann sagte sie vorsichtig: »Es hat seine guten und seine schlechten Seiten.«

»Aber dort sind Sie doch sicherlich besser untergebracht als an den Orten, die Sie bisher bewohnt haben.«

»Natürlich ist es dort viel schöner als im Arbeitshaus von Caldbergh, in dem ich die letzten fünf Jahre verbracht habe. Aber ich wäre unaufrichtig, wenn ich behaupten würde, daß mir Braithwaite besser gefällt als mein Elternhaus. Natürlich ist es viel größer! Unser ganzes Haus war nicht einmal so groß wie der Ballsaal von Braithwaite. Und die Möbel sind hübsch und gewiß sehr kostbar. Aber in unserem Häuschen herrschte mehr Wärme und Heiterkeit. Meine Mutter hatte oft Besuch, und sie war sehr großzügig, wenn arme Leute um Hilfe baten. Mein Vater spielte abends auf seiner Fiedel, und meine Mutter sang.« Bonnie lächelte. »Mein Pa sagte immer: ›Solange der Herd brennt, werden die Herzen derer, die ihn versorgen, nie kalt. Aber wenn er erlischt, verlassen die Seelen die Menschen, die das Haus bewohnt haben.‹ Das ist wahr. In der Nacht, in der meine Mutter starb, wollte er sie nicht allein lassen. Er hielt sie bis zum Morgen in seinen Armen, und das Feuer ging aus. Die Seele meines Vaters starb mit der Glut. Er war nie mehr so wie früher. Er verabschiedete sich von ihr mit den Worten: ›Mary, du warst so schön wie die Rose im Sommer.‹«

Die Herzogin sah Bonnie einen langen Moment schweigend an. Dann sagte sie leise: »Ich wünschte, ich hätte Ihre Mutter gekannt.«

»Ich bin sicher, es wäre eine Ehre für sie gewesen, Sie kennenzulernen, Madam.«

»Mein liebes Kind, ich wüßte nicht, warum.«

In diesem Moment hob die Herzogin beide Hände, und ihre Dienerinnen eilten herbei, um ihr aus dem Sessel zu helfen. Die Herzogin machte sich zum Gehen bereit und wandte sich an Kate: »Vielleicht wäre ein Wochenende in Blenheim eine Abwechslung. Sie werden in ein, zwei Tagen eine Einladung von mir bekommen.«

Lächelnd machte Kate einen Knicks und sagte: »Zu gütig von Ihnen.«

Die Herzogin betrachtete Bonnie noch einmal, und ihr strenger Mund verzog sich zu einem Lächeln. »Ich freue mich schon jetzt darauf . . . Bezaubernd, meine Liebe, absolut bezaubernd.«

Sie rauschte aus dem Haus. Bonnie war verwirrt, weil sie glaubte, die Herzogin mit ihrer Geschichte verärgert zu haben.

Als Kate die Haustüre schloß und sich dagegenlehnte, seufzte Bonnie: »Verdammt — das habe ich gründlich vermasselt.«

»Vermasselt? Bonnie, hast du gar nicht begriffen, was du bewirkt hast? Die Herzogin von Marlborough hat dich ins Schloß Blenheim eingeladen. Ab jetzt stehen dir alle Türen in England und auf dem Kontinent offen. Nur eine Einladung von der Königin selbst könnte diese Ehre noch übertreffen. Wie machst du das nur?«

»Was?«

»Wie bringst du es fertig, daß dich alle Welt sofort ins Herz schließt?«

20

Die Einladung nach Schloß Blenheim traf am nächsten Tag ein, zusammen mit unzähligen anderen zum Dinner, Tee oder einem Ausflug. Kate sagte Bonnie, welche Einladungen sie annehmen und welche sie ablehnen sollte.

Die nächsten Vormittage hatten die beiden alle Hände voll zu tun, um Bonnies Garderobe für das Wochenende auf

Schloß Blenheim zusammenzustellen. Sie bestellten elegante Kleider aus Samt, die Bonnie zum Frühstück tragen sollte, Tweedkostüme, Seidenkleider mit Krinolinen für die Teeveranstaltungen und prächtige Abendkleider. Als Bonnie Bedenken äußerte, weil sie so viel Geld ausgaben, lächelte Kate und antwortete: »Damien hat nichts dagegen.«

Damien. Allein sein Name verdarb ihr die Freude, die sie eigentlich hätte empfinden müssen. Bonnie träumte Tag und Nacht davon, ihn wiederzusehen. Auf ihren Fahrten durch London oder durch den Park hielt sie ständig nach ihm Ausschau, obwohl sie wußte, daß die Chance, ihm zufällig zu begegnen, lächerlich gering war. Inzwischen war sie fast überzeugt, daß er froh war, sich nicht mehr mit ihr befassen zu müssen ... bis sie eines Morgens hörte, daß Kate William fragte, ob Damien eine Einladung auf Schloß Blenheim erhalten habe. Als William das bejahte, lebten Bonnies Hoffnungen wieder auf, und zum erstenmal freute sie sich wirklich auf das Wochenende.

Eines Nachmittags unternahm Bonnie mit Kate und Marianne einen Ausflug in den Park. Die Luft war frisch — ein untrügliches Zeichen, daß der Sommer zu Ende ging; doch die Sonne schien, und kein Wölkchen zeigte sich am Himmel. Das schöne Wetter hatte eine ungewöhnlich große Zahl von Kutschen und Gentlemen und Ladies zu Pferde in den Park gelockt, und Bonnie betrachtete interessiert die Szenerie. Sie bemerkte gar nicht, daß sich ein Reiter ihrer Kutsche näherte, bis er dicht neben ihr ritt.

Er trug einen schwarzen Jagdrock und eine schwarze Weste über einem weißen Batisthemd. Im Gegensatz zu den meisten Männern zu Pferde war er ohne Kopfbedeckung, und der Wind spielte mit seinem hellbraunen Haar. Die helle, strammsitzende Reithose steckte in kniehohen schwarzen Schaftstiefeln. Ein Lächeln spielte um seinen breiten Mund, und Bonnie lächelte zurück.

Marianne winkte ihm zu und rief: »Trent Halford, Sie Schwerenöter, was treibt Sie in den Park?«

»Die Aussicht, den reizendsten Damen der Welt zu begegnen natürlich«, erwiderte er und heftete seinen Blick auf Bonnie. »Wie ich sehe, ist mein Wunsch in Erfüllung gegangen.«

»Wirklich, Sir? Möchten Sie nicht ein Stück mit uns fahren?«

»Ich habe gehofft, daß Sie mich dazu auffordern.«

Während der Gentleman sein Pferd am Kutschkasten festband, warf Kate Marianne einen vorwurfsvollen Blick zu und flüsterte: »Was hast du dir dabei gedacht, Mari? Trent Halford ist ein notorischer Schürzenjäger.«

»Der schlimmste«, erwiderte Mari. »Und einer der reichsten dazu.«

»Du weißt doch, daß Halford Damiens größter Rivale um Louisas Hand war. Mein Bruder verabscheut ihn.«

»Und Halford verabscheut deinen Bruder.«

»Damien wird außer sich sein vor Wut.«

»Das hoffe ich sehr.«

Halford nahm neben Marianne Platz, so daß er Bonnie gegenübersaß. Bonnie vergaß das seltsame Zwiegespräch der beiden Frauen, als Halford sie mit seinen grauen Augen musterte und lächelte.

»Sie müssen Bonnie sein«, sagte er. »Jetzt verstehe ich, warum ganz London von Ihnen spricht. Ich fühle mich geehrt, Ihre Bekanntschaft zu machen.«

Bonnie blinzelte. »Wirklich?« hauchte sie unsicher.

»Sicher.« Er wandte sich Kate zu. »Guten Tag, Lady Katharine. Wie geht es Ihrem Bruder?«

»Gut, danke.«

»Wie ich hörte, rüttelt er im Augenblick an den Säulen des Parlaments. Wer hätte das gedacht? Der große Ruf der Warwicks, der Jahrhunderte überdauert hat, wird nun ausgelöscht, und das alles nur, weil der Graf Partei für die Leute ergreift, die das Recht für sich beanspruchen, einen Teil der menschlichen Rasse als Sklaven in Ketten legen zu dürfen.«

»Das ist absolut nicht der Fall«, brauste Kate auf. »Er ist nur überzeugt, daß der Süden das Recht hat, sich von der Union zu trennen. Und er glaubt, daß der Süden, wenn er diesen Krieg überleben will, Englands Hilfe braucht.«

Halford zuckte mit den Achseln. »Ich kann nicht einsehen, warum wir uns für ein Land einsetzen sollten, das wie eine Meute tollwütiger Hunde um die Unabhängigkeit von uns gekämpft hat. Aber genug davon. Sagen Sie mir, Bonnie — freuen Sie sich auf das Wochenende in Blenheim?«

»Sehr«, sagte sie.

»Sie werden auch nach Blenheim kommen, Trent?« fragte Marianne.

»Ich war mir noch nicht sicher — bis heute.« Ein Lächeln spielte um seine Lippen. »Aber jetzt würde mich selbst ein fürstliches Bestechungsgeld nicht davon abbringen, der Einladung Folge zu leisten.«

Bonnie verbrachte die nächste Stunde im angeregten Gespräch mit Halford und fand ihn geistreich, charmant und sehr zuvorkommend. Er schien sich ehrlich für ihre Meinungen zu interessieren und fand ihre Offenheit erfrischend. Er brachte sie sogar zum Erröten, als er sich zu Marianne hinüberbeugte und sagte: »Ich könnte ihr tagelang zuhören, wenn sie lacht. Glauben Sie, daß ich Bonnie dazu überreden kann, heute abend mit mir ins Astley-Theater zu gehen?«

»Das ist unmöglich«, sagte Kate.

»Oh? Und warum?«

»Weil ich als Aufsichtsperson nicht zur Verfügung stehe — darum.«

»Dieser Mangel läßt sich leicht beheben«, warf Marianne ein. »Ich habe mir für heute abend noch nichts vorgenommen.«

Halford sah Bonnie an und lächelte. »Wäre Ihnen das recht, Bonnie? Vielleicht könnten wir anschließend noch bei Chatelin's in Convent Garden dinieren.«

Bonnie suchte nach einer passenden Antwort. Aber es wollte ihr partout nichts einfallen. Und so lächelte sie nur und sagte: »Es wäre mir sehr recht, danke.«

»Hallo!« rief plötzlich jemand.

Bonnie schaute sich um und erstarrte. Ihr Herz setzte ein paar Takte aus, als sie Damien direkt in die Augen sah. Neben ihm hob William den Arm und winkte.

»Ich wußte, daß ich euch hier finden würde«, sagte William. Dann richtete er sich ein wenig im Sattel auf und musterte Halford. »Das ist aber eine Überraschung.«

»Zweifellos«, erwiderte Halford. Sein Blick wanderte zwischen Warwick und William hin und her. »Ich habe mich mit dem schönen Gast Ihres Hauses bekannt gemacht, Lord William. Bonnie hat gerade meine Einladung, mit mir heute abend ins Theater zu gehen und anschließend mit mir zu dinieren, angenommen.«

Bonnie wagte nicht, Damien anzuschauen.

»Heute abend?« fragte William. »Aber deswegen habe ich ja nach dir gesucht«, sagte er zu Kate. »Damien und ich haben beschlossen, dich und Bonnie heute zur Wiedereröffnung des Astley-Theaters zu begleiten. Das verspricht, ein aufregendes Ereignis zu werden.«

»Ich fürchte, ihr kommt zu spät«, sagte Marianne. »Zumindest, was Bonnie betrifft, aber wir könnten uns alle im Theater treffen und anschließend gemeinsam zum Dinner gehen.«

»Gemeinsam?« wiederholten William und Kate wie aus einem Mund.

Halford lächelte Damien zu. »Sie werden sich uns doch anschließen, nicht wahr?«

Damien warf eine Blick auf Bonnie, und schließlich faßte

er Halford ins Auge. Damien wurde sich erst jetzt bewußt, daß ihn alle anstarrten und auf seine Antwort warteten. Er lächelte kalt und legte grüßend den Finger an die Hutkrempe.

Er wartete, bis die Kutsche außer Hörweite war, und polterte los: »Was zum Teufel, will sie mit Halford anfangen?«

»Ich habe keine Ahnung.«

»Kate, hast du eigentlich eine Ahnung, was für Mühe es mich kostete, diese Karten zu besorgen?« fragte William. »Weißt du, wie lange ich auf deinen Bruder einreden mußte, bis er sich bereitfand, mit uns in dieses verdammte Theater zu gehen? Er *haßt* Theaterstücke, Kate. Und dann dieser Halford, um Gottes willen! Ausgerechnet dieser gottverdammte Schürzenjäger . . .«

»Hör auf, mich anzuschreien, William.«

»Ich schreie nicht!«

»Ist es vielleicht meine Schuld, daß uns Halford über den Weg gelaufen ist?«

Eine Tür fiel krachend ins Schloß.

Eine zweite Tür knallte.

Damien traf um halb acht Uhr in Begleitung von Marianne ein. Er trug einen waldgrünen Gehrock, eine Brokatweste und ein cremeweißes Hemd mit grüner Krawatte. Er lehnte am Kaminsims, als Bonnie das Zimmer betrat. Sie starrte ihn wortlos an, und ihr Herz pochte wild.

Er schenkte ihr ein träges, amüsiertes Lächeln. »Du siehst sehr hübsch aus, Bonnie. Habe ich für dieses Kleid bezahlt?«

Sie antwortete ihm schlicht: »Nein, Kate hat es mir geschenkt.«

»Hast du dich in den letzten Wochen gut amüsiert?«

Sie war versucht, ihm die Wahrheit zu sagen und zu gestehen, daß sie ständig an ihn gedacht hatte und die Stunden qualvoll langsam dahingeschlichen waren. Aber sie wollte Kates und Williams Gefühle nicht verletzen und sagte deshalb: »Ja, ich habe eine sehr angenehme Zeit verbracht.«

Bonnie nahm auf einem Stuhl am Fenster Platz und versuchte ihr seelisches Gleichgewicht wiederzufinden. Sie bemerkte, daß Damien sie beobachtete. Er starrte sie so lange schweigend an, bis sie sich nervös räusperte und ihre Wangen heiß wurden. Ihr Herz klopfte so heftig, daß sie glaubte, er könnte es hören.

Trent Halfords Ankunft brach in diesem Augenblick den Bann. Als er mit William in den Salon kam, ging er direkt auf Bonnie zu und überreichte ihr ein Blumenbukett und eine Schachtel Pralinen. Dann küßte er ihr die Hand.

»Ich dachte, ich könnte mich genau daran erinnern, wie reizend Sie sind«, sagte er lächelnd. »Aber jetzt sehe ich, daß Sie noch viel schöner sind, als ich es im Gedächtnis hatte.«

Edna eilte herbei, um Bonnie die Blumen und die Pralinen abzunehmen, während Trent sich an Damien wandte. Die beiden musterten sich mißtrauisch, bevor Trent Damien lächelnd die Hand hinstreckte.

»Mir scheint, ein Waffenstillstand wäre angebracht, Warwick.«

»Wirklich?« gab Damien spöttisch zurück. »Ich wüßte nicht, warum.«

Trent ließ seine Hand sinken. »Diese Fehde kann doch nicht ewig dauern. Wir haben nichts mehr voreinander zu befürchten. Wir sind inzwischen erwachsen geworden.«

»Ich schon«, erwiderte Damien knapp.

In diesem Augenblick ergriff Marianne das Wort. »Wenn wir uns nicht beeilen, kommen wir zu spät zur Vorstellung.«

Trent nahm Bonnies Arm und geleitete sie zu seiner Kutsche. Kate und William folgten, und den Schluß bildete Damien und Marianne. Bonnie betete im stillen, daß Kate und William in Halfords Kutsche mitfuhren, aber Marianne verkündete: »Wir werden mit Bonnie fahren.«

Damien ließ sich Bonnie gegenüber nieder. Das Schweigen war ohrenbetäubend, als sich die Kutsche in Bewegung setzte. Bonnie heftete den Blick auf die Smaragdnadel, mit der Damien seine Krawatte geschmückt hatte, und hoffte verzweifelt, daß Marianne ein Gespräch begann, um die Spannung zu mildern. Aber Marianne lächelte nur.

Damien starrte Bonnie unverwandt an. Sie sah, daß sich sein Mund zu einem Lächeln kräuselte, und ein wohliger Schauer durchrieselte ihren Körper. Vielleicht würde der Abend doch nicht so übel werden, dachte Bonnie bei sich.

Als sie vor dem Theater hielten, stieg Damien als erster aus. Als er Bonnies Hand ergriff, um ihr aus der Kutsche zu helfen, trafen sich ihre Blicke, und sein Gesicht wurde von einem Lächeln erhellt. Nicht zum erstenmal an diesem Tag war er von ihrer Schönheit beeindruckt.

Halford nahm Bonnies Arm und führte sie zum Eingang des Theaters.

»Stimmt etwas nicht, Damien?« fragte Marianne scheinheilig. »Dich scheint etwas zu bekümmern.«

Damien bedachte Mari mit einem strengen Blick.

»Es gefällt dir nicht, daß Halford Bonnie den Hof macht«, stellte sie fest.

»Er kennt keine Skrupel«, erwiderte Damien. »Aber da sage ich dir ja nichts Neues, Mari. Ich frage mich, warum du ihm den Umgang mit Bonnie ermöglicht hast.«

»Entdecke ich da vielleicht eine Regung von Eifersucht?«

»Kaum.«

»Nicht einmal ein bißchen?«

Er ergriff wortlos Mariannes Hand und führte sie rasch durch die Lobby. Kate und William standen an Bonnies Seite und stellten sie einer Reihe von Bekannten vor.

Halford drehte sich um. »Wir dachten schon, wir hätten Sie verloren.«

»Irrtum.«

»Sie nehmen Ihre Rolle als Vormund wohl sehr ernst, wie?«

»Mir ist Ihr Ruf als Schürzenjäger nur zu sehr bekannt, Halford.«

»Was das betrifft, stelle ich kaum noch eine Gefahr dar. Man wird gesetzter mit den Jahren.«

»Ich habe anderes gehört. Abgesehen davon ist Ihre Freundschaft zu Miles für mich Grund genug, auf der Hut zu sein, wenn es um Bonnie geht.«

Halford betrachtete Bonnie. »Sie ist sehr schön, und ihre Unschuld hat offenbar sogar die Herzogin von Marlborough bezaubert. Ich wäre nicht so dumm, meinen Ruf für etwas, das ich ebenso leicht im East End bekommen kann, aufs Spiel zu setzen. Wenn Sie mich jetzt entschuldigen wollen — der erste Akt beginnt in fünf Minuten, und ich möchte nicht, daß Bonnie auch nur eine Sekunde davon versäumt.«

Halford entschuldigte sich und Bonnie bei den Leuten, die sie umringten.

Bonnie fragte sich, ob dieses Schwindelgefühl, das sie schon den ganzen Abend hindurch plagte, etwas damit zu tun hatte, daß Damien in ihrer Nähe war. Sie saß auf der Kante ihres Sessels in der Loge und beobachtete ihn und Marianne, die unter ihr saßen, bis die Lichter ausgingen. Sie kämpfte gegen die zunehmende Übelkeit an, bis sie es nicht länger ertragen konnte. Sie stand in der Mitte des zweiten Aktes auf, und Trent erhob sich ebenfalls, um sie zu begleiten. Bonnie winkte ab und gab ihm flüsternd das Versprechen, daß sie gleich wieder zurück sein würde.

Erleichtert ging sie die Stufen zum Parterre hinunter.

Als sie die Lobby erreichte, sank sie neben einer mächtigen Marmorsäule in einen Sessel und preßte ihre Wange an den kühlen Stein.

»Bonnie?«

Erschrocken zuckte sie zusammen. Damien stand vor ihr, und sah sie besorgt an.

»Fühlst du dich nicht gut?« fragte er.

Als er sich vor ihr auf ein Knie niederließ, bot sie ihre ganze Kraft auf, um ihm zuzulächeln. »Es ist das verdammte Korsett«, stöhnte sie. »Es drückt mir die Luft ab. Ich kann kaum atmen.«

Ein Lächeln huschte über sein Gesicht. »Es ist mir unbegreiflich, warum ihr Frauen darauf besteht, euch in solche Dinger zu zwängen. Sie schnüren nicht nur die Luft ab, sondern sind bestimmt obendrein ziemlich unbequem.«

»Das sollten Sie Madame Rousseaue, der Schneiderin, erzählen«, erwiderte Bonnie. »Ich hätte nichts gegen ein bißchen frische Luft einzuwenden.«

Er stand auf und half ihr aus dem Sessel.

Als sie in die frische Nachtluft kamen, bot Damien Bonnie seinen Arm an.

»Gefällt dir das Stück?«

»Nicht besonders.«

»Und Ihnen?«

»Auch nicht.«

»Warum sind wir dann hier?«

»Weil es der Anstand von uns verlangt, nehme ich an.«

»Wenn das bedeutet, daß ich mich als Lady für den Rest meines Lebens den Zwängen des Anstands unterwerfen muß, werde ich wohl lieber nach Caldbergh zurückkehren.«

Damien lachte. »Das meinst du doch nicht im Ernst.«

Bonnie lächelte.

»Vielleicht doch«, sagte er. »Sag mir, was du von Halford hältst.«

»Er ist sehr hübsch und nett ... ich mag ihn.«

Damien schwieg.

Bonnie fragte schüchtern: »Warum haben Sie mich gemieden, seit wir nach London gekommen sind? Ich denke, ich verdiene eine Erklärung, zumal unser Treffen damals im Grange Inn nicht geheim geblieben ist.«

Damiens Gesicht blieb hart. »Das sollten wir lieber vergessen, Bonnie«, entgegnete er bitter.

Sie blieb stehen und zwang ihn so, sich ihr zuzuwenden. »Wollen Sie damit sagen, wir sollten so tun, als wäre das nie passiert?«

Er streckte die Hand aus und strich mit den Fingerspitzen über Bonnies Kinn. »Ich will damit sagen, daß das was im Grange Inn und in Braithwaite geschehen ist, nicht mehr passieren darf ... niemals. Nicht mit mir. Mit keinem Mann bis nach deiner Hochzeit.«

Sie wich zurück. In ihren Augen schimmerten Tränen. »Ich habe Ihnen nie etwas bedeutet«, flüsterte sie. »Gar nichts.«

Damien straffte seine Schultern und bekämpfte den Ekel, den er vor sich selbst empfand. Er hatte geglaubt, sich für diesen Moment genügend gewappnet zu haben, aber seine Gefühle spielten ihm einen Streich. Dennoch versuchte er, standhaft zu bleiben. »Es war schön, mit dir zu schlafen, Bonnie. Aber es wäre falsch, Leidenschaft mit Liebe zu verwechseln.«

Bonnies Augen funkelten zornig, als sie zu einer Antwort ansetzte. Damien hob die Hand. »Sag jetzt nichts. Wir würden uns am Ende doch nur streiten. Vielleicht können wir eines Tages wie vernünftige Menschen darüber reden. Ich habe mich dir gegenüber nicht wie ein Gentleman betragen, und das tut mir aufrichtig leid. Aber du kannst einen Mann dazu bringen, daß er seinen Kopf verliert und Dinge tut und sagt, die er später bereut. Ja, ich habe dich begehrt, und, Gott helfe mir, selbst in diesem Augenblick würde ich dich am liebsten in die Arme nehmen. Aber das ist nur Leidenschaft.«

Bonnie reckte das Kinn vor und straffte die Schultern. »Dann hatte ich also recht. Sie haben nicht einen Funken Gefühl für mich übrig. Mit dieser Reise nach London, den Kleidern und all dem Plunder wollten Sie nur Ihr schlechtes

Gewissen beruhigen, weil Sie mir die Unschuld geraubt haben.«

Damien versuchte nicht einmal, ihr zu widersprechen.

»Also bin ich für Sie nichts anderes als eine teure Hure gewesen«, empörte sich Bonnie. »Wie konnte ich jemals etwas anderes für Sie empfinden als Abscheu?«

Sie drehte sich um, hob ihre Samtröcke an und lief zurück. Er sah ihr nach und kämpfte gegen das Verlangen an, sie aufzuhalten. Plötzlich wurde ihm bewußt, daß er gerade alle Brücken zu Bonnie abgerissen hatte, und die Erkenntnis traf ihn wie ein Schock. Eigentlich hätte er erleichtert sein müssen, aber das Gefühl, das sich nun mächtig in ihm aufbäumte, protestierte wütend gegen sein Verhalten. Mit einem lauten Fluch marschierte er zum Theater.

Der Rest des Abends war für Bonnie eine Tortur. Das Dinner bei Chatelin's sah zwar herrlich aus, aber Bonnie war viel zu wütend, um etwas essen zu können. Die Übelkeit, unter der sie schon den ganzen Abend litt, wurde zu einem heftigen Brechreiz, wenn sie in Damiens Richtung sah. Und wenn er sprach, war der Klang seiner Stimme wie ein Giftpfeil, der ihr Herz durchbohrte.

Wie konnte sie ihn nur so verzweifelt hassen und dennoch lieben? fragte sie sich unglücklich.

Als Trent sie schließlich in Kates und Williams Stadthaus brachte, hatten ihr Ärger und ihre Beschwerden den Höhepunkt erreicht. Es gelang ihr noch, sich höflich bei ihren Gastgebern zu entschuldigen, dann lief sie in ihr Zimmer.

Warwick hatte sie mißbraucht!

Dieser Gedanke hämmerte unaufhörlich in ihrem Kopf. Was für eine Närrin sie doch gewesen war. Wie hatte sie auch nur eine Sekunde lang annehmen können, daß sie für Seine allmächtige Lordschaft etwas anderes war als ein Spielzeug, an dem er sich ergötzte, wenn ihm der Sinn danach stand.

Als sie die Spieldose auf der Kommode sah, packte sie sie und schleuderte sie gegen die Wand. Wie betäubt starrte sie auf das kostbare Geschenk, das zerschmettert auf dem Boden lag. Tränen schossen ihr in die Augen.

»Verdammt, Warwick, dafür wirst du mir bezahlen!« schluchzte sie.

21

»Gott sei Dank, daß du gekommen bist!« rief Kate. »Ich habe schon befürchtet, daß du die Einladung ausschlägst.«

Damien schloß die Tür, damit sie sich ungestört unterhalten konnten. Dann griff er in die Tasche und legte ein Bündel Papiere in Kates Schoß. Sie saß im Salon des Blenheimer Schlosses.

»Ich komme so spät, weil ich erst meine Gläubiger besänftigen mußte. Erklär mir diese Rechnungen, wenn du kannst.«

Kate blätterte die Papiere durch, und ihre Augen wurden immer größer, als sie die enormen Summen sah, die rot umrandet waren.

»Hast du den Kauf eines Saphirkolliers genehmigt?« fragte Damien.

Kate schüttelte den Kopf.

»Einen Hermelinmantel?«

»Nein.«

»Ganz unten findest du eine Rechnung von Madame Rachel — für chinesische Gesichtsmasken, tscherkessische Bäder, Perlweiß für die Favoritinnen des Harems — was immer das sein mag —; Magnetstein-Tauwasser aus der Sahara und ein arabisches Toilettenwasser, was sich alles in allem, Kleidung und Schmuck eingeschlossen, zu der nicht unbeträchtlichen Summe von knapp fünfhundert Guineen addiert.« Er sah sich nach Kate um, deren Gesicht kreideweiß geworden war. »Weißt du etwas von diesen Ausgaben?«

»Nein«, erwiderte sie mit schwacher Stimme.

»Nein? Wie, zum Teufel, konnte sie dann dieses Zeug kaufen?«

»Ich — ich muß ihr deinen Bürgschaftsbrief gegeben haben...«

»Was soll das heißen?«

»Bonnie war in den letzten Tagen so ruhelos, und als sie zu mir sagte, daß sie allein in die Bond Street fahren wollte, um ein bißchen einzukaufen...«

»Ein bißchen?«

»Ich kann das nicht verstehen. Bonnie hat sich verändert, Damien, und das macht mir angst«, sagte Kate unglücklich. »Seit unserer Ankunft in Blenheim ist sie nicht mehr wiederzuerkennen. Sie versucht, ganz gegen ihre Gewohnheit, die Aufmerksamkeit der Männer auf sich zu lenken, und hat tatsächlich mit einigen geflirtet. Marianne und ich haben uns nach Kräften bemüht, sie zu warnen. Aber sie scheint unseren Rat nicht zu beherzigen.«

»Wo ist sie jetzt?«

»Als ich sie zuletzt sah, hat sie Tennis gespielt. Vorher war sie mit einigen von den... den Jungs beim Tontaubenschießen.«

»Ist Philippe im Schloß?«

»Er ist gestern abend angekommen, aber sie hat all seine Bemühungen, sich ihr zu nähern, ignoriert. Sie weigert sich sogar, mit ihm zu sprechen.«

Damien verließ den Salon und machte sich auf die Suche nach Bonnie. Als er sie im Haus nicht fand, ging er in den Park. Dort entdeckte er sie endlich. Sie saß, umgeben von einer Schar junger Bewunderer, auf einer Marmorbank auf einem Hügel.

Als sie Damien bemerkte, verkündete sie mit einem strahlenden Lächeln: »Hier kommt mein Vormund, Gentlemen.«

Sie drehten sich zu Damien um und verneigten sich knapp, um ihn zu begrüßen.

»Entschuldigen Sie uns«, erwiderte Damien, und die jungen Herren entfernten sich gehorsam. Er sagte nichts, bis er sicher war, daß sie ihn nicht hören konnten.

»Wie nennst du so etwas?« schnaubte er.

»Was?« fragte sie.

»Spiel nicht die Unschuldige, Bonnie. Du bist nicht einmal gut in dieser Rolle.«

Sie drehte den Kopf zur Seite, und die Saphire, die ihre Ohren schmückten, schimmerten im Sonnenlicht. Aber ihre Augen funkelten noch mehr. Sie flammten vor Zorn, als sie erwiderte: »Wenn es mir an Unschuld fehlt, ist das allein Ihre Schuld, Sir.«

»Ah, so ist das also. Du beabsichtigst, mich zu bestrafen.«

Bonnie sprang auf die Füße und baute sich vor ihm auf. »Warum auch nicht? Sie haben mich mißbraucht. Sie wollten mich nur aus einem Grund — einem sehr eindeutigen Grund — in Ihrer Nähe haben. Dieses Spiel kann man auch zu zweit spielen, Sir. Sie schulden mir etwas, und ich gedenke, die Schuld einzutreiben.«

»Ich empfehle dir, dich zu mäßigen, sonst könntest du am Ende deines Aufenthalts in Blenheim noch von gut der Hälfte der hier versammelten Männer Schulden eintreiben wollen.«

Bonnie wurde blaß, und ohne lange zu überlegen, holte sie aus und schlug ihm ins Gesicht.

Sie war genauso betroffen von ihrer Reaktion wie Damien und starrte entsetzt auf seine feuerrote Wange.

Damien sah sie lange an, und schließlich sagte er: »Ich würde mich an deiner Stelle auch hüten, die Hand zu beißen, die dich füttert, du kleine Hexe, oder du findest dich in Caldbergh wieder. Da Smythe und seine Helfer genau wissen, was zwischen uns vorgefallen ist, werden sie nicht zögern, sich mit dir zu vergnügen. Ich garantiere dir, daß du von diesen Leuten für deine Bemühungen keine Saphire erwarten darfst. Eine lange Reihe namenloser Gesichter wird vor deiner Tür warten, bis sie an die Reihe kommen.«

»Sie sind ekelhaft!« schrie sie. »Ich verabscheue Sie!«

Diese Worte brannten noch heftiger als die Ohrfeige. Ohne noch ein Wort zu sagen, drehte sich Bonnie um und ging davon. In diesem Moment wurde Damien klar, warum er so erbittert war. Natürlich waren die Geschenke, die sie sich selbst beschert hatte, nicht der Grund — er hätte keinen Moment gezögert, sie ihr zu kaufen, wenn sie ihn darum gebeten hätte. Nein, es war der Gedanke, daß er zum zweitenmal in seinem Leben zusehen mußte, wie sich eine Frau, die ihm nahestand, von ihm abwandte, um anderen ihre Gunst zu schenken.

Für das Dinner wählte Bonnie ein Kleid aus pflaumenblauer Seide. Die kurzen Ärmel und der Rocksaum waren mit Stoffrosetten besetzt, und das Dekolleté war gerade tief genug, um die Fülle und perfekte Form ihrer Brüste anzudeuten. Bonnie hatte sich dazu entschieden, ihr Haar mit Mariannes mit Perlen und Diamanten besetzten Kämmen hochzustecken.

Als sie die Halle erreichte, spielte schon das Orchester. Dutzende von Gästen standen in Gruppen beisammen und plauderten angeregt miteinander. Bonnie suchte nach Marianne, Kate oder William, aber sie sah nur ein Meer fremder Gesichter.

»Sie wirken ein wenig verloren«, ertönte eine ihr vertraute Stimme hinter ihr. Bonnie drehte sich um und sah sich Trent Halford gegenüber.

»Sind Sie gerade erst nach Blenheim gekommen?« fragte sie.

»Vor einer Stunde. Könnte es sein, daß Sie mich vermißt haben?«

Bonnie lächelte nur.

Trent warf einen Blick auf das Orchester, das die Galerie besetzt hatte. »Ich hoffe, Ihre Tanzkarte ist noch nicht voll.«

»Nein«, erwiderte sie und setzte hinzu: »Ich habe noch einen Tanz frei, und das wäre ...«

»Sagen Sie es mir nicht. Lassen Sie mich raten. Das ist die Nummer vierzehn — eine Quadrille.«

Sie sahen sich an und lachten.

»Bonnie —«, Halford schüttelte den Kopf —, »Sie sind eine wahre Freude. Ihre Naivität ist herzerfrischend und bezaubernd.«

»Tadeln Sie mich nicht dafür, daß ich mich nicht verraten wollte.«

»Ich denke nicht im Traum daran.«

Die Gäste wurden zum Dinner gerufen. Der Herzog und die Herzogin kamen an ihnen vorbei und blieben stehen. Halford flüsterte Bonnie ins Ohr: »Sie sind am Zug, liebes Kind. Als Ehrengast folgen Sie dem Herzog und der Herzogin zum Dinner. Ich bin sicher, Sie haben sich Ihren Kavalier schon ausgesucht.«

»Kavalier?«

»Den Gentleman, den Sie dazu bestimmt haben, an Ihrer Seite zu sitzen.«

»Nein. Ich wußte nicht ...« Bonnie musterte die Gäste der Reihe nach und errötete vor Verlegenheit, als sie bemerkte, daß alle Blicke auf sie gerichtet waren. In diesem Moment sah sie Damien bei Philippe und Freddy stehen.

Damien sah in dem schlichten schwarzen Samtjackett, der einreihigen schwarzen Satinweste und der schwarzen Hose bemerkenswert gut aus. Seine Krawatte war wie sein Hemd schneeweiß und bildete einen lebhaften Kontrast zu seinem bronzefarbenen Teint und seinem dichten schwarzen Haar, das er länger trug, als es Mode war. Trotz ihres Ärgers über sein Verhalten am Mittag war Bonnie versucht, auf ihn zu-

zugehen, aber sie besann sich anders und lächelte Halford huldvoll an. »Würden Sie mir die Ehre erweisen, Sir, mich zu Tisch zu führen?«

Ein überraschtes Murmeln wurde laut.

Auch Halford schien die Aufforderung zu verblüffen, aber nach kurzem Zögern erwiderte er: »Sehr gern.«

Er bot Bonnie seinen Arm, und sie folgten ihren Gastgebern zum Speisesaal. Als sie den großen Torbogen erreicht hatten, warf Bonnie noch einen Blick auf Damien. Er unterhielt sich mit einem hübschen zierlichen Mädchen mit blonden Locken, und reichte ihr eine Blume.

Halford drückte sanft Bonnies Hand. »Ich glaube, Ihre Wahl hat die Gäste sehr erstaunt. Sie hatten offenbar erwartet, daß Warwick Sie begleiten würde. Schließlich ist er Ihr Vormund.«

»Aber nicht mein Herr und Meister«, erwiderte Bonnie hitziger, als sie wollte.

Halford lächelte.

Das Dinner war üppig. Als Vorspeisen wurden zwei verschiedene Suppen und zwei Fischgerichte gereicht. Der nächste Gang bestand aus Lammbraten und Gemüse. Nach einem Sorbet wurden Wachteln serviert, und der Nachtisch wurde zum Vergnügen und zur Überraschung der Gäste mit Alkohol übergossen und flambiert. Zum Abschluß brachten die Diener exotische Früchte in den Saal. Nach dem Mahl begannen die Gäste lebhaft zu plaudern, und Halford wandte sich Bonnie zu. »Sehr eindrucksvoll, nicht wahr?«

»Dekadent, würde ich sagen. Essen alle Aristokraten so?«

»Nur gelegentlich, wenn auch nicht immer so exzellent wie hier.«

Die Herzogin erhob sich, lächelte ihren Gästen zu und verließ den Raum.

Halford verbeugte sich vor Bonnie und sagte: »Sie wissen natürlich, daß Sie nun der Herzogin in die Bibliothek folgen müssen. Die nächste Stunde dürfen sich die Damen an Musik erfreuen, während sich die Herren die Zeit mit Port und Zigarren vertreiben.«

Er nahm ihre Hand und beugte sich darüber. »Denken Sie daran, Nummer vierzehn — die Quadrille — gehört mir.«

Bonnie entzog ihm ein wenig bekümmert die Hand. »Ich werde daran denken.«

Sie eilte in die Halle, wo sie bereits von Kate und Marianne erwartet wurde. Ein Blick auf die Gesichter ihrer Freundinnen genügte, um Bonnies Befürchtungen zu bestätigen.

»Weißt du eigentlich, was du angerichtet hast? Du hast meinen Bruder öffentlich gedemütigt«, tadelte Kate empört.

»So weit würde ich nicht gehen«, meinte Marianne. »Aber ich hätte in diesem Moment keine zwei Pennies auf dein Leben gewettet, Bonnie. Damien war außer sich vor Wut.«

»Ich bin nicht sicher, ob ich ihn dazu überreden kann, dir das zu verzeihen«, fügte Kate hinzu. »Er ist sehr empfindlich, wenn man ihn in aller Öffentlichkeit eine Abfuhr erteilt.«

»Jedenfalls hast du der Gerüchteküche mächtig Nahrung gegeben.« Marianne hätte fast laut gelacht, wurde dann aber nachdenklich und setzte hinzu: »Das ist nicht besonders komisch, wenn ich an Trent Halfords Ruf denke.«

»Es ist bestimmt nicht komisch«, pflichtete Kate ihr bei.

Bonnie wurde von den beiden in die Bibliothek eskortiert.

Das Orchester spielte eine halbe Stunde, aber Bonnie hörte kaum zu. In Gedanken durchlebte sie immer wieder den schrecklichen Streit zwischen ihr und Damien im Park und ihre Unterhaltung vor dem Theater. Er hatte recht gehabt — sie konnten nie miteinander reden wie vernünftige Menschen.

Die Türen wurden geöffnet, und die Herren kamen herein. Philippe steuerte auf Bonnie zu. Er nahm ihren Arm und sagte: »Ich glaube, du hast mir den ersten Tanz versprochen. Es ist ein Walzer.«

Er führte sie in den Ballsaal und wirbelte so schnell mit ihr übers Parkett, daß sie sich an ihm festhalten mußte, um nicht zu fallen. »Können Sie sich nicht ein wenig langsamer drehen? Ich habe Ihnen doch gesagt, daß ich nicht tanzen kann«, stöhnte Bonnie.

»Aber bis zum Ende des Abends hast du es sicherlich gelernt. Die Gentlemen stehen bereits Schlange, um mich abzulösen, falls du das noch nicht bemerkt haben solltest.«

Am Ende des Abends schmerzten Bonnie die Füße, und in ihrem Kopf drehte sich alles, weil sie dem Champagner zu reichlich zugesprochen hatte. Ihre Gesichtsmuskeln waren vom stundenlangen Lächeln angespannt, und sie fühlte sich niedergeschlagen und elend.

»Darf ich Sie zu Ihrem Zimmer begleiten?«

Bonnie sah überrascht auf. Sie lächelte, nahm die Hand, die Halford ihr darbot, und ging mit ihm in die Halle. Eine Reihe von Dienern wartete dort mit Tabletts, auf denen silberne Kerzenhalter standen. Halford nahm einen davon und reichte ihn Bonnie.

»Das ist ein alter Brauch in Blenheim«, erklärte er. »Ich werde Ihnen später davon erzählen.«

Sie gingen schweigend durch den langen Korridor im ersten Stock, bis sie Bonnies Zimmer erreichten. Dort drehte sie sich ihm furchtsam zu und glaubte, im Halbdunkel ein Lächeln auf seinen Lippen zu erkennen.

»Zeigen Sie mir Ihre Kerze«, forderte er.

Sie hielt den Kerzenleuchter hoch.

Er riß ein Streichholz an und zündete die Kerze an.

»Nach der Tradition dieses Hauses darf ein Kavalier, wenn er die Kerze einer jungen Dame anzündet, sie um ein Rendezvous am darauffolgenden Morgen bitten. Darf ich Sie morgen früh vor dem Frühstück im Reitstall erwarten? Ein

Ritt in der frischen Landluft wird sicherlich Ihren Appetit anregen.«

Bonnie sah in die Kerzenflamme, während sie über seinen Vorschlag nachdachte.

Seine Hand berührte ihr Gesicht, und sie wich überrascht zurück.

»Ich versichere Ihnen«, sagte er leise, »daß ein freundschaftlicher Gutenachtkuß kein Verbrechen ist.«

Bonnie lehnte sich an ihre Zimmertür und betrachtete Halfords Gesicht. Seine Augen waren voller Wärme, sein Lächeln herzlich und gewinnend. Er wirkte nicht sarkastisch oder zornig wie Damien. Als sich seine Hand unter ihr Kinn legte und es sacht anhob, schloß sie die Augen und versuchte, ihr laut klopfendes Herz zu beruhigen.

Halfords Lippen streiften ihren Mund. Es war wie eine stumme Frage, die ihre Sinne nicht in Brand setzte, wie Damiens Küsse es taten. Aber es war ein Kuß, den sie als angenehm empfand. Sie war sogar ein wenig enttäuscht, als er seine Lippen von ihrem Mund löste.

»Um sieben Uhr in den Ställen«, flüsterte er lächelnd und entfernte sich.

Damien hätte eigentlich einen Kater haben müssen, als er am nächsten Morgen aufwachte. Er hatte eine Menge Champagner getrunken, aber sein Kopf war überraschend klar. Nach dem Affront vor dem Dinner hatte er sich bemüht, Bonnie aus seinem Bewußtsein zu verdrängen. Er brauchte eine Erholungspause und mußte für eine Weile seine Sorgen vergessen. Erst vor drei Tagen hatte die Londoner *Times* sich vehement gegen eine Beteiligung Englands bei dem amerikanischen Bürgerkrieg ausgesprochen, und der Artikel hatte seine Wirkung auf die Parlamentarier nicht verfehlt. Er mußte befürchten, daß sich das Parlament weigerte, die Abgesandten der Konföderierten zu empfangen.

Während er badete und sich rasierte, pfiff er leise vor sich hin und dachte an Christina Gosford, die während des Balls kaum von seiner Seite gewichen war. Sie war ein fügsames kleines Ding, sanft und still wie eine Maus. Nicht ein so störrisches, aufbrausendes und rachsüchtiges Wesen wie Bonnie.

Damien zuckte zusammen. Er hatte sich mit dem Rasiermesser geschnitten. Er preßte ein Tuch auf die Wunde, um die Blutung zum Stillstand zu bringen. Er versuchte, sich noch einmal an Christina zu erinnern, aber das Bild des blonden Mädchens schmolz dahin wie heißes Wachs und wurde von einem Gesicht mit blitzenden blauen Augen ersetzt.

»Hexe«, murmelte Damien und schleuderte das Tuch auf den Boden. Wie sehr er auch dagegen ankämpfte — immer wieder sah er Bonnie vor sich, umlagert von einer Horde junger Männer, die sie schmachtend anhimmelten. Was war nur mit ihm los? Er war noch nie eifersüchtig gewesen. Nicht einmal als Louisa während der Saison in London jeden Abend mit einem anderen Mann getanzt hatte. Er hatte seelenruhig dabeigestanden und sie sogar noch dazu ermutigt.

Keine Frau der Welt war es wert, daß man sich ihretwegen quälte.

Er zog sich rasch an und verließ das Zimmer, um sich mit Christina zu treffen. Sie hatte angedeutet, daß sie sich über einen Spaziergang am Fluß vor dem Frühstück freuen würde. Wenn er sich beeilte ...

»Damien!«

Kate wollte ihn aufhalten, aber er achtete nicht weiter auf sie und ging weiter.

»So warte doch!« rief sie.

»Nein. Ich bin mit einer Dame verabredet, die mir nicht die Augen aushacken wird. Sie ist sanft und umgänglich.«

»Aber Bonnie ist verschwunden.«

Er blieb stehen.

»Ich habe in ihrem Zimmer und im Frühstücksraum nach ihr gesucht. Auch auf der Veranda war sie nicht.«

Damien zog die Ärmel seiner Lederjacke über die Manschetten und lächelte. »Ich bin sicher, du wirst sie finden — vielleicht in Mariannes Zimmer.«

Er ging weiter.

»Trent Halford wird ebenfalls vermißt«, rief Kate verzweifelt.

Damien drehte sich langsam zu ihr um. Halford, dachte er, Halford, dieser Hundesohn ... »Bist du sicher?«

»Ich habe mich umgehört — so diskret wie möglich natürlich. Aber niemand hat ihn heute morgen im Schloß gesehen.«

»Hast du auch im Stall nach ihm gefragt?«

Sie schüttelte den Kopf.

Damien stürmte die Treppe hinunter, verließ das Schloß durch das Südtor und lief zu den Ställen. Als er den Stallmeister befragte, erfuhr er, daß Bonnie und Trent Halford vor zwei Stunden weggeritten waren. Damien ließ sich ein Pferd satteln.

Fast eine Stunde trabte er über das Gelände und wollte schon wieder umkehren, als er Bonnies Lachen hörte. Er trieb sein Pferd in ein Wäldchen, das den Reitweg säumte, und als er sich umsah, entdeckte er zwei gesattelte Pferde, die an einem Baum festgebunden waren.

Er glitt aus dem Sattel und schlich lautlos durchs Unterholz, bis er zu einer Wiese kam, die sanft zum Fluß hinabfiel. In der Nähe des Ufers lag Bonnie auf dem Rücken, Halford saß neben ihr und lächelte sie an. Damien beobachtete erstarrt, wie Trent seinen Mund auf ihre Lippen senkte und sie küßte.

Sie erwiderte seinen Kuß und legte ihre schlanken Arme um seinen Nacken.

In diesem Moment wieherte ein Pferd, Halford sah auf,

und sein Blick fiel auf Damien. Er flüsterte Bonnie etwas zu. Sie stand auf und drehte sich rasch zu Damien um. Ihr Gesicht war wachsbleich. Gras klebte an ihrem Kleid und ihr Haar war zerzaust. Ihre Augen wirkten glasig — ob aus Leidenschaft oder Angst, konnte Damien nicht erkennen.

Halford erhob sich langsam. Er trug kein Jackett, und sein Hemd war am Hals aufgeknöpft. Mit einem betretenen Lächeln sagte er: »Sie haben uns erschreckt, Warwick.«

»So scheint es.«

Halford wischte sich ein paar Grashalme von den Ärmeln, und das darauffolgende Schweigen wurde nur von einem Brachvogel unterbrochen, der kreischend aus dem Schilf aufflog.

Schließlich sagte Halford: »Du liebe Güte — es besteht kein Grund, daß wir uns wie zwei Erzfeinde gegenüberstehen. Sie haben doch selbst gesehen, daß es nur ein harmloser Kuß war.«

Damiens Blick heftete sich erneut auf Bonnie. Vor seinem inneren Auge sah er Halfords Körper gegen den ihren gepreßt, seinen Mund auf ihren Lippen, und plötzlich empfand er rasenden Zorn.

»Steigen Sie auf Ihr Pferd und reiten Sie weg«, befahl er Halford im barschen Ton. »Ich werde die junge Dame zum Schloß zurückbringen.«

Ohne ein Wort zu Bonnie zu sagen, hob Halford sein Jackett auf und ging zu seinem Pferd. Damien ergriff seinen Arm, und einen Moment zeigte sich Bestürzung auf Halfords Gesicht.

Damien sagte in einem unnatürlich ruhigen Ton: »Sollten Sie es wagen, Bonnie in Zukunft auch nur anzusprechen, werden Sie es bitter bereuen.«

»Warwick«, erwiderte Halford ebenso ruhig, »Sie hören sich eher nach einem verschmähten Liebhaber als nach einem besorgten Vormund an. Sie sind doch nicht etwa eifersüchtig?«

Damien schob Halford von sich weg.

Bonnie hatte die Auseinandersetzung mit wachsendem Unbehagen verfolgt. Sie wartete, bis Halford fortgeritten war, und fragte: »Sie haben kein Recht ...«

»Halt den Mund«, fauchte Damien.

Bonnie wich zurück, als er auf sie zukam. Seine Augen blickten sie kalt an, und die gerade Linie, die sein Mund bildete, verriet ihr, daß sie nur ein Wunder vor seinem Zorn retten konnte.

»Er war ein perfekter Gentleman«, rief sie, als müßte sie sich rechtfertigen. »Er ...«

»Ein Gentleman hätte eine Lady niemals hierhergebracht, und eine *Lady* wäre ihm nie hierher gefolgt.«

Ein Schauer lief Bonnie über den Rücken, und sie sah sich nach einem Fluchtweg um. »Bleiben Sie mir vom Leibe, oder ich schreie.«

»Nur zu«, gab er zurück und umklammerte ihre Schultern.

Bonnie setzte sich wütend zur Wehr und trommelte mit den Fäusten auf seine Brust.

»Sie sind ein verdammter Heuchler!« schrie sie. »Sie würden mich in Ihr Bett zerren und bedenkenlos ruinieren. Aber wenn ein anderer Mann es auch nur wagt, mich anzusehen ... au, Sie tun mir weh!« Sie schlug wieder mit den Fäusten auf ihn ein und wand sich heftig in seinem Griff. »Trent würde mich niemals so behandeln ... er ist sanft und rücksichtsvoll ... und er *mag* mich!«

»Und ich mag dich nicht, wie?«

»Nein! Sie haben keinen Funken Gefühl für mich übrig!«

»Du kleine Närrin.« Er schüttelte sie heftig. »Trent Halford hat nichts anderes im Sinn, als dich zu verführen, und du bietest dich ihm an.«

»Sie lügen. Sie sind ja nur eifersüchtig, weil er ein besserer Mann ist als Sie!«

Bonnie hätte diese Worte am liebsten wieder verschluckt. Der Ärger auf Damiens Gesicht verwandelte sich in kalte Wut, und seine Hand war wie eine Klammer aus Eisen, als er sie so dicht an sich heranzog, bis sein Mund nur noch den Bruchteil eines Zolls von ihrem entfernt war. »Wenn ich auch nur einen Moment lang annehmen müßte, daß du ihm oder einem anderen Mann erlaubt hättest, dir zu nahe zu treten, würde ich euch beide umbringen.«

»Verlangen Sie von mir, daß ich wie eine Nonne lebe?«

»Bis du verheiratet bist!«

»Oh!« Sie lachte schrill. »Und dann wäre es Ihnen egal, was mein Gatte mit mir treibt? Wie gnädig von Ihnen.«

»Vorsicht, meine Geduld ist wirklich am Ende.«

»Wollen Sie mich etwa verprügeln? Oder mich in meinem Zimmer einsperren? Ich bin kein Kind mehr. Sie haben selbst dafür gesorgt — nicht nur einmal. Sie haben mir die Wonnen der Liebe beigebracht, und nun verdammen Sie mich für die Gefühle, die Sie selbst in mir geweckt haben.« Sie musterte ihn und lächelte verführerisch. »Ich wage zu behaupten, daß Sie sogar jetzt über mich herfallen würden wie ein brünstiger Stier, wenn ich mich ins Gras legen und die Beine breitmachen würde.«

Ein grimmiger Spott irrlichterte in Damiens grünen Augen, als er mit einem leisen Lachen erwiderte: »Vermutlich hast du recht, aber wenn du es darauf anlegst, mich . . .«

»Sie widern mich an. Eher würde es in der Hölle schneien, als daß ich Ihnen erlauben würde, mich noch einmal zu berühren.«

Sie wandte sich ab, aber er riß sie zurück. Sie wehrte sich nach Kräften, hatte jedoch keinen Erfolg. Damien hob sie hoch, bis sein dunkler Haarschopf nur eine Idee über ihrem schwebte. Die Lippen zu einem höhnischen Lächeln verzogen, fauchte er: »Da ich ein Stier bin, kann man mir auch nicht verübeln, daß ich meinen niederen Instinkten folge, nicht wahr? Du wirst verzeihen ...«

Er riß ihr Kleid bis zur Taille auf. Die Sonne schien heiß auf ihre entblößten Brüste. Bonnie starrte Damien entgeistert an, aber kümmerte sich nicht darum. Seine Hände liebkosten ihre Brüste, und Bonnie versuchte verzweifelt, das Wonnegefühl zu unterdrücken, das durch ihren Körper brandete.

Er vergrub eine Hand in ihren Haaren und zog ihren Kopf nach hinten. »Willst du wissen, was du angerichtet hast, als du dich mit Halford eingelassen hast?« knurrte er. »Verdammt sollst du sein, daß du mir das angetan hast, Bonnie. Verdammt, verdammt ...« Er riß sie an sich, bedeckte ihre Lippen mit den seinen und küßte sie wild. In seinem Kopf wurde eine warnende Stimme laut, daß man sie hier entdecken könnte, aber er konnte nicht von ihr lassen. Er wollte ihr weh tun, sie dafür bestrafen, daß sie sich einem anderen Mann zugewandt hatte, aber die Leidenschaft, die ihn übermannte, als er sie in seinen Armen hielt, verdrängte seinen Zorn.

Er drückte sie sanft ins Gras. Bonnie wußte, was er vorhatte, und versuchte sich gegen ihn zu wehren. Nein, dachte sie. Nein, das konnte ihr nicht noch einmal passieren. Gleichgültig, wie sehr ihr Willen sich dagegen stemmte, ihren Gefühlen nachzugeben — sie reagierte auf seine Berührung und spürte, wie das Verlangen durch ihre Adern pulste.

Er küßte sie so heftig, daß sie kaum noch Luft bekam. Seine Hand schob sich unter ihre Pantalons und streichelte ihre geheimste Stelle. Bonnie stöhnte, warf den Kopf hin und her und bemühte sich nach Kräften, Damien von sich wegzuschieben, aber er ließ sich nicht beirren und öffnete die Knöpfe seiner Hose. Dann spürte sie, daß er in sie drang.

»Ah, Gott«, flüsterte er. »Gott helfe uns, Bonnie ... Bonnie.«

Bonnie drehte den Kopf zur Seite und wölbte sich ihm entgegen. Die Sonne brannte so heiß wie das Feuer in ihnen. Auf Damiens Gesicht zeichnete sich Schmerz und Verzweiflung ab, als er mit einer gewaltigen Erschütterung zum Höhepunkt kam. Bonnie spürte, daß sein Glied in ihr pulsierte, und mit einem seltsamen Gefühl des Triumphes schlang sie die Arme und Beine um ihn.

Einen langen Augenblick blieben sie so miteinander vereint, bis die Leidenschaft sich ein wenig abgekühlt hatte und die Wirklichkeit wieder von ihrem Bewußtsein Besitz ergriff. Damien löste sich widerwillig von ihr und starrte sie an. Dann rollte er zur Seite und fuhr sich mit beiden Händen durchs Haar. »Du hast das nicht verdient. Bonnie, es tut mir leid. Ich hatte nicht die Absicht, dich ... dich einfach so zu nehmen.«

Ihr Widerstandsgeist war gebrochen, ihr Haß verflogen, als sie nun benommen zusah, wie er seine Kleider ordnete. Vorsichtig zog er ihr die Röcke über die Beine und versuchte, das Mieder über ihren Brüsten zu schließen, aber der Stoff war zerrissen. Er legte sein Jackett um ihre Schultern und berührte ihr Gesicht mit den Fingerspitzen. »Warum haben wir nur Frieden, nachdem wir uns geliebt haben?«

»Nennen Sie das Liebe?« Bonnie fühlte sich plötzlich mißbraucht und war wütend über sich selbst, weil sie es zugelassen hatte. Sie lachte bitter. »Wie können Sie das nur *Liebe* nennen? Soll ich Sie an Ihre eigenen Worte erinnern? ›Es wäre ein Fehler, Leidenschaft mit Liebe zu verwechseln. Ihre Gefühle haben mit Liebe nichts zu tun.‹«

»Du täuschst dich, Bonnie. Ich habe dich gern. Sehr, sehr gern.«

Sie drehte sich zur Seite, um die Tränen, die ihr in den Augen brannten, zu verbergen. Damiens Geständnis, daß er sie gern hatte, hätte ihr eigentlich Genugtuung bereiten müssen — aber er hatte nicht gesagt, daß er sie liebte. Und nur darauf kam es an. Es war das einzige, was ihrem Leben Bedeutung gab.

Damien ging zu den Karaffen, die auf einem Tisch aufgereiht waren, und goß sich mit zitternder Hand einen Drink ein. Er fühlte sich wie ein Mann, der eine lange, zermürbende Schlacht durchgestanden und am Ende verloren hatte.

Ohne Kate oder Marianne anzusehen, sagte er mit tonloser Stimme: »Bonnie darf unter keinen Umständen unbeaufsichtigt mit einem Mann zusammentreffen ... mit keinem, mich einbegriffen. Nötigenfalls müssen wir für sie eine Gesellschafterin engagieren.«

»Warum erzählst du uns nicht, was passiert ist?« fragte Kate. »Ich war gerade bei ihr, und sie ist genauso verschwiegen wie du. Was war los? Ihre Kleider haben Grasflecke, ihre Arme sind voller blauer Flecken, und ihre Lippen sind geschwollen. Sie zittert, als hätte sie Schüttelfrost!«

Marianne stellte sich neben Damien ans Fenster und sagte leise: »Du siehst auch nicht besser aus. Ich könnte schwören, du hast Grasflecken an den Knien.«

Kate erhob sich und fragte: »Damien, hast du sie mit Trent Halford überrascht?«

»Ja.«

»Guter Gott! Sie haben doch nicht etwa ...«

»Nein. *Halford* hat sie nicht angerührt.«

Damien füllte sein Glas erneut und trank den Sherry in einem Zug aus. »Kate, sobald wir in London sind, solltest du Vorbereitungen für Bonnies Debütanten-Ball treffen.«

Marianne sah Kate überrascht an. »Aber das ist doch gleichbedeutend mit einer öffentlichen Ankündigung, daß du sie verheiraten willst.«

»Das war von Anfang an seine Absicht«, erklärte Kate.

»Aus diesem Grund hat er sie ja nach London mitgenommen.«

»Aber sie . . .«

»Damien glaubt, daß eine Mitgift von hunderttausend Pfund eine ausreichende Entschädigung für den Verlust ihrer Unschuld und ihrer obskuren Herkunft ist.«

»Damien«, rief Marianne erschrocken, »ist das wahr?«

»Ja«, antwortete er.

Eine lange Sekunde verging, ehe Marianne zu Kate sagte: »Würdest du uns einen Moment alleinlassen? Ich hätte gern mit Damien unter vier Augen gesprochen.«

»Gewiß. Ich werde nach Bonnie schauen.«

Als sich die Tür hinter Kate geschlossen hatte, musterte Marianne Damien aufmerksam und zupfte ein paar Grashalme von seinem Ärmel.

»Hast du sie vergewaltigt?« fragte Marianne mit banger Stimme.

Er schüttelte den Kopf.

»Aber du hast mit ihr geschlafen.«

»Ja.« Zorn und Abscheu vor seiner eigenen Handlungsweise regten sich wieder in ihm. »Ich weiß nicht, wie das passieren konnte. Ich habe sie mit Halford gesehen und . . . und die Beherrschung verloren.«

»Vielleicht hast du dich in diesem Moment an Louisa erinnert, und . . .«

»Nein«, fiel er ihr ins Wort. »Ich habe nur Bonnie, die einen Mann geküßt hat, gesehen . . . nur Bonnie«, wiederholte er etwas leiser. »Was, zum Henker, ist nur mit mir los?«

Marianne legte die Hand auf seine Schulter. »Ich glaube, du kannst dir diese Frage selbst beantworten, wenn du nur willst.«

Er drehte sich von ihr weg. »Du willst dich nicht zu deinen Gefühlen bekennen . . .« sagte Marianne.

»Ich mag Bonnie.«

»Es ist mehr als das.«

»Schön — ich habe sie gern.«

»Aber zuzugeben, daß deine Gefühle vielleicht über ein bloßes Gernhaben hinausreichen könnten, ist für dich unmöglich, weil du ›Bent Tree‹ und diesen Krieg, den du in Amerika ausfechten willst, für wichtiger hältst. Ich habe den Verdacht, daß der Krieg, den du gegen dich selbst führst, dich eher vernichten wird als eine feindliche Kugel. Ich bitte dich, dir das klarzumachen, bevor es für dich und Bonnie zu spät ist. Wenn du auf deinem unsinnigen Vorhaben bestehst, sie mit einem Mann, den sie nicht liebt, zu verheiraten, brichst du nicht nur ihr das Herz, sondern dein eigenes dazu.«

Marianne marschierte aus dem Zimmer und hinterließ eine gewaltige und schreckliche Stille, die sich auf Damiens Schultern heruntersenkte wie eine tödliche Last. Er starrte auf die Tür, und seine Hand krampfte sich um das Glas. Der Zorn über seine Willensschwäche, die ihn in diese entsetzliche Situation gebracht hatte, erstickte ihn fast.

»Du irrst dich, Mari«, flüsterte er. »Ich liebe sie nicht.«

Er schüttelte den Kopf. Er wollte sich doch nur von Braithwaite befreien ... von diesen chaotischen Gefühlen ... und diesem Mädchen, das sich in sein Leben geschlichen und alles in Frage gestellt hatte.

Er liebte sie nicht. Er hatte ihr gegenüber eine gewisse Verpflichtung; hatte sie gern ... und wurde von einem brennenden Verlangen nach ihr erfaßt, wenn er sie sah.

Aber das war keine Liebe ...

22

»Gentlemen!« Lord Palmerston hob seine vom Alter gezeichneten Hände und versuchte, die Versammlung zur Ordnung zu rufen. »Gentlemen, bitte! Bedenken sie doch, wo wir uns befinden. Ruhe, bitte!«

Ein Mann, der in seinem Sessel Nüsse knackte, blickte auf und rief: »Ich verlange eine Abstimmung!«

»Jawohl!« rief ein anderer.

Das Trampeln vieler Füße hallte von den hohen Wänden des ehrwürdigen Hauses wider.

»Gentlemen!« beschwor Palmerston abermals die Versammlung, »wir sind hier zusammengekommen, um die Lage mit Vernunft und Besonnenheit zu erörtern. Lord Gregory hat vorgeschlagen, die Unabhängigkeit der Konföderierten Staaten von Amerika anzuerkennen.«

»Ja!« schrie jemand.

»Nein!« protestierten andere.

Ein untersetzter, korpulenter Mann sprang von seinem Platz auf und erklärte: »Ich möchte zu Protokoll geben, Sir, daß ich die Unterstützung von Warwicks Mission für Hochverrat halte. Wenn auch nur ein Engländer dabei ertappt wird, daß er ein Kaperschiff ausstattet, um den Konföderierten zu helfen, sollte man ihn der Piraterie anklagen und zum Tode verurteilen.«

John Russell, der Minister für Auswärtige Angelegenheiten, erhob sich. »Lord Chelmsford, es ist nicht nötig, daß Sie Ihre Mißbilligung in so strenge Worte kleiden; Ihre Majestät hat keineswegs vor, die Flotte auslaufen zu lassen. Und der Graf von Warwick tut nur seine Pflicht, wenn er den Auftrag, den Präsident Davis ihm erteilt hat, ausführt. Er hat lediglich darum gebeten, daß wir uns unvoreingenommen mit

Madison und Slidell auseinandersetzen. Warwick hat darauf hingewiesen, wie beklagenswert es ist, daß dieser Krieg in Amerika eskaliert, und daß auch die Einkünfte des Empires unter der Auseinandersetzung leiden. Ich denke, wir sollten abstimmen, ob das Parlament die amerikanischen Abgesandten empfangen soll oder nicht.« Er wandte sich Damien zu. »Dürfte ich Sie bitten, den Saal zu verlassen?«

Damien stand auf und verbeugte sich vor den Vertretern des Oberhauses, bevor er zur Tür ging.

Es dauerte nicht lange, bis sich William zu ihm gesellte. William bot Damien eine Zigarre an.

»Es ist schwer für dich«, sagte William. »Aber ich kann dir versichern, daß die Männer Sympathien für dein Engagement empfinden.«

Damien betrachtete die Glut seiner Zigarre. »Ich bin nicht überzeugt, daß ich Erfolg haben werde, und Palmerstons Einfluß ist begrenzt.«

Sie schwiegen, und Damien starrte ins Leere.

Nach einer Ewigkeit, wie es schien, öffnete sich die Tür, und John Russell kam in den Vorraum. Er sah Damien an und verkündete: »Sie haben die Mehrheit, Mylord. Wir werden Madison und Slidell im Oberhaus empfangen, und ich werde die nötigen Vorbereitungen treffen, um die beiden Gentlemen in Kuba an Bord einer unserer Schiffe zu nehmen.«

William stieß den angehaltenen Atem aus und schlug Damien auf die Schulter.

»Das muß mit einem Drink bei White's gefeiert werden. Meinst du nicht auch?«

Damien nickte.

Nachdem sie eine Weile schweigend nebeneinander hergegangen waren, musterte William seinen Freund besorgt. »Für einen Mann, der sein Ziel erreicht hat, siehst du ziemlich bedrückt aus. Ich hatte eigentlich Jubel von dir erwartet

— zumindest eine gewisse Erleichterung. Du machst auf mich den Eindruck eines Sträflings, den man vor dem Galgen gerettet, aber zugleich davon unterrichtet hat, daß man ihm statt dessen Beine und Arme amputieren wird.«

»Bin ich so leicht zu durchschauen?«

»So leicht wie immer, mein Freund. Soll ich deine Niedergeschlagenheit als gutes Omen werten? Vielleicht hast du es dir inzwischen überlegt und dir vorgenommen, in England zu bleiben.« Als Damien schwieg, blieb William stehen. »Bei Gott, du *hast* es dir anders überlegt, nicht wahr?« William lächelte. »Darf ich dich fragen, was dich dazu bewegt hat?«

»Ich habe es mir nicht anders überlegt.«

»Aber du bist gerade dabei. Hat dein Zögern, England zu verlassen, vielleicht etwas mit Bonnie zu tun?«

»Gütiger Gott, du redest jetzt auch schon wie Mari. Wie kommt ihr mit den Plänen für Bonnies Ball voran?«

»Recht gut, dank Marianne. Ich bin sicher, daß am Ballabend Chatsworth Hall genauso festlich aussehen wird wie Blenheim.«

»Hat Kate Bonnie erklärt, was der Ball für sie bedeutet?«

»Scheinbar dient er dem Zweck, Bonnie in aller Form in die Gesellschaft einzuführen. Bonnie hat jedoch bemerkt, daß eine ungewöhnlich hohe Zahl von unverheirateten Männern eingeladen wird. Sie war besorgt, daß du dich darüber aufregen könntest, und schlug vor, noch einige junge Damen einzuladen.«

»Ich nehme an, daß sich inzwischen herumgesprochen hat, daß Bonnie eine stattliche Mitgift erhält.«

»Und ob. Die Nachricht breitete sich aus wie ein Flächenbrand, und die Verehrer geben sich die Klinke in die Hand.«

»Hat sie für einen der Bewerber ein besonderes Interesse gezeigt?«

»Nicht das geringste.«

Als Damien Williams Verlegenheit bemerkte, fragte er: »Stimmt etwas nicht?«

»Nichts, worauf ich den Finger legen könnte. Kate hat mich zwar gebeten, nicht mit dir darüber zu sprechen, aber ich halte es für meine Pflicht, dich davon zu unterrichten. Bonnie verhält sich schon seit einiger Zeit ziemlich merkwürdig.«

»Seit Blenheim?«

»Schon vorher. Sie bemüht sich sehr, einen ruhigen und ausgeglichenen Eindruck zu machen, aber man merkt ihr an, daß sie schrecklich unglücklich ist, Dame. Ich fürchte, ihr seelischer Zustand wirkt sich auch auf ihr körperliches Wohlbefinden aus. Zweimal war sie in meiner Gegenwart einer Ohnmacht nahe. Sie ißt nichts mehr und verbringt den halben Tag im Bett.«

»Hast du einen Arzt konsultiert?«

»Kate wollte es tun, aber Marianne meinte, daß Bonnie nur Heimweh nach Yorkshire hat und . . .«

»Und?« drängte Damien.

»Bonnie und Kate werden sehr darunter leiden, daß du deine Mission erfolgreich abgeschlossen hast. Am liebsten würde ich es ihnen verschweigen.«

In diesem Moment entdeckte Damien Mariannes Kutsche vor Madame Rousseaus Modesalon. »Vielleicht«, murmelte er, »sollten wir die Damen kurz begrüßen.«

Madame Rousseau eilte herbei, scheuchte ihre Assistentinnen wie eine Schar gackernder Perlhühner auseinander. Sie umkreiste Bonnie mit kritischem Blick, fuhr mit den Fingern an den Säumen der Büste und der eng geschnürten Taille entlang, trat wieder einen Schritt zurück und schüttelte den Kopf.

»Stimmt etwas nicht?« fragte Bonnie.

Die Modistin richtete nun ihr funkelndes Auge auf Bonnies Gesicht. »Vielleicht sollten wir die Taille ein wenig weiter machen, *oui?*«

»Sie sitzt ein bißchen stramm, ja.«

»Und um den Busen ist es auch zu eng.«

Bonnie nickte.

Madame Rousseau strich über Bonnies Taille und ihren Bauch. Dann trat sie zurück und lächelte. »Alles andere scheint perfekt zu sitzen.« An ihre Assistentinnen gewandt, sagte sie: »Ihr könnt Mademoiselle Bonnie beim Auskleiden helfen. Gut, daß der Ball morgen abend stattfindet.«

Bonnie sah den Modistin nach, bis sie den Raum verlassen hatte. Dann zog sie sich rasch um, während Madame Rousseau vor dem Ankleidezimmer leise mit Kate und Marianne sprach und sie in ihr Büro bat.

Bonnie studierte die Stoffe und Bänder, die in der Nähe des Fensters ausgestellt waren, bis eine Bewegung auf der Straße ihren Blick ablenkte.

Sie sah auf und erstarrte. Er stand regungslos da und lächelte. Sie hatte Angst, sein Lächeln zu erwidern, aber sie tat es dann doch. Schließlich hatten sie sich seit dem Wochenende auf Schloß Blenheim nicht mehr gesehen — für Bonnie war das wie eine Ewigkeit. Sie fragte sich, was schlimmer war — mit ihm oder ohne ihn zu leben? Beides war offenbar eine Qual für sie.

Damien drehte sich um, und eine Sekunde später spazierte er mit William durch den Vordereingang. Bonnie schloß ihre Finger um die Bänder und bemühte sich, gleichmäßig zu atmen.

»Hast du etwas gefunden, was dir gefällt?« fragte Damien.

»Die Bänder sind sehr schön«, erwiderte sie höflich, von dem warmen Ton seiner Stimme überwältigt. Wo war sein Zorn? Der Sarkasmus? Er schien ehrlich erfreut zu sein, sie zu sehen. »Ich habe eine Schwäche für Bänder — wie meine

Mutter. Mein Vater hat ihr immer welche geschenkt, wenn er es sich leisten konnte.«

»Welche Farbe gefällt dir am besten?«

Bonnie schloß die Augen. »Die Entscheidung würde mir schwerfallen. Sie sind alle schön.«

»Dann wirst du dir von allen ein paar Ellen abschneiden lassen«, sagte Damien.

Bonnie wirbelte herum. »Aber ich wollte doch damit nicht sagen, daß ich ...«

»Ich weiß. Aber nimm das Geschenk trotzdem an.« Er lächelte wieder. »Bitte«, setzte er leise hinzu.

In diesem Moment kamen Kate und Marianne. Kate schien ein bißchen blaß um die Nase zu sein, Marianne hingegen strahlte über das ganze Gesicht. Kate lief zu ihrem Mann und sagte: »Du bist heute aber früh zurück, William.«

»Richtig.« Er warf einen Blick auf Damien. »Damiens Mission ist beendet. Das Parlament hat dafür votiert, die Bevollmächtigten der Konföderierten zu empfangen.«

Kate, Bonnie und Mari starrten Damien an. Sein Gesicht war ausdruckslos. Offenbar war er entschlossen, ihre stumme Frage zu übergehen. Er räusperte sich und sagte: »Plündert ihr wieder mal meine Brieftasche, meine Damen? Soll ich mich um einen Kredit bemühen, damit ich das alles bezahlen kann?« Die Modistin kam durch die Tür, und er setzte hinzu: »Bitte, schneiden Sie doch von all diesen Bändern ein paar Ellen für Bonnie ab.«

Bonnie drehte sich um und sah Madame Rousseau beim Abmessen und Schneiden der Bänder zu. In ihrem Kopf hörte sie jedoch immer wieder Williams grausame Neuigkeit. *Er verläßt uns ... er verläßt uns*, schien er zu ihr zu sagen, und sie spürte, wie ihr bei jeder Wiederholung ein wenig übler wurde. Ihre Knie wurden weich, und sie hörte die Stimmen im Raum nur noch als fernes Summen. Sie hielt sich an einem Tisch fest und betete zu Gott, daß dieser

Schwächeanfall rasch vorübergehen möge; aber als ihr die Modistin die Bänder in die Hand drückte, schloß sie die Finger darum, und gleichzeitig verlor sie die Kontrolle über ihren Körper.

»Bonnie!« schrie Mari, als das Mädchen zu Boden sank.

»Mein Name ist Dr. Blackstone, Bonnie. Fühlen Sie sich jetzt besser?«

Bonnie versuchte zu nicken, aber die schrecklichen Kopfschmerzen trieben ihr die Tränen in die Augen.

»Sie haben sich den Kopf angeschlagen, als Sie ohnmächtig wurden. Haben Sie große Schmerzen?«

»Ja«, hauchte sie mit schwacher Stimme.

»Ich gebe Ihnen ein Pulver, das die Schmerzen lindert.«

»Wo bin ich?« fragte sie.

»Zu Hause.«

»Wo sind die anderen?«

»Sie warten draußen. Sie sind sehr um Sie besorgt.«

»Darf ich sie sehen?«

»Gleich.« Er setzte sich aufs Bett und nahm ihre Hand. Sein Lächeln war gütig, als er sagte: »Bonnie, ist Ihnen bewußt, daß Sie ein Kind erwarten?«

Sie drehte den Kopf zur Seite, weil sie ihm nicht ins Gesicht sehen konnte.

»Sie scheinen mindestens im vierten Monat schwanger zu sein. Haben Sie schon eine Bewegung gespürt?«

»Ich weiß es nicht.«

»Es ist so wie ein leichtes Kitzeln ... hier.« Er legte die Hand auf die Schwellung über ihrem Schambein. In diesem Moment bewegte sich das Kind in ihrem Leib.

»Ja.« Sie lächelte. »Es ist wie ein Schmetterling in meinem Bauch.«

Dr. Blackstone stand auf. »Weiß der Vater davon?«

Bonnie brauchte einen Moment, um die Frage des Arztes zu begreifen. »Nein. Ich habe es ja eben erst selbst erfahren.«

»Hatten Sie denn keinen Verdacht, als Ihre monatliche Regel ausblieb?«

»Ich wußte nicht, daß das eine mit dem anderen zu tun hatte.«

Er wirkte besorgt, als er sagte: »Sie wußten aber, daß Geschlechtsverkehr zu einer Schwangerschaft führen kann, nicht wahr?«

Bonnies Gesicht wurde brennend heiß.

»Haben Sie vor, dem Vater davon zu erzählen?« fragte Blackstone.

»Ich ... ich weiß nicht.«

»Ist er verheiratet?«

»Nein.«

»Dann empfehle ich Ihnen, ihn sofort davon in Kenntnis zu setzen. Möchten Sie, daß ich die Angelegenheit mit Ihrem Vormund bespreche?«

»Nein!« Sie setzte sich kerzengerade auf.

»Er sollte aber wissen ...«

»Nein! Ich ... ich werde es ihm selbst sagen. Bitte, Sie dürfen nicht mit ihm darüber sprechen.«

Dr. Blackstone hob seine schwarze Tasche auf und ging zur Tür. Er starrte Bonnie lange an, bevor er sagte: »Sie sind nicht die erste junge Dame, die sich in solchen Schwierigkeiten befindet, meine Liebe — Sie sollten nicht zu hart gegen sich selbst sein. Sie müssen alle Alternativen bedenken. Die Ehe mit dem Vater ist natürlich wünschenswert. Wenn das jedoch nicht möglich sein sollte, gibt es Heime auf dem Kontinent, in die Sie sich für die Dauer Ihrer Schwangerschaft zurückziehen können. Sie arbeiten meistens mit Adoptions-Organisationen zusammen, die Ihnen helfen können, das Kind in einer liebevollen Familie unterzubringen.«

»Wollen Sie damit sagen, daß ich mein Baby fremden Leuten überlassen soll?«

»Bedenken Sie die Alternativen.« Er öffnete die Tür. »Ich werde nächste Woche wieder bei Ihnen vorbeischauen. Bis dahin werden Ihnen Ruhe und kräftigende Kost helfen, die Beschwerden leichter zu ertragen.«

Er verließ das Zimmer und schloß die Tür hinter sich. Bonnie sank in die Kissen. Sie starrte an die Decke und fragte sich, warum sie die Ursache ihres Zustandes nicht erkannt hatte.

»Bonnie?« Kate stand unter der Tür und lächelte ihr zu. »Darf ich hereinkommen?« fragte sie.

Bonnie holte tief Luft und nickte.

Kate durchquerte das Zimmer und setzte sich auf ihr Bett. Sie nahm Bonnies Hand. »Damien spricht gerade mit dem Arzt.« Als sie Bonnies erschrockene Miene sah, fügte sie rasch hinzu: »Dr. Blackstone ist sehr diskret. Er wird Damien nichts sagen, solange du ihn nicht dazu aufforderst.«

Bonnie schloß die Augen. »Dann weißt du es also auch. Und Mari?«

»Madame Rousseau hatte es erkannt, als sie das Kleid weiter machen mußte.«

»Glaubst du, daß Damien etwas davon ahnt?«

»Ich denke nicht. Aber man muß es ihm so rasch wie möglich sagen. Vorbereitungen müssen getroffen werden . . .«

»Vorbereitungen? Wofür?«

»Für deine Heirat natürlich.«

»Mit Damien?«

»Selbstverständlich.« Kates Augen weiteten sich. »*Er* ist doch der Vater, oder . . .?«

»Natürlich ist er der verdammte Vater!« rief Bonnie. »Aber er will mich nicht heiraten. Er liebt mich nicht!«

»Unsinn. Natürlich liebt er dich.«

»Er *mag* mich. Das ist keine Liebe. Ich will keinen Mann heiraten, der mich nicht liebt.«

Kate stand auf und erwiderte ärgerlich: »Wenn du das glaubst, warum hast du ihm dann erlaubt, dir so nahe zu kommen?«

»Weil ich ihn liebe und weil ich gehofft habe, daß er eines Tages genauso empfindet.« Bonnie bedeckte ihr Gesicht mit den Händen und seufzte. »Wenn Damien gezwungen wäre, mich zu heiraten, würde er mich am Ende nur hassen, und das könnte ich nicht ertragen. Es ist schon schlimm genug, zu wissen, daß er es verabscheut, daß ich überhaupt in sein Leben getreten bin.«

Bonnie stand auf. Das Zimmer drehte sich wie rasend um sie herum, und Kate eilte zu ihr, um sie zu stützen. »Ich erinnere mich wohl noch zu sehr an die Ehe meiner Eltern. Während andere Männer ihre Frauen als Besitz betrachtet haben, hat mein Vater meine Mutter verehrt. Ich habe mir eingebildet, daß Damien mich genauso lieben könnte, aber es war eben nur . . . ein Traum.«

»Bonnie, es kann nichts Gutes daraus erwachsen, daß man versucht, die Motive eines Mannes zu ergründen, der sich selbst nicht versteht. Damien muß die Wahrheit erfahren.«

Bonnie schüttelte den Kopf. »Ich will nicht, daß er mich aus Pflichtbewußtsein heiratet. Er würde mich am Ende nur noch mehr verabscheuen, als er es ohnehin schon tut. Ich habe dir schon gesagt, daß ich das nicht ertragen könnte.«

»Was willst du dann tun?«

»Ich weiß es nicht. Ich muß erst über alles nachdenken.«

»Willst du Damien nicht wenigstens sehen? Er war außer sich vor Sorge, als du in Ohnmacht gefallen bist.«

»Wirklich?«

»Natürlich. Er hat dich während der ganzen Fahrt nach Hause in seinen Armen gehalten und dich dann in dein Zimmer getragen. Er hat an deinem Bett gesessen, bis Dr. Blackstone ihn aufforderte, das Zimmer zu verlassen.«

Bonnie schloß die Augen.

»Nun?« fragte Kate beharrlich, »willst du ihn sehen?«

Bonnie dachte an die vielen Male, die sie ihm gegenübergestanden hatte — zitternd vor Angst oder vor Begehren —, während er ihr mit einem einzigen Lächeln, einer Berührung, einem Blick ihr Urteilsvermögen raubte und sie keine Macht mehr über ihren Geist und ihren Körper besaß.

Nach einem langen Schweigen sagte Bonnie fest: »Nein.«

23

Damien klingelte nach dem Hausmädchen und sagte: »Lassen Sie die Kutsche vorfahren.«

»Jawohl, Mylord. Werden Eure Lordschaft direkt nach Chatsworth zu dem Ball fahren?«

»Nein«, erwiderte Damien, »ich möchte zuerst einer alten Freundin einen Besuch abstatten.«

Das Dienstmädchen knickste und entfernte sich, um seine Anweisung auszuführen. Damien nahm seinen Mantel, den er über die Sessellehne geworfen hatte, und zog ihn über seinen eleganten Abendanzug.

Es begann zu nieseln, als Damien vor dem Stadthaus in der Regent Street stand und in das Gesicht des Dienstmädchens schaute. Wenn es über seinen Besuch überrascht war, ließ es sich das nicht anmerken.

»Ich möchte Miss Thackeray sprechen«, sagte er.

Das Mädchen öffnete die Tür, damit er ins Foyer treten konnte. »Gestatten Sie, daß ich Ihnen den Mantel abnehmen, Mylord?«

»Nein, vielen Dank. Ich bleibe nicht lange.«

»Sehr wohl. Ich werde nachsehen, ob Miss Thackeray Sie empfangen kann, Mylord.«

Damien mußte lange warten, und plötzlich wurde ihm klar, daß dieses Unternehmen verrückt war. Ein Wiedersehen riß bestimmt all seine alten Wunden wieder auf — aber vielleicht war das für ihn in diesem Augenblick genau das Richtige. Er konnte sich endlich Klarheit über seine Gefühle verschaffen. Und wenn er dann auf dem Ball Bonnie gegenübertrat, würde er wissen, ob seine Emotionen für sie nur eine Art Vergangenheitsbewältigung waren.

Endlich kam das Mädchen wieder. »Miss Thackeray wird gleich kommen. Wenn Sie solange im Salon warten wollen?«

Sie wollte ihn begleiten, aber Damien hielt sie mit der Bemerkung: »Ich kenne den Weg« davon ab.

Es war ihm fast unheimlich, wie vertraut ihm das Haus und besonders der Salon noch war.

Auf einem Tisch stand eine Teetasse und ein Teller mit einer halb gegessenen Frühlingsrolle. Damien legte die Finger an die Tasse. Sie war noch warm. Er hatte Louisa bei ihrer Mahlzeit gestört.

»Himmel, wie gut du aussiehst.«

Damien blickte hoch.

Louisa stand in der Tür, angetan mit einem blaßrosa Kleid mit einem Stehkragen aus gestärkten Spitzen. Das blonde Haar floß über ihre Schultern. Sie sah ihn mit einer Spur ihres alten Trotzes an, und in diesem Moment erinnerte er sich an die vielen Gelegenheiten, bei denen er sie immer aus der Ferne beobachtet und für das schönste Wesen, das auf Erden wandelte, gehalten hatte. In solchen Momenten hatte sein Puls gerast, und der Schweiß war ihm auf die Stirn getreten. Als er nun vor ihr stand, wartete er auf eine körperliche Reaktion — aber da war nichts.

»Hallo«, sagte er leise.

Sie lächelte. »Ich wollte eben meinen Tee nehmen. Willst du mir dabei Gesellschaft leisten?«

»Nein, danke.«

Er sah, wie sie die Hände ineinander verkrampfte, und dann ging sie durch das Zimmer. Schließlich sagte sie: »Ich habe vor ein paar Monaten erfahren, daß du nach England zurückgekommen bist. Ich fragte mich, ob ich dich sehen würde.«

»Das war unvermeidlich, denke ich.«

»Das denke ich auch.«

Sie sah ihn an. Ein Sonnenstrahl fand seinen Weg durch die halb geschlossenen Jalousien und beleuchtete die eine Seite ihres Gesichts wie eine Kerzenflamme. »Warum bist du gekommen?« fragte sie.

»Ich weiß es selbst nicht genau. Vielleicht, um mir ein für allemal klarzuwerden . . .«

Sie senkte den Blick zu Boden. »Ich war jung und eigensüchtig. Doch vor allem war ich verblendet. Ich hatte eine Familie und Freunde, die mich liebten, aber ich wollte Macht, Besitz und einen viel größeren Reichtum, als ich mir früher jemals erhoffen konnte. Zu spät erkannte ich, daß die kalten, unbelebten Dinge meine Liebe nicht erwidern können.«

Die Tauben vor dem Fenster begannen zu gurren. Hufe klapperten auf Granitpflaster. Ein Kutscher pfiff laut, als der Verkehr ins Stocken kam.

»Ich war eine Närrin«, fuhr sie fort. »Ich erkannte erst, als du weg warst, wieviel mir deine Freundschaft bedeutet hat. Du hast mich zum Lachen gebracht und mich verstanden wie kein anderer. Du hast mich so akzeptiert, wie ich war. Ich habe dir weh getan, und ich bereue das aufrichtig. Aber ich habe für meine Dummheit mehr bezahlt, als du ahnst, Damien. Du siehst vor dir eine unverheiratete Frau, die kaum Aussichten hat, in der nahen Zukunft eine Familie zu gründen.«

Sie standen sich nun schweigend gegenüber.

Endlich sah sie ihn wieder an. Ihre blaßblauen Augen waren groß und glasig. »Ist dein Haß auf mich noch immer so groß wie damals?«

Damien holte tief Luft und merkte, daß der Zorn, der ihn so lange belastet hatte, endlich von ihm wich. Er zitterte vor Erleichterung.

»Nein«, erwiderte er.

»Aber du liebst mich auch nicht mehr.«

Er schüttelte den Kopf. »Nein.«

Sie preßte die Hände zusammen und wandte ihr Gesicht ab. Damien ging zur Tür und drehte sich noch einmal um. Sie stand als Silhouette vor dem Licht, und eine Sekunde lang erforschte er sein Herz, gab ihm eine letzte Chance, zu reagieren.

»Leb wohl«, sagte er und verließ das Haus. In Gedanken war er schon bei Bonnie und Chatsworth Hall.

Bonnie saß in ihrem Zimmer. Die Klänge des Orchesters drangen bis hierher, und seit zwei Stunden trafen die Gäste im Haus ein. Sie stand am Fenster und schaute auf die lange Reihe der Kutschen hinunter. Sie fragte sich, warum die Gäste, die in diesen Kutschen gesessen hatten, überhaupt hierhergekommen waren. Sie war nicht so naiv zu glauben, daß sie von der feinen Gesellschaft akzeptiert worden war. Nein, es war eher Neugierde, die sie veranlaßt hatte, Mariannes Einladung zu Bonnies Soirée anzunehmen. Sie war ja nicht blind für diese forschenden Blicke und bemerkte sehr wohl das verlegene Schweigen, das die Leute befiel, wenn Sie einen Raum betrat. Sie konnte ihnen das nicht zum Vorwurf machen. Sie hatte als Kind auch immer vor dem Gasthaus in ihrem Ort gestanden und einen Gentleman und eine Lady angestarrt, wenn sie aus einer Kutsche stiegen. Sie war nicht weniger neugierig als diese Leute, und sie verstand sie. Dennoch . . .

Bonnie trat wieder vor den Spiegel und prüfte ihr Aussehen. Der blaue Rock fiel in mehreren Stufen bis zum Boden — jede Bahn mit Rüschen aus Bändern und Spitzen besetzt. Das Mieder war enganliegend, und das Korsett, das sie unter dem Kleid trug, verbarg ihren sich rundenden Bauch fast gänzlich. Das Oberteil war nicht besonders tief ausgeschnitten, aber ihre Schultern waren zum Teil unbedeckt. Die Saphire, die sie in einem Anfall von Rachsucht gekauft hatte, schmückten ihren weißen Hals und ihre Ohren. Marianne hatte behauptet, sie sähe aus wie eine Prinzessin, aber sie fühlte sich elend. Sie hätte sich lieber aufs Bett geworfen und ihren Tränen freien Lauf gelassen.

Sie war eine naive, dumme Gans. Sie hatte doch tatsächlich gehofft, daß Warwick sie liebte, und nun erwartete sie ein Kind von ihm.

Sein Baby. Es bewegte sich in ihr, während sie dastand und ihr Spiegelbild betrachtete und die Hand auf ihren Bauch preßte.

Sein Baby. Trotz der Tränen, die ihr in die Augen traten, lächelte sie.

Die Tür ging auf und wurde wieder geschlossen. Kate sagte: »Bonnie, bist du so weit, daß du nach unten gehen kannst?«

Sie nickte.

»Bist du sicher, daß du dich nicht von Damien zu Tisch führen lassen willst? Er wirkte sehr enttäuscht, als ich ihm sagte, du hättest dir William als Tischherrn ausgesucht. Bonnie, Du mußt dich ihm eines Tages stellen . . .«

»Nicht heute abend«, sagte sie mit bebender Stimme. »Bitte nicht . . .«

Ohne ein Wort verließ Kate das Zimmer und ließ die Tür ein wenig offen stehen. Gelegentlich fing Bonnie einen Fetzen von den Gesprächen auf, die unten in der Halle geführt wurden. Ein helles mädchenhaftes Lachen drang zu ihr herauf, und Bonnie spähte neugierig durch die Tür. Vier junge Damen, keine älter als Bonnie, hatten sich auf dem Korridor versammelt. Sie erkannte in einer von ihnen Christina Gosford wieder.

»Er hat fast das ganze Wochenende in Blenheim mit mir verbracht«, erzählte Christina ihren Freundinnen. »Er wollte mit mir am Sonntagmorgen am Fluß spazierengehen, aber es gab Schwierigkeiten mit seinem Mündel, die ihn daran gehindert habe, die Verabredung einzuhalten.«

»Nun«, sagte ein anderes Mädchen, »diese Sorge hast du bald überstanden. Er wird sie bald genug los sein, wenn sich die Gerüchte bewahrheiten sollten.«

»Gerüchte?« fragte ein dunkelhaariges Mädchen. »Was für Gerüchte?«

»Weißt du denn nicht, warum Damien Warwick Bonnie nach London mitgenommen hat?« fragte Christina und beugte sich zu ihren Freundinnen vor. Sie senkte die Stimme, aber nicht so sehr, daß Bonnie nicht die schrecklichen Worte hätte mithören können. »Er will sie unter die Haube bringen. Er bietet dem Mann, der sie ihm abnimmt, eine Mitgift von hunderttausend Pfund an.«

Bonnies Herzschlag setzte aus. Sie legte eine zitternde Hand auf ihren Mund, um den Brechreiz, der sie plötzlich quälte, zu ersticken. Sie war einer Ohnmacht nahe, und ihre Haut fühlte sich seltsam pelzig und kalt an.

»Bonnie?«

Sie ließ die Hände sinken. William kam lächelnd auf sie zu. »Du siehst hinreißend aus, Bonnie.«

»Vielen Dank«, stammelte sie.

»Du hast das Haus voller Gäste, die unten in der Halle darauf warten, dich begrüßen zu können. Bist du so weit, daß du sie empfangen kannst?«

Sie nickte. Er bot ihr seinen Arm. Die nächsten Minuten schienen wie Stunden dahin zu schleichen, als Bonnie die

Treppe hinunterging und den großen Ballsaal von Chatsworth Hall betrat. Im nächsten Augenblick war sie von Gästen umringt. Einige von ihnen hatte sie schon in Blenheim kennengelernt, aber viele waren ihr fremd. Sie lächelte bei jeder Vorstellung, bis sie das Gefühl hatte, daß ihr Gesicht eingefroren war.

Sie war sehr erleichtert, als das Orchester zum Tanz aufspielte. Das gab ihr eine Chance, ihre Gedanken zu sammeln.

»Sie sehen einfach bezaubernd aus!« erklärte der junge Mann, der sie auf die Tanzfläche führte, mit einer solchen Begeisterung, daß Bonnie laut gelacht hätte, wenn sie nicht so wütend gewesen wäre.

Mit einem kalten Lächeln erwiderte sie: »Bin ich Ihrer Meinung nach hunderttausend Pfund wert?«

Er stolperte über seine eigenen Füße und starrte den Rest des Tanzes schweigend über ihren Kopf.

Als der Tanz zu Ende war, verbeugte er sich und ging davon. Sie drehte sich um und sah Trent Halford auf sich zukommen, ein Glas Champagnerbowle in jeder Hand. Bonnie war überrascht, ihn hier zu sehen, und peinlich berührt. Sie schaute sich vorsichtig um, bevor sie sich ihm wieder zuwandte.

»Sie sehen durstig aus«, erklärte er und reichte ihr ein Glas. Als er ihre besorgte Miene bemerkte, lachte er. »Sind Sie überrascht, mich hier zu sehen?«

»Ja.«

»Es wäre schlechter Stil gewesen, mich nicht einzuladen.«

»Sie hätten die Einladung ja ablehnen können.«

»Vielleicht hätte ich das tun sollen, aber ich wollte Sie wiedersehen.«

»So?« Sie lachte bitter. »Lord Halford, Sie sehen mir nicht danach aus, als würden Sie hunderttausend Pfund nötig haben.«

Er lächelte und nippte an seinem Glas. »Ich habe sie nicht

nötig. Das kann ich Ihnen versichern. So viel Geld habe ich allein in diesem Jahr für die Pflege meiner Gärten ausgegeben. Mein Interesse gilt Ihnen und nicht irgendeiner Mitgift, Bonnie. Ich fühle mich in Ihrer Gesellschaft wohl.«

Als Bonnie einen Schluck trank, sah sie, daß sich Damien einen Weg durch die Menge bahnte. In seinem makellos geschneiderten schwarzen Anzug sah er blendend aus, und obwohl sie wütend auf ihn war und sich verletzt fühlte, wurde sie von einem leichten Schwindel befallen, als sie sein dunkles Gesicht betrachtete.

»Wir müssen miteinander reden, Bonnie«, sagte er leise, aber streng.

»Ich habe nicht den Wunsch, mich mit Ihnen zu unterhalten«, erwiderte sie. Sie zwang sich zu einem Lächeln, warf Trent einen Blick zu. »Ich unterhalte mich gerade mit einem meiner Gäste, wie Sie sehen.«

Damien musterte Halford. »Haben Sie einen Beweis, daß Sie eingeladen wurden?«

Trent schob die Hand in sein Jackett und zog eine Einladungskarte hervor.

Damien betrachtete sie flüchtig. »Das muß ein Irrtum gewesen sein.«

»Dennoch bin ich eingeladen und möchte diesen Abend genießen, falls Sie mich nicht auffordern, zu gehen.«

»Das würde er nicht wagen«, sagte Bonnie und lenkte damit Damiens Aufmerksamkeit auf sich. »Es ist *meine* Soirée, oder etwa nicht?«

In diesem Moment begann das Orchester einen Walzer zu spielen, und Damien war gezwungen, die Stimme zu erheben: »Ich möchte mit dir reden, Bonnie.« Er faßte sie am Arm. »Wir können die Angelegenheit besprechen, während wir tanzen.«

»Das ist unmöglich.« Sie löste seine Finger von ihrem

Arm und drückte ihm ihr Glas in die Hand. »Ich habe diesen Tanz bereits Trent versprochen.«

Trent führte Bonnie auf die Tanzfläche.

Damien sah zu, wie Bonnie in Halfords Armen über das Parkett glitt. Er konnte den Blick nicht von ihr wenden, seit sie an Williams Arm den Saal betreten hatte. Die Männer umschwärmten sie wie eine Horde Haifische, die sich um eine saftige Beute stritten, und sie schien das alles zu genießen. Er empfand den seltsamen Wunsch, sie nach oben zu schleppen und sie zu zwingen, dieses Kleid gegen ihre alten Bundhosen auszutauschen. Plötzlich wurde ihm klar, wie sehr er dieses kesse, in Lumpen gekleidete Mädchen aus Caldbergh vermißte, das im Grange Inn die Arme um ihn geschlungen und ihm gestanden hatte, daß sie ihn liebte.

Philippe, Freddy und Claurence traten hinter ihn. »Sie ist der Inbegriff von Anmut, meint ihr nicht auch?« sagte Philippe. »Ich bin fast versucht, sie zu heiraten.«

»Dann hast du aber Dame im Nacken«, kicherte Freddy, »der dir seinen Atem über die Schulter bläst, sobald du das Licht löscht.« Damien warf ihm einen strengen Blick zu.

»Laßt uns wetten, wer sie bekommt«, schlug Claurence vor. »Ich setze auf Halford.«

»Nur über meine Leiche«, zischte Damien.

Philippe schob sich näher an Damien heran und schlug ihm auf die Schulter. »Dir gefällt keiner, der sich an sie heranmacht, Dame. Warum ersparst du uns nicht viel Kummer und Schmerzen und heiratest Bonnie selbst?«

»Großartige Idee!« stimmten Freddy und Claurence ihm zu.

Damien schnaubte. »Dummköpfe. Ebensogut könnte ich mich in ein Vipernnest legen.«

»Tatsächlich?« lachte Philippe. »Ich glaube nicht, daß ich dich schon mal so verliebt erlebt habe. Nicht einmal bei Louisa.«

Damien setzte absichtlich eine gelangweilte Miene auf, als er seine Freunde ansah. »Ihr habt zuviel Bowle getrunken. Sie ist euch in den Kopf gestiegen. Wenn ihr nicht aufpaßt, werdet ihr bald kichern wie kleine Gänschen.«

Philippe schüttelte den Kopf und lächelte. »Warum gibst du nicht endlich zu, daß du von Bonnie bezaubert bist?«

»Hingerissen«, erklärte Freddy. »Hypnotisiert. Du hast nicht den Blick von ihr wenden können, seit sie in den Saal gekommen ist.«

»Seit sie nach Braithwaite gekommen ist«, korrigierte Philippe.

Die Musik verstummte. Damien verließ seine Freunde und schob sich durch die Menge. Als er Bonnie fast erreicht hatte, schwebte sie schon wieder in den Armen eines anderen Mannes davon. Einen Moment kreuzten sich ihre Blicke. Ihr schöner Mund nahm einen trotzigen Ausdruck an. Dann schenkte sie ihrem Partner ein strahlendes Lächeln.

Noch dreimal versuchte Damien, sie anzusprechen. Und jedesmal ließ sie ihn stehen. Damien war sich sehr wohl bewußt, daß ihn alle beobachteten, sobald er die Tanzfläche betrat, und obwohl er sich sehr bemühte, ruhig zu erscheinen, wurde seine Erbitterung von Minute zu Minute größer.

Die Musik hörte wieder auf zu spielen. Damien wartete, bis Bonnies Partner sich verbeugt und entfernt hatte, bevor er auf sie zuging. Ihre blauen Augen weiteten sich und sie drehte sich hastig einem blonden Mann zu, der sich ihr näherte. Aber als der Gentleman ihre Hand nahm, schob sich Damien zwischen die beiden und verkündete: »Entschuldigung, Sir, aber dieser Tanz gehört mir.«

Der Blonde starrte Damien an. »Ich hatte aber den Eindruck«, erwiderte er lahm, »daß die Lady mit mir tanzen wollte.«

»Später vielleicht«, meinte Damien.

Bonnie bot ihre ganze Willenskraft auf, um nach außen hin kühl und selbstbewußt zu erscheinen, aber innerlich zitterte sie wie Espenlaub. Als sich der junge Mann verbeugte und die Tanzfläche verließ, wollte sie ihm folgen.

Damiens Finger schlossen sich um ihr Handgelenk. »Nicht so schnell«, sagte er. Als sie ihn zornig anfunkelte, fügte er hinzu: »Sei ein braves Kind. Deine Gäste beobachten uns.«

»Ich pfeife auf meine Gäste«, flüsterte sie wütend. »Und ich pfeife auf Sie, Mylord. Vielleicht haben Sie die Güte, mich loszulassen und ...«

»Nein.«

Das Schweigen, das sich nun zwischen ihnen ausdehnte, zerrte an ihren Nerven. Sie atmete erleichtert auf, als die Musik einsetzte. Damien begann, sich mit ihr im Walzertakt zu drehen, und Bonnie versuchte unbeholfen, sich seinen geschmeidigen Bewegungen anzupassen. Unglücklich stellte sie fest, daß er ein ausgezeichneter Tänzer war.

Er zog sie näher an sich und betrachtete ihr Gesicht. »Entspanne dich, Liebes. Ich habe nicht die Absicht, mich heute abend mit dir zu streiten. Ich wollte nur wissen, warum du dich geweigert hast, mich zu sehen.«

»Ich finde diese Frage lächerlich, nachdem ich wochenlang vergeblich auf ein Wort von Ihnen gewartet habe.«

Das Feuer, das nun in Damiens Augen aufflackerte, brachte Bonnie aus dem Takt. Das Gefühl seiner Hüften an den ihren beschwor Erinnerungen an den Morgen am Fluß in der Nähe von Blenheim herauf. Himmel, dachte sie, wie konnte sie ihm widerstehen, wenn eine einzige Berührung sie auf eine so demütigende Weise willenlos machte?

Sie wand sich in seinen Armen und flehte: »Lassen Sie mich los. Bitte! Daß Sie mich für sich beschlagnahmen, fördert wohl kaum Ihre Absicht, nicht wahr?«

»Wie soll ich das verstehen?«

»Stellen Sie sich nicht so dumm«, fauchte sie. »Ich weiß von dieser verdammten Mitgift.«

Sein Griff wurde fester. Bonnie sah sich rasch um und stellte überrascht fest, daß viele stehengeblieben waren und sie beim Tanzen beobachteten. Sie klammerte sich nervös an ihm fest, und er beschleunigte das Tempo. »Dann verrate mir mal, mein Kind, ob dir einer deiner Verehrer als angemessen erscheint.«

Sie lachte schrill. »Ich bezweifle, daß ich in dieser Sache eine Wahl habe.«

»Ich möchte, daß du glücklich wirst, Bonnie.«

»Tatsächlich?« Sie schaute ihm in die Augen und war überrascht über die Gefühle, die sie in diesen dunklen Tiefen zu entdecken glaubte. Früher hätte sie naiverweise diesen Blick als Liebe gedeutet, aber jetzt ...

Sie zwang sich zu einem Lächeln, lehnte sich kurz an ihn und flüsterte: »Ich versichere Ihnen, daß es weitaus mehr als hunderttausend Pfund bedarf, um einen dieser Männer dazu zu verleiten, mich zu heiraten, Mylord.«

Die Musik hörte auf zu spielen, aber Damien hielt sie noch immer fest.

Sie schob ihn fast gewaltsam von sich, bevor sie sich den Gästen zudrehte. Sie lächelte, und die Gäste applaudierten. Sie ließ Damien auf der Tanzfläche stehen und eilte auf Trent Halford zu. Er nahm ihre Hand, und sie tauchten in der Menge unter.

»Sie sehen aus, als könnten sie einen Drink und ein bißchen frische Luft gebrauchen«, sagte Trent. Ohne auf ihre Antwort zu warten, nahm er zwei Gläser von einem Tisch und eine Flasche Champagner aus einem Eiskübel. Er deutete auf eine der Terrassentüren am Ende des Saales, und nach kurzem Zögern folgte ihm Bonnie dorthin, froh über eine Atempause und die Möglichkeit, ihre erregten Sinne zu beruhigen.

Sie gingen schweigend über einen dunklen Pfad, bis sie eine Bank zwischen sauber gestutzten Hecken und Blumenbeeten erreichten. Halford setzte sich zuerst und schenkte Champagner in die Gläser. Er lächelte, als Bonnie neben ihm Platz nahm, und sagte: »Wir wollen auf unser Wiedersehen trinken.«

Sie nahm ein Glas und stieß mit ihm an.

Halford lehnte sich zurück. »Ich habe Sie vermißt«, gestand er. »Ich bedaure diesen unglücklichen Vorfall in Blenheim.«

»Es war nicht Ihre Schuld.«

»Ich hätte Sie nicht an den Fluß bringen sollen.«

»Ich hätte Sie nicht dorthin begleiten dürfen. Ich bin ebenso zu tadeln wie Sie.«

Bonnie trank einen Schluck und spürte, daß Trent den Arm um ihre Schultern legte. Hatte sie Damien wirklich loswerden wollen? Hatte sie die Absicht, sich mit einem anderen Mann einzulassen? Unmöglich. Und in diesem Moment regte sich Damiens Kind wie ein Schmetterling, der im Flug die Flügel bewegt.

»Glückliche Gedanken?« fragte Trent.

Überrascht sah Bonnie auf.

»Sie haben gelächelt«, erklärte er und strich mit einem Finger über ihre Wange. »Es war ein sehr versonnenes kleines Lächeln.«

Bonnie merkte, wie sie errötete, und trank noch mehr Champagner. »Ich habe an meine Eltern gedacht und daran, wie glücklich sie waren, als sie erfuhren, daß meine Mutter zum zweitenmal schwanger war. Ich war damals acht oder neun Jahre alt und hatte mir schon lange einen Bruder oder eine Schwester gewünscht.« Sie hielt ihm ihr Glas hin, und er füllte es erneut. »Unglücklicherweise verlor sie es im vierten Monat.«

»Das sind ernüchternde Gedanken für eine junge Frau an

ihrem Debütantenball.« Er zog sie dichter an sich heran. Seufzend schloß sie die Augen und legte den Kopf an seine Schulter. »Schmeckt dir der Champagner?« flüsterte er ihr ins Ohr.

Sie nickte.

»Dann trink dein Glas aus. Wir müssen eine ganze Flasche leeren, bevor ich dich auf die Tanzfläche zurück lasse.«

Bonnie hob das Glas und leerte es auf einen Zug.

»Das tut gut«, murmelte sie. »Müssen wir denn in den Ballsaal zurück?«

»Nein.«

»Sie sind ein echter Freund, weil Sie so sehr um mein Wohl besorgt sind.«

»Ich mag dich sehr, *cherie.*«

Der Park schien sich um Bonnie zu drehen. Sie versuchte sich aufzusetzen; aber Halford hielt sie fest.

»Was ... was machen Sie da?« fragte sie.

»Was schon. Ich verführe dich.«

Stirnrunzelnd sah sie zu, wie er das Kleid von ihren Schultern schob und es an ihren Armen hinunterzog, und ebenso geschickt schob er den dünnen Stoff ihres Hemdes beiseite. Fast so, als wäre ihr Geist von ihrem Körper losgelöst, beobachtete sie, wie Halford den Kopf neigte und den Mund auf ihre entblößte Brust preßte. Der Schock, als seine Zunge über ihre empfindliche Brustwarze glitt, ernüchterte sie, so daß sie versuchte, ihn von sich wegzuschieben.

Seine Hände umfaßten ihre Handgelenke und langsam hob er den Kopf. Ein Lächeln spielte um seine Lippen, als er Bonnie schweigend betrachtete.

»Lassen Sie mich los!« forderte sie.

»Ich errege dich nicht? Vielleicht ist es dir lieber, wenn ich dich auf die Erde ziehe und mich auf dich stürze wie — was sagtest du damals? — wie ein brünstiger Stier?«

Bonnie erstarrte und wurde blaß.

Er neigte wieder den Kopf und ließ seine Zungenspitze um ihre Brustwarze kreisen.

»Als ich an jenem Morgen wegritt, wurde mir plötzlich klar, daß es unverzeihlich war, dich mit Warwick alleinzulassen. Also ritt ich zurück und habe alles mitangesehen. Du hast ihm einige Freiheiten erlaubt, Bonnie, und wie es schien, nicht zum erstenmal.«

Seine Hand schob ihren Rock in die Höhe. »Eines muß man Warwick lassen. Er hat einen guten Geschmack, was Frauen betrifft. Ich habe keine so heiße Vorstellung erlebt, seit ich zum letzten Mal in einem Freudenhaus war.«

Christina Gosford lächelte Damien zu und blinzelte.

Ich muß sie wohl zum Tanzen auffordern, dachte er, sonst hängt sie den ganzen Abend an meinen Rockschößen.

Er hatte gerade sein Glas abgestellt, als Philippe und Kate mit besorgten Mienen auf ihn zukamen.

»Wo ist Bonnie?« fragte Kate.

»Ich habe sie nicht mehr gesehen, seit sie mich wie einen Idioten auf der Tanzfläche stehengelassen hat. Sie ist mit Halford weggegangen, glaube ich.«

»Schlechte Nachrichten«, sagte Philippe. »Ich habe gerade mit Greenfells und Aurzon Faro gespielt. Du wirst nicht glauben, was die beiden mir erzählt haben.«

Damien schob eine Braue in die Höhe und wartete.

»Halford hat gewettet, daß er noch heute abend Bonnie verführen würde. Schlimmer noch — er hat offenbar das Gerücht ausgestreut, daß du und sie ein Paar . . . Nun, du weißt, was ich meine.«

Marianne kam nun ebenfalls dazu. »Ich habe das ganze Haus abgesucht; aber ich kann die beiden nicht finden.«

Damien drehte sich um und ging auf die Terrassentüren zu. Kate lief ihm nach und versuchte ihn zurückzuhalten, aber er schob sie wortlos beiseite.

Die kühle Nachtluft war wie eine Ohrfeige auf Damiens heißem Gesicht. Hinter sich hörte er Kate rufen: »Holt William! Rasch!«

Philippe, der Damien auf dem Fuß folgte, sagte: »Ich würde vorschlagen, daß wir sie Sache diskret regeln. Wir zerren Halford hinter die Ställe, schlagen ihm dort das Gesicht zu Brei. Es wird ihm schwerfallen, eine alte Hexe zu verführen, wenn wir mit ihm fertig sind.«

Damien stürmte wortlos weiter. Plötzlich hörte er ein Geräusch. Er lauschte angestrengt. Nichts.

Dann vernahm er ein Schluchzen und Bonnies Stimme. »Nehmen Sie Ihre verdammten Hände weg!« In der nächsten Sekunde schien Bonnie aus dem Nichts aufzutauchen. Sie brach durch eine Hecke und fiel Damien direkt vor die Füße. Damiens Zorn, den er bisher eisern beherrscht hatte, wurde übermächtig, als er Bonnies zerrissenes Kleid und ihre entblößte weiße Brust sah.

Halford stieß einen überraschten Schrei aus, als Damien ihm plötzlich gegenüberstand. Er wich zurück, als Damien mit erhobenen Fäusten auf ihn losging.

»Damien, nein!« rief Kate. Sie warf sich zwischen die beiden Männer und bemühte sich nach Kräften, Damien zurückzudrängen.

Halford stolperte und stürzte. Er kam wieder auf die Füße und lachte: »Lassen Sie ihn nur, Katharine. Er wollte sich schon mit mir prügeln, als wir beide noch kurze Hosen trugen.«

Damien schob Kate aus dem Weg und knurrte: »Bastard. Ich hätte Sie schon in Blenheim umbringen sollen, als sich mir die Chance dazu bot.«

»Aber das haben Sie nicht getan, Mylord, weil Sie selbst auf die Kleine scharf waren. Sie können einem Mann nicht vorwerfen, daß er auch etwas von dem Kuchen haben will, den Sie vernascht haben.«

Kate schrie, als Damien sich nun auf Halford stürzte, doch Philippe verhinderte das Schlimmste und drängte Damien zurück.

»Nicht hier!« rief er. »Um Gottes willen, nicht so. Das wäre Mord, Dame! Laß den Bastard seine Sekundanten wählen und duelliere dich mit ihm morgen früh bei Anbruch der Dämmerung.«

Damien spürte, wie sein Verstand allmählich wieder die Oberhand gewann. »Du hast recht. Ich fordere Sie zum Duell heraus, Halford. Sie können die Waffen bestimmen. Einverstanden?«

»Pistolen.«

»Dann also Pistolen. Ich werde Ihnen spätestens in einer Stunde meine Sekundanten schicken, die Ihnen mitteilen, wo wir uns treffen werden.«

Er drehte sich zu Kate und Bonnie um, die mit beiden Händen vorn ihr Kleid zuhielt und ihn verwirrt ansah.

Ohne ein Wort zu sagen, drehte sie sich um und lief ins Haus.

Bonnie weigerte sich, Kate oder William in ihr Zimmer zu lassen. Sie lief im Raum auf und ab, und ihre Angst steigerte sich von Minute zu Minute.

Kurz nach drei kam Claurence ins Haus. Bonnie schlich bis zur Treppe und lauschte.

»Bei Anbruch der Dämmerung will er sich mit Halford an Quay Meadow treffen«, verkündete Claurence.

»Sie müssen ihn davon abhalten!« rief Kate.

»Kate, Ihr Bruder ist fest entschlossen . . .«

»William . . .«

»Ich habe getan, was ich konnte, Kate«, sagte William. »Nun können wir nur noch warten.«

Damien goß sich einen Drink ein. »Wir haben noch zwei Stunden Zeit. Warum nicht das Beste daraus machen?«

Marianne lachte. »Du willst nicht mich haben, Damien, sondern Bonnie. Es ist allerhöchste Zeit, daß du das zugibst. Um Himmels willen, Damien, du wirst dich mit einem Mann auf dem Duellplatz treffen — und wofür? Doch nicht, wie du behauptest, um deinen guten Ruf zu verteidigen!«

Er fuhr mit der Hand in ihre roten Haare und zog ihr den Kopf in den Nacken. Dann küßte er sie — ein wilder, strafender Kuß —, bis sie zu wimmern und zu zittern begann. Er legte seinen freien Arm um ihre Taille und versuchte, sie aufs Sofa zu ziehen.

»Nicht«, stöhnte sie. »Deshalb bin ich nicht zu dir gekommen.«

»Natürlich bist du deswegen hier.«

»Du liebst sie!« rief Marianne.

»Halt den Mund.«

»Du bestreitest es gar nicht mehr. Glaubst du, du könntest Bonnies Bild aus deinem Bewußtsein verbannen, wenn du mit mir schläfst?«

Damien fluchte und füllte sein Brandyglas nach.

»Ich glaube nicht, daß du auf Trent oder Bonnie wütend bist. Du bist auf dich selbst böse, weil du dich in sie verliebt hast und eifersüchtig bist. Du redest dir ein, daß du sie nicht haben willst und daß nur Bent Tree dir etwas bedeutet; aber du kannst die Vorstellung, daß sie mit einem anderen Mann zusammen ist, nicht ertragen.«

Er kippte den Brandy hinunter und schenkte sich nach.

»Du hast dir eingebildet, daß es nach Louisa keine andere Frau mehr für dich geben könnte. Du glaubst, du hättest dein Herz so abgehärtet, daß jedes Gefühl davon abprallen würde. Aber Bonnie hat diesen Panzer durchbrochen, Damien. Ihre Unschuld und ihre Naivität haben dich besiegt. Schau dich doch nur im Spiegel an! Du begehrst sie so sehr, daß du fast krank bist vor Liebe.«

Er drehte sich um und schleuderte das Glas nach ihr, das

ihren Kopf nur um wenige Zentimeter verfehlte. Es zersplitterte an der Wand und überschüttete sie mit kleinen Glasscherben.

»Verschwinde«, befahl er.

Marianne nahm ihr Ridikül hoch und verließ das Haus.

Kurz nach fünf Uhr morgens schlich Bonnie auf Zehenspitzen die Treppe hinunter. Kate und William hatten sich auf ihr Zimmer zurückgezogen.

So leise wie möglich verließ Bonnie das Haus durch die Hintertür und lief zur Park Lane. Sie stand zitternd im Nebel, bis eine Droschke vor ihr auftauchte. Sie winkte sie zu sich heran, stieg ein und rief: »Zum Quay Meadow, so rasch wie möglich!«

Damien, der von Philippe und Freddy begleitet wurde, betrachtete die Männer am entfernten Ende der Wiese. Nebelfetzen tanzten in der Morgenbrise. Langsam hellte sich der Nachthimmel auf.

Halford und seine Sekundanten setzten sich in Bewegung, um Damien und seine Begleiter in der Mitte der Wiese zu treffen.

Mit einem knappen Kopfnicken begrüßten sich die Männer. Einer von Halfords Sekundanten öffnete den Pistolenkasten, und Damien nahm eine Waffe heraus.

»Einigen Sie sich auf die Distanz, meine Herren«, forderte Philippe.

»Zehn Schritte sollten genügen«, sagte Damien leichthin. Er sah, daß sich die Augen im bleichen Gesicht seines Gegners weiteten, und vermutete, daß Halford inzwischen sein unehrenhaftes Verhalten Bonnie gegenüber bitter bereute.

»Einverstanden«, erwiderte Halford heiser.

Freddy trat vor, um Damien aus dem Mantel zu helfen, und Philippe beugte sich zu ihm. »Er ist verdammt nervös, Dame. Ich würde an deiner Stelle auf meinen Rücken aufpassen. Möglich, daß er nicht wartet, bis der Unparteiische zu Ende gezählt ist.«

Damien nickte, und zum erstenmal, seit sie am Duellplatz angekommen waren, sah er Philippe direkt ins Gesicht. »Wenn mir etwas zustoßen sollte ...« Er holte tief Luft. »Dann sage Bonnie ...«

Philippe nickte wissend. Zum erstenmal kam Damien der Gedanke, daß sich jeder außer ihm selbst über seine Gefühle für das Mädchen längst klar gewesen war. Weshalb, zum Teufel, hatte er so lange dazu gebraucht?

»Stellen Sie sich mit dem Rücken zueinander auf, meine Herren«, rief Halfords Sekundant.

Die beiden Duellanten warteten, bis die Zeugen an der Seite der Wiese Aufstellung genommen hatten.

Nun begann der Unparteiische laut zu zählen.

»Eins ... zwei ... drei ...«

Ich liebe sie.

»Vier ... fünf ...«

Aber es gibt noch ›Bent Tree‹.

»Sechs ... sieben ...«

»Ich liebe dich«, hatte Bonnie zu ihm gesagt. »Ich liebe dich ...«

»Acht ... neun ... zehn.«

Bitte, Gott, bitte.

Er drehte sich um, zielte und schoß. Er spürte, daß Halfords Kugel in seinen Arm drang, noch während er den Abzug bediente.

Damien taumelte unter der Gewalt des Einschlags; richtete sich aber noch rechtzeitig auf, um zu sehen, daß Halford taumelte und zu Boden sank.

»Betrug!« rief Philippe und lief zu Damien. »Dieser verdammte Halunke hat nicht bis zehn gewartet und vor der Zeit geschossen. Betrug!«

Damien warf die Pistole auf den Boden und ging zu Halford, der sich im Gras wand und sich mit schmerzverzerrtem Gesicht an die Schulter faßte. »Wird er es überleben?«

»Ja«, antwortete jemand.

Damien wandte sich ab, ohne seine besorgten Freunde zu beachten.

»Laßt mich in Ruhe.«

»Aber dein Arm . . .«

»Zum Teufel mit meinem Arm«, schnaubte er.

Eine Droschke rollte heran. Der Schlag öffnete sich, und Bonnie sprang heraus. Ihre dunklen Haare und ihr Cape flatterten hinter ihr her, als sie auf Damien zulief.

Sie schlang die Arme um seinen Hals und preßte ihr Gesicht an seine Brust. Damien schloß die Augen und überließ sich dem Schmerz, der seinen Körper wie ein Blitz durchzuckte. Er hatte das Duell gewonnen, aber der Sieger war Bonnie. Bonnie mit ihrer Arglosigkeit und ihrem Lachen, das die Nacht in Tag und den Winter in Frühling verwandeln konnte. Bonnie, die im froststarren Herzen eines Mannes ein Feuer entfachen konnte, das jedem Versuch, es zu löschen, widerstand. Sie hatte ihn besiegt — seinen Geist, seinen Körper und seine Seele.

Er schob sie von sich und faßte nach seinem blutenden Arm, weil die Schmerzen ihm fast die Besinnung raubten. Und gepeinigt von Schmerzen und einem Aufruhr widersprüchlicher Gefühle entschlüpften ihm Worte, die er nicht so meinte, aber auch nicht zurückhalten konnte: »Bist du jetzt zufrieden? Blut ist deinetwegen geflossen, und wenn ich offen sein soll, bist du es nicht wert, Göre.«

Ohne sich umzuschauen, stieg er in seine Kalesche und befahl dem Kutscher, ihn nach Hause zu bringen. Die

Fahrt war eine schlimme Tortur. Seine Schulter und seine Brust schmerzten höllisch, und immer wieder plagte ihn in seinem halb bewußtlosen Zustand das Bild von Bonnie. Er sah, wie sie mit ausgebreiteten Armen auf ihn zulief. Er hatte sie abermals verletzt und es doch nicht so gemeint ... noch nie so gemeint ...

Die Fahrt nach Mayfair schien eine Ewigkeit zu dauern. Regen peitschte ihm ins Gesicht, als er aus dem Zweispänner stieg und taumelnd ins Haus ging. Er wankte in sein Schlafzimmer, warf die Tür hinter sich zu und sank stöhnend auf sein Bett.

Er träumte, daß alles um ihn herum brannte. Als die Flammen über seinem Kopf zusammenschlugen, rief er nach Bonnie.

»Bonnie wird gleich hier sein, Mylord. Ihre Schwester bringt sie her.«

Damien öffnete die Augen. Dr. Blackstone legte ihm einen Verband an.

»Sie haben eine Menge Blut verloren. Sie stehen unter Schock und haben Fieber.«

Damien bewegte den Kopf hin und her und sah sich im Zimmer um. Philippe stand am Fenster. William schien irgendwo in der Nähe des Fußendes zu schweben. So viel Blut! Er lag in einer Blutlache. Es war überall — an der Tür, den Wänden ...

Als er die Augen das nächste Mal aufschlug, sah er, daß Kate an Williams Schulter weinte. Damien fuhr sich mit der Zunge über die trockenen Lippen und fragte: »Bonnie?«

William sagte leise etwas zu den anderen und wartete, bis sie das Zimmer verlassen hatten. Dann kam er ans Bett, hob, mit sichtlichem Widerstreben, ein Papier vors Gesicht und begann leise vorzulesen:

Warwick,

Ich gehe fort. Wäre ich schon vor langer Zeit weggegangen, wie ich es vorgehabt habe, wäre diese schreckliche Geschichte niemals passiert. Es tut mir leid. Es war nie meine Absicht, jemanden unglücklich zu machen, aber es sieht so aus, als wäre ich dazu verdammt, anderen Unglück zu bringen. Bitte, versuchen Sie nicht, mich zu finden — obwohl ich nicht glaube, daß Sie mich je wiedersehen wollen. Sie sollen nur wissen, daß ich nicht so leicht untergehe und gut zurechtkommen werde.

Kate, William, Richard, Marianne, Philippe und alle anderen — ich danke Euch allen, daß Ihr Euch so rührend um mich bemüht habt. Ich verdiene keine so wunderbaren Freundschaften. Ich hoffe, ich kann das wiedergutmachen . . . Eines Tages vielleicht.

Bonnie

P.S: Ich liebe Dich, Damien.

Damien starrte William an und richtete sich auf.

Fort. Sie war fort.

Das Blut pochte in seinen Schläfen und seiner Schulter.

Dunkle Schleier legten sich über seine Augen. Er sank nach vorn und krallte seine blutigen Finger in das weiße Hemd seines Freundes.

»Finde sie«, forderte er mir heiserer Stimme. »Ich . . . finde sie und bringe sie zurück zu mir . . .«

24

Manfred Jones lächelte mit zahnlosem Mund und zwinkerte Bonnie zu. »Du solltest das Beste aus diesem Tag machen, Mädchen, und dich wieder ins Bett legen.«

Bonnie sah sich in dem Einbettzimmer, ihrem übelriechenden Asyl, um und verfluchte sich dafür, daß sie zu lange geschlafen hatte. In der Regel war sie schon um fünf Uhr morgens auf der Straße, aber in den letzten Tagen fiel ihr das Aufstehen sehr schwer. Selbst jetzt, als sie sich erheben wollte, zog sie eine seltsame Trägheit zurück. Sie schlang die Arme um sich, um die Kälte aus ihrem Körper zu vertreiben. Es war fast schon Winter, und sie hatte keinen Mantel. Dann erinnerte sie sich daran, daß sie nichts besaß als das Kleid, das sie trug und von Tag zu Tag enger wurde, diese Rußkiste, die sie Bett nannten ... und die Bänder, die Damien ihr geschenkt hatte.

Ihr Magen knurrte, und das Kind bewegte sich. Sie hatte keine Zeit mehr, auf dem Weg zur Arbeit irgendwo anzuhalten und eine Kartoffel zu essen. Sie konnte sich auch keine mehr leisten. Den Rest ihres Lohnes hatte sie am Abend zuvor dazu benützt, sich eine Scheibe Brot und einen Becher Kaffee zu kaufen.

Sie versuchte erneut aufzustehen und hielt sich an einem Stuhl fest, bis der Schwindelanfall vorüber war.

»Wohin willst du?« fragte Manfred Jones, der sich ihr in den Weg schob und die Tür blockierte. »Die Miete war gestern fällig«, erinnerte er sie.

»Ich bekomme morgen meinen Lohn. Du bekommst dein verdammtes Geld schon.«

»Ich will es aber jetzt haben. Vergiß nicht, daß ein paar Hundert solcher Schätzchen wie du mehr als drei Schillinge für das Bett bezahlen würden.«

Bonnie biß die Zähne zusammen, schob ihre von der Arbeit angeschwollenen Hände in ihre Rocktaschen und drehte sie nach außen. »Ich habe dir doch gesagt, daß ich kein Geld habe, Jones. Nicht mal für'n Stück Brot.«

Er schnalzte ein paarmal mit der Zunge und lächelte. »Eine Affenschande ist das. So'n hübsches Mädchen wie du mit einem Balg im Bauch sollte nicht hungern müssen. Ich kann dir ein, zwei Pennies leihen bis morgen, wenn du . . .«

»Ich weiß, was du sagen willst, Jones, aber das kommt nicht in Frage.«

Er streckte eine schmutzige Hand aus und spielte mit einer Strähne von Bonnies Haaren. »Ich wünschte mir, Lenore hätte 'n bißchen was von dir.«

»Wenn du sie nicht zwingen würdest, auf den Strich zu gehen, würde sie besser aussehen.«

»Was der Mensch tun muß, muß er eben tun, Mädchen. Außerdem macht es ihr Spaß. Ihr habt alle euren Spaß daran, sonst würdest du jetzt nicht in der Klemme stecken.« Er stieß mit dem Zeigefinger gegen ihren Bauch.

Bonnie wich einen Schritt zurück.

»Was hast du denn mit dem Baby vor?« fragte er. »Wie willst du es füttern? Ich möchte keinen plärrenden Fratzen im Haus haben, der meine Nachtruhe stört. Und wo willst du es lassen, wenn du arbeitest?«

Sie versuchte, sich an ihm vorbeizudrängen. Aber er ergriff ihren Arm.

»Ich kenn' jemanden, der dir das Baby abnimmt, wenn es auf die Welt kommt. Collins heißt er.«

»Ich kenne den Mann. Lenore arbeitet für ihn. Was macht ein Zuhälter mit Babies?«

»Er zieht sie groß, damit sie in sein Geschäft einsteigen natürlich.«

»Das ist das Abscheulichste, was ich bisher gehört habe.«

»Ein guter Geschäftsmann hält die Augen immer offen.

Seine Mädchen sind schnell verbraucht. Ein Schätzchen wie du würde den Ruf seines Hauses verbessern.« Er zog sie an sich und lächelte. »Du und das Kind werden am Ende sowieso in diesem Geschäft landen, ob es dir gefällt oder nicht.«

Bonnie drehte das Gesicht weg. Die Aussicht, daß sich seine Prophezeiung erfüllen könnte, war ihr genauso widerwärtig wie dieser Mann.

»Du hast bis heute abend um acht Uhr Zeit, mir die Miete zu bezahlen.«

»Aber ich bekomme erst morgen meinen Lohn!«

»Vier Schillinge.«

»Aber die Miete ist doch nur drei ...«

»Sie ist gerade erhöht worden.«

»Bastard!« Sie befreite sich aus seinem Griff und lief auf die Straße. Ein kalter Nieselregen durchnäßte ihr Haar und ihre Kleider. Die Gaslichter flackerten wie Kerzen im Dunklen.

Sie lief schneller. Wegen Jones würde sie wieder zu spät zur Arbeit kommen. Zweimal war ihr das schon in dieser Woche passiert, und der Aufseher hatte sie verwarnt, obwohl sich Bonnie bereit erklärt hatte, die halbe Stunde, die sie am Morgen zu spät kam, nach der regulären Arbeitszeit nachzuholen. Die Arbeit ließ sie ihren Hunger vergessen und lenkte sie von Erinnerungen an Damien, Kate und Marianne ab, obwohl sie auf ihren langen Wegen zur Arbeit nur an sie dachte.

Aber erinnerten sich die drei auch noch an sie? Hatte Damien in den letzten Wochen versucht, sie zu finden? Vermutlich nicht. Wahrscheinlich war er inzwischen nach Amerika zurückgekehrt und hatte sie vollkommen vergessen. Sie fragte sich, ob Kate ihm etwas von dem Baby erzählt hatte. Sicherlich hatte sie das. Wie er wohl darauf reagiert hatte? Zornig vermutlich.

Sie hielt an der Straßenecke an und wartete, bis sie eine Lücke zwischen den Fuhrwerken fand, um auf die andere Seite hinüberzukommen. Zum Glück hatte sie eine Anstellung in einer Fabrik gefunden. Sie nähte Knöpfe an fabrikgefertigte Kleider an — von halb sechs Uhr morgens bis sieben Uhr abends. Ihre Finger waren wund von der Nadel, die ihr ständig in die Haut stach, aber der Aufseher hatte ihr versichert, daß sie in ein, zwei Monaten eine Hornhaut haben und nichts mehr spüren würde. Bonnie war sich da nicht so sicher. Ihre Finger taten schrecklich weh. Sie hätte sich natürlich einen Fingerhut kaufen können, aber die waren teuer, und bisher hatte sie keinen Penny von ihrem mageren Lohn abzwacken können. Nun wurde sie auch von Jones wegen der Miete bedrängt, und die Wahrscheinlichkeit, sich einmal satt essen zu können, rückte in immer weitere Ferne.

Sie lief über die Straße. Als sie in die Fabrik kam, schaute sie auf die Wanduhr. Sie war eine halbe Stunde zu spät.

»Bleib stehen!« rief ihr der Aufseher zu.

Durchnäßt und vor Kälte zitternd, drehte sich Bonnie langsam zu ihm um.

»Junge Frau, Sie sind wieder mal zu spät dran.«

»Ich . . .«

Er hob die Hand. »Es reicht. Beim erstenmal habe ich beide Augen zugedrückt. Beim zweiten Mal habe ich Sie gewarnt, daß ich Sie entlassen muß, wenn es noch einmal vorkommt.«

»Nein!« rief sie. »O nein, Sir, bitte entlassen Sie mich nicht. Ich brauche diesen Job . . .«

»Natürlich brauchen Sie ihn. Aber das gilt für viele andere ebenso, die pünktlich zur Arbeit kommen.«

»Ich verspreche, daß es nicht mehr vorkommt. Mein Zimmerwirt . . .«

»Das haben Sie mir schon zweimal versprochen, und ich habe Ihnen jedesmal geglaubt.«

»Aber . . .«

»Tut mir leid. Ich habe den Posten schon an eine andere vergeben«, erklärte der Aufseher und ließ Bonnie stehen.

»Was ist mit meinem Lohn?« rief sie ihm hinterher.

»Kommen Sie morgen abend um sieben, und Sie bekommen Ihren Lohn — abzüglich der Strafe für das Zuspätkommen natürlich.«

»Aber ich brauche das Geld sofort!«

»Tut mir leid.«

Bonnie verließ das Fabrikgebäude. Lange Zeit stand sie ratlos auf dem Bürgersteig. Sie versuchte, vernünftig zu überlegen, aber der nagende Hunger und die rastlosen Bewegungen des Babys machten ihr das Denken fast unmöglich. Sie mußte irgendwo Arbeit und etwas zum Essen finden.

Sie versuchte es zuerst bei einem Bäcker. Eine Glocke schlug über der Ladentür an, und die Bäckerin eilte herbei. Als sie Bonnie unter der Tür kauern sah, runzelte sie die Stirn.

»Moment mal!« rief die Frau. »Sie verderben uns den Fußboden mit Ihren schmutzigen Schuhen. Was wollen Sie?«

»Ich brauche Arbeit, Ma'am. Ich dachte . . .«

»Wir brauchen niemanden.«

»Ich tue alles, was anfällt. Und ich verlange dafür nur ein Stück Brot.«

»Verschwinde!«

Bonnie zuckte zusammen.

»Ich sagte, Sie sollen verschwinden!«

Bonnie stolperte wieder in den Regen und konnte ihr Glück gar nicht fassen, als sie eine Münze auf dem Pflaster fand. Sie hob sie auf und wendete sie in der Hand, biß dann sogar darauf, um sicherzugehen, daß sie echt war. Es war nur ein halber Penny; aber damit konnte sie sich eine heiße gebackene Kartoffel kaufen. Sie lief zu dem Händler zurück, an dem sie vor ein paar Minuten vorbeigekommen war. Er saß unter seinem gestreiften Regenschirm, schielte sie mißtrauisch an und sagte: »Zeig mir dein Geld.«

Sie hielt ihm die Münze hin. Er nahm sie, biß darauf und warf sie dann in seine Blechbüchse. Dann schleuderte er ihr eine heiße Kartoffel zu, und Bonnie hätte vor Freude fast gelacht, als sie den Duft einsog. Sie lief zu einem Torweg und stellte sich unter, um die Kartoffel zu essen.

Nach einiger Zeit ließ der Regen nach. Bonnie machte sich erneut auf den Weg und versuchte in zahllosen Geschäften und Fabriken Arbeit zu finden, erhielt aber überall die gleiche Auskunft: kein Bedarf, kein Essen, keine milden Gaben.

Sie erreichte die Regent Street. Sie wollte nicht betteln. Nacht für Nacht, als sie hungrig und frierend auf ihrer Matratze gelegen hatte, hatte sie sich im stillen geschworen, daß sie niemals betteln würde wie die vielen Tausend Arbeitslosen, die durch die Straßen wanderten. Aber als sie an die Miete dachte, vergaß sie ihren Stolz und näherte sich einer Frau in feinen Kleidern, die vor einem Kurzwarengeschäft wartete. Ein gutgekleideter Herr verhandelte gerade mit dem Kutscher einer Droschke, aus der die beiden gerade gestiegen waren.

»Entschuldigen Sie, Ma'am«, sagte Bonnie leise. »Glauben Sie, daß Sie vielleicht einen Penny . . .«

»Bonnie!«

Bonnies Kopf schnellte zu dem Mann bei der Droschke herum.

Miles Kemball starrte sie aus vor Schock geweiteten Augen an

Bonnie drehte sich um und rannte davon.

»Bonnie, Bonnie, komm zurück!« rief Miles.

Sie lief blindlings durch die Menge, um fliegende Händler herum, die die Regenpause nützten und ihre Waren anpriesen. Sie rannte, bis sie vor Seitenstechen nicht mehr atmen konnte und ein Krampf im Unterleib sie auf die Knie zwang.

Wütend schlug sie mit beiden Fäusten auf den Boden. Warum ausgerechnet Miles? Damien würde nun sicher erfahren, wie sehr sie heruntergekommen war. Verdammt!

Sie rappelte sich auf und machte sich auf den Weg zu ihrem Quartier. Dort war sie sicher.

Sie hatte inzwischen gelernt, daß sie lieber erst anklopfen sollte, ehe sie Manfred Jones' Bude betrat. Die Tür öffnete sich einen Spalt breit, und Lenore spähte heraus.

»Was machst du denn hier?« fragte Lenore.

»Ich wohne hier«, erwiderte Bonnie.

»Nein, du wohnst jetzt nicht mehr hier.«

Bonnie kämpfte die aufsteigende Hysterie nieder.

»Mannie hat das Bett jemand anderem gegeben«, sagte Lenore.

»Das glaube ich nicht.«

Die Tür wurde jetzt ganz aufgerissen, und Jones erschien. Er grinste Bonnie an und sagte: »Glaube es, Schätzchen. Nun geh, wie es sich für ein braves Mädchen gehört, und mach' hier keinen Stunk.«

»Du verdammter Bastard — du hast kein Recht . . .«

»Natürlich habe ich ein Recht dazu«, unterbrach er sie. »Du hast die Miete nicht rechtzeitig bezahlt. Ich habe dich gewarnt, Schätzchen.«

»Aber du hast mir bis heute abend um acht Zeit gelassen!«

»Was macht das für einen Unterschied? Du hast deinen Job verloren, nicht wahr? Natürlich hast du ihn verloren, sonst wärst du jetzt nicht hier.«

Er versuchte, ihr die Tür vor der Nase zuzuschlagen. Bonnie warf sich mit ihrem ganzen Gewicht dagegen und rief: »Laß mich wenigstens meine Sachen einsammeln.«

»Du hast hier keine Sachen, Mädchen.«

»Meine Bänder!«

»Was für Bänder?«

Bonnie erhaschte einen Blick auf Lenore. Die Hexe hatte

ihre schmutzigen blonden Haare mit drei von Bonnies Bändern im Nacken zusammengebunden.

»Diese Bänder gehören *mir!*« schrie Bonnie.

»Du irrst dich, Mädchen.« Jones legte den Handballen gegen Bonnies Brustbein und versuchte sie aus dem Zimmer zu schieben. Sie krallte ihre Finger um seinen Unterarm und grub ihm die Nägel ins Fleisch. »Diese Bänder gehören mir!« wiederholte sie. »Ihr könnt sie mir nicht wegnehmen. Sie sind alles, was ich noch besitze, und ...«

Bonnie kam nicht mehr dazu, ihren Satz zu beenden, denn im nächsten Moment schlug Jones ihr die Faust so heftig gegen die Wange, daß sie rückwärts taumelte und stürzte. Sie war zu benommen, um zu weinen. Plötzlich tobten so heftige Schmerzen in ihrem Leib, daß sie glaubte, sterben zu müssen. Sie betete sogar darum. Sie hatte kein Geld und keinen Platz zum Schlafen, und das bedeutete, daß sie die nächsten Nächte in Torwegen oder unter Themsebrücken verbringen mußte.

Kate baute sich in der Tür auf und verweigerte Miles den Zutritt zu Damiens Stadthaus. »Ich bin erstaunt, daß du die Dreistigkeit besitzt, hierherzukommen«, sagte sie. »Wenn Damien wüßte, daß du hier angeklopft hast ...«

»Warum überläßt du es nicht Damien, mich rauszuwerfen?« erwiderte Miles.

»Was willst du von ihm?«

»Das geht nur ihn und mich etwas an.«

»Er ist nicht in der Verfassung, Besucher zu empfangen.«

»Das ist kein Höflichkeitsbesuch, Kate.«

»Auch geschäftlich ist er nicht zu sprechen, und ich kann mir nicht denken, daß du eine Nachricht überbringst, die ihn auch nur im entferntesten interessieren würde.«

»Auch nicht, wenn die Nachricht Bonnie betrifft?«

Damien trat aus dem Schatten neben der Tür. Er hatte die

Auseinandersetzung zwischen Kate und Miles mitangehört. Er krallte die Finger in Miles' Hemd und zog ihn in die Halle. Dort drängte er Miles an die Wand. »Was weißt du über Bonnie?«

Miles erschrak, als er Damiens Gesicht sah.

»Nun?« sagte Damien leise, »ich warte.«

»Ich ... ich habe sie gesehen.«

»Wenn das wieder eines von deinen Spielchen sein sollte, Kemball, dann schwöre ich bei Gott, daß ich ...«

»Es ist kein Spielchen. Heute vormittag habe ich eine Bekannte zu einer Putzmacherin in der Regent Street gebracht. Meine Begleiterin wurde von einer Bettlerin angesprochen. Es dauerte einen Moment, bis ich merkte, daß das Mädchen Bonnie war.«

Damien schloß kurz die Augen, ehe er den Blick wieder auf Miles richtete.

»Ich hätte sie fast nicht wiedererkannt«, fuhr Miles fort. Etwas nüchterner fügte er hinzu: »Ist dir bewußt, daß sie ein Kind erwartet?«

Kate trat hinter Damien und legte ihm beruhigend die Hand auf die Schulter.

»Ich verstehe«, sagte Miles.

»Hast du mit ihr gesprochen?«

»Ich habe ihren Namen gerufen, aber als sie mich sah, lief sie weg. Ich bin ihr gefolgt, aber dann verlor ich ihre Spur.«

»Warum erzählst du mir das alles?« fragte Damien. »Etwa, um die Belohnung zu kassieren?«

»Wohl kaum. Bonnie ist mehr als eintausend Guineen wert. Wir waren befreundet, wie du dich vielleicht erinnerst. Ich möchte sie wieder in Sicherheit wissen und ich habe gehört, daß du weder Mühen noch Kosten gescheut hast, um sie wiederzufinden. Tatsächlich stellt ganz London Vermutungen darüber an, wie du zu Bonnie stehst. Bei White's nennen sie dich den verrückten Grafen, weil du so davon besessen bist, sie wiederzufinden. Aber ich glaube, daß man deine Sorge versteht. Es sieht so aus, als ob Bonnie die Herzen der meisten Aristokraten für sich gewonnen hätte. Sie würden sie alle gern zu dir zurückbringen.«

»Das bezweifle ich«, sagte Damien und ließ Miles' Hemd los. »Ich weiß nicht, ob ich dir glauben kann, Kemball. Welchen Grund hättest du, mir zu helfen?«

»Das sagte ich bereits. Ich tue es nicht für dich, sondern für Bonnie.«

»Du hast erzählt, daß sie in eine Seitenstraße gelaufen ist. Vielleicht hat sie sich dort nur vor dir versteckt.«

»Möglich. Aber ich hatte den Eindruck, daß sie sich in dieser Gegend sehr genau auskennt, sonst hätte sie mich nicht so leicht abschütteln können. Vielleicht läßt sie sich dort noch einmal blicken«, sagte Miles und verabschiedete sich.

Damien sah Kate an.

»Ich werde William, Richard und Marianne Bescheid geben«, sagte sie. »Marianne kann sich mit Philippe in Verbindung setzen. Wir werden jeder eine Kutsche nehmen und alle Straßen in diesem Viertel abkämmen.« Mit einem erwartungsvollen Lächeln ging sie auf Damien zu und nahm seine Hand. »Ich weiß, daß du jede Hoffnung aufgegeben hast. Ich weiß, wie qualvoll die letzten Wochen für dich waren. Mir ging es nicht anders als dir.«

Damien wandte sich wortlos ab.

»Und wenn Miles die Wahrheit sagt?« fragte sie.

»Er könnte sich getäuscht haben.«

»Wir sollten die Gegend um die Regent Street trotzdem absuchen.«

Damien dachte über Kates Vorschlag nach und versuchte den Hoffnungsfunken zu ignorieren, der in seinem Herzen aufglomm. Er holte zitternd Luft. »Laß anspannen«, sagte er.

Keine Stunde später waren sie in der Regent Street. Ein kalter Regen strömte vom Himmel, und er wurde von einem so dicken grauen Nebel begleitet, daß Damien und Kate nicht viel sehen konnten, als sich ihre Kutsche im Schneckentempo im Verkehrsstrom bewegte. Das Wetter hatte aber offenbar auch etwas Gutes für sie: Der Regen und der Nebel hatten alle Passanten bis auf die Bettler und Straßenkehrer in die Häuser getrieben.

Blasse Gesichter betrachteten Damiens Kutsche sehnsüchtig, als sie die Straßen auf- und abfuhr. Menschen kauerten in den Torwegen und unter vorspringenden Dächern, wo sich die Obdachlosen auf eine kalte, nasse und schlaflose Nacht vorbereiteten. Ihre tief in den Höhlen liegenden Augen starrten Damien fragend an, als er dem Kutscher befahl, langsamer zu fahren, damit er jedes Gesicht studieren konnte. Er entdeckte sie nicht und klopfte an das Dach der Kutsche. Die Pferde setzten sich in Trab.

Damien schloß die Augen. »Das ist sinnlos. Ein kleines Mädchen in dieser riesigen Stadt finden zu wollen, ist genauso, als würde man eine Stecknadel in einem Heuhaufen suchen. Nach den vielen Wochen, die wir vergeblich nach ihr geforscht haben, hätte ich es eigentlich besser wissen müssen.«

»Wir werden die Hoffnung niemals aufgeben«, sagte Kate leise.

»Wenn ich nur meine letzten Worte zu ihr zurücknehmen könnte . . .«

»Aber das kannst du nicht, und es hat keinen Sinn, daß du dir ständig Vorwürfe machst. Du hättest das niemals gesagt, wenn du nicht halbtot gewesen wärst vor Schmerzen.«

Die Kutsche rollte weiter, bewegte sich nun durch das Arbeiterviertel, wo Punkt sechs Uhr die Pfeifen ertönten und das Ende der Arbeit für viele verkündeten. Türen wurden aufgestoßen und entließen lärmende Scharen von Männern,

Frauen und Kindern in schmutzigen, abgerissenen Kleidern ins Freie.

Damien befahl dem Kutscher: »Bringen Sie uns weg von hier!« Er preßte die Handballen gegen die Augen und versuchte sich von den Bildern dieses Elends zu befreien. Aber das gelang ihm nicht. Der Gedanke, daß Bonnie ...

»Anhalten«, rief Kate und starrte wie gebannt aus dem Fenster.

»Halt die Kutsche an«, wiederholte Kate leise.

Damien klopfte gegen das Dach, und der Kutscher rief: »Brrr!«

Kate griff nach Damiens Hand und hauchte atemlos: »Ich glaube, dort ist Bonnie.«

Das Mädchen stand mit dem Rücken zur Straße, den Kopf zwischen die schmalen Schultern gezogen, als könnte es sich so gegen den Regen und die Kälte schützen. Das schwarze Haar hing strähnig und glanzlos bis zu den Hüften. Das Kleid war zerlumpt.

Selbst aus dieser Entfernung konnte man sehen, daß das Mädchen zitterte. Das Mädchen hob eine bebende Hand und stützte sich gegen das Schaufenster. Damien las den Namen auf dem Ladenschild »Madame Rousseau, Modesalon.« Dann sah er auch die in allen Regenbogenfarben schillernden Bänder, die auf einem Tisch ausgelegt waren.

Damien öffnete den Wagenschlag und stieg aus. Er ging vorsichtig näher und versuchte das Spiegelbild des Mädchens im Schaufenster zu erkennen. Er hielt wieder an, weil er fürchtete, seine Schritte könnten das Mädchen erschrecken und verjagen.

»Bonnie.«

Ganz langsam drehte sie sich um, und Damien stockte der Atem. Sie eine Seite ihres Gesichtes war blauschwarz und geschwollen; die andere hager mit einem purpurroten Ring unter dem Auge. Sie sah ihn an wie ein angeschossenes Reh, das sich seinem Jäger gegenübersieht. Dann formten ihre Lippen ein lautloses *Oh*, und noch ehe Damien einen Schritt näher kommen konnte, sank sie aufs Pflaster.

Er riß das Cape von seinen Schultern, ließ sich neben ihr auf die Knie nieder und tat sein Bestes, sie in das pelzgefütterte Kleidungsstück zu wickeln. »Meine geliebte Bonnie«, flüsterte er, »kannst du mich hören?«

Ihre Lider zuckten und ihre Lippen bewegten sich. Er beugte sich näher zu ihrem Mund und wartete, daß sie ihre Worte wiederholte.

»Meine Bänder.« Tränen rollten über ihr Gesicht. »Sie haben mir meine Bänder gestohlen.«

25

Damien saß an Bonnies Bett und hielt ihre Hand. Ihre Wangen waren hochrot vom Fieber, aber Kinn und Stirn grau wie Asche. Kate trat hinter ihren Bruder und legte ihm behutsam eine Hand auf die Schulter.

»Du solltest dir jetzt etwas Ruhe gönnen«, flüsterte sie. »Du mußt schlafen und etwas essen. Du hast drei Tage an ihrem Bett gesessen. Wenn ihr Zustand sich verschlimmert . . .«

»Das wird er nicht«, antwortete er rauh.

»Nein, natürlich nicht. Ich meinte nur, daß du stark sein mußt, wenn . . .« Kate entfernte sich einen Schritt. »Der Arzt sagt, daß ihre Lunge schwach ist. Es könnte sein, daß sie es überlebt, aber das Baby . . .«

»Sie wird nicht sterben. Bonnie ist eine Kämpferin.«

»Sie ist nicht mehr zu sich gekommen, seit wir sie hergebracht haben.«

»Kate.« Er schloß die Augen. »Laß uns allein.«

Kate ging schweigend aus dem Zimmer und machte leise

die Tür hinter sich zu. Stille erfüllte den Raum. Damien erinnerte sich an Bonnies letzten Kampf mit dem Tod. Damals hatte sie die Schlacht gewonnen ...

Aber das war nicht mehr die kesse, aufbrausende Göre aus dem Arbeitshaus, die meinte, der ganzen Welt trotzen zu können. Das Mädchen vor ihm war gebrochen, und er war schuld daran. Sie hatte ihn geliebt ... einmal. Bitter erinnerte er sich an seine eigene Erfahrung mit Liebe und Liebesleid, und der Gedanke, daß er Bonnie den gleichen Schmerz zugefügt hatte, brachte ihn fast um.

Er legte vorsichtig seinen Kopf neben Bonnies Schulter und spürte, wie die Hitze ihres Körpers sein Gesicht wärmte. Er schloß die Augen und flüsterte: »Lieber Gott, Bonnie, du darfst nicht sterben. Ich brauche dich. Ich liebe dich ... Ich liebe dich so sehr, so sehr ...«

Ihre Hand berührte sein Haar, die Fingerspitzen teilten die dichten schwarzen Haare über seiner Stirn. Er hob rasch den Kopf. Ein schwaches Lächeln spielte um Bonnies Lippen, und ihre fieberglänzenden Augen waren eine Winzigkeit geöffnet. Sein Herz machte einen Satz.

»Verdammt«, flüsterte sie so leise, daß er ihre Worte kaum verstehen konnte. »Ich habe geträumt, ich hätte einen Schafzüchter geheiratet.«

Er grinste. »Würdest du dich auch mit einem arroganten, übellaunigen Grafen begnügen, der zu halsstarrig und zu dumm war, um zugeben zu können, daß er dich liebt?«

Bonnies Augen waren geschlossen, aber sie lächelte noch immer.

Damien barg sein Gesicht an ihrer Brust und weinte.

Noch in der gleichen Woche begann Damien Pläne für seine Hochzeit zu schmieden. Er beantragte bei den zuständigen Behörden eine Heiratslizenz, aber das Aufgebot konnte nicht eher bestellt werden, bis Bonnie ihren vollen Namen preisgegeben und ihren Geburtsschein vorgelegt hatte. Das schuf ein neues Problem. Damien war es herzlich gleichgültig, wie Bonnie mit Nachnamen hieß oder woher sie stammte, aber der Kirche von England war es nicht egal.

Er saß in Williams Arbeitszimmer und dachte über dieses Handikap nach, als Kate den Raum betrat. »Ich komme von Bonnie«, sagte sie. »Sie ist wach. Willst du sie besuchen?«

»Ja.«

Kate nahm in einem Sessel ihm gegenüber Platz. »Du bist sehr schweigsam, seit du vom Pfarramt zurückgekommen bist.«

»Man hat mir gesagt, daß ich ohne Bonnies Geburtsschein kein Aufgebot bestellen kann.«

»Oh. Das ist allerdings ein Problem.«

»Ich muß sie wieder nach ihrer Vergangenheit fragen.«

»Was hält dich davon zurück?«

Er runzelte die Stirn.

»Ich habe sie ein paarmal danach gefragt, und sie hat sehr aufgeregt reagiert.«

»Ihre Herkunft könnte sich als unwichtig erweisen.«

»Was willst du damit sagen?«

»Du hast sie ja noch gar nicht gefragt, ob sie dich überhaupt heiraten will.«

Er hob eine Braue. »Sie wird mich heiraten. Sie bekommt ein Kind von mir.«

Kate sah ein wenig verträumt aus. »Ein Baby . . .« Sie seufzte. »Wie sehr wünschte ich, auch ein Kind zur Welt zu bringen. Sag mal — wie fühlt man sich eigentlich als werdender Vater?«

Er dachte einen Moment nach und grinste. »Ich weiß es nicht. Wirklich nicht. Ich war in den letzten Wochen so sehr um Bonnie besorgt, daß ich kaum an das Kind gedacht habe.«

»Das wird sich bald ändern.«

Als Warwick sich eine Zigarre anzündete, griff Kate in ihre Tasche und holte eine kleine, mit Samt überzogene Schatulle hervor. »Bist du bereit, deine Sorgen so lange zu vergessen, bis du gehört hast, was ich dir zu sagen habe?«

Sie reichte ihm die Schachtel. Damien öffnete sie und sah zwei goldene Ringe mit dem eingravierten Wappen der Warwicks darin liegen.

»Der größere der beiden gehört natürlich dem Familienoberhaupt«, erklärte Kate. »Unser Großvater und Vater haben diesen Ring getragen, und Mutter trug den kleineren wie unsere Großmutter und Urgroßmutter vor ihr. Ich dachte, daß du Bonnie diesen Ring schenken möchtest, wenn du sie um ihre Hand bittest.«

Damien nahm den größeren Ring aus der Schatulle, drehte ihn um und sah, wie dünn der Reif an der Unterseite geworden war. Er dachte an die Generationen, die ihm vorausgegangen waren, und an die Männer, die dieses Schmuckstück getragen hatten, in Friedenszeiten und im Krieg — stets voller Stolz.

Durfte er ihn annehmen? Wenn er es tat, zog er einen Schlußstrich unter seine Pläne mit Vicksburg, und das bedeutete, daß er in die Fußstapfen seiner Vorfahren treten würde. Aber er hatte doch seine Wahl bereits getroffen, oder nicht? Sein Platz war bei Bonnie und dem Kind.

Er schob den Ring auf den Finger.

Kate ergriff seine Hand. »Willkommen zu Haus«, sagte sie lächelnd.

Bonnie schlug die Augen auf. Noch immer konnte sie nicht glauben, daß das alles kein Traum war — die vielen Treibhausrosen, von denen sie umgeben war, waren echt. Die Bänder, die überall auf den Möbelstücken ausgebreitet waren und am Fenster hingen wie bunte Girlanden, waren keine Wahnvorstellungen eines kranken Gehirns.

Ihr Geist schien zum erstenmal seit vielen Tagen klar zu sein. Als Damien an ihr Bett trat, erkannte sie ihn sofort und lächelte. »Kannst du mir helfen, mich aufzusetzen?«

Er tat es und ließ sich dann auf dem Bettrand nieder. Er musterte forschend ihr Gesicht und legte schließlich vorsichtig eine Hand an ihre geschundene Wange.

»Mir geht es gut«, versicherte sie.

»Und das Baby?«

Sie drückte seine Hand auf ihren Bauch. Das Baby trat fest gegen seine Handteller, und Bonnie lachte.

»Ich frage mich, was er mir damit sagen möchte«, sagte Damien.

»›Hallo‹, denke ich.«

»Vielleicht meint er eher, daß ich mich zum Teufel scheren soll.«

»Wenn das so ist, muß ich ihm wohl bessere Manieren beibringen.«

»*Wir* werden ihm bessere Manieren beibringen müssen«, verbesserte Damien sie.

Bonnie zupfte an ihrer Bettdecke und biß sich auf die Unterlippe, weil sie nicht wußte, wie sie seine Worte verstehen sollte.

Er hob ihr Kinn mit der Fingerspitze an und zwang sie, ihn anzusehen. Er lächelte und legte eine mit Samt überzogene kleine Schatulle in ihren Schoß.

»Öffne sie«, sagte er.

Mit bebender Hand hob Bonnie den Deckel an.

Der Ring auf dem Samtpolster sah sehr alt aus. In den ovalen Stein war ein Bär eingraviert, der auf den Hintertatzen stand und in einer Pfote einen Stab hielt.

»Das ist das Wappen der Warwicks«, erklärte Damien. »Meine Mutter trug diesen Ring und vor ihr meine Großmutter.« Er nahm Bonnies Hand. »Als meine Verlobte und zukünftige Frau wirst du den Siegelring tragen, solange ich lebe, und wenn du Witwe wirst und dich wieder verheiratest, wirst du den Ring an meinen Erben weitergeben.«

Bonnie starrte ihn ungläubig an. »Ich ... ich verstehe nicht ...«

»Ich bitte dich um deine Hand, Bonnie.«

Sie legte sich in die Kissen zurück und drückte den Ring an ihr Herz. »Wenn du das wegen des Kindes tust ...«

»Nicht wegen des Kindes ...«

»Oh.« Sie schloß die Augen und wartete, bis das Schwindelgefühl nachließ. »Oh ... also ... ich weiß nicht ...«

»Bonnie, ich verstehe, daß du noch immer fortgehen möchtest. Ich bin in den letzten Monaten nicht gerade der umgänglichste Mann der Welt gewesen. Aber wenn du hierbleibst, wird es dir an nichts mehr fehlen und keiner deiner Wünsche unerfüllt bleiben. Und dafür wirst du mich ein Leben lang mit deinem Lachen erfreuen.« Er beugte sich näher zu ihr und hielt ihren Blick mit seinen Augen fest. »Willst du, daß ich es dir sage? Ich liebe dich. Ich wußte nicht, wie sehr, bis William mir die Nachricht brachte, daß du fortgegangen bist.«

»Aber was wird aus deinen Plänen in Amerika und ...«

»Ich mußte mich entscheiden, was wichtiger für mich ist: Du oder Vicksburg. Ich habe ›Bent Tree‹ sechs Jahre meines Lebens geopfert, aber ohne Liebe gelebt. Ich hatte Angst dich zu lieben, weil ich fürchtete, zurückgestoßen zu werden. Als ich meine Augen öffnete und das erkannte, war es fast zu spät. Du warst eines Morgens fort, und ich erkannte in diesem Augenblick, wieviel du mir bedeutest. Ich war nur noch von dem Gedanken beherrscht, dich wiederzufinden. Und hätte es mich den Rest meines Lebens und mein ganzes Vermögen gekostet, Bonnie, ich hätte diese Suche fortgesetzt. Und nun antworte mir: Willst du mich heiraten?«

Sie schloß die Augen, weil der Sturm der Gefühle in ihr mächtiger war als das brennende Fieber, das sie in den letzten Tagen so geschwächt hatte.

Sie liebte ihn ... oh, wie sehr sie ihn liebte! Und in ihrem Herzen war sie nun auch überzeugt, daß er sie aufrichtig liebte.

Es dauerte eine Weile, bis Bonnie die Kraft fand zu sagen: »Ja.« Sie zitterte, und Tränen verschleierten ihren Blick.

Er nahm ihre rechte Hand und schob ihr den schweren Ring über den Mittelfinger. Dann küßte er sie zärtlich.

»Bonnie ...« Er sah sie an, und der Wunsch, sie vor allen dunklen und geheimnisvollen Gefahren zu schützen, überwältigte ihn. »Ich habe mit den Kirchenbehörden gesprochen und sie gebeten, das Aufgebot zu bestellen. Das können sie aber nicht, wenn sie deinen Nachnamen nicht wissen und keinen Geburtsschein von dir haben.«

Schweigen.

Leise wiederholte er: »Ich muß deinen Namen wissen, Liebes.«

Sie starrte ihn aus großen Augen an. »Ich kann nicht«, brachte sie schließlich über die Lippen. »Bitte, frag mich so etwas nicht.«

Er ergriff ihre Hände. »Nichts ist so schlimm, daß man es nicht ...«

»Nein.«

»Bonnie.« Er bemühte sich, geduldig zu sein. »Es wird keine Hochzeit geben, solange deine Identität nicht von der Kirche bestätigt wird.«

»Dann werden wir nicht in einer Kirche heiraten.«

»Das würde uns nichts nützen. Es gibt keinen Friedensrichter, keinen Standesbeamten in ganz England, der uns unter diesen Umständen trauen würde.« Er faßte unter ihr Kinn und hob ihr Gesicht an. »Es scheint so, als ob *du* jetzt eine Entscheidung treffen mußt. Du kannst auch in Zukunft vor deiner Vergangenheit davonlaufen, aber als dein Mann kann ich dir helfen.«

Sie drehte ihren Kopf zur Seite, und erkannte, daß Angst

und Liebe einen Kampf ausfochten. Endlich flüsterte sie: »Eden. Und ich stamme aus Gunnerside. Mehr kann ich dir nicht sagen.«

Es schien eine Ironie des Schicksals zu sein, daß die Suche nach Bonnies Vergangenheit ihn in das Dorf zurückbrachte, in dem seine Familie ein Bergwerk besessen und betrieben hatte. Die grauen Schieferdächer von Gunnerside waren kaum sichtbar im Nebel, als Damien sein Pferd zum Gasthaus ›White Horse‹ lenkte. Er band sein Pferd fest und betrat die Schenke.

Die Gaststube mit der niedrigen Balkendecke hatte sich nicht verändert, seit er hier vor vielen Jahren einmal gegessen und getrunken hatte. Er zog instinktiv den Kopf ein, um nicht mit dem Kopf gegen die Balken zu stoßen. Er bat an der Theke um einen Krug Bier und zog seinen Mantel aus, während er sich in den mit Gästen gefüllten Raum nach dem Ermittler Bradley umschaute. Damien hatte ihm geschrieben, bevor er London verlassen hatte, und hoffte, daß Bradley inzwischen Informationen für ihn gesammelt hatte.

Der Schankwirt schob einen Tonkrug über den Tresen hin und sagte: »Wohl bekomm's. Wenn Sie was essen wollen, wir haben ein paar sehr gute Fleischpasteten.«

Damien legte eine Münze auf die Theke. »Ich suche einen Mann namens Bradley. Ich sollte mich hier mit ihm treffen.«

»Er ist vor einer halben Stunde fortgegangen.« Der Wirt nahm einen Krug aus einer Wanne voll Seifenwasser und trocknete ihn mit einem Geschirrtuch. Er musterte Damien forschend. »Ich kenne Sie doch. Sie waren schon mal in meinem Lokal, nicht wahr? Es ist zwar schon eine Weile her; aber ich habe ein gutes Gedächtnis für Gesichter.«

Damien wollte nicht die Gunnerside-Mine erwähnen. Also sagte er statt dessen: »Ich war hier, um mich nach Mr. Eden zu erkundigen.«

Der Wirt erstarrte. »Das ist aber komisch. Hier haben sich in letzter Zeit ’ne Menge Leute für Paddy interessiert.«

»Paddy?«

»Patrick Eden. Den meinten Sie doch, nicht wahr?«

Damien nickte und nahm einen Schluck aus seinem Bierkrug.

»Was ist denn plötzlich so interessant an ihm?«

Damien setzte vorsichtig den Krug ab und sah sich in der Gaststube um, in der es plötzlich verdächtig still geworden war. »Ich habe ihn vor etlichen Jahren kennengelernt. Er sagte, ich sollte ihn mal besuchen, wenn ich durch Gunnerside käme.«

Die Tür der Gaststube ging auf, und ein großer, schlanker Mann trat ein. Er ging auf Damien zu und streckte ihm die Hand entgegen. Er sagte mit einer leisen Stimme, die einen sonderbaren Kontrast zu seinem lebhaften Mienenspiel bildete: »Ich Melvin Bradley, Mylord.«

Erleichtert schüttelte Damien ihm die Hand.

»Sollen wir uns einen Tisch suchen, wo wir ungestört reden können?« fragte Bradley.

Damien nickte und folgte Bradley durch den verräucherten Raum zu einem Tisch in einer entfernten, nur schwach erleuchteten Ecke.

»Ich freue mich, Sie endlich persönlich kennenzulernen«, sagte Bradley. »Ich war erstaunt, als ich Ihren Brief bekam. Darf ich Sie zu Ihrer bevorstehenden Vermählung beglückwünschen?«

Damien bedankte sich mit einem Lächeln. »Hatten Sie genügend Zeit, Ermittlungen über die Familie Eden anzustellen?«

»Mehr als genug.« Bradley neigte sich näher zu seinem Auftraggeber und sagte mit gesenkter Stimme: »Ich muß Sie warnen, Sir. Die Leute hier sind auf die Warwicks nicht besonders gut zu sprechen . . .«

»Das ist verständlich, wenn man bedenkt, daß wir das Bergwerk geschlossen haben. Viele Männer haben ihren Arbeitsplatz verloren.«

»Ich fürchte, die Gründe dafür liegen tiefer, Mylord. Ich habe Angst, daß Sie Ihr Leben aufs Spiel setzen. Sollte Sie hier jemand erkennen, könnte das schlimme Folgen haben.«

Damien warf einen Blick zur Theke, wo der Wirt auf einem Hocker saß und sie von seinem erhöhten Platz aus beobachtete.

»Was, zum Teufel, geht hier eigentlich vor?« fragte Damien leise.

»Bedauerlicherweise kann ich Ihnen nicht viel mehr sagen, als Sie bereits wissen. Die Leute am Ort sind äußerst verschwiegen, wenn die Sprache auf Eden kommt, und hätte ich hier nicht einen Gast kennengelernt, der einen Liter Bier höher schätzte als Loyalität, könnte ich Ihnen jetzt gar nichts sagen, fürchte ich.« Bradley holte tief Luft. »Patrick Eden hat für Sie gearbeitet, Mylord.«

»In der Gunnerside-Mine?«

Bradley nickte. »Er hatte eine Tochter namens Bonnie — ein Kind mit kohlschwarzem Haar und blauen Augen. Patrick Eden hat in der Mine gearbeitet und wurde 1855 entlassen, weil er der Arbeit fernblieb, um sich um sein krankes Kind zu kümmern. Patrick Eden war darüber sehr bestürzt und hatte vor, den Minenaufseher deswegen zur Rede zu stellen.«

»Und hat er es getan?«

»Ich fürchte, nur Bonnie kann uns das sagen, Mylord. Mein Gewährsmann behauptet, nach diesem Abend hätten ihn seine Kollegen nie mehr gesehen. Weder ihn noch seine Tochter.«

»Hat sich denn keiner im Dorf darüber gewundert?«

»Zuerst nicht. Man hat mir berichtet, daß Patrick nach

dem Tod seiner Frau vollkommen verstört gewesen sei. Er hat sich verzehrt vor Sorge um sein Kind und wäre immer mehr zum Einsiedler geworden. Nachdem er entlassen worden war, haben sich seine ehemaligen Freunde im Dorf Sorgen gemacht, weil er sich mehrere Tage nicht mehr hatte blicken lassen. Sie gingen zu seinem Haus. Dort war natürlich niemand. Angeblich haben sich einige von den Leuten bei dem Aufseher der Mine nach Patrick erkundigt. Aber der Aufseher behauptete, Eden nicht mehr gesehen zu haben, nachdem er ihn entlassen hatte.«

Als Damien sich an Bonnies Alpträume erinnerte, lief ihm ein kalter Schauer über den Rücken. »Gibt es einen Grund für uns, diese Aussage zu bezweifeln?«

»Mein Informant *glaubt*, Eden gesehen zu haben. Er ging zur Mine und murmelte laut vor sich hin, daß er den Aufseher zur Rede stellen wolle. Aber es war schon dunkel, und er hatte auch schon etliche Gläser Bier getrunken, so daß er es nicht beschwören könnte. Er glaubt, auch Bonnie an jenem Abend gesehen zu haben, wie sie ihrem Vater zur Mine folgte.«

»Wer ... wer war zu jener Zeit Aufseher der Mine?« Damien hatte diese Frage eigentlich nur an sich selbst gerichtet, aber Bradley antwortete.

Bradley deutete mit dem Kopf auf die einheimischen Gäste. »Ich würde vorschlagen, daß Sie diese Angelegenheit in Ihrem Hause aufklären sollten.«

Damien spürte, wie der Zorn sich in ihm regte. »Wissen Sie eigentlich, was Sie mir da empfehlen? Es könnte sich um einen Mord handeln, verdammt noch mal ...«

»Es wurde aber keine Leiche gefunden, Mylord. Der Mann und seine Tochter sind einfach von der Bildfläche verschwunden. Nur Bonnie weiß, was damals wirklich passiert ist — wenn sie eine Aussage machen möchte.« Bradley holte ein zusammengefaltetes Stück Papier aus der Brusttasche und schob es Damien über den Tisch zu. »Das ist ein Lageplan von Edens Haus, wenn Sie das Gebäude besichtigen möchten. Es liegt ungefähr drei Meilen südlich des Dorfes. Sie kommen auf dem Weg dorthin an der Kirche vorbei. Sie können sich dort Bonnies Geburtsschein besorgen. Bonnies Mutter, Mary, ist auf dem Friedhof hinter der Kirche begraben.« Bradley erhob sich und sagte: »Ich beneide Sie nicht um die Entscheidung, die Sie nun treffen müssen. Ich wünsche aufrichtig, daß sich das alles zu Ihrer und Bonnies Zufriedenheit aufklären wird.«

Damien blieb noch lange am Tisch sitzen, nachdem Bradley den Gasthof verlassen hatte, und überlegte, wer, zum Teufel, im Jahr 1855 Aufseher der Gunnerside-Mine gewesen war. In jenem Jahr war er nach Amerika ausgewandert. Das Fiasko mit Louisa war nur die Krönung monatelanger Unruhen gewesen, die mit einem Streik der Gunnerside-Bergleute begonnen hatten.

Randolf war eine Weile lang der Supervisor von Gunnerside gewesen. Aber auch Miles, Richard und ... er selbst.

26

Es war schon spät abends, als sich Damien zu Kate und William in den Salon setzte.

Kate hielt ein Papier in der Hand. »Wir haben die Liste der Hochzeitsgäste zusammengestellt. Du solltest sie dir anschauen. Gestern habe ich Nachricht von Richard erhalten. Er ist aus Schottland zurückgekommen und hat Miles in Braithwaite vorgefunden. Wir brauchen ihnen nur eine Karte zu schreiben, und sie können dort alle Vorbereitungen treffen ...«

»Nein.«

Kate starrte ihn verwundert an. William drehte sich stirnrunzelnd in seinem Sessel am Kamin um.

»Dürfen wir dich fragen, warum nicht?« fragte William.

Damien stand auf und rieb sich die angespannten Muskeln im Nacken. Wenn Miles oder Richard für Edens Tod verantwortlich waren, durften sie Bonnies Mädchennamen niemals erfahren. »Ich bin nicht sonderlich begeistert, Miles einzuladen. Die Gründe dafür liegen auf der Hand.«

»Aber Richard ...« begann Kate.

»... ist ein Trinker.« Damien schüttelte den Kopf. »Er blamiert uns vor allen Gästen. Alles muß perfekt sein für Bonnie. *Alles*. Ich möchte nicht, daß ihr jemand die Hochzeit verdirbt.«

Kate und William wechselten einen Blick. »Es ist schließlich deine Hochzeit. Aber ich möchte nicht in deinen Schuhen stecken, wenn Richard davon erfährt. Du weißt, daß er dich immer wie einen eigenen Sohn geliebt hat, Damien«, sagte Kate.

»Ich weiß.« Damien seufzte. »Wie ist es Bonnie während meiner Abwesenheit ergangen?«

»Sie ist viel kräftiger, aber sie leidet wieder unter Alpträumen«, erwiderte Kate. »Sie hat jede Nacht geschrien, und ich habe versucht, mit ihr darüber zu reden, aber sie ... Wohin gehst du?« fragte sie, als sich Damien der Tür zuwandte. »Bonnie schläft schon seit Stunden.«

»Ich muß sie sehen«, sagte Damien und ging leise in Bonnies Schlafzimmer.

Er setzte sich an ihr Bett und bedeckte das Gesicht mit den Händen. Damien dachte an die Dinge, die er in Yorkshire erfahren hatte, und an Bonnies Elternhaus, das er sich angeschaut hatte. Sie durfte nie davon erfahren, daß er etwas über ihre Vergangenheit herausgefunden hatte und daß möglicherweise ein Warwick an ihrem schweren Schicksal die Schuld trug.

Bonnie träumte von dem Mann mit den blutigen Händen und schrie. Plötzlich nahm sie jemand in die Arme und berührte ihr Gesicht ...

»Bonnie, mein Schatz, es ist nur ein Traum.«

Sie schlug um sich. »Laß mich los«, verlangte sie mit heiserer Stimme. »Laß mich los ...«

»Ich bin es — Damien. Öffne die Augen, Bonnie, und schau mich an.«

Langsam kam sie wieder zu sich. Sie sah in Damiens Gesicht, warf sich mit einem Schrei der Erleichterung an seine Brust und drückte ihn an sich.

»Ruhig, ganz ruhig«, sagte er. »Ich bin wieder zu Hause, mein Herz, und ich werde dich nie mehr verlassen.«

Sie klammerte sich an ihn, und obwohl sie noch am ganzen Körper zitterte, spürte sie doch, daß Damiens Hände und seine liebevollen Worte ihren aufgeschreckten Geist beruhigten. Mit einemmal kam ihr zu Bewußtsein, daß sie nun nicht mehr dazu gezwungen war, Stärke zu zeigen oder sich trotzig und mutig zu gebärden, wenn sie umarmt und getröstet werden wollte.

Damien würde sie beschützen.

In seinen Armen konnte sie den Alptraum vom Tod ihres Vaters vergessen ... für immer.

Während Bonnie sich ausruhte und sich auf ihre Genesung konzentrierte, war Kate mit den Hochzeitsvorbereitungen beschäftigt.

Madame Rousseau wurde gerufen und nahm wieder Bonnies Maße, was sie eine Woche später wiederholte. Bonnie sah nicht einmal eine Skizze von ihrem Hochzeitskleid, und niemand wollte ihr etwas anderes sagen als: »Du wirst angenehm überrascht sein.«

Doch die schönste Überraschung für sie war die Verwandlung, die sie an Damien bemerkte. Er machte ihr doch tatsächlich den Hof. Er brachte ihr jeden Abend Blumen, Pralinen und kleine Geschenke. Und an warmen, sonnigen Tagen fuhr er mit ihr, Kate und William stundenlang durch den Hyde Park.

Alles war so wunderbar, daß Bonnie es kaum fassen konnte. Seit Damiens Rückkehr aus Yorkshire wurde sie nicht mehr von Alpträumen geplagt, und sie mußte ihre Identität nicht mehr vor ihm geheimhalten.

Er hatte ihr erzählt, daß er in der Kirche von Gunnerside ihren Geburtsschein geholt und mit niemanden sonst gesprochen hatte. Er wollte sie nicht beunruhigen und sprach auch nicht mehr von ihren Träumen oder von ihrem Vater.

Aber manchmal hatte Bonnie das Gefühl, daß ihn irgend etwas bedrückte, obwohl er sich ihr gegenüber so liebevoll benahm und versuchte, Zuversicht auszustrahlen. Vielleicht beschäftigte er sich in Gedanken mit der schlimmen Lage in Amerika und machte sich Sorgen um seinen Besitz, der ihm so viel bedeutete. Aber als sie ihn auf seine Plantage in Vicksburg ansprach, antwortete er ihr nur mit einem Achselzucken: »Mein Aufseher ist ein fähiger Mann, und ich bin überzeugt, daß er die richtigen Entscheidungen trifft.«

»Voreheliches Lampenfieber«, war Williams Erklärung für Damiens bedrückte Stimmung.

Bonnie tat alles, um Damiens Sorgen zu zerstreuen. Sie liebten sich, das war alles, was zählte, und sie würden bald nach Yorkshire zurückkehren.

Als Bonnie kräftiger wurde, ließen ihr die Tee-Einladungen und Parties, die sie und Damien als Ehrengäste besuchen mußten, keine Zeit mehr, sich irgendwelchen trüben Gedanken hinzugeben. Bonnie beobachtete ihre tüchtigen Gastgeberinnen und staunte, wie mühelos und charmant sie ihren Pflichten nachkamen. Plötzlich erkannte sie bestürzt, daß man von ihr dasselbe erwarten würde, wenn sie Damiens Frau war. Aber wie sollte sie das bewältigen?

Sie hatte ja jetzt schon Mühe, sich wie eine Lady zu benehmen.

Als sie am Tag vor ihrer Hochzeit erwachte, wurde ihr schlagartig klar, daß sie versagen würde, und sie gestand Kate und Marianne: »Ich kann nicht! Ich kann ihn nicht heiraten. Ich bin nicht die richtige Frau für einen Lord.« Sie schluchzte. »Ich kann ja kaum eine Menükarte *lesen*, geschweige denn eine schreiben. Was soll ich denn machen, wenn ein Herzog oder eine Herzogin zum erstenmal zu uns zum Tee kommen möchte oder eine Woche bei uns verbringen will?«

»Vielleicht sollte ich Damien holen, damit er dich zur Vernunft bringt«, jammerte Kate und lief aus dem Zimmer.

Marianne lächelte, setzte sich in einen Sessel und faltete die Hände, während Bonnie im Zimmer auf und ab lief. »Du bist nervös, mein Liebes«, stellte Marianne fest. »Das ist eine ganz normale Erscheinung am Vortrag der Hochzeit, und schon gar nicht verwunderlich bei einer Frau, deren Leben sich grundlegend verändert.«

Bonnie sah Marianne stirnrunzelnd an.

»Und überdies erwartest du ein Kind. Viele Frauen neigen während der Schwangerschaft zu Depressionen.«

Bonnie blickte auf ihren gerundeten Leib und brach in Tränen aus. »Was werden die Leute von mir denken? Sie glauben bestimmt, daß ich ihn hereingelegt habe. Sie werden ihn bemitleiden, weil er mich heiraten muß ...«

Marianne sprang auf und baute sich vor Bonnie auf. »Du müßtest eigentlich wissen«, sagte sie gereizt, »daß ein Mann in Warwicks Position zu nichts gezwungen werden kann, was er nicht will. Glaube mir, die Welt ist voll von unverheirateten Müttern, die eine kleine monatliche Apanage von einem hochgestellten Herrn erhalten. Denk nur an Miles' Mutter. Wie bequemer wäre es für Damien gewesen, dir eine Wohnung einzurichten oder dich nach Caldbergh zurückzuschicken. Und, glaube mir, niemand hätte ihm das übelgenommen. Aber er hat es nicht getan. Er liebt dich und ist stolz auf dich.«

»Ich habe Angst!« schluchzte Bonnie.

»Wovor?«

»Ihn zu blamieren!«

Marianne lächelte und entspannte sich wieder. »Mein Liebes, du mußt nicht erst einen Grafen heiraten, um solche Ängste zu haben. Jede Braut steht vor ihrer Hochzeit dasselbe aus. Glaubst du, es wäre für den Bräutigam leichter? Ist dir nie der Gedanke gekommen, daß auch Damien wach im Bett liegt und sich fragt, ob er deine Erwartungen erfüllen und dich glücklich machen kann?« Marianne drehte sich der Tür zu und fügte hinzu: »Denk mal darüber ein bißchen nach.«

Bonnie tat es. Sie saß noch immer am Fenster, als Damien eine Stunde später das Zimmer betrat und leise fragte: »Hast du es dir anders überlegt?«

Ihr stockte der Atem — wie immer, wenn er ihr unversehens gegenübertrat. Sie schlang die Arme um seinen Hals und drückte ihn fest an sich.

Er hielt sie fest und küßte sie auf den Scheitel. »Bonnie, mein Herz, was bedrückt dich denn so?«

»Ich habe Angst.«

Er nahm ihr Gesicht in beide Hände und sah ihr besorgt in die Augen.

»Es wird nicht gutgehen«, behauptete sie. »Du bist ein Lord, und ich bin ein einfaches Mädchen vom Land. Ich gebe mir alle Mühe, dich in der feinen Gesellschaft nicht zu blamieren, aber ich fühle mich in London fehl am Platz, und ich kann diese modischen Sachen nicht ausstehen.«

Er drückte sie noch inniger an sich.

»Ich verdanke dir so viel«, sagte sie leise. »Du hast mir zweimal das Leben gerettet, als ich krank war. Du hast mich vor Smythe gerettet, trotz der Lügen, die ich ihm über dich erzählt habe.«

»Du bist mir nichts schuldig, Bonnie. Ich möchte, daß du mich aus Liebe heiratest und nicht aus Dankbarkeit. Du liebst mich doch noch . . .?«

Bonnie erkannte den Schatten der Ungewißheit auf Damiens Gesicht, von dem Marianne gesprochen hatte. Lächelnd erwiderte sie: »Natürlich liebe ich dich, daran wird sich nie etwas ändern.«

Er strich sanft über ihre Arme. Obwohl ein Lächeln um seine Mundwinkel spielte, wirkte er noch immer besorgt. »Du möchtest also nicht hier in London bleiben?«

»Nein.«

»Willst du nach Braithwaite zurückkehren?«

Bonnie kaute auf ihrer Unterlippe. »Ich . . . ich . . . mag Braithwaite nicht besonders.«

»Ich verstehe.«

»Es ist zu groß und zu düster. Es macht mir manchmal Angst.«

»Ich habe ein Haus in Wales . . . Und noch eines in Cornwall.«

»Himmel, wozu braucht ein Mann so viele Häuser?«

»Falls ihm eines zu groß wird und zu dunkel und düster natürlich«, lachte Damien.

Bonnie seufzte. »Ich mag die Moore in Yorkshire.«

Damien lächelte traurig, als er ihre Wange mit der Fingerspitze berührte. »Himmel, wie reizend du doch bist. Wie könnte ich dir etwas abschlagen? Wenn du in Yorkshire leben willst, soll es so sein. Aber du mußt dich mit Braithwaite abfinden, bis ich mit einer vernünftigen Alternative aufwarten kann. Willst du das tun?«

Sie nickte.

»Ich möchte dich gern küssen«, sagte er leise.

Ihr Herzschlag beschleunigte sich. Bonnie schmiegte sich

an ihn. »Und ich möchte, daß du mich jetzt küßt«, gestand sie.

Seine Stimme war rauh, als er sagte: »Ich liebe dich, Bonnie. Vergiß das nie — egal, was passiert.« Dann küßte er sie leidenschaftlich und nahm ihr alle Zweifel.

Ihr Hochzeitstag dämmerte mit einem wolkenlosen Himmel und einer blaßgelben Sonne herauf. Bonnie versuchte ein paar Bissen von ihrem Frühstück einzunehmen, badete dann und saß still am Toilettentisch, während Edna sie frisierte. Sie flocht perlweiße Bänder in Bonnies schwarzes Haar und steckte es kunstvoll auf.

Madame Rousseau erschien mit ihren Assistentinnen kurz vor zwölf. Marianne traf einige Zeit später ein. Wie immer sah sie sehr elegant aus.

»Bist du so weit, Liebes?« fragte Marianne.

»Ja«, hauchte Bonnie.

»Dann komm mit.«

Sie betraten ein Schlafzimmer und wurden dort von Kate und geschäftigen Zofen empfangen. Eine hielt ein Hemd aus feinstem Batist in der Hand, eine andere hatte Pantalons und mehrere Unterröcke bereitgelegt. Ein Kleidungsstück ums andere wurde Bonnie angezogen, bis nur noch das Kleid fehlte.

»Nun muß du die Augen schließen und versprechen, sie nicht eher aufzumachen, bis das Kleid richtig sitzt«, sagte Kate.

Lachend vor Aufregung schloß Bonnie die Augen, aber sie protestierte: »Ich möchte es doch sehen!«

»*Non*«, rief Madame Rousseau, »Nicht bevor alles fertig ist.«

Bonnie hielt den Atem an, als ihr das Kleid übergestreift wurde. Ihr erster Eindruck war, daß der Stoff außerordentlich schwer war, als sie die Arme durch die Ärmellöcher schob. Jemand eilte herbei, um Dutzende von winzigen Knöpfen auf ihrem Rücken zu schließen. Dann drehten sanfte Hände sie zum Spiegel herum.

Sprachlos starrte Bonnie ihr Spiegelbild an, unfähig, zu glauben, was sie dort sah. Eine mit Zuchtperlen bestickte Stola lag um ihre Schultern, und das Kleid aus Satin und Spitzen war unter ihrem Busen gerafft, und der Stoff fiel in großzügigen Falten bis auf den Boden. Die Ärmel bauschten sich an den Schultern bis zu den Ellenbogen und liefen in langen Manschetten aus.

Kate und eine Assistentin traten nun hinter sie und befestigten vorsichtig einen Spitzenschleier, der mit Perlen und fliederfarbenen Rosetten besetzt war, in den schwarzen Locken. Dann drapierte Kate den Schleier über Bonnies Gesicht, und Marianne legte ein Bukett aus weißen Rosen und Flieder in Bonnies zitternde Hände.

»Wunderschön«, murmelte Marianne, und in ihren Augen glitzerten Tränen.

Kate strahlte. »Damien wird stolz auf dich sein. Perlenstola hat schon meine Mutter bei ihrer Hochzeit getragen, und die Spitzen stammen sogar vom Hochzeitskleid meiner Großmutter.«

»Aber ich habe doch kein Recht dazu«, flüsterte Bonnie leise.

Kate umfaßte Bonnies Schultern und sah sie streng an. »Du hast jedes Recht darauf. Damien hat dich zu seiner Frau erwählt, weil er dich liebt.«

Eine Bewegung im Spiegel lenkte Bonnies Blick von sich ab. Sie drehte sich langsam zu William um, der in seinem eleganten dunklen Anzug stattlich und vornehm zugleich aussah.

Er zog eine Braue in die Höhe, betrachtete Bonnie von Kopf bis Fuß und strahlte vor Vergnügen. Mit leicht verwunderter Stimme sagte er: »Beim Zeus, ich bin beeindruckt, Bonnie. Ich habe selten eine so schöne Braut gesehen.«

Er straffte die Schultern und reichte ihr seinen Arm. »Es ist mir eine Ehre, dich deinem zukünftigen Mann zu übergeben. Damien kann es kaum erwarten, dich zu seiner Ehefrau zu machen. Bist du bereit?«

Bonnie und William bestiegen eine glänzende schwarze Kutsche, vor die vier schneeweiße Wallache gespannt waren, und Kate und Marianne folgten ihnen in einem anderen Gefährt.

Bonnie hörte schon von weitem die Glocken der Westminster-Abtei läuten. Als die Kutsche vor der Kathedrale hielt, blickte Bonnie William erschrocken an. Er lächelte und sagte: »Beruhige dich, die Kathedrale ist gar nicht so überwältigend, wie sie von außen aussieht.«

Er lachte und half ihr aus der Kutsche.

Kate und Marianne gingen ihr und William in das Kirchenschiff voraus. Bonnie blieb stehen und betrachtete ehrfürchtig die Pfeiler, das hohe Gewölbe und die bunten Fenster. Sie klammerte sich an Williams Arm und folgte ihren Freundinnen. Sie führten sie in eine kleine Kammer mit mehreren Stühlen. William und Marianne entschuldigten sich und ließen Bonnie mit Kate allein. Nervös lief Bonnie im Raum auf und ab, bis Kate sie lachend auf einen Stuhl niederzwang.

»Du mußt wirklich versuchen, ruhiger zu sein«, sagte Kate. »Möchtest du gern allein sein?«

»Nein.« Bonnie starrte auf das Bukett in ihren Händen. »Ich mußte gerade an meine Eltern denken. Sie wollten, daß ich eine gute Partie mache, und haben mir geraten, einen Schafzüchter zu heiraten.«

»Ich bin sicher, wenn wir uns gründlich genug umschauen, finden wir bestimmt ein paar Schafe auf unseren Ländereien.«

Bonnie lachte, wurde aber schnell wieder ernst. »Ich kenne ihn doch kaum, Kate.«

»Aber du liebst ihn.«

Kate ging zum Fenster. »Männer können schwierig sein, und sie sind oft ungeschickt mit Worten. Manchmal sagen sie Dinge, die uns Frauen verletzen. Damien macht da keine Ausnahme. Aber er liebt dich und wird, wenn du es am wenigsten erwartest, so etwas Schönes und Wunderbares sagen, daß es dir den Atem raubt. Gelegentlich ist er ziemlich gedankenlos, aber im Grunde ist er ein zartfühlender und rücksichtsvoller Mensch.

Damien hat eine Million Träume, die sich niemals erfüllen werden. Aber es ist viel wichtiger, daß er an sie glaubt und sich bemüht, sie zu verwirklichen. Du mußt ihn loben, wenn er recht hat, und ihn verteidigen, wenn er deine Unterstützung braucht.«

Die Tür ging auf, und Marianne betrachtete Bonnie ein wenig traurig. Bonnie spürte, was sie in diesem Moment dachte, und ging auf Mari zu. Sie ergriff ihre Hand. »Vielen Dank, Marianne, daß du meine Freundin bist.«

»Es ist mir eine Ehre und ein Vergnügen, Bonnie.«

»Ich weiß, daß du Damien noch immer liebst.«

»Ja, das tue ich. Vermutlich werde ich ihn immer lieben.«

»Ich liebe ihn auch — sehr sogar — und verspreche, daß ich alles tun werde, um ihn glücklich zu machen.«

»Das hast du bereits getan. Ich komme gerade von ihm, und er . . . strahlt. Ich bin sicher, daß ich ihn noch nie so glücklich erlebt habe oder so verliebt.«

»Selbst bei Louisa nicht?«

»Selbst bei Louisa nicht.« Marianne schloß Bonnie in die Arme und flüsterte Bonnie ins Ohr: »Schätze ihn so sehr, wie er dich schätzt, und du wirst auf ewig glücklich sein.«

Bonnie nickte.

»Komm jetzt. Er wartet schon ungeduldig«, drängte Marianne.

William erwartete sie vor dem großen Portal. Er nahm Bonnies rechte Hand und legte sie auf seinen Arm.

Die Türen öffneten sich, und Kate und Marianne verschwanden in dem dahinterliegenden Raum. Einen Moment später erschienen ein paar uniformierte Kirchendiener und rollten vor Bonnies Füßen einen Teppich aus weißer Seide aus.

Die Wirklichkeit verwandelte sich für Bonnie in ein Traumbild. Wie in Trance bewegte sie sich an Williams Arm. Ihr wurde vage bewußt, daß sich die Leute von ihren Plätzen erhoben und sie anlächelten.

Und dann sah sie Damien neben dem Altar, und sie vergaß alles außer ihm. Als sie näher kam, ging er ihr entgegen und reichte ihr seine Hand. Bonnie sank vor ihm in einer Geste der Ehrerbietung auf ein Knie.

Ein Murmeln wurde laut, und Bonnie fragte sich fieberhaft, ob sie einen Verstoß gegen die Etikette begangen hatte. Aber als sie in Damiens Augen schaute, entdeckte sie darin nur Freude und Dankbarkeit. Er nahm ihre Hand, half ihr aufzustehen, und führte sie vor den Altar. Der Priester trat vor, um sie zu begrüßen. »Teure Liebende . . .«, begann er.

Damien ließ ihre Hand während der Trauungszeremonie nicht einen Moment los. Die nächste Stunde verging wie im Flug, und dann hörte sie, mochte es noch immer nicht glauben: »Kraft des Amtes, das mir von Gott und seiner heiligen Kirche verliehen ist, erkläre ich euch zu Mann und Frau.«

Die Glocken begannen zu läuten, als Damien den Schleier von Bonnies Gesicht hob. »Meine Lady«, flüsterte er und küßte sie.

27

Sie fuhren zweimal täglich zu den Ruinen von Middleham Castle. Von dort aus konnten sie die Wiesen der Farmer in der Ferne sehen. Der Fluß glitzerte wie Quecksilber zwischen seinen mit Heidekraut bestandenen Ufern.

Bonnie blickte über das vom Frost erstarrte Moor und deutete auf eine Anhöhe in der Ferne. »Das wäre der richtige Platz für unser Heim. Von dort aus kannst du die ganze Grafschaft überblicken. Du brauchst nur aus dem Fenster zu schauen und kannst alle deine Schafe zählen, ohne das Haus verlassen zu müssen.«

Damien runzelte die Stirn und zog Bonnie an sich. »Was für Schafe?«

»Die Schafe, die wir eines Tages haben werden. Du hast dich doch schon die ganze Zeit gefragt, was du nun anfangen sollst, nachdem du dich entschlossen hast, ›Bent Tree‹ zu verkaufen. Statt Baumwolle anzupflanzen, kannst du doch Schafe züchten.«

Er küßte ihre Nasenspitze. »Bist du glücklich?« fragte er.

»Ja. Ich bin niemals glücklicher gewesen, und du?«

Er nickte.

»Du langweilst dich noch nicht mit mir?«

»Langeweile? Himmel, wie könnte ich mich langweilen. Du jagst mich schon in aller Frühe ins Moor, und nachmittags wieder. Ich gebe dir den halben Tag Unterricht in Sprachen, Literatur und Geschichte, und zwischendurch willst du noch mit mir Schach spielen.«

Sie lachte, blickte dann wieder über die eisige Landschaft und sagte dann im ernsteren Ton: »Dieser Monat auf Braithwaite war wunderbar, aber ich habe das Gefühl, daß du mit deinen Gedanken oft woanders bist. Vermißt du Amerika sehr?«

Er nahm ihr Gesicht in beide Hände und sah ihr in die Augen: »Nein. Ich habe jetzt nur noch eine Liebe, Bonnie — dich.«

»Aber manchmal wache ich mitten in der Nacht auf und sehe, daß du an die Decke starrst oder vor dem Kamin sitzt, als ob du Kummer hättest.«

»Natürlich mache ich mir Sorgen über den Krieg in Amerika, aber ich lasse nicht zu, daß etwas zwischen uns kommt, Bonnie. *Niemals.*«

»Hast du deshalb Miles und Richard nach Cornwall geschickt?«

Er sah zur Seite. »Ist es ein Verbrechen, wenn man eine Weile mit seiner frischgebackenen Ehefrau allein sein möchte?«

»Du bist doch etwa nicht noch eifersüchtig auf Miles, oder?« forschte sie.

»Vielleicht.«

Seine Augen waren dunkel wie die Schneewolken, aber da war auch der Hauch eines Lächelns auf seinen Lippen. »Ich liebe dich«, sagte sie. »Ich werde in knapp zwei Monaten dein Kind bekommen. Ich kann mir keinen Grund auf dieser Welt vorstellen, warum ich mich jemals einem anderen Mann zuwenden sollte.«

Ihr frostiger Atem vermischte sich, als sie sich küßten.

Damien rieb sich die Augen und lehnte sich in seinem Sessel zurück. Er hatte lange Zeit über seinen Büchern verbracht. Inzwischen hatte Richard seine Liegenschaften in Schottland und Wales verkauft und das Geld, das er veruntreut hatte, vollständig zurückgezahlt. Blieb nur noch das Problem, einen Käufer für ›Bent Tree‹ zu finden ...

Damien wußte, daß er sich etwas vormachte. ›Bent Tree‹ war nicht sein einziges Problem. Als er Richard nach Cornwall geschickt und Miles dazu überredet hatte, seinen Onkel zu begleiten, hatte er die Aufklärung von Bonnies Vergangenheit nur vorläufig zu den Akten legen können. Er und Bonnie waren in den letzten Wochen sehr glücklich gewesen, aber eines Tages mußte er herausfinden, was mit Bonnies Vater passiert war.

Sein Onkel und sein Halbbruder würden bald nach Braithwaite zurückkehren, und wie sollte er Richard erklären, warum er ihn nicht von seiner Heirat mit Bonnie informiert hatte?

Damien ging zum Regal, auf dem die Geschäftsbücher der Warwick-Unternehmen lagen. Er hatte schon oft das Kontobuch von Gunnerside angestarrt, sich aber nie dazu überwinden können, es herunterzuholen und zu öffnen, obwohl es die grauenhafte Wahrheit, wer Patrick Edens Mörder war, enthüllen mußte.

Er hatte keine Angst, dem Mörder gegenüberzutreten, aber er fürchtete, daß Bonnie sich von ihm abwenden könnte, wenn sie erfuhr, daß ein Mitglied seiner Familie ihr Leben zerstört hatte.

Er verließ sein Arbeitszimmer. Stanley und ein Stallbursche kamen die Treppe herunter und trugen einen Weidenkorb mit Deckel zwischen sich. »Was ist das?« fragte Damien.

»Ein Koffer«, erwiderte Stanley grinsend. Er stellte das Behältnis vor Damiens Füßen ab und hob den Deckel an. »Ich möchte Sie darauf aufmerksam machen, daß Weihnachten vor der Tür steht, Mylord. Bonnie — Pardon, die Gräfin — hat beschlossen, es entsprechend zu feiern.«

Damien bückte sich und nahm eine kleine Porzellanfigur, die Maria mit dem Jesuskind auf dem Arm darstellte, aus dem Weidenkorb. »Wo ist meine Frau?«

»Im Speicher, Sir.«

»Was, zum Kuckuck, sucht sie auf dem Speicher?«

»Sie hat sich sozusagen in einer Mission der Barmherzigkeit dorthin begeben.«

Damien legte die Porzellanfigur in den Koffer zurück und machte sich auf den Weg zum Speicher. Er begegnete einigen Dienstboten, die mit Weihnachtsschmuck beladen waren.

Ein paar über den Boden verstreute Windlichter erhellten den Dachboden nur spärlich. Damien fand Bonnie am anderen Ende der zugigen Bodenkammer. Sie saß auf einem großen Schaukelpferd. Die Hände in den Hosentaschen, betrachtete er sie eine Weile. Schließlich sagte er: »Und ich habe schon befürchtet, daß du dich vor Sehnsucht nach meiner Gesellschaft verzehrst.«

Sie warf den Kopf zurück und lachte — ein glockenhelles, perlendes Lachen, das sein Herz erfreute. Eine Laterne in der Nähe warf einen matten Lichtschein auf Bonnies Gesicht, und sie sah zauberhaft und glücklich aus. Er starrte sie an, als wollte er dieses Bild für immer in sein Gedächtnis einprägen. Er erkannte, daß er nicht mehr ohne sie leben konnte.

Sie glitt von dem bunt bemalten Schaukelpferd und ging zu ihm.

Er schloß sie in die Arme, als sie sich an ihn lehnte. »Hier stehen Dutzende von Koffern mit Spielsachen und Kleidern herum, und ich dachte, daß wir sie den Armen geben sollten. Die Sachen nützen uns doch nichts mehr. Es gibt so viele Mädchen in Caldbergh, die die Schuhe, Mäntel und Kleider nur zu gut gebrauchen könnten. Und ich bin sicher, es gibt viele Kinder im Dorf, die sich über die Bücher und Spielzeuge freuen würden. Nur das Schaukelpferd hätte ich gern für unser Kind behalten. Ist das egoistisch gedacht?«

Er lächelte. »Ich glaube nicht, daß man das egoistisch nennen kann.« Er legte einen Finger unter ihr Kinn, hob ihr Gesicht an und küßte sie auf den Mund. »Ich liebe dich«, sagte er.

Sie sah aus wie eine Elfe, als sie ihm schelmisch zublinzelte und sagte: »Ich muß dir etwas gestehen. Ich habe einer Caldbergh-Waise heute die Freiheit wiedergegeben, nachdem sie zwei von unseren Hühnern gestohlen hatte.«

Er runzelte die Stirn, bemüht, ihr seine Belustigung nicht zu zeigen.

»Du bist mir deswegen nicht böse?« fragte sie.

»Nein.«

»Selbst dann nicht, wenn ich dir sage, daß ich die beiden Hühner hergeschenkt habe?«

»Was bedeuten schon zwei Hühner für uns?«

Sie nahm seine Hand und preßte sie an ihre Lippen. Und dann sagte sie: »Ich liebe dich auch.«

Bonnie saß auf der Treppe und sah ihren Mann grollend an. Damien gab ihren Blick stirnrunzelnd zurück, während er seinen Mantel und seine Handschuhe anzog.

»Kommt überhaupt nicht in Frage«, sagte er. »Du bist im siebten Monat schwanger, Bonnie. Du fährst nicht nach Caldbergh und präsentierst dich Smythe in deinem Zustand. Ich werde die Sachen selbst überreichen, wenn ich muß.«

Sie spähte durch die offene Haustür auf das Fuhrwerk, das mit Koffern, Kisten und Kleiderbündeln beladen war. »Sorgst du auch ganz bestimmt dafür, daß die Kinder die Sachen bekommen? Smythe nimmt sie sonst für sich in Beschlag und verkauft sie, bevor die Kinder sie zu sehen bekommen.«

»Ich werde dabeistehen und aufpassen, daß jeder seinen Anteil erhält. Das schwöre ich.«

»Und sag ihnen, daß wir am Weihnachtstag etwas zu essen schicken — gebratene Hühner, Pudding und Pasteten.«

»Ich werde es ihnen ausrichten.«

Stanley kam ins Foyer. Er trug ein mächtiges Stück Holz auf den Armen. Er ging zu Bonnie, schnitt eine Grimasse und ließ das Holz zu Boden gleiten. »Mylady ... Ihr Weihnachtsklotz.«

»Das ist nett, Stanley.«

»Ich mußte durch halb Middleham wandern, bevor ich einen dieser Größe gefunden habe. Wo soll ich ihn jetzt hinbringen?«

»Zum Kamin im großen Salon, bitte.«

Er nickte, holte tief Luft und hob ihn wieder auf.

Damien verließ kurz die Vorhalle und kam mit einem eingewickelten Päckchen zurück.

Ihr Gesicht hellte sich auf. »Was ist das?«

»Ein Weihnachtsgeschenk natürlich.«

»Aber heute ist doch noch gar nicht Weihnachten.«

»Du siehst aus, als könntest du eine Aufmunterung gut gebrauchen.« Als sie das Päckchen auspackte, hielt er ihre Hände fest und grinste. »Nicht, bis ich wieder zurück bin. Wir werden es gemeinsam aufmachen.«

»Aber ich habe nichts für dich.«

»Nein?« Er schaute auf ihren Bauch. »Meines kommt eben ein wenig zu spät.«

Sie stand auf und küßte ihn auf die Wange. »Beeil dich, damit du bald wieder zu Hause bist.«

»Wie verbringst du deinen Nachmittag, während ich mir die Zeit mit Smythe vertreibe?«

»Ich habe mir vorgenommen, ein paar Briefe zu schreiben. Statt im Land herumzufahren und die Leute um Spenden für die Armen zu bitten, werde ich sie lieber nach Braithwaite einladen.«

»Unter dem Vorwand, mit ihnen Weihnachten zu feiern, vermutlich.«

Bonnie warf ihm einen schuldbewußten Blick zu. Als Damien laut lachte, sagte sie: »Du hast doch einmal davon gesprochen, daß deine Mutter ein Buch hatte, in dem sie die Adressen von Leuten eintrug, die Geld für gute Zwecke gespendet haben.«

»Ja. Es steht irgendwo in der Bibliothek, falls es überhaupt noch existiert. Du darfst gern danach suchen, wenn du möchtest.«

»Richte Smythe schöne Grüße von mir aus«, rief sie fröhlich, als ihr Mann, von Stanley begleitet, das Haus verließ.

»Ich werde seinen Hintern mit meinem Stiefel küssen!« gab Damien zurück.

Bonnie stand einen langen Moment da und betrachtete Damiens Geschenk. Sie nahm es in die Hand. Sie konnte ihre Neugierde nicht länger zügeln und packte es aus. Ihr Blick wurde von den Tränen, die ihr in die Augen schossen, getrübt, als sie das Seidenpapier auseinanderschlug und eine Spieldose fand, die genauso wie die, die sie damals an die Wand geschmettert hatte, aussah. Vorsichtig hob sie das Liebespaar aus Porzellan aus der Schachtel und zog das Uhrwerk auf.

Die beiden Figuren tanzten zu der Musik im Kreis.

Sie fand das Kärtchen, nahm es aus dem Kuvert und las: *Kate hat mir erzählt, daß die andere Spieldose aus Versehen zu Bruch gegangen ist. Fröhliche Weihnachten. Ich liebe Dich. Damien.*

Sie stand auf, drückte die Spieldose an ihre Brust und drehte sich im Kreis.

Die Musik hörte auf zu spielen.

Bonnie hob das Geschenkpapier auf. Vielleicht konnte sie sich später noch einmal den Luxus gönnen, Tagträumen nachzuhängen, aber zuerst mußten die Einladungskarten geschrieben werden. Und dafür brauchte sie das Adreßbuch von Damiens Mutter.

Sie stand unter der Tür und betrachtete die bis zur Decke reichenden Regale. In diesem Zimmer herrschte eine warme Atmosphäre, und ein Hauch von Zigarrenrauch lag in der Luft. Bonnie konnte mühelos Damiens Bild in sich heraufbeschwören, wie er hinter dem Schreibtisch saß und mit ernster Miene seine Geschäftsbriefe las.

»Wo soll ich anfangen?« fragte sie sich laut.

Sie ging zum Schreibtisch und stellte dort vorsichtig die

Spieldose ab. Dann trat sie an das Regal, das sich unmittelbar hinter Damiens Schreibtischsessel befand. Da lagen einige Kontobücher. Einige waren schon alt und abgewetzt, der Ledereinband brüchig und verschlissen. Andere waren neu. Sie fuhr mit der Hand über die Buchrücken und lächelte.

»Mylady?«

Bonnie drehte sich um. Jewel stand unter der Tür.

»Die Köchin hat den Lunch für Sie vorbereitet, Mylady.«

»Ich komme gleich.«

Jewel machte einen Knicks und entfernte sich dann. Bonnie folgte ihr.

Die Waisenkinder von Caldbergh umdrängten das Fuhrwerk und streckten Stanley, der die Kleiderbündel an die Zöglinge verteilte, die Hände entgegen. Damien stand ein wenig abseits, den Pelzkragen seines Mantels hochgeschlagen, und betrachtete die hohlwangigen Gesichter der Kinder. Ihre Augen wirkten seltsam stumpf und leblos, die Körper waren mager, fast ausgemergelt. Empört beobachtete er Smythe, der mit gierigen Augen auf die Pakete starrte und den Wert der Geschenke abschätzte.

»Hübsch«, sagte Smythe und rieb die Hände aneinander, um sie zu wärmen. »Eine großzügige Geste. Wie gütig von Ihnen, Mylord, sich an uns zu erinnern.«

»Ich könnte Sie wohl kaum vergessen«, gab Damien schroff zurück.

Smythe kicherte. »Und wie geht es unserem kleinen Unruhestifter — Bonnie hieß sie doch, nicht wahr?«

Damien fixierte den Mann und lächelte dann kalt. »Ich nehme an, Sie sprechen von der *Gräfin*.«

Smythe fiel die Kinnlade herunter, aber bevor er etwas erwidern konnte, fuhr Damien fort: »Meine Frau ist wohlauf und glücklich, Mr. Smythe. Ich werde ihr ausrichten, daß Sie sich nach ihr erkundigt haben. Das wird sie bestimmt freuen.«

Damien nahm ein Kleiderbündel in die Hand und warf es Stanley zu. »Das waren die profitabelsten fünfhundert Pfund, die ich jemals ausgegeben habe, Smythe. Dafür muß ich mich bei Ihnen bedanken.«

Er lachte, als Smythe auf dem Absatz kehrtmachte und in sein Büro marschierte. »Schleimiger Bastard«, brummte Damien leise. Er warf seinem Butler wieder ein Bündel mit Kleidern zu. Wenn er die Kinder ansah, mußte er an Bonnie denken. Bestimmt hatte sie sich nicht beherrschen können und ihr Weihnachtsgeschenk ausgepackt. Wahrscheinlich suchte sie gerade in der Bibliothek nach dem Adreßbuch seiner Mutter ... Er zuckte zusammen. Seine Lieder zuckten ein paarmal auf und nieder.

Mein Gott. O mein Gott.

Sie würde das Kontobuch von Gunnerside finden.

Ein Angstschauer lief ihm über den Rücken. Er hastete zu seinem Pferd.

Bonnie zog heftig an dem Buch mit dem gehäkelten Schutzeinband, das zwischen zwei anderen Büchern eingeklemmt war. Ein letzter, heftiger Ruck — und es fiel zu Boden und riß noch drei andere mit.

Verdammt. Das Gehen fiel ihr in diesen Tagen schon schwer, und sich bücken zu müssen war wirklich kein Vergnügen. Sie dachte flüchtig daran, Jewel zu rufen, aber sie wußte, daß die Bediensteten vor den Festtagen alle Hände voll zu tun hatten. Also ließ sie sich vorsichtig auf beide Knie nieder und hob erst das Buch mit dem Häkelumschlag auf, das vermutlich das Adreßbuch war. Sie schlug es auf und fuhr mit dem Finger über die leicht vergilbten Seiten. Es schien das richtige zu sein. Sie legte es neben ihre Spieldose auf den Schreibtisch und wandte sich den anderen Büchern zu. Ihr Blick blieb an der Inschrift des einen hängen, und zögernd streckte sie die Hand danach aus und drehte es herum, damit sie die Schrift besser lesen konnte.

Gunnerside-Mine.

Gunnerside?

Ihr stockte der Atem. Dennoch schlug sie den ledernen Buchdeckel auf und ließ den Blick über Namen und Zahlenkolonnen wandern, während sie diese mit den Monaten und Jahreszahlen verglich, die über der obersten Spalte standen. Sie blätterte, las flüchtig die Eintragungen und zuckte zusammen.

Patrick Eden.

O nein. Pa?

Sie schlug das Buch zu und griff sich ans Herz. »Das kann nicht sein. Gott, das kann nicht sein.«

Schwerfällig kam Bonnie auf die Füße. Ihr wurde schwindlig, und Tränen schossen ihr in die Augen. Sie lehnte sich an den Schreibtisch und hatte das Gefühl, sterben zu müssen.

Sie stolperte zur Tür. Ihr Verstand sträubte sich noch immer gegen die Erkenntnis, daß die Warwicks Eigentümer der Gunnerside-Mine gewesen waren — daß der Mann, der dort die Aufsicht über das Bergwerk geführt hatte, der Mörder ihres Vaters war. Und dieser Mann war ... wer?

O Gott, wer?

Langsam stieg sie die Treppe zu dem Schlafzimmer hinauf, das sie mit ihrem Ehemann teilte. Sie setzte sich aufs Bett und legte das Kontobuch neben sich. Mit bebenden Händen blätterte sie die Seiten um. Sie suchte, bis sie die letzte Eintragung über Patrick Eden fand.

»Entlassen«, stand da.

Sie schleuderte das Buch durchs Zimmer und sank auf die Matratze. Sie schluchzte und weinte, bis sie keine Tränen mehr hatte.

Jemand, der in diesem Haus wohnte, hatte ihren Vater ermordet. Die Geschäftsleitung der Warwick-Unternehmen war so oft von einer Person auf die andere übergegangen, hatte Kate erzählt. Also konnte jeder von ihnen damals Aufseher von Gunnerside gewesen sein — auch Damien.

Bonnie stand auf und stellte sich ans Fenster.

Nicht Damien. Oh, bitte nicht mein Mann.

Sie bedeckte das Gesicht mit den Händen, taumelte gegen das Fensterbrett und preßte die Wange gegen die kalte Scheibe.

Nicht mein Mann.

Sie lief zum Kleiderschrank, riß ihren Mantel heraus, warf ihn sich über die Schultern und rannte die Treppe hinunter. Sie hörte Jewel erschrocken ihren Namen rufen, als sie schon die Vordertür öffnete und aus dem Haus floh.

Bonnie hastete den Pfad hinunter, auf dem sie in jener stürmischen Nacht nach Braithwaite gekommen war. Sie rannte, bis ihre Lunge von der kalten Luft brannte. Sie empfand nun den Schmerz über den Tod ihres Vaters genauso heftig wie vor sechs Jahren, weil ihr Verstand sagte, daß sie möglicherweise seinen Mörder geheiratet hatte... Ihr Herz wollte das nicht glauben — mochte es nicht glauben. Aber...

Die Ruinen von Middleham Castle ragten, von Nebelschwaden eingehüllt, düster vor ihr auf. Bonnie brach auf den Stufen des Hauptturms zusammen -- erschöpft und mit gebrochenem Herzen. Der Zorn wallte in ihr auf. Erst wenige Tage zuvor hatte sie hier mit ihrem Gatten gesessen und Pläne für die gemeinsame Zukunft gemacht.

Bestand die Möglichkeit, daß Damien nicht wußte, wie ihr Vater umgekommen war?

Aber die Leute in ihrem Dorf wußten es. Sie hatte sich einmal im Schatten einer Mauer versteckt und die Minenarbeiter von Gunnerside belauscht, die über ihr und Patricks Verschwinden gesprochen hatten. Sie hatten sie beide — Vater und Tochter — für tot gehalten — ermordet vom Minenaufseher —, aber als sie sich den Leuten zeigen und ihnen die Wahrheit enthüllen wollte, hatte sie einen der Bergleute sagen hören: »Kein Richter wird diesen verdammten Adeligen verurteilen. Er gehört doch praktisch zur königlichen Familie. Haltet lieber euren Mund, oder ihr werdet euch selbst am Grund eines verlassenen Schachtes als Leiche wiederfinden wie das Mädchen und ihr Vater.«

Damien mußte Bescheid wissen. Seit seiner Rückkehr aus Gunnerside war er anders gewesen, irgendwie bedrückt — und sie hatte geglaubt, er wäre um seine Plantage besorgt gewesen! Sie hätte wissen müssen, daß er sich nicht damit zufriedengeben würde, nur beim Pfarrer anzuklopfen und sich ihren Geburtsschein zu besorgen. Natürlich hatte er alles über sie und ihre Vergangenheit erfahren wollen.

Er wußte Bescheid, und hatte nie mit ihr darüber gesprochen. Er hatte sie geheiratet, obwohl er wußte, daß er oder ein Mitglied seiner Familie ihren Vater ermordet hatte.

Entweder liebte er sie über alle Maßen — oder er wollte sichergehen, daß sie schwieg — für immer.

Miles warf seinen Mantel über das Treppengeländer und blies in seine Hände, um sie zu wärmen. Er sah sich in dem mit Stechginster und Tannenzweigen geschmückten Vestibül um und betrachtete die roten Kerzen und Samtschleifen, die an den Wänden befestigt waren. Er drehte sich zu Richard um. »Du hattest recht. Offenbar hat sich Damien nun für immer in Braithwaite eingerichtet.«

Richard nahm seinen Hut ab. »Scheint so. Wo, zum Teufel, stecken die Dienstboten, wenn man sie braucht? Wo ist Damien? Und warum läßt sich die Dame des Hauses nicht blicken?«

»Ach, ja, die Lady. Als ich sie zum letztenmal gesehen habe, hat sie meine Geliebte um Geld angebettelt.«

In diesem Moment kam Jewel ins Foyer und rang verzweifelt die Hände. Als sie Miles sah, blieb sie stehen und blies entrüstet die Backen auf. Dann fiel ihr Blick auf Richard, und sie rief: »Dem Himmel sei Dank, daß Sie zurück sind. Seine Lordschaft ist ausgegangen, und ich fürchte, etwas Schreckliches ist mit Mylady passiert.«

»Tatsächlich?« erwiderte Richard. »Und wieso?«

»Mylady war auf ihrem Zimmer und rannte dann plötzlich weinend aus dem Haus. Sie ist noch nicht zurückgekommen.«

»Zweifellos hat sich mein Bruder wieder wie ein Esel benommen«, lachte Miles.

Jewel warf ihm einen vorwurfsvollen Blick zu. »Sie waren so glücklich wie zwei Turteltauben. Seine Lordschaft hat sich am frühen Nachmittag mit einem Wagen voller Geschenke nach Caldbergh begeben, und Bonnie — Mylady — hat in der Bibliothek nach dem Adreßbuch der alten Gräfin gesucht. Ich habe das Adreßbuch auf dem Schreibtisch gefunden, und ein paar Kontobücher waren auf dem Boden verstreut.«

»Ich verstehe.« Richard machte ein besorgtes Gesicht. »Haben Sie eine Ahnung, wann mein Neffe zurück sein wird?«

»Nein, Sir.«

Richard sah Miles an. »Vielleicht solltest du deinen Mantel wieder anziehen und sie suchen.«

»Vielleicht sollte ich das.« Miles griff nach seinem Mantel und warf ihn sich über die Schultern. »Ich werde Damien diesen letzten Gefallen tun, bevor ich ihn davon informiere, daß ich nach Paris übersiedeln werde. Für immer. Haben Sie eine Ahnung, wo Bonnie hingegangen sein könnte?« fragte er Jewel.

Bonnie stand auf der Turmtreppe, hielt das Gesicht in den Wind und war wie betäubt von der Kälte und ihrer Verzweiflung. Konnte sie je wieder nach Braithwaite zurückkehren? Wie sollte sie es denn anstellen, ihrem Mann unbefangen unter die Augen zu treten und so zu tun, als wüßte sie nichts von der Schuld der Warwicks an dem Tod ihres Vaters?

Schneeflocken wirbelten über das Moor. Sie streckte die Hand aus, und die Flocken tanzten auf ihrer Handfläche, bevor sie sich auflösten.

»Du hast ihn nicht getötet, mein geliebter Damien«, sagte sie laut. »Ich weiß es in meinem Herzen, daß du es nicht gewesen bist.«

Sie hörte ein Geräusch und drehte sich um. Sie nahm eine Bewegung am entfernten Ende der halb zerfallenen Burgmauer wahr. Durch den dichter werdenden Nebel sah sie eine Gestalt auf sich zukommen. Den Mantel, den der Mann trug, flatterte im Wind. Bonnie erschrak und ging rückwärts die Treppe hinauf. Dabei löste sich ein Stein und polterte die Stufen hinunter.

»Da bist du also«, drang Miles' Stimme zu ihr.

Er blieb am Fuß der Treppe stehen. Sein Gesicht sah grau aus in der Kälte und dem erlöschenden Licht des Tages. Seine Augen waren schwarz.

Sie brachte keinen Ton über die Lippen.

»Was, zum Teufel, machst du dort oben, Bonnie? Komm runter. Ich helfe dir.« Er kam die Stufen herauf und streckte ihr die Hand entgegen.

»Nein!« Sie stolperte und rutschte aus. »Faß mich nicht an.«

Er ließ betroffen den Arm sinken und sagte mit kalter Stimme: »Heißt das, daß unsere Freundschaft zu Ende ist? Das ist schade. Ich habe dich nämlich sehr liebgewonnen, wie du weißt.« Er kam näher, und seine Augen verfärbten sich vor Wut. Bonnie spürte, daß ihr Herz zu Eis erstarrte, als er sagte: »Das ist wirklich jammerschade . . .«

Der kalte Wind schnitt ihm ins Gesicht, als Damien sein Pferd erbarmungslos vorantrieb. Als er Braithwaite erreichte, sprang er aus dem Sattel und stürmte ins Haus.

Er betrat die Bibliothek und blieb abrupt stehen. Die Kontobücher, die auf dem Boden lagen, bestätigten seine schlimmsten Ahnungen. Langsam wanderte sein Blick zum Schreibtisch, zu der Spieldose und zu dem Adreßbuch seiner Mutter. Er schloß die Augen, und die kalte Angst schnitt ihm wie ein Messer ins Herz.

Langsam drehte er sich um und ging die Treppe hinauf, um im Schlafzimmer nach Bonnie zu suchen. Halb wahnsinnig vor Angst überlegte er, was er sagen sollte, wenn er sie fand.

Es tut mir leid. Verzeih mir. Ich liebe dich. O Gott, er würde seine Seele verlieren, wenn sie ihn verließ!

Bonnie war nicht im Zimmer. Nur das Kontobuch lag aufgeschlagen auf dem Boden. Er bückte sich und legte es aufs Bett.

Ich habe sie verloren, dachte er dumpf.

Sein Leben rollte über ihn hinweg wie eine schwarze Lawine, als er das Zimmer verließ. Bonnie hatte Sonne in sein Dasein gebracht — er hatte sich zum erstenmal lebendig gefühlt, und er war grenzenlos glücklich gewesen.

Er durchquerte blind den Flur. Plötzlich legte sich eine Hand auf seinen Arm. Jewel sagte etwas, aber er verstand sie nicht.

»Was?« fragte er verwirrt. Er versuchte sich zu konzentrieren.

»Lady Bonnie war in Tränen aufgelöst ... sie ist vor einer Stunde weinend aus dem Haus gelaufen.«

Dann murmelte sie noch etwas. »Was hast du gesagt?«

»Ich sagte, daß Mr. Miles und Ihr Onkel nach Hause gekommen sind. Ich habe ihnen erzählt, daß Lady Bonnie weggegangen ist. Sie suchen sie in der Burgruine. Aber sie sind nicht zurückgekommen.«

Er jagte, immer zwei Stufen auf einmal nehmend, die Treppe hinunter, riß die Tür auf, stürmte hinaus...

Bonnie starrte in Miles' Gesicht. Ihr Herz klopfte wie rasend. Sie wagte nichts zu sagen oder zu tun, um seinen Zorn nicht noch mehr herauszufordern. Plötzlich dachte sie an die Gerüchte, die über Miles kursierten. Hatte er nicht Damien Gewalt angetan und sogar auf ihn geschossen?

»Komm herunter«, befahl er.

Sie drückte sich gegen die Wand.

Dann bemerkte sie eine Bewegung hinter seinem Rücken. Eine zweite Gestalt näherte sich lautlos. Bonnie erkannte Richard. Er hielt einen Finger an die Lippen, um ihr zu bedeuten, still zu sein. Aber sie war so erschrocken, daß sie laut schrie.

Miles drehte sich den Bruchteil einer Sekunde zu spät um. Richard schlug ihm den Stein, den er in der Hand hielt, an den Kopf.

Miles sank zu Boden. Richard beugte sich über ihn. Bonnie starrte auf seine blutigen Hände, und Panik schnürte ihr den Hals zu. Sie stöhnte. Plötzlich tat sich die Vergangenheit vor ihr wie ein dunkler, bodenloser Abgrund. Sie versuchte verzweifelt, bei Bewußtsein zu bleiben, doch mit jeder Stufe, die Richard näher kam, wurde der Faden dünner, der sie mit der Wirklichkeit verband.

»Sie, Sie waren es«, sagte sie heiser. »Sie haben meinen Vater getötet.«

Richard war nun dicht vor ihr. Sein wütendes Gesicht nahm einen bekümmerten Ausdruck an.

»Es war ein Unfall, Bonnie. Ich hatte getrunken, und dann war er plötzlich in der Baracke. Er hat Drohungen gegen mich ausgestoßen, und ich konnte nicht mehr an mich halten. Ich hatte nicht die Absicht, zuzuschlagen.«

»O Gott.« Bonnie schluchzte. Die Erinnerung überwältigte sie. Sie hatte lange versucht, das schreckliche Erlebnis zu verdrängen, aber jetzt sah sie dieselben Bilder vor sich wie in ihren Alpträumen. Sie zitterte. Ihre Knie wurden weich, und sie klammerte sich mit beiden Händen an die Mauer, um das Gleichgewicht nicht zu verlieren.

»Ich habe dafür gebüßt, Bonnie. Ich habe darunter gelitten und die Tat aufrichtig bereut. Wenn es eine Möglichkeit gäbe, ihn zurückzuholen, würde ich es tun. Aber das kann ich nicht, Bonnie.«

»Mörder! Wenn Damien das erfährt . . .«

»Das wird er nicht. Das kann ich nicht zulassen. Siehst du das nicht ein? Ich habe hart gearbeitet in den letzten Monaten, um mein Leben wieder in Ordnung zu bringen. Damien hat mir eine letzte Chance gegeben, und ich will ihn nicht enttäuschen. Ich habe ihn immer wie einen eigenen Sohn geliebt, verstehst du? Die anderen haben mich wie einen Bauern behandelt, aber Damien war anders. Wir standen uns immer sehr nahe, und ich kann nicht zulassen, daß ein törichter Fehler, den ich in der Vergangenheit begangen habe, das alles zerstört.«

»Sie — Sie sind wahnsinnig.«

»Nein, meine Liebe, nur entschlossen.«

Bonnie wich zurück und ging ein paar Stufen weiter hinauf. Sie rutschte aus und fiel auf den Rücken. »Er wird Ihnen niemals vergeben, wenn Sie mich töten«, schrie sie.

»Er wird nie erfahren, daß ich es war. Er wird denken, Miles sei es gewesen. Miles war schon immer das schwarze Schaf in der Familie — der Unruhestifter. Damien wird eure Leichen am Fuß des Turms finden. Jeder wird annehmen, daß ihr miteinander gerungen habt und dabei über die Brüstung gestürzt seid. Damien ist bestimmt untröstlich, wenn er dich findet, aber er wird darüber hinwegkommen.«

Sie hob einen Stein auf und schleuderte ihn auf Richard. Sie verfehlte ihn um wenige Zentimeter. Sie versuchte, die

Treppe hinauf zu laufen, begriff dann aber, daß Richard sie ja genau dort haben wollte. Es gab keinen Ausweg für sie.

»Stell dir meinen Kummer vor, als ich erfuhr, daß Damien geheiratet hatte und es nicht mal der Mühe wert fand, mir eine Einladungskarte zu schicken«, sagte Richard mit seltsam tonloser Stimme. »Natürlich habe ich mich gefragt, ob Damien deine Geburtsurkunde gesehen hat, nachdem ich deinen Nachnamen erfuhr. Ich betete, daß du nicht die Tochter von Patrick Eden bist und daß alles nur ein Zufall ist. Als ich dann nach Braithwaite zurückkam und das Gunnerside-Kontobuch in eurem Schlafzimmer fand, war ich außerordentlich betrübt. Aber du mußt verstehen, daß ich es unmöglich riskieren kann, alles zu verlieren, was ich erreicht habe. Ich bin so viele Jahre Josephs Prügelknabe gewesen und mußte mir täglich seine höhnischen Bemerkungen anhören. Später hat mich Randolf — wie sein Vater — von oben herab behandelt und verspottet. Es war kein Wunder, daß ich zu trinken begann und zum Spieler wurde. Ich habe in ständiger Angst gelebt, daß mich der Schuft eines Tages zu sich rufen und aus dem Haus werfen würde. Randolf hat mir das genau an dem Tag, als er sich auf der Jagd mit seinem eigenen Gewehr erschoß, angedroht. Wahrscheinlich hätte ich ihn retten können. Ich habe den Unfall vom anderen Flußufer aus beobachtet. Aber als er auf mich zu kroch und mich um Hilfe anbettelte, hatte ich nur den einen Gedanken: Endlich bist du frei. Jetzt gehört alles Damien. Er wird nach Hause kommen.«

In diesem Moment stürzte sich Richard auf sie, die blutigen Finger wie Krallen gekrümmt. Sein Gesicht, das sie so lieb gewonnen hatte, war zu einer Fratze verzerrt. Es war das Gesicht eines Wahnsinnigen. Bonnie schrie, als sich seine Finger in ihren Mantel krallten: »Damien weiß Bescheid, Richard. Er weiß, daß Sie meinen Vater umgebracht haben.«

Er erstarrte mitten in der Bewegung.

»Wenn er meine Leiche findet, weiß er, wer mich umgebracht hat. Er — er wird Ihnen niemals verzeihen. Niemals!«

»Lügnerin!« Er schlug ihr mit voller Wucht ins Gesicht. Ein rasender Schmerz durchzuckte sie, und ihr wurde schwarz vor Augen. Sie ruderte hilflos mit den Armen, als sie spürte, daß er sie hochhob und die Treppe hinaufschleppte.

»Nein!« schrie sie immer wieder. »Er weiß es! Er weiß es! Er wird Sie niemals ungeschoren davonkommen lassen!«

Ein kalter Windstoß traf ihr Gesicht. Hagelkörner prasselten auf ihre Haut, als sie das obere Ende der schmalen Treppe erreichten. Der Wind heulte über die Mauer, riß an ihren Haaren und an ihren Kleidern, während Richard sich bemühte, sie über die Brüstung zu stoßen.

Sie nahm ihre ganze Kraft zusammen und trommelte mit beiden Fäusten gegen seine Brust. Sie kam der Brüstung immer näher, ihre Beine hingen schon über den Rand. Sie schwor sich, daß sie ihn mitnehmen würde, wenn sie abstürzte. Sie krallte sich an seinem Mantel fest und ...

Ein Wutgeheul zerriß die Luft. Damien packte Richard an den Schultern und riß ihn von ihr weg. Bonnie sank auf die Knie und kauerte auf dem Boden. Richard und Damien rangen erbittert miteinander.

Richard schleuderte Damien so heftig gegen die Mauer, daß er einen Moment lang betäubt zu sein schien. Bonnie schrie laut auf, als Richard herumwirbelte und Damien ein zweites Mal gegen die Treppenwand warf und seine Hände um Damiens Hals krallte.

Damien versuchte vergeblich, die Hände seines Onkels von seinem Hals zu lösen. Richard stieß ihn immer wieder gegen die Mauer, während sich Damien bemühte, ihn von sich wegzudrücken. Richard hatte endgültig den Verstand verloren und wußte nicht mehr, was er tat.

Damien bäumte sich ein letztes Mal auf und warf sich mit

seinem ganzen Gewicht gegen seinen Onkel. Sie stürzten beide zu Boden und kämpften.

Bonnie warf sich auf Richards Rücken, fuhr ihm mit ihren Fingernägeln durchs Gesicht und zog ihn von Damien fort. Richard heulte vor Schmerz und Wut, schleuderte Bonnie von sich und taumelte mit erhobenen Fäusten auf sie zu.

»Nein«, keuchte Damien. »Um Gottes willen, Richard . . .!«

Plötzlich stand Miles auf der Treppe. Sein Gesicht war blutüberströmt und schmerzverzerrt. Er stürzte sich auf Richard und drückte ihn zu Boden. Sie rangen miteinander, kamen beide auf die Füße und gingen wieder aufeinander los. Im nächsten Moment verloren beide die Balance und wankten auf den Abgrund zu. Damien reagierte schnell. Er sprang vor und hielt Miles fest.

Ein entsetzliches Stöhnen kam über Richards Lippen. Einen flüchtigen Augenblick war er wieder bei Verstand — und dann verschwand er in der dunklen Tiefe des Treppenschachts. Sein verzweifelter Schrei gellte durch den Nebel.

Erleichterung überkam Damien. Er fühlte sich von einer schweren Bürde befreit, die monatelang auf seiner Seele gelastet hatte. Er sah sich nach Bonnie um.

Sie kauerte auf dem Boden, die Fäuste gegen den Mund gepreßt. Ihr langes schwarzes Haar flatterte im Wind, und ihr Gesicht war so blaß wie der Mond.

Damien setzte sich an die Turmwand, zog die Knie an und vergrub sein Gesicht in den Händen. Er brachte es nicht fertig, Bonnie in die Augen zu sehen. Wenn sie ihn jetzt fortschickte, würde er Richard freiwillig in den Tod folgen.

Plötzlich spürte er eine Berührung. Er hob den Kopf. Bonnies Gesicht war dicht vor seinem, ihre Finger legten sich sacht auf seine Schultern. Furcht und Erschöpfung sprachen aus ihren Augen, aber keine Feindseligkeit.

»Du wußtest es«, hauchte sie.

»Ja.«

Da blitzte ein Rest ihres alten Zornes in ihren Augen auf. Ihre Brust hob und senkte sich rasch, als wäre sie außer Atem. »Warum hast du es mir nicht gesagt?«

»Ich hatte Angst, dich zu verlieren.«

Sie senkte die Lider, und einen langen, qualvollen Moment schien sie sich nicht entscheiden zu können. Aber dann sah sie ihn liebevoll an und flüsterte: »Ich habe so sehr gehofft, daß du das sagst.«

Damien zitterte am ganzen Körper. Bonnie zog ihren Mantel aus und legte ihn um seine Schultern. Sie küßte ihn auf die Wange und sagte leise: »Ich möchte jetzt gern nach Hause gehen.«

Damien schluckte, faßte nach ihren Händen und sagte: »Ich schäme mich so sehr, daß mein Onkel deine Familie zerstört hat. Ich wünschte, ich könnte das wiedergutmachen, aber ich kann es nicht.«

»Aber das hast du schon getan.« Sie nahm seine Hand und legte sie auf ihren Bauch. »Was Richard mir weggenommen hat, hast du mir wiedergegeben.«

Seine Augen schwammen in Tränen, und plötzlich huschte ein glückliches Lächeln über sein Gesicht, als sich das Baby unter seiner Hand bewegte.

»Ich liebe dich«, sagte er.